赤龙

苗棣/著

天津出版传媒集团
百花文艺出版社 天津人民出版社

图书在版编目（CIP）数据

赤龙 / 苗棣著. — 天津：百花文艺出版社，2018.12

ISBN 978-7-5306-7591-5

Ⅰ. ①赤… Ⅱ. ①苗… Ⅲ. ①长篇小说—中国—当代 Ⅳ. ①I247.5

中国版本图书馆CIP数据核字(2018)第267859号

赤龙

CHI LONG

苗棣著

责任编辑：马　畅
封面设计：沐希设计
出版发行：百花文艺出版社
地址：天津市和平区西康路35号　　**邮编**：300051
电话传真：+86-22-23332651（发行部）
+86-22-23332656（总编室）
+86-22-23332478（邮购部）
主页：http://www.baihuawenyi.com
印刷：三河市嵩川印刷有限公司
开本：710×1000毫米　1/16
字数：420千字
印张：28
版次：2018年12月第1版
印次：2018年12月第1次印刷
定价：49.80元

如有印装质量问题，请与三河市嵩川印刷有限公司联系调换
地址：河北省廊坊市三河市杨庄镇肖庄子村
电话：（0316）3650395　邮编：065200

目录

卷一 冰蜂

第 一 章　命案 002
第 二 章　云娘 012
第 三 章　天竺香 022
第 四 章　鲜鱼巷 031
第 五 章　官房 041
第 六 章　烟花 052
第 七 章　护命符 062
第 八 章　金钱卦 073

卷二 金符

第 九 章　拜年 084
第 十 章　佳宴 095
第十一章　峻雅斋 107
第十二章　玉喜庵 117
第十三章　庙会 128
第十四章　纷争 139
第十五章　真相 150
第十六章　双塔 160

卷三 玉簪

第 十 七 章　仁寿宫 172
第 十 八 章　小市口 183
第 十 九 章　刑堂 193
第 二 十 章　庚帖 204
第二十一章　勾栏 215
第二十二章　线索 226
第二十三章　黄叶村 237
第二十四章　赤龙会 248

卷四 血印

第二十五章　海子 260
第二十六章　冷铺 271
第二十七章　朝天宫 282
第二十八章　青丘集 293
第二十九章　仝宅 304
第 三 十 章　酒肆 315
第三十一章　帝王庙 327
第三十二章　都督府 338

卷五 **河闸**

第三十三章　执事堂 350

第三十四章　张家湾 361

第三十五章　灯会 372

第三十六章　风波 383

第三十七章　险境 394

第三十八章　铁券 405

第三十九章　走百病 416

第 四 十 章　崇质宫 427

尾声　捷报 435

附录　关于《赤龙》 440

赤龍

卷一 冰蜂

第一章

命案

一

大明景泰七年[1]岁末，京城里刚刚下了一场大雪。雪到早晨天亮的时候才停，天也渐渐地晴了。到了巳时[2]，竟难得地开出了一轮红日，照在四处的雪地上，金晃晃地刺眼。

西四牌楼东南角有个福安茶坊，茶坊后身附设着一家客栈。客栈不过是一个大门朝北开的四合院，南屋是账房和厨房，东西两厢和北屋正房是客房，除了北屋是一明两暗的套间，东西厢房都是一间一开门的普通客舍。

年根儿上，客栈里根本没有客人，这时却来了几位当差的。两个外面虽然穿着羊皮袄，却能露出里面一身黑袍红带的自然是衙门的捕快。另外两个是二十多岁的年轻人，一个头戴毡巾，身穿深蓝缎子面狐皮氅衣，显然是位公子；另一个大块头的穿着毛青布面的棉披袄，扎着大带，像是仆人。几个人此时都在西厢房一间开着门的客房里面。

“方三爷，你觉得他像是中了炭毒死的吗？”

“杨公子，您可千万别再叫我三爷了，实在不敢当。您就叫我天保……要不然叫老方也行。”

这杨公子与方天保认识不久，并不熟络，知道他的表字叫作君定，才

[1] 明景泰七年丙子，大致相当于公元1456年。
[2] 巳时，指上午9时至11时。

说道：“我还是叫你的表字吧，君定，你觉得他是中炭毒而死吗？”

“要说昨晚上下雪，这屋里捂得严实，他又一个人在屋里生着大炭火喝酒烤肉，情形像是中了炭毒。可是——中了炭毒的死者大都是身上泛着桃红，有的竟像是涂了多少胭脂。可这位，满脸黑气，莫不是原本脸色太黑，把那毒红也给压住了？”

杨公子微微一笑，对这位貌似粗鲁的捕快头儿颇为赞赏。

“我猜他本来也没有这么黑。他确实是中毒而死，可中的却不是炭毒！”

此言一出，屋里的人们各有不同反应。方天保轻轻点了点头，似是早就有此判断；他徒弟顺子倒是吃惊地“呀”了一声；福安茶坊的账房徐四则连说“不能吧，不能吧”，满脸的惊恐；只有大块头杨二几乎毫无反应——公子说的，那还能有错吗？

“烧炭中毒，通常都是炭火似燃非燃，阳气未能压住炭中原本积下的阴气。可你们看，这炭盆里的灰烬轻飘雪白，显然是燃得极为透畅，怎么会有阴毒产生呢？”

徐四连忙说：“正是，正是，小店提供的炭火从来是生得极旺了才送进客房，所以多少年来也没有出过炭火中毒的事。可是，他又如何能够中了别的毒呢？”

“我正要问你，昨天晚上他如何行止，和周围人等有什么来往？”

徐四叫过当班的伙计来问，伙计说：

“这位客人昨日后晌在茶坊里吃茶，说是城门关了回不了家，就来这里宿一晚。昨日是腊月二十四祭灶[1]，客栈里就他一位客人，登记的名字叫吕大相，家住在顺承门外狗儿营。他住下来叫了烧刀子、生驴肉，说要烤肉喝酒，不到二更就熄了灯，一宿也没什么动静。我们起五更迎玉皇，没有惊动他，到天亮了还是没见他起来，后来敲门也不吭声，捅破了窗户纸才看他情形不对。”

[1] 明代北京风俗，腊月二十四为祭灶日，而不是现在比较流行的腊月二十三；二十五日一早接玉皇。

那杨公子又问："那门可是关死的？"

伙计道："门从里面插着，门闩又紧，我们找了把柴刀从门缝里插进去，撬了好一阵子才把门打开。"

杨公子看看门后的门闩，确实有撬过的刀痕。再看阳面的窗户，也是丝毫没有动过的迹象，不由有些奇怪：如若他只身一人在屋子里面，到底是怎么死的呢？

杨公子和伙计问话的时候，方天保一面听，一面俯身仔细查看尸体。这时他突然抬起头来说："杨公子，你看这里。"

杨公子连忙过来，只见那死者后脖颈颈右侧，发际下边一点的地方有一个豆粒大的黑点，不注意会以为是天生的痣疣之类，但仔细看却能发现，黑点中间有一个极微细的针孔，再细看，针孔边缘似有些微的血丝。

杨公子并没见过这种伤痕，抬头疑惑地望着方天保。方天保将伤痕仔细观察了一阵，还用鼻子凑过去好一番嗅闻，才在杨公子耳旁低声说："看起来很像是西域的冰蜂。"

杨公子没有听说过什么西域冰蜂，正要找僻静处听方天保仔细解释，院子门口却忽然热闹起来，就见四五条内穿锦绣箭衣、外罩裘皮长袍的汉子大大咧咧走进院来。

方天保不由低声呸道："屁大点儿事，怎么把锦衣卫的番子也给招来了？"

二

锦衣卫中为首的一个身高膀大，模样很是凶恶，并不自报家门，直接就冲着方天保问道："这几位官爷是哪个衙门的呀？"

要知道在这京城里，从刑部、五城兵马司，到顺天府和宛平、大兴两县都有办案的差役，他这么问本来也属正常。只是他口气里那份不屑很让人不舒服。

方天保却应对从容："军爷，小人们是宛平县的捕快。今儿早上刚听说这店里死了人，才到这里勘查。”

那位锦衣卫的头头只用鼻子哼了一声，算是回应，目光立刻就转到杨公子身上，见他衣服华丽，还算客气，只是用眼神在问：那你是哪头蒜，跟这儿起什么哄啊？

杨公子对锦衣番子这种牛气冲天的样子很看不惯，却也不愿与他们计较，只是正色长揖，朗声说道：“这位军爷，学生杨继宗[1]，字承芳，是山西癸酉科[2]的举子，因到京城会试，投宿到我娘舅家中。学生的舅舅现任宛平县知县，我因一向热衷刑名之学，今日见有命案，才跟过来看看热闹。搅扰军爷公干，祈望海涵。”

那锦衣听说是个举人，自然也尊重了几分，忙回道：“岂敢。在下锦衣卫记名百户袁彬[3]。杨公子既然喜好刑名，可是看出这案子有什么蹊跷啊？”

杨继宗听着这袁彬的名字耳熟，再次拱手问道：“袁将军可是当年在塞外陪过太上皇的……”

袁彬连忙还礼道：“惭愧，正是在下。不过，杨公子莫再提起将军二字。”说话时眉宇间竟有一丝凄然。

原来这袁彬本是个锦衣校尉。七年前，也就是正统十四年[4]，正统皇帝朱祁镇带兵亲征西北的大敌瓦剌，谁知道进退失据，吃了败仗。正好在八月十五那一天，大军在怀来土木堡溃败，皇帝也被瓦剌首领也先太师俘虏。被俘的正统皇帝在边关内外随着也先的大营历尽艰辛，整整一年。其间袁彬正巧与正统皇帝一同被俘虏，从此就跟随在皇帝左右，护卫服侍，冬天严寒甚至要用躯体为皇帝焐脚驱寒，因此深得正统皇帝的欢心。他为护卫皇帝的安全和尊严，也吃过许多苦头，甚至为此几乎丧命。

正统皇帝被俘后，京城百官以兵部尚书于谦为首，拥立正统皇帝的弟弟，郕王朱祁钰为帝，改元景泰，并且在京城周围大败也先的瓦剌军。也

[1] 杨继宗，字承芳，山西阳城人，天顺元年（1457年）进士，后官至云南巡抚，是明代著名的清官。《明史》卷一五九有传。

[2] 癸酉科指景泰四年（1453年）乡试。

[3] 袁彬，字文质，江西新昌人，早年任锦衣校尉，后官至前军都督佥事。《明史》卷一六七有传。

[4] 正统十四年，即公元1449年。

先见手中的俘虏皇帝没有什么油水可捞，也无心与大明再战，就在景泰元年[1]把正统皇帝送回了京城，袁彬这才一同回京。景泰皇帝不愿让回宝座，尊他的哥哥正统皇帝为太上皇，实际上是软禁起来，再不参与国政。旧皇帝已然没了势力，当年为他吃苦尽忠的袁彬等人自然也没有得到什么实惠。袁彬仅被授了个试百户，就是记虚名，没有实职。但朝野上下大都认为他当初在瓦剌的表现堪称忠臣赤子的表率，何况护卫天子不受夷狄侵害，实在是天大的功劳，因此都很为他不平。

杨继宗也早听说过这位袁彬的事迹，立刻敬意大增，很真诚地说道："袁军爷，我早听说过您的大义大勇，仰慕已久，谁知有此机缘相遇，真是幸甚至矣！"

要知道明代特重科名，经过科举制度一路走出头来才算正途缙绅，才是真正的社会精英。锦衣卫虽称皇帝亲军，又担任着稽查奸宄的特殊职责，但通常对于进士、举人，甚至国子监的监生、贡生，都还是比较尊重的，内心深处更有几分景仰之意。袁彬见眼前这位年轻举子如玉树临风，眉目中透出一股英气，又如此高看自己，怎能不喜，忙说："杨兄太过抬爱，实在不敢当。以后如有机缘，还望多多指教。"

他犹豫了一下才又问："看来杨公子刚才来了一会儿了，这人到底是怎么死的呢？"

此时店里的账房、伙计众人早已避到屋外，又不敢走远，只在院子当中哆哆嗦嗦地等着吩咐——一则天气实在冷；二则见了锦衣卫的校尉，平民百姓实在害怕。

杨继宗见屋里都是办公事的人了，也就直接告诉袁彬："这人绝非死于炭毒，大概是死于一种奇毒，而方捕头认为可能是西域冰蜂！"

袁彬听了也是一惊。他看了死尸身上的针孔，沉吟半晌，才让手下再把这间屋子仔细搜查一遍："犄角旮旯都不要放过，特别要注意不寻常的细微之物。"

方天保等人不敢跟着掺和，但冷眼旁观还真是佩服这些番子手，确实

[1]景泰元年，即公元1450年。

精细，真是一个线头一个草棍都不放过。不过一盏茶的工夫，两个锦衣卫几乎同时发现了可疑之物。一个是夹在炕沿和炕席之间的一段小竹管，一头是天然的竹节堵死着，另一头却是开着口。随后在枕头旁边发现了一小块桑皮纸，在炕席缝里发现了一小段线头。几样东西一对基本上清楚了，那个小竹管是个容器，曾经用桑皮纸包住口，用线捆扎上的，但可能就在昨天晚上被人打开了。另一件物件是在墙角里发现的，在一堆灰土里，很难分辨出来，那是一只已经死掉的昆虫，不过苍蝇大小，但细腰修腹，显然是一只蜂！

三

袁彬用镊子小心地夹着那只死蜂，让杨继宗仔细看，问道：“这可就是那冰蜂？”问的虽是杨继宗，其实却是在问方天保。

方天保是六扇门里的老手，怎会不知，也趋近了细看，再退回半步，回道：“小人也从来没有见过冰蜂，只是当年跟着我师父办案的时候，听他老人家说起。这冰蜂出自西域大雪山中，头腹鳞翅都是白色，而且晶莹透亮，所以才叫作冰蜂。眼下这虫子模样古怪，绝非常见之物，应该就是传说中的冰蜂了。”

众人都不由点头，等着下文。

方天保接着说道：“听我师父说，这冰蜂有剧毒，人被它蜇了，当下并不觉得有多厉害，但不用半个时辰就会昏厥，一个时辰就会断气，无药可救。这毒虫蜇过人却也立时即死，所以平常并不会蜇人，却唯独受不了天竺香的诱惑。当初我师父他老人家办过一件案子，被害人就是让人先抹了天竺香，又放冰蜂蜇死的。刚才检查尸首的时候我也注意了，他脖颈处似还有微微的天竺香痕迹。”

几个锦衣卫校尉听了，又忙抱住那吕大相的头颈狂嗅了一番，才都点头道：“确实还有微微的香气。”

杨继宗又问：“各位军爷以前可曾见过这毒物？”

几个校尉互相看了看说："不要说见，就是听也是今日才得听说。"说罢想起这是个增广见闻的绝好机会，就又把袁彬手里的死蜂讨了去细细看起来。

袁彬把吕大相的尸身又仔细查看了一番，才走到院里，去查看门窗，见窗户都因冬日是用高丽纸糊死的，显然没有开过的痕迹。且因刚下过雪，窗檐下几行脚印甚是清晰，一问，都是一早伙计察看时留下的。窗户纸上有一处破洞，同样是伙计一早察看时捅破的。显而易见，昨晚吕大相住进来以后，不可能有什么人进过这屋。

杨继宗一面看着袁彬勘查现场，一面心里盘算：这冰蜂如此稀罕，用它来杀人的，绝非等闲之辈，看来这死者吕大相也大有来头。既然吕大相昨晚住店之后就一直封门锁户，与外面隔绝了来往，那竹管、冰蜂等物一定是在他进住之前就放在房间里的，当然更可能就是由他本人自己带进来的。如果猜得不错，应该就在昨日傍晚，有一位高人，不知用了什么妙法，哄骗着这个吕大相一面抹了天竺香，一面留了杀人毒蜂，单等酒足饭饱安睡之前，放出毒蜂来杀了自己。如此处心积虑，到底是什么人，又为了什么呢？

杨继宗越是琢磨，越是对这个案子深感兴趣，很想找来昨天在茶楼伺候的伙计细问究竟，看看能不能找到些蛛丝马迹，因此对袁彬说道：

"袁兄，刚才我们也讯问过伙计，说是这吕大相昨日一直在茶坊里吃茶，因晚了，出不了城门才在这里住下。既然这客房密不透风，不可能有人进来作案，那么设计杀人必定都是在吕大相住下闭门之前。要么是有人在茶坊中做下手脚，要么是这客栈中有人在他入住之后、关门之前用了什么手段。现在趁着人死不久，拙见以为要赶快讯问相关之人。"

袁彬见这位举人推断得情理分明，笑道："看来杨兄还真是个内行。这起命案十分古怪，定然不是普通的图财寻仇，既然让我们锦衣卫碰上了，自然要管。但这京城里面的事儿盘根错节，说不准什么时候就挨上了哪家大宅门。大年下的，我看杨公子就不必跟着蹚这浑水了。"

他转头又对方天保说："回去禀报你们太爷，就说这宗命案由我们锦衣卫接了，不用宛平县再来操劳辛苦。"

后才又对杨继宗一个长揖道："今日得见杨公子，觉得甚有眼缘，也算是三生有幸，日后定要到宛平县拜望。"其实已经在下逐客令了。

四

回县衙的路上，方天保微微有些不快，却要为自己找面子："大过年的真要摊上这么个案子，那才是倒了血霉，幸亏这帮锦衣番子为咱们扛了，实在万幸。回去我请各位喝酒。"

杨继宗却似余兴未尽，问道："听你刚才说起，尊师经历非比寻常，不知是哪一位高人？"

方天保见问到师父，顿时一脸尊重道："我师父他老人家当初在顺天府做过捕头，在我们行里也算有些名气，当年京城里说一声魏三爷，还真是有点响动。"

杨继宗一向对刑名案件极感兴趣，在家乡阳城做秀才的时候，就曾经协助县官侦破过几起疑难案件，平时也特别注意搜集相关的各类官私文书、断案著述乃至江湖流言，对这位魏三爷还真有点印象，"没想到方爷竟是魏长风老爷子的高足，失敬，失敬！"

方天保见这位举人大少爷居然还听说过自己的师父，不禁有些感动，忙着还礼道："可惜他老人家十几年前就过世了，我这不成器的徒弟并没有学到他老人家三成的手艺，辱没了家师的英名，实在惭愧。"

杨继宗的心思还在刚才的案子，也不再寒暄，直接问道："不知你还记不记得，你师父说那冰蜂杀人的案子是什么时候的事？"

方天保略作沉吟，才道："算来应该是三十年前，大约是宣德爷即位前后的事儿。听师父说，死者是英国公府里的一位清客，因为背后有一位国公爷的关系，师父只到现场查出了冰蜂杀人的秘密，案子就被锦衣卫接了去——哎，这可和今天真是有些相似啊！"

"那后来可查出了凶手？"

"听说锦衣接手之后，对此案封锁得极其严密，案子结没结，怎么结的，档册不存，也没有人传说。我师父说因此案干系太大，凡当初稍微涉及一点情况的，再没有人敢提半个字。师父也是因为后来朝廷几经变迁，这案子早就石沉海底，才把冰蜂的事作为一种杀人秘技告诉了我们几个徒弟。”

“尊师说没说过，所干系的到底何事？”

“师父并没有直说，但听起来像是与汉王谋大逆的事件有关。只是年代久远，恐怕再难弄清缘由了。”

其实是在三十二年前，明太宗永乐皇帝驾崩，太子高炽继位，就是洪熙皇帝。但洪熙在位不足一年也病逝了，太子瞻基正在南京主政，闻讯迅速赶回北京，来继承大位。洪熙皇帝有一个兄弟朱高煦，原本封为汉王，因当年在太宗靖难[1]打天下的时候立过许多战功，在军中朝中颇有势力，此时就起了篡政夺权的念头，密谋在太子回京的路上偷袭。由从南京到北京，不论走运河还是官道，都必然要经过汉王的封地，山东北部的乐安，如果布置周密，汉王的阴谋很可能得逞。但不知为什么，太子瞻基好像洞察到了阴谋，虽然时间紧迫，却日夜兼程绕道河南，才算平安回到北京继承了大统，就是大明宣德皇帝。第二年，汉王高煦实在忍不住心中闷气，终于举旗造反，造反之前先派亲信到京城，约靖难时期的同袍好友英国公张辅作为内应。谁知张辅立刻逮了信使上报朝廷。汉王没有了内应，只能起兵硬打，却是底气不足，还没有与宣德皇帝亲率的大军接上一仗，就众叛亲离，只得出城投降。这汉王后来被关押在紫禁城之内，最终被宣德皇帝用铜缸扣着，周围放置炭火，活活烤死了。

这些本朝的历史大事，杨继宗自然熟悉，但他一直对有些细节不能理解。比如，汉王要半路截杀太子，这是何等机密大事，怎么能够随便走漏风声？而太子瞻基，也就是后来的宣德皇帝，既然避开了危险，也就很难再抓到汉王在此事上的把柄，所以直到汉王公开造反都再没有提过此事，但后来为什么就能够将这一阴谋记入史册却又语焉不详呢？还有，英国公

[1] 靖难，指明初燕王朱棣为反叛建文帝发动的战争，最终建文帝被推翻，朱棣即皇帝位，年号永乐。

张辅与汉王关系密切，如果高煦不是有十二分的把握，怎么会直接联系他做内应呢？

他从来不相信，在靖难战争中智勇双全、屡建奇功的汉王高煦，真会像史书中记载的那样昏庸颟顸，胆大心粗，今天听方天保说出三十年前的这桩疑案，更觉得这里面一定有极重大、极复杂的内情。

而眼下这桩案子……一个小人物的死，竟然动用了三十年未出江湖的罕见毒器，而且锦衣卫对此事肯定事先已经有所注意。莫非这一回又与朝廷大政有关？

他停下脚步，对方天保说道："君定，我看咱们这回是遇着大事了。你如果愿意，何不与我一同到那吕大相的家中探访一回？咱们快一点去，或许还能赶在锦衣卫的前头。"

方天保没有半点犹豫道："那就请公子和这位二爷在这里稍等，我们回衙换上常服，取了马匹就来。"

个牙子；还有团营的石千总、锦衣李百户，都是商量买马的事。再有——”说到此处，他却眨巴眨巴眼睛，不往下说。

“还有什么？你只管说。”方天保眼睛一瞪，厉声逼问。

“是是，回大爷，近日东家常去东边关王庙边上的马解班，却与生意无关。”

杨继宗不解道：“噢？那他去那马解班做什么？”

“这个跑马解的班子说是从大同那边过来的，会跑马、耍大绳，身手确是了得。特别是那位班主，叫个云姑娘的，骑术极高，人又洒脱漂亮，城里都有许多人赶了来观看。我们东家当初在宣府、大同一带贩马，与她就已结识，今年又在京师相遇，好像是有些不尴不尬。最初说是去讨要马药，后来有事没事也常会去看马解、打赏。昨日一早我见他穿戴齐整出门，不合说了句‘今天祭灶，跑马解的也该歇了吧’，我们东家却和我急了，让我不要胡说八道，小心坏了大事。不过，主人去云姑娘那里，从来都是天黑就回家来了，看来昨天未必是去了马解班子。”

杨继宗毕竟还有些少年心性，对此事有了兴趣，问道：“她一个马解班的妇道人家，能有什么大事？”

“回公子爷，这云姑娘却着实不一般，好相貌、好技艺不说，又做了班主，拿得起，放得下。嗯……前几日我们东家在常营街那边喝多了酒，我套车去接他，他在车上对我说：你不要以为云姑娘是个平常之人，说不定是大有来头。还说，要找一位锦衣卫的袁百户，将来必有大利市。”

“你可知是哪个袁百户？”

“东家没有细说，小的不知。”

杨继宗把杯里的酒一口喝了，说道：“这酒虽村，味道却还不坏。我们既然到了附近，何不也去看看那大同来的马解？”

几人起身出门，临走时，方天保黑着脸问那姓崔的伙计：“你家东人平日待你如何？”

“回大爷，待小人甚好。”

“待你好，嘴还如此不严实！”

方天保剜了那伙计一眼，才转身对总甲等人说：“吕大相出事了，一会儿锦衣卫的人也要来，问什么事你们照实回答，但不要透露我们已经先来过这里。如有透露，将来有他好看！”

二

关王庙离吕大相家不过一里来的距离，立时就到了。杨继宗一行远远地已经听到击鼓之声，知道就是这里了。

此处同样是阔地甚多，大街北边是一座小庙，就是关王庙。庙后面是一大片空场，西南一侧都用木桩苇席拦了，一直连到庙墙，一来可以挡风，二来也为减少出入口，免得打赏时人们一哄而散。再往北是一个席棚，相当于后台，有个角门可以出入场内。席棚西边则是一圈养马的围栏和几座住人的毛毡帐篷。

几人把马拴在庙门口，从小庙的东侧绕过去，才见到广场上有两匹马正在跑圈。广场的东面和北面稀稀落落站着几个客人——刚过晌午，又是腊月年根儿，很少有人来这里凑热闹。关王庙后身有个土台，台子上放了几张条凳，因为位置好，显然就算是“雅座”了，此时并无一人。

杨继宗、方天保径直上土台坐了，并叫顺子和杨二也坐，这才仔细看场子里的马解。

场子里还是那两骑，骑手是一男一女两个不过十六七岁的少年。两人年龄虽然不大，骑术却相当老到，马行或徐或疾，两人像两盏灯似的粘在马背上，似是不用心也不用力，人马全然一体。又过了片刻，场外的人多了一点，两位少年开始在马背上做动作，又是直立马背，又是倒起来拿大顶，一会儿又有镫里藏身、马腹穿沙，最后两人在马上翻着跟斗互换了坐骑，才从西边的席棚角门出了场子。

杨继宗毕竟生长在山西的阳城小县，看马解还是头一遭，不觉连连喝彩，又问方天保：“君定，你在京师见闻甚广，不知似这样的跑马，能够算得上几流？”

方天保也看得高兴，忙道：“虽然算不上一流，但这样两个小孩子家，能有此技艺也实属不易。看他们骑马的身法，应该是边外一路，有些感觉是娘胎里带出来的，咱们中原人怎么练也没有。”

杨继宗略有些吃惊道：“你是说，这两个少年是边外的鞑种？”

方天保似是很有把握地答道：“虽然不能肯定，我看总有八成是。”

二大为不满，虽然不敢说什么，却嘟着嘴，也不愿去接那褡裢。

方天保也觉得用二两银子打赏有些太过，但知道杨继宗无非是想借着这格外打眼的赏金来设法接近那云姑娘，因而只是看着杨二微笑不语。

那色目汉子来到近前躬身抱拳道："方才有劳大驾，观看我们一点雕虫小技，我等万分感激！"一口西北官话并没有半点夹生。这才把那顶毡帽捧在胸前。杨继宗并没有把银子直接放进毡帽里，而是双手捧出道："一点心意，不成敬意。"

色目汉子见是一锭整锞子，略觉有些吃惊，却也不动声色，仍用两手拿那毡帽去接，一面点头致谢，"多谢客官，多谢客官！"杨继宗怕他走了，连忙说："不用客气。今日见贵班的一套表演，实在是精彩绝伦，让人叹服。不知那位带队的红衣女子，可就是贵班主云姑娘？"色目人一副宠辱不惊的平静，"正是敝主。"

杨继宗又道："刚才见到贵班主，不但骑术精湛，气度非凡，而且在场内调度指挥若定，直如将军检点兵马。才知道江湖之中，竟有如此精彩人物。在下杨继宗，也是山西人，旅居京城，得见贵班高才，实实仰慕之至，不知能否有幸与贵班主一晤，以表学生无限钦敬之情。"

色目汉子略略迟疑，又把一行四人看了一遍，才回道："我需要回禀敝主一声，请几位少待。"

这时天色将晚，周围的人们也散了，只剩下一轮昏黄的落日斜挂在那边席棚的一角，天气也似乎一下子冷了起来。

这时突然鸾铃一响，角门里缓缓走出一匹红马，马上那人应该就是云姑娘，但此刻已经换了装束，一身宝蓝色的衣裤，披着一件银狐斗篷，头上是紫貂的昭君套。那姑娘径直来到土台前，也不下马，因为那马实在高大，土台又矮，自有一种居高临下的气派。

杨继宗略微抬头仰视，才发觉这位云姑娘实在年轻，不过十八九岁模样，柳眉凤眼，显是个美人，只不过脸庞微微有些劲峭，显得几分冷峻。

云姑娘上下打量了杨继宗一通，才冷冷说道："这位想必就是杨公子。我们小班出自偏远之乡，不过一点微末之艺，承蒙抬爱，能入公子之眼，小女子真是感激不尽。说起来我们不过是下九流的营生，可是我们小班自打祖师爷那会子就定下了规矩，从来不以颜色事人……”

杨继宗听到这里，连忙插言：“哪里，哪里，这可是姑娘误会了，在下不过……”

姑娘并不理他，“误会也罢，不误会也罢，眼下咱们面也算见过了，今后是大路朝天，各走一边，公子您只管升官发财，我们还是卖解谋生。您今天的赏格太重，我们实在承受不起，您就收回去吧。”

说完她把那锭银子轻轻朝杨继宗一抛，待他接住。谁知杨继宗被她说得心绪有些不定，一把没有接住银锞子，那锭锞子“当啷”一声掉在土台上，随又滚到地下。那枣红马受惊，突然一个人立。幸亏云姑娘骑术精熟，倒也不当回事，只是轻抚马颈，口中“哦呵，哦呵”轻轻唤了两声，那马才安静下来。

那姑娘在马上一抱拳道：“话也说完了，咱们就此别过。”说完拨马转身，扬起一鞭，竟如闪电一般，哪里还见得着踪影。

四

四人进了宣武门的时候，天就黑了下来，大市街两边的商铺尽已熄灯关板，只剩一些酒肆饭店还在忙着接待客人。

杨继宗在马上对方天保说道：“眼看瞎忙了一天，中午也没正经吃饭。不如我们就在附近吃个晚饭。”

方天保这一整天和杨继宗在一起，已经觉出这位公子虽然是县尊的表少爷，又是举人身份，却并没有高高在上的架子，不然以尊卑而论，哪有举人老爷和衙役皂吏一起吃饭喝酒的呢？何况他又心思缜密，见识不俗，今晚显是要商讨一下一天来所遇的种种事件，于是说道：“这自然好，不过，今晚的东道须让我来做。”

杨继宗道：“本想叨扰你，但今日咱们白看了一场马解，还倒找了二两银子，算是发了个小财，饭自是我请。你的钱先留着，咱们以后再聚吧。”

方天保刚才还担心他被那云姑娘抢白得丢了脸面，现在见他自我解嘲，显然并没有太放在心上，才应和道："倒是这个理儿。不过，二两银子，我得回去把三班衙役都叫来才吃得完呀。"

四人就在单牌楼北面找到一个不起眼的饭馆，要了烧羊头、锅爆肉、一大碗黄芽菜炖豆腐、小半盆烂蚕豆，还有芝麻烧饼和两角状元红。饭馆里客人不多，却很暖和。四个人都饿了，先吃喝了一气，头上冒出汗来。

杨继宗这才对方天保说："君定，你看这云姑娘是个什么来历？"

方天保已经吃了几个烧饼，饱了，此时正慢慢剥着蚕豆喝酒，沉吟了一下才回道："到底什么来历，一时还真是猜不出来。但看她的神态气度，绝不是普通的江湖艺人。何况——下午的时候我不是对公子说过，看那两个少年的骑术身法，一定是边外过来的。后来大队人马演练，我看他们十几人当中，除了之前那一男一女之外，还有一个女子，也应该不到二十岁光景，用的是一样身法。至于那云姑娘的骑术，不但是标准的边外身法，技艺比起另外那几个又高出了几筹。即便他们是中原人，也必是从小到了边外，练成了童子功。"

顺子酒量不行，在师父和公子面前也不敢放肆，所以并不喝酒，吃饱了就在一边喝茶。听师父说到这里，他瞪着眼睛看着方天保，似有话说，又不好意思开口。

方天保对他说："你有话只管说。"

顺子才道："公子，师父，我小时候，还是正统年间，在乌蛮市会同馆[1]做过杂役，当时会同馆里住的大多是瓦剌人，说是来朝贡，其实是为赏赉。我打小伺候他们多了，也会说几句他们眼巴前的用语，看人也能看出点门道。我看这云姑娘，虽然比一般瓦剌女子生得漂亮，那板型却绝绝是瓦剌形象。"

方天保暗暗点头，嘴上却不同意："只看相貌未必就能分出中原边外。"

顺子却又道："公子、师父可注意到，她那马惊了一下，她一面安抚，一面说些什么？"

杨继宗回想了一下道："好像就是'哦哦'了两声。"

[1] 会同馆，是明朝接待四夷的招待所。

顺子道："我听得仔细，她其实唤的是'讴很'，应该是瓦剌话，就是小女孩的意思，如同我们京师人说的丫头。"

杨继宗觉得有趣，"她的马惊了，却为何要叫丫头？"

方天保道："瓦剌各部生活在大漠草原，马既是他们的脚力又是其伴侣，他们与马的关系极其密切，为自己爱驹起个小名的并不在少数。看来云姑娘那匹枣红马真是叫个'丫头'了。"

这样一说，那云姑娘和她班子里的几个年轻人，当然也包括那位色目汉子，本是来自边外，应该有八成把握。如果真是这样，他们到京城里卖解为生很可能也只是幌子。那么他们的真正目的又是什么呢？

要知道当初正是瓦剌部俘获了大明正统皇帝，其首领也先还带领瓦剌兵马围攻京师，至此也不过七八年时间。虽然后来也先放归了正统帝，双方休战讲和，但那些年来结下的仇怨却并不容易解开，中原民众心中的第一仇敌还是那个瓦剌。这一伙人莫非是瓦剌派来的细作？

杨继宗放下酒杯，脸上有些严肃起来，"非我族类，其心必异！她若真是瓦剌细作，定有不可告人的目的。前者那姓崔的伙计说她要寻找一个姓袁的锦衣百户，莫非就是那袁彬？那袁彬曾在瓦剌流落一年有余，虽然都说他是大义士，却也未必没有可疑之处。更何况，吕大相命案才发，地保只是报到我们宛平县里，锦衣卫探子消息再灵通，怎么能够刹那间就赶到了现场？看来这云姑娘、吕大相、袁彬之间必是另有一重隐秘。"

方天保也是一脸正色道："看来此事干系重大。我看公子不如就此罢手，我回去开具成文，上报有司吧。"

杨继宗道："现在这事样样不清不楚，上报何益？何况那袁彬在锦衣卫毕竟还有些势力，一旦消息泄露反而打草惊蛇。此事既然有可能关乎社稷安危，正好让我遇上了，怎能袖手不管？君定兄，你自有公务在身，以后不必来蹚这浑水。我反正并无他事，却要探他一个究竟。"

方天保笑道："公子这是笑话我了。既然是关乎社稷安危，匹夫有责，何况我这个吃衙门饭的呢！今后公子有什么差遣，我方天保定效犬马之劳。"

过几副汤药。”

“你既认识他，前日可与他打过招呼？”

“我们说书这一行，最重描摹世态，因此不论到了什么地方，总爱细心观察不同人等的音容举止，所以才会注意到有这样一位掌柜。但他是开生药铺的财主，在下只是个抓药的病人，虽与他见过几面，并没有搭过一句话，更不提相互结识。那日见他来此处时又似有什么隐情，哪敢就唐突与他打招呼！倒是他似乎也觉得在下有些眼熟，倒像是有意要避开我的眼神，多是背向着在下。”

“先生可知这位掌柜叫什么名字，相貌如何？”

“只知道大家都叫他胡掌柜，名字实在不知。他四十多岁年纪，中等身材，白面短须，长得甚是文静。”

杨继宗还想再了解些情况：“先生可曾注意，除了前天，那位胡掌柜可曾还到过这茶坊？”

柳先生道：“这个在下实在没有注意。但这福安茶坊统共不过几丈之地，若是他别的日子也还来过，我当不会看不到。”

“那么前天这位胡掌柜在此都做了些什么事情？”

“敝人在此说评话，以舌为田，需要集中精神，平常也顾不上茶坊中的杂事。只因这位胡掌柜忽然改变身份，让人觉得有些蹊跷，我才略上了些心。但看他当时也无非真如走江湖的医士那般，串了几个桌子售卖他的药物。我当时虽觉怪异，却也没敢动声色。我们说书常讲：人有旦夕祸福，马有转缰之灾，说不准他家突生变故，一时沦落，也是有的。”

杨继宗并不想让这个案子牵连过多的人，也就不再多问，赠了一些谢仪，告辞去了。

杨二虽然不算精明，此时也看出了端倪，问道：“爷，咱们这就去那养荣堂吗？”

杨继宗笑道：“这次你倒明白。”

“只是我们不认识路，可别走岔了。”

杨继宗道：“这京城道路如同棋盘一般，不是东西向，就是南北向。我们只管朝南走，见到城墙再向东，不怕找不到丽正门。出了城，再找那养荣堂。”

三

人们口中的丽正门，其实就是正阳门。当初永乐皇帝修建北京城，大半用的元大都旧制，九座城门中倒有七座以元大都的城门为基础修复，当时也仍用原来的称呼。直到正统年间，朝廷对京城九门重新修整扩建，正统四年[1]才算完工，也把原来七座城门的名称都改了。中路南门是北京城的主门，原来叫作丽正门，改叫正阳门，只是京中百姓有个念旧的习性，对老地名尤其眷恋，因此一直还用元朝和明朝初年的叫法，反倒是正阳门三个字，只在门匾上挂着，很少有人提及。

养荣堂其实很好找，出了正阳门往南不远，大街路东一处挺大的门脸就是。面脸上面悬着一块大匾，黑底金字：养荣堂。杨继宗走近了再看题款，果然是元朝至元年间所书。

这个药铺的格局并没有什么特别之处，三间厅堂靠着后山墙全是接到天棚的百眼药橱，药橱上横平竖直有无数排的小抽屉，抽屉上写着“陈皮”“半夏”“人参”“附子”等药名。药橱前面是黑漆柜台，后面站着两个年纪不大的伙计，此时并没有人来买药。进门右手有一张桌子，一位坐堂郎中正在为病人把脉。厅堂尽南边有一道后门，显然是通往后院的，一般药铺都是在后院储存、炮制药品，掌柜的和学徒大概也在那里居住。

杨继宗来到柜台前，向着伙计一抱拳道：“打搅了，不知贵店可有一味药，叫作天竺香的？”

伙计一听，连忙赔着笑说：“官人您请稍等，这得让我们师傅来跟您说话。”说完他急匆匆出了后门。过了片刻，才有一位须发皆白的老者随着那伙计出来，手中拿着一个白麻布包。

老者同杨继宗打过招呼，才把手中的白布包打开，说道：“这位官人要是前几个月来，我们店里还真没有这味药。算您赶巧了，我们重阳节前后刚进了一批比较稀罕的药材，正好有这天竺香。可不知道，您要用它医治什么病痛？”

[1] 正统四年，即公元1439年。

杨继宗低头细看，见白布包着几块药材，形状似圆非圆，似卵非卵，大的不过鸽子蛋大小，小的只有小拇指头模样，初看有些像是琥珀，但颜色略浅一些，也没有琥珀的光泽。他示意可否拿起来看看，那老者点头同意。拿在手里才觉得这东西极轻，嗅一嗅确实有一股奇异的香气，正是昨天吕大相脖子上的气味。

杨继宗对那老者说道："我也不懂得医药，只是家兄近来受了风寒，咳嗽不止。有一位世外杏林高手吩咐说，要用这天竺香碾细了和成膏，涂抹在风池穴上，方可药到病除。我们找了几家药铺，都无此味，幸亏在贵号寻到了。"

那老者听了，满脸的不屑，把杨继宗手里那块天竺香收了回来，又用麻布包了，才说："不知您所谓的杏林高手是哪一位，但《本草》上讲得明白，这天竺香出产于天竺以西的西牛贺洲，性温，味辛微苦，有活血祛风、舒筋止痛、通气化滞之功能。如若是胸腹闷痛，疽痈恶疮，甚或是妇女虚寒痛经，此药都有奇效，可没听说过用它来治咳嗽的！再退一万步，即便这天竺香能治得了咳嗽，也应该是以内服为主，却不知道它还能够外敷。外敷也还罢了，治咳嗽用穴总应是手太阴肺经为主，尤以肺俞为最要紧的穴位。风池却属足少阳胆经，要是治个头疼眩晕尚可，如今要治久咳不愈，岂非风马牛不相及也？"

老者越说越气，最后简直吹胡子瞪眼，恨不得立刻要将那庸医揪住打他几巴掌才能消火。

杨继宗却不理他，等他稍稍平复，才道："老先生虽然说得有理，但所谓有病乱投医，既然有人说此药能治家兄的痼疾，我们何妨一试？如若无效，一定再请高明指教。请先卖我们两钱三钱，回家去试。"

那老者脾气却犟，"我们开药铺的并不只为赚钱发家，实在还要悬壶济世，脱人疾苦。官人买这药于药理不合，恐怕不能治病反而害人。这个药，敝店断不敢卖。"

杨继宗一面争辩药铺哪有不卖药的道理，一面示意杨二。那杨二本来一直站在杨继宗身后，现在忽然冲到柜台前面，冲着那老者高声喝道："你们有药不卖，是什么道理？莫非这药有假，又或是有毒？我家二爷在家里病着，吃不到这药，若是大发了，定要找你们问罪！”一急起来，满嘴都是上党方音，对方也听不大明白，只知道这位六尺高的大汉是真的急了。

四

正在争吵不休，突然有人在旁喝道：“李师傅，你且少说两句！”

杨继宗看时，见从那后门里走出一人，四十多岁，一件宽大的青布直裰罩住里面的棉衣，头戴着方巾，极为朴素，是一副读书人的模样，面带和气却又暗含着几分威严。

这人叫住了姓李的老者，才走过来问道：“店里什么规矩，怎么和客人吵起来了？”

那老者才把刚才的事情经过说了一遍，特别说明用天竺香治咳嗽，《本草》不载，闻所未闻，还是外用涂到风池穴上，更是差之千里！“我们卖药的从来只是治病救人，如此不通药理的单方，怎能出手卖他？”

那青衣人听老者叙述，不由面色有些不豫，眼神中似乎还透出一丝凶光，但转眼又换作了一脸和气，先对杨继宗施礼道：“在下是小店的主人，小店的药师见识有限，说话又没有分寸，多有得罪，多有得罪！”

杨继宗也忙客气道：“哪里，哪里！小仆缺少家教，一言不合就放声吵嚷，惊扰了阁下。阁下想来就是胡掌柜了？”

那人微微冷笑道：“公子对小号倒也知道得甚多。在下正是胡昌世，不知公子是……”

杨继宗也不隐瞒，说道：“学生杨继宗，为明春会试暂住京师。”却不说明自己住在哪里。

胡昌世听说是位举人，态度更加谨敬，连忙说道：“原来是位举人老爷，多有怠慢。”这才又转身对那姓李的药师说道，“李师傅，你可听说过，山外有山，人外有人。你虽在这药行里经营了大半世，医理、药理也算粗通，但岂敢说是所有药材烂熟于心，一切方剂通晓悉知？何况有那方外高人，奇特的医疗之法，我们没听说过的所在甚多，如何就能断定别人不通？”

李师傅还想争辩两句，但见到掌柜的一脸严肃，才嘟着嘴，不说话了。

胡掌柜这才又对杨继宗问道：“杨公子，但不知您听说的这个偏方是何人所授？”

杨继宗并不犹豫，“这方法是那天在西四牌楼有个福安茶坊，茶坊中一位走方的郎中所说。学生实在不懂医药，还请胡掌柜给断一下，这方法可还有道理？”说这话时，两眼直逼着胡昌世，却是毫不示弱。

看来那胡昌世也绝非等闲之辈，一面与杨继宗对视，一面微微点头，从脸上根本看不出他有什么想法。

“公子在一个什么茶坊中听了个游方的郎中议论，就敢贸然一试，倒也有几分胆量。不知公子可是听说过，用药如用兵，兵者，诡道也。公子靠着一点道听途说就要以令兄的贵体来以身相试，不是有些孟浪吗？”

杨继宗道：“虽说是道听途说，学生倒也为此细细盘算，周密思量，似觉其中不无道理。何况，那日也有人试过此方，只是不知后果如何。以学生拙见，即便一时未能见效，难不成就会因此丧了性命？”

听了此话，胡昌世眼中又是凶光一闪，旋又止熄了。

“刚才李师傅已经说过，按照一般药理医理，这个单方是万万说不通的，但自古以来出于理外的医方甚多，在下也不敢妄评。但既然公子听说了此方，又找到敝号，凑巧敝号又正有此味，说来说去终是一种缘分。不如这样，今天在下就奉送公子这天竺香两粒，以为谢罪。”说着就从那包香的布包里拣出不大不小的两粒，让伙计用草纸包了，恭恭敬敬递了过去。

杨继宗也不再客气，一面道谢一面接了过来。

那胡掌柜才又说道：“不过在下有话要说在前面，公子按方用药，若尊兄病愈，自是皆大欢喜。但万一用药无效，甚至反而加重了病情，千万莫怪小号。”

杨继宗忙说“岂敢”，又再谢过了，转身要走。胡掌柜在身后却又冷冷地来了一句：

“这天竺香气味奇特，公子可要保存仔细了，小心招蜂引蝶，恐有不测！”

第四章

鲜鱼巷

一

出了养荣堂的大门，杨继宗觉得有个人影一晃，倏然不见，定睛四下望望，却并不见可疑的迹象，才暗笑自己是过分警觉了。

这边杨二已经在紧肚带，解缰绳，备马准备回转了，杨继宗却突然看到南边大街上来了一人有些眼熟，再细看，可不正是昨日在马解场子里吹唢呐的色目汉子。他让杨二先不急着备马，又见那色目汉子旁边还跟着一乘小轿，只两个人抬着，轻飘飘的没有多少分量，转身却进了路东的一条街巷。

杨继宗觉得有些怪异，招呼了杨二一声就急忙跟了过去。

那条街巷又直又长，两侧都是各式商铺，路边又有许多摊贩，街上行人走马，轻车软轿，熙熙攘攘，十分热闹。杨继宗不敢怠慢，隔了三四十步的距离紧紧跟着，在行人中倒也不显得突兀。不一会儿，杨二也赶了过来。

又走了不远，那乘轿子朝左手北边一拐，又进了一条小胡同。杨继宗赶紧加快脚步，到了那胡同口才见那顶轿子已经转头回来了，只不见那色目汉子，轿也空了。杨继宗知道那轿里的人一定是在这儿下去进了院子，却也不好问那轿夫，所幸这是条不大的死胡同，里面只有三四个门洞，按时间推算，轿中人进的应该是最里面朝南开的那座大门。

杨继宗一时没想出要如何行事，见那胡同口正有一个卖大锅马肉的小摊，就凑了过去。

小摊的前面放着一口大锅，里面的卤水半开不开，煮着许多切成半大块的马肉。大锅周围放了几条长凳，却没人坐，吃肉的人都是一只脚踏在长凳上，用手里的加长竹筷子直接去锅里夹肉。有的要上一个大饼接着，有的就直接把肉块往嘴里放，烫得“吸溜吸溜”直哈气。杨继宗那身打扮与这里的气氛很不协调，他却不顾，也把一只脚踩在长凳上，从筷笼里拿了一双筷子，就夹肉来吃。杨二只在一边站着看，反正他对这位主人的非常做派也早习惯了。

杨继宗这时才来得及细看这条街巷，发现这里真是异常热闹。原本街两边各色商铺就多，路两边又有许多卖年货的摊贩，有卖粮，卖肉，卖冻鱼、冻虾、萝卜、白菜的，有卖绸缎、布匹、估衣、鞋帽的，还有大量应时的年货，手写的春联、福字，版印的门神、灶王马子，还有小孩们玩的纸灯笼，姑娘插头的“闹嚷嚷”[1]……就在卖马肉摊子的东边，胡同口的另一角，是个卖烟花爆竹的的摊子，此时突然点起了一挂百响的鞭炮，立时“噼噼啪啪”，烟气弥漫。

直到这挂鞭放完了，烟气将要散尽，杨继宗才对卖马肉的小贩道：“这里虽是城外，却要比城里面热闹多了！”

那摊主一面照看着肉锅，一面在一个笸箩里摆弄着一些油唧唧的铜钱。杨继宗细看才弄明白，他其实是在给周围各位吃马肉的计数，你捞一块，他就放一枚铜钱，以便最后吃完收账。因生意熟络，那摊主并不介意与人搭话，见这位客人显然是位贵公子，更不敢怠慢：

“看来公子并非京城人。那城里面又有皇宫又有衙门，管制多，是非也多，自来就不如城门外关厢地带热闹，而九门之中又唯有这丽正门外才是京师第一热闹之地。”

“那请问这条街叫什么街？”

“这里叫个鲜鱼巷。因为离河不远，听说早年是个鱼市。但从我小时

[1] 闹嚷嚷，当时过年，特别是正月十五时女孩插在头上的一种装饰，一般用乌金纸制作，呈彩蝶、昆虫等形状。

候记事起就已经不只是卖鱼，五行八作什么买卖都有。听人说，京师里十停买卖就有三四停在这鲜鱼巷中，从丽正门外到哈德门外四里长的一条街上，倒有四五百家商铺。现在正是年根儿，比平时又热闹了许多。”

杨继宗正想打探一下胡同里那几户的情况，便又问道：“那想来这些小胡同里住的，也尽是附近商家了？”

那摊主道：“当年临街也有一些住户，不是自己改成铺面营生，就是被商家高价买了，现在竟然没有一户临街的房舍不是铺面，里面的院子大多也是这些商家住了。”

说着他一指左手边这个胡同道：“这个小胡同我们管它叫蜈蚣腿儿三条，三个院子的主人全不是此地人。东边院子是江南人，贩卖绸缎，在丽正门大街上有个大铺面。北边院子专从口外贩皮货，并没有铺面，就在院里直接与人大宗经营。”

杨继宗心想，就是这个了，也没有再细听西边院子的情况，连忙问道：“我正想置办几件大毛的衣裳，能不能直接到那里买卖呀？”

摊主说：“这个我就不知道了，公子不妨直接上门问问。呵呵呵，我的小摊虽然就在这胡同口，但贫富悬殊，从来没和里面的人打过招呼，他们也没照顾过我这小生意。”

杨继宗还想再问问刚才那小轿，旁边的爆竹摊却又点起一挂鞭来，声音震耳，连互相说话也听不清了。

二

待到这挂鞭放完，硝烟还没散去，却有一个声音从旁边蹿出来：

“我说你们能不能消停着点儿呀！一个卖炮仗的，紧着吆喝也就得了，非要扬尔翻天地点鞭玩儿。这京师可是你们乡下人的村社？这鲜鱼巷本就人多，大年下的要是惊了牲口踩了人，你们也就别过年了。南城兵马司离这儿也不远，一碗茶的工夫把你们几个全捆进去，打板子，夹夹棍，能囫囵个儿出来就算你们祖上八辈子积了德啦。要是一不留神再走了水，来个火烧连营，那这德就积大了，斩监候都算是轻的，你们几个有一个算一个，一律斩立决，年都别过了，直接在四牌楼咔嚓了。我看你们可真是背着棺材投河——安心寻死呀！”

叫喊的是一个二十多岁的年轻人，身穿一件灰色湖缎面羊皮长袄，腰间束着蓝绸束带，头上戴的却是一顶杂色的胡帽，也不知是什么皮毛，看着既不像是书生，也不像是买卖人。

他把几个卖爆竹的喝得蔫头耷脑不敢吱声，才转过身来也到了煮着马肉的大锅旁边，却不像别人那样一只脚踩着长凳，而是找了个空儿，金刀大马地坐了下来。

卖马肉的摊主见到此人坐下，连忙打躬赔笑：“哎哟，靳爷，您今儿个闲在，来照顾我们小买卖。”

那位靳爷一面接过大筷子到锅里夹肉，一面说道：“老项你这个马肉虽然来路有些不明，但味道还真是不错。”

摊主连忙道：“靳爷您说笑了。”

那靳爷呵呵一笑道：“我这可不是说笑。前天听说五军营左哨有几匹死马，埋在齐化门[1]外，当天夜里就让人给刨出来了。这可是左哨的刘把总亲口跟我说的，你说那些刨出来的马肉要不是进了你们这些汤锅，难不成还上太庙去祭祖了？”

摊主有些挂不住脸，却也不敢发火，“您竟跟我们穷人打镲。得，您多来几块马尸首，别再吓着这几位主顾。”

靳爷左右瞅了瞅边上的几位食客，才说：“还别说，老项你这生意真是大长进了，有贵客光临，这可是要发的征兆！”

杨继宗见他说到了自己，把脚挪到地面，微微一揖道：“这位兄台，学生初到京师，不谙风俗，见笑了。”

靳爷忙站起来还礼：“岂敢，岂敢！我看公子气宇轩昂，行事洒脱，真是非常之人——还别说，像公子这般装束，在这儿踩着板凳吃马肉的还真是少见。”又稍稍正色道，“在下姓靳名孝字启忠，就是丽正门这一带的一

[1] 齐化门，即朝阳门。

个混混儿。我虽然少才无能，但对于此地的地理人事却是极熟的，三街五巷，住家门市，还真没有我不知道的。”

杨继宗见他话中有音，显然是刚才已经听到了些什么，就把一只脚又重新踏上板凳，也让靳孝自便，才说：“学生还正有一事想要请教。早就听说京城苦寒，这几日才知道真是冷得出奇。我想要置办几件大毛的衣服御寒，正好刚才听这位摊主说巷子里面就住着一位皮货商，却不知道他做不做零碎生意。”

靳孝依旧坐下，微微仰起脸对杨继宗说：“怎么不做？蜈蚣腿儿三条里这位皮货商姓包，与我最熟，一会儿不妨到他家看看，多得是上好的皮毛——我只为交朋友，决不拿回扣。”

杨继宗又问：“不知他的货是从何处趸的？须是从口外来的成色才好。”

“那老包本是大同人，与口外鞑子最熟。老项知道，入冬以后，不总有一把子一把子的骆驼驮了上好的皮货直接送到这里？灰鼠、紫貂、海龙、狐狸、貉子，应有尽有。”

杨继宗道：“听说那宣大边外一直不太平，想不到贸易倒还繁盛。”

靳孝不住摇头道：“公子你这是陈年的老皇历了。前几年，不要说宣府、大同边外不太平，就是这京城四周都曾开过战场。多亏了于少保带兵布阵，打服了那瓦剌的也先太师，再也不敢来进犯。后来不但送还了太上皇，进贡的使者也是接连不断。进了丽正门不远就是会同馆，里面那瓦剌来进贡的就没断过。就是那些拉骆驼送皮货的，也时常有些瓦剌人。”

杨继宗忙问：“这么说来，那位包掌柜与瓦剌也是有些来往了？”

“老包是财源广进，自然认得些瓦剌人，就是那些进贡的使者，进城前也常有先到老包这里打尖休整，打听京中近况的——我说这位公子，您对老包这买卖可真是关心呀！”

杨继宗也自觉问得有些唐突，刚想支吾遮掩，却听得头顶上一个清脆的声音：“既然如此关心，这位公子何不就进院坐坐，省得在这里烤前胸吹后背的，没的着了凉。”

杨继宗抬头一看，不知道什么时候后面站了一匹枣红色的高头大马，马上端坐一人，身穿着对襟皮袄，头戴着紫貂昭君套，脸上罩着薄薄一袭眼纱，虽然看不大清面目，却分明认得，不正是那云姑娘！

三

杨继宗一时尴尬，又不好推托，竟稀里糊涂跟上云姑娘的枣红马进了小巷。那位靳孝也似老实了许多，不再贫嘴，也不管云姑娘请没请他，悄声悄气地跟了上来。云姑娘也不下马，缓辔而行，“嘀嘀嘚嘚”一路进到小巷深处。

小胡同的尽里头面朝南是座红漆蛮子门，里面齐齐整整一座雕花的青砖影壁，过了垂花门，是一进大院子，除了碎石铺的十字走道，院中还遍是积雪，靠两边厢房的石阶下面堆着几垛木柴，应该是取暖烧火炕用的。

上房里确实相当温暖，几个人把大衣裳脱了，云姑娘才让杨继宗坐了客位上座，似笑非笑地说道：“我要是没有记错，这位公子好像是姓杨。说起来也真是蹊跷，我们乡野之人与贵公子天悬地隔，这两日却两次相遇，岂不是太凑巧了吗？”

屋里热，杨继宗不觉有些微微出汗，支吾道：“确实凑巧。今日因闲来到这鲜鱼巷逛逛，听说这院是贩皮毛生意的，正想着购置几件皮货，没想到却是姑娘的宝宅。”

“我们一跑马卖解的，平时都是住大棚，睡草窠子，哪能有这么阔气的宅院。这是我一位远房姑丈的买卖，我也是年前有事来拜访。刚才下人说了，不巧我姑丈出门要账去了，公子要买裘皮恐怕还需等上一等。可又说，还不知道杨公子是何方人氏，做什么营生啊？”

杨继宗忙又把自己的身份说了一遍，只没有提到自己是宛平知县的亲外甥。

云姑娘听说他是进京会试的举人，面色更加平和，才说：“公子既然不是京师人，却怎么和这个现世宝混上了？”她边说边用眼睛觑着坐在侧位的靳孝。

靳孝连忙起身打躬道："姑奶奶您留点口德吧。我和杨公子也是在马肉摊上偶然相遇，怎么就是混上了呢。"

杨继宗也连声说是，并问道："还真要打问，不知靳兄在做什么公干？"

靳孝道："我哪有什么公干，不是说了，就此地一个混混儿罢了。"

云姑娘却在一旁冷笑道："你要是个混混儿，那也算是天下都招讨，第一总混混儿了。这丽正门门里门外谁不知道，养荣堂二掌柜的靳二爷呀！"

杨继宗听说这靳孝原来是养荣堂的二掌柜，心中不由一怔，暗想：原来刚才在药铺里那一番闹腾，姓胡的并没有就此甘休，这姓靳的必是跟着我的。只不知他们和这瓦剌姑娘有什么纠葛。

靳孝却面色如常道："药铺的事，不过是我爹当年参了股，让我挂个名罢了，我多咱[1]管过那里的事？"

杨继宗见事已至此，何必再隐瞒，才朗声笑了起来说："要说凑巧，这才是真巧。刚刚不久我才在贵号买药，还与柜上的师傅争执起来，想来靳兄也有所耳闻吧？"

靳孝笑道："当时我在后院，听伙计说是李师傅与客人争吵，为了一味什么香，却不知就是公子。"

杨继宗从袖中取出草纸包来打开道："就是这天竺香。实不相瞒，我要此药却并非要医治什么病症，而是因它关乎一件命案！"

靳孝眼神闪了一闪，瞬间平复："这什么香莫非是味毒药？"

杨继宗心想，此人看似孟浪，却是极有城府，便淡淡说道："我因借住在宛平县，昨日正赶上一宗命案。这天竺香虽然无毒，却是致命的药引子！"

云姑娘听两人说起命案的事，大为好奇，也不搭话，只是不住地看两人的神色。

靳孝轻轻咳了一声，一脸郑重道："杨公子初到京师，可能不大清楚，想这京城内外，上到皇宫内院，下到寻常里巷，哪天没有几起命案？明里有司刑毙，暗里投毒凶杀，冤死鬼哪里有个数？你不见每到清明、中元、

[1] 多咱，北京方言，意为什么时候，何时。

十朝[1]，京城里都要做多少处天大的水陆道场，无非要超度无数的冤魂，来消解戾气。何况京城中内廷、官府盘根错节，又与江湖党社钩心斗角，一件命案不知关联着多少豪强大佬，不知包藏着多少阴谋诡计。既然是命案，自有官府办理，杨公子远道赶来会试，何必蹚这浑水，给自己招惹麻烦呢？”

杨继宗起身深深一揖道：“靳兄一番金玉良言，学生受教。我本来也不过是为好奇才干涉此案，但以目前来看，死者有没有冤情虽难判断，背后有个巨大阴谋却是无疑。学生幼读孔孟，知道小节可以不拘，但忠义二字却不能不顾。今日正好赶上这样一件千奇百怪的案件，于私，是我多年来偏爱刑名，技痒难耐；于公，倘若这背后的阴谋关乎民生社稷，岂不正可助以绵薄之力？此案背后看来似有一极强大的势力，但学生向来强项，面对强敌以智勇相搏才更觉有趣！”

靳孝被他说得一时无言以对，却正好有仆人来禀报：药铺里的伙计在外面等着，说是店里有事让他赶紧回去。

靳孝起身告辞，才对杨继宗说：“杨公子慷慨忠义，自是前途无量，但京城里的命案，背景往往繁复难辨，还望公子善自珍重。”其言语间竟有些唏嘘之意。

四

送走靳孝，杨继宗正要告辞，就见云姑娘笑脸盈盈说道：“想不到杨公子倒是一身正气。小女子只是不明白，公子为甚会盯上了我们一个小小的马解班子？”

杨继宗也不再讳言：“刚才说到的命案，死者叫作吕大相。说是与姑娘相识。”

云姑娘闻言一惊道：“那吕大相是南厢的马贩子，当年在大同就与小女

[1] 中元，指七月十五盂兰盆节；十朝，指十月初一，也是旧时上坟烧纸的日子。

子相识，日前与我们小班也有些来往，却并无深交。怎么就死了？”

杨继宗不便细讲，只说那吕大相死得十分蹊跷。

云姑娘又问：“如此说来，你们昨日到我们那里并非看马解，倒是来查案的？”

“查案也说不上，只是想看一下与死者相识之人有没有线索。谁知却赶上看到贵班绝技，也是侥幸。”

“却不知可曾看出了什么马脚？”

杨继宗又觉得燥热，手边又没扇子，只得以手为扇，轻轻扇了几扇，“姑娘取笑……但，学生却听得人说，姑娘……姑娘也许并非中原人氏。”

云姑娘却笑了起来，“这算什么？我本不是中原人氏，自小生长在大漠草原，属于卫拉特部落，就是你们中原人所说的瓦剌。只是我幼时曾在大同随亲友居住过一程，也略识几个汉字。我只说已经同中原女子并无分别，谁知还是有高人识破，真是惭愧。”

杨继宗见她说得爽直，也不再支吾，“因瓦剌前些年与我朝一直为敌，甚至掳我天子，如今见到姑娘又与这一奇妙命案关联，故而有所质疑，望姑娘谅解。”

云姑娘这才也正色道：“公子身为大明子民，有些疑心也不足怪。但岂不知自打景泰二年[1]，两方已经交好，我瓦剌贡使不绝。更何况，近年来因也先太师故去后，我部几家台吉纷争不断，相互厮杀，现在已经国力大伤，别说早已无进攻大明之心，就是有此心也早无此力了。倒是有几家台吉争着想要联络天朝，以为自固之计。你一个读书举子，难道对这天下大势全然不晓吗？”

杨继宗被一个小姑娘问得张口结舌，竟无言答对，只得连连作揖，连声惭愧。

云姑娘又问：“公子今天来此也是专为查问我们？却不知如何打探到这个宅院？”

杨继宗只得告诉她，如何在养荣堂里闹事，出门如何见到那色目人带

[1]景泰二年，即公元1451年。

着小轿，自己如何跟踪到巷口，并如何遇到靳孝，“这才见得姑娘。”

云姑娘微微一笑道：“难得你心细，只是这次怕是用错了地方。小女子也不相瞒，我本名叫苏布达，汉名云瑛。此次进京，一是因着京师繁盛，小班可以多些进项；二是为了一个孩子——”说着她叫过一个仆妇，“你把宝丫头带过来。”

不多时，仆妇带着一个五六岁的小姑娘过来。屋里暖和，这女孩只是穿了一身夹袄夹裤，但见她面色红润，一双丹凤眼却与云瑛有些相像。

云瑛让她见过杨继宗，才说道：“这个宝姑娘是我的外甥女，可怜去年我姐姐病故了，我这姐夫却不在身边。”

杨继宗忙问：“他敢是在外行商或是从军？”

云瑛道：“此事说来话长，将来得暇再向公子解释。我们只是知道，宝儿的父亲如今就在京城，却有些难以寻找。这次来京，就是想要找到宝儿之父，让他们父女骨肉团聚，也了却姐姐的一番遗愿。”

云瑛说到这里，见小姑娘眼泪汪汪的，才把她拉到自己怀中，一面抚摸一面说道：“眼看要过年，我们班里每天东挡西杀地忙成一团；天气又冷，小孩子住帐篷实在有些受苦，我这才让老麦把她送到这儿，托付姑丈照看。又不放心，那边早早收工也赶了来，不想却遇到公子。”

杨继宗见她说得坦诚，哪里还敢质疑，“确是学生多疑，冒犯姑娘，得罪，得罪！学生虽然不熟悉京城情形，但若能相助一臂，定尽全力。”

云瑛才说：“公子住在宛平县，想必与县里官员有些瓜葛。”

“正是，宛平知县是我的舅父。”

“那公子必能与京城官场多有机缘。我们现在要找一位锦衣卫的百户，叫作袁彬的，他或能提供宝儿父亲的线索。公子若能见到此人，还烦请引见。”

杨继宗不禁喜出望外道：“这又巧了，昨日我才刚结识了袁彬百户，不日或可再见。倘若暂时不能相遇，过了年我一定去寻他专言此事。”

第五章

官房

一

宛平县虽说是全国地位最高的京县之一[1]，县衙却十分寒伧，不要说无法与京城各个大小衙门相比，就是比起外省那些稍有规模的县衙来也相差甚远。出了北安门[2]往西不远，宛平县衙就在皇城边上，夹杂在混乱的民居当中，很不起眼。因为面对着皇城，宛平县的大门建得毫无气势，门里面连个影壁都不敢设，进了大门经过一个窄窄的小院就是破破烂烂的仪门，再往里就是所谓大堂了。这大堂有个学名叫作“节爱堂”，只有打通的三间上房，也很狭窄。一般百姓顶多也就只能够到达这里，看看官员的大堂还不如附近一般的庙宇，心中也就少了点敬意，所以并不叫它县衙门或是宛平县，而是卷着舌头叫它“官房儿”——京城里多得是官家房舍，但被叫作官房的却只有这宛平县衙，就连隔壁的大兴县都没有被这样称呼。

其实宛平县虽然寒伧，实际上占地并不像一般百姓所见那样少。大堂后面还有一座院子，院子北屋叫见日堂，是知县平时的办公处所。见日堂两侧的厢房则是县里办理各种公务的六房，分为吏、户、礼、兵、刑、工，方天保办事的刑房就在西厢。见日堂后面的另一进院子是知县的官廨，知县一家大小的住处。再往后还有一个小院，作为库房和存放年久的档案文

[1] 明代北京由两县分管，东半归大兴县，西半归宛平县，两县的县衙都在北京城里。
[2] 北安门，即后来的地安门，是明代皇城的北门。

书之用。这中间大小五进院落之外，两侧还各有同样进深的跨院，分别住着县丞、典史、主簿，也就是县里二爷、三爷、四爷的家属。[1]由于知县的官廨院子不大，杨继宗并没有与舅父一家住在一起，而是住在西六房西边的小跨院里，那里的闲房本来就是供接待临时客人之用。

杨继宗今日起得有点晚了，匆匆吃了几口早点，就让杨二去旁边院里看看，看方天保画完卯办完事没有，如果空了，赶快请到这边有话。

一时无事，杨继宗拿起这两天没来得及添画的《九九消寒图”来。图上是一枝线描的老梅，就是他自己的手笔，上下错落正好九朵梅花，每朵梅花都有九瓣。图中四朵梅花已经涂成红色，第五朵刚涂红了一瓣，是腊月二十四一早描上的，杨继宗又用朱红将后面三天的三个花瓣涂红，看看五九已经到了第四日，阳和不远了。

不一会儿方天保来了，把昨天打听到的事情对杨继宗说了一遍。

原来前天他们走后不久，锦衣卫的人就去了吕大相家，不但对吕家做了全面抄查，还带走了好几个伙计。

“听说那姓崔的伙计在镇抚司被严刑拷问，上夹棍把腿也夹折了——这些锦衣番子下手也是太狠了——但好像并没有查出什么蛛丝马迹。但今天早上我刚见到锦衣卫发来的文书，让五城兵马司会同大兴、宛平两县，在城里城外排查所有的羊肉铺，特别要问清楚店中一切人等在腊月二十四日午后的行踪，却不知道可与吕大相的案子有关。”

“这羊肉铺确与此案有关，”杨继宗一面回答，不免有几分得意，“我昨日又去到福安茶坊查访了一番，却得到了不少线索。”于是把昨天他到福安茶坊如何从店小二口中得知有个卖羊肉的曾与吕大相有过接触，又如何从那说书先生处得知那天还来过一个走方郎中，而那郎中实际上却是正阳门外养荣堂的胡掌柜，以及自己如何在养荣堂里搅扰了一番，大概说了一遍。方天保听着，不由有些担忧之色。

杨继宗见到方天保有些变色，赶忙解释说：“我去那药铺，一是想要求证吕大相命案的真相；二来就是想要打草惊蛇，让那些作案的人有所察觉，

[1] 宛平县衙的布局，见于（明）沈榜《宛署杂记》卷二。

才可能露出马脚。"

方天保一面点头，一面说道："话虽如此，公子还是有些莽撞。这京城内外多少有形无形的势力，人心之险恶恐怕非公子所能想象，今后还是请公子多加谨慎。"

杨继宗有些不以为意，"我今后一定注意。可昨天这么一闹，可就把吕大相命案的作案手段全都弄清楚了。"

按照杨继宗的分析：二十四日午后，那卖羊肉之人必定是事先约了吕大相在福安茶坊会面，却故意来得很晚，以便让吕不能在关城门之前赶回家里。他应该还在与吕大相发生碰撞的当口给吕传递了装着冰蜂的小竹筒和相关密信，当时天色已晚，他蹲下身在吕大相旁边的时候，尽可以传递物件。

"如果我没猜错，那密信当是让吕大相当晚晚些时候再打开竹筒，而且吕大相非常想知道竹筒里面的东西。"

但早在卖羊肉的与吕大相接触之前，养荣堂的胡昌世已经化装成游方郎中来过福安茶坊。他见吕大相咳嗽得比较厉害，就上前搭讪，并花言巧语骗得了吕的信任，把和了天竺香的药膏涂到吕的后脖颈处。这天竺香气味持久，即便到了半夜，也足以吸引那冰蜂了。

方天保听到这里，不禁叹道："不知这是些什么人，计谋设得如此严密，心思好生歹毒！"

杨继宗道："看这些人杀人的手段、器具，此案是绝非寻常的图财害命或是江湖仇杀。可现在我们知道他们是如何杀人，却弄不明白他们为什么杀人。我只是觉得，此案后面一定还有更大的阴谋！"

"看来锦衣卫也知道了卖羊肉的与此案的关联，却不知他们探到养荣堂胡昌世的消息没有？"

"我看他们未必知道这养荣堂的事。君定兄，你看可能去拿了胡昌世审他一审？"

"公子的析辨虽然清楚，毕竟还算不上铁证。何况那养荣堂地属大兴县管辖，我们要去拿人极费周折。不如我先让人盯着，看看事态下一步怎个走向，再作打算。"

二

杨继宗和方天保商量已定，暂时还不能去捉拿那胡昌世，只能先静观其变。方天保则要想办法查找那个与吕大相相识，并与养荣堂有联系的卖羊肉之人。

杨继宗本来还想说一说昨天遇到云瑛姑娘的事，但犹豫了一下并没有出口。方天保在县里还有公务，临走时一再叮嘱杨继宗千万小心行事！

趁着暂时无事，杨继宗本想读一读书，离春闱会试毕竟只有一个多月的时间了。但一卷在手，却怎么也读不进去，一会儿想起吕大相命案幕后的鬼蜮伎俩，一会儿想起云瑛和那位宝姑娘的身世疑团，又想到云瑛托付要引见袁彬，一时还不知要从何处做起：应该在什么时候，去哪里拜会这位袁百户呢？

正在思绪万千之际，县里的门子过来禀告：门上来了一位锦衣卫的大爷，说是叫袁彬的，要见公子。

杨继宗连忙到大门外接了袁彬进来，见那袁彬一脸凝重之色，一面引他到自己的住处，一面说道："我正想择日去拜访袁兄，不承想袁兄倒先来了下处。这两天想来也是够操劳的。"

袁彬先不回话，一直到杨继宗屋里坐了，还让杨二在外面注意提防闲人偷听窥视，才压低声音对杨继宗说："杨公子，听说你昨日去大闹养荣堂，胆子也是忒大了。"

杨继宗心想，原来我的行踪都被锦衣卫暗中监视着，难怪昨日在药铺门口似见到有人。对袁彬的话却有些不以为然道："我只是想去证实一下自己对吕大相命案的猜测，实在算不上大闹。"又把昨天自己查访到的情况和自己的分析对袁彬说了一遍。

袁彬道："杨公子心思缜密，所言十分有理，看来八成就是那养荣堂胡昌世谋划杀了吕大相。"

杨继宗见袁彬同意自己的推断，连忙说："既然如此，宛平县虽然难以越境管辖，以锦衣卫的权势，当可以捉拿胡昌世，审出他背后的谋主。"

袁彬大摇其头道："锦衣卫哪有什么权势，不过是朝廷的走狗罢了。这个养荣堂我们此前也注意过，并非寻常商家店铺，背后有多深的水，怕是杨兄弟你想象不出，我也是至今难以参透。"

"难道天子脚下，就让这些案犯凶徒肆意胡为，这不是无法无天了吗？"

袁彬面色更加严肃，"昨日我们才发下让五城兵马司与大兴、宛平两县协助排查卖羊肉的案犯，今天一早上面就发下话来，让停止一切有关吕大相命案的访查，已经形成的文书卷宗一律销毁。你想一想，什么人能让锦衣卫的指挥使发这样的指令？"

他又顿了一下，才说："我今早听说你昨日在养荣堂的行止，也知道兄弟是为那件命案。但目下来看，此案纠结太深，背后势力太大，何况有许多事情并不明白。我赶来这里，就是请公子得放手时且放手，不要再蹚这浑水。眼看就要入闱科试，公子不如在这官房里多用用功，将来高中，我也能借机讨杯喜酒。"

杨继宗见他说得诚恳，也不好坚持已见，只好说："袁兄如此爱护在下，让我刻骨铭心，哪能不听兄长之言？"其实他心中仍然有些不服气。

袁彬见状，不由站起身来，神情郑重，声音也大了许多："杨公子，我在锦衣卫当差已经有二十多年，眼下做着这个记名百户，本可以领着薪水闲住在家，但一来闲待着实在烦闷；二来锦衣卫的弟兄见我还能做事，才仍在卫里领队缉查，这些年来也经过不少风风雨雨。古语说'风起于青萍之末'，有些个事，初看似只是极小的市井琐事，在这京城里却可能关联着极大的国家政事。我们前日虽然只有一面之缘，我心中却觉得十分相契，所以今天一早起来劝公子放手。若是事情明白，公子要为黎民社稷舍身，尽忠尽孝，求仁得仁，我必不会阻拦。可今日之事，内中的缘由利害一概不知，稀里糊涂地去冒奇险，实在是不值得！"

杨继宗早已跟着站起，听到这里，深深一揖到地，才说："多谢袁兄指教，我杨继宗岂是不知天高地厚之人？这两天关心此事，只因我一向对此类案情有兴趣，太过好奇。既然此案有如此深厚莫测的背景，我自要听袁兄的话，不再去理它。天下大事，自有肉食者谋之，何必我等？"

袁彬这才放心，刚说要告辞，杨继宗却又说道：“小弟还遇到了一件奇事，要向袁兄禀报。”

袁彬只好再坐下，心想他倒事多。

杨继宗于是把看马解初识云姑娘，昨日又得再见，并她如何委托自己寻找引见袁彬等事一起说了。

袁彬听着，神色又郑重起来。

三

袁彬把云姑娘的形态相貌以及这两天所发生之事详详细细又问了一番，才说道：“在瓦剌，女子叫苏布达的并不在少数，但以你所说，不论年龄长相，还是所行之事，看来八成是这个人了。”

杨继宗十分好奇道：“那她到底是什么人？”

“如果我猜得不错，她应该就是伯颜帖木儿的小女儿苏布达。”

“伯颜帖木儿？”杨继宗一向关心国事，听着此名熟悉，“不就是也先太师的兄弟，瓦剌部的大台吉之一吗？”

袁彬点头说：“确是如此。那伯颜帖木儿当年实是瓦剌部第二号有权势的人物，只是也先极为强横，伯颜帖木儿也只能是事事随他。”于是才把当年自己跟随正统皇帝在瓦剌与伯颜帖木儿的交往说了一番：

“那伯颜帖木儿虽是也先的兄弟，对于大明天朝的看法却与当时大多数瓦剌贵族不同。他认为天朝不但地域广大，物产丰盈，武备也并不差，只是因为大太监王振临阵胡乱指挥，才让明军在土木堡惨败。瓦剌可得一时之势，却无法就此挥军南下，夺取大明的江山，哪怕是想夺得半壁江山恐怕也是绝无机会。因而正统帝被俘后，在瓦剌各大台吉中伯颜帖木儿对皇帝最为亲善。正统帝在瓦剌一年时间里大部分都是在伯颜帖木儿营中度过，伯颜帖木儿对于正统帝也算是供奉周到。后来明朝派右都御史杨善率使团来访，靠着杨善的巧舌如簧，说动也先放还正统帝，其实伯颜帖木儿也一直在暗中劝说也先，对正统帝返回京师起了很大作用。”

“我在伯颜帖木儿营中住了八九个月，与他一家大小甚熟。他有个小女儿就叫作苏布达，当时只有十岁出头，却在内地居住过，汉话说得甚好，与皇上——就是太上皇，也甚是亲切，与我们几个随从皇上的自然也交往甚多。”

杨继宗听了大为吃惊道：“如此说来，这位云瑛竟然是瓦剌台吉家的小姐！”

“若是依我大明制度，她的身份在瓦剌怕是要叫作郡主才对。只是他们那里尚非文明之邦，无我天朝制度。”

“那么依袁兄推测，那位宝姑娘又是什么人，她的父亲又会是哪一位呢？”

袁彬却面现为难之色，沉吟一下才说：“照道理我是不应当说这件事，但杨公子已经深涉此事，我看你也不是孟浪之人，今日对你说了，你只记在心里，切莫对他人言讲。”

杨继宗发誓赌咒，决不会向他人透露半句。袁彬才又说道：

“当年皇上北狩，身边并无女眷，后来也先太师也曾想要将他的一个小妹嫁给皇上作妃子。是我苦劝，怕是与瓦剌有了这门亲事，将来不免又多了几分纠缠，何况皇上纳妃有着诸多礼数，现在上无太后恩诏，下无礼部核奏，将来一旦回銮如何处置这位娘娘？故而皇上才没有应允。

“那伯颜帖木儿当时有一长女叫萨勒娜，不过十六七岁，生得应当与现在这位云姑娘相似。瓦剌部落男女之间并无我们中原这些礼教大防，萨勒娜姑娘更是开朗豪放，她又会说几句汉话，对皇上好生仰慕。那年天气和暖之后，瓦剌与我大明不再开战，伯颜帖木儿营中更是一团和气，这位姑娘后来就与皇上关系亲密起来——我们这些随从也不再严防劝说——萨勒娜得到皇上宠幸，却没有讨要名分，似也没有对伯颜帖木儿夫妇说起。”

“如此说来，那位宝姑娘竟然是太上之女？”

“景泰元[1]年七月，皇上回銮，伯颜帖木儿一家都十分不舍，萨勒娜姑娘更是痛不欲生，但我们却都不知道她已经怀了皇上的骨肉。但依苏布

[1]景泰元年，即公元1450年。

达，就是云姑娘所说，再按时日推算，那宝姑娘极可能就是皇上的血脉所遗，她应该是一位大明的公主！听说这两年瓦剌部内乱，也先太师已死，却不知伯颜帖木儿一家境况如何。依云姑娘的情形，只怕也不太妙。”袁彬说着不禁叹息起来。

杨继宗怔了半晌，才道：“若真是天潢贵胄，怎能让她流落在民间尽受风霜之苦？袁兄还当尽早见一见云姑娘，辨明真相，也好让圣上父女早日团聚。”

袁彬却轻轻摇了摇头说：“此事怕也不易。如今皇上虽说是贵为太上皇，但困居南宫，行事多有不便。不要说我这样的小臣自元年回京后就少有进见的机会，就是公卿大臣也已多年与太上皇隔绝。听说上圣皇太后前年到南宫探望太上皇，不知为了何事，引得当今皇上不悦，此后连上圣皇太后都难得与太上皇一见了。”

杨继宗虽然关心国事，对于这些宫中秘辛却从来是闻所未闻，不免大为震惊，却不知说什么才算合适。

“还有一层，太上皇本来处境就颇为艰难，如果此时又忽然冒出一个流落番邦的公主来，万一有小人就此生事，还怕会对太上皇有所不利也未可知。”

“难道我们就不管此事了？”

“怎能不管？太上皇对我恩重如山，伯颜帖木儿一家也算有大恩于我，事关太上皇的金枝玉叶，我等岂能不管。只是此事须从长计议。这几年我与都宪杨公、太常许公等人交往稍多，他们几位都是当年迎驾回京的有功之臣，位列九卿，眼光、谋略都非我辈可比。眼看就要过年，不如趁着拜贺之时对他们讲明此事，由这几位大人来定策，终究要让公主还宫。”

袁彬又报了自己的表字，乃是文质，以便今后礼貌相称，并商定，这两天他将尽早安排与云瑛会面，同时也要让云瑛少安毋躁，重要的是保护好公主的安全。

四

袁彬告辞走后，杨继宗才在心中梳理了一下今天早上了解到的各种消息。

对于云瑛的身份，他也曾做过不少种想象猜测，却绝没有想到她会是一位瓦剌的郡主，身边还带着一位大明朝的公主，要来京师寻找公主身为太上皇的父亲。而此事的难度竟也大大出乎他的意料，看来只能等到过年的时候，与几位大人商量了。

而打定主意不再理会吕大相的命案，却让他顿时觉得心里轻松了许多。这起案件虽然千奇百怪，令人技痒难熬，但他也深知这里面包含着太多的阴暗与危险。本来他一心要硬挺着走下去，其实心中负担十分沉重。现在听了袁彬的劝告，撒手了之，才真觉得完全没有必要搅到那些无名暗流当中。

心定了，眼看着天色已近午时，估摸着舅舅在县里的公事也该办完了，杨继宗于是走到后院，来向舅舅、舅母请安。

后院虽是官廨，毕竟是知县一家人的住宅，此时难免有了些过年的气息。院子里已经备下了小把的松枝杂柴，预备到三十晚上烧松盆炽岁。正房和厢房的窗户上都贴上了手剪的窗花，是什锦吉祥图样，活泼精细。杨继宗知道，这一定是舅母的手工。门檐窗台上还插了些芝麻秸，说是给小鬼准备的藏身之处，省得他们大年下的到处溜达。因为这个院子的南边就是衙门的二堂见日堂，本身并没有大门，所以刚刚贴出来的春联也直接贴在了正房的门框上：

天地有灵，但求心净；
四方无事，便是阳春。

横批更是直接：

保境安民

看字体，是县里三爷周主簿的手笔。杨继宗心想，文虽不甚工整，却也说出了官员的本分，这位周三爷粗中有细，倒也有趣。

舅舅黄知县并不在，后院的正房里，舅母吴夫人正与一位道姑闲聊。杨继宗认识这位道姑，她是近邻玉喜庵的住持，法号叫净观，虽说庵名、法名都是释家名号，却留着长发，实在是一位道姑。这位净观不过三十出头，事理通达，说话又随和风趣，两年前就与黄知县的夫人吴氏相识交好，几乎是无话不谈。两家离得又近，所以没事相互拜访聊天已是惯常的事，只是因为身份不同，吴夫人去庵里的时候少，净观来官房的时候多。

杨继宗向净观施礼问候，又向舅母请了安，在一旁坐了。

吴夫人道："你舅舅一大早去朝天宫演习元旦大朝会的仪礼，到现在还没回来。"又问道，"这两日总没见你，想是又到各处闲逛去了？"

杨继宗不想让舅父知道自己参与探案，忙说："拜会了几位同乡赴试的举人，也好会试的时候有个帮衬。"

吴夫人道："这会试是正经大事，虽说不能够靠临时抱佛脚，这些日子总还是要平心静气，把平日读的书多温习几遍，笔墨也是要多多练习才是。"

杨继宗道："舅母教导得是。我见窗上贴的窗花，应该都是舅母亲手制作，其中就有一幅《蟾宫折桂图》。这也是舅母一片苦心，督促我上进，外甥怎敢荒疏了举业。"

吴夫人笑了起来，"我哪敢督促你的学业，不过是想讨个吉利口彩。你今番若能中了进士，也不枉你母亲多年来的苦心养育。"

那净观道姑也搭话说："说到讨口彩，我倒想起一个笑话来。说是有一个进京赶考的举子，一不小心衣箱坠落，把头巾也掉到地上。书童说，不好，头巾落地也。举子嫌'落地'二字不吉利，忙说，不可以说'落地'，要说'及地（第）'。那书童把衣箱收拾停当，才说，这下再也不能'及地（第）'了。"

吴夫人啐道："你个死姑子，偏会说嘴。赶明儿还要告诉杨二，千万不能'落地'，倒要多多地'及第'才好。"

净观道："我看表少爷满腹经纶，又是大福之相，明年春闱定能高中，就是夺魁进个三鼎甲，进士及第也是有的。”

杨继宗心想这个高帽也戴得太高，自国朝以来几十科了，山西通省都还没有出过一甲进士及第，嘴上却说：“谢谢姑姑吉言。但鼎甲自不敢奢望，即便能侥幸得中，也是祖上福德，神佛佑护，到时候一定去姑姑庵中进香。”

吴夫人道：“说到这里，我倒想起，过两天就是除夕，你虽然逆旅他乡，过年祭祖这件大事却不能忘了。三十晚上我们在这屋里祭黄氏祖宗，你在住处也要祭拜祭拜你们杨家的先人。如有什么需要的家什器物，尽管到这屋来取。”

杨继宗忙道：“多谢舅母提醒，我这就安排备办。”

又闲谈了几句，杨继宗告辞。

吴夫人从条案上取过一幅年画给他，“我看你那屋里太过素净，这年画虽俗，终是添些喜庆气，你拿回去挂几天吧。”

过午之后，杨继宗让杨二出去购买香烛、牌位、供品等一应祭祖用项，又想起那幅年画，打开来看。

那是一幅套色木版印制的年画，也还精细，画中一位戎装美人，骑在桃花马上，神采飞扬，边上一行行书题款：万里赴戎机，关山度若飞。原来是幅《木兰从军图》。

杨继宗在墙上挂了这画，再细端详，见那画中的木兰却与云瑛有几分相像，虽然两人衣装面目并不一致，身上却有一股英气宛然相仿。

杨继宗呆呆看了一会，心中忽有所动，也不等杨二回来，自己到马棚取了匹牲口，独自出了县衙。

第六章

烟花

一

杨继宗先沿着皇城来到西四牌楼，再顺着大市街一直朝南出了宣武门，没用多少时候已经到了宣南关王庙。可惜的是，关王庙后面的空场全然空着，西侧的帐篷也全都拆了，只剩下埋锅造饭和圈栏养马的痕迹。

杨继宗在关王庙里寻到一个有气无力的小道士，问他那马解班子的去向，才知道他们今天一早已经全部搬家走了，说是回老家过年去，待到明春天暖和了再回来。

杨继宗估摸云瑛未必会随小班离京，看看天色还不晚，索性再去鲜鱼巷走一遭，天擦黑的时候已经到了鲜鱼巷包掌柜家门前。

云瑛果然在这里。

包掌柜本人也没有出门，但他虽是这里的主人，又是长辈，言谈举止之间却对云瑛格外尊重。杨继宗看在眼里，心想：这云姑娘确是位瓦剌郡主无疑了。才向云瑛说："云姑娘，今日头晌正巧见到那袁彬袁百户，有些重要事情相告。"

包掌柜听说，连忙说还有些杂务，先告退了。

云瑛才问："你可是同袁百户说了我们宝丫头的事？"

杨继宗道："我把姑娘要为宝姑娘寻父的事同他说了，他倒想起一个人来。"

"他倒想起了什么人？"

“想起了一位瓦剌的郡主，是大台吉伯颜帖木儿的女儿，名字刚好也叫苏布达。”

云瑛面色微赧，重又起身施礼，才说道：“小女正是伯颜帖木儿之女苏布达。前者因多有不便，没有对公子说明身份，还望公子海涵。”

杨继宗也站起来还了礼道：“岂敢，岂敢，姑娘深藏不露，是学生有眼不识金镶玉，实在惭愧。”

稍顿了顿才又问：“袁百户还说，如若姑娘就是瓦剌郡主，以他猜测，那位宝姑娘当是我朝太上皇的骨肉。却不知你一家这些年遇到何种变故？”

云瑛面有戚容道：“说得正是。当初我姐姐与皇上好了，我爹娘并不知道。后来皇上返朝，家里才知道姐姐已经有了身孕，第二年春天生下那宝丫头。我爹娘本想待宝丫头成年之后再想法与皇上联络，谁知家门不幸，前年我的伯父也先太师被属下杀害，所部大乱，我爹娘和姐姐后来都在战乱中遇害了。”

杨继宗听说她一家遭遇如此惨痛，一时竟不知如何安慰才好。好在云瑛性情豪迈，并没有沉溺在悲痛之中。

“幸好宝丫头跟着我逃出了生天，依附了堂兄阿失帖木儿——他是也先伯父的次子。这两年大乱平复，我想着宝丫头总是同着我们在大漠草原上飘荡终不是个结果，才带着她前来寻父。但我姐姐当年与皇上的事毕竟是家中秘辛，我们也不知道皇上回京后状况到底怎样，若随着使团来京城直接上告朝廷，又怕给皇上和朝廷带来不便，当然更怕我这宝贝外甥女受了委屈。正巧前几年有一些逃难的中原艺人被我们收留，就在帐前为宴饮游乐做戏。我与他们本来极熟，此番进京就把他们带上，又加上几个护卫，充作一个马解班子。一来可以不招人耳目，二来也为能够与京中的各路人交往，以便找出与皇上交通的路径。可惜来了几个月，并没有什么进展。也是菩萨保佑，前日遇到公子，今日立刻就找到了袁百户。此事难为公子如此上心，大恩大德，当图后报。”

杨继宗赶忙辞谢，告诉云瑛是那袁彬主动来找他，劝他不要再纠缠命案之事，才趁空对袁彬说了宝姑娘寻父的事。

“这不过是举手之劳，实不足谢。我因想着此事重大，应当让姑娘早些知道，才到了顺承门外关王庙去寻你，谁知班子已经搬走了。”

云瑛道：“岁末年关，就是梨园行也要歇上几日，我们一个马解小班也不好一直在此地招摇。我们在宣府附近有一处田庄，就让班里人马都去那里过年，只留下老麦和两个侍女与我在此等候公子的消息，不承想今天就有了消息。却不知袁百户说没说，有什么法子可以给皇上传信。”

杨继宗知道云瑛口中的皇上就是指当今的太上皇，一定是她当年称呼惯了，不愿改口。

“袁百户说，太上皇现在居于南宫，行动并不方便，与当今万岁恐怕还有些个误会，所以宝姑娘这事切不能心急。他说与杨都宪、许太常等高官关系密切——那几位都是当年保护太上皇还朝的有功之臣。他们官高势大，对太上皇忠心耿耿，又极有谋略，需要与他们商议此事，再做打算。”

云瑛听杨继宗如此说，虽略有些失望，但此事总算有了个大致方向，眉眼这才舒展开了。

两人正要再说些细节，外面忽然“噼噼啪啪”一阵响动，推门一看，院外鲜鱼巷那边红光闪烁。

杨继宗说：“不好，怕是那边的炮仗市炸了，可千万别引起大火来。”

二

看来炮仗市真是炸了，无数挂鞭炮一时间响作一团，间或又有声如巨炮的麻雷子，轰轰的，有如天雷，旗火、蹿天猴也被点燃了，横七竖八地飞向天空，染得半天金红一片，煞是好看。

杨继宗大声叫道：“大家赶快防火！万一落到咱们这里恐怕不好。”

包掌柜家的伙计、仆人一面看着热闹，一面忙着打水、苫木柴，乱作一团。

可怕什么就来什么，突然有几支烟花像是长了眼睛一般，尾巴上“吱吱”地喷着火星，纷纷落在院子里，落到地上又炸了开来，分散成无数个冒着火苗的小点，霎时又连成一片火焰——这哪里是什么过节的烟火，分明就是攻城的火炮！正好有几支烟花就落在房前还没来得及苫盖的柴堆上，像是洒了油一般，登时把一堆木柴引燃了。柴堆一着，已经不好处理，火苗立时冲起一丈多高，眼看着把北屋房檐的椽子也给引着了。

云瑛见火势无情，忙叫老麦赶紧先护着宝丫头离开，“先到丽正门大街的同福客栈避一避。”又让包掌柜赶快通知四邻一起救火。

院子里乱哄哄的，正不知如何是好，门外面却突然闯进几个人来，全都是黑衣黑裤，胸前一个白布补子，上面写个斗大的“水”字。一进门就大声吆喝：“我们是水军，救火来了！”

杨继宗暗想，这些救火的水军来得倒也特快。刚要上前问询，却被云瑛用力拉了一把。

云瑛把他拉到回廊的阴影处，悄悄说道：“这几个水军来得不善，你看他们，哪有救火的不带挠钩、水龙，却全都带着刀剑的？只怕有诈。”一路说一路扯着杨继宗从暗处出了东角门，从东跨院马棚里拉出了两人的牲口，悄悄来到院外的胡同里。

两人刚要上马，就听背后有人大喊：“不要跑了放火的贼人！”几个黑衣水军从院里直冲出来。

杨继宗和云瑛见突生变故，心知这些人是在故意挑事，也不分辩，急忙上马先出了胡同，见西边街巷已经一团混乱，慌不择路，只好拨马向东方奔去。回头看时，已经有几骑黑衣人追赶过来。

杨继宗的骑术本来平常，再加上所骑的是县衙里的驽马，饶是加鞭狠抽，却跑不快。眼看后面的追兵越来越近，杨继宗对云瑛说：“他们显是冲我而来，姑娘赶快先走，不要管我，谅他们也不能奈何我。”

云瑛全不理会，从他身边催马一跃，顺着力道用右手一揽他的腰，杨继宗也不知是怎么回事，已经被擒到她的马鞍桥前。杨继宗只觉得那枣红马“嗖”的一下蹿了出去，直如腾云驾雾一般，只得任由云瑛用手揽着自己，哪里还敢再动一动。

飞奔了半里多地，后面的追兵看看离得远了。正要稍事喘息，却见前面不远处又有几个大汉，在路上架了一副挡马路障，见到来的二人一马，高声喝道：“快快站了！”

云瑛见那挡马栏不过半人多高，也不减速，直到跟前才用双脚一磕马腹，轻提缰辔，那匹枣红大马怒扬前蹄，腾空而起。几个大汉还未及反应，枣红马已经飞驰而过，瞬间不见了踪影。

云瑛怕前面还有埋伏，见路边有一个较宽的胡同，也不及思索，转缰向南驰去。

又跑了一里多，见四周已经颇为寂静，云瑛才让马慢下来。正要与杨继宗商量下一步如何走法，却见到色夜中这条胡同似已到了尽头，面前既不是民居院落，也不是街巷通道，却是湍湍而过的一条河流，河上雾气沼沼。

两人只得下了马观察此地的形势。就见胡同两边都是密实的院落，并没有可以通过的小巷，面前顺着石阶走下去可以直到河边，像是一个小码头。这条河也不算宽，但并没有结冰冻实，又无桥梁舟船，根本无法渡过。

杨继宗道："这想必就是三里河，乃是京师南面重要的运输通道。听说一来是附近有温泉热流；二来船家为航运方便不断破冰防冻，所以终年不会冻结，可以通航。"

云瑛有些哭笑不得道："它是三里河、五里河与我们又有何干，眼看着过不了河是真的，怕是只能返回去，若是那些歹人还不甘休，咱们只好再闯他一闯了。"

杨继宗稍稍整理了一下衣冠，再向云瑛致谢："云姑娘，今日仗义相救，学生没齿难忘。看来养荣堂那伙人确是势力庞大，又用心阴险，这祸端由我而起，无论如何不能再拖累姑娘。不如姑娘先走，即便再遇那些强贼，此事本来与姑娘无干，他们定不会再找姑娘麻烦。何况你人轻马快，他们要想拦住姑娘怕是也无能为力。"

云瑛冷笑了一声道："我们瓦剌人虽没有读过你们的圣贤之书，却也知道朋友大义，从来没有将朋友置身险地却自己逃命的道理。今日正好赶上和公子一起遇险，自然要生死一处。你也不必争论，让马儿小憩片刻，我们两人再回去冲它一冲，未必不能逃出。"

杨继宗见云瑛话已至此，也不再多说。看看身边这位瓦剌郡主，虽然英姿飒爽，毕竟只是位小姑娘，与自己不过是萍水相逢，却有如此侠义心肠，不免又是敬重，又是爱惜。心中暗自打算：看来只得再冲一阵，但若是不幸落入贼人手中，自己拼了性命也要保全这位姑娘。

大约过了半盏茶的工夫，两人正待重新上马，却听得旁边河道里“欸乃”一声，借着天上几点残星的微光，但见薄雾中有一叶小舟缓缓地摇了过来。

三

二人忙招呼船家过来，问道：“可能够搭上我们人马到哈德门外大街？”哈德门即崇文门，门外大街就是通衢大道。

船家道：“天又黑，河道冰凌又多，你们恁大一匹马上我小船，恐怕多有不便。”思忖了一下才又说，“需二钱银子。”

云瑛见有了活路，心情大好道：“我们公子有的是钱，莫说是二钱银子，就是二两银子也是随便打赏。”

杨继宗听她话里有话，只能含糊答应。

二人牵马上了小舟，那船家手持篙杆撑离了岸边，站在船头防着冰凌，引导方向。船尾还有一人缓缓摇橹，始终没有抬头说话，黑夜之中也看不清是什么模样。直到小舟离岸远了，开始在中流行走，那摇橹人才抬起头来，呵呵笑道：

“真是天涯何处不逢君，杨公子，云姑娘，不想今日竟在这里遇上了。”原来竟是那靳孝！

杨继宗就是一惊，忙把云瑛挡在身后道：“怎么是你——你们今日还待怎样？”

靳孝哈哈大笑说：“我昨日便说，那些卖烟花爆竹的肆意点火放炮，一不留神怕要引起火灾。谁知今日就应了，还捎带上了包掌柜家，顺道让姑娘和公子也受惊了。”

杨继宗哪里信他的这些鬼话，冷笑道：“我看那些烟花个个长眼，火力更是不同凡响，烟花里的药物如此高明，恐怕只能出自百年老店。”

靳孝道："看来公子是怀疑我们养荣堂了，只怕没有凭证。"

"当时刚刚火起，我倒也没有怀疑到贵号，但后来那些黑衣水军，个个凶相毕露，对我们又是围追堵截，联想到这两天所经之事，我哪里还有什么怀疑，直是认定了，就是你们养荣堂所为！"

靳孝收起笑容说："杨公子既然认定，我也无话可说。可有一句话不能不讲。我虽是养荣堂的人，与今日那些水军却并非同道。我料想公子会在这里穷途无路，特来接济，因怕你们二位疑心不肯上船，才让老李要个高价。"

船头那位老李也连忙招呼施礼，却并不搭话。

杨继宗仍不放心，但身在舟中已然无路可走，也只能随他处置，因说道："靳兄一片苦心，在下只能是大恩不言谢了。却不知贵号今日却为何要纵火生事，又穷追不舍，难道真是想要在下一条性命吗？"

"想要公子性命的确有其人，我不说公子当也明白。只是这起公案背后之事，崎岖繁复，不要说公子仅凭着智慧难以猜度，即便今后有一天公子得知真相，恐怕都难以置信。话我只能说到这里，有些事情，需要像陶三春看郑子明——睁着一只眼，闭着一只眼。公子既然无法了解内情，迷茫之中身涉奇险，于公子实有不利，也有失公平。往大了说，于国家社稷也未必有利。"

杨继宗道："今日我听朋友相劝，已然拿定主意不管这边的闲事，不想今晚却遭此一番追杀。请问靳兄，但凡有点血性之人，岂能对一心要谋害自己的贼匪不闻不问？何况，这些贼人不但设毒计杀人于无形，又公然在闹市放火生事，设障追杀，难道对这些贼人不管不问倒有利于国家社稷不成？"

靳孝并不想与杨继宗争辩，只是放低了声音慢慢说道："我们养荣堂的人并非铁板一块，难免良莠杂出，所行之事也常有出乎常理、惊世骇俗之处。我目前虽然不能对公子说明一切情况，却敢立誓担保：我辈绝非江洋大盗、帮会团伙，一样是尽忠报国之人。我看以公子的缘分，将来定能明白我们所作所为的一片苦心。只是当下，公子莫急，莫急。"

话说到这里，再争也是无益。不多时，小船已经到了哈德门外的大石桥边了。

小船靠岸，靳孝也随着二人下了船，这才对云瑛说道：

“云姑娘这次也被殃及，靳某实在是惭愧。所幸刚刚听说，包掌柜院子里的火已被扑灭，损失并不算太大，但只怕近日是无法居住了。”

云瑛因他赶来搭救，心存感激，自然说不出怨恨的话来，反倒是实心实意地感谢了一番。

临别时，靳孝从怀中掏出一张名刺大小的纸片，郑重递与杨继宗道：“今日之事或许还有余波未定，我这里有一纸令符，公子若是再遇到麻烦，就将此符拿出，可保平安。”

杨继宗见他说得郑重，也恭恭敬敬双手接了过来，黑暗中并不能看清上面有什么内容。又听靳孝玩笑说：

“此纸只在我等一辈面前有用，如若老兄哪天真遇上强盗匪徒，这玩意可就不管用了——不过我看公子洪福齐天，这令符大概不论在哪儿都不会用上。”

三人辞别，杨继宗不好意思在他人面前与云瑛共乘一马，只牵着马步行离开。云瑛知道他的心思，也不催他，默默跟在后面。靳孝见此状，不由笑道：“杨公子，这把火虽然凶险，却也并非无情之物，公子好自珍重。”

云瑛转身啐了他一口，不再理他，上前拉住马，让杨继宗先上马坐在鞍上，自己才飞身一跃坐在杨继宗身后，一声轻叱，马儿向北方驰去。

四

轻风抚去了薄雾，天上的星星也闪亮起来。总算脱离险境，转危为安，杨继宗的心中才放松下来。马儿也放慢了脚步，云瑛骑在马鞍后面，两手却还持着缰绳，那姿态倒像是把他轻轻抱住。杨继宗似乎还能感觉到云瑛在背后微喘的气息，倒觉得有些不好意思，才把手去握缰绳，“还是由我来持缰吧。”

云瑛却不撒手，“我的‘讴很’丫头是个有灵性的，换手之后怕她不听调度。”

杨继宗又想抓缰绳又怕马儿真的不听使唤，犹豫之间，手倒碰到云瑛的手上，急忙缩回来，连声“得罪”。枣红马似也感觉到身上的躁动，大声打了个响鼻，作为警告。

云瑛却不扭捏，只是把丝缰归在一只手上，两臂自然垂下，以免让杨继宗紧张，过了片刻又问：“杨公子，刚才咱们要是真让那起子贼人逮着了，你打算如何应付呢？”

杨继宗道：“我哪有什么应付之策，当时真是心惊肉跳，胸无一策。那时只是想，事由我起，若落入贼手也算咎由自取，只好任其杀剐了。只是姑娘却是被糊涂卷进来的，卿何无辜，因此无论如何也要保全姑娘的安危。”

云瑛哼了一声道：“只怕真要到了那时，公子你也难有法子保护我。”略顿了顿，又说，

“杨公子——嗐，成天这么公子来公子去的好不烦躁。你们汉人不是常管读书人叫个秀才吗，以后我不如就叫你秀才，可好？”

杨继宗心想，我明明已然中了举人，怎么还叫我秀才？却又想到以举人相称确实不顺嘴，既然她想叫秀才，便是秀才了又能怎样。当下答应了。

云瑛才说：“秀才，你说那靳孝到底是好人还是坏人？”

杨继宗道：“我从昨天就见他亦正亦邪，但今日解救我们却是真的。”

云瑛道：“自从我到这鲜鱼巷里走动，他就时常歪刺纠缠，初看真不像好人。但他外表虽然惫懒，遇到大事却不糊涂。”

三里河的石桥离城其实还不到三里，两人几句话的工夫，已经能够看清对面的崇文门城楼。杨继宗和云瑛正要赶在起更前进城，就见路西边的鲜鱼巷里走出来一队人马，都是些彪形大汉，身穿着杂色的衣裳，有人还手举着火把。这些人见到杨继宗两人一马从南边过来，就站立在大道中间，似是等着两人到来。

云瑛在身后说：“这些人不知是什么路数，慢慢走还是冲过去？”

杨继宗道：“福祸在天吧，若又是那养荣堂的人，我倒正想看看怀里这纸护符可有什么效用。”

说话间，马已到了这伙人的面前。就见其中一人抱拳朗声道：“来人可

是杨承芳公子？”

杨继宗听到称呼自己的表字，知道对方必无恶意，应道：“正是在下。”

“我们是锦衣卫袁百户手下，在这里寻找公子，请公子稍待，我们头儿一会儿就到。”

两人这才放下心来。不多时袁彬骑着马过来了，见面后忙拉住杨继宗的手道：“今晚真是让我担心！”这才又认真打量身后这位姑娘：“这莫不就是苏布达姑娘？”

云瑛见袁彬问到自己，上前一把抱住，眼眶里蹦出泪来，“袁叔叔，你让我找得好苦。”

袁彬赶紧扶住云瑛，再重新见礼，才说：“我听说承芳在鲜鱼巷这边遇到火灾，又被人追堵，连忙带人过来接应，却找不到你们的踪影，真是把我急煞。”

杨继宗忙把临时逃脱的情形大致说了一下，却没工夫说出靳孝前来相救的那些细节。

袁彬道：“我听这鲜鱼巷里人说，有一男一女骑着一匹大红马跨越路障而过，心想定是承芳与姑娘，还生怕你们找不到出路，但串了几条胡同都不见你们，不想倒在这里遇到了。”

他与手下一人低声商量了一下，才又道：“这里不是谈话之处，我们在哈德门里有一个院子，不如先到那里用饭休息一下，再慢慢说话。”

杨继宗这时才觉得真是饿了，与云瑛也不再上马，随着袁彬等一众人由崇文门进城去了。

第七章

护命符

一

进了崇文门之后，袁彬手下的人逐渐悄悄散去，待到进了一条胡同，只剩下一个断后的在远远跟着。几人进了一座并不显眼的院门，里面却是个带东西两个跨院的五进大院子，非常宽敞，而且曲曲折折，转了几转才来到一处厅堂。

袁彬对二人说："我已经让人去通告了二位的家人，让他们不必担心。时候不早，你们先在这里吃饭休息，今晚就住在此处，我们慢慢叙谈。这里是我们百户所的一个下处，最是安全。"

不多时酒饭也安排好了，袁彬就一面陪着杨继宗和云瑛吃饭喝酒，一面先问起了云瑛家的情况。

云瑛颇有些丈夫气，此时也不再徒然悲伤，就把袁彬陪太上皇返国之后自己家的情形又述说了一遍。袁彬与她家是最熟识的，得知伯颜帖木儿夫妇和云瑛的姐姐都已经在战乱中离世，不禁大为伤恸。又听她说到宝姑娘的事，才说道：

"当年萨勒娜与太上皇亲密之事，我等身边人哪能不知，但没有想到你姐姐却已经怀了身孕，恐怕太上皇对此也全不知晓。"

云瑛道："姐姐临终前也说，皇上并不知此事。但我堂兄阿失帖木儿已经决定，近日就要率部向西，回到天山牧场。到那时候远隔万里，我们怕是想再来京师也难了。这才想着要赶紧把宝丫头送还给皇上，她毕竟是你们大明朝的金枝玉叶。”

袁彬道：“今日头晌我听承芳说到此事，已经猜测到是太上皇的骨肉流落边外，但此事切不可操之过急。云姑娘，你可听说过太上皇回来以后的情况？”

云瑛道：“我来京师后听得民间一些闲言碎语，说是皇上回来之后虽被尊为太上皇，却一直住在南宫中，出入不得自由。可这宫里的事儿，老百姓说的话也不敢当真。”

袁彬道：“百姓虽然不知宫中机密，街谈巷议之间却也说出了些个人心向背。所谓南宫，其实叫崇质宫，就在紫禁城东南方，是皇家东苑中的一部分，本来是历代先皇观花赏月的一处别院。但自打景泰元年太上皇归国住在那里，现在是大门锔锁，警戒森严。太上皇自那年起再没有出过崇质宫，就连每年除夕，太上皇都不能到太庙去祭奠列祖列宗，只能在崇质宫里面另置牌位香烛。”

杨继宗虽然也听到过一些流言，上午又听袁彬说过，却仍然没有想到当今皇上对于自己的亲哥哥防范得如此严密，不禁叹道：“这皇家之事，真是非我等百姓所能臆想！”

袁彬道：“这也罢了。当今万岁派去把守南宫的都是御马监的内官，真个是六亲不认。像我们几个当年在瓦剌服侍过太上皇的，还有杨善、许彬等几位力保太上皇回銮的大臣，都难以进南宫朝见太上皇。这几年来，我只在景泰三年中秋之日重金贿赂了看守的太监，才得见了太上皇一面。那正是土木之变的周年之日，却未及说几句话就被催着出来，太上皇拉着我的袖子不住地叹息。后来每每回忆至此，我真是有五内俱焚之感。”

杨继宗也觉不平，“难道朝臣中没有人为此事进谏？”

“怎会无人进谏？昨日邸报上还有礼部奏请，群臣于元旦日朝贺上皇。实则礼部每年元旦及太上皇万寿节都会奏请，要群臣朝见太上皇，皇上却从来没有准许过，从来只是虚文罢了。前几年也确曾有人上疏请皇上遵从天理，重兄弟之义，却都被廷杖，几乎打死。后来出了金刀案，更无人敢提此事。”

杨继宗也听说过此事，却不甚明白，忙让袁彬细讲。

原来当初在南宫看守太上皇的有一位老太监叫阮浪，服侍上皇非常周到。上皇喜他忠诚，就把自己用的一个金丝绣袋和一口错金小刀送给了阮浪，阮浪却没有珍惜上皇馈赠，将金刀转送给手下一位宦官王瑶。谁知王瑶误交了一个匪人，锦衣卫指挥卢忠，还将那把金刀拿出来向卢忠炫耀。卢忠却趁王瑶酒醉偷走了金刀，向朝廷告发，说是太上皇与阮浪、王瑶勾结，妄图复辟，以绣袋、金刀为证。此事虽然全不靠谱，却引起景泰皇帝的极端重视。也不知是真相信了确有复辟阴谋，还是想借机杀一杀太上皇和某些朝臣们的锐气，景泰帝为此兴起大狱，抓了阮浪、王瑶及大批相关人员。就连首告的卢忠也被牵连进案内，一时不得脱身。

卢忠见事情闹得太大，不知所措，就找到京城一位神人算命。那神人正是赫赫有名的瞽者仝寅[1]。仝寅为他算了一卦，告诉他："不咬人尚可应付，如果咬人就是大凶。"卢忠无奈，只得装疯卖傻，每天胡言乱语，喝尿吃屎。原告疯癫，被告抵死不肯招认与太上皇有阴谋，但此案却没有不了了之，王瑶最后被凌迟处死，阮浪也死在狱中。有此案为警，朝中上下更不敢与太上皇接近。

袁彬一口干了一大杯金华酒，才对云瑛说："姑娘，太上皇处境艰难，宝公主之事若是被人知道，有人要借此生出些闲事也未可知。故而此事只宜慢慢寻找机会，好在有我等尽心护持，公主绝不会有危险，许彬、杨善几位大人也一定能想出万全之计。只是姑娘切莫再向他人说起此事，切记，切记！"

又转向杨继宗道："承芳，我们年初二在许太常养浩公家有个聚会，我约上你前去，到时候咱们兄弟同向几位朝中大佬讨教解困之法。"沉吟了一下又说："只是不知暂时如何安排公主和姑娘。鲜鱼巷那房子虽然没有完全坏损，一时却也住不了人。我这里毕竟不便。不知姑娘在京城可还有其他住所？"

云瑛说他们在北京留下的唯一宅院就只有鲜鱼巷一处，"要不然我公开自己的瓦剌身份，去住会同馆？"

[1] 仝寅，字景明，明代著名的占卜者，精于《易》卦，《明史》卷二九九有传。

杨继宗连说不妥，想了一想才说道："文质兄，我舅母有个闺中道友，叫作净观的道姑，是宛平县衙旁边玉喜庵的住持。她那庵我也去过，不但宽敞洁净，地方也偏僻，香火也清淡，倒不如让姑娘与公主先在那里住一下，老麦可住在我们县衙的偏房里，就近照应。"

还不等云瑛答应，袁彬连说"甚好"，"不瞒承芳说，我们锦衣卫在宛平县附近也有一个宅子，虽非属我所辖，但管那事的长官，锦衣卫指挥佥事汤公，却是我极好的朋友。他也是那年出使瓦剌迎回上皇的使团副使，万一出了什么纰漏，也一定能把此事兜起来。"

杨继宗心想，这锦衣卫好生厉害，连宛平县这么个芝麻粒大的衙门都不放过监视。但此时却也觉得正好有个照应，连连点头，又看着云瑛。

云瑛想想无奈，也只好先去陪一陪道姑，才说："明天我把人安排一下，后晌就去那玉喜庵。如此却要有劳公子了。"

杨继宗见她并没有当着袁彬叫自己秀才，这才放心——原来并非是时时都要这么称呼。

二

对云瑛和宝姑娘的事有了个初步的安排，几人心思初定，才又说起刚才起火被追截的事来。

袁彬对杨继宗和云瑛说："那时我听说鲜鱼巷炸了炮仗市，还引起了周围火灾，就觉得有些不妙。连忙领人赶去，又听说有一男一女骑着大马被人追赶，心想定是你二人，却不知你们是怎样逃脱的？"

杨继宗道："多亏了云姑娘马快，骑术又精，才逃离了那帮贼人。但后来几乎困在三里河边上，却是养荣堂的一位二掌柜用船把我们渡到了平安地境。"

袁彬不解道："你说的可是那靳孝？"

"怎么你也知此人？"

"这个养荣堂也是我们锦衣卫早就盯上的地方，只知它不是寻常买卖，背后又有泼天的势力，却一直没有弄清他们的真实身份。”

杨继宗道：“这个靳孝虽然是养荣堂的二掌柜，此次行事却极为古怪，不但预先料到了我们的行踪，救了我们，在船上又说了一番云山雾罩之言，让人难解。”遂又把靳孝在船上所说大概学了一遍。

云瑛也对靳孝颇为不解道：“他平时说话都是漫天风雨的，哪有什么凭信？”

袁彬却说：“姑娘切不可小觑了他。他既如此说，正显得这个养荣堂和吕大相的案子关联重大，太不寻常。”

杨继宗才想起刚才靳孝给的那个令符，“临别时他还送我一纸令符，说是遇到他们的人可以此保证平安。”说着他从怀中掏出那张令符，与袁彬和云瑛一起在灯下细看。

那符大约六七寸长，三寸来宽，本身是宣纸，又用麻纸青绫裱过，因此显得甚是精致坚实。令符上头是一个墨笔画押，鬼画符般认不出是什么字迹，画押下面盖了一方朱红大印，却只有一个篆字，并不难认，是个“徐”字。

袁彬看了连连点头道：“果真是他家的东西。”

杨继宗与云瑛不解道：“谁家的东西？”

袁彬略略思忖了一下，才说：“这个养荣堂虽是百年老店，国朝以来却也几经易主。现在都说它是那胡昌世家的买卖，我们却听说背后还有一位真正的大股东。”

“还有背后股东？”

“而且这位大股东并非寻常商贾，他乃是当朝极显贵的一个人物，就是定国公徐永宁！”

杨继宗惊道：“文质兄所说，莫非是中山武宁王的后代，定国公徐增寿的胤嗣？”

袁彬点头道：“正是中山王徐达的后裔。这位徐永宁也有些蹊跷，他的父亲老定国公徐显忠在正统十三年故去，依例本应由嫡子永宁袭爵，但圣命却迟迟未下。听传说，此时徐永宁并不在京师，有人说他一直在河南郑王府中。徐家与郑王府从来没有听说有过什么亲故，况且从古至今，也没听说过有国公子弟到藩王府里闲住的。但这一拖就是七年，直到去年，徐永宁才算回京袭了爵位。”

杨继宗虽然饱读诗书，对于朝廷里这些陈芝麻烂谷子的细节却也是闻所未闻，只能不住点头称奇。

“这位小国公回到京师之后，一面广置田宅，大修府邸，一面与京城里的公卿显贵乃至市井逸民广为交游。据我们所知，他就在此时买下了养荣堂，明面上却让胡昌世做了东家。因此那养荣堂行事虽然常有可疑之处，我们也只能暗自监视，轻易不敢惊动它。这次出了命案与养荣堂有牵连，我正想借机探探它的深浅，却立时就被上司禁止。我怀疑，这次还是小国公在从中作梗。”

杨继宗不解道：“我大明法度，亲王、郡王尚且不能参与政事，徐永宁不过是一位世袭的国公，又无衙门实职，如何能有这般势力？”

袁彬道：“这才正是令人不解之处。他年纪轻轻，又才刚刚袭了爵位，虽然明面上是我大明朝第一功臣之后，位尊爵显，人人敬重，实则并无半点实权，按说也应该没有什么势力。但他偏偏风生水起，京城官场上人人知道他是一号人物，却又不明白这权势的来历。”

杨继宗也觉十分怪异，又问：“这位国公爷既然有如此泼天的势力，如若真是想对付一个吕大相之辈的牲口贩子，岂不是如同捻死个蝼蚁，为何还要使出如此阴险繁复的手段？”

袁彬阴沉着脸说道：“我想不论是徐国公还是胡昌世，都与吕大相并无仇恨。他们要杀吕大相，实是为了灭口！”

杨继宗不由“啊”了一声，“为什么要杀他灭口？”

云瑛也直视袁彬，对这桩奇案也十分好奇。

袁彬才说：“承芳与此案牵扯甚深，再要瞒你，只怕你心中长的草都能藏住狐兔了。那吕大相之死，实为他当初曾受人指使，要下毒杀一位贵人。”

“什么贵人？”

“就是皇上近年来的新宠，当初教坊司的乐户之女李惜儿。”

三

明代的教坊司是朝廷礼部管辖的一个九品小衙门，本职是个皇家的乐团，常有数百名乐工，专门服务于朝廷各种大型朝会、享宴、祭祀活动，偶尔也有进宫为皇帝奏乐娱乐的时候。但皇宫里还有一个由太监组成的乐队，也兼演杂剧，由内廷钟鼓司管理，那才是专门为皇帝和后妃们服务的。教坊司的乐工全都是男性，他们虽然为朝廷服务，却身处贱籍，与奴婢、倡优同属于这个国家的贱民，备受歧视。他们的妻子、女儿自然更是毫无人格地位，所以历代教坊中的女性都被当作妓女，为官方和民间服务，收入却落入官府。因此教坊司的另一个职能就是官办的妓院。自太宗永乐时起，一批在靖难之战中忠于建文帝的大臣的妻妾、女儿被罚入教坊司为妓，以后历来因犯罪被罚没的女子数量甚多，这教坊司作为妓院的功能也就不断放大。不论是教坊司的家生女子，还是被罚没进来的官员或是平民的女眷，都要迎门卖笑，与民间的妓院并没有多少区别。

袁彬解释说："虽说教坊司中男奏乐，女为娼，自古为然，但我大明朝历来有规矩，女乐却不能入宫。但事到本朝，却有些改变。"

话说在景泰[1]四年十月，景泰帝唯一的儿子怀献太子不幸薨逝，景泰帝为此非常伤心，不知为何此后心性也大变。用朝臣的眼光来看，这位天子从此有些太过不拘小节，游戏人间了。

这以后不久，景泰帝就开始张罗要让教坊司的女乐进宫为自己表演。当时教坊司管事的左司乐晋荣、管理宫内娱乐事宜的钟鼓司管事太监陈义不敢违了圣命，又想巴结皇上以图升赏，就共同商量，选了教坊司中一帮相貌好才艺又好的女子，组队到宫中侍宴。其中也就常有被皇上宠幸的。这样有一年光景，皇上渐渐对这些女乐也有些烦了，却单单喜欢上了其中一个人，就是教坊司家生的李惜儿。

"听说那李惜儿家数辈都是教坊中人，父母已经不在世，她有个哥哥叫李安，却也是个一等一的好乐手，抓筝、吹箫、弹琵琶，无所不能。我

[1] 景泰四年，即公元 1453 年。

们卫中同事也有当年在教坊中同她有过交往的，说她容貌上算不上倾城倾国，但独有一股难言的媚态，怕是宫里面从来没有见过的。

到了景泰六年，皇上一时兴起，竟然就将李惜儿直接接进宫里长住下了。这下引起了宫中嫔妃们的集体抵制，说是宁愿集体上吊也不肯与那烟花妓女同流合污，决不能让李惜儿进入宫掖。皇上一时无策，只好先在玄武门里的御花园旁边建了一座花房，其实就是藏娇的金屋[1]。

当年花房建成，李惜儿就住了进去，一时朝中市井都啧有烦言，却没有人能够真的管住皇上。宫中传出消息，说是李惜儿几乎是专房专宠，不要说一般嫔妃难见天颜，就连一向最受宠爱的唐贵妃都被冷落了。到了今年七月，李惜儿的哥哥李安被出乐籍，加官为锦衣卫百户，十一月又升为副千户，都是只带俸没有实职。还赐给他一座豪华府邸，又在郊外赐给他一处田庄，但终究还是没有直接册封李惜儿。今年八月，皇上为了安抚唐贵妃，进封她为皇贵妃，京城中传说，这都是为了李惜儿的事，倒让唐家捡了个便宜。却也有谣传说，皇上此举其实是为下一步册封李惜儿做准备，说不定何时她就成了嫔，成了妃，甚至是贵妃也未可知。以妓女出身而成为皇妃，倒也是大明朝一件特大的奇事。”

袁彬对着杨继宗叹了口气说：“宫中这些烂事，我们这些低微小臣，既非需要公忠体国的公卿大僚，又不是专司慷慨进言的台谏，哪里去管它。谁知前两天我们锦衣卫突然接到李安报案，说是有人要毒害这位准娘娘。”

杨继宗甚觉奇怪，“难道是说那吕大相？”

“可不是他。听李安说，那个吕大相因为卖马，与自己家中的下人交往得颇为熟络。因着这几日李家每天都要进玄武门为李惜儿送饭，吕大相才重金收买他家送饭的奴仆，要让他在饭食中下毒。”

杨继宗仍然有些不解，“难道宫中平日没有饭食，倒要家里每日送进宫里？”

袁彬道：“我们也是觉得奇怪，但当时只想着抓住吕大相后自然便知其

[1] 李惜儿及其兄李安，以及在宫中建“花房”等事，均见《明英宗实录》，并见于沈德符《万历野获编》、王世贞《凤洲杂编》等书。

中蹊跷，并没有仔细询问那李安。”

杨继宗问道：“却不知所谓重金买凶，用了多少银钱？”

“这承芳你倒不妨猜一猜。”

“我看总得要一二千两银子。”

袁彬呵呵一笑道：“若是卖凶杀个平民哪要这许多银两，我经办过的案子，竟有为了二十两银子就去杀人的。那李惜儿既然是宫中新贵，自然与众不同，但说出那数字来还是让人震惊。”

杨继宗和云瑛对此不免好奇，都等着袁彬说出数字。

袁彬却要卖个关子，停了一下才说：“他出的价是白银一万两！”

四

据袁彬说，腊月二十四那日隅中时分[1]，李安慌慌张张跑到锦衣卫指挥使司来报案，说是有人要毒杀他家娘娘。主管锦衣卫事的指挥佥事门达知道，这位弹琵琶出身的本卫副千户说不定哪天就会成了国舅爷，何况差点被害的苦主竟然就是万岁爷当下最宠爱的人，因此不敢怠慢，赶快召集卫中几个能干的千户、百户共同问讯。

几个人问了半个时辰，才算大体弄清事情的脉络。这些天不知何故，李家每日都要给李惜儿送饭。送饭的是李家两个奴仆——李安却始终不肯说出两人的名字——那两个仆人每天午前赶着车到玄武门前，再把食盒抬进宫里的花房。有一个家住顺承门外的马贩子名叫吕大相，曾因卖马的事与李家仆人甚为熟悉，近来也常常在一起喝酒作乐。二十三日晚上，这个吕大相突然找到李家仆人中的一人喝酒，饮宴中提出，要他明日去送饭的时候在饭菜中下毒，并许下一万两的重贿。如此重金让那仆人一时晕了头，就将此事答应下来，并且收下二千两银子作为定金，着人送到他在城里的一处住宅。此外，还给了他一包毒药。

[1] 隅中，指巳时，即上午9时至11时。

杨继宗对这等事一向用心，忙问：“是什么毒药？”

“倒也没什么奇特，就是砒霜而已。李安把这包砒霜也拿到卫里来了，确是正宗的上等信州砒石，已经碾成了细粉，洁白粉腻，没有一丝杂质。”

那个仆人回去做了一夜的发财大梦，到了早上却觉得此事太过凶险——皇上的新宠死了，一定会让东厂、锦衣卫严查，自己是送饭的自然难脱干系。到时候被抓进诏狱，拷问个七荤八素，九死一生，即便没有被查出真情，自己恐怕也很难有机会去享用那上万两银子。想来想去，还是向主子李安报告了实情。

锦衣卫没有费多少周折就查到了吕大相的下落，却没有立时惊动他，而是布下天罗地网，要查出他的幕后主使。

“他一个牲口牙子，把天下的生意全包了，怕也挣不出一万两银子，何况他在京城卖马，怎么会想到毒杀后宫亲贵？”

袁彬的人一直在监视吕大相的行踪，见他午后就来到西四牌楼的福安茶坊吃茶，显然是在等着什么人接头。当时并没有发现什么可疑的人事，一直到他住进了客栈，锦衣校尉们只在外围布哨，谁知天亮之后，他人竟死了。

袁彬叹道：“这些人的行动实在诡秘，等我听到凶信赶过去，才见到你和宛平县的人。若不是老弟你心思缜密，恐怕至今也弄不清这个吕大相是如何被灭口的。”

杨继宗道：“现在看来，想要毒害李惜儿的，定是那养荣堂的人，背后应该就是徐永宁。莫非他们徐家也有嫔妃，才去参与后宫的倾轧？”

袁彬道：“国初徐达的女儿确实曾嫁给皇家，即当时的燕王，后来的太宗皇帝，就是孝仁徐皇后。但自永乐之后，为防外戚专权，向来后妃都是选自民间极普通的清白之家，公卿世家的女儿绝对没有进宫的可能，徐家自然也不例外。不要说现在宫中并没有徐家女儿，往上说几十年都绝对没有一位。”

杨继宗更是不解，“宫中之事既然与徐家并无利害，他却为何要处心积虑去毒杀一个还没有名分的李惜儿呢？难道还真是如靳孝所言，他们这样做竟然是为了国家社稷之事？难道他们是担心李惜儿一家将来要祸乱国政？”

袁彬倒忍不住笑起来，“靳孝所说到底何意，我也想不明白。但要说那李惜儿一家能够祸乱国政，真是打死我也不会相信。承芳，我看你这两天深陷此事，又最喜对这类奇异案件刨根问底，若是找不到答案，恐怕连会试都难以集中心思了。不如我们就一同去访访那李安，你也看看，他可是能够祸乱国事之人。”

杨继宗对今晚的事仍是心有余悸，“我们去访李安，会不会又引得那养荣堂的人来找麻烦？”

袁彬道：“我看他们对于如何对待你这位举人，似乎是有不同的想法，对策并不统一，现在看来，倒是主张善待你的一方占了上风。这次他们放火追杀不成，我想今后暂时不会再有过分举动。何况那靳孝送你的令符，看来也不会是假货。我们悄悄行事，不必声张，料也无妨。”

这顿饭边吃边聊，足足用了一个时辰。三人商定，明日先让云瑛和宝姑娘搬到玉喜庵中居住。到后天腊月二十九，杨继宗再同袁彬到李安的府上拜访，找找有什么蛛丝马迹。

第八章

金钱卦

一

李安的府邸就在东安门附近的保大坊，原本是大太监李德在宫外的私宅，极为排场。一座大开间的广梁大门，门前有上马石、拴马桩，大门对面是磨砖对缝八字影壁，影壁上“皇恩浩荡”四个大字，似是一位前朝大佬的手笔，分明是要宣示四方邻里：我们是皇上至亲，势力及天！

袁彬与杨继宗向门口的家人递上名刺，不一会儿工夫，那李安竟亲自迎了出来。杨继宗见李安身形颀长，面庞白皙，也算一表人才，但眉目间却透出些许谄媚之相，缺少了些轩昂之气。因李安是所谓寄禄官，只有身份、俸禄，并不进衙门办事，故而虽是锦衣卫的副千户，与袁彬并不相识。前几天报案讯问时，袁彬其实也在场，但当时气氛紧张，他也并没有注意到这位百户。这次一见，却显得格外亲热。

他先与两人见礼，又上前拉住袁彬的手道：“袁大人，久仰大名，如雷贯耳，今日光临寒舍，实在是蓬荜生辉！未曾远迎，还请大人恕罪。”

袁彬对这套戏里的词儿实在感到无聊，挣脱了手道：“岂敢。这位是我的朋友，进京会试的举人，阳城杨承芳公子。”

李安满脸堆笑道：“杨公子大才，今日得见，真真是三生有幸！”说着他又要与杨继宗拉手。

杨继宗连忙后退半步，深深一躬作答，却没有回话。

李安又吩咐家人让杨二和袁彬的两个随从先到门房休息，招待茶果，领着二人进入四扇绿屏风的二门，再沿着抄手回廊来到正厅。只见这正房高轩宽敞，靠北墙放着一条极厚实的黄花梨木条案，案上斜放着琵琶，掸瓶里插着笛、箫，还有一座掐丝珐琅彩福寿牡丹的大花瓶，因为节气的关系，里面却插着一大把红红绿绿的绢花。

李安让二人在主位坐了，又上了茶，才问袁彬因何来访。

袁彬道："前几日阁下所报的吕大相一案，兄弟也曾参与侦查，那吕大相却不明不白地死了，想来阁下也已经知道。"

李安见是问此事，脸色不禁严肃起来，"在下确实听说了，想必是有幕后指使之人杀人灭口。"

袁彬道："我还有几件事不太明白，想要问一问那天被收买下毒的奴才。"

李安面有难色，哼唧了几声才下定决心说："袁大人，那奴才误交匪人，几乎害了主子，实在是罪不容诛。但他毕竟是自己反悔首告，不论他是心中还有一念向善也好，还是干系重大畏罪坦白也好，终究让舍妹逃过一劫。前日在衙门里我不说他是谁，就是怕他被抓入镇抚司中，一来怕他受刑不过乱咬乱攀，连累许多无辜；二来怕他因此致残甚至死在镇抚司里，岂不让我家里的奴仆个个寒心？"

杨继宗心想，这个李安虽然有些猥琐，在紧要关头倒还义气。想那吕大相的崔姓伙计，与此案全无关系，还在锦衣卫中被刑讯打折了腿，那报案的奴才若真进了镇抚司，只怕凶多吉少。

李安接着说道："此事我已细细问过，那日在衙门里也大体说过，您有什么疑问尽管问我，那奴才恕不能进来答话。大人明鉴。"

袁彬知道他心中的想法，也不再相逼，"我还有一事不明，不知道令妹进宫以后，是一直由家里每日送饭，还是近来才有此例呢？"

李安答道："舍妹进宫已经一年有余，之前一直在宫中用饭。但本月二十一日，忽然有个亲随内官来到家中，说是娘娘想念家中饭食，让从明天起，每日着人运送饭食饮水一应事物进宫。还给了两块进玄武门及御花园的腰牌，并说，要尽量小心隐秘，千万不可传扬出去让别人知道了。没想到，饭才送了两天，第三天就有吕大相投毒之事。"

"案发之后，你们还继续送饭吗？"

“如此凶险之事，我哪里敢让舍妹知道！这几天来，我们每日照常送饭进宫，宫里不发话，也不知要送到哪天。”

杨继宗暗自思忖：这么说来，前些天宫中一定出了什么变故，才让李惜儿警惕起来，让家中送饭以免被下毒。看来这养荣堂的人与宫中某些势力勾结颇为紧密，才能环环相扣，非要害死那李惜儿才甘心。

袁彬又问：“那你可知，令妹在宫中、朝中，乃至京城的民间里巷，可有什么大仇人、大对头？”

李安叹气道：“想那宫中的各位娘娘，哪个不把舍妹当作死敌，恨不得食肉寝皮。至于民间，舍妹当初在教坊也是出了名的好脾气、好人缘，实在想不起有什么仇人。”

正说话间，府里的家人来报：仝寅仝先生到了。

李安连忙起身，一面说“得罪，稍待”，一面快步出去迎客。

袁彬见李安出去，笑着对杨继宗说：“承芳你真是福缘不浅，今日来这里，却能撞见一位神人。”

杨继宗问道：“此人可就是当初为那卢忠起卦算命的瞽者仝寅？”

袁彬道：“应当就是此人。他本是武清侯石亨[1]大都督家的清客，背后是朝中数一数二的人物。他本人更是神机妙算，在京城里说起仝瞎子，几乎无人不晓。可是真要求见他一面却也不易，我这么多年在京城都与他无一面之缘。”

杨继宗道：“如此说来，这位李国舅的面子实在不小哇。”

正说着，李安已经把仝寅接进客厅里。

二

与杨继宗暗自设想的完全不同，仝寅其实是一位极壮大的汉子，四五十岁年纪，膀阔腰圆，站在那里，半截铁塔一般。去掉人衣裳之后，

[1] 石亨，陕西渭南人，明代著名将领，官至都督、太子太师，封忠国公。《明史》卷一七三有传。

见他一身铁灰色的贡缎褶子、方巾，是个读书人的打扮，气质却全不像读书人，当然更不像个算命先生。只是见他那两只眼睛总是似闭非闭，似眨非眨，才知道这是位瞽者，身旁有一个十五六岁的小童扶着，所以并不用盲杖。

身材高大声音自然洪亮，仝寅一进屋就对着客位上袁彬方向施礼，方位对得极准："刚听说袁兄也在这里，早闻大名，十分仰慕，今天真是幸会。"音色低沉，气息内敛，虽是轻声轻语，却好像从古钟里传出来的，余响不绝。

袁彬连忙说"岂敢"，又介绍了身边的杨继宗。杨继宗也见了礼，急切想看这位神人到底有多么神奇。

仝寅却并不急，坐了客位的首席，仍向袁彬说道："早闻当年上皇北狩，全靠着袁兄悉心呵护，才得平安回銮。袁兄的忠义之心，天地可鉴，在下是真心向慕，绝非虚言。"

袁彬道："先生过奖。那年也是恰逢其时，冥冥中将在下安排到上皇身边，在下自当竭力服侍圣上。若换了别人，只要是大明臣子，哪个不是一样要尽心尽力，死而后已？"

仝寅笑道："那却未必。常言道患难才见真心，若是平日，自然满朝都是忠臣，若真到了危难时刻，可就难说。只是听说袁兄这些年却一直仕途蹭蹬，天道不公欤，人道不公欤？难免让人为之一叹。"

袁彬苦笑道："先生哪里话！在下愚钝不学，在此地位正好为国家略效一番犬马之劳，哪有那么些公与不公？"

"袁兄不必自谦。我看不论以袁兄的人才、气量，还是当年功绩，绝不应只当此位。好在天道无私，自有定理，袁兄绝非池中之物，将来必有大用，前程怕是无可限量。算来袁兄转运的时刻，当也不远。且自珍重。"

袁彬听仝寅如此说自己，心中自然欢喜，起身重新行礼道："谢先生吉言！"

李安一直在旁边听着，这时才插话说："仝先生神算，天下哪个不知。今日既判断了袁兄的前程大好，想来不日定可升发，到时候袁兄可不要忘了提携小弟一二。"

又对仝寅恭恭敬敬说道:“在下几次上门求教，先生太忙，都无从一晤。今日亲自上门来教诲，真是折杀小的了。”

杨继宗见他一时走嘴，又把“小的”这个当年的惯常称呼说出来，不由好笑，心想：要说此人能够祸乱朝廷，也真是不易。

仝寅却似浑然不觉，“我因是武清侯的西席，在家里接待李百户有诸多不便，我想阁下定能体谅。至于说亲自到访府上，我本是江湖中人，游方算是本业，也是极平常的。却不知阁下几次三番要见我，到底有何见教？”

李安才说:“只因这几年来家门突生极大的变故，都说是福从天降，在下却是终日没着没落，心神不宁，也不知是福是祸。近日家中又有些私事，更让我寝食难安。因此想到先生，望先生能为我指条明路，以求心安。”

袁彬和杨继宗见他要说家中私事，不好意思再逗留观望，虽然心里极想留下来看仝寅的神算，却也只能起身告辞，说是“既然是阁下的家事，我们不好再打扰，先行告退了”。

李安明知两人并不愿走，又见仝寅对袁彬极是尊重，加以自家这点事本来已经报过案了，无可掩盖，便说:“二位不必客气。想向仝先生问休咎的事，也难遇上，先生若是不在意，就请二位先留步，一起领教先生的神术。”

仝寅笑道:“我哪里有什么神术，无非以《易》理推运道，一靠神灵佑护，一靠问询者诚心，我只依着前辈所综的道理推演，确与不确，还看阁下的时运。”

李安问:“不知先生想用什么方法为在下推算？”

仝寅道:“八字主先天之命，离事太远。我最喜的还是起卦，正好看你近来的运势。”

李安道:“我正想请先生为我算上一卦。”

于是先吩咐家人摆下香案，自己又净手更衣，厅堂里气氛也一下子肃穆起来。

三

仝寅道：“我出门在外，并没有带上蓍草，但心诚则灵，用什么器具倒也并不算重要。”边说边从童子手中拿过几枚铜钱，“我就为阁下起一个金钱卦。你先将这六枚金钱放在案上，焚香祈祷，想问什么事情，心中默念就好。”

杨继宗瞥了一眼那几枚铜钱，见不过是些唐宋年间的寻常通宝，但个个齐整明亮，显是经常使用所致。

李安拜祭过金钱，仝寅又对他说：“你将这些金钱逐个抛撒起来，用手接住，且看在你掌中是有字的一面朝上，还是无字的一面朝上。”

李安照其吩咐，先抛了一枚铜钱，张手一看，却是无字一面朝上。

仝寅听了，说道：“初六，是个阴爻。”

李安再抛，仍是阴面。仝寅说：“是六二。”

其后却是阳多阴少。六爻全出齐了，李安却不敢坐下，仍然恭恭敬敬站在一旁等着仝寅解说。

仝寅将那六枚放在案上的铜钱又逐个摸了一遍，才说：“下艮上巽，所得是个渐卦。此卦卦辞说：女归，吉，利贞。是主婚姻嫁女之卦。我看阁下青春尚富，当无嫁女之虑，莫非这一卦是为令妹所起？”

李安见说到自己心里，用力点头不住，“先生真是神人，真是神人！在下正是想要为舍妹问一问吉凶。”

杨继宗却有些不以为然，心想，你家那点事满朝中哪个不晓，今日如此郑重请来仝先生，我不用起卦也知道是为了李惜儿，哪能是为了别的事。

仝寅却并不推辞，“这渐卦多是主吉之象，却要看看变卦如何。”又从童子那里取了一枚骰子，与一般赌具并无异样，对李安说：“你且用它投出个点子来看。”

那李安显然是个赌博老手，不肯随便掷那骰子，让人取来个青瓷骰盆，又把那骰子放在手中默念了一番，才使出腕力轻轻一掷。只见那骰子在瓷盆中滴溜溜转了几圈，眼看要在二点上停下来。

杨继宗毕竟是读过《易》的，知道二爻最好，心中也跟着默念：“二，二！”谁知那只骰在二点上稍停了一下，却又借着冲力翻了一个身，变成了三点。

杨继宗在旁边不禁摇了摇头。袁彬并不懂《易经》，见杨继宗摇头，神色也跟着紧张起来。

仝寅听说是三点，并无表情变化，“三爻变阳为阴，却得了一个观卦。观，下坤上巽，盥而不荐，有孚颙若。坤为地，巽为木，地上有木，是园林之象，也是孕育之象。此卦既应令妹，当是令妹近来或有身孕。”

李安有些犹豫，两眼并无目的地左右瞧了瞧，才说：“先生神算，舍妹大约在一个月前月信不至，告诉了皇上，才让悄悄找的太医。诊脉下来，说是已经怀了身孕。但皇上说是先不要声张，故而只有家中的几个人知道。”

又忙对袁彬和杨继宗说道：“上边的旨意，且不要宣扬，还请二位包涵。”

袁彬与杨继宗连连点头表示不会泄露。杨继宗却暗想：原来这李惜儿竟暗怀了龙胎。如若真是个男孩，却正好让目前无嗣的皇上有了子嗣——如此说来这李惜儿的性命可还真是与国家社稷大有关联。

李安见仝寅并没有接着解说，又问：“先生可能算算，舍妹怀的是男胎还是女胎，母子可能够平安？”

仝寅仰着头，两只瞽目似睁非睁，似闭未闭，沉吟了一下才说：“你得的渐卦爻爻都好，唯有这第三爻却不大好，爻辞是：鸿渐于陆，夫征不复，妇孕不育，凶。只怕是此胎难以保全。”

李安听了大为沮丧，“那先生可有解救之法？”

仝寅微微睁开一双无睛的白眼珠，缓缓摇头道：“时也，命也，运也。天道循环，岂是人力所能改易？这《易》中所说的鸿渐于陆，是说大雁落在水中的陆洲之上，显是离群之象。哀哀孤雁，若不是失时掉落脱离了雁群，就必是为同伴所忌，无法归队。阁下想想，一只离群的孤雁，弓弩常环伺于旁，饮食尚且难保，哪里还保全得了腹中之婴？”

“难道全无对应之策？”

“单从卦象上来看，所得九三，并未失其位；以渐而观，也未失其德。那为何又是凶卦呢？只是由于观而不归，强敌在外，应敌而失时也。令妹形如孤雁，却又强敌环伺，再加以时运不和，当前所作所为才俱呈凶象。但由渐变观，就变在第三爻上，观之六三曰：观我生，进退。《象辞》说：未失道也。此意即是说，只有甘心雌伏不事竞争，并认真审时度势，或可以保自身的平安。君子顺天命而应时运，从卦象上看，令妹近来或有一大凶险，切记，莫争执逞强，愈逞则愈凶。恐怕就连阁下自己，也须小心一二。"

这一番话说得李安脸色青白，额头冒汗，一时也不知如何答应，晕晕然一屁股坐进身边的太师椅里。

四

大家又待了片刻，因无话可说，一起告辞。

那童儿扶着仝寅，一直来到大门口，仝寅伸手握了握杨继宗的右手，小声道："我听杨公子声音清润，今见你手骨也是龙修虎丰，将来必是前程无量。只是公子禀赋中方正之气略觉过盛，需要防着小人，可要君子欺之以方。"

杨继宗忙再施礼道："承教。晚生改日一定要到先生府上细听教诲。"才与袁彬道别了仝寅，带着杨二等几个随从骑马离去。

杨继宗与袁彬并辔而行，又说起李惜儿有孕之事，袁彬却支吾了几句，似并不愿深谈。杨继宗心里知道，皇上子嗣实在是当今朝中最为敏感之事，袁彬不愿多言，实在是有所忌讳。

原来当初土木之变起，正统皇帝被瓦剌俘获，京师大乱。正统帝的母亲孙太后临危颁诏，立正统帝之子朱见深为皇太子，准备万一正统帝不测可以承嗣继位。同时命正统帝的亲弟弟郕王，就是后来的景泰帝辅政监国。后来也先率军进攻北京，形势严峻，郕王才登基帝位，但当时的皇太子却仍然是他的侄子朱见深。景泰帝本有一个自己的儿子朱见济，当然不愿让皇位传给兄长一支。待到京师解严，自己的帝位已经巩固，就以高官厚禄贿赂朝中重臣，在景泰三年废朱见深为沂王，而立自己的儿子朱见济为皇太子。皇帝想要自己的亲儿子接班，本来大家也并没有多少异议，谁知不到一年，新太子却得病薨逝。景泰帝虽然正在盛年，此后却一直没有生出儿子来，因此这几年来皇太子的位子一直空着。皇上年年盼着天降麟儿，公卿大臣也都希望宫中能够早立元嗣，但许多人心里都总是隐隐觉得此事未定，终是个祸乱的根苗。

杨继宗心中暗想：养荣堂一伙要暗杀李惜儿，肯定与她怀孕有关。但到底是什么人，为了何种目的，才不想让李惜儿为皇上生儿子呢？

仔细掐算，应该有三种势力会有此想。

第一种势力是不齿李惜儿的官妓身份，生恐万一其子得继大统，岂不是要有一位娼妓所出的大明皇帝，还要有一位娼妓出身的皇太后，一旦载于史册，大明朝真是要遗秽万年！当下道学盛行，朝野中持此观念的人怕是不少。但这些道德之臣大多迂腐，一方面消息未必灵通，一方面更难做出霹雳手段。何况，养荣堂那一系列阴狠的手法，也太不符合道学家的本性。

第二种势力自然就是与太上皇关系切近的一派人，他们可能希望当今皇上一直处于无后状态，最后仍然要由沂王见深继承皇位。此愿如果能够实现，太上皇一边的人自然会有许多收益。袁彬不愿谈论此事，似乎就有些避瓜李之嫌的意思。但从袁彬这几日的行动，实在看不出与此案背后会有什么瓜葛，除非他是深藏不露的大奸巨恶——以杨继宗的识人之明，断不会相信袁彬是这种人。再者，当今皇上在位不知还有多少年，这伙人如果一直盯着后宫，凡有身孕者一概清除，难度也实在太大。

第三种势力当是今时的外戚。历朝历代宫禁中的撕咬狠斗层出不穷，如果遇到与皇统子嗣相关的时候，更是不知出过多少穷凶极恶的阴谋。对宫中的嫔妃和他们的家人来讲，除去一个李惜儿自然能解心头之恨，而除掉她所怀的龙胎，更是清除了无穷后患。但依袁彬所言，本朝的外戚势力之薄弱超乎想象。原来的汪皇后因在太子废立事上与皇上不协，被废了，幽居永巷，就不必说了；后来再册立的杭皇后直到今年初去世了，才给她弟弟授了一个锦衣卫的百户；还有据说是最为得宠的唐贵妃，其父也是不久前才被授了个都督职衔，因皇上已经移情至李惜儿，唐家在京城并不敢有一丝张扬。要说这些外戚人家能够做出勾结帮会、投毒、灭口的事情来，大概无人能信。

算还算去，养荣堂那一伙人应该不属于以上任何一种势力。他们为了成功可以说机关算尽，手段毒辣，但他们到底是不希望李惜儿为皇上生子，还是根本就不愿意皇上有自己的继承人呢？如果他们达到了目的，害死了李惜儿，什么人会由此真正获利，还是可以避免什么不利于某些人的事情发生呢？

杨继宗正想得入神，跟前突然“啪”的一声，炸响了一个小爆竹，座下的牲口受惊往旁边一窜，险些让他跌下马来。袁彬在旁叫道：“承芳，小心！”

杨继宗连忙抓紧了缰绳，回过神来。这时才见，街巷中已经增添了许多过年的喜庆气氛。家家门前打扫得干干净净，门口贴了大红的春联、福字和彩版的门神，有些住户门口还挂上了大红灯笼。不远处又有一户刚刚从郊外上坟请祖回来，正在大门口焚烧纸表，一面祝念：“门神让路，请列位先人还家过年！”一面又点起了鞭炮，一时响声震天，硝烟弥漫。杨二连忙跳下马来，牵住杨继宗的坐骑，生怕惊了马。

杨继宗头一次见京城里的百姓过年，觉得倒也热闹有趣，索性和袁彬下了马，就在街巷中信步而行，对袁彬说道：“真是爆竹声中一岁除啊，只是不知，明年可真要新桃换去旧符？”

袁彬并没有答话，过了一会儿才说：“承芳你近几日劳心太过，大年百业歇，我看你正好放下诸事，安生两天再说。”

杨继宗听了袁彬这话，才忽然觉得刚才说的话似有不妥：何为新桃，何为旧符？难道预示明年朝廷会有剧变，自己无意中一句话竟成谶语？想想也罢，自己小小一个举人，处江湖之远，哪管得它是新桃旧符？一切只能是顺其自然，静观其变罢了，遂对袁彬道：

“文质兄说得是，不论有什么变故，咱们先安稳过了大年再说。”

卷二

金符

第九章

拜年

一

天还没亮，杨继宗就被一阵清脆的鞭炮声吵醒了，知道已经是五更天，虽然还很想再多睡一会儿，却不得不起身来，因为今天是景泰八年丁丑年的正旦之日，就是俗话所说的大年初一。

杨二在外屋听见动静，也连忙起来，服侍杨继宗洗脸、漱口，穿好了为过年特备的一件蓝缎道袍，戴上儒巾，又到后衙厨房中去取早点。此时，四周的爆竹声更加喧闹起来。

杨继宗已经全然清醒，就把书案上的邸抄又拿过来看。邸抄上有腊月二十八日的诏旨，说是因为星变，免去今年元旦的大朝会，令百官仅以朔望之礼朝参。

这邸抄杨继宗昨日已经见了，当时就有些不解。所谓星变是指前些日子有彗星出现在毕宿，相当明亮，缓缓向东南而行。按照古人星相之数，毕宿出现彗星，或主边疆兵戈之事，虽然不是好兆头，却也算不上十分凶险。如今皇上为了这次星变就把一年一度的元旦大朝会取消了，让人觉得不免小题大做。因此有位礼垣的给事叫张宁的就奏本说，今年有许多来京的各地官员都希望在元旦朝会中一瞻天颜，如果突然停止，“疑似之间，必致讹言相传，有所惊讶”，希望照礼举办元旦朝会。得旨：“悬象示警，人所共之，朕恭谨天戒，皆体古先圣王及我祖宗所为以行，今此小臣必欲朕御朝受贺，不识大体。所言不允。”

因为没有大朝会，今日京城的官员们大约天一亮就能回家，杨继宗的舅舅黄知县提前列了一个大单子，要领着他去各处拜年，算一算，这一天相当忙碌。

吃过早点，天色才微微泛白，杨继宗披上皮裘先去给衙门中的几位官员拜年。依次是县丞张秋白、主簿周宠、典史王传相，无非是进门磕头，说一些新年福寿的吉利话。几位县里的老爷却不敢以长辈自居，全都要以平礼相见，相互下跪磕头，拉拉扯扯，所以就更加麻烦。忙乱了一通之后，天也大亮了。

杨继宗本想在舅父回家之前先到玉喜庵去看看云瑛和宝姑娘，但还没来得及动身，黄知县的长随就过来通告，太爷已经回来了，表少爷可以过去了。

宛平县知县黄绶不过四十来岁，此时已经换了常服，簇新的六品补服，角带乌纱，齐齐整整。俗话说外甥随舅，这位黄知县除了身形略矮，又长了几缕长髯，模样与杨继宗确有几分相似，虽然一脸和气，却也自带几分威严。

杨继宗进到堂屋，先给舅舅、舅母磕头拜了年，才起身坐下问道："舅父今日朝贺回来得倒早？"

黄知县道："今日本来免了元旦朝贺，只用朔望朝拜之礼。朝臣们以为，今日毕竟是元日，即便行朔望之礼也要比平时隆重些，因此聚得极早。谁知大家在奉天殿外等了许久，皇上并没有驾临。有内官出来说皇上御体欠安，不出来了。众臣就只有对着龙座行礼一番，草草而散。"

杨继宗与舅舅一向关系密切，说话也不遮掩，于是问道："新年伊始第一次朝会，皇上不能参加，体病应该不轻。莫不是前日说要免元会，并非全是为了星变，竟与圣体不豫有关。"

黄知县道："宫中大事，也不好随意猜度。但那日我们在朝天宫演习朝会仪礼的时候，就有人传说，皇上近日来一直不大康健。算一算，自腊月二十日以来，皇上已有十日没有上朝了。"

吴夫人搭话说："看来身为皇上也大不易，有个小病小灾的，就闹得满城风雨。你舅舅去年春上害痰喘，咳了一个多月，最沉重的那几日，都是张二爷在衙门代行理事，也不见几个人来问候，怕是全宛平县也没有几个人知道。”

黄知县道：“你妇道人家休要妄议。想当朝天子的圣躬关乎国家安危治乱，自然是天大的事，怎可与我等小吏来比？”后才又对杨继宗道：

“天道远，人道迩，我们虽是京城首县，却也难知宫中变动。倒是今日去各位朝中大佬家拜年的事，不可耽误。还有那几位翰林院、詹事府的先生，都是今年会试房考官的主要人选，先送个拜帖进去也是好的。我让你准备的名帖可都预备好了？”

杨继宗在昨天已经按照舅舅开列的名单，工工整整地写了二三十张拜年的名帖，都准备齐了。

黄知县为了外甥春闱的前程，对今年的拜贺大为重视，早已定下了拜年的路线，先到哪家，后到哪家，该拜的一家都不能少，又免得来来回回跑冤枉路。见时候不早，黄知县让备轿出门拜年。杨继宗带上杨二，骑马随轿而行，衙门中顺子等几个衙役则跟着轿子步行。

那时京中官员实行拜年之风，大年初一这天相关的同袍、同乡、同门、同年，各种各样的关系都要相互拜望。大家都忙着在外拜年，家中自然空虚无人接待，因此所谓拜年大多只是递进个名帖，在前厅略坐一坐，在签名簿上留个名字而已。如此拜年省去了见礼叙谈许多麻烦，又不失礼数，所以偶尔有主人正好在家的，也往往谎称出门了，并不见客。因有这一套规矩，杨继宗随着舅舅，大半天工夫已经串了二十几家。

二

接近晡时[1]，黄知县一行从东单牌楼往东，又拐了两拐，才到一家府邸。黄知县刚才说过，这回要拜访的正是当今的兵部尚书，朝中第一重臣，

[1] 晡时，即申时，指下午三时至五时。

于谦于少保[1]。

杨继宗见这里的地势颇有些眼熟，就问顺子："这里叫个什么地方？"

顺子答道："这里是东裱褙巷，刚才走过的那条南北的胡同是大羊毛胡同，朝中大佬在这一带住的甚多。"

杨继宗才想起来，前几天和袁彬一起吃饭，晚上歇宿的那处锦衣卫宅子，就在这大羊毛胡同附近。

于谦家大门外停了许多轿子、马匹，一看可知前来拜年的官员甚多。黄知县带着外甥递过名帖之后，却意外发现，于少保竟然就在府中。知客的管事说："主人现在正有贵客接待，请来客先在前厅待茶，稍后再来相见。"

于谦的府邸也算敞大，但门墙廊柱都似多年没有油漆粉刷过，显得陈旧，甚至有一丝苍凉之感，比起李安家那种富丽堂皇真是相差甚远。杨继宗不禁感叹：于少保不但当初有再造社稷之功，今日也是皇上最信任的大臣，住处却比不上宫中一个内宠的家人！不由对这位老臣又多了几分敬意。

仪门里面第一进院子的正房就是三间敞厅，里面已经有不少先来的拜客，不少是穿红袍，四品以上的高官。其中也有认识黄知县的，都来见礼，说是"老公祖也来啦"。黄知县又将杨继宗介绍给各位，一番忙乱之后，才各自按地位尊卑坐在椅子或杌子上，桌上备有茶点，大家暂且放松精神，喝茶聊天。

杨继宗不敢坐，只站在黄知县身后，听大家说话。见有人又说起今日早朝的事，甚至低声叹气说："皇上这次的病怕是十分沉重，国本之事已经不能不虑。"

杨继宗听了心中一惊：国本自然是指太子之位。当下国中既无太子，又无皇上的亲生儿子，如果皇上一旦有个三长两短，还真可能会引出祸乱。再想到前几天接连发生的怪异事件，最终却联系到一位皇家内宠的身孕，难道都与近日圣躬不豫有关？

[1] 于谦，字廷益，号节庵，浙江钱塘人，永乐十九年（1421 年）进士，官至少保、兵部尚书，曾在土木之变后力挽狂澜，是明朝名臣。《明史》卷一七〇有传。

他正想听听大家对此如何议论，但一提到国本，屋里的各位大小官员却忽然面面相觑，不再说了。显然这话题有些过于敏感。

杨继宗不免失望，但自己是头一次见到这么多朝中官员，听他们闲聊也觉有趣。坐在黄知县上首的一位穿青袍的，看他戴的獬豸补子，应该是谏垣的一位给事；再往上首一位穿的红袍，听口气大约是位不太管事的京卿。两人所说倒真是让杨继宗开了眼界。

红袍的对青袍的说："年兄一向雅博好古，广有收藏，不知近来可有什么珍奇之物入手？"

青袍道："不说收藏倒罢了，说起此事，近来有件东西让我好不烦恼。"

红袍忙问何故，青袍才款款道来：

原来几个月前，有个古玩经纪给青袍看了一件古代彝器，叫作兮伯吉父盘。

"此盘大约南宋时出土，辗转流传，被不识货的人去了圈足，就在家中日常使用。后来前元的鲜于枢见到，才购买收藏，多有拓片传世，国朝以来却始终不见踪迹。没想到能见此物，我特地找了元代拓片对照，应该确是原物无疑。那盘径长一尺有余，皮壳黑亮，虽然损了足，却仍是难得的周代极品器物。更难得的是盘中有一百几十字的铭文，全都是上古的大籀文字，我十不识其二三，据方家考证，乃是西周宣王时所制。见到这样一件又有来历又光彩照人的周代古器，真是让人心花怒放。"

这位青袍说到此处，还真是眼放金光，脸都涨红了些。

青袍喜欢极了这件西周铜盘，与经纪多次论价，才以八百两的重金买了下来，每日摩挲把玩，其乐无穷。

"我得了此盘，心中畅美数月。谁知前几日到隆福寺闲逛，那寺庙西边有一家古玩店，叫作峻雅斋，就顺便进去看了看。这一看可不打紧，在那店里竟也见到一只兮伯吉父盘，出奇的是，此盘与我买的那只竟然是一模一样，不但制型字迹绝无差别，就连哪里有个凹眼，哪里有块锈斑，都是毫无二致！我那件已经把玩数月，自然是了然于心了，而峻雅斋中的这一件，若不是我亲自经历，一定以为就是我自己的所藏。"

红袍忙问："年兄可问了店家那物的来历？"

青袍道："我自然要问。听店家说，他们是从河南收来此盘，已经一年有余。又说已经请京城几位大行家掌过眼，都说是真东西。我又仔细察看，这只盘与我家的那只，唯有光泽上略微有些不同，即便放在一起怕也是真假难辨。"

红袍听着也颇为兴奋，说道："既然真假难辨，年兄何必自寻烦恼。你只当店里那只是个赝品，在家自管观赏把玩自己所藏，以年兄的财力此物当不需出手，真伪之辨大可留与后人。"

"话虽如此，但心中有此一芥蒂，当初那大好的心情真是荡然无存。每每在家中再见到此盘，却像是面对一个疑似失贞的美人，真有无限尴尬。唉，可叹，可叹！"

红袍劝慰了几句，又道："年兄此番经历倒也不算特别。我听说，近来京城中已经出过好几起孖生上古铜器的事，与年兄所历相差不多。"

青袍听说还有人遇到此种事，稍觉安慰，"他们可分辨出了真假？"

红袍道："也是真伪难辨，甚至专门掌眼的行家也有为一件物器争吵不休的。"略沉吟了一下，他才又说，"我也是听人说，这一批赝品都是出自同一个造假的高手，此人虽是造假，却也在每件器物上留了记号。"

青袍瞪大眼睛问："什么记号？"

"据说是在特别不显眼的地方，会有极细微的两画，却不是成器后刻画的，乃是用模子铸上的阳文，似是一横一竖，却又不讲笔法，若不特别注意，很难看出来。也有人说，这两画乃是个丁字，怕就是这位造假者的本姓。年兄回去不妨再仔细察看一下，若有这个丁字，只怕就是赝品。"

青袍的听了这话，竟有些坐立不安起来，支吾几句，就起身向大家告辞，说是家中还有事，不等少保公来见了。

三

青袍的才走不一会儿，主人就从后院来到前厅，身边还随着刚才接待的那位贵客。于谦穿着一件紫红色的盘龙蟒袍，腰背挺拔，虽是满面笑容，那一双吊梢眼却微显冷峻，有一种让人不敢冒犯的威严之气。众人忙起身行礼，一面向于谦拜贺新年，有些认识那客人的也来见礼："给定国公拜年！"杨继宗才知道，这位贵客竟然就是定国公徐永宁[1]。

就见这位国公看着还不到二十岁年纪，中等身量，身穿一件大红官服，绣金的麒麟补子，青白的一张脸，显然是养尊处优惯了，颇有些傲气。杨继宗心想，看他不过是个普通人才，若非生长在王侯之家，未必有中人之资。但实在想不透的是，此人居然能够在幕后操作着一个养荣堂那样的秘密帮会，也许真的是真人不露相？不然，以于少保为人的狷傲，又怎肯与一个纨绔子弟在后堂叙谈这么许久。

那徐永宁对众人的拜贺泰然受之，礼貌相答，倒是甚为得体，打过一圈招呼之后，才再次向于谦告辞，对大家连声道"得罪，小爵告退"，径自走了。

于谦这才安排大家坐下。因见杨继宗一直站在黄知县身后，又穿着道袍，与满屋的官服大不相同，又特意走过来问道："老父母，你身后这位青年才俊是何人哪？"

黄知县忙将杨继宗介绍了一番。杨继宗这才跪下磕头，正式给于谦拜了年。

于谦把杨继宗扶起来，仔细打量了一番，又不住地点头道："山西的举子，果然不错。想我当年巡抚晋豫两省，算起来将近二十年，对黄县尊和杨公子的家乡也算熟悉。泽州我也到过，可惜没有去过你们阳城县。"

黄知县道："老先生当年抚晋，我正在家乡读书。我们虽然是偏远小县，却也都在传颂，制府大人治水利、除冤狱、救灾减税，造福我山西百姓。那年老先生被冤左迁，山西、河南两省士民伏阙上疏，请老先生留任，学生却也在签名众人之中。"

于谦对于当年巡抚晋豫看来是相当志得意满，听黄知县说到这些，很是高兴，嘴上却不能不谦让："黄县尊谬赞了。有道是食君之禄，忠君之事。君为民主，老夫代天子抚民，无非做了些分内之事，是晋豫两省的父老多有抬爱了。"

[1] 徐永宁，第四代定国公，其曾祖徐增寿为徐达第四子，因助永乐帝靖难功封为定国公，永宁于景泰六年袭爵。定国公家传记在《明史》卷一二五。

才又坐下与众人说话。

又有人问道："今日早朝皇上没有上殿，众臣都心存疑虑，不知老先生近日可曾面圣，圣躬有无大碍？"

于谦道："我前天还与武清侯石都督一起在宫中面圣，安排由石亨代享太庙等事。圣躬确实不豫，皆由今冬严寒，圣上着了风寒，连日虚热咳喘，不能起身。听太医说，服了汤药，近来已有所好转，只是还要多待些时日，才能完全康复。"

众人听了，才稍觉心安，却又听于谦说道：

"不过这次圣上不豫，却又让我想起一件久而未决的大事来。老夫也与内阁辅臣和几位尚书谈起，万岁虽然是春秋盛年，但朝中未建元良，终非长久巩固大计。依老夫愚见，还当尽早确立太子之位，才可平天下之疑虑，息群臣之议论。"

众人见于谦又提到立太子的事，正是大家心中所念，于是七嘴八舌议论起来。有人说，皇上眼下无子，不如从近支藩王世子中寻找一个合适确当之人，册立为太子。也有人说，皇上春秋尚富，再举麟儿也许就是近日之事，早早立他支藩王世子有悖常理。此时一位穿三品补服的官员起身正色说道：

"立皇上亲嗣为太子，自是情通理顺，但圣上何日再得嗣子，殊难逆料。我听节庵公说要早立元良，重在一个'早'字，坐等圣上得子，恐怕有违初衷。至于取近支藩王世子为太子，我倒要请问，哪一支亲王比得上沂王沂密？放着京城里就有一个现成的太子，何必舍近求远？"

此话一出，众人都有些张口结舌，不说话，只看着于谦的脸色。

谁知于谦微微点头道："士英兄所言与老夫真是不谋而合，我也以为，只有速速复立沂王为太子才是正道。"

杨继宗才知道，刚才说话的那位正是兵部右侍郎王伟，表字士英。同时也对于谦所说微感诧异：天下人都知道，于谦乃是当今皇上宠信有加的第一重臣，而当年废太子为沂王，并没有听说于谦有所异议。现在却又提出要再立沂王见深为太子，不知是他自己的意思，还是皇上已经回心转意？

一位御史打扮的官员似乎也有此虑，站起来拱手道："老先生此言极是有理。但晚生记得，几年前废立太子，朝中大佬无并一人置言。如今老先生提出此议，圣上能否恩准，大臣是否同心？此等大事，如稍有闪失，恐非社稷之福。”

于谦也缓缓起身，环视了众人一遭，才一字一句地说道：“此一时，彼一时，苟利国家社稷，生死可以。今日对诸位说起此事，正是为了社稷稳固，其中道理我想诸位不难明白。若不速立沂王为太子，只怕才会生出不可测之事！”这几句话说得声音洪亮，如钟鸣一般，震得窗纸都沙沙作响。

正说着，家人来报：徐有贞[1]大人来拜年来了。

四

徐有贞是个矮个子，五十来岁年纪，生得十分瘦小，只有一双眼睛却是炯炯有神。他身后跟着一位二十多岁的年轻人，也是头戴儒巾，穿了一身蓝缎道袍，一眼看去，倒与杨继宗有几分相像。

徐有贞一面向于谦及众人拜贺新年，一面向于谦介绍说：“这孩子是族侄，名叫徐贯[2]，字元一，是南京的举子，今年要在京会试，所以才带着他拜会各位大佬。”

于谦笑道：“今日倒巧，那边黄县尊也带着自己的甥男，同是赴会试的举子。我看一南一北，俱是潇洒隽爽的少年才俊，将来必可为国家成就一番事业。”

那徐贯遂过来与杨继宗见礼，问过姓名乡籍和科举，才道：“原来承芳兄也是景泰四年乡魁，你我虽非同省，却是同年。”

杨继宗见他身形俊朗，面目棱角分明，倒有几分南人北相，心中欢喜，

[1] 徐有贞，初名徐珵，字元玉，南京吴县人，宣德八年（1433年）进士，官至兵部尚书，内阁首辅，以夺门功封武功伯。《明史》卷一七一有传。

[2] 徐贯，字元一，南京华亭人，(一说浙江淳安人)，天顺元年（1457年）进士，官至太子太傅，工部尚书。事迹见于《明史》等书，并有著作《余力稿》传世，但史料中没有说明他与徐有贞是族叔侄关系。

忙答道："如此还要请年兄多多指教。今日能在于老先生家结识元一兄，实是幸甚。"

两人又互相问询了目前在哪里居住，主考哪一经，以及如何准备会试等事，那边于谦与徐有贞也是相谈甚欢。

就见于谦道："元玉兄前些日子去山东治理河道，平定了为害多年的水患，圣上甚是嘉许。我们在朝中听得此信，也都大为欢忭，对老兄的致用之才真是钦佩之至。"

徐有贞道："哪里，哪里。世间万物万事都自有其理，治水之事同样如此，有贞不过略窥到其中一点道理而已。何况这两年在河南、山东治河，实在是凶险百出，常常令人焦头烂额。只是上依仗天恩信用不疑，下靠着干员和民工艰忍任事，才算侥幸成功。说起来也多亏节庵公和朝中各位大佬在几个要害时刻为我撑腰，不然皇上若听信那些谗言，工程半途而废，那时学生真不知要如何收场了。"

杨继宗心想，这位徐副宪倒真是自负，但所言却也真诚。

于谦道："元玉兄过谦了。朝中谁不知道，老兄才高八斗，天文、地理、星象、数术、工程、武备，无所不精，修河治水不过是小试牛刀而已。"

徐有贞呵呵一声："若论文韬武略，当今天下哪个比得上节庵公？我不过略知一些雕虫之技罢了。"稍停了一下，才又说："不过以星象而论，上月彗星行于毕宿，却非祥兆。不知先生有何对应之策？"

"方才大家也正谈论此事。彗星掠毕宿九旒，是要惊扰帝王之帜。应此星变，当先固朝野之心，而要固朝野之心，莫大于确立元嗣。因此众人都以为，早立太子，才是当今第一要务。"

杨继宗暗道：这位于少保可真是老于权谋，刚刚明明是他自己坚持要立太子，一转言就变成众人之意，而且以遵从星象的角度说明立元嗣之紧迫，也更能服人。

徐有贞问道："先生所言虽然有理，但皇上眼下并无子嗣，却不知要立何人为太子？"

于谦道："以宗法论，以情势论，自然都是沂王最为合适。"

徐有贞却轻轻摇头说："恐怕不能这么讲。我记得当初群臣疏奏请易太子，劈头就说：父有天下，必传于子，此三代所以享国长久也。有贞当时还在詹事府供事，未及参与此疏，节庵兄却是列名其中的，应当不会忘记。这‘必传于子’四字，却也自有道理，不知为何今日就不再用了？”

于谦的脸色显得有些难看，“如果陛下有子，自然还是此理，但如今情势紧迫，圣上并无子息，只能从权。”

徐有贞道：“却不尽然。我却听说宫中现在就有贵人有了身孕，过些时产下皇子也未可知。”

“宫禁深秘，却不知元玉兄从哪里得来的这个消息。况且，即使宫人有孕，能否顺利生产，所产是男是女，都未可知。事急从权，眼下怕只有沂王能当此大位。”

徐有贞冷笑道：“先生所言倒也极是，有贞只是担心，再立沂王为太子之后，若皇上又有了子息，朝臣是否要再次疏奏请易太子？那时如若有贞仍然忝居副宪之位，恐怕也要与先生一起列名其中了。”

于谦面色涨红，“元玉兄倒是想得长久。但足下之远虑也未必尽是良谋，当年若是朝廷信了徐理的远虑，我大明朝现在只怕是会偏安江南，我等如今要在南京过年了！”

这一次是徐有贞的脸色极为难看了。厅中众人都显得异常尴尬。

原来徐有贞本名徐珵，土木之变时只是翰林院的学官，当时瓦剌兵临城下，形势危急，他观星象之变，在朝中力主迁都南京。这一建议被于谦和景泰皇帝否定，徐珵也就此背上了畏敌逃跑的恶名，此后屡次升迁机会都被皇帝阻止。他无奈改名为有贞，才得以进身都察院，并在治水中建功立业。

建言南迁可以说是徐有贞一生中最大的痛处，而参与奏请改易太子则是于谦身上的一大污点。杨继宗第一次与朝中高官接触，就见到两人恶语相向，互相揭短，真是长了见识。他也意识到，要不要早立太子，立谁为太子，已经成为今日朝廷中最重大的事件。而此事背后，自然是皇上的病体。虽然大家都不明言，但看来皇上这次的病症，即便不是朝不保夕，怕也是凶多吉少！

第十章

佳宴

一

正月初二这天，杨继宗先与袁彬会合，再一起来到许彬[1]家赴会。太常寺卿许彬的府邸在朝阳门内新太仓附近，外表并不张扬，里面却相当精致。

拜年的风潮一过，京城的官员们或是与家人共享天伦之乐，或是约上几个好友把酒言欢，这几天才是难得的清闲假日。许彬家的聚会来人也不算多，除了袁彬与杨继宗之外，还有锦衣卫指挥佥事汤胤绩[2]、工部侍郎赵荣、前军都督府右都督张軏[3]。大家都是一身便装，礼节从简，这也让地位最低的杨继宗放松了许多。

杨继宗最初对这个聚会的组合有几分不解：文武相杂，地位悬殊，年龄参差，一眼看去并不像能够凑在一起的人。但一番叙谈之后，也就大体清楚了，几人本来非常熟悉，而且除了张軏之外，另外几位都与太上皇有些特殊的关系。袁彬当年曾在瓦剌营中伺候过太上皇自不必说，那位赵侍郎却是朝廷派往瓦剌谈判的正使，与另一位正使杨荣靠着三寸不烂之舌说

[1] 许彬，字道中，号养浩，山东宁阳人，永乐十三年（1415 年）进士，官至礼部侍郎，内阁大学士。《明史》卷一六八有传。

[2] 汤胤绩，字公让，南京丹徒人，曾祖父为明初大将汤和，为锦衣卫指挥佥事，是明初著名诗人。《明史》卷一二六有传。

[3] 张軏，河南祥符人，其父张玉为靖难名将，官至前军都督，以夺门功封太平侯。《明史》卷一四五有传。

服了也先，才让上皇得以回朝。汤胤绩是明朝开国元勋汤和的曾孙，那年是明朝使团的副使，自然也是有功于太上皇。许彬则是太上皇回朝时出关往迎的特使，当时颇受上皇青睐。看起来这几位当年曾为太上皇的回归立下汗马功劳的官员后来仕途都不十分得意，相互间的往来倒是不少。至于那位张轨，是太宗皇帝麾下的大将张玉的儿子，当朝英国公张辅的兄弟，家世显赫，却因为一向与许彬交好，同其他诸人自然也就熟了，并没有什么架子。

张轨六十多岁了，身形壮大，显得相当硬朗，身为正一品的大帅却喜欢和年轻人说笑，特别是与汤胤绩，完全没大没小：

“公让，昨天元日京中有一件韵事，不知你听说没有？”

汤胤绩只有三四十岁年纪，个头也很高，但比张轨要单薄了许多，青面长须，一脸孤傲之气，“这京城里不论民间还是官场，都俗到骨髓了，哪会有什么韵事？”

张轨也不与他争，只是款款道来：“你难道不知？昨日到刑部主事刘廷美家中拜贺的，都见厅中挂着一幅钟馗图，那画图倒也平常，但画上新题的一首诗却甚有趣。因之凡是到刘廷美家拜贺之人，都撕了签名簿上的纸来抄录，厚厚一本簿子不到半天就被用个精光。后来家人又备了更厚的签名簿，当天又被用完了。有个金中书还说，这个钟馗，明明是个耗纸鬼呀！此事京中已经传为佳话。”

赵荣也来插话：“确有此事。我昨天也曾顺路去过刘家，当下也抄了一页，写诗的却是太医院的刘原博，我只记得前几句：长空湖云夜风起，不分成群跳狂鬼；倒提三尺黄河冰，血洒莲花舞秋水。可真是气势不凡。”

汤胤绩一脸不屑道：“此事我倒也听人说了。那刘原博本来是我兄弟，他那斤两我怎能不知？此诗也算不错，但只写出捉鬼的场面，却未道出钟馗不能见容于世道的苍凉之意。当今官人，有几个是真懂诗的？”

此言很是得罪人，但赵荣与他交往惯了，并不以为忤。张轨更是还要寻他开心：

“诗我真是不懂。可我听说，近来有几个穷酸文人，自称是什么‘景泰十才子’，还有许多人去捧其臭脚。那十才子之首，可不就是这个刘溥刘原博？”

汤胤绩白了张轨一眼，“这‘景泰十才子’却不是什么自称，乃是他人虚誉。但要说十才子之首，不管是论齿还是论才，原博怕只能排个第二。”

此时，连袁彬都忍不住要与自己这位上司逗一逗趣了：“那么谁人能够排在第一？”

汤胤绩缓缓站起身来作了个圆圈揖道：“第一当然就是区区不才！”

张轨故意激他：“我从来听人说‘景泰十才子’以刘原博为首，怎么会是你汤公让？何况，他那首《题钟馗图》我听着甚好，你若是十才子之首，可也作得？”

汤胤绩听了哈哈大笑，说道：“前日我正好也为一幅钟馗图题诗一首，题的却是谢卫同的《钟馗移家图》，只是没有在元日挂出来，反倒成了省纸的钟馗。”

七十多岁的许彬很有些仙风道骨的味道，此前一直没说话，看着几人调笑，此时才道：“公让大作，倒要吟来让我等受教。”

那汤胤绩也不推辞，负着手，仰着头，微眯双眼在厅中慢慢踱步，好一会儿才朗声道：“如此献丑了。”这才缓缓吟诵起来：

寒云泼墨阴风峭，冬青叶底休留叫。
老魅梁间忽作声，四下妖精俱起啸。
两星执法未能诃，坐见绿芜生白波。
曲逗铜鱼窥宝瓮，倒骑铁马试金戈。
草烟花雾横铺衬，十二阑干飞鬼磷。
足健何妨海藏深，耳顽不怕雷司近。
腓猪疥狗森森立，虎豹九关随意入。
移山换水奏新功，镂雪雕冰增旧习。
须臾扇动民间怪，州闾遍索羔豚赛。
寺中石佛拥来行，庙里泥神推出拜。
扫帚斜挥簸箕舞，掇转沙盆齐擂鼓。
长蝎潜舒壁上钩，短狐暗发溪边弩。

八洞真仙寻敛迹，河伯土公咸辟易。
适从牖下窃听琴，又向阶前偷弄笛。
终南进士须垂胸，挈家远避群魔锋。
鼻息冲开刀两刃，目光射透甲三重。
清漏滴残更渐急，玉宇沉沉露华湿。
扶桑涌上一轮红，髑髅堕地无人拾。[1]

吟毕，大家一起称赞好诗。许彬拊掌道："公让虽说处处不肯让人，但以诗而论，确是当代高人，不遑多让。"

二

大家闲聊间，外面天色却是越来越暗，将近午时竟纷纷扬扬下起雪来，初时还不太大，只一会儿工夫已经变成鹅毛大雪，院子里霎时铺了一地的雪花。

许彬对大家说："今冬多雪，应是丰年之兆。我宅中有个小园，内有亭轩，不如我们就到园中赏雪饮酒，公让触景生情，或再有佳作也未可知。"

众人都说甚好，于是随着许彬从前院的角门进入花园。园子虽不大，却精致齐整，迎门一座太湖石山子，假山后面是个小小的水池。池塘虽小，却有桥有亭，水面早已冰封，冰面上还留着几茎残荷枝叶。池边草木凋零，只有两株白皮老松枝叶茂盛，又被雪镶了银边，更觉好看。池北有一卷棚轩室，门匾上题着"蜩螗轩"，酒宴就摆在这里。

众人先在轩外的廊中看了一会儿雪，觉得冷了，才进到屋里。里面已经摆下了桌椅，共有两席，地上有两个烧得正旺的炭盆，此外并无其他陈设，只在靠西山墙边放着一张几案，案上一只青釉大瓶，瓶中插着几枝蜡梅，才将将吐蕊，飘出阵阵幽香。

[1]《题谢卫同钟馗移家图》，见钱谦益选编《列朝诗集》乙集七。

几人分头坐了，许彬陪着张轨、赵荣一桌，杨继宗与袁彬和汤胤绩一桌，不多时就摆上了酒宴。酒有两种，坛里装的是绍兴女儿红，梅瓶里装的却是一种极烈性的烧刀子。许彬对杨继宗道：

“这烧酒来自贵仙乡，却是前年汾州知州进京时送我的。因为此酒太烈，我只能是浅尝辄止。”又对众人说：“各位有量的，可尽享此酒。今日严寒，多饮一些无妨。”

随酒上来的各式菜肴，都是极尽精细，多有杨继宗从来没有见过的。杨继宗知道许彬是山东人，那些甘脆肥浓的自是其家乡口味，而那些清淡隽永的当是近年来京城时兴起来的淮扬菜。吃到半路，有一碟爽口小菜却让他颇为吃惊：每人面前放了一小盘翠绿的黄瓜，切成一寸来长的小段，又有一个小碟放着蜂蜜，看来是要蘸着蜜来吃。杨继宗早有耳闻，京中元月，这新鲜黄瓜最是贵重，因为都是在暖窖中精心培植，听说要半两银子一根。今日宴席上竟有此物，杨继宗心想，这许太常倒真是豪富。

许彬似是看出了杨继宗的心思，笑道：“杨贤侄不必惊异。我虽不算穷，却也吃不起半两银子一根的黄瓜，这些都是杨思敬杨总宪送的。思敬先生本是大兴本地人，家居城郊，庄园广阔，又有专门的暖窖生产各种逆节气的蔬果。今日桌上的果菜，许多都是前两日他派人送的，就连边上那几枝蜡梅也是杨老所送。”

张轨也插言说：“可不是，前日他也送了我半车果蔬。今日此老不来，却有些遗憾。”

许彬道：“思敬老比我还年长一岁，体格已不似当年，冬日寒冷，不愿随便出门了。”

又对杨继宗说：“这位杨荣杨都宪辩才天下第一，极是有趣之人。等到天气回暖，杨公子也春闱大捷了，我们再来欢聚。”

喝了些酒，众人更无忌惮，不免又说到了朝中之事。

汤胤绩对另一桌上几人说道：“近日对皇上生病免朝的事，朝臣有许多的风言风语，你们几位大佬可有什么见闻？”

张轨的酒量甚大，一面喝着杏花村的烧酒一面说道：“皇上的病恐怕真是相当沉重。我听司设监曹公公说，圣上自上月以来，一直烧热不退，近来又咳有脓血，听太医们说是肺痈之症。”

大家听说皇上竟然得了肺痈之症，不由都“啊”了一声。杨继宗也读过几部医书，记得张仲景的《金匮要略》中曾说过，肺痈是由“风于中卫，呼气不入，热过于营，吸而不出，风伤皮毛，热伤血脉……热之所过，血为之凝滞，蓄结痈脓”。但对于这样的恶症，“始萌可救，脓成则死”，良医也没有什么办法。若皇上真得了这样的病，又已到了咳脓咯血的程度，岂不是危乎殆哉。

汤胤绩道：“圣躬情势若真是如此危急，却不知朝廷有何应对方略？”

赵荣才说：“这两日兵部于少保与几位大臣似一直在倡议，要尽早复立沂王为太子。”

汤胤绩道：“这倒不失为一个稳妥安排。”

许彬却有些不以为然，“我看却未必稳妥。且不说沂王曾经过一番废立，若再立太子显得朝廷有如儿戏。只说当今圣上若转危为安，过些时日又诞生龙子，那沂王是不是又要被废一次呢？”

杨继宗听他所说，口气与昨日徐有贞一般无二，心中不由一怔。谁知许彬后面的话却又不同：

“说一句大不敬的话，若圣上真个就龙驭上宾了，沂王今年不过十龄，虽是天生圣人，难道冲龄之主真能亲掌大政？”

大家都觉得这话问得有理。张軏点头道：

“若真到那时，恐怕只能由大臣或是太后监国。”

许彬道：“幼主冲龄继位，由太后或大臣监国，历朝历代有之，也不算违制乱政。但当今之世，情势可是大不相同了。”

杨继宗心想，如今情势确实不同，若沂王立为太子又继了皇位，那顺理监国的既不应该是太后，更不应该是哪位权臣，而只能是太上皇。在座的几位也都听明白了，齐说：

“由太上皇监国，不也正好？”

许彬却冷笑道：“太上皇在正统年间在位十四年，天下太平，海内清晏；又为平定鞑虏，不避锋矢，亲临险境，不幸陷于虏中，才失位为太上皇。以宗法血脉而论，太上乃先帝嫡传正胤，为何却要舍近求远，为自己的儿子监国呢？”

杨继宗听他一番说辞，也觉有理，却又隐隐感到哪里有些不妥。却听汤胤绩说道：

“老先生所言极是有理。只是，若暂时不立太子，只怕一旦山陵崩坼，一时没有了法度，怕会出现一番变乱。到那时，只怕于国于民于列位老先生都非嘉信。我想于大司马他们急于确立太子，也正是为此。”

许彬对这些话也不反驳，只是一直摇头，口中念念道：“谁不想天下太平，只是运交华盖，岂可逆乎？”

三

眼看到申牌时分，雪渐渐小了，却不见停，地上积的雪已经有半尺多厚。众人酒酣意畅，都起身告辞。

许彬说：“还请杨贤侄留步，我有事见教。”

袁彬知道是要问宝姑娘的事，也不多言，先随众人去了。只有杨继宗留下来，与许彬一起到了后院的书房中。

许彬毕竟是翰林出身，书房里不但清洁整齐，而且格架围墙，架上摆满了书籍卷轴。杨继宗素来喜欢读书，一下子见到这么多书籍，不免有眼花缭乱之感。许彬见到，微笑说道：

“杨贤侄看来是爱书之人。我们且谈正事，待一会儿自然要请贤侄看看我这一点陋藏。”

杨继宗有些不好意思，连忙告罪，才在一把圈椅上坐下来，把前几天如何遇到云瑛，如何得知她来京城的目的是为了送还太上皇遗留在瓦剌的女儿，以及袁彬与云瑛如何相见，都详详细细讲了一番。只是其中绞在一起的吕大相命案、养荣堂追杀等情节，一方面本来与宝姑娘的事情无关，一方面杨继宗也隐约觉得还有不明内情，暂且不愿意过多宣传，因而能舍则舍，大都一言带过了。许彬对叙述中的一些环节，如云瑛怎么会与杨继宗一起到了袁彬的档口，竟也不好奇追问。

大体讲了一遍，杨继宗才道：“晚生不过一个进京赴试的举子，因有奇遇，竟然搅进一件皇家秘事当中，真是不胜惶恐之至。但以云姑娘所述及袁文质的印证，那宝姑娘是太上皇的血脉当可无疑，身为大明臣民，面对此事又哪能置之不理？因此才请老先生及各位大人相助，若能让上皇与公主早日相聚，也算我等尽一点忠心。”

许彬道：“贤侄忠心，昭然可见，老夫岂能袖手？只是你这些日在京城恐怕也已看出，当下正值政局中极微妙的时候，那宝姑娘的事本来与政局无关，但一关联太上皇，可就变成非常敏感的话题。若是有人借此来兴风作浪，焉知能够闹出什么样的关目？”

杨继宗道：“晚生一介书生，也难参透朝中的政局，只是想让太上皇能够得知还有这样一个女儿，得享天伦之乐。老先生高瞻远瞩，自然听您的谋划。”

许彬更加严肃起来，“老夫已然过了古稀之年，所谓‘七十老翁何所求’？我碌碌一生，未能立言立功立德，今日能遇此事，也是天赐良机，让老夫能够以老迈之躯报效圣恩。身家何轻，皇恩何重，老夫为此事必尽全力。只是此事干系重大，万一有所疏忽，生出漏隙，将不利于太上，我等岂不成了千古罪人？公子对此事还须严守机密，既是为了公主的安全，也是为朝局的平稳，更为保全太上皇的安危！”

杨继宗眼见对面这位老人，虽然精神甚旺，但已是须发如雪，清癯的脸上皱纹纵横，寿斑密布，不由得心生感佩，忙起身拱手道：“晚生谨遵老先生之命，一切小心从事。”终究不能放心，又问：“却不知要等到何时才能向太上通报？”

“目前太上皇处境尴尬，不要说朝臣，就是有头有脸的内臣都极难接近。如果贸然与太上联络，多有不便。此事我已想过，再过几日，等年节过后，我们先打通关节，将此事告诉上圣皇太后，再让太后来定夺以后怎样处置。太后突然得到一个孙女，定会喜出望外，只要太后认下了这个孙女，公主有了名分，以后的事自然就能顺畅了。”

杨继宗听了这话，才放下心来道：“如此全凭老先生安排。”

雪天天黑得早，看看就到了掌灯时分。许彬这才让杨继宗赏玩自己的藏书藏画，并在一旁指点：这是宋版淳化本的前、后《汉书》，这是马远的山水，这是赵孟頫的真迹书帖……杨继宗如入宝山，将这些珍稀书籍字画一一细细把玩，真是爱不释手。

许彬又从架上拿起一本用宋锦裱装的册页，对杨继宗道："本朝的东西除了书籍，我的收藏不多，这一册拓片却有些稀罕，你看可算有趣。"

那本册页比一般图书稍大一些，大约有十几页精心裱褙，装成了蝴蝶式，封面上贴有一张题签，用隶书写着"仁宗七王[1]金牌令符"几个字。杨继宗一看确是新鲜，忙打开来看。

册页中无序无款，一页空白后面就是一幅拓片，所拓之物应是大约六寸来长、两寸多宽的长方形金属牌，拓片是其正反两面。左侧的正面，正中是大篆阳文"金牌令符"四个字，右边应该是骑缝的四个阴文篆字，大约可以辨识，是"郑亲王府"，牌上有繁复龙纹。右侧的背面，上面四个阳文篆字"左在朝廷"，下面是四字楷书"符合领旨"，底色花纹也甚繁复，却是富贵牡丹的图案。

再翻过一页，应当就是第一页那令符的另一半，与前者极为相似，但"郑亲王府"几字正好是另一半，背面篆字是"右在王府"，正反面的图案也都与前牌对接，可以想象，若真是这两半令符相合，应该是严丝合缝。

杨继宗细细看了一会儿，才问："这莫非就是所传调用亲王的金符？"

许彬颇为得意道："正是。我想当今天下，藏在私人手中的，大概是独此一份吧。"

杨继宗继续翻看，后面越王的金符，与郑王的大体一致，唯有底色花纹不太相同，不但背面的花纹变成了并蒂莲花图，正面的龙纹细看也有许多不同。

再往后翻，却不由吃了一惊：里面竟少了两页，生生被割去了！

[1] 仁宗七王，指明仁宗洪熙帝的七个封王之子，分别为郑王、越王、襄王、荆王、淮王、梁王、卫王，均为正统帝与景泰帝的叔父。

四

许彬听说，连忙取来观看，当即震惊气恼，手都抖了起来，几乎拿不稳那册页。

“这是从何说起？前几天，应该是腊月二十九，徐元玉副宪来我这里，还拿给他看过，当时并无半点缺损。”

杨继宗先扶许彬到椅子上坐了，又把那册页翻看了一遍。后面紧接着是荆王、淮王、梁王、卫王四府的金符，好在一页也没有缺少。才又劝慰许彬：

“老先生不必焦急，请您先仔细想一想，在徐副宪看过之后，还有什么人接触过此册？”

许彬慢慢安下神来，回想了一下，说道：

“这几天过年，书房中并没有闲人来过。若说可疑，只有除夕那日先后来过两起贩卖古玩的商家，因为一向打交道熟了，才让他们进到书房里展示带来的书籍字画。但都是熟人，难道竟有丧心病狂来到我家中当面偷盗之人？”

杨继宗道：“老先生不必着急，若是外贼所致，谅也不难寻找。您先说说这两起人的由来状况，我们再慢慢剖析。”

许彬大概早从袁彬那里得知，这个杨继宗一向酷爱刑名，颇能断案，于是将前天的事细细回忆起来：

大年三十，许府里要准备祭祖过年，十分忙乱，自然也有一些交往多时的商家要趁着年前收取账目。一般涉及衣服、食品的欠账自然都是管家应付，但这古玩买卖乃是雅事，平日都是由许彬亲手处理。古玩商不好意思直接就说是来要账，大都会带来些新奇雅玩，说是给许大人过目，顺带才说今年该结的还有哪些账目，许彬以当朝堂堂三品京卿的身份，自然也不会赖账不还，也许还要顺手再买进一两件喜欢的古董。

那天上午来的是集美轩陈掌柜，带来了两轴元人书画，许彬看着并没有兴趣，叫管家与他结了账就让他走了。

“此人当与此无干。”

下午又来了一位，却是峻雅斋的郑老板，随身还带着一个大伙计。

杨继宗问："这两人都进了书房吗？"

许彬道："两人都来了。因那峻雅斋主要经营金银铜器，也兼做字画，这次带来了一个汉朝的博山炉，由那伙计拿着，才一起到书房观赏。"

"不知当时是怎样情景？"

"当时那伙计把包袱中的博山炉放在这边书案上，那郑老板陪我在这里看。那炉十分精美完好，而且支座是两个力士用四手举着炉身，样式非常新颖。我虽然甚是喜欢，但价钱没有谈好，也就罢了。"

"那伙计当时在何处？"

"他大约就在身后，我却未曾注意。"

"当时屋中可还有别人？"

"书童出去倒茶了，当时书房里只有我们三人。"

"如此说来，倒是这个伙计最是可疑。老先生可还记得他的模样？"

许彬眯起眼睛想了半晌，才道："只记得他四五十岁年纪，个子不高，穿了一件灰袍，模样嘴脸可就记不得了。"

杨继宗又问了这本册页的来历，才知道，当初在正统初年，为了准备仁宗洪熙皇帝诸子之藩（到自己的封地），由宫内印绶监会同礼部、工部制作金牌令符，顺带把已经之藩的郑府和襄府的令符也换了新样式，因此一共制了七套。因明朝对藩王防嫌特严，亲王无旨不得擅出封地一步，而调亲王进京或去别处的圣旨也必须有这金牌令符合对才可执行，因此这些金符可以说是国家极重之器。这些金符后来一半留在宫中，一半授予了去封地的亲王，但当时为了保留档案，特地由工部制作了两套拓片，一套交印绶监，一套交礼部保管。负责此事的工部主事觉得此物珍贵，就以试拓为名，另拓了一套，私自收藏起来，但一直不敢示人。直到景泰时，才有人知道这样一套拓片的存在。许彬对国朝的典藏特别着意，辗转找到藏家，用一幅夏圭的山水，才换到此册。

许彬道："知道我有这册页的人本来不多，这次若是把全册盗去，尚可认定是为了图钱财。但如今却只割去襄府两页，实在太过蹊跷。莫非这里面还有什么隐情？"

杨继宗一时也想不明白，但那峻雅斋的伙计最为可疑却是可以确定的，遂道：

“我看老先生暂且不必声张，明日我就带着宛平县的捕头先去探问一下，若有眉目，再报官缉拿贼犯不迟。”

许彬道：“这册页虽然稀罕，却也算不上十分珍奇之物，只是七府金符少了一府，再非完璧，实在可惜。但我所担心的，却是那盗贼偷了襄府的金符拓片，不知到底要去做什么勾当。我听说贤侄心思缜密，长于刑名，就请贤侄先去查访一番，能够完璧归赵自是可喜；能够勘破奸人毒谋，免其伤害国家，才是最要紧之事。请贤侄勉力行之。”

杨继宗再次起身施礼，正色道：“老先生嘱托，晚生敢不从命？无论如何，晚生定要弄一个水落石出！”

第十一章

峻雅斋

一

正月初三，雪已经停了，天却仍然阴暗，朔风一吹，真是严寒透骨。杨继宗顾不得天寒，约上方天保，带上顺子和杨二，一大早就往隆福寺前西街，去那峻雅斋勘查。

隆福大寺是前两年刚刚修建起来的，宏伟壮丽，走到近前还能嗅到一股泥灰、胶漆杂混的味道。因为开寺不久，寺中又多是僧人，一时香火并不算旺盛，再加上寺前的庙会要到初九、初十才开，因此庙前的街道上，一些铺面都还没有开张营业，大家各自过年。

那峻雅斋就在离山门不远的地方，是个坐南朝北小小的三间二层楼门面，门楣上一块不大的匾额，篆体的黑底绿字，倒也古雅。临街入门外面挂着厚厚的棉布暖帘，帘内大门紧闭，顺子拍了半晌，才有一个小伙计来应门，一面开门一面说道：

“小店新年歇业，还望客官改日再来。”

却见来人中有两个是穿着捕快官服的，不免脸上变颜变色，急忙先让进来，又去喊老板。

杨继宗见三间打通的堂屋里放置着几架多宝格，却全都空空如也，知道是为了过年关张，出售的古玩全都下架收藏到后面库里了，此时没什么可看之物。片刻工夫，店中掌柜的急匆匆从后门进来，一面团团打躬施礼，一面询问：

“几位官爷来到敝店，不知有何公干？”

方天保阴沉着脸说道：“这位敢就是峻雅斋的郑掌柜了？因前日出了一桩盗案，却与你这里有关，我们特来查访。”

那郑掌柜四十几岁年纪，方头大脸，显是见过世面的，听说是盗案，心下稍定。先让小伙计去取了几钱碎银，“大年下，烦劳官爷辱临小店，这点奉上权作几位茶钱。”

杨继宗假意观看多宝格的木料，并不理会，方天保也就接了银钱揣在袖中。才说：

“年三十那天，阁下可是去过太常寺许大人府上？”

郑掌柜听说是许彬府里的事，不由有些狐疑道：“那天后半晌确实去过许大人家，难道许大人家失了什么东西？”

方天保并不直接回答，继续问道：“与你同去的还有一位伙计？”

“那天确有人与小人同去许大人府上，只是他并非敝店的普通伙计，是小店里掌眼的先生。”

杨继宗听说那日的从人是位掌眼的先生，更觉有趣，插话说：“那位掌眼先生可在？请出来我们有话要问。”

郑掌柜虽不知这位华服公子是什么身份，却能判断此人更为显贵，连忙转向杨继宗，再次行礼道：“回公子话，因为过年放假，他三十当日晚上就回家过年去了。现在并不在小店。”

杨继宗又问：“却不知这位先生姓甚名谁，家住哪里？”

郑掌柜却有些犹犹豫豫，似是不愿说出那掌眼先生的下落。

方天保不愿纠缠，厉声道：“这一次的盗案干系重大，不然我等岂能放着大年不过，冒着寒天来你这破店！如找不到那人，只好先拘你去审问。”

郑掌柜这才慌了，忙道：“并非小人有意隐瞒，这其中实有下情。此处不是说话之处，还请几位到后堂一坐，待我慢慢告知。”

几人随着郑掌柜出后门来到后堂，郑掌柜又让人安排下茶果，让几人坐定了，才说道：

“敝店这位掌眼先生，姓孙，单名一个千字，还有个诨名叫作‘孙铜匠’。说起这孙铜匠，诸位或许并不曾听说，但在京师古玩行里，就可以说是赫赫有名。此外还有‘倪锔子’‘汤裱褙’‘玉满堂’——他是姓满，各有专长，在古玩行里合称作‘儿孙满堂’。”

杨继宗本来对市井间的奇闻逸事广有兴趣，也不急，让郑掌柜且慢慢讲来。

“这几位掌眼大佬虽然名头极大，却一向藏头露尾，难见真容。不瞒各位，在下虽然在京城干古玩行也有十余年了，除了孙先生，其他倪、满、汤各位，至今还无缘一见。”

原来当时的古玩行业，除了藏家相互串换，最主要的货品却是源自黑道，或是挖坟盗墓所得，或是偷窃抢劫所获。这些黑道来的古董，大多都要经过业内比较公认的高手掌眼后才由经纪转到正经古玩市场。各位古玩高手连通黑白两道，接触黑道反而更多些，因此历来的规矩是只做鉴定不出台面，“儿孙满堂”等几大高人虽说名头甚大，却很少出头露面。

郑掌柜叹道：“这位公子和官爷们有所不知，我们古玩这行，虽说利大却不易周转，俗话说是‘三年不开张，开张吃三年’，因此做这行需要财力充足，方能应付。但财源充裕之外，更需要有好眼力，能识得真假贵贱。可这眼力岂是说成就成的，不怕几位笑话，小人十几年来专做古代铜器，见过的东西不少，平时也学习上进，但直到今日也仍然是个半吊子。要长眼力，机缘、勤奋、天分，缺 不可，实在是可遇而不可求啊。”

杨继宗道：“因此阁下才雇了那孙干来做掌眼先生？”

“确是如此，只是内中还有许多隐情。”

方天保在旁插言道：“偏是你的隐情特多。反正大年下的，下雨天打孩子——闲着也是闲着，你就从容把这些隐情都说了，才可免去你的连带罪责。”

那郑掌柜才又把雇用孙干的事详细说了起来。

二

话说京城古玩行“儿孙满堂”等几大高手虽说颇有名号，但近年来日子却并不好过。自景泰以来，朝廷整肃纲纪，对江湖上的盗贼也缉拿甚严，因此古董的货源日减，古玩高手们过手的东西少了，日子也就日趋艰难。但几大高手一是因为有历来的业内成例，二是由于不愿意跌份丢了名声，所以并没有直接去古玩行里当先生的。可是到去年夏天，却有人传过话来，说是孙铜匠孙干有意到峻雅斋来掌眼。峻雅斋店里急需一位高人，那孙铜匠却正是对各代古铜器独具慧眼，京城里再没有人的眼力比得过他。郑掌柜听说此信甚喜，还通过中间人亲自到孙干的家中去了一趟，以示求贤若渴之情。孙干见郑掌柜心意甚是诚恳，又因近来家中实在有些难处，最终也就答应下来，但提出一个特别之约：为了不引起行内人的议论，他平时只在店内看货，并不出面接待客人，也不能向行内行外的人宣传孙铜匠已经来店里掌眼，更不能以其名义招徕生意。

“他从去年九月间来到敝店，实在是行事低调，藏头掩面，几乎没有来过门面上，店里伙计也只知他是掌眼的先生，别说是孙干，连他姓孙都并不知晓。”

杨继宗不免有些疑惑，“他既然如此小心，三十那天为何又随你去了许太常家？”

郑掌柜道：“那天我说要去许大人家，虽是为了收账，最好还是带上一两样像样的东西，让他老人家看一看。孙先生就说新近收的一个汉代的博山炉甚是精美，又说是听说许大人家收藏甚富，自己很想见识一下，不如就不用带小伙计，直接由他携着那博山炉去便是。当时我也没有多想便同意了。现在想起，还真是有一点怪异，莫非他到了许大人家忽然见财起意，顺手拿了什么？——以他一向品性，应当不会做出如此下作之事——这里面或许有个天大的误会。”

他一面自问自答，一面用眼光偷偷看着杨继宗，见杨继宗脸上并无表示，才忍不住问道：“但不知许府里到底是丢了什么物件，要劳动各位官爷和公子？”

杨继宗一直看他说话时的表情颜色，此时才微微笑道："丢的物件盗贼自然明白。你看他最近几天可还有什么不太平常的举动？"

郑掌柜想了想，初只摇头，后又忽然想起什么，说："二十九那天晚上，吴老四突然来到小店——他就是当初传话说孙先生要来敝店的那个掮客，说有件东西要让孙先生看看。两人出去一晚，孙先生直到二更天才回来。"

"如此说来，那个吴老四是知道孙先生真实身份的了？"

"他自然知道。我想，知道孙干先生来我店里做事的人极少，京城古玩行里，大概也就是这个吴老四知晓此事。"

杨继宗看看问得差不多了，便道："你既然去过这孙干家，可还记得他家是在哪里？"

那郑掌柜道："怎么不记得？他家就住在鼓楼南边路西二条胡同，并不难寻找。"

方天保道："如此离咱家倒近便。"说完去看杨继宗的眼色。

杨继宗道："既然近便，咱们就去他家会一会这位掌眼的高手。"又对郑掌柜说道："此事干系重大，你先莫要声张。"

方天保也厉声道："这些天你与店中的众伙计都不要乱走，等我们查问过那姓孙的，还要来对证。"

郑掌柜连连称是，战战兢兢地把这几位大爷送出门外。

三

因为天气寒冷，京城的街道上甚是冷清，只是有些不怕冻的孩童在外面偶尔放两声散碎爆竹，惊起了在雪地中啄食的麻雀，才显出一丝生气。

方天保在马上道："公子，听那郑掌柜讲，偷盗金符拓片的怕真就是那姓孙的。只不知他可想到已经发了案，不会先逃了吧？"

杨继宗道："听起来虽是如此，其中却仍有许多不明之处。那孙干在峻雅斋里总算有个正经营生，若是为了两页拓片就畏罪潜逃，岂不是有些因小失大？再说他一个古玩行掌眼的高手，经手经眼的宝物无数，怎么会为了两页拓片就不开眼呢？”

方天保笑道：“我素来办案，越是不合情理的案件，其中越是会有极大的隐秘，看来此案真是有趣得紧啊。姓孙的是不是潜逃，到他家中便知分晓。”

孙家果然并不难找，进了鼓楼大街西二条，问了问放爆竹的小童，进胡同没过几个门洞，路北边就是孙家小院。

开门的是一个二十来岁的后生，年下穿戴甚是齐整，身材颀长，斯文白净，像个书生模样。见来的有两个公差，不由有些紧张，旋又镇定，打躬道：

“不知几位来寒舍有何贵干？”

方天保见他书生模样，态度也温和了许多，“这里可是孙干家？”

后生道：“正是，那是家叔父。”

“他可在家中？”

后生道：“却不在家里，老早回老家去了。”

方天保听得奇怪，“他是何时回的老家，你们老家又在何处？”

那后生答道：“在下一家是南京扬州府人士，家叔父早在去年七八月间就因事回了扬州，一直没有回来。”

杨继宗见此事有些蹊跷，说道：“看来事情有些混乱，我等可否进里面再细谈？”

后生见这位公子气度不凡，两个公差尚觉和气，忙道：“失礼，列位里面请坐。”

几人遂入院中。

大门里是一座朴素的福字影壁，转过身来是小小一座四合院，倒也干净整齐。

后生将几人让进北屋厅堂坐了，叫个童子上了茶，才在主位坐下与杨继宗等人答话。

杨继宗道：“因有一桩案子，可能与令叔有所牵连，故而要听你说说，令叔在京城可有营生，何时回的扬州，现在又在哪里？”

后生道：“晚生名叫孙玉山，因在监里读书，又值叔父在京城有些生意，并有此宅，才到京师与叔父同住。”

杨继宗听说他是位国子监的监生，忙又站立行礼说：“原来孙兄也是学人。学生杨继宗，乃是准备会试的举子，因有案件牵连，到贵府勘查，多有冒犯。”

方天保也跟着起立行礼。

孙玉山还了礼，又说道：“家叔的营生想来二位也已知道，他有个诨名叫作‘孙铜匠’，其实却并没有打器皿配钥匙的手艺，而是对于历代青铜器物有特殊的眼力，在京城的古玩行中颇有些名气。”

杨继宗道：“这些我们也已知道，却不知令叔为何又回扬州去了呢？”

孙玉山道：“一来是我祖母近来身体总是有恙，家父去世又早，堂前只有叔父一个人可以照顾；二来是近年京城的古玩行业十分清冷，叔父的生意竟有些入不敷出。其实家叔父不单有能看古铜器的眼力，他老人家读书也多，诗词书画俱都来得。说来惭愧，晚生也曾劝他，回到扬州也多得是达官富贾，即便做个山人打抽丰，也强似在这京师做些半黑不白的生意。”

杨继宗见这后生倒也实在，又问：“令叔父可是听了你的劝告？”

孙玉山道：“是不是听了我劝却也不知，只是自去年夏天，他老人家就把京城里的生意渐渐打理干净，七月里就回了老家。”

杨继宗又问：“他是一个人走的，还是带着家眷？”

孙玉山道：“自然是全家一起走的，连同婶母和几个堂弟妹，在张家湾包了船回去的。连晚生也一同回到扬州，过了中秋才为监里学业回的北京。”

杨继宗与方天保对了对眼神，才问：“如此说来，令叔父孙干自去年七八月以来，一直是在扬州，并未回北京？”

孙玉山回道：“晚生回京之后，虽然并未亲眼见到叔父在扬州，但一直有家人书信往来，当不至有误。”

“还有一事，不知令叔父在离京之前，可曾有过去古玩行里做掌眼先生的打算？”

“晚生虽然并不过问家叔的营生，却也对他们行中的规矩略知一二。以晚生所知，京城里几位行家大佬，虽不过是一点微末伎俩，却都自视颇高。若为生计所迫，到官府中做清客的容或有之，去到古玩行里做先生掌眼，却是决意不会的。用京城里的话，他们丢不起这个人！我家虽然清贫，也不至下作到如此地步。”

话已至此，还真是无话可问了。杨继宗等只好告辞。

出了门，方天保依然气闷不已，“这可奇了怪了，难不成这京城中倒有两个孙铜匠，可那郑掌柜的明明也说是来过这家呀？”

杨继宗也是一头雾水，两人一商量，决定中饭也不吃了，直接回峻雅斋再问情由。

四

郑掌柜见几个人去而复返，不由满脸狐疑，却又不敢先问，只眼巴巴地看着杨继宗，等他问话。

杨继宗也不想耽误工夫，直接说道：“我们刚才到了孙家，他侄子说，那孙干早在去年秋天就回了老家扬州，一直未回京城。这事却有些作怪。”

郑掌柜听说，更是惊异，连说：“这怎么会？这怎么会？”倒不知该如何解释了。

杨继宗就让他再把当时如何听得孙干要来店里，如何去他家相看，又如何商定，细细再说一番。

郑掌柜才道：“去年八月，是那个姓吴的掮客，因他常为小店进货，十分熟络，来店里问，有位掌眼大家想要来店里营生，可有意愿？我听了说是孙铜匠要来，自然喜出望外，也不及多想，就直接去了孙家。”

杨继宗问：“可是那姓吴的带你去的他家？”

郑掌柜道：“正是。他带我到鼓楼大街的西二条胡同，进去不几个门洞就是孙家。”

“他家院子是个什么格局？”

“就是平平常常一个小院，正房厢房都是三间，倒也齐整，只一进门那影壁上是砖雕的一树老梅，因是南边的刀法，苍然有力，在北京很少见到。”

“他家里可还有什么人？”

“这却不知。只是当时觉得院中甚是冷清，只有一个小丫头伺候，没见到别人。当时孙先生说了些不得已的情由，约定了只在暗中帮我看货，不得张扬。又说家中还有些闲事，要到九月初才能来店里。我自然全都答应了。此后直到重九前两天，他才自己来到店中，一直到如今。”

杨继宗又问：“这孙先生平日可住在店中，还是每日回家？”

郑掌柜道：“他平常就住在店中，但营生反正不忙，每过十日八日他也会回家看望，过两三日方回。”

“你们可曾有过急事去他家里找过他？”

“这倒不曾有过。”

杨继宗看了看方天保，见他并没有更多疑问，才说：“咱们且看看他的住处吧。”

那孙干的住处在后院西厢房的暗间里，只一间小屋，并未锔锁。打开门看时，并没有什么杂乱之象。店里平时打扫此屋的小伙计来仔细看了，说是与平时无异，铺盖、衣物也都还在。

杨继宗一面仔细察看房中的一应物件，一面对郑掌柜说：“你再仔细看一看，可有什么地方与平时不同。”

郑掌柜四下留神看了几遭，突然道：“我倒想起，这墙上原本挂着一幅立轴，本是他自己带来的，如今想是被他取走了。”

杨继宗颇感兴趣，“是什么立轴？”

“是幅字，应该是李太白的一首诗，字是不错，却不是什么名家。”

杨继宗问：“却不知是太白的哪首诗？”

郑掌柜道：“小人浅陋，只记得前边两句似是‘丁令辞世人，拂衣去仙路’……”

杨继宗道：“可是这几句：

丁令辞世人，拂衣向仙路。
伏炼九丹成，方随五云去。
松萝蔽幽洞，桃杏深隐处。
不知曾化鹤，辽海归几度。”[1]

[1] 此诗为李白《姑孰十咏·灵墟山》。

郑掌柜忙道："公子大才，应该就是此诗。"

杨继宗低头沉吟，似有所悟，却忽然对郑掌柜说道："听说贵店中有一件西周的铜盘，不知可还在店中？"

郑掌柜见他忽然问起这个，也觉奇怪，却仍然赔笑说道："公子问的当是兮伯吉父盘。那是小店当今的镇店之宝，自然还在。"又连忙吩咐伙计到库中取来。

杨继宗虽不大懂眼，却也觉出此物不同凡响，先看看铭文，果然大多数的字都认不得，也就不再细究，反而是专心只看背后隐蔽之处，还用手到处摸了一番。郑掌柜不知他是何意，只得在旁看着，神情古怪。

杨继宗一面观看摩挲一面问："如此宝物，想来那孙先生也必甚是喜爱。"

郑掌柜答道："可不是，他来店后见了此物，放在这屋里赏玩了好几日，真是爱不释手。"

杨继宗细细察看了一遍，才问："不知此盘在贵店如何标价？"

郑掌柜不敢隐瞒，答道："开口价是一千五百两，若真出手，不能少于一千两。"

杨继宗大概觉得价值一千两的铜盘有些烫手，忙让伙计收了。又叫杨二把炕柜里的衣帽和炕下边的鞋袜都翻检一遍，顺子也上手一起察看。

杨二把地下的两双旧靴子反复翻看，连里面的鞋垫都拉了出来，臭烘烘的，并无异样。顺子到底是里手，将柜中的衣服一件一件仔细搜摸，还真在一件应该是秋天穿的直裰袖中找出一张黄表纸来。

这不过是两寸宽一张纸条，上面却是木版印着些图案字迹：最上面是阴阳八卦图，以下有三图似符似画，看不出什么名堂，最下是两行字，写着"清虚冷澹，潇洒寂寥"。杨继宗一时看不明白，方天保等人也不知这是何物，就先收藏起来。

临走前，杨继宗又问了那孙干的身形相貌。郑掌柜道："他是五短身材，相貌极不出色，又黑又瘦，山羊胡子也稀稀疏疏。"

第十二章

玉喜庵

一

杨继宗回到宛平县衙，匆忙吃了些点心，让杨二且在房中照应，独自一人出了大门，往西绕过县里大牢，再拐进一条胡同，就到了玉喜庵。

那玉喜庵虽然只是个不起眼的小庙，却也玲珑精致，赭红粉墙，青瓦山门。知客的小道姑青儿见是杨公子，领着走过玉皇阁，从送子娘娘殿旁边的小门进了一座小院，就是玉喜庵的客舍。

云瑛听说杨公子来了，忙到房门前迎接，两人在明间里见礼毕，才坐下说话。

杨继宗见云瑛穿了件大红的妆花缎袄、蓝团花缎裙子，头上梳着随常云髻，金丝吉庆有余的头面，脸上薄施粉黛，更显得俊俏清秀。杨继宗前几日见着云瑛，都是英姿飒爽，颇有女中豪杰气概，不想这些天在屋里过年，闷了几日，倒露出了女孩儿的本色，不觉看得有些痴了。

云瑛见杨继宗只是看她，瞋道："你这秀才，这两日都不来，今天来了，怎么就贼兮兮盯着人看！"

杨继宗才觉失礼了，慌忙辩解："哪里，哪里，我是看云姑娘这身衣裙头面，煞是齐整，哪里还看得出是草原大漠来的女侠。"

又道："自打云姑娘腊月二十八搬到这里，住得虽近，我却只来过三次，照看不周，还请姑娘见谅。"

云瑛道："什么周不周的，我知道你也是在为宝丫头的事忙活，不知昨日到那个什么许大人那里，可是说到此事？”

杨继宗道：“我已将宝姑娘的事详细禀告了许养浩老先生。”又把许彬嘱咐此事关系朝中大局及太上皇安危，需要极其小心从事，以及日后将想办法与上圣孙太后联络，面见太后等情，一一对云瑛说了。

云瑛听说终于有了个头绪，自然欣喜，却又有些不大放心，“直接进宫去见太后，这真个使得？”

杨继宗道：“昨日到养浩公家赴宴的，有一位张軏都督，其父乃是太宗时著名的大将张玉，战殁后追封为河间王。这位张都督又是掌管京师三千营的总兵官，因此与宫中做过监军太监的曹吉祥甚是熟识，这位曹公公却正是孙太后宫中的总管。我听许老前辈的口气，此番要见孙太后，应该也是要动用那张都督与曹公公的关节，他们或是显贵勋戚，或是宫里势力大珰，有此实力也不足为奇。”

云瑛又问：“不知那孙太后可是太上皇的亲生母后？”

杨继宗道：“依照朝中的官样文书，都是说孙太后是太上皇的生母，也是当今皇上的嫡母，因此前几年才晋了上圣皇太后的尊号。但民间也有许多传言，说当年在宣宗皇帝时，她为了争宠固位，抱养了一个宫女所生的儿子，就是当今的太上皇。此为大不敬之说，却也颇为流行，实难判断。但太上皇自小在孙太后身边长大，感情上比当今皇上要亲厚一些，我想上圣皇太后对宝姑娘这位从天而降的公主，自然喜爱。”

正在说话间，侍女莲儿忽然来到门口报闻说：“净观姑姑来了。”

两人还没来得及出门迎接，那道姑已然来到门口，一面笑一面说道：“好你个杨公子，来到小庙，一不拜三清玉皇，二不见道姑住持，一来就直接进到客房，是何道理？”

杨继宗连忙告罪，说是因有些紧要的事情要与云姑娘说，正要去到西院拜见姑姑。

净观才说：“见不见我这老姑子本来没什么要紧。倒是云姑娘来了几日，一直在小庵当中，实实有些憋闷，杨公子多来看望才是正理。我看明日若是天气晴朗，公子不妨带云姑娘和小丫头到外面转转，也散散心。不然倘若闷出病来，不又要怪我庵房晦气？”

云瑛忙说："我们好几口子人来到宝刹，给姑姑添了多少麻烦，哪里敢抱怨姑姑。不过若能出去走走自然是好，我也想看看京城里过年的气象。再说宝丫头这两天眼见外面又是鞭炮又是焰火，也闹着想出去呢。"

净观道："年下京城的热闹，无非是几个庙会，再就是元宵前后的灯会。灯会尚早，若说庙会，城里面要数都城隍庙，城外边，西边是白云观，东边是东岳庙，天若好时哪个不是人山人海，又有吃的玩的。再远一点的，正月初九前后是香山万寿宫为玉皇大帝生日打醮，灯节前是妙峰山碧霞仙君祠里上春香，都热闹得紧，只是太过遥远了。"

云瑛只拿眼看杨继宗，明白是想要和他一同去逛庙会玩耍。杨继宗怎么不知晓，心想即便是手头这个拓片案子尚无头绪，也要先陪云瑛一天，乃道：

"今日天虽阴沉，但这北风甚紧，我看明天必是个好天气。我们明日就去逛逛这京城的庙会，也不枉进京一回。"

他虽然到北京时间不长，却因喜欢游历，对各处地理颇为熟悉，此时盘算了一下，又问净观道："东岳庙不免远了些，那都城隍庙与白云观虽然一在城里一在城外，离咱们这里却差不了多少。不知两个庙会各有什么特色，去哪里更为有趣？"

净观道："都城隍庙的会平常只在初一、十五开。每年五月城隍出巡，是个大市，从初一连到十五；过年虽然没有名目，庙前三里长的一条大街上，买卖也是从初一连到十五，极是热闹。城隍庙会向来卖书籍字画、文房古玩的居多，最是你们读书人喜爱的地方。"

杨继宗听说如此，不由有些跃跃欲试。

"那白云观是全真道教龙门派的祖庭，虽在城外，离城不远，地势又宽阔，从初一直到十九都是会期，俗称'燕九'，除了买卖，杂耍百戏无所不有，卖吃食的也多，寻常百姓最爱去那边。"

云瑛听了就说："这里好！"

杨继宗也并无异议："姑娘说好就好，如此咱们明天就去那白云观看看。"

二

云瑛是个麻利性情，见明日出游的事定了，不由喜气盈盈，立刻吩咐让侍女菊儿到官房那边告诉老麦，预备明天出行的车辆头口，又与净观商量明天应该如何穿戴，有些忙活。

杨继宗却还另有一事，从袖中掏出刚才在峻雅斋找到的那张黄表纸，递给净观，问道：

“姑姑看看这个物件，可知道它是做什么用的？”

净观拿了那张黄表纸细看了看，说道：“你可问对了行家，若是问别人，怕是少有人知道这是个什么。”

杨继宗道：“你老人家就别卖关子，请问这到底是何物？”

净观道：“这张纸片叫个‘清引’，是我们道家庙观中所用。大凡天下一应道观，难免要接待那些行脚的道士挂单，像我们这样的小庙自然无所谓，但那些大观大庙接待人太多，知客的哪里一下子认得清楚？才想出这个‘清引’，发给挂单的道士，凭引可以在观中到处走动，吃伙食，上藏经阁。若是那挂单的住得久了，大家都能认识，此引也就不用。”

又指着那清引上的图案对杨继宗说：“中间这三个图形，是敝教指代海中三壶的符号，这是蓬莱，这是方丈，这是瀛洲。这正面两行字，‘清虚冷澹，潇洒寂寥’，应该是《长春真人规榜》中的文字。”

净观拿着那张清引，又低着头想了想，才低声道：“我若猜得不错，这应该是白云观里用的‘清引’。”

杨继宗听了甚是高兴，又问：“姑姑怎么知道它是白云观里的清引？”

净观道：“我们女道士行动不便，我也从未见过那白云观的清引，但白云观我还是去过的。记得那观中后园里恰有三座假山，名号就是蓬莱、方丈和瀛洲，白云观中的道友一向似也颇以此园自豪。他们把这三山之象印在清引上，却也不奇怪。”

她又指着清引上的文字道：“这八个字是当初丘处机丘真人为挂单住庵者所书的规榜中开言两句，专为白云观所写。虽然此榜文字现在流传甚广，但直接用到清引上，应该仍是白云观自家才会如此。”

杨继宗见净观说得明白，连连点头称赞，又说：“小甥平日看姑姑婆婆妈妈，以为没有多大道行，不想净观道长见识悠长，律法精熟，实在佩服，佩服！”

净观故作嗔态道：“云姑娘你看，这个举人老爷却说的什么浑账话！我若连道家律法都不知一二，岂能在这里带着徒弟，做个住持？”

杨继宗笑着起身施礼，连声“得罪”，又问：“那么姑姑判断这张清引是何人之物呢？”

净观道：“我虽不知你是从何处得来此物，依常理却可推断：这张清引应当是一位在白云观挂单的道士之物。但此人或是在观中住了数日早已离开，或是住得久了与众人已经熟悉，故而此引已经无用，才会放在不经意之处，让你得到。若是正用得着，他当会小心收藏，万万到不了你的手里。”

杨继宗此时心中暗自钦佩净观心思细密，对她说道：“姑姑推断得甚是有理。此物可能涉及一个案件，目前情况尚有许多不明之处，等到勘查清楚了，小甥一定详详细细告知姑姑。”

净观却半是玩笑半是认真道：“我一个出家人，哪管你的什么案件情由？倒是杨公子，如此醉心于刑名，怕也是个劳心之命，我看今后不如能省省就省省，多多休养性命才是正理。”又说庵中还有事，告辞走了。

杨继宗一下子弄清楚了案中重要物件的来历，颇为兴奋，又凑巧此案可能与白云观有关联，对明日逛庙会的事更加向往。

“若是天赐良机，明日就把那贼人一举拿下了也未可知。”

云瑛却有些不高兴，“杨公子倒真是心想事近，偏你遇到的案子就特别多。不知这次是个命案还是个盗案，怎么就与白云观的老道有了干系？”

杨继宗也看出云瑛有些情绪，却仍禁不住把这两天遇到的怪案对她讲述了一番：许彬家里如何丢了金符拓片，峻雅斋如何雇的孙先生掌眼，那孙家又如何说是孙铜匠早已不在京城，顺便把京城古玩行相关的一些规矩典故也都讲了一遍。

云瑛到底少年心性，听他讲得头头是道又悬而不绝，一时也陷到案件当中，“这怎么可能？难道那个孙铜匠有什么分身之术不成？”

杨继宗道：“他自然不会有什么分身之术，但此孙铜匠未必就是彼孙铜匠，我对此案已经有些成算，却不知那贼人这年下是不是回白云观去了。他若真在观中，明天或许就有好戏。我们又逛庙会，又看热闹，岂不是两全其美！”

云瑛却说：“什么两全其美，无非是你个秀才好管闲事，还不知要再惹出什么麻烦来。”

看看天色渐晚，杨继宗起身说：“我回去吧。”

云瑛道：“再坐坐也无妨。”

杨继宗正在犹豫，就见杨二拿着个名帖来了。

三

见那名帖上写着：

年教生徐贯顿首叩拜新正。

原来是前天新结识的徐贯来访。

杨继宗急忙别了云瑛，约好明日巳初[1]时候同去白云观，才快步回到宛平县自己的住处，去会徐贯。

徐贯换了一身更为随意的紫绫深衣，正在杨继宗住的明间等候，见杨继宗来了，起身见礼，说道：“承芳兄倒是忙得很。”

杨继宗敷衍道：“不过是为了家中一些俗务，让年兄久待了。得罪得罪。”

徐贯道：“前日得识年兄，就觉得分外投缘，本想过了年再来领教，谁知这两天过得无聊，竟等不及了，冒昧搅扰，还望承芳兄海涵。”

两人坐下说了一些近况，以及关于今年会试的一些传闻，不由又说起了朝廷中的近况来。

[1] 巳初，指上午九时。

杨继宗道:“元一兄就住在副宪大人府上,想必听说过不少有关朝事的议论,却不知近来各位大佬们要如何安排元嗣之事。”

徐贯道:“我虽寄居伯父宅里,家伯却很少对我说起朝中之事。但这些日与家伯一起接待宾客,倒也听到过一些说辞。弟甚愚钝,一时也剥不清那内中的种种纠缠,只是觉得诸位大佬似乎都以为早立太子是当务之急,但到底要立哪位却又看法不一。”

杨继宗道:“太子乃一国之本,朝廷不能早下决心,只恐拖延生变,非社稷之福。”

“可不是,”徐贯压低了声音,“我听众人语气,此番圣躬不豫,似不是寻常风寒疾病,若万一有什么不测,朝中再无太子,只怕会生出些变乱来也未可知。”

杨继宗昨日已经听说皇上得的可能是肺痈之症,应该极为沉重,此时却不想就对徐贯说,只是应道:“我也听人说起皇上病重。”

又问:“既然此事如此紧迫,就如那日于少保所说,再立沂王为太子有何不可,为什么还会有许多不同意见呢?”

徐贯道:“此事说来话长。我虽籍在松江,前几年却一直在南京读书,经常翻阅邸报,对朝中之事也算略知一二。当初土木堡变生,太上皇北狩,京城里由上圣孙太后以及于少保等大臣主持,请当今皇上监国,不久又即皇帝位,但太子却一直是太上皇的长子,也就是如今的沂王。”

杨继宗道:“此事弟也略知,但听说皇上对此事颇为耿耿,并不满意。”

徐贯道:“皇上本有一子,想让他继承大统也是人之常情。但当时朝臣多以为太上皇亲征被难,乃是为了天下社稷,太子又是当初由太后钦定,因此并没有人提出易储之事。直到景泰三年四月,却有一个广西思明府姓黄的土司上疏言‘永固国本事’,请易太子。”

杨继宗道:“我听说那姓黄的土司是因为谋反杀了他的堂弟,思明土知府的全家,要被逮问治罪,才想出此策想要脱罪。”

“传说确是如此。但这个黄某因为首疏请易太子,迎合圣意,不但没有被治罪,还晋升为前军都督府事官,至今留滞京师。”

“但那时对于改立太子之事,朝中大臣们似乎也并未反对。”

徐贯道："可不是。当时皇上让大臣会议黄某的奏本，众臣虽然心中各有所想，却无一人反对。后来在联名合奏的请易太子之疏中，当时勋臣有魏国公徐承宗等，武臣有都督孙镗等，文臣有吏部尚书王直等，全都具名，朝中大佬无一遗漏。那次的奏本所书，劈头正是前日家伯所引的'父有天下，必传于子，此三代所以享国长久也'。"

徐贯顿了一下，又说："谁知天命无常，皇上所立的这位亲生太子，出阁才只一年多，就在景泰四年冬薨逝。太子之位，就此空缺，朝中大臣们却也再不作声。倒是有两位小臣提出过复立沂王之事，是在景泰五年，有御史钟同和礼部郎中章纶先后上疏，说是'父有天下，固当传之于子，乃者太子薨逝，足知天命有在'云云。皇上却为此大怒，把两人逮入锦衣卫镇抚司，严刑拷打，逼供主使。两人濒死不招，总算留下了活命，但此后无人再敢言立储之事，直到如今。"

杨继宗不住点头，又问："以年兄之见，如今朝臣意见纷纷，莫非就是由于先前在废立太子的事中有所表现，因而顾忌？"

徐贯道："国本之事，自古以来事关国运，也事关朝臣的荣辱生死，大家哪敢轻视？何况当今在朝的大臣，都曾签署过当年易太子的奏章，档案俱在，若是今上万岁之后，沂王以太子身份继位登极，这些大臣们岂不尴尬？"

杨继宗口中虽不答应，心中却暗想：若到那时，又岂止是尴尬，怕是许多人的位子也坐不稳了。

徐贯接着说道："说起来，我倒是真心佩服兵部于少保老先生。他当初虽未积极参与易储，毕竟也是联署过请易太子疏的，如今为了朝局，竟不计自己的前程和名声，一意要推动再立沂王之议，这才是真忠臣。"

杨继宗有些不解，"但我那日看令伯父大人却好似并不同意再立沂王，却不知是何道理？"

"此事家伯倒是对我说过，他老人家对此事顾虑有三，总而言之，叫作：不可，不能，不必！"

杨继宗听着有趣："还请年兄细讲，怎样一个不可，不能，不必。"

四

徐贯很善言谈，见杨继宗对此极感兴趣，就一板一眼地细说起来。

“家伯以为，天家立储乃是国家重典，关系朝纲国运，岂可旋废旋立如同游戏！当初大臣们逢迎上意，改易太子，已经是大错，但大错既已铸成，而今又以事急从权而再改易，必然会给朝廷留下无穷隐患。试想，若真是沂王复立为太子，并有朝一日登极继位，谁能担保朝廷内外不出些滋事宵小，为一己之私，以当年废立事为口实，在朝中掀起狂风暴雨？到那时，大臣难安其位，小人纵横跳梁，我大明江山这几年才从风雨飘摇中安稳下来，可经得起这样一番动荡？

“何况，近来听传闻说宫中有妃子已经怀了身孕，若不久后果生龙子，皇上心意再变，大臣们难道要再上一次请易太子之疏？那可就成了千年之笑柄了。故，为国家安泰、世道承平计，不可再立沂王为太子。”

杨继宗听他说得条条有理，心中却又隐隐觉得有什么地方不对，想了想才说：“从长久计，令伯父大人之言自是有理，但以目前而论，若国本未定，皇上万一有什么不测，朝中岂不立时就要大乱？即使是割肉补疮，怕也只能行此下策。”

徐贯道：“年兄说得不错，却有所不知，眼前即便想要割肉补疮，却也是难以实行，这正是家伯父所谓的‘不能’。”

“为何不能？”

“这第一道难过的坎儿就是当今万岁！当初废立太子全是出自上意，诸臣不过阿上逢迎，此时要再立沂王，皇上哪里会肯。”

杨继宗道：“元旦那日在于少保家，也听人议论，说是众臣要联名请愿，一定要皇上应允。”

徐贯冷笑道：“众臣请愿皇上未必就会应允，何况，所谓众臣也未必齐心。”

杨继宗疑道：“怎么讲？”

“看那朝中大臣，除了于少保似是真心要再立沂王为太子，其他诸位，有几个热心向前的？礼部胡濙老，号称六朝老臣，资格无人能比，这些天却一直称病在家，诸事不问，明显是要回避；内阁中陈循、高穀两位大学士，都有少保之衔，地位不可谓不崇，现在对立储之事全都顾左右而言他。这些重臣无心于此，只靠于少保一人，再加上些科道、小臣，能有多大力道？更何况——”

徐贯四下张了张，才压低了声音说：“听说还有一些人另想了主意，要取藩中亲王的世子进京……”

杨继宗对此事从来没有听闻，不由一惊道：“取亲王世子进京，莫非是要另立一太子？”

徐贯道：“听人传说，有一伙人正在密议，要让襄府的世子进京，以皇弟身份立为储君，以承宣宗之嗣。”

杨继宗听说是襄府世子，猛然想起这两天被盗的那幅襄府的金符拓片，不由得问：“以襄世子为储君，不论血脉还是脚程，岂不是大大地舍近求远？”

徐贯道：“为政之道，岂可言之？正是因为舍近求远，若一旦成功，那拥戴之人可就有了不世之功，将来贵不可测呀！”

杨继宗不由皱了眉头道：“若真有此事，实在是丧心病狂之举，却不知是何人有此虎狼之心？”

徐贯道：“此事阴谋险恶，自然极是严密，也有人说是与宫里内臣和内阁的辅臣有关。正所谓空穴来风，未必无因，目前京中有此传言，怕是真有人动了这番心思。”

杨继宗心想，这位徐举人身处公卿府中，知道的事倒真是不少，却也不愿告诉他金符拓片被盗的事，只说：

“就算有人动了心思，想要实施，怕也极难的。”

徐贯道：“依我推测，他们要想推动襄府世子入承大统，恐怕还是要说动皇上。若有宫中奸佞，依仗着皇上宠信，说明再立沂王的利害，也并非全无可能。若真是如此，这些人一定还要想办法除掉宫里怀着龙子的嫔妃，才能一帆风顺。”

杨继宗听了又是一惊，没想到谋害李惜儿的事竟可能与此有关。

徐贯继续说道："年兄想来，目前朝中大臣或一意回避，或另有他谋，就算再立沂王可解一时之急，却有几分成算？"

杨继宗点头道："徐老伯高瞻远瞩，解析得确有道理。却不知为何又是'不必'呢？"

徐贯站起身来，直趋杨继宗身边，附耳说道："家伯言道：与其再立太子，徒生不知多少是非，何如安静处之。即便万岁一旦不测，我大明原有一帝尚在南宫，恩威遍于海内，又值年富力强，这不正是天佑我大明朝，免生祸乱吗！"

杨继宗之前已经起立，此时听了徐贯一番话，差一点又坐到椅子上。他虽然一向关心朝政，近些天更是接触到许多大人物、大事件，却从来没有想到，如果哪天天子龙驭上宾，天崩地坼，却由太上皇复辟再统天下，会是怎样一番局面。只是觉得，如果真有那一天，朝中局势恐怕不会如徐有贞说得这般轻描淡写。

徐贯见杨继宗神色凝重，才又重新坐下来，笑道："其实我等应试的举子，知道些朝中动向原有些裨益，却也大可不必过于操心。不论何时，有天子在朝，自然免不了开科取士。年兄高才，今科高中了再去理会朝局也还不迟。"又收住笑容，郑重说道，"刚才所说，只是家伯对当今朝局的一点见解，承芳兄姑妄听之，切勿再说与他人，以免生出枝蔓。"

第十三章

庙会

一

白云观就在京城以西不远处。出了宣武门顺着护城河往西，到了城墙拐角的地方就能远远看见，高高的土岗上一座宏大的庙宇。

初四一早，天气果然晴朗，风也住了。杨继宗带着杨二、老麦，还顺便叫上了熟悉人情地理的顺子，四人骑着牲口；云瑛则领着宝姑娘，又带着莲儿、菊儿两个侍女，乘了两辆骡车。几人一路迤逦而行，到白云观的时候已是巳正时刻。[1]

白云观是全真道教龙门派的祖庭，由长春真人丘处机在一处废墟上重新建起，自元朝至明朝，香火最旺。这里的新年庙会都是从正月初一直到十九，俗称叫“燕九节”。传说白云观的祖师爷丘处机在每年正月十九这一天，会变化成各种模样重回人间，谁人能够识得了，就可被度化成仙。所以十九日才是庙会的高潮，城里城外，甚至直隶各府的人，真是成千上万。但新正的前几日，因为大家都闲着，来这庙会的人也甚多。此时在白云观东、西两边的空地上，早已集中了无数的买卖摊贩，有的搭起了席棚、布棚，有的就地摆摊，贩卖各色货品、吃食酒饮。观南面的场地更加宽敞，此时搭起了戏台，有不同的戏班来唱戏。又有来自民间的秧歌、花鼓、十番、杂耍，也都要到此一展身手，自娱自乐。

[1] 巳正，指上午十时。

杨继宗与云瑛等人见这里热闹非常，甚是高兴，先在白云观东面的大市场到处闲逛，看见许多稀奇玩意。就见有一个吹糖人的，挑子一边是个炭火炉，炉上一锅热乎乎的糖稀；另一头是个小柜橱，里面放着各种应用的家什，柜上插着一个草把子，草把子上插着吹好的糖人，有男有女，又有各色的鸟兽，个个生动。

就见那人用一根苇子秆蘸上一点糖，一面吹气一面用手揪捏，动作极为快捷，只一瞬间就捏出一只活灵活现的老鼠，趴在一只葫芦上，葫芦叶蔓宛然，老鼠跃跃欲动。杨继宗看了不由叫绝："真是好技艺！"

宝姑娘见了也甚是喜欢，忙伸出小手，把那只糖老鼠握在手中，再不肯放。杨继宗见了，赶快为她买了下来，才不过五文钱。

宝姑娘拿着糖老鼠，心中十分喜爱，却忍不住想要舔一舔上面的糖稀，又怕舔坏了，不敢用力，很是为难。云瑛连忙又用一文钱为她买了一坨从锅里挑起来的糖稀，专门让她舔食，才算解决了难题。

行进间又到一处，聚集了许多卖头花、头面的，卖得最多的却是一种不值钱的"闹嚷嚷"，是用乌金纸剪成的蝴蝶、飞蛾、蚂蚱等各色昆虫，大小不一，画得五颜六色，用铜线扎了作为头饰。

杨继宗道："这应当就是稼轩词中所说的'蛾儿雪柳黄金缕'，看来仍是古意，要到元宵闹灯的时候才是戴的正日子。"

云瑛也不知道什么是稼轩词，只觉得这东西好玩，哪管何时是正日子，立刻挑了一大把，给自己和宝姑娘以及莲儿、菊儿一起戴上，个个扎了个满头。后来又专门挑了一个巴掌大的紫蝴蝶，笑嘻嘻地对杨继宗说道："你也戴上一个吧。"

也不等杨继宗答应，就为他插在头巾下的鬓边。杨继宗虽不愿意，一时却也不好拂她的意，嘟囔着说："这像什么样？"却只好先戴着。老麦和顺子在一旁看了只是笑。又走了一阵，杨继宗才悄悄把那只蝴蝶摘下来，藏在袖中。

前面又是卖小儿玩耍的器物。纸浆做的杂剧脸谱、木头制的各样兵器，这些宝姑娘都不喜欢，倒是一处卖空竹的吸引了众人。

只见那卖空竹的正在耍着一只巨大的空竹，小磨盘一般，发出的哨声五音相和，低沉雄厚。那人又不断变化着各种式子，一会儿是张飞骗马，一会儿是苏秦背剑，一下子又把空竹抛起一丈多高，又扬起两根竹竿，用线绳把下落的空竹接住，接着又抖。边上看的人都一齐叫好。

云瑛问杨继宗："你可会耍这个？"杨继宗连连摇头。倒是顺子在一旁说道："我小时候和七舅姥爷在西山住，每年也有庙会，那时会玩空竹。不知还耍得起来不。"

顺子说着挑了一个红漆的小空竹，圆筒只比茶碗口大一点，中间是个黑白的阴阳鱼儿，制作得极为精细。他用线绳先在空竹中间绕了两圈，再从地上提起，顺着空竹自然旋转之势右手用力一拉，把那空竹抖了起来。那空竹越转越快，圆心的阴阳相合，已经成为一团灰色，尖锐的哨声也响了起来，但却颇为悦耳。

宝姑娘大乐，伸手也要去抖，但接过来一试，空竹绳就立刻搅作一团，费了半天力气才得解开。云瑛道："这也不是一下子就能够学会的，咱们买了回去你再慢慢练习吧。"说好了回去由顺子教她玩，小姑娘才不再纠缠。

走了一个多时辰，几人都饿了，于是又到白云观西面去找吃食。

这边的人更是拥挤，也有乡野的村夫，也有艳妆的堂客，也有学堂里的总角少年，也有闺门中的小家碧玉，摩肩擦背，熙熙攘攘。吃食也多，凉的有桂花山楂冰盏、江米豆沙艾窝窝，热的有开着锅的丸子汤、刚下屉的羊肉包子，应时的有春饼和菜、元宵、年糕，喝的有各色白酒、黄酒、果子酒，还有酸梅汤、玫瑰露、八宝擂茶。几个人在人丛中挤过来又挤过去，见了什么稀罕的就尝一尝，停停走走，不觉就饱了。

云瑛道："也不记得吃了几样东西，也没吃出个好吃难吃，怎么一下子就饱了呢？你看这地上全都踩的泥呀水的，我们不如先去庙里。既然来了，怎么也得烧炷香吧。"

杨继宗看看天色尚早，说道："现在去观里上香的人正多，我们不如先到南边看看杂耍百戏，等到未时[1]以后人少些了再进观里。"

[1] 未时，指下午一时至三时。

二

在白云观的正门以南，搭了一座临时的戏台，台上正在唱戏。因看戏的甚多，难以挤到近前，几个人只能在人群外面踮着脚往里面看，宝姑娘则骑在老麦的肩头，远远眺望。

就见台上是两个老头儿，对着面不断讲说些什么，其中一人忽又哼哼呀呀地唱了起来，离得远，也听不清唱的是什么词句。杨继宗认真看了一会儿，才说："这个应该唱的是《冲漠子独步大罗天》[1]，是说吕洞宾度冲漠子成仙之事，不过应这里庙会之景，甚是无味。"

云瑛才道："我看也是无趣，连个姑娘家都没有，两个老爷子直是说，也不打斗。我们不如到那边看看，那里锣鼓家伙倒是热闹。"

几个人遂又绕过人群来到东南方向，这里气氛又是不同。

那敲锣打鼓的是一群年轻后生，穿着五彩衣裳，扮了各样角色，在那里扭秧歌，踩高跷，跑旱船，动作大开大阖，极是生猛。对面却又有一支凤阳花鼓的队伍，是一众姑娘，浓妆艳抹，打着花鼓边舞边唱。两队人马各自逞强，互不相让，都使出十二分的力气。边上的观者就跟着喝彩起哄。

秧歌和花鼓舞得正欢，却从东边斜刺里冲出几辆人拉的大车，生生把两队人马分隔开来。车上都是些精壮汉子，红衣红裤，头上扎着红布头巾，锣鼓喧天，笛声响亮，原来是一队打"十番"的。

这十番的锣鼓又与那秧歌队中的不同，响器又多，打法又细，疾徐有致，极是悦耳，一阵"急急风"，又是"细走马"，再接"小桃红"，锣鼓与笛子、唢呐此起彼伏，把一旁的看客都吸引过来。

云瑛眼尖，低声对杨继宗说道："你看那中间打大鼓的是谁！"

杨继宗这才注意，原来竟是靳孝。靳孝此时也看到了杨继宗与云瑛，一面继续打鼓，一面向他们点头致意，鼓擂得更是起劲。

好一会儿工夫，一套曲牌吹打完了，大汉们竟也大汗淋漓，才下车来擦汗喝水，休息片刻。靳孝忙来到杨继宗跟前，施礼道：

[1]《冲漠子独步大罗天》，为明初宁王朱权所做杂剧。

“真是天涯何处不逢君，不承想在这庙会上又能得见二位，幸甚幸甚！”

云瑛道：“想不到靳二爷倒是多才多艺，竟能擂得好鼓，倒要叫人刮目相看了。”

靳孝笑道：“我们不过是党太尉吃扁食——有样学样，只是一点雕虫小技罢了，不要说不能与杨公子大才相比，就是云姑娘那精湛骑术，也让我们望尘莫及了。不过是新正闲暇，我们一些兄弟凑在一起图个热闹，在二位面前献丑了。”

杨继宗道：“靳兄过谦了。我看你们这十番锣鼓，不惟神气十足，音律也甚精妙。靳兄居中大鼓，指挥若定，真有大将之风。”

靳孝连说不敢，又道：“看来公子与云姑娘都已经安顿好了。那日敝店对两位多有得罪，我这里还要再致歉意。正好告诉两位，敝店的胡昌世掌柜前因经营不善，已经被大东家辞了，目前正是在下代理敝店。”

杨继宗心中却暗想，他所说的大东家莫非就是那定国公徐永宁，此番分明是怪罪胡昌世办事不力，却不知到底是因为哪桩事情。也不知当初投毒谋害李惜儿，是徐永宁在幕后所为，还是那胡昌世自作主张。无论如何，这养荣堂后面必定隐藏着极多的难以告人之处。因说道：

“我看那胡掌柜也非等闲人物，如今又有靳兄这等英杰执掌贵号，这养荣堂可真是藏龙卧虎之地，深不可测呀！”

靳孝见杨继宗对前事仍是耿耿于怀，才又恭恭敬敬再施一礼说道：“当初得罪杨公子，实为误会，还请公子见谅。只有一节，就如那晚我在船上所言，我们虽是些平头草民，却也有忠君报国之心，所作所为或有差池，但一片丹心可昭日月！终有一日，杨公子能够谅解我等一片苦心。俗话说当家三年狗也嫌，谁愿意执掌这样一摊生意，但大东家指派，也是无奈。如今在下忝掌敝店，此前的冒犯自然也要由我承担，刚才所说致歉并非泛泛之辞，请杨公子在此受我一拜。”

说着他就要伏地行叩头大礼。杨继宗连忙将他扶住，也半跪着回了礼，说道：“过去之事，再提它作甚。何况靳兄当日专程解救，我们谢还谢不过来呢。”

靳孝才道：“无论怎么说，前日敝号对公子和云姑娘多有伤害，过年了我们就会去修缮包老板的房屋，一应损失也由敝店赔偿。此后还请公子再来小店照顾我们生意，看看敝店可有改进。云姑娘也要多多赏光。”

云瑛啐道：“我没事去你们个药铺做什么营生？”

靳孝才又恢复了嬉皮笑脸的模样，“姑娘也是吃五谷杂粮，即便是身如药树，哪能保证就不生个两病三灾呢？何况今后姑娘或还要长途跋涉，一旦远离都市，多备些药材也是正理，敝店必有大折扣给姑娘。”

云瑛听他此话，心中不由一凛。因她不久或许就要随着部落转徙西北，本来就打算采购一批药材以备将来之需。看来这个靳孝对自己的底细倒也知道不少。

三人在这一片歌舞鼓乐喧哗之中交谈，表面上一团和气，实则心中各怀着心思，难以说破。

此时十番会里的人招呼，又要重新开打，靳孝这才告辞回到车上，重又擂起鼓来。

杨继宗见时候不早，才对众人道：“这边热闹也看了，不如就去观里拜拜神仙，也可歇一歇脚。”

云瑛称是，又悄悄对杨继宗说：“秀才也需到里面拜拜魁星吧，好叫你今春高中，金榜题名。”

三

几人转过一座红墙大影壁，穿过重檐彩绘三间四柱的“洞天胜境”牌楼，就到了白云观的山门，进出山门的香客甚多。因这白云观是前几年才又重新修建的，故而红漆光亮，彩绘新鲜，与灰色的瓦顶和瓦上的积雪交相映衬，显得格外鲜明。

顺子领着众人从正中一路自南向北，先后经过灵官殿、玉皇殿、七真殿，一路在各殿进香，最后才到了丘祖殿。杨继宗看看匾额，对云瑛说道：“此处该是当年长春真人修炼之处。想当年长春子也曾经参与元太祖机务，不算外人，你不妨郑重焚香，许下心愿。”

云瑛于是进入殿中，对着丘祖的神像殷勤叩拜，心中默念：“求神保佑，一要保我部落人畜平安，永息兵戈；二要让宝丫头早日与父兄团聚；三要……”心中却又有些不甚明白，这三就罢了。众人也都随后进了香。

过了丘祖殿才是观中最后一座殿堂三清阁，因是供奉着三清尊神，烧香的人更多。杨继宗道：“求神拜佛，全在心诚，我们前者已经上过香了，也不必再与众人混挤。”

顺子说：“后面还有一座花园甚好，可以去那边休息。”几人乃从旁门穿过，就到了后花园中。

这花园甚大，中间有一大片水塘，仍然结着冰，冰中却突起了几座太湖石垒起的假山，杨继宗细细看那假山上的题字，果然是蓬莱、方丈、瀛洲三座仙山，与净观道姑所言相合。池塘边的花草树木大都还是枯枝凋零，只有少数松柏上还挂着积雪，倒很好看。又有些楼台亭榭，可供游人歇息，并有知客的道士为香客提供茶果。几人走了大半天，都乏了，杨继宗就让大家先在此处休息，自己带着杨二到魁星楼去进香。

魁星楼是个单独的院落，在这白云观的西路，从花园西侧的便门出去，不远就到。此时这魁星楼却是十分清静，院里楼中并无一人。

杨继宗进了殿堂，先恭恭敬敬上了一炷香，求魁星佑护，能在科场一帆风顺。这才又起身细看那魁星神像。就见这魁星有两丈多高，身被铠甲，一脚踏在一只大鳌的头上，右手握着一支如椽大笔，左手举着一只方斗，赤发红须、青面獠牙，面相好不狰狞。杨继宗此时却又想起前日汤胤绩所作的那首钟馗诗，却与此像有些相像，不由吟道：“真个是‘鼻息冲开刀两刃，目光射透甲三重。’”

谁知话音才落，却有声音在身后喝彩道：“好句呀，好句！”

杨继宗不由一惊，回头去看，见不知何时来的一个四五十岁的男子，正在门外的香鼎旁就着香灰烘手取暖。那男子穿了一件破旧的青布棉袍，倒也不算腌臜，头上却戴着一顶道士的浩然巾，道士不像道士，乞丐不像乞丐。

杨继宗心想：都说丘真人会在燕九以非常之相重回白云观，莫非今日偏让我撞见？又想，不对，此时离正月十九还有半个来月，真人岂能如此性急。才对那人道：

“岂敢。刚才因见这宝相庄严，忽然想起朋友最近作的诗句，顺口吟来。学生并无此诗才，在此神圣之地，也是学生孟浪了。”

那人哈哈笑道：“我看这白云观内来进香的芸芸众生，一日来何止千万，却少有如施主这般看到观中杀气的。施主独具慧眼，怎说孟浪！”

杨继宗见这人谈吐并不粗鄙，才问道：“阁下所言的观中杀气，可有所指？”

那人道：“要说杀气，又岂止在观中。你看这京城内外，朝廷上下，哪里不是杀气冲天！血光之灾，无量之劫，就在眼前，九州之中可见处处都是杀气！”

杨继宗见他前言不搭后语，有似癫狂，却又像是话中有话，就故意引他发话：“即便遭逢劫难，不正要真人祈禳？想这白云观乃是长春真人的门庭，要说杀气，无非杀妖除鬼。”

那人笑道：“我见这里道士，成天念些‘万神朝礼，驭使雷霆。鬼妖丧胆，精怪亡形’的咒语，却未必灵验。只怕是未能除妖灭鬼，就要引鬼上门，也未可知。居士只见这里楼宇辉煌，哪知道堂皇之中也许就有鬼魅之地！”

杨继宗见此人虽然甚怪，话中却有玄机，忙说道：“听阁下之言，莫非这观中还有什么密勿之地吗？”

那人道：“有什么密勿之地！只是此观甚为广大，居士所到怕是不到十中之一。”

杨继宗道：“学生正要多去几处随喜，还请大师指点。”

那人道：“谈何指点，就譬如此楼向西，一向绝无游人，却也别具洞天。正所谓‘几度穿云去，推轩向小园，路遥随笋舆，青鸟为探看’。居士有缘之人，善哉善哉！”

说了这几句，他也不再搭理杨继宗，拘头揣手，信步走出院子，一面自吟自唱道：

八方威神，使我自然。
灵宝符命，普告九天。
乾罗答那，洞罡太玄。
斩妖缚邪，度人万千。

倏忽不见了踪迹。

四

杨继宗见那人去了，对杨二说道："既然说西边有的可看，咱们就过去看看到底有什么稀罕景致。"

遂与杨二绕到魁星楼的西面，果然见到一扇小门，推门出去，却是一条狭长永巷。杨继宗先向南走了几十步，不见门路，就又向北走回来，过了出来的小门不远，就见西边墙上开着一个月亮门，门上题额正是"穿云"两字。

杨继宗见对上了榫，也不犹豫，带着杨二就进了月亮门。前面只有一条路，二人又过了几道小门，竟又到了一个小小的花园当中。这小园里十分寂静，不过比一般院子大一些，却也是有山有水，有亭有台。杨继宗和杨二顺着一条甬道来到园北的三间带前廊的青砖小屋，隔着门缝往里看去，里面空无一物。这时杨继宗才看见前廊的左侧放着一副爬山用的肩舆，似是久未使用，竹椅、抬竿都黑乎乎的，不知是灰是霉。

杨继宗道："那人说的'路遥随笋舆'，自当是指这乘肩舆。"近前细看，也无特别之处，又见这肩舆放置的是坐西朝东方向，就朝东慢慢走到东墙根，才叫杨二："这里还有路！"

原来贴着院墙还有一条极窄的墙缝，将将可过一人。两人从墙缝中钻了过去，才又见开阔天地。迎面是一座影壁，影壁中心画着一轮红日，日中恰有只三爪的乌鸦。杨继宗心想，刚才那人要指引我到此处，也算处心积虑，却不知里面有什么玄妙。也不迟疑，直接转过影壁，又进了一处小院。

此时院中无人，杨继宗见东面厢房开着门，门里也没有人，就与杨二进去。见里面摆放着红炉、铁砧，俨然就是一座小小的作坊。一张粗木大案上放着铁锤、铁钳、凿子、锉刀等各种工具，案上还有一件似乎未完工的博山炉，样式颇有古风，底座是由两个力士托举起炉身，只是周身精亮，明摆着是刚刚出炉之物。

靠北墙还有一张小案，案上用粗布包了一件器物。杨继宗上前打开一看，就见是块半尺多长，两寸多宽的铜牌，铜牌正中四个篆字“金牌令符”，右边是只有一半的骑缝篆文，却也不难辨认，正是“襄亲王府”四字。

杨继宗在此处见到这块令符，惊喜万分。明知是有人按照拓片仿制了此牌，只是目前还尚未鎏金。也不及细想，忙把那牌拿了，因分量不轻，不便放在袖中，只得先塞在了腰里。

正要退出，忽然一个小道士走进房来，见有外人，先是一愣，才又施礼道：“两位施主，这里是本观内务之处，多有不便，还请两位快快离去。”

杨继宗连说不好意思，刚要出门，谁知腰带不紧，那块铜牌却从腰中滑下，“当啷”一声掉到地上。小道士一见，脸色大变，一面就要抢夺那块铜牌，一面大声喊道：“有贼人来偷法器，不要让他跑了！”

杨继宗却抢先一把拿起铜牌，一肩撞开小道士，与杨二窜出屋外。

听到那小道士一声大吼，又有几个道士从南屋和西屋纷纷出来，都在乱问：“贼在哪里？”

杨继宗见来人不少，只好和杨二朝 时还没有人的北屋方向跑，正好屋门开着，就冲了进去。却巧那屋中正北方却还有一扇门，两人慌不择路，推门就进到里面。这才发现，原来是个向下的通道。

此时追兵已到，有个道士手持着一根门闩，直向杨二捅来。杨二练过几天拳脚，手眼又快，侧身将门闩避过，两手抓住一拧，就把那门闩夺了过来。又向后回了一门栓，可可儿地打在来人的头上，立时鲜血直流。道士们更是气急败坏，一面大喊：“贼子杀了人啦！休要放走贼人！”一面向前拥，却又有些胆怯。

此时更无别路，杨继宗拽了杨二，顺着斜坡进了通道。

地道里面越走越黑，两人只能摸索着前行。大约走了百十步，却发现前方三面都是立壁，已然无路！

正不知如何是好，道士们已经打着火把从后面赶到。杨继宗借着火光，见地上有一个木梯，立刻明白了，顺手把梯子立起来，果然头顶上面是空的。他也不及多想，顺着梯子往上攀登，不过攀了一丈来高，头上又顶到了实物。

下面道士们仗着人多，已与杨二面面相对，杨二手持门闩左右击打，虽然打不着人，却也让道士们暂时不能近前。

杨继宗心想这里必是出口，就抬起手来向上一推，果然就动了。再向边上一用力，洞口打开，他也顾不得狼狈，手脚并用爬了出来。之后叫杨二："赶快上来！"

杨二将门闩向对面一抛，趁着对方混乱，三步两步也上了梯子，一面把下面拽腿的踢开，一面也被杨继宗一把拉出了洞口。

杨继宗这才发现，自己站的地方竟然就是那白云观的后花园。

刚刚站定，后面的几个道士却也从洞口里钻了出来，一人手里还举着那根门闩，另一个头上脸上都是血污。道士们一上来就将杨继宗和杨二围住，喝道："大胆贼人，敢在我们观中撒野，还不快快受绑！"也有的喊："贼子杀人盗宝，还往哪里逃！"

杨继宗见这里人多，已是朗朗乾坤，心中反而不慌，一手高举着那块铜牌，生怕再掉了，一面高声道："哪个要逃，我们正要拿贼！"

第十四章

纷争

一

要知道，京城的百姓最是爱好热闹，此时在白云观后花园中休憩的香客不少，忽然见到一堆人从地底下钻了出来，又高喊着“杀人”“捉贼”，如何不喜，于是立刻拥了过来，把杨继宗和几个道士围了个水泄不通。

那边云瑛听得杨继宗高声叫喊，也忙让莲儿、菊儿好好照看着宝姑娘，与老麦、顺子快速来到杨继宗的跟前。杨继宗见顺子来了，低声道：“你立刻快马回到宛平县衙，领着你师傅过来，还要让人去把那峻雅斋的郑掌柜也速速叫来。一定要快！”

几个道士本来有些害怕大个子杨二出手快捷，此时眼看老麦这个色目人也是贼人一伙的，而且身手似乎更加不凡，因此只是不停怒叫，并不敢上前。

正相持间，却又有一群道人从通往魁星楼的那个门中冲了出来，手中都拿着棍棒，气势更加凶恶。这些道士一看眼前局势就知道了谁是对头，故而也不多问，拥上来就棍棒横施，向着杨继宗等人打了下来。

幸亏老麦是真会武艺的，一人在前边，大袖挥舞，虽不能伤人，却也将一众道士挡在了外面。旁边又有杨二相助，那些道士一时也不能近前，但终究是以少敌多，眼看要有些尴尬。

正在危急时刻，忽见一伙头扎红巾的汉子从斜刺里冲了出来，要把两伙人分开。为首的一人大声喝道：

“各位且住手！”可不正是靳孝。

杨继宗见靳孝和十番会的人也来了，一时摸不清他们会站在哪一边，但靳孝毕竟算是熟人，如能有这十几个强援，就可以安心多了。可他们如若与金牌之事有瓜葛，站在道士一边，状况可就有些不妙了。

靳孝见两边人被分开，才又对众人说道：“大正月的，我等一众闲人来到这白云观中烧香祈福，无非是看重丘神仙的真修，白云观的威名，要来借些仙气。谁知今日这里鸡飞狗跳地使枪动棍，红脑子打出了白脑子，传扬出去，可真真是这白云观里的好名声！你们这群道长，又不打醮作法，却都改成了拳脚上斗狠的功夫，不知道的，还以为这龙门派也归顺了邋遢道人的武当山了。光天之下，有什么事不可以说理，非要乱哄哄地混打一气，让我们看笑话好玩吗？”

也不等道士们说话，他又向杨继宗施礼道：“这位公子，不知是何方人士？”

杨继宗听了这一番话，心中踏实了许多，他只说不该打斗，却故意不提事件起因，分明是要回护自己一方；也明白靳孝让自己报出名头，是要先震慑一下道士们的气焰，因此立刻高声答道：

“学生杨继宗，阳城人氏，乃是山西的举子，来京师准备今年春天的会试。今日来到这白云观中进香祈福。”

看热闹的众人听说是位来赴试的举人，不由得都向后退了一两步，那些道士听了也有些吃惊，一时不知如何是好。

此时就见道士中有人像是个领头的模样，有四五十岁年纪，比其他众道士老成了许多，生得五短身材，又黑又瘦，留着一把稀稀疏疏的山羊胡子，上前说道：

“阁下既然自称是位举人，自然是读过圣人之书的了。”

“那是自然，学生自开蒙至今，几近二十载，可说是无日不读圣贤之书。”

“既然读过圣人之书，可知圣人有云：‘非礼勿视，非礼勿听，非礼勿言，非礼勿动’？”

靳孝在旁笑道：“孔夫子这四句，就连我这样的白丁也知道，何况一位举人！”

那道士并不理会："这位居士，口称是一省的举人，圣人门徒，自应谨言慎行，非礼勿动。如今却潜入我观密勿之地，盗窃我法器，打伤我道众，还在此大言无日不读圣贤之书。哪个信你？恐怕这举人也未必是真！"

四旁众人听说这举人可能是假，忙又仔细来看那杨继宗，但见他衣冠华丽，气宇轩昂，却也未必是假。

杨二一直不言不语，尽心守护主人，此时见杨继宗使了个眼色，才向着那道士大叫起来：

"你个瞎眼道士，怎敢说我家爷的举人不真？这些年，我家爷经得多少考试，又是科考、岁考，又是省里的乡试，哪次不是我跟着，亲眼所见进的考场，怎会是假！我们爷在省里中举，那是有皇榜文书的，你怎敢说官府的文书是假的？难道皇上钦差的主考大臣也是假的？说出此话，莫非你们这些道士想要造反吗？"说得面红耳赤，却因是满口的乡音，周围的人只见他急，并不清楚他说的是些什么。

杨继宗无非想要多拖延些时候，等着方天保等人到来，见杨二闹了一阵，众皆诧异，才开口道：

"这位道长疑心学生的身份不真，要想辨明却也不难。我们一同去到官府，不论顺天府、宛平县还是兵马指挥司，见官之后，事体自明，何必在此喧哗！"

那道士显见不愿见官，讷讷道："哪个管你是真举人假举人，你偷我们法器，须快快还我！"说完领着众道人又想上前来抢。

杨继宗一面护紧了手中的铜牌，一面命老麦和杨二注意护持，那些道士要抢铜牌却也不易。

正在难解难分之际，人丛中却又有一人站了出来。此人身穿蓝缎皮袍，三十多岁，紫脸膛，甚是彪悍。

只见他冷冷说道："我说一直看着这个色目人好生面熟，这倒想起来了，可不就是前几天在城南跑马解吹喇叭的那人吗！"

二

经他一提醒，看热闹的人中也有先前去看过马解的，都说：“可不正是那个吹喇叭的色目人！”“怎么他与这个举人却是一路？”又有人指着云瑛叫道：“那领班的云姑娘也在这里，敢情也与这人是一伙的！”一时众人议论纷纷。

那蓝袍汉子见众人都去注意云瑛，才又说道：“我前几日听人说城南来了个极好的马解班子，也曾专程前往。当时见云姑娘色艺双绝，真是大为倾慕，恨不得能够结识一番，亲近一下，只可惜福薄无缘。谁承想今天倒在这里见着了，真是幸甚呀幸甚！只是在下有些想不明白，这位号称的举人，与卖解的大姑娘，俱是天南海北的游客，如何就聚在了一处？这位举人老爷可又真是大福之命。”

杨继宗见他有意将云瑛拉扯上，显然不怀好意，怒道：“你算是什么东西，敢对云姑娘说三道四？”

那人倒也不恼，似还颇为得意道：“俺不过是个微末小人，但久住京城也算见过一点世面。每到大比之年，来京城赶考的举人总有千数人之众，穷的也有，富的也有，却从来没见过像阁下这么滋润的举人老爷，又包着戏子，又带着护卫，又能在这仙观之中任意行走，见了好物件随手可取，您这位举人老爷可是来头实在不小呀！”

杨继宗听他此言更不像话，不由大怒，脸也憋得通红。

云瑛见状，赶紧在旁悄声对杨继宗说：“这厮与那老道是一伙的，这是要激怒你来趁乱夺回那个劳什子。秀才可不要上当！”

她又挺身向前一步，朗声道：“你这真是一派胡言乱语！我们虽是乡野之人，靠着一点微薄伎俩卖艺为生，却也是正儿八经的民籍正户，并非优伶贱籍。你张口闭口说我们是戏子，这可是血口喷人！我们跑马卖解并不犯王法，大年下逛个庙会上个香也不算出格，怎么就不能够任意行走呢？俗话说，皇上也有三门穷亲戚，我和我这哥哥本是一省之人，姑表的亲戚，正月里走动走动又有什么不合适的呢？我看你也不像是个省油的灯，今儿个在这里是要来挑事儿的吧？”

云瑛话音才落，靳孝在旁说道：“这位姑娘说得有理。今天的庙会上携着女眷来游的何止千百，人家亲戚相随自与他人无干。这位兄台并不认识他们几位，就信口猜度人家隐私，有失公允。”

众人也觉云瑛说得在理，都点头称是，却不知道阳城与大同虽然同在山西一省，但从大同到阳城的距离却要比到京师还遥远许多。

那穿蓝袍的见杨继宗这边阵脚未乱，只得大声叫道：“我们是路见不平，拔刀相助，哪有偷了人家东西还如此理直气壮的，没的犯夜的倒拿了巡更的！”

他身边还有七八个人，显然与他是一伙的，此时都跃跃欲试，似乎是想要一拥而上。靳孝边上包着红头巾的都是十番会的精壮汉子，此时也全都站稳了身形，一时成了对峙之势。

那边领头的道士见此形势，来硬的也未必就能够得手，态度才又缓和下来，对杨继宗说道：

“今日之事，你来我观中盗宝伤人，是非本不难辨认。如今我们也不想再与你理论，打伤我们的人，也不让你赔偿了。但你手中拿的，乃是我观至为重要的法器，还请阁下交还此物，而后你们自便离观，也免得再打扰我观中清修。”

杨继宗见那道人口风软了，却是得理不让人，见身边有一块青石，就站了上去，比周围都高出了一头。他将那铜牌拿到眼前，似是在仔细查看，并对那道人说：

“你既说这是你们观中的法器，不妨当着众人之面说一说，这是个什么法器，上面有何纹饰，又是做什么用的？你若说得明白，我杨某也不打算改换门庭，变作道士去四下里祈禳打醮，法器自然还你。只怕你一时讲不明白。”

那道士一脸怒容道：“我道中虚玄，汇三清之气，集众妙之门，不要说你这等凡夫俗子难以参透，就是我等下愚，入道多年也不过得其 二。在这里如何能说得明白？”

杨继宗道：“你说的玄虚我确实不懂，但此物上的文字在下倒还认得。

可要我念与大家听听。”

这样一说，观看之人俱都十分好奇，七嘴八舌说道：“上面是什么文字，快快念来！”

此时那些道士已经有些气急败坏，领头的那个老道说：“小贼不要欺人太甚！你既承认那是我观中之物，就已说明它是被你盗窃得来的，哪有盗贼反倒要让失主解说清楚的道理？”

杨继宗微微一笑道：“你说得倒也是常理，只是这一次却是非常之时，非常之事。你既不愿说明，不如听我给大家讲一讲此物的来历。”

那道士当然不能容他说出铜牌的缘由，厉声道：“不交出此物，你们思量着今日就能够逃出此观吗？”

说着他把手一挥，身边一群道士以及穿蓝袍的一伙忽地一下冲了过来，眼看一场恶斗难以避免。

正在危急时刻，不远处突然传出一声口号：“福生无量天尊！”声音虽不算大，却极有威严。两边不由得又收了手。

三

就见人群外面几个道人簇拥着一位道长，须发俱都花白，头戴着雪巾，身穿皂色布袍，虽甚朴素，却也齐齐整整，显得身形利落挺拔。这边围攻杨继宗等人的道士见了来者，全都跪下参拜，说：“惊扰了监院长老，死罪死罪！”

杨继宗见来者当是这白云观中数一数二的人物，忙从那青石上下来，恭敬施礼道：“学生阳城杨继宗，因在贵观发现了一些蛛丝马迹，或与大案有关，故在此处引发喧嚣，打扰道长清修，多有得罪！”

那道长似有些微微惊诧，“原来施主却还是公干之人，不知道是哪个衙门的？”语气虽然平和，面色中却透出一丝嘲讽之意。

杨继宗道：“学生倒并非官府之人，不过是到贵观进香，遇到非常之事，不得不管。”

道长收起满脸的和气，“这贫道却又不明白了。即便是敝观中道众有所干犯，上有朝廷官府制裁，下有观中家法管辖，与施主何干？阁下岂不是管得太宽了吗？”

一干道士此时已经都起身围在一旁，都道：“你真是曹州兵备——好管事宽！”“我观中之事，哪要外人插手！”

杨继宗却并无愧色，侃侃道：“你们观中之事，自然不需外人来管。但此事却关系朝廷大政，正好让我杨某人遇上了，正所谓‘国家兴亡，匹夫有责’，哪能不管？眼下白云观中就隐藏着重大阴谋，贵观上下却上无视朝廷王法，下不遵祖师家规，懵懵懂懂，聚众狂暴，只怕一旦惊动官府，贵监院也难脱干系！”

那道长听他这一番话，不由怒气腾升，声调也提高了不少：“你个无知后生倒也敢大言炎炎。我平阳子[1]在此忝居监院也有数载，却不知何为无视朝廷王法，何为不遵祖师家规？”

杨继宗才知道这位监院就是颇有名气的道长平阳子，但此时却不容有一丝示弱，仍正色道：

“法师容我细说。学生寡陋，却也听说当年丘真人为这白云观立下规榜，其中有云：‘缘由若不分明，其间恐有隐匿诈伪之人，不稳便，更防一等道人，愚徒之辈，奸诈之人。’如今贵观却要藏污纳垢，收捡几个匪人，在那边小院中伪造古玩，谋取暴利。这可算是不遵祖师家规？”

原来杨继宗本是细心好学之人，昨日听静观说了清引的缘由，当晚就找来相关图书，有所准备，此刻说出了《长春真人规榜》，更显得理直气壮。

平阳子见眼前这位书生气宇不凡，说话又斩钉截铁，心中略有疑惑，“施主说的可是乌金院？”

杨继宗回想那小院影壁上画着太阳金乌，想必就是了，说道：“正是。”

平阳子道：“那乌金院中几位道众，虽非在籍本观，却也是来历清白，又身怀着冶炼制作之技，因此才安置在观中，清修法事之外，专责修理、制作一应法器。因其制作精良，不要说近年来敝观所用的一应铜、锡、铁

[1] 平阳子，俗名卫真定，浙江嘉兴人，为龙门派第六代宗师。

器都是该院自行制造，就是京城中其他一些道观也闻声相求。那几位来敝观已有数年，一向谨小慎微，居弱守雌，从无干犯风闻。今日施主张口就说伪造古器，你可有证据？休要血口喷人！”

杨继宗见监院道长已生疑心，心中更觉踏实，“证据自然是有，一会儿法师就可看到。”又特意看了那边为首的老道一眼，“我猜想自那位丁师父来到白云观后，私制的器物一定不少。”

老道听杨继宗说出自己姓丁，不由大惊失色，向后缩身似要悄悄溜走。但此时左边有老麦离他不过一两尺的距离，右边监院的两个大个子随从也悄没声地站在了他身后，看看逃不掉了。

杨继宗才继续说道：“刚才是说家规，如今再说国法。我猜想，这位丁师父与你的一众徒弟，未必都有度牒在身。”

姓丁的道士见问到自己，不得已说：“自宣德末年以来，迄今二十多年了，因有司失责，治理混乱，天下僧道十成里倒有七八成是没有度牒的。小道确实没有度牒，但也曾多次申请，至今未能得到。”

杨继宗道：“有司失责？你倒也脱得清楚！”后又对平阳子说：“法师可知道，就在前年，朝廷屡有旨意，说是有系逃军、逃匠私自出家者，着依律严查；又着礼部移文天下，严核度牒，各寺观须自行查勘，无牒者驱逐，可疑者交官。贵观眼看着养了这些无牒匪人，难道不是无视朝廷王法？”

平阳子身为大道观的监院，怎会不知近来朝廷的旨意，只是这些无关大雅之事从来是等因奉此，形同虚设，各佛道寺观并不认真执行。但这些理由又不能说出口来，只得隐忍点头道：“施主此言有理，敝观虽然尚有隐情，但此事却实是执行国法不力。”

杨继宗占了上风，却不敢得意，忙说：“法师从善如流，学生钦佩。只是这无牒住观、仿制古器却只是微末小事，学生本来也无从管起。但学生所见的却是另一件器物，既非贵观所用的法器，又非模仿制作的古玩。法师不妨看看，可认得此物？”

说着将手中那块铜牌递到平阳子眼前，却并不交予他。

平阳子借着落日余晖，仔细看那铜牌，却是一脸茫然，“这东西确实不是本观所用的法器，看着却似半边符牌，难道是本朝之物？”

杨继宗为了让四周众人都能听到，大声说道：“以学生陋见，这正是一块尚未最后完成的本朝重器——它乃是襄亲王府的金牌令符！”

四

听杨继宗一说，周围人等都大为吃惊。大部分人虽并不知这个所谓的“金牌令符”是何物，却从其名称上听出来一定是非同小可。平阳子闻此更是惊异，转身问那姓丁的道士：“难道这真是朝廷的金牌令符？”

事已至此，那丁姓道士也只有硬扛：“哪有什么朝廷令牌，这都是那小贼胡乱编排。”

杨继宗冷笑道：“你刚才在大庭广众之下，几次说我盗走你的法器，要我将此物还你，众人皆可作证，难道这东西又不是你的了？适才监院法师已然鉴定，此物并非观内法器。却要问你，私自制作此牌却为何用？”

丁姓道士眼看难以搪塞，才低声说：“小道为贪小利，偶尔也曾为他人制作一些赝品是实。这是小道之罪。但小道并不知此物是本朝器物，更不晓得什么金牌令符。”

杨继宗穷追不舍道：“你说是为他人所制，到底是何人委托？要为何用？给了你什么好处？”

丁姓道士见问他这些，不由得抬眼向旁边上看了看，似是要找人担待，见并没有期望之人，才又勉强说道：“这不过是个微小的玩物，小道却也一时记不清了。”

杨继宗正要再追问，就听人丛中有人喝道：“我看你说得轻巧，微小玩物？只怕此物就是那偷天换日所用的锁钥！”

就见那人身穿着羊绒鹤氅，轩然霞举，从众人中走到杨继宗跟前，原来却是徐贯。

徐贯先不与杨继宗打招呼，却直接对着平阳子道：“我与这位杨兄原是好友，在这里却是偶遇，按理本不应该上前说话。但此事既然关系重大，正巧学生我又对此事稍有耳闻，故要烦法师听学生一言。”

平阳子见凭空又冒出来一个书生，身形相貌与杨继宗颇有些相似，心想今日一个书生已经难缠，现在又来一个，真是晦气之极。但此时这白云观里似乎确实出了大纰漏，也只好先听他说：“这位施主请讲。”

徐贯向杨继宗手里拿过那铜牌，正面反面细细看了半晌，才道：“学生听说，我大明朝特重藩封，历代皇子例封亲王，这牌上所写的‘襄亲王府’四字，即是指我仁宗皇帝的第五子，宣宗皇帝之弟，也是当今皇上的叔父。”

有人问道：“既是与襄亲王府有关，却不知这牌有何用处？”

徐贯道：“我朝祖制，亲王之藩后，没有圣旨不得擅离。为郑重起见，还特制了金牌令符，符分两半，一半在朝廷掌管，一半在藩府保存。如若朝廷有旨要让某王来京觐见或是到他处公干，天使必须要持着金牌令符与圣旨一同到藩，旨出符合，才能遵行。若只有圣旨而无令符，王府即可以假传圣旨之罪逮问使者。法师请想，如今若有人想假造金牌令符，他是意欲何为呢？”

平阳子听徐贯一说，只觉头大，因为如果他所言确属实情，这里面的干系就实在太大了。他此时态度恭敬了许多，“贫道实在想象不出，敝观小道怎会与这襄亲王府里生出瓜葛，不知施主可知些内情？”

徐贯道：“我与杨兄俱为进京赴试的举子，本来无暇关心科举以外之事。但因学生恰巧侨寓某官宦人家，无心中却听到了一些传言。”

“所传何事？”

“近来都说，皇上为身后之计，要再立储君，却一时并没有定下来要立哪一位为太子。想这立储之事，关乎国家根本，圣裁一时难以决定，朝中大佬、宫里太监等诸位权要也议论纷纷。其中就有几位中意于襄府世子的。”

看热闹的众人对皇帝家这些亲戚叔伯的事情哪里弄得清楚，听他说的大都云山雾罩，摸不着头脑。但平阳子毕竟是京城道士中的头面人物，对此心思尚明，因此低声说道：

“以血脉亲疏而言，承嗣的自然还该是沂王，襄府的世子还是远了。”

徐贯道："法师所言极是。但听传说，朝中偏偏有些人，希冀着将来或有拥戴之功，也许还有别的什么私念，竟然想要背着皇上和满朝大臣，强行迎立襄府世子。这可就是违国法、悖天理的大逆之罪了。"

杨继宗一直在旁听他宣讲，见他对强立襄府世子之事说得如此斩钉截铁，还是有些疑惑，遂道："元一兄，难道真有此事？"

徐贯道："本来我也以为不过是传言，但今日在这里见到这尚未制成的令符，却不能不信了。若不是有人要假传圣旨，暗调襄王世子进京谋事，如何要费尽心机制作这伪牌！"

周围众人听了全都点头称是，又为今日能够亲身经历一场大逆谋反的重案而颇为激动，都指着那丁道士逼问："你造这假牌可是为了假传圣旨，大逆谋反？"

丁道士此时已经面色苍白，不知如何回答，却突然"啊"的一声大叫，似被人踹了一脚，一个趔趄倒在地上。

丁道士突然倒地，众人大乱。就在此刻，有一人身轻如燕，不知从何处蹿出，一把将徐贯手中的铜牌抢走，飞身就跑。

花园中乱作了一团。

第十五章

真相

一

那人抢走铜牌，向东边人少方面就跑，眼见要到那边门上，出了这门只怕再难抓到。此时却从门中突然蹿出两条大汉，上前一把就将那人摁住，饶是他轻功甚高，却没能躲过两人的一击。

跟在两个大汉后面的，竟还有十来个人，都穿着裘皮长袍，内里是锦绣箭衣，个个威风凛凛，牛气冲天。为首那人瘦长身材，长须齐腰，正是锦衣卫指挥佥事汤胤绩，袁彬跟随在他旁边。

汤胤绩大步走向人丛中间，见到杨继宗拱手道："杨贤侄怎么会在这道观里遇到麻烦？听宛平县那个小捕快说起，事态分外严重。"

杨继宗正要答话，就见刚刚擒住那抢牌之人的两个锦衣校尉，将那人拖了过来，向汤胤绩报告说："一进门就见这厮疯跑，故将其擒住问话，并没有下力击打，谁知这人不禁摁搡，一时就没气了！"

汤胤绩见刚到现场尚未办案，却先死了一个人，正待发作。杨继宗却先到那尸首跟前看了看，低声对汤胤绩道："这人面色青紫，是方才服毒死的，看来竟是个死士！"又问，"他刚才抢走的那面铜牌可还在？"

一个锦衣校尉将铜牌递过来，"可是此物？"

杨继宗接过铜牌，才对汤胤绩说："今日之事，都由此物引起，说来话长，待我慢慢再向世伯说明。"又忙让人看看那丁道士怎样了。

此时平阳子已经察看了丁道士的情况，掌中托着一根一寸来长三棱铁钉，说道：“他刚才腿上中了这一颗暗器，却是喂过蛇毒的，恐怕凶多吉少。”又叫随从，“速速去取我房中的‘一粒金丹’与他服用。让巡防道士牢牢看守大门、旁门，严禁观中道众外出。凡属乌金院中人，全部先行看押。”

分派已定，他才向汤胤绩等人施礼道：“敝观治理不严，致生隙漏，烦扰各位官长。”

汤胤绩不明白到底出了什么事，也不还礼，只用眼睛看着杨继宗。

杨继宗道：“还要先请文质兄领几个弟兄，同巡防道士去看守门户，抓捕这姓丁的徒党，那乌金院中也要细细搜查，恐有赃证。”

汤胤绩才道：“如此文质兄就带人先去查抄抓捕。那中毒的道士先让人看着，若醒了速速来报。”又对平阳子说，“此处人多眼杂，不便审案，需法师找个安静处所。”

原先在这里看热闹的人见忽然来了一群锦衣校尉，早已作鸟兽散，那穿蓝袍的一伙更是不知去向，只有少数胆子大的还留在园里，远远地看这边情形。

靳孝见大局已定，也来向杨继宗告别道：“杨公子、云姑娘，现有锦衣卫的长官们维持，我们也该告辞了。山不转水转，将来会面再叙。”

杨继宗道：“今日多亏靳二爷相助，容后再谢吧。”

汤胤绩见他们原是一伙的，也不阻拦，让靳孝带着十番会的一众走了。

杨继宗看天色已然渐渐黑下来，就让老麦护送云瑛带了宝姑娘等人先回：“这里无事，不必等我。”只有刚才大发议论的徐贯留了下来。

众人正要随平阳子到东院，方天保身穿公服，带着顺子和几个捕快也赶到了。见锦衣卫的人已经先到，狠狠瞪了顺子几眼，却也只好上前与汤胤绩等人见礼。才对杨继宗说：“我们紧赶慢赶才到这里，幸亏公子无事。”

大家一同来到东路一座院落，极是齐整雅致，看来就是平阳子的住处。还未及坐定，袁彬已经回来了，说道：“那姓丁的徒党只抓到了三四个人，还在搜查，但估计大多已经趁乱逃了。在乌金院里搜出了这些东西，还有干事的在那里细查。”后让人把搜来的器物摆在屋里。

杨继宗上前细看，里面确有几件花里胡哨的铜器、锡器，当是观中所用的法器，方才杨继宗见过的那个半成品的博山炉也在其中。另有几件，却是貌似极古旧的彝器，有铜鼎、铜尊、铜爵等项。杨继宗将其中几件看得仔细，并用手在里里外外摸索了一番。才对平阳子道：

“法师，贵观这些法器可真是大有来历呀！”

平阳子连道惭愧：“这丁诚来敝观大约四五年了，虽然不知道他的根底，但见他也算读经知理，且又有上乘的铜匠手艺，才把他留在乌金院内，不久即掌管院事。敝观向来尊崇道法自然，对于道众确实约束不严，那乌金院的人平时并不参与法事，如无急务只是自行修炼，谁知他们竟把此处变成了个造假的贼窟。”

杨继宗道：“我也是偶然听说，近来京城有个极高明的赝品高手，所制器物与真品几乎难以分辨。只是他所做的赝品都会在极不显眼处留下一横一竖凸起的两画，其实就是他自己的姓氏。”

平阳子与汤胤绩等人听了，都上前来查看摸索，确实找到了那个隐藏的“丁”字，才点头称是。

平阳子仍有些疑惑，问杨继宗：“看他所造之物，俱是仿古的赝品，施主如何便知这块铜牌就不是前朝之物？据贫道所知，唐朝、宋朝均封过襄王，焉知这牌不是仿制的前朝古物？”

杨继宗道：“我敢确信这是伪造当今的金牌令符，是因前日正巧在太常许老先生那里见到了仁宗七王的全套令符拓片。更巧的是，其中襄王府的两页刚刚被人盗走了。”

二

汤胤绩听说，在一旁点头道：“养浩公确有这样一套拓片册页，我也曾见过。”又拿起那块铜牌细看，“看着正与那册页上的令符相合。”才问杨继宗：“那套册页何时丢失了两页，怎么未听养浩公说起？”

杨继宗才将前天在许彬家所遇之事大体说了一遍，并说道：“我当时答应许老先生要尽全力帮他找回所失册页，今日或许就可实现。一会儿贵部属细搜出来的东西里，说不定就会有这两页拓片。”

这时有一个锦衣校尉来报：那中毒钉的道士醒了。汤胤绩让赶快抬了进来。

丁诚躺在一块门板上被抬进来，道冠已失，披头散发，面容憔悴，已是气息奄奄。

杨继宗见他危在旦夕，急忙问："是何人指使你伪造这金牌令符？要作何用？"

丁诚苦笑一声，有气无力答道："事已至此，我还有什么不可说的。这令符乃是一个叫景七的——平时都叫他景七爷——直接托付我的，与我徒弟们无干，更不知道这牌有什么用途。"

杨继宗道："你说的景七，莫非就是今日穿蓝袍的那人？"

"正是。"

"你可知那景七到底是做什么的，住在哪里？有什么其他党羽？"

丁诚已然阳气不足，答话甚是费力，只是硬撑着说道："只听说他是京城里一个光棍头目，从来有事，都是由吴老四来找我，并不知他的住处，更不了解他有什么别的党羽。他今日手段毒辣，就要杀我灭口，我也不必为他瞒哄，实不知他底细。"

杨继宗正待继续问他，门外有人来报，说是宛平县的人带了一个郑掌柜来了。汤胤绩知是杨继宗的安排，令他进来。

那郑掌柜见到屋里好几个锦衣卫的官长，唬得不轻，忙跪了转圈向屋里的人各拜了几拜，才趴在地下道："小的郑时明，方才宛平县的公爷说让小的过来要做个干证。"

杨继宗让他站起来，去看那门板上躺着的人，"你去看看他，可是认得？"

郑掌柜来到那人身边看了一眼，大惊道："这不是孙先生吗，你如何变作这般打扮？"

那丁诚见郑掌柜来了，知道自己的海底都已被杨继宗看穿，抖动着青紫色的嘴唇道了声"惭愧"，就闭上眼睛不再讲话。

杨继宗对郑掌柜道："果然如我所料。此人就是你雇用的那个孙铜匠吗？"

郑掌柜回道："正是此人，却不知孙铜匠何时又到这白云观中做了道士？"

杨继宗道："他虽就是你所雇之人，却并非真正的孙铜匠。刚才平阳子法师已经证明，他名叫丁诚，在这白云观中挂单也有几年了。"

汤胤绩和平阳子听说这丁诚还有另一重身份，忙问缘故。杨继宗才把昨日去峻雅斋探查的事说了一遍：

"许太常怀疑是峻雅斋的大伙计偷了金符拓片，我们到了才知道，那个大伙计其实是位掌眼的先生，而且是京城古玩行里赫赫有名的人物，名叫孙干，绰号叫个'孙铜匠'。因过年放假，孙干并不在峻雅斋店里，我们才照址找到孙干家。可到了孙家一问，却说他早在去年七月已经回扬州老家去了，再未回京。"

汤胤绩听到此处，甚觉有趣，说道："莫非这人有分身之术？"

杨继宗道："两处分身，事涉玄怪，非儒生所能知。但若不是分身有术，则只有一种可能，就是有两个孙铜匠，不过是一假一真罢了。我虽不曾见过另一位孙铜匠，但见他侄子白净颀长，想其相貌当也是这一路。但当时郑掌柜却说店中的孙铜匠是五短身材，面色灰黄，我已经怀疑原是有两个不同的孙铜匠。"

郑掌柜仍然不解道："我曾亲到他宅中去会他，难道连那个宅子也是假的。"

"宅院其实也是两座。虽然都在鼓楼大街西二条路北，但我们去的那家是门外小童指引的，当是人人都知道的孙家，门口就是个普通的福字影壁；你去那家却是由那吴老四带去的，门口的影壁却有个砖雕梅花圆心。此事显然，当初有一伙人做局骗你，连同那宅院都应是临时租了糊弄你的，就是为让丁诚假冒孙干去你店中。这是李代桃僵之计。"

郑掌柜还是不解，"他们处心积虑冒充孙干到小店里，工钱不过每月十几两银子，又能有什么油水可捞？"

杨继宗道："我猜他们如此安排，为的却是另一目的，就是为了能仔细观察揣摩你店里的各种古玩铜器。"

众人听说，都似有所悟，一旁的丁诚也轻轻哼了一声。

杨继宗继续说道："我想丁诚做这假古铜的营生，应该不止一年半载。但要赝品制作逼真，却先要对真品极为熟悉。列位想想，峻雅斋是京城中数一数二的古铜器店，哪有比在此店中做一位掌眼的先生更容易接近真品的？”

郑掌柜恍然大悟道：“难怪近来市上经常出现些可以乱真的赝品，真品却多是小店所藏的。”

三

那丁诚躺在门板上，却一直也在倾听，此时轻轻咳了两声道：“这位公子心思之缜密，令人佩服。但小人仍是百思不得其解，公子即便知道有人假冒孙干之名，却如何得知小人就是白云观的道士，而且知道小人姓丁？”

杨继宗见众人都望着他求解，才说道：“这也算是碰巧。我曾听人言，近来出世的伪器在暗处都有一个画押，一横一竖似个丁字。昨日在峻雅斋你的住房里，见你随常物品都还在，却有一幅卷轴被你收走，郑掌柜说是写的李白《灵墟山》古诗。那诗是赞仙人丁令威的，我想你因要做大案逃离了，带走此轴或是因极喜爱，或是怕它索引了你的行迹，总之必与你的身份有关。才猜你或许就是姓丁，甚或是个道士也未可知。”

丁诚听了叹气道：“也是我素来沾沾自喜，常把那李白诗带在身边，又怕泄露行藏，谁知却是欲盖弥彰了。”

杨继宗道：“仅凭一幅字画，却还难以定论。但昨日又从你的一件旧衣服中搜出了一张清引。”

汤胤绩好奇道：“何为清引？”

杨继宗才从袖中取出那张黄表纸清引来，交给汤胤绩观看，并问平阳子：“这个可是贵观之物？”

平阳子看了看，点头称是：“正是本观清引。”

杨继宗又向汤胤绩等人解释：“这清引乃是道观中给挂单道士发放的凭证，以为出入之用。我也是求教于一位道门中前辈才得知，此清引是白云观所用。”

又对丁诚说：“我想阁下在观中久了，早已不需此引，却忘记它仍在旧衣之中。”

哪知丁诚听了此言，却连连摇头，精神也比先前好了许多，大声道："不对，不对！我做事虽不算精细，却也不至如此疏忽。数年前的清引早已被我销毁，怎么可能带到峻雅斋中？"

此话一出，杨继宗倒愣了，忙问："此话当真？"

丁诚道："我濒死之人，何必骗你！"又长叹道，"我自恃聪明，以为得计，谁知却深陷奸人密网。可叹啊可叹！"

杨继宗对此也来不及细想，怕他是回光返照，赶紧问他是如何与那景七联络，有何约定。

丁诚稍稍抬起身，眼中也多了些光亮，缓缓说道："年前二十九日晚上，吴老四到店里找我，说是有一宗生意要谈，就在东西牌楼附近的一个酒肆里与景七会见。景七当时告诉我，有一个大卖家，要一面本朝的襄亲王府金牌令符，会出大价钱。"

汤胤绩问："出价多少？"

"景七说是给我三千，并没有提他中间的抽头。按照以往的行情，我估计那要货的主儿可能至少是出了五千两银子。"

大家听说这一面假铜牌有人竟出了五千两的高价，全都咋舌不止，更觉出此牌后面的阴谋之大。

丁诚继续说道："我虽然一向只是仿制古物，但见如此大利，哪能不接这宗买卖？何况此前让我假冒孙干之名到峻雅斋卧底，一应局诈，俱是景七所安排，我后来制作的赝品，也全由景七代为销售。他接下来的活计我也不能不接。当时问清成色，是黄铜鎏金，并交代了厚度分量，唯独那金牌的纹饰，景七却没有提供样子。"

杨继宗急忙问："难道是景七告诉你许太常家里有这拓片？"

"正是他告诉小人的，并且说明就放在许大人书房靠南墙的格架上，从上数第三层的位置。"

杨继宗听他如此说，更觉惊奇，实在想不通这些贼人如何能对此事了解得这般清楚。

丁诚稍作喘息，接着说道："他说上家要得太紧，要我年三十陪同郑掌柜去许大人家收账，趁机盗取那襄府金牌的拓片。他还特别叮嘱，说是不要把那册页拿走，只能割取其中两页，以免被人早早发现了。”

汤胤绩点头道：“这些贼人倒也设计周密。若不是那日养浩公恰巧让贤侄赏玩，只恐到今日也无人知晓遗失了拓片，更不会揭露假造令符的重大阴谋。”

丁诚道：“我也知此事一定关乎朝中大事，非同小可，但既然买家布置如此细密，心想一定不至立时泄露。我只打算收了这宗银子就火速离京，从此隐居山林，再不出世。谁知百密一疏，却让这位公子识破了。真是人算不如天算！”

平阳子听他如此说，十分气恼，“我也不知你这道士是真是假，但你入住我观，投在真人门下也有数载，《道德真经》中那句‘咎莫大于欲得’难道也不曾听说过吗？”

那丁诚又是一阵咳喘，才道：“事已到此，再说何益？只可惜我平生绝技无处效用，只得以仿制伪物为生，最后落此下场。”忽又仰天啸道，“自古多少精工良匠，谁知其人？我丁某制造的几件器物，将来会流传千古也未可知，人生一世，也可无憾了！”

说完其眼中精光突然散去，整个身体委顿下来，竟气绝死了！

四

丁诚一死，此案已无可问。汤胤绩让人将丁诚的尸体抬出去看管好，等明日仵作来验看，又命手下：“令城中各处坐记，严查那景七与吴老四的行踪，打事件上来，若发现形迹，立即抓捕归案，务留活口。”

杨继宗插言道：“那景七、吴老四一伙棍徒，见今日坏了事，只怕早已逃之夭夭，一时也难抓获了。”

此时前去搜查乌金院的几个校尉拿了一些簿记、纸张进来，报告都是从那边搜出来的，另有一些木模、土范之类都放在外面院里。

杨继宗检点了一番，见纸张中有几张是描画的器物，也有托拓的纹饰字迹，就让郑掌柜来看，“这些可都是你店中之物？”

郑掌柜近前草草一看，不由冷汗直冒，“全都是小店近几个月经手之物——这贼人实在厉害！”

那两张襄府金符拓片的册页果然也在，并未损坏。杨继宗将这两页拓片拣出来交给汤胤绩，郑重说道：“这两张拓片虽然也是物证，却是许太常遗失之物，务请世伯案后归还。小侄也算对许老先生有个交代。”

汤胤绩呵呵笑道：“养浩公的东西自然要还他，但只怕还需他做东请我们再喝一次酒。”又问，“刚才贤侄问了半日，其中缘故我也大概听明白了，只是不知，这起贼人做这假金牌意欲何为呀？”

杨继宗道：“这个中缘由我也不甚明了。在各位进观解围之前，这位徐元一兄已经细细剖析了一番——元一兄乃是副宪徐元玉大人的族侄，也是进京会试的举子——还请元一兄来讲。”

刚才汤胤绩见徐贯与杨继宗相熟，又是衣着华丽，才让他一同进到平阳子院中，并没有注意。此时听说是徐有贞的侄子，又是会试的举人，才又重新见礼，说道：“如此倒听听徐贤侄的高论。”

徐贯于是把方才在花园里所说又重述了一遍，只是去掉了面对众人时的激昂，讲得更有分寸。

汤胤绩听了，却不住摇头道：“徐贤侄所说虽然有理，却又似经不住推敲。想那建立储君是何等大事，且不论襄府世子有没有承嗣的资格，即便真要以襄世子为储，也总要圣上钦定，明发诏旨，再堂皇迎接进京。眼下这起子贼人，不管他背后有多大的势力，难道用个假金牌把世子诓进京来，就能够逼宫立位？这可不是丧心病狂，油蒙了心了吗？”

徐贯连忙点头称是：“世伯说得有理。小侄也只是听人有此传言，今日偏又遇到了这作伪的金牌，才如此推理。这其中到底还有什么蹊跷，一时也难分晓。”

此时平阳子却再向汤胤绩拱手道：“贫道方才听这徐公子一番理论，也觉不可思议。但再一细想，近几年来国家遇到的不可思议之事又何其多哉！贫道素来喜欢研读《推背图》[1]，发觉图中所示在前朝历代屡有应验。而今是

[1]《推背图》，相传为唐代道人李淳风和袁天罡所著，共有60幅图像，每图下有谶语和颂诗，预测唐以来的政治变迁。

丁丑年，合着《推背图》中第十四象，离下兑上是个革卦。先贤有言：革者，改也，水火相息而更用事，犹王者受命。焉知今年不是一个衍变革除之年？”

众人虽说都知道传世的有个《推背图》，却都没有读过，只能瞠目听他来讲。

平阳子继续说道：“这革卦中还有一说，下离是为正夏，上兑是为正秋，是以火克金之象。我方才忽然想到，如今圣上和太上皇圣讳中都有金字旁，正属金字辈；可若要是由襄府世子来承绪大统，虽然世子也是金字辈中人，其宗亲血脉却要从仁宗那一代算起，仁宗圣讳却正是火字旁的，属火字辈。若由襄府世子来继大统，说是以火克金却也正说得通。”

杨继宗听他说得虚玄，却又似有理，心想即便真是暗合了古人推演的运势，这些人却是如何才能实施此事呢？

那平阳子却说得高兴：

“那丁丑之象谶曰：

石榴漫放花，李树得根芽。

枯木逢春只一瞬，让他天下竞荣华。

“似是说即便革除之后，新君也难持久，但好在天下无碍，苍生可葆，就是大福。”

汤胤绩见他说得指天画地，扬扬得意，只得应和道：“今日得闻法师高论，实是幸甚，受教，受教！”

转头又对袁彬道：“只是这《推背图》的谶语却做不得证据。文质兄，你看明日还要如何处置？”

袁彬道：“一切都听长官吩咐。明日早晚，只怕要广布逻卒，必要逮到那景七等人，才好顺藤摸瓜。依下属之见，或许还要仔细盘查，追寻那襄府消息从何而出，所为何事，才能洞悉此案原委。”

眼看天已大黑，早有道童悄悄点上灯烛。平阳子要留众人先用了斋饭，但众人心中有事，不愿在此耽搁，当下谢过，各自归家。

第十六章

双塔

一

初五一大早，又是一阵吵闹的鞭炮声惊醒了杨继宗。他细细一想，今日倒也无事。袁彬在昨日趁空告诉他，许太常已经通过内监与宫内沟通，上圣皇太后让宝姑娘初六进宫相见。而伪造金牌令符一案，那景七、吴老四之流恐怕一时难以擒获，这内中的谜团尚难索解。今日得暇，倒正好把这些天来的种种非常经历梳理一番。

杨二服侍公子洗漱穿戴好了，又拿了一把大把帚，在这三间厢房里张扬作势地打扫起来。杨继宗问他："你使这么大力气作甚，暴土扬尘的？"

杨二一面打扫一面说道："今日破五，咱也赶赶穷神。"

杨继宗笑道："咱家虽算不上大富大贵，比起寻常百姓却也不能说穷。倒是你弄了一屋的灰土，没的污了这身缎子衣裳，还要找人浆洗熨烫，可真立时就要破财。"

杨二只得停下扫把道："那就请爷先到院里站站。这穷神一定要赶，家里老太太、大奶奶都还等着爷今年换运哩！"

杨继宗无奈，只得出门。正好见顺子拿着几张拜帖匆忙走来，行礼后说道："这是昨日送来咱衙给表少爷的拜帖，昨日晚了，今天赶紧给您送来。"

杨继宗看看，无非是几个在京的学友，并无要紧之客。又问："昨日怎么锦衣卫的人倒先到了？"

“小人昨日见事态急迫，忙着回衙，在四牌楼正巧遇到锦衣卫的袁军爷。我想袁军爷与表少爷交好，他们人手又多，又可以先到一步，就告诉袁军爷表少爷在白云观中遇上了麻烦，请他们帮忙。然后才到衙门里找到师父搬兵。后来师父为这事把我骂了好一顿。”

杨继宗道：“还多亏锦衣卫的人先到了，不然那假造的金牌让人掠走，可不少了一件重大证据？我回头对你师父说，此事不能怪你，倒要算你立功一件。”

顺子道：“师父骂我两句也是应该的。这几日先后两个案子，都被那些锦衣番子们抢了去，师父自然心中不快，不骂我还能骂哪个！”

杨继宗又问：“你师父今日可在衙中？”心想正好和方天保探讨一下这两天的案情。

顺子却说：“师父一早画了卯就独自出去了，也不带人，似是有事要自己查访。”

又道：“表少爷今日若闲，有一个去处倒也甚好。”

杨继宗便问何处。

顺子道：“西单牌楼北边，大市街路东，有一处市场，今日初五正好开市。那里卖的多是图书字画、古玩玉器一类风雅物品，京里的官员士子们常去那里。小人还听说，那些倒腾真假古玩的光棍也常在那里活动，景七、吴老四之流就是那边的常客，只是如今怕不敢再露面了。”

杨继宗听顺子一说，也觉得此处可去。先到后衙向舅舅、舅母请了安，又一起吃了扁食[1]，才不慌不忙，与杨二骑了牲口去了西单牌楼方向。

顺子说的市场就在瞻云牌楼北边不远处，是一片聚合在一起的商铺。商铺间都有甬道相通，许多通道上还盖了遮檐，可以让客人风雨无阻。商铺也确实以贩卖图书字画、古玩玉器为主，但因为都是小本经营，场地逼仄，货物的品相明显不如隆福寺附近的那些商家。

杨继宗本来是醉翁之意不在酒，闲逛了一番，也没见到什么可心之物。只在一个小书铺里见到一册手抄本的《推背图》，纸张笔墨都显得十分古老。

[1] 扁食：饺子，山西人的传统叫法。直到今天，有许多地方还在沿用此叫法。

因为昨日听那平阳子说到此书，正想要看，就花了五十文买了下来。杨二在一旁连说不值。

走了半日，也找几个古玩贩子问过景七，却都说不知。两人走累了，才到一家茶舍休息。

那茶舍地方也不大，只有四张方桌。好在初五刚刚开市，游人不多，倒有两张桌子是空着的。杨继宗要了茶果，让杨二也在下首坐了，一面吃茶休息，一面翻看新买的那本《推背图》。

正看着，就听见旁边一人轻呼佛号："阿弥陀佛，这位施主打扰了。"

杨继宗抬头一看，见是一位中年僧人，三十多岁，披一件浅红色袈裟，头戴志公帽，清癯俊朗，目光深沉，连忙起身道："禅师有何见教？"

那僧人说："不敢。这些桌子都坐满了，贫僧想要暂用施主的一隅之地，喝杯茶歇歇脚，实在渎扰之至，不知施主可否？"

杨继宗一看，原来空着的那张桌子不知何时也已经有了客人，况且各桌上都是四五人一伙，只有自己这桌空闲，笑道："禅师何必客气。万法缘生，皆系缘分，今与禅师在此不期而遇，也是学生有幸。"忙请那和尚上座。

那僧人也不推让，坐下向茶博士要了茶，直待茶上来，喝了两口，才开口道："不知这位施主尊姓大名，仙乡何处？听起来应该不是京师之人。"

杨继宗自报了家门，又问和尚宝刹在哪里。

僧人道："小僧法名叫作智性，就在所近的慈恩寺里驻锡。"

二

杨继宗早听人说，这大慈恩寺近抵皇城，可算是京城中的第一丛林，早在金、元两代就以庆寿寺之名享誉天下。国初时，道衍和尚住持此寺，后来成为太宗皇帝的谋臣，参与靖难，以功授太子少师，赐名姚广孝，死后追封荣国公。姚广孝虽非正规的文臣武将，在太宗朝中却是举足轻重，在民间的名声更大，但这位靖难功臣却一直穿僧衣，持僧戒，保持和尚身份，住在庆寿寺中主持寺务。正因为有了姚广孝，这大慈恩寺，也就是当年的庆寿寺，在天下佛寺中地位特别崇高。又见这位智性和尚衣着整齐、相貌堂堂，在寺中定然不是个寻常角色，遂又重新施礼道：

“原来是大慈恩寺的大德禅师，失敬，失敬！”

智性微微一笑，口中喃喃了一声“岂敢”，并不再答话，只顾静静吃茶。

杨继宗见这和尚不愿攀谈，也不再言，仍旧低头看那册《推背图》，却是左看右看不得其要领，轻轻摇头道：“这谶言天机，真让人如入十里雾中！”

那边智性见他叹气，也觉好奇，不由问道：“不知施主所读何书，玄难如此？”

杨继宗连忙放下书道：“是一册《推背图》，手写本，刚刚在肆中正好碰到，就买了来读。此书学生虽然早听人说过，却未获一睹，今日得见这一本，也不知是真是假。”

智性道：“原来是《推背图》。这谶纬一流，虽与我佛法不能相通，我倒也领略过一二。听说《推背图》是数百年前两位道家大师李淳风、袁天罡所作，推演了其后两千年的天下大势。但依我佛之说：诸行无常，诸法无我。一切有为之法皆由因缘所起，却是趋舍不定，故为无常。明日之阴晴尚且难料，旦夕祸福常在转瞬之间，推算千年之变，不是太神了吗？”

杨继宗见这和尚声音虽然低沉缓慢，却是字字清晰，中气十足，所见也与自己略同，乃道：“禅师说得极是。圣人言：天道远，人道迩。我想这人间事势，恐还是各人自种因果。即便真有天机，又岂是我等愚憨之辈所能窥其一二？学生肉眼凡胎，看这《推背图》，如观天书，字字都识得，却又全不知其所云，真是惭愧。”

智性道：“施主不强作解人，才是心如烛照。”停了片刻，又问，“施主这可是初次进京？”

杨继宗称是。智性才又问道：“却不知施主对京中的人情风物有何感受？”

杨继宗道：“我来京不过数月，不敢妄论。但这些日也交结了些各色的官民人等，才觉这天子脚下确是不同于乡野之间。京中四民，俱是些见过大场合、大世面的，即使是引车卖浆之流也敢对朝廷行政侃侃而谈，论起来还头头是道，又都极胆大极爱凑热闹。就如昨日学生遇到了一点小麻烦，若是在敝乡，众人定是远远躲避生怕沾上了自己，可这京城里却是围了上百人看热闹，呼吸与共，唯恐不能介入。”

智性觉得有趣，“不知施主昨日遇到了什么麻烦？”

杨继宗本不愿对一个生人多提那金牌之事，但见对面这位和尚目光朗朗，面容萧肃，不由得心生信任之感，于是将昨日之事大略说了一遍。只说在白云观中碰巧见到了那伪造的金牌令符，经过一番纷争，后来靠着官府才将那些奸人制住。至于因许彬府里丢了令符拓片才顺藤摸瓜找到丁诚等细节，则一概不提。

智性也不深问，只是道：“此事倒真是有趣。这两日听见有人风传，说是朝中有些人想要立襄王世子为储君，总觉不可思议。谁知就有这面假金牌来对榫，这可真是巧夺天工呀！”

杨继宗听他话中意思，倒像这假造金牌的事另有一番说道，忙问：“禅师的意思，这假造的金牌并非是为了矫旨调襄王世子进京，却只是为了给立襄王世子之说张目？”

“施主以为，以当今朝中之势，立襄府世子为储君可是一个好主意？”

杨继宗又想了想才说：“学生虽不甚了解朝中大局，却也觉得以宗室血脉而论，立襄府世子是舍近而求远；以地域方位而言，更是舍近求远；若以朝中实况而言，此举更有无事生非之嫌。但一二小人偏生别想，希图火中取栗，也是有的。历代此种事也并不少见。”

智性微微点头道：“施主所言也有道理。但即便真有人想要拥立襄府世子，其可为之法也还有一些，但以矫旨调世子进京的办法，就不只是匪夷所思，此事不论何时被识破，可都是灭门之罪。难道世上真有如此愚蠢之辈？”

杨继宗本来对这一环节就颇为疑惑，昨天见汤胤绩也是不以为然，如今听智性和尚也是如此说，自无异议，又问：“那么禅师以为，这些贼子伪造令符却为何用？”

智性并没有立刻回答，却看了看天色说：“贫僧寺中还有些俗务，若施主无事，何不来敝寺求个佛缘，随喜随喜？”

杨继宗正想看看这座京城第一丛林，忙道："如此打扰禅师了。"当下带杨二离开了市场，也不骑牲口，随着智性直往大慈恩寺去了。

三

出市场南行不远，就到了瞻云牌楼，智性带着杨继宗主仆二人从牌楼下经过，到了长安街的南侧。杨继宗印象里，那大慈恩寺似应位于长安街北侧，但智性既然如此带领，也就跟随其后，并不打问。

来到瞻云牌楼的东南一侧，智性才对杨继宗道："施主可见到敝寺的双塔？"

杨继宗这才向东观看，就见一座七级、一座九级两座宝塔，俱都巍峨威严，却又好生奇怪：若说这双塔都是大慈恩寺的，怎么会一座在路南，一座在路北？遂道："两塔矗立，显而易见，但学生却不明白，为何这两塔一在路北，一在路南？"

智性听了边走边笑道："杨施主怎能确定这两塔是一北一南？"

杨继宗道："这是学生亲眼所见，自可确认。难道——"

智性先不回答，带着杨继宗又走了几十步，才道："施主请再观看。"

杨继宗再抬头一看，不由大惊。刚才分明是两塔一南一北，现在却都齐齐地出现在路北，在一红墙古刹之内。

"难道刚才我一时眼晕看错了不成？"

智性道："施主不妨走回去再看。"

杨继宗就又走回十几步，再看，那两座宝塔偏偏又是一南一北，分立于长安街的两侧。再走回来，则两塔又全都在路北了。[1]

"这真是奇怪，如此幻象，还请禅师指点。"

智性笑道："施主初到京师，或许尚未听说，这就是所谓燕京十景中的

[1] 大慈恩寺双塔幻象，为当年北京著名景观，名为"长安分塔"，据说是由特殊的光学现象造成的。

‘长安分塔’。每日午前，若天气晴好，在那瞻云牌楼东南角上看，这两塔就似一在路南一在路北。若再走上百十步，则两塔尽在路北。这两座塔都是敝寺前辈大德的灵塔，自然都在寺中，那座七级的也并不在路南。”

杨继宗道：“却不知这幻象是如何生成，又有何道理？”

智性道：“世间本无一物，皆是幻象。至于这长安分塔，贫僧虽在这里多年，却也不能悟其根由。唯每见此景，心中惕然，才知岂止是一切有为法皆如梦幻泡影，即便在凡俗世界，眼见也未必皆实。又如《心经》所云：色不异空，空不异色，色即是空，空即是色，受想行识，亦复如是。这分塔之景却正是为众生点拨，如醍醐灌顶。”

杨继宗听他此说，心下也不禁一懔：这几天他所遇的怪事太多，虽然一向自恃聪明过人，却也索解不出这些事情的前因后果。难道自己所见甚至所亲身经历过的，就一定是真相？而此番这位智性和尚倒似是专门出来点拨度化自己的，却又不知是何意？

想到这里，杨继宗更加恭谨道：“禅师高论，学生受教非浅。”

一边说着，已经来到那寺院的山门。门口一位年轻僧人见了智性，双手合十道：“方丈回来了？”杨继宗才知道这位智性竟然就是大慈恩寺的住持，连忙又再次施礼，“不知禅师就是宝刹住持，失敬，失敬！”

智性却只淡然一笑，说一声“岂敢”，就引着杨继宗进了庙门。

这座庙宇也是几年前才又重建的，极其富丽堂皇。过了天王殿，智性却不带杨继宗去看大雄宝殿，从钟楼一侧的小门出去，经过几所禅房，径直来到一个精致院落。杨继宗知道，这一定就是方丈院了。

方丈的堂屋极为简朴，不过一桌两椅，一几一案。几上放着一盆水仙，金盏银盘，清香四溢。案上放着几卷经书、一只木鱼。墙上挂着一幅中堂，纸张笔墨不甚古旧，写的却似是一首歌谣：

一程烟水一程山，客子行时那得还。
女儿击榜歌欲绝，愁见溪月自湾湾。[1]

[1] 姚广孝这首《竹枝词》，见陈田辑撰《明诗纪事》乙籤卷三。

下面落款：甲午秋，道衍自题。

杨继宗也知道那道衍和尚能诗，有一首《京口览古》流传甚广，记得其中有句："萧梁事业今何在？北固青青客倦看。"颇有些王霸天下之气。却不知这位行径非凡的大和尚还能写如此平易浅近的歌词。才问：

"这幅中堂当是当年荣国公的遗墨。学生只知荣国公秉管乐之才，怀凌云之志，吟诗也是气吞山河，却不知他也曾有这等平实清新之作。"

智性道："少师公是贫僧的曾师祖，为我朝第一代庆寿寺住持。师祖早年叱咤风云，辅佐太宗皇帝席卷天下，晚岁却归于平淡寂静。这幅中堂是师祖八十岁所写，不论是字还是诗，都已无丝毫烟火气了，也算是敝寺的一件珍藏。"

此时有小沙弥端上茶来，两人落座，喝茶，才又谈起了刚才的话题。

杨继宗道："方才在市场之中，方丈说起那些贼人伪造金牌令符，当另有他谋。不知有何见教？"

智性只顾低头喝茶，又沉吟半晌，才说道："贫僧虽是方外之人，却因身在畿辅，抵近朝堂，交结的也多有朝中宫中有力之人。以贫僧所闻来推测，这次伪造令符，不但本身另有图谋，更可能是一个极大阴谋中的一环！"

四

杨继宗这几天所遇之事早让他觉得眼下京城里有人正在酝酿着什么阴谋，但一时却难理出头绪，见智性愿谈此事，正中下怀，忙说："愿向禅师请教。"

智性道："自那年土木之变，上皇北狩，朝中一时纷乱，几乎到了不可收拾的地步。多亏大司马于少保等朝臣力挽狂澜，上圣皇太后当机立断，一面确立今上即位，一面力压南迁之议，在京城外面击退了也先的兵马，才算是转危为安。这五六年来，边防安然，内政顺畅，已有太平盛世之象。然而就在近些天来，朝廷中却似狂风突起，不但群臣惶惶，连京中的百姓也都跟着议论纷纷。杨施主可知，这却是为了何事？”

杨继宗道：“学生来自乡野，见识短浅，但近日也听几位朝中实力人物都在谈起——莫非是为了皇上圣体不豫之事？”

智性点头道：“正是如此。君主乃天下之根本，圣体安危关系朝廷的稳固。但古往今来，君主无论如何调养，终有龙驭上宾之时，却未必都会生出变乱，其关键就在于要有一个明定的嗣君。我朝自太祖立国，就定下以嫡长子继位的宗法之制，太宗靖难是应一时之变，此后历朝都是由嫡长子先为太子，后继皇位，即便曾有过汉王高煦作乱的事件，却也无伤大局。”

杨继宗应和道：“这状况直到本朝才又出了变数。”

“今上虽然是庶出的次子，但当年是遇到了非常之变，由上圣皇太后主持，上应天变，下启国运，在位数载，拒敌制胜，治国有方，在位可算堂堂正正，不失英主之名。故而上皇虽然返国，也是欣然接受太上皇称号，安居南宫。不论朝臣百姓，对此事也并无异议。纷扰却出在下一代嗣君的身上。”

杨继宗道：“这个学生也还知道一二。当初皇上废故太子，立自己的子嗣，虽然有人议论，却也算人之常情。”

智性道：“正因是人之常情，所以当时朝中大臣几无反对之声。若是这位新立太子能够安然成长至今，本也无事，谁知这位殿下却又早早薨逝。贫僧也曾读过几部史书，历朝历代，如若皇帝突有不测，朝中却无太子，哪会平安无事呢？”

“学生也知此理，但不知应当如何应对，才能让天下太平，免于纷争？”

“以贫僧陋见，要免当今之纷乱，避日后之祸端，只有一条路，就是早立太子。而当下宜为太子之人，只有从前的太子，现在的沂王一人！”

杨继宗根据这几日的所见所闻，也觉得这似是唯一之策，“学生也以为如此最是妥当，却为何朝廷迟迟没有动作？”

智性道：“贫僧听说，一来是皇上对此事还有颇多顾虑，二来——朝臣中却也有些另有打算之人。”

“我想皇上顾虑，或是以为圣上春秋尚富，说不定再有龙子降生，不愿传位给皇侄。”

智性看看杨继宗，诡异一笑道：“施主说得是。只是此次圣上的病症似乎不轻，若何时真有不测，就算后宫中真有嫔妃怀了身孕，能以一个遗腹之子来继承大统吗？何况还不知将来到底是生男生女。”

杨继宗联想到前几天有人阴谋暗杀李惜儿之事，忽然有些明白：那些人要杀死有孕在身的李惜儿，莫不是想要绝了皇上的念想，以便早立沂王为太子！再看这位智性方丈，似也对此事有所了解，难道他也与那养荣堂的人有所瓜葛？此时也不好明说，只问道：

“那么朝臣中一些人又有什么打算？”

智性并不回答此问，却道：“敢问施主，既然施主也觉主立襄王世子是不可思议之事，却为何还有人要如此行事？”

“此事学生也想过，如真有此事，无非是两个原因：一是有人当初曾在废原太子一事中出过头，怕再立沂王，今后会于自己不利；二是一旦立襄王世子事成功，将来必有拥戴之功，可以飞黄腾达。”

智性道：“我想世上许多人相信有人要立襄府世子一事，正是因着有这些道理。但仔细想来，却经不起推敲。当年废太子之事，众臣唯唯诺诺，反对的不过钟同、章纶数人，而真正出头的，只有一个土司黄竑而已。天塌了大家一齐顶着，哪有特别忌讳之人？至于功成而飞黄腾达，如此危险几乎全无成功可能之事，就算是天下头号赌徒恐怕也难作此想。”

“既然世上绝无欲立襄王世子之事，为什么会有如此多的风传，又为何出了伪造金牌之事？”

智性却笑了起来，“如若没有这伪造金牌的事，我还不敢断定这立襄王世子一事是有人故意造谣。今日听闻此事，才更相信是有人想要施展一个大阴谋。”

杨继宗已有所悟，却仍问道：“这怎么讲？”

智性道：“我也不知施主是如何巧遇，见到那金牌令符。但此事一出，不但官府备案，而且京中百姓在当场见证的甚多，估计此时早已传遍了京城。如此一来，本属风传的立襄王世子之事，可就算是死死落实了。”

杨继宗不由又是一惊。他本来就对这两天的事多有疑惑，现在回想起来，丁诚说衣服袖中的清引绝对不是自己所放，那必定是有人事先放进去的，而其目的可不正是要让自己看到？再有在那魁星楼指路之人，当时虽然没有细想，却明显是事先故意安排的。他自以为聪明缜密，揭破了这样悬疑之案，现在想来，却可能全都是有人事先安排，故意让其入彀，而自己也就真如木偶一般，让别人牵着线走了一路！再细想起来，莫非最初许彬让他寻找丢失的拓片也是细心安排的……

想到此处，不禁汗湿了衣裳。

卷三

玉簪

第十七章

仁寿宫

一

正月初六正好是立春的日子。

按照前天的约定，袁彬一早带了两个随从和一乘四人抬的官轿，来到宛平县衙门前。杨继宗和杨二、老麦早在门房等候，会齐了，又一起去玉喜庵接云瑛和宝儿。

宝儿今天穿了一身大红的棉袄棉裤，大红洒金宫缎的大毛披风，一团火炭般分外扎眼。她已然听说今天要到皇宫里去见太后老娘娘，云瑛昨晚对她又万般叮嘱，因此又是紧张又是兴奋，一双大眼睛忽闪忽闪看着众人，面色却有些青白。

云瑛与众人见过礼，也不多谈，就抱着宝儿坐进轿子，杨继宗、袁彬等人骑着马，一同缓缓沿着皇城根儿来到北安门，进了皇城之后绕过万岁山，不到半个时辰已经来到玄武门前的御河桥边。这玄武门是宫城的北门，主要供后宫人等出入，自是门禁森严，有禁卫把守。

杨继宗等人刚到桥边，就有一个家人模样的人走过来，显是认得袁彬，打躬道："袁老爷，我家老爷为杨公子进宫备了些许礼物，是给上圣皇太后和曹内相的。这是礼帖。"说完他让人提了两个礼盒过来。

杨继宗知道这是许彬的家人，连忙道谢。因又想到：这位许大人办事真是细致周到。那日说到觐见太后需要有个见面礼，并说是全由他来一手操办，如今不但备了给太后的礼物，连太后宫中管事的太监曹吉祥也照顾到了，还写了礼帖，因此省去多少麻烦，更不要说花费多少钱财了。

因昨日在双塔寺听了智性一番话，杨继宗已经深感自己在这金符一案中被人利用捉弄，也曾多少怀疑到许彬。但此时见许彬为了公主的事如此尽心，不由又大为感激，为昨日的疑心有些不好意思。

又等了片刻，才见从玄武门里走出两个小宦官。两个宦官望见桥北边的人马官轿，遂走过来问道："这边可是杨公子与云姑娘？"态度倒也客气。

袁彬上前道："这位就是杨承芳公子，云姑娘和宝姑娘都在轿中。"

一个小宦官道："我们主子吩咐，叫宝姑娘、云姑娘和杨公子进宫。剩下的各位只能在这里候着了。快叫两位姑娘下轿吧。"

杨继宗早有准备，一面施礼，"这里还有两个礼盒，是敬送上圣太后和曹内相的，还要烦劳二位公公。"一面掏出二两银子递过去，"一点茶钱，失敬，失敬。"

两个宦官接了银子，也不道谢，大不列爹[1]地说道："几位跟紧了，进去不要东张西望。"说完各提了一个礼盒，转身就走。杨继宗和云瑛拉着宝儿，赶紧跟了。

进了玄武门，先向西，又朝北经过一条长长的永巷，走了好一会儿，才来到一个旁门，进去后又拐了几拐，才到一处宫室。因为是从侧后方进来的，也见不到牌匾，但杨继宗猜测，这应该就是上圣皇太后居住的仁寿宫。

小宦官先领着几人进到偏殿边上一间直房里，让等着。又过了片刻，才有一人被七八个小宦官簇拥着进来。那人身穿大红纻丝贴裹，头戴着乌纱刚叉帽，中等身材，白净面皮，看样子不过四十出头年纪，进门先将那宝姑娘看了几眼，才又瞄了瞄杨继宗与云瑛，说道："在下是司设监太监，仁寿宫管事曹吉祥[2]，专责服侍着上圣孙老娘娘。"

杨继宗早听袁彬说过，这位曹吉祥早在太宗时期就进了宫，因在大太监王振门下十分得宠，在正统初年大军征麓川之时就做了监军太监，此后

[1] 大不列爹：北京方言，大刺刺地。
[2] 曹吉祥，明代大太监，永平滦州人，正统、景泰中曾任监军太监、司设监太监，因夺门功任司礼监掌印太监。《明史》卷三〇四有传。

多次监军，一度还曾提督京师火器，与军中将帅非常熟络，与前军都督张轨等人更是至交，是宦官中有名的知兵之人。以他从前的功绩和在宫中的交往，本来想要上位升任御马监太监，甚至要兼任司礼监的秉笔太监。谁想土木之变后，王振一系失势，他虽没有受到责罚，在宫中的宦途却从此不太顺利，此后再难参与军事征讨，也没有当成御马监太监，后来只升任为没有什么实权的司设监太监，虽然也算是宫中十三监中一位首领，在宦官中已属最高职衔，权势却还比不上当初正统年间。好在这位曹太监极善钻营，在宫中也颇有人缘，前几年才又巴结上了孙太后，获取了仁寿宫管事这样一个实职，总管上圣皇太后身边一切事务。

孙太后[1]在宫中名分最高，至少在表面上无人敢与争锋，因此这位曹大太监也就成了炙手可热的人物。杨继宗对他不敢怠慢，恭恭敬敬施礼道："渎扰老太监了。这里有云姑娘的一份敬礼，还要烦请代为奉上太后。另有一份薄礼，老太监留着赏人吧。不成敬意。"他把礼帖双手递了过去。

曹吉祥看那礼帖，给皇太后的是一件锦缎貂鼠皮袄，一匹大红五彩罗缎纻丝蟒，给自己的是一匹大红绒彩蟒，忙说："云姑娘何必客气。"又让小宦官提了给太后的礼盒，并对杨继宗和云瑛道："二位再待片刻，我去回禀太后。"

二

太后的寝宫就在仁寿宫的正殿，坐落在高高的台基上，御陛台阶两边和台基的四周都是汉白玉石栏杆，殿庑高大，显得有些阴森。宝儿来到门前，不由把身子贴紧了云瑛。

杨继宗跟在云瑛和宝儿后面进入宫中，也不敢四下张看，只见脚下是锃明瓦亮的金砖铺地，走了两三步，又上了一块蓝边黄地牡丹花饰的地毯。

[1]孙太后，谥孝恭章皇后。明宣德帝之后，正统帝之母，土木之变后主持立景泰帝，加尊号"上圣皇太后"。《明史》卷一一三有传。

就听曹吉祥朗声报道：“瓦剌民女云瑛、山西举人杨继宗叩见上圣皇太后。”杨继宗忙和云瑛一起趴在地毯上，行了三跪九叩的大礼。

大礼行毕，才听到一个颇为清脆的女人声音远远传来：“我听太常寺卿许彬奏报，这位云姑娘应该是瓦剌的郡主呀？”

云瑛在昨天已经由袁彬专门教授过一番基本礼仪，此时仍然低头回奏：“启奏太后，民女的父亲是瓦剌台吉伯颜帖木儿，太师也先是民女伯父，现今俱已亡故，虽非天朝属民，不敢僭称郡主。”

那孙太后却长叹一声道：“风水流年，变幻无常。那几年你们瓦剌何等霸道，我听说近年却因为内乱，闹得残破不堪了。”又停了停，才道，“你们都站起来说话吧，也让我看看这小闺女儿。”

杨继宗再拜起身，在旁边侧身站立，仍然不敢抬头。云瑛起身后领着宝儿到太后跟前，让老太太细看。

孙太后见这小姑娘长得红红白白甚是伶俐，拉她到自己身边问：“小姑娘今年几岁了？”

宝儿虽略有些紧张，倒也不惧怕，脆声回答：“前几日还只六岁，如今刚过了年，七岁了。”

孙太后笑道：“算得倒也清楚。这么说是景泰二年生人。”

云瑛答道：“回太后，宝姑娘是辛未年，景泰二年三月二十八日生人，她母亲是我姐姐萨勒娜。”

“你姐姐那些事我也听许彬和曹吉祥说过了。当年皇上在你们瓦剌的时候，你可见过皇上？”

云瑛知道太后所说的皇上是指当今的太上皇，“民女当年还小，正赶上皇上就住在我们营中，我和姐姐也时常去看望皇上。那时年幼无知，甚至和皇上一起踢球、骑马，也是有的。只是一晃过了七八年，虽然想念皇上，天地悬隔的，再想见见可就难了。”

孙太后听了倒勾起心事，不由难过起来，“岂止是你们难见皇上，就是我们母子想见一面也难。我只是隐隐约约听说当年皇上在瓦剌时，伯颜帖木儿一家待他甚好，却一直没有机会听人说说那时的情状。今儿个倒想听你说些那时的事情。”

云瑛知道孙太后想听当时的事，也无非是要寄托思子之情，就将当年与正统皇帝的交往以及各种所见所闻，细细说了起来。

她本来口才甚好，十几岁时的记忆又特别清晰，从正统皇帝进到伯颜帖木儿营中说起，自己与姐姐如何初次见到天朝皇帝，后来如何熟识，如何一起玩耍。又讲到当时皇上亲随中还有宦官喜宁等几个坏人，如何只帮也先不帮皇上，又如何陷害一心忠于皇上的袁彬，几乎将袁彬害死。

孙太后听得入戏，直到说袁彬被皇上救下，才算长舒一口气道："看来这个袁彬还真是个忠臣。"忽然想起云瑛说得难免口干，才对曹吉祥吩咐："这姑娘讲得累了，你给她看个座，让她喝口水再说不迟。"又一转念："让这杨举人也坐下说话吧。"

杨继宗欠身坐在绣墩上，眼睛仍然只看着太后的脚下，却也用余光打量了一下。见这位上圣皇太后五十多岁年纪，白白胖胖一张脸上几乎没有皱纹，头上戴着凤冠，遍插珠宝，琳琅满目。

云瑛喝了宫女送上的茶，才又说："我姐姐比我大五岁，正当青春年少，见到皇上气度超凡，就生了爱慕之心。"

于是又将萨勒娜如何与正统皇帝相好，如何又因皇帝回銮而生生分手，乃至如何到第二年产下宝姑娘，不久却又全家遇难，说了一遍。

孙太后一面听着，甚是同情，伸手把宝儿拉到怀里，低声道："我的儿，你可是真真命苦！"

与宝儿亲近了一番，孙太后才又问："皇上离别她母亲的时候，可曾留下什么表记？"

云瑛答道："我姐姐与皇上之事，民女也不太清楚。一直到姐姐临终之时，将宝儿托付给我，让我一定要把她交给皇上，还拿出一支玉簪，说是当年皇上所赠。"

"那玉簪现在何处？"

"就在宝姑娘身上。她尚未能留发插簪，我就让银匠稍做修饰，让她挂在胸前了。"

孙太后把宝儿最上面的纽扣解开，果然见到一支玉簪，用金链挂在她脖子上。孙太后把玉簪解下来，拿在手里看了又看，眼中几乎要流下泪来。

“这支簪子虽然简朴，却是当年我从娘家带过来的，这一晃算起来竟有快四十年了。那时家里穷，进宫时没有什么陪嫁之物，这支簪子就是对家中的念想，也很少使用。一直到皇上束发，才将它送给皇上，见他倒是常戴着。”

说着她又把那玉簪摩挲细看了半晌，才对云瑛说：“皇上当初把这支簪子送给你姐姐，也自有深意，想是将来或有聚合之日，这是个作不了假的凭据。可如今他长年在那崇质宫里，暗无天日的，怎么知道那位瓦剌郡主已经不幸离世，却又有幸留下了一个活蹦乱跳的小闺女儿。”说完不禁又是一番摇头叹气。

三

杨继宗听到孙太后这一番话，知道她在心里已经认下这个孙女，心中的一块石头落了地，不由长舒一口气。

孙太后显是也听到了杨继宗舒气，这时才对他说道：“我听许彬说，你本来与云姑娘她们并无干系，不过偶然相遇，听说了这宝儿的事，才一面护持着她们娘们，一面多方联络，让这闺女能够进宫团聚。你这一片忠心将来必有所报。”

杨继宗连忙站起来低头回奏：“微臣恰逢其时，得遇公主，只是略尽绵薄之力，岂敢希冀赏赐。尽忠报国乃是为臣之道，微臣今后定要为太后、太上皇、皇上尽效犬马之劳。”

孙太后见他说得一本正经，倒笑了，“读书人都会说这些套话。我可是没记下，你是叫个什么名字，是哪里人？”

“微臣姓杨，名继宗，是山西阳城人。”

孙太后似是用心将这名字记了一下，才说：“我还听说，前日你在白云观里大闹了一场，帮官府破了一件大案？”

杨继宗心中一惊：这深宫禁地，消息倒也灵通。只得把前天在白云观中的事简略说了一番。

孙太后对假造金牌令符的事却像是颇为上心，“依你所见，那起子贼人费尽心机假造了襄王府里的令符，是想干什么呀？”

“微臣虽然协助锦衣卫揭破了伪造金牌一案，因还未捕获到幕后操作之人，不敢妄断。”

孙太后冷笑道：“哪里要什么妄断！听说京中早就传遍了，有几个心怀不良的臣子，想要拥立那襄府的世子来继承帝位。这可就奇了。不要说皇上不豫，今后好歹还未可知，就算是真有个三长两短，我嫡亲儿子、孙子还有好几个，都是先帝的嫡亲骨肉，哪就轮到支派王府来继承大统了！”

杨继宗见孙太后为此事十分震怒，也不敢多言，心中却不免思量：孙太后不说是嫡亲孙子还有几个，却要说嫡亲儿子、孙子，岂不是也想到，万一国中生出大变，不但太上皇的几个儿子沂王兄弟可以继位，就是太上皇复辟也无不可！要知所谓太后的儿子，就只有当今皇上和太上皇二人，其他不论嫡庶并无他人！联想到前几日徐贯在宛平县衙所说的一番话，莫非那徐有贞已经将此意与孙太后沟通？这可真是朝中的又一大变数！

稍过片刻见太后平静下来，杨继宗才又奏道：“太后所听传言，微臣也曾听说。但细思伪造金牌令符之事，如果真是要以此伪牌调襄王世子进京，未免过于孟浪。微臣虽然不知朝中大局，但仅就伪造金牌一案而言，当另有一深刻阴谋，目下微臣尚不能索解。”

孙太后听他说得也有道理，才又道：“这事听起来确有些蹊跷。我看你于办案很有些干才，今后有关此案若再有什么进展，不妨先告诉曹吉祥，让本宫也知道知道。”

杨继宗连称“遵旨”。

“不论那起子幺麽小丑要做什么，有本宫在，决不能让他们乱了我朱家的天下。”孙太后说这几句话时，满脸刚正之色，倒更像是暗自下了决心，说给自己听的。

孙太后大概也觉得，在今天认孙女的时候说起朝中大政，未免过于沉重，脸上渐渐放霁，才又笑着说道：“说了半日，我这小孙女还没叫一声奶奶呢——还要待到何时？”

云瑛见太后已经认下了宝儿，急忙跪着向前拉住宝儿的手说：“还不赶快给奶奶请安！”

那宝儿也是教过的，听了云瑛吩咐，就跪在地上给孙太后磕了四个头，大声说道：“孙女宝儿给奶奶请安，太后娘娘万寿无疆！”

孙太后喜笑颜开，亲手把宝儿拉起来再次抱在怀中，重新又把那支玉簪为她挂在胸前，才对曹吉祥说道：“老曹，你看这宝姑娘倒是如何安顿才好？”

曹吉祥躬身答道：“奴才恭喜老娘娘又得了一个孙女！不过，此时若是就让宝公主进宫，似还未妥当。眼下太上皇的几位皇子、公主都是和太上皇一起住在南宫，若要宝公主也进住南宫，可是有许多的不便。”

孙太后道：“那是自然。太上那边儿女本来就多，让宝儿去了没的又要添乱。何况，我怎么忍心把这闺女往火坑里面送，进去了天日都难见。”

曹吉祥继续说道：“若是住在老娘娘这宫里，一来仓促间没有准备，也没个奶子保姆，也没有一应用品；二来咱们紫禁城里耳目繁多，万一有人借此事散播谣言，没的又要给老娘娘心里添堵。”

孙太后听说此话，脸上又显得有些气恼，却并没有插话，轻轻点头让曹吉祥继续说。

“奴才谋算，不如先在皇城外边置一别院，就近奴才的外宅，让宝公主先在那里居住，奴才安排好奶子保姆以及小火者[1]数人来伺候，待将来正式典礼册封了公主，再做下一步安排。”

孙太后眯了眼睛想了想，才道：“虽然有些气闷，想想却也只能先这样安排。你找人、弄房子大约要多少时日？”

“奴才这就去办，约莫四五日就可安排停当。”

孙太后道：“就这么安排吧。云姑娘，你先带这闺女回去，再照看她几天吧，且莫声张，四五日后让老曹去接她。老曹，你也要留心让人暗中护卫公主，只是不要招摇了，让人生事。说了半晌我也乏了，老曹你先带他们下去用些茶点再走。”

[1] 小火者：明代宦官中地位低下者。

四

杨继宗与云瑛拜别了孙太后，随着曹吉祥又来到便殿的直房。见那屋里已经摆下桌椅，桌上放着几式点心果品。

曹吉祥道："这是太后老娘娘所赐茶点，三位慢用。另外老娘娘还有赏赐：云姑娘的是头面一副、宫缎一匹；杨举人的是御用折扇一柄、玉带一条。这些赏赐二位拿着不便，在下也有一些薄礼，我明日就着人送到府上。"

杨继宗和云瑛忙谢了，又道："如此有劳老太监。学生现在寄居在宛平县衙，云姑娘借住在旁边的一座道庵中，上圣皇太后的赏赐就请送至下处，我一并带给姑娘吧。"

曹吉祥道："如此倒也省事。但二位这几日万万要多加小心，今日老娘娘已经认下这位小主儿，凤子龙孙的名分一定，可就不比往日了，出不得半点闪失。"

因刚才宫里孙太后的一番话，杨继宗想多探听些与太上皇复位有关的消息，故有意与曹吉祥攀谈："晚生日前听张都督说起，老太监当年领兵平定过麓川之乱，后来又征讨过福建的叛贼，大智大勇，功勋卓著，实在令人钦敬！"

曹吉祥听他说起自己的功绩，不由得眉开眼笑道："哪里，哪里，当年之事还提它作甚！若说当年征麓川，讨邓茂七，虽然都是大战，但毕竟还是肘腋之患。后来景泰元年云姑娘的贵邦来到我京师门口，那才叫祸生腹心，那时我也曾率着京营在西直门外御敌，一场血战，好不惊心动魄。所幸近年四海升平，老夫也再未涉足军旅，如今一大把年纪，只怕从军也打不动仗了。"

杨继宗道："以老太监大将之才而不得其用，实在遗憾。但老太监如今在宫中执事，不但要照料太后和皇上的起居，也有保卫各位圣上的职责，实在责任重大。何况，虽然没有当年驰骋疆场的豪气干云，老太监现在毕竟是富贵平安，也是福报。"

曹吉祥却冷笑了一声道："杨举人还是年轻，不知这宫中情势的险恶。

我等在内官中也算是人上之人了，富贵倒也算富贵，可这平安二字——就难说了。我在这宫里三十多年，见得也多了，天堂地狱常在一念之间。”

又看看杨继宗，似有深意地说道：“常言道，富贵险中求。杨举人身逢其时，又与太常许大人交往，只要用心从事，看准了形势，将来怕还真要有莫大前程。”

杨继宗忙道：“还望老太监指示一二。”

曹吉祥哈哈笑道：“我能指示什么？杨举人吉人天相，自有后福，望自珍重吧。”

才又向云瑛和宝儿说道：“在下还有些俗务，不能久陪。公主和二位先在这里用茶休息片刻，自有人领了出宫。在下先行告退，过几日迎接公主。”

杨继宗和云瑛送走了曹吉祥，才来品尝宫中的茶点。就见杯盘俱是官窑细瓷，又有银托银匙，极为精致讲究，盘中的点心却并无稀奇，不过是一碟骨牌减煠、一碟酥皮玫瑰饼、几块团圆饼，又在一个雕漆八宝大果盒里放着龙眼、干枣、柿饼、栗子等数样干果，还有一个青花瓷盆里放着几瓣去了皮的心里美萝卜。

云瑛本来好奇皇宫中都吃些什么，此时不免要问：“秀才，看来皇上一家吃得倒也平常，原来也是冬吃萝卜夏吃姜，只不知这萝卜有什么异样？”

杨继宗也是头一次有幸领略宫中茶点，忙拣了一块萝卜放在口中，原来味道也是平常，才对云瑛说：“看来宫中习俗与民间也竟一样，今天是立春节气，各家都要吃口萝卜‘咬春’，是取古人所说‘咬得菜根，百事可做’，要一年简朴勤勉之意。不过这宫里的萝卜，却未见比外面高明。”

又尝了几口各样点心，全都味道平平，团圆饼太甜，减煠不过奶味稍浓，云瑛笑道：“我看这皇上家里，也没有多大口福，倒是配了这么多好瓷器。”

杨继宗道：“我听说，宫中物品虽然未必尽都精致，价钱却绝不平常，经由内官买卖之后，所食所用比外面贵几十倍价格不止。今日我们这点茶点，怕也要费上十几两银子。”

云瑛不禁吐了下舌头道：“看来当个皇上也是大不易。”

杨继宗又想起刚才的玉簪，说道：“才知道宝姑娘还有一件太上皇留下的信物，刚刚离得远也没看清，可能让我一观？”

云瑛从宝儿脖子上取下玉簪，递给杨继宗，“你好好看看吧，过几日宝丫头进了宫，怕就再难见到。”

杨继宗拿了那玉簪细看。那簪是青玉雕成的，色泽柔和温润，头上镂花雕出的一只鸣凤，刀法虽然朴实，形象却十分生动，看起来应是前朝之物。为了能当佩饰挂在脖子上，玉簪根上镶了一个金箍，连着一根金链，簪子尖的那头还配了一个圆头金帽，应该是为防簪尖扎了皮肉，金帽上的细链正好与上面的金箍相连。

云瑛道：“这玉簪本来一直是我收着，这次进京才给宝丫头戴了，因一时还上不了头，只好找银匠改成了挂件。倒也不难看。”

杨继宗仔细看了半晌，才把玉簪递还给宝儿，郑重说道：“刚听太后说，这还是太后的传家之物，又是你父皇送给你母亲的表记，宝姑娘可要好生保管，将来你父皇见到你的时候，怕是要睹物思人。只是不知，要到何日才能让你们父女相见呀！”

第十八章

小市口

一

杨继宗和云瑛带着宝儿出宫时，却被告知玄武门那边有事封了路，只能改道走东华门了。小宦官说：“我们主子已经派人到玄武门外去叫轿马和随从人等，让他们径从宫外来东华门外与三位聚齐。”态度倒是比来时恭敬了许多。

七绕八绕出了东华门，过了御河桥，两个送行的小宦官告退回宫，却还不见老麦和杨二过来。此时就见前面的空地上聚集了许多人众，喧喧嚷嚷，似在等候什么热闹。

杨继宗道：“今年立春在午初时刻，莫不是官府要在此处行打春之礼？”

云瑛道：“打春牛，我在大同也曾见过，这京城里打春却不知是怎样个闹法。”

这时就见一众官吏已经先围出了一个四五十步见方的场子，有皂吏在四边把守，看热闹的百姓都只能在四周观看。有执事的在正东方向设了一处祭坛，坛前铺了地毡。随着一阵鼓乐之声，从东安门那边走来一队官员，全都是乌纱圆领，气势不凡。为首一人身穿绯袍，胸前是孔雀补子，带领众官员先在场子边上站定。

杨继宗对云瑛说：“这为首的乃是顺天府的正堂。”

又见执事抬出一座纸糊的神像，放在那祭坛上。那神像只有三尺多高，是个童子形象，头上扎着抓髻，欢眉笑眼。在祭坛右方场子正北面，又安放了一座泥胎彩绘的神牛，与真牛大小相当，身上却是画得红红绿绿。神像安放已毕，鼓乐又起，那顺天府尹带领众官员在那童子神像面前先是恭敬拜了四拜，起身又祭了三杯酒，重新又伏地拜了四拜。

杨继宗道：“这是拜芒神，又称太岁。下面就要鞭打春牛了。”

那些官员拜过芒神，才集体转身向着北边的春牛，也是四拜已毕，分别站立在了春牛两旁。有随从为各位官长递过了竹鞭、木杖，才听礼赞官拉着长声喊道：“长官击鼓！”顺天府尹就将一面堂鼓击了三下。礼赞官再喊：“鞭春！”这才由府尹带头，众官员一起用鞭、杖击打春牛。土制的春牛并不禁打，不一时就破碎了，却从牛腹中掉落出许多五彩的小牛来。外面观礼的百姓一阵欢呼。

这一套正式的仪礼不多时就结束了，有执事官吏捧了芒神和五彩小牛去供奉到城隍庙，顺天府尹等官员乘轿离开，这边百姓迎春的热闹却才开始。

官吏们刚刚退去，一些脚快的后生已经冲入场中，去抢那刚才打碎的春牛碎片，抢到一块带些彩色的泥片就忙袖了，欢天喜地捡了个元宝一般。春牛立时被抢得干干净净，京城中各街各坊的游春队伍就从四面八方汇集进来。各队队首都有四人抬着的一头春牛，形态、花色各有不同，却都要比刚才官府的那座牛神精致许多。跟在春牛后面的后生全都是彩衣彩帽，有的手持锣鼓响器，有的打着五颜六色的旗幡，彩旗上又绣着“五谷丰登”“风调雨顺”“国泰民安”等各式字样，并不断高呼口号，喊的也是“国泰民安”“风调雨顺”“五谷丰登”，一呼百应，节奏分明。

这些游春的队伍虽多，倒也不混乱，大概按着先后顺序分别进入方才行鞭春礼的场子，在场中敲锣打鼓转上一圈，再沿着东安门大街鱼贯向东而去。杨继宗听旁边的一位老者说：“这些后生都好不强壮，这般打打闹闹的要走半个京城，最后要把春牛送到西城闹市口城隍庙里，要走上十几里路。”

游春的队伍各自争妍，旁边看热闹的百姓也不闲着。早有人在边上点燃了鞭炮，一时硝烟弥漫。也有各自拿一面锣“当当”乱敲的，也有跟着游春的一起高喊口号的，还有一些小童在兜里装了黄豆、黑豆，纷纷投出去打那些春牛，说是击中了可以防治痘疹。

此时又有一队进入场内，更引起一阵轰动。原来那队伍抬的春牛颇不一般，那牛头带着机关，一面前行，牛头就跟着左摇右摆，两只黑眼珠还不停转动；再走了几步，牛嘴里还吐出一些五彩纸花来，被风一吹，飞扬四散。

众人见这春牛制造得奇巧，都拥上去细看。杨继宗与云瑛拉着宝儿此时正在旁边，被人一拥，却把宝儿脱了手。杨继宗连忙要上前拉住宝儿，身前却被一人正好挡住，偏那人又生得高大，全然遮住了杨继宗的视线。杨继宗不免着急，赶紧从那大汉身后绕开，再看时，宝儿穿着大红斗篷已被人群挤到几步之外。他也顾不得礼貌，用力推开看热闹的众人，好不容易才来到宝儿身后，一把拉住那孩子。

正要回身再找云瑛，身边却有一个妇人高叫道："你拉我孩子作甚？"杨继宗才又看这穿红斗篷的儿童，哪里是宝儿，却是另外一个男孩！

杨继宗这下真急了，也顾不上道歉解释，放开那个男童，再向四方张望，但人堆中一片拥挤喧闹，哪里还有宝儿的影子。

二

老麦和杨二赶来东华门外的时候，杨继宗与云瑛已经心急火燎地在人群中不知转了多少圈，眼见着游走迎春的队伍都走完了，看热闹的人群也已经散去，却始终找不到宝儿。杨继宗急得满头大汗，云瑛则是两眼通红，眼看就要哭出来了。

杨继宗有些气急败坏，呵斥杨二道："你们如何到这时才迟迟来到？"

杨二见事情不妙，低着头不敢分辩。老麦低声说道："袁爷和他的人因有公务先走了，我们听说姑娘和公子不能来玄武门，就立刻赶过来，但不知为什么北长街也封了路，我们只好又从厚载门出去，绕着皇城再从东安门过来，才耽误了这些时候。"

杨继宗也来不及细想，只能先安慰云瑛：“看来宝姑娘或是人多被拥挤得失散了，已经不认得归路，或是——被那些拐子团伙拐去了。不论如何，现在在此空等已经无益，我们自己寻找也难有眉目，不如我们先回宛平县衙，找来方天保和袁彬等人商量，再看如何区处？”

云瑛心中已经大乱，一时也没有主意，只好同意先回县衙。

杨继宗又命杨二先到锦衣卫去请袁彬过来，有要事相商。才和几人先回县衙。

回到县衙，方天保听说走失了宝姑娘，也是一惊，“昨日顺子还和我说起，这些日子城里城外拍花的团伙恐怕要作些大案，我们正要告知县里各坊、铺、里甲，年节当中，特别是灯节期间，要严防拍花的诱拐儿童。谁知今天竟敢动到咱们爷们头上来了！”

云瑛不解道：“什么是拍花的？”

方天保道：“拍花的是京城里的俗语，指那些专门诱拐儿童的恶人。都传说他们或是用迷药，或是用妖法，让儿童甚至成年之人都会懵懵懂懂就随他们去了。但以我办案的经历，其实并没有什么迷药、妖法之类。这些歹徒不过是趁着那些家人不备，几个人配合行奸，有人上前乱人耳目，有人用食物玩物诱骗，或是就直接强抢，又有人断后掩护，阻挡家里人寻找。那些孩童被拐走之后，就会再辗转卖与别处。”

云瑛听了更急，“那宝丫头若真是落入那些拍花的贼人之手，如何才能寻找？”

方天保道：“云姑娘莫急。我立刻就让人去找大兴县和五城兵马司的各位班头——都是相识的兄弟，让他们先依照宝姑娘的穿戴形貌及今天出事的状况暗中访查，看看可有走失女童。我再领人到哈德门外小市口那里探看探看，或许就能打听到宝姑娘的下落。”

杨继宗问道：“小市口与那些拍花的有什么关系？”

“那小市口是京城外一个三不管的地段，因为向来分界未明，东城兵马司、南城兵马司和大兴县都说此处治安非己之任，因而就成了奸商、棍徒、盗贼的聚集之地。这几年有破了的拐卖儿童案件，那些拍花的拐了儿童也多关锁在那里，等着买家来带人走。昨日顺子说是有线人报告，眼下有几伙专门拐卖小儿的棍徒已经聚集在京城，正要趁着过年庙会、灯会人多混乱之际，大干一场。听说这起子人多聚在小市口一带。”

云瑛又问：“他们拐了儿童都是要卖给何人，要多少时间才能转手？”

方天保道：“男孩若是年纪小又周正伶俐的，也有卖给人家做养子的，但大多是卖到远处为奴。女孩则大都卖到大同、扬州，给青楼中做瘦马养着。”

“那长大了可不是就要成妓女了吗？现在去救宝丫头可还来得及？”

“宝姑娘到底是不是被拍花的拐走的，现在还不能断言。但即便真是被拐了，那些拍花的卖孩子也不是说卖就卖了，总要联系下家人贩子，讲价验货，交接过手。姑娘放心，只要我们趁他们刚刚得手还没安排停当就过去盘查，不愁找不回宝姑娘。”

云瑛急道：“那咱们还等什么，赶紧过去找人吧！”

方天保知道云瑛着急，“我先安排人去知会大兴县和五城兵马司的人，宛平县境内更要仔细盘查。一会儿就请杨公子和我赶去小市口那边，看看可有什么可疑踪迹。云姑娘今天又忙又累，急火攻心的，先在家里歇息一下吧。”

云瑛哪里肯歇，执意也要前去。

走失了宝儿，杨继宗当时急得有些失了方寸，在回衙路上才稍微平静了一些。他一路寻思，生怕此事又与当下朝廷中的种种阴谋诡计相关——那可就真不好应付了。现在听方天保说了这一番话，反倒有些放心，如果宝儿真是被拍花的拐走，一是暂时不会受到什么伤害，二是靠着方天保这样的办案老手，再加上有锦衣卫援手，要找到宝儿应该并不算困难。于是说道：“云姑娘心急如焚，在家里怕是也难消停，就和我等同去察看吧。你且先回玉喜庵换了衣裳，骑马在衙前与我们会合。”

他又问方天保：“顺子怎么没有跟着你？”

方天保道：“今日一早，他告假说是七舅姥爷病重，要去看望。这孩子自小父母双亡，这个七舅姥爷就是他唯一的亲属，说是住在西山，路远，我让他去耽上几日再回。”

事不宜迟，杨继宗于是也不等袁彬和杨二，让方天保在衙中略作安排，等云瑛回玉喜庵换了一身劲装，骑了枣红大马，再加上老麦，几人匆匆向哈德门方向去了。

三

出哈德门不远，哈德门大街路西是鲜鱼巷，街道繁华整齐，路东的景象却显得有些破败。方天保带着几人来到这里，说道："小市口就在里面，诸位跟紧了，切莫走散。"

杨继宗等人骑马进了胡同再往里走，里面更是脏乱不堪。所见尽是一些低矮的茅屋，土墙破陋，歪歪斜斜，参差不齐地挤在一起，勉强形成一些七扭八歪的狭窄街巷。因为前几天才下了雪，又没人打扫，街巷里被行人踩成了半是冰半是水的烂泥路，竟能没了马蹄。再往前，是一片较大的空地，却是行人杂凑，十分拥挤。

方天保道："这里就是小市，又叫鬼市。骑马不便，我们下来行走吧。"见旁边有一个破旧茶棚，先掏出巡捕腰牌对那主人一晃，厉声说道："我们的牲口先寄放在此处，你要好生照看，若有闪失，小心揭了你的皮！"

那开茶棚的见是官差，不敢怠慢，连声说："官爷放心，官爷放心。"

杨继宗从袖中拿出几文铜钱递给茶棚主人："你给马匹喂些草料，我们过一会儿来取。"

那人却不敢接，只用眼睛看着方天保。方天保道："你拿着吧，看好了。"那人才接过铜钱，道谢不已。

天已擦黑，小市中昏昏暗暗，人却极多。摆摊的有就地铺上一张苇席的，有用条凳架起一块门板的，所卖却是五花八门：上至珠宝玉器、文玩字画，下至破烂家具、旧靴烂袜子，甚至骨牌、角灯、算盘、瓷器，一应俱有。

杨继宗道："想不到这穷街陋巷里，货物倒全。"

方天保道："这里的货物，大都来路不正，又有不少骗人的假货，不懂眼的在这里买东西，常要受骗。"

除了摆摊卖货的和在摊贩间闲逛的之外，一些墙根拐角处往往还站立着几个闲汉，有的歪戴罗帽，有的蒙个眼纱，相互大声调笑嘲骂，旁若无人。

方天保道："这些个都是混小市的光棍儿，要特别注意他们。"

小市周围几条残破小胡同的口上，竟还站着些穿红戴绿、搽胭脂抹粉的女子，一看便知是些土妓。这些妓女不时会招呼经过的客人，但大约见杨继宗几人有男有女，又有个色目人混在里面，气势很不平常，并没有人敢上来揽客。

几人正在小市中四处游走，就见前面有人争吵。到跟前一看，原来是个卖旧瓷器的摊子，那主人正揪住一个年轻人的衣领不放。

"你打碎了我这宋朝龙泉窑的青瓷碗，难道要转身就走？"

被揪住的那人急道："怎么说是我打破的？我刚说要看看，手都没碰到，你自己失手掉到地上，却要赖我？"听着是个中原口音，显然是个外乡人。

卖瓷器的把手揪得更紧，"你个侉子倒要抵赖！我小张顺天天在这里摆摊儿，卖的全是瓷器，哪会油手摔了器物？你今日若不赔我，别想离了这鬼市。"

正吵闹间，几个街边的闲汉也凑了过来，正好把那外乡人围住，又乱嚷道："打碎了人家东西怎么不赔！"

那人还要辩解，几个闲汉却哪里听他说，一个歪戴帽子的大汉满脸凶相，吼道："休要啰唆，你快快赔了小张顺的器物，若再多话，小心你赵爷的拳头不认人！"

正乱着，不知从哪里走出来一个年过五十的老者，衣着整齐，态度和气，上前来说道："什么事在这里吵，扰得四邻做不成买卖。"

那外乡人见有人来讲道理，方才舒了一口气，忙又把刚才的事说了一遍。小张顺却也不让，仍是坚持瓷碗是这人打碎。

那老者道："你们两人各执一词，又没有凭证，难道为这点小事还要上府经官去打官司不成？"

那外乡人自然不想去打官司，只瞪着眼看那老者，不知如何是好。

"依老夫之见，此事无论如何，你二人都有些干系。若听我劝，不如各认倒霉，让他赔你一半的本钱。你实说，这碗是多少钱进来的？”

小张顺道：“我正经五两银子从城里水部刘大人家里收来的，本想卖上个十两八两，谁知就碰上了这背运的事！算我晦气，他赔我不能少了三两银子。”

那老者从地上捡起打破的瓷碗看了看：“你这碗虽是宋朝的龙泉窑，品相倒也平常，我看值不了五两银子。”转头对那外乡人说：“我看你应该是初来京城，也不容易。今日摊上此事，是你失手也罢，是他失手也罢，无凭无证。你就赔给他二两银子，今天的事就算了了，谁都不许再找后账。”

旁边几个闲汉一起说：“周爷您断得公道！”

那外乡人急了，“与我毫无干系，为什么我要赔他二两银子？再说我身上哪里会带这么多银钱。”

那位周爷道：“道理我已经说清楚了，你不赔银子难道走得出去吗？若身上没有银两，不如就先将你穿的这件皮袄留下抵押，等取了银子再来。”

听他一说，旁边几个闲汉不由分说，上来就要扒那人的皮袄。

杨继宗一直在旁边看着，明知道这几个人都是一伙的，做局来坑那外乡人。但看方天保没有举动，就也只是冷眼旁观。眼看几个光棍就要扒下那人的皮袄了，才见方天保一大步走上前去，劈手先给了那个姓周的一巴掌，大声喝道：“全都给我滚一边去！”

四

姓周的一下子给打蒙了，愣了一下才捂着脸叫道：“你是干什么的，到这里来撒野？”那几个光棍也反应过来，上来要抓方天保，却被老麦用手一搁一带，轻轻松松挡在了两步以外。

方天保抓住那姓周的衣领，恶声问道：“你就是和事佬周不通吗？”

那人见来者不善，心中有些怯了，嘴上却不服软：“既然知道在下名号，你们还来这里搅局？”边说边用眼睛四下扫停，琢磨来者都是些什么人。

方天保并不理他，一面仍旧死死抓住那周不通，一面掏出腰牌向周围晃了晃："官府办案，没事的都走远点，想到衙门挨板子的就过来。"周围的人一听，果然都退得远远的，不敢靠近。

方天保又对那外乡人说道："你该上哪儿上哪儿去，以后没事不要到这样的地方瞎逛。"

那外乡人先是愣了一下，才明白自己已经没事了，连道谢也忘了，转身撒腿就跑。小张顺还有些不甘，嘟囔道："那我的碗怎么算？"

方天保冷笑道："你这碗到底是谁弄碎的我也没看见，但就这么个破碗若是值十文以上，我就赔你这一架子的烂货！"说着飞起一脚，把他摆放瓷器的架子踢翻，瓶瓶碗碗摔了一地。急得小张顺哭哭啼啼，趴到地上去捡拾自己的瓷器，却不敢再说什么。

周不通见这来人凶悍，也自软了："官爷息怒。这不过是此地百姓的一点营生，小人以后一定多多管教他们。"边说边从袖中掏出大约一钱的碎银递过来，"这个官爷您换双靴子穿。"

方天保这才放开他的衣领，却不接那银子，"就在这附近找个僻静地方，我有话问你。"

近处就有一个粥棚，周不通对店主说"有官爷要借你上房问话"，店主哪敢不愿意，连忙请几人穿过粥棚的厨房，进到自己家小院的上房。

所谓上房，不过是三间土坯茅草房，因为过年刚粉刷打扫过，屋里倒还干净，但除了一个破旧炕柜和几床破被，可谓是家徒四壁，一无长物。

方天保与杨继宗、云瑛都在炕边坐了，老袁站在门口，那周不通才趴在地上磕了头，"给各位爷、奶奶请安。"

方天保故意不让他站起来说话，"我们到此，自然不会为了你们碰瓷的那些破事。我听说你在这小市口一带也算得一霸，这里面各方各路的事情你应该都知道吧。"

"小人在这里日子长了，地面人头比较熟悉，长官有事要问，小人知无不言。"

"那你就说说，平日拍花的都有几拨团伙？开年后谁已经来了这里？可听说他们已经做过了买卖？"

周不通听说是问拍花的，肩头微微一震，答道："据小人所知，在京城内外拍花拐带孩童的，可以分为两种。一种是零散作案的，多是京中失业棍徒，大多是偶然遇到机会，见财起意，顺手把孩童拐走。这些人作案，无时无晌，也不会把孩子带到这边来。说起来他们也算不上是真拍花的。"

杨继宗道："如此说来，那另外一种就是团伙作案？"

周不通微微抬头扫了杨继宗一眼，才又低下头说："正是。那团伙作案的则是成群结队，一伙总有十来个人，也有京城人氏，但大多来自直隶各府以及山西、山东、河南、南京等地。这些人却只在每年元宵、端午、中秋三大节期间作案，因为过节时热闹多，容易得手。"

杨继宗道："年下热闹也多，难道他们就歇着不动？"

"因为有个忌讳，破五之前别说拍花的，就连扒手、强盗、碰瓷儿、仙人跳都要歇手几日，要待初六之后才重新开张。拍花的专挑大节，通常总要到正月初十之后开始动手，到十七、十八收手，那些拐来的孩童就集中关在小市口这边，等着人牙子收买，运送各地。"

方天保又问："你既是此地有名的和事佬，必定也认得那些拍花的贼党。"

"他们每年来京作案，都是在破烂市东边租几间破房，只因着这里僻静没人管，小人们在这小市口一带挣吃喝，却不敢参与他们那些伤天害理之事。年头多了，小人也认得他们中几个常来的，却并无深交。"

杨继宗问："如今那些拍花的可有已经来京的？"

"大拨的肯定还要过上一两日才来，但有几个打前站的这两日已经来了。还有一事，不知当讲不当讲。"

方天保骂道："少废话，有什么快说！"

"今日头午听人说，昨日有个拍花的，河间人，叫吴良，是个新手，租了破烂市东头的房子，却甚是招摇。他昨日晚上与几个当地的混混一处喝酒，说是今年南边一家王府宫里用人，出价又高，要的男孩女孩又多，故而要做一票大活儿，才来得比平时早了。"

"你可知那个吴良的住处？"

"我当时特意问了问，知道他住在哪里。"

方天保听了与杨继宗对了一下眼色，才起身对周不通道："你带路，我们去会会那小子。"

第十九章

刑堂

一

杨继宗等人才出粥棚，就见到袁彬带着杨二和几个手下也赶来了。袁彬对宝儿走失的事也甚是着急，一见面就问可有什么消息。杨继宗才把刚才审问周不通的情形略作介绍：“现在正要去找那吴良。”

往东不远就是破烂市，所卖真的全是破烂，几乎没有成型的东西。过了破烂市再往东走，胡同更窄，房屋更破，转了几转便来到一个土墙小院门前。袁彬见院门半掩，推门就进，里面只有三间破旧土坯房，就让那周不通叫人，几个锦衣校尉早快步到了房门两边。

屋里还真有一人，是个二十几岁的后生，无精打采地从门中走出来，刚要说话，却见情势不对，撒腿往外就跑。门口的校尉早有准备，一脚踢在他的小腿上，那人一跤摔出去，立时被人按住。

袁彬喝道：“你可是吴良？”

“我是，你们是什么人，找我何事？”

“你犯事了！先捆起来。”几个校尉七手八脚把那吴良捆了个结实。袁彬才指了指周不通道，“此人已经将你供了。你说，此次到京城来拍花拐卖孩童，还有何人，已经作了几起案子？”

吴良虽不敢挣扎，却也嘴硬：“小的昨日才来这里，要收买些破烂回河间变卖。小的并不认识这人，说小的是拍花的拐卖孩童，是他血口喷人。”

袁彬见他嘴硬，转头对方天保说：“这里不便刑讯，我看就先将他带到我们捕房里，连夜审讯。”

方天保心里虽不甚愿意，但知道这位袁彬近日与杨继宗过从甚密，况且杨继宗大概也不想让黄知县来参与此事，因说道：“自然听袁爷吩咐。”

此时早有锦衣校尉把三间土房里里外外搜了一遍，除了衣裳铺盖和几钱碎银，并无别物。袁彬让手下两人仍在这院里蹲守，“有来找他的一个不要放过，全都抓了来。”又让两人看好了周不通：“叫他带着把这附近的屋舍全都盘查一遍。”这才让人押着吴良，趁夜色离开。

杨继宗让方天保先回县衙，因急着要知道宝儿下落，自己和云瑛等人随着袁彬去审那吴良。进城不久便知，去的正是曾经宿过一晚的大羊毛胡同那所院子。

原来这院子里就设有一间刑堂，明间不大，只放着一桌一椅，桌上孤灯一盏，幽幽照着满屋的各式刑具，再加上屋里弥漫的一股血腥之气，阴阴惨惨，真有些叫人毛骨悚然。袁彬安排杨继宗和云瑛在右手里间坐了，观察审讯过程。

一开始，吴良还是矢口否认自己是拍花团伙的人，袁彬火了，“看来你这贼子也是贱骨头，不打不会招认。上夹棍。”

两个校尉从墙角拖过一件刑具，看上去就是两根三尺来长、胳膊粗细的木棍，两头都用铁条穿孔联络，下面又有一个木头座，半尺来厚，座上有个槽子正好把两根木棍放进去。番役们安放好夹棍，就把吴良的棉裤扒了，把他的左脚塞到两根木棍当中，用两根大绳一勒，两根木棍就紧紧夹在他的脚踝以上的胫骨处。又有一个校尉用一根更粗的杠子卡在底座的左侧，抵住夹棍不让它受力移动，另一人则以一根茶碗口粗的杠子猛击右侧的夹棍。硬木头直接硌在腿骨上，每敲一下，痛彻心扉。才敲了四五下，吴良的小腿已是血水四溅，疼得他哇哇乱叫道：“小的愿招，小的愿招。”

袁彬让番役停下敲打，却暂不收夹棍，吴良的左脚仍然放在夹棍里。才问：“你愿招什么？”

“小的确是与那些拍花的一伙，但实是初次参加，未曾作案。”

据他说，在他家乡河间县城，有一个叫吴发田的，是个山东人，平日聚众开赌，却广有钱财。因为同姓，认作本家，那吴发田就叫他一同来京做一笔买卖。“初时并不知他所为是何种营生，直到年前他才和俺说了，是到京城里拐卖小孩儿。这次叫我先来哈德门外破烂市租房，等他们前来。”

“我听说拍花的常用一种迷药，只在孩童身上一拍，那孩子就乖乖听他指令，跟他行走。可有此事？”

“哪有什么迷药。拍花的拐人，也就是看准时机，或是哄骗，或是硬抢。因此只对小孩儿，不敢对成年人下手。”

袁彬却突然变了脸道：“你个贼囚，还说初次参加团伙，未曾作案，对这些手段怎么如此清楚？再给我敲！”

吴良狂叫道：“爷爷莫打，小的招供便是。”

“你讲！”

“小的是在两年前，景泰六年加入吴发田一伙的，去年三大节都在京城做过买卖。”

“这次为何只有你一人前来？”

“这次俺们一起来的实有八人，其余几人昨日先进城去了。因此前听说，山东有一家王府里要用大量奴婢，那吴发田说是今年需要多弄几个孩童，趁着今日闹春或有机会。让小的先到破烂市租房，预备着关押拐来的小孩儿。但直到今晚，并没有人过来。小的并不知他们一伙可曾作案。”

杨继宗在里间听着吴良招供，心想这大概与实情相去不远。又见这个小贼虽然在这虎狼之地，身上还用着刑具，说话倒是不慌不乱，清楚明白，不免有些奇怪。

二

袁彬继续审问：“你可知道，他们在城里住在何处？”

“小的们去年来京，因怕晚上得手后一时出不了城门，总会在城里客栈中租几间房，常住的是东城炒米胡同的小店，还有西城萧家桥的十字路口把角的一家。这两家主人与那吴发田都算是熟人，对我们行事睁只眼闭只眼，那里又偏僻，离城门也不远，因此总是住在那里，有时只在一处租房，有时两处都租下房屋，以备不时之需。”

袁彬冷笑道：“你们虽是做贼，心思倒也细密。难怪这些年京城里总有走失儿女的，却一直没有捉到拍花贼人。”又问，“以你心思，他们今晚会住在哪里？”

吴良此时被五花大绑着躺在地上，一条腿还夹在夹棍里，十分狼狈，因求告：“请爷爷放小的起来跪着回话，也好仔细想想。”

袁彬见他泼赖，却也先不与他计较，让人把他的绑绳松了，又下了夹棍，叫他跪着说话。

“小的并不知他们今日可曾作案，若是没有买卖，今晚住在哪里小的也无从得知。但若是今日拍到了孩童，如在东城作案，定是住在东城；如在西城作案，则是住在西城。因近便行路少，少一程路则少一分麻烦。”

袁彬见他说得头头是道，不由也微微点头，又问：“除了你们以外，近日可还有别的什么拍花团伙进京？”

“这个小的委实不知。去年也曾听说，除了吴发田那贼外，每到年节来京里拐卖人口的还有临清来的、大同来的、怀庆来的等好几起子人，但今年在破烂市还没听说他们来到。”

审至此处，别的口供暂时已不重要，首先要做的事是寻找宝儿。袁彬又问了一下那个小店的详细路径，就让人先把吴良押下去，同杨继宗和云瑛带人趁夜去查访那个客栈。

炒米胡同在东四牌楼以南的大市街东侧。因年下城里暂不禁夜，东大市街上的茶楼酒肆都还营业，街上行人也还不少。但一进了炒米胡同里面，就黑黢黢的少有人踪，只有少数人家门前挂着过年的红灯笼，稍稍有些光亮。走不远，前面胡同有个拐弯处，街角上有一座院落大门，门檐下挂着一个白纸糊的四方灯笼，灯笼上用墨笔写了两行字：

日暮君何往，天明我不留。

袁彬见了道：“就是此处。”

店门还没上锁，袁彬等人推门就进去，几个校尉也快步占据了院中各处要害路口。一个管账的先生才慌慌张张跑过来，一面见礼一面问道：“几位军爷到小店有何贵干？”

袁彬先不理他，直接让手下把前后各院所有房屋都搜索一遍：“一处也不可放过。”云瑛寻找宝儿心切，也同番役们到后面搜寻去了。杨继宗却和袁彬把那管账的叫到账房里问话。

“今晚你店中可有客人？”

“回大爷，年下客稀，今晚一个客人都没有。”

杨继宗听了颇觉失望，又问：“那么这两日可有几个河间的客人来此借住？”

管账的眨巴眨巴眼睛说：“怎么又是问他们？回大爷，昨日后晌确有几个河间客人来这里住。本来说要多住几日，可今日头午又说有事先不住了，没用午饭就全结账走了。”

袁彬一听急了，“你可知他们去了哪里？”

“客人结账走人，小人并不知他们的去向。”

杨继宗又问：“他们今日头午是在店里待着还是出去走动？可有什么可疑行迹？”

“因店里并没有别的客人，小人记得甚清，他们上午并没有出门，后来来了一个后生找他们说话，那后生走了不久，他们便收拾结账，那时大约正好接近午正时刻。没有见到可疑行迹。”

杨继宗不由锁起眉头：“那后生是什么样的人？”

“二十多岁，中等个儿，白白净净，听口音也是河间府那边的人。”

袁彬怒道：“看来让那小子把咱们蒙了！”又问，“你店里可有登记那伙人的姓名？”

“客人自然有登记，却不需查看。这起子客人也算是小店的常客，每年三大节前后都要来，说是贩运直隶的干鲜果品来京，为首的一个却是个山东人，叫吴发田。这伙人每年到此，手面甚是大方，在店里吃酒赌钱，时常还包着娼妓，行为不太端正。但因他们是熟客，小店也不好拒绝。”

杨继宗再问：“你刚才说是‘怎么又问他们’，是什么意思？”

那管账的见问这个，不免有些慌张，“小人不敢相瞒，实是刚刚天才擦黑的时候，有几人也来小店问过吴发田一伙的事。”

袁彬一惊，问道：“他们是些什么人，打问什么？”

“他们也是问可有河间来的住店，也是问有什么行踪去向。那几个人都是这京城里在街面上混事的，为首的一个很有些头脸，叫作景七爷。”

杨继宗更觉奇怪：前天在白云观中出了那么大的事，假造圣物不说，还出了两条人命，只说那景七一定先逃出京城躲风去了，谁知他竟还在这里招摇。更可怪异的，是他们一伙混混竟然也关注起了拍花的团伙。难道也是为了宝儿走失的事？

那边云瑛与众校尉已经把客栈反反复复搜查了一遍，自然是毫无收获。袁彬对杨继宗和云瑛道：“你们两位今天心急火急忙了一天，眼下光着急也是无益，不如先回去休息一晚。我连夜再审吴良那个贼囚，看他再敢骗我！”

三

杨继宗这一夜睡得很不安稳，总是刚刚睡着又突然惊醒，不免又要盘算今天发生的事情。

想来想去，宝儿走失无非三种可能：一是确因当时人多拥挤，宝儿不慎被人流拥走，失散之后一时不知流落到何处。但宝儿虽然年幼，却伶俐懂事，况且当时事发只在转瞬之间，若不是有人在其中有意做了手脚，绝不至于一下子就人影不见。第二种可能就是被拍花的人贩子所拐。但那吴良的口供似真似假，有许多疑团，而且本来与此事毫无关联的景七一伙竟然也参与进来，让人不由得要想到第三种可能——拐走宝儿其实又是与一起重大阴谋相关！但到底是什么人，出于什么目的，才要在一个幼童身上大做文章呢？

一时想不明白，又忽然觉得找到一点头绪，反反复复，才又昏昏睡去。一觉醒来，发觉已经日上三竿，时候不早了。

方天保已经在外面等候多时了。杨继宗把昨夜审讯吴良和搜查炒米胡同小店的事对方天保说了一遍，也把夜里自己的想法告诉他。方天保所见大致相同，却也一时想不透其中的道理，只说道：

"这个景七我也听说过，因他一直多在大兴县管辖的东城活动，对他了解不多。但听说他这一伙近日也在咱宛平的西城颇为活跃。我再找大兴县那边熟人打探一下，看看这个景七到底是什么来头，近来都有什么行踪。"

杨继宗急着要看吴良昨夜又有什么新的口供，就先到玉喜庵去找云瑛，打算一同去袁彬那里。谁知来到玉喜庵客舍小院里，却被侍女莲儿挡在了门外："我们姑娘昨夜心急气闷，染了风寒，夜里烧得火炭似的烫人，清早才刚刚有些好转睡着了。公子请过些时候再过来吧。"

杨继宗听说云瑛病了，急道："可曾找大夫看过，要紧不要紧？"

"净观师父就懂些医术，昨晚给看了脉，说是外感风寒，内积郁火，倒也不要紧。已经抓药吃了。"

杨继宗还想进屋探视，但莲儿说刚睡下，不方便，只得作罢。因想道：云姑娘这病自是为着宝儿的事急火攻心，只有找到了宝儿，才可痊愈。也不再多想，匆匆忙忙带着杨二奔到大羊毛胡同袁彬那里。

袁彬两眼红红的，面露倦容，显然一晚没怎么睡觉，见了杨继宗说道："我夜里又把那姓吴的小贼审了两三个时辰，连吓唬带打，总算得到了这一份口供。承芳你先看看，没想到还牵连出这么多线索，我正要和你商量如何去分头查访。"便把一沓供状递给杨继宗。

杨继宗看那供状：

问：你明明已于昨日到过那炒米胡同客栈，通知吴发田等人离去，为何却要欺骗本官？

答：小的实有下情。昨日早上，有个山东有名的人牙子，姓黄的，来到破烂市，见吴发田等不在，就把小的找了说话，让小的快快转告吴发田等人。姓黄的说，因鲁王府这些年用人特多，要多弄一些小儿教养起来备着。这次只要六七岁清秀伶俐的男女孩童，怕再大了能够记得自己家里，不好瞒哄。姓黄的还说，这次要的小儿多多益善，等到正月十八一早在破烂市附近交割，然后就近在三里河上船运回山东。因姓黄的催我快快告知吴发田，小的这才又连忙赶到炒米胡同。又因那姓黄的说过，此事关联宗室亲王，无论对谁都不准乱讲，若是从哪里走漏了风声，王府怪罪下来大家不好做人。因此小的昨晚没敢实说曾去客栈传信之事。

问：你只传此信，吴发田等贼为何不久即全部离开客栈，销声匿迹？

答：小的所传之信，并无让他们转移的意思。但小的进去说话之时，吴发田等人也正在商议事情。小的只是传话，并不清楚他们所议是何事，但前后听了个头尾，大概也能猜出一二。

问：所议何事？

答：似乎是另有一帮拍花的，是个大帮，来自临清，小的去年也曾偶尔见过他们。这帮人有二十多人，俱都会些拳脚，身强力大，好生霸道。这一次听说为了东城一带最是富裕热闹，自然货多，说是他们自古以来的地盘，不让我们在这边做买卖。我们老大，就是吴发田，虽然也是山东人，与那帮人也认识，但终归人少势弱，不愿与那些临清的直接相争。我进去的时候听他们商议，似是要搬到西城萧家桥那边去住。只是小的走时他们并未商定，因此小的并不知他们后来是走是留，当时也没敢说他们一定住在哪里。

问：你可知那临清帮的头子是谁，他们平常在城里以何处为据点，常住哪些客栈？

答：听说为首的叫个铁拐李，真的是有些跛脚，却不知他的真实名姓。这人生得高大，黑脸长须，但听说平常只在家中坐镇，并不直接出面拐人。他们的住处小的并不知道，听说也是在思城坊一带，大概离炒米胡同客栈不远。

杨继宗看了，问袁彬道："这些供词，文质兄大概也是用了刑才得来的吧？"

袁彬道："这小子昨日要咱们，我回来先敲了他二十夹棍。后来招供也是吞吞吐吐，又打了他几下才说的。"

杨继宗道："虽然如此，我看他这些招供大概还是一派胡言。"又说，"文质兄不妨问问那行刑的弟兄，吴良身上可有旧日的刑伤。"

袁彬虽有些不解，却叫人去问了，果然说是腿上、臀、背，都有过肉刑旧痕。袁彬这才醒悟道："依承芳的意思，这个吴良莫非竟是个惯来参与刑狱的光棍？"

四

杨继宗道："你看这个吴良虽然生得白白净净，可昨晚见他在你这刑堂里却并不甚害怕，甚至用过刑之后，回答口供还是有条有理。文质兄审过的案子也多了，有几个到你这里不是屁滚尿流的。"

袁彬点头称是。

"可见这人绝不是个一般的混混。昨晚我就有些疑惑，却是方才想到，这吴良也许是故意让我们抓来的。"

"故意进来！那他是为了什么？"

"我在家乡也遇到过这类棍徒，专门接受钱财替人赴案，或是替人顶罪，或是提供伪证。但这一次，却都不像。我若推测不错，他应该是被人雇来故意拖延时间的。"

杨继宗用手指着那供状说："你看他这供词，貌似合情合理，认真推敲却有许多漏洞。他说是姓黄的人牙子昨日早上到破烂市来找他，告诉他鲁王府需要奴婢，今年要多多进货。但昨晚我们听小市口的和事佬周不通说，吴良前天就已经在那边到处招摇，说是有亲王府要用人，今年是大利市。况他昨晚的供词中也说，吴发田一伙是因了山东有王府要人才提早来京城活动，怎么就变成昨日早上姓黄的才把这消息告诉他，还让他一定立即传递给吴发田。再者，他说因事涉宗室王府，不敢随便传言。但你看他自己以及那姓黄的所行之事，可不是在大肆张扬。

“此外，他说吴发田等人离开小店，是为了铁拐李一伙的威胁。据我所知，那些犯罪的团伙为了各自利益，大都划分了势力范围，既然吴发田的河间帮与铁拐李的临清帮都做着拍花拐卖孩童的勾当多年，通常应该自有其作案疆界。即便势力有所变化，也有一套他们行内的规矩，可以商议调解，很少有真正动粗的。照吴良所说，这临清帮蛮不讲理，不守多年规矩，而河间帮倒是老实极了，被别人一说就走得无影无踪。”

说到这里，杨继宗又问袁彬：“文质兄，你说如果我们尽信了他所说，今天会做什么？”

“我本来正想就去访查铁拐李那帮人。”

“依我看，如若我们去查那铁拐李，或是根本寻不见人，或是找到了他们，却并无作案实证。到时再审这个吴良，他或许又要把那些大同帮、怀庆帮搬出来。如此一来，不是又要让我们瞎忙上几日了？”

袁彬想想，觉得杨继宗所说有理，“咱们这就再审这个小光棍，让他尝尝我们锦衣卫刑具的厉害。”

杨继宗却道：“文质兄不要小看了这些光棍，可是骨头甚硬。”

“那就只好看看，是他的骨头硬还是咱的夹棍硬了。”

杨继宗道：“虽然历朝历代都是以肉刑逼供办案，我却觉得并非善法。古人就说‘三木之下，何求不得’，肉刑残酷，那受刑的人或是依着问案人的思路胡乱编造；或是一时失去理智，乱咬滥攀；或是为了避免一时之痛，自诬认罪。所以肉刑之下取得的口供经常是靠不住的。”

“那倒也是。依承芳你的意思，该当怎样办案？”

“依我的愚见，一个案件需要人证、物证、情理、口供，四样俱全，都能对得上号，才算妥帖。就以前日金符令牌那个案子，虽说人证、物证、口供都算是齐备了，却唯有情理不合，仍然有很大的疑问。”

“你是说，那姓丁的道士假造金牌之事还有疑点？”

“我现在也还说不清楚，但总是觉得，咱们是被人引进了一个圈套里面。”

袁彬道：“我其实也觉得有些地方不可思议。”

正要再说如何再审那吴良，昨天在破烂市蹲守盘查的几个校尉却回来了，报告说：蹲守了一晚，并不见一人来找吴良。倒是那个周不通，昨晚领着查了一通，毫无收获；今日一早再找他，却已经不知去向，一家人都不见了。

袁彬气得连骂手下校尉废物。杨继宗却道："这样看来，那个周不通与此事必也有些干系，或许就是居间之人。若真是如我们所猜测，有人买通这个吴良故意被捉到官府，千方百计拖延我们寻找宝姑娘的进度，这背后的阴谋可就更是骇人了。"

"如真是有人指使，此案可就不简单了。可惜让那周不通跑了。"

"现在再去到处捉拿周不通也不容易，不如先利用现成的吴良。"

"我也正要审他。但你说单是用刑于此案无益，却不知还有什么办法？"

杨继宗又想了想："这小贼既然满口胡言，一心想要哄骗咱们，咱们何不让他也上一当。"又低声对袁彬如此这般说了一遍。

袁彬听了觉得有趣，笑道："那小贼心眼不少，这么做真能够诈出他的实话吗？"

"他昨晚两次过堂，计谋得逞，心下自然得意。得意则失于防范，或许就可突破。反正我们先试上一试，如果此计不行，咱们再来硬的不迟。"

"那好，就依承芳之意。"袁彬说罢喝道，"快去把那吴良带到刑堂，还要审他！"

第二十章

庚帖

一

杨继宗和袁彬再到那间刑堂时，吴良已经带到，手脚都戴着镣铐，跪在地上。杨继宗仍然进到里间，听袁彬审问。

袁彬问道：“你昨夜所说临清帮铁拐李一伙，过去作案有什么惯常做法，经常在哪些地方活动，近来可有什么动向？你要仔细回想，说得明白。如若对此次侦破案情有所助益，将来可以饶你一个胁从不问。你可要思量清楚。”

吴良趴在地上，不住磕头道：“小的明白，小的明白。待小的仔细想来回复官爷。”

袁彬正要再问，却有一个校尉急匆匆进来报告说：“汤长官来了，要见袁爷！”袁彬听说，赶紧离去迎接长官，连在一边录供的师爷都跟着走了，却把吴良暂时搁在了刑堂里。

约莫过了一盏茶的工夫，并没人搭理吴良。吴良见屋里无人，才稍稍抬起头来，舒展一下身子。杨继宗此时却从里间悄悄走了出来，见看守的校尉都在房门外边，遂到吴良身旁，悄声说道：“看不出来，你这个小哥倒是个好角色！”

吴良一时不知是什么由头，忙又低下头去，连声：“小的不敢，小的不敢！”

杨继宗低声道：“依着《大明律》，贩卖人口的不分主从，罪止杖一百，流三千里。现在流刑漏洞百出，去充军的三年两载逃亡甚多，若使了钱，根本不到流配地方的也大有人在。你今日来官府出头，熬上百十脊杖，赚得几百两银子，可不也是个大好的生意！”声音虽小，却是字字清晰。

吴良听了一惊，“这位爷说的小的不懂。小的误结匪类，自作自受，如今被官府捉了，又是夹棍又是板子，痛苦难熬，哪里去赚银钱？爷可不要拿俺们苦人儿取笑。”

杨继宗冷笑道：“你这一套伎俩，瞒得了锦衣卫的番子，却瞒不了我这个老讼师。从昨晚在破烂市，那周不通和你演的一套双簧，到这两堂口供，一看便知是有人买通你，让你混供拖延时间。如果没有大把的银子，你这小鬼头能够甘愿来这里受罪？”

吴良似被说到痛处，一时竟答不出话来，只抬了头看杨继宗，不知这位大爷到底是什么意思。

杨继宗又道：“我虽是袁爷的朋友，却并非锦衣卫的人，这次跟着这个案子无非为了看个热闹。但既然见到了红利，哪能置之不理？你若听我的，我能让你在这里舒舒服服再混上几日，然后叫你安稳回家度日。你若还是想最后杖一百，流三千里了事，我也不劝你，但自然要把我的猜测告诉袁爷，免得不够朋友。”

吴良见他十分无赖，不免大为狼狈，抬起身子眨巴着眼睛望着杨继宗看了半晌，才道：“爷说的可是作数？”

“你在京城一府两县打听打听，谁不知道我专接讼状的杨爷，但字据我可不能给你立。”

吴良又回头看了看门口，才小声说：“杨爷您说要怎么办？”

“你先得跟我说清楚了，这事是何人嘱托，何人居间，到底要你怎样行事。我也不管你得了多少银两，我只要你二百两，等完了事再一总过付。”

吴良听说要二百两银子，甚是心疼，但此时把柄已经被人拿住，也是无法，咬了咬牙说：“就依杨爷。此次确是有人嘱付，让小的在破烂市招摇，等着官府来人　可没想到是锦衣卫的人来抓我。说是小的一旦被抓，只要随口张风使船，让官差这几日把心思都用在几伙拍花的身上，能够撑上三日就算是成功。许下小的五百两银子——已经给了俺一百两定钱，小的已经让人捎回河间俺姥娘家里了。还说，要是当真判了充军陕西、榆林等处，他们自有办法把小的留住，不用真去。”

“花钱买通你的是什么人？”

“小的实在不知。所有这些事都是和事佬居间说和，钱也是从他那里拿的，也不知他中间扣了多少。”

杨继宗想了想，又问：“你昨日跑到炒米胡同告诉吴发田等人溜走是怎么回事？”

“小的前日接了这事，想到一经审问，必是要先说出自己的帮伙，万一吴发田等人一不留神被抓了，于我这事可是大大不利。因此昨日一早赶到炒米胡同小店，告诉吴发田说，刚听人说，东城兵马司的捕快已经得了风声，近日要来抓捕。他们听说被盯上了，大概都已出城回河间了，今春上这一票也不打算再干了。”

“京城有个大光棍叫景七的，与你或你们团伙可有什么关联？”

“去年来京城找生意，好像也听说过这个名字，似是京里四城八街极有势力的一个帮伙头头。但小的从未见过此人，更不知他与吴发田等人可有瓜葛。此次来京，并没有听说过与景七有什么关系。”

杨继宗听了点头道：“听你说的倒像是真的。我却还要访查访查。你若还敢瞎话骗我，一定有你好受。”

“小的所说句句是实，不敢有一字相瞒。杨爷还有什么吩咐，小的一定照办。”

杨继宗哈哈笑道：“你先等着吧。”说完也不理他，抬腿走出门去，又大声说道：“文质兄，这事你都听清楚了吧。还有何事不明，兄台自己再审吧。”

原来袁彬并没有真的离去，却是一直潜藏在门外偷听，此时也接话道：“承芳果然好计谋，袁某佩服。”说着便走进刑堂。

那吴良此时已经瘫软在地，跪都跪不住了。

二

杨继宗问明了吴良的案子，心中反而安稳了一些。据吴良所供，宝姑娘肯定不是被拍花的拐走的，至少先不用担心她立刻就会被卖到他乡。此外，虽然到现在还猜不出是什么人拐走的宝姑娘，更猜不出他们这样做的目的，但既然他们生出些七七八八的手段，想要尽量拖延时间，大概起码目前还不想伤害宝儿。只要宝儿人身平安，就一定能想办法把她搭救出来。倒是景七一伙儿棍徒也要插手此事，想不出他们所欲何为，让人有些放心不下。

有了这些收获，杨继宗也不再关心拍花团伙的事，告辞袁彬，急着要把新得到的消息告知云瑛。回宛平县衙吃了点东西，也不带杨二，就连忙来到玉喜庵。

谁知云瑛却不在庵中。菊儿说，头午就带着老麦和莲儿出去了，也没说做什么，不知什么时候回来。

杨继宗问："不是说病了吗，怎么还往外跑？"

菊儿道："昨晚受了点风寒，今儿早上吃了些药，就说好些了，不知为什么事急着就走了。"

杨继宗见显是没有给自己留话，也不便再多问。他心想着要等云瑛回来告诉她今日审那吴良的情形，好让她放心，于是先到庵堂中看看净观道姑可在。

来到正殿玉皇阁前，掀开暖帘一看，见净观正趺坐在蒲团上，眯着眼睛念经，怀里却卧着一只肥大的玳瑁猫，也是眯着眼睛，呼呼的如同念经一般，两个你一声我一声，倒也和谐呼应。

净观听见有人来，抬头见是杨继宗，急忙放下猫立起身来道："杨公子来了。"那只肥猫很不情愿地下到地上，朝杨继宗"咻咻"吼了两声，才摇摇摆摆地走了。

净观又道："听说杨公子前日大闹白云观，还抓了几个朝廷大案的要犯，连我这小庙里都听见人们传说。说是有个姓杨的举人好不威风胆色，以一当百，把一伙子要谋反篡位的假道士都连锅端了。我猜想定是你杨公子了，本想问问云姑娘，谁知她这两天也风呀云的见不着个人影。”

杨继宗只得把那天在白云观中的事略略说了一遍：“也是碰巧让我遇上了这事，何况还要多谢姑姑那日给我演说清引来历，小甥哪有什么本事！”又想到这京城中的流言实在厉害，便问，“不知京中传言说那些假道士要做什么勾当？”

净观先到门口掀开暖帘往外看了一眼，才低声对杨继宗说：“听人说，他们伪造了一块什么金牌，要调遣南边的襄王进京谋朝篡位。还有人说是皇上圣体有些不豫，他们调来襄王是要等万一皇上龙驭上宾了，好直接登龙庭，继大统。嗐，我一个方外之人，哪知道这些事，只是听人风传。”

杨继宗心想，这些人传得甚是离谱，却也无可奈何。

净观又道：“我见云姑娘这两日风风火火的，昨晚还受了风寒，才吃了些药，却又出去了。也不见那宝姑娘回来？”

“宝姑娘在个亲戚家先暂住几日，过些天便回。让姑姑操心了。”

净观凑到杨继宗耳边，小声说：“也不是我瞎操心。我看这位云姑娘来历不凡，那宝姑娘虽小，却也绝不是寻常女儿家。前日云姑娘为宝姑娘的什么事甚是焦躁，让我为她推算命相，我算了算，这位宝姑娘生在辛未年甲午月子时，金土木火水五行……”

“且慢！”杨继宗突然打断净观，“我听说宝姑娘是景泰二年三月，应是壬辰月生人，怎么你说是甲午五月？”

净观不解道：“怎么是三月？我给宝姑娘算过命理，记得清楚，明明是五月所生！”

“姑姑莫非记忆有误？”

“哪里有误！公子若是不信，云姑娘前日亲笔写的生辰帖还在我屋里，你看看便知。”一面就掀开暖帘大声叫道，“小青，小青！你快去我屋里，梳妆台上小匣子里，把那日宝姑娘的生辰庚帖拿过来给杨公子看看！”

不多时小青把生辰帖拿了过来。杨继宗拿到手中一看，是一张平常纸笺，上面写着：

宝儿，辛未年五月二十八日子时生。

字迹颇为生涩，却写得认真工整。杨继宗见过云瑛在庵中练字写的仿，正是她的手笔。

杨继宗把那纸笺又看了几遍，并无可疑之处，不免心中诧异：昨日在宫中，云瑛明明对孙太后说宝姑娘是三月生人，为何与这生辰帖不符？若宝姑娘真是那年五月生人，按时间推算，她莫非并不是太上皇的亲生骨肉？

净观还在一旁絮叨："分辨四柱五行，也算是我们道士的看家本事，道姑哪里会记错？你看这帖子，想是公子当时听错了。"

杨继宗不想让净观知道宝儿的身世内情，支吾道："想是我当时没听清楚……"却并不把那纸笺还给净观，"这个帖子可否送我留着一观？"

净观似有些不大情愿，却也没有不给他的理由，"你要拿去便拿去，什么宝贝家什——只是不要轻易给别人看了姑娘的八字，万一遇到恶人，给诅咒了。"

杨继宗把那庚帖揣到袖中，心中却觉分外烦乱，一时也不知该再和净观说些什么。

两人正在玉皇阁里默默相对有些尴尬，小道姑青儿却来到门口说道："杨公子，有一个姓靳的施主来这边找您，见是不见？"

三

杨继宗听说来人姓靳，估摸定是靳孝，连忙出了玉皇阁，随青儿来到前面的灵官殿，见正是靳孝站在殿中。施礼道："正说何时得暇要去拜谢靳兄前日相助之恩，不想靳兄又来寻在下，实实得罪。"

靳孝一面还礼一面说道："杨公子客气啦。我因在这边走动，忽然想起公子就住在宛平县里，顺便来拜望。贵价那位二爷说公子来了这玉喜庵，这才来了。"

此时净观也姗姗走来，身边还跟着那只玳瑁猫。那猫见了靳孝倒不认生，过来就在他腿边蹭来蹭去。

净观满脸堆笑道：“靳爷倒是闲在，又到小庵随喜。”

杨继宗微微一愣道：“不知道二位原来也是认得的。”

净观道：“这位靳爷广积善福，年前才到咱们小庙里施舍了香油钱，道姑自然认得。”

杨继宗心想，这香油钱怕是为着云瑛才送来的，不由又多了几分警醒。

靳孝依然一副大咧咧的神气，“仙姑客气。我们开小店的求神佛保佑富贵平安，过年的时候挨家布施是个常礼儿，不必挂心。”

净观说这灵官殿不是说话之所，把杨继宗和靳孝请到西跨院一处安静厅堂，奉了茶，才说是有事告辞，让两人方便说话。

坐定了，杨继宗才真诚说道：“那天在白云观里，多亏靳兄和你们十番会的人出手，不然说不好我们要吃大亏。”

“哪里哪里，那天是赶巧了，遇上公子有事，哪有不管的道理。倒是公子临危不乱，有理有节，后来我们十番会的弟兄说起来没有不竖大拇哥的。此事现在京城流传甚广，怕是过不了几日就要被编成话本在茶楼里说书了。”

“我也正觉奇怪，怎么这件事在民间流播得如此迅速？靳兄在京中耳目甚多，可觉得有什么特异之处？”

“公子有所不知，这京城里吃饱了没事干的人特多，传闲话本来就是京中人的一个大乐子，要是这闲话与朝中、宫中有所关联，大伙儿传得就更是起劲。但这一次确实显得有些过火，如果不是有人故意煽风鼓灶，应该不至流播得如此快捷。何况，这一次众口一词，都说是杨公子勘破奸人伪造襄府信符，揭穿了一个谋朝篡位的大阴谋。我正想要问，此事真是如此吗？”

杨继宗只得又把那金牌令符一案的经过和结果大略讲述了一遍。“有人伪造令符是真，但他们要这假金牌做什么，却一时琢磨不透。要说是直接拿假金牌去调襄王世子进京，虽有些匪夷所思，却也还勉强可行。但即便真把襄世子调来了，又有何用？一个被矫诏入京的亲王世子，已是戴罪之身，凭什么能够继位大统？”

“我等草民虽不懂这朝廷大政，却也是觉得有些不可思议。但既然有人暗中操纵此局，必有其心机，公子不觉之中已然陷于局中，不可不防。”

“多谢靳兄提醒。我这几日也正时时警惕，生怕被贼人利用了。”却也不愿再多说此事。

靳孝见杨继宗不愿说这事，转而问道：“听说云姑娘就住在这庵中，怎么不在？”

杨继宗笑道：“靳兄对云姑娘的行踪，只怕比我还清楚吧。但今日确实不在庵中，说是出门有事去了。”

靳孝竟难得有些脸红，敷衍道：“公子说哪里话。我不过随便问问。”却又欲言又止，“但有些话，对公子不知当讲不当讲。”

杨继宗明知他此行就是要说这些话，却故意噎他：“既然如此，不讲也罢。我还有些俗务，先告退了。”

“公子慢走，我还是说了吧，不然不安于心。”

“请讲。”

“这几日来，公子与云姑娘多有接触，想必已经知道这位姑娘并非寻常之人。”

“也略知一二，还请靳兄赐教。”

“公子必定也知道，她并非我中原之人，实为瓦刺部一位出身高贵的郡主。”

杨继宗心想，你倒也勘查得甚是清楚，却只是点头，并不回话。

“公子你想，一位郡主不辞辛劳远来京中，跑马卖解，难道真是为了好玩？”

杨继宗不想告诉他宝儿之事，因此仍只是微微点头。

“云姑娘来京到底所为何事，我也不敢臆断。但因敝号在口外也有些药材生意，近日听说口外那边有瓦刺别部又在蠢蠢欲动，似有乘机内犯之意。公子你也知道，这些日子朝廷有些纷乱，都说是皇上圣体欠安，甚至有不可言状之虞。若是朝廷太平无事，当年也先盛时尚且不能在京师得到便宜，何惧那些散碎的鞑子。可如今一旦京中生变，外敌再乘机进犯，就不可不防了。”

杨继宗听他说这些话，面色也严肃起来。

靳孝又道：“这些本是无凭无据的猜测，我靳孝也不是个嚼老婆舌头的人。只因我见公子精明干练又一心体国，终当是成大事之人，才把这些肺腑之言说了，以为戒备，是非自由公子裁量。”

杨继宗这才郑重答道：“靳兄一片苦心，小生愧领了！多谢多谢！在这事关家国天下的大关节上，小生决不敢有半点疏忽。”然后又微笑道：“不过，在下自谓阅人评事颇有眼力，不论什么奸人落到在下眼前，也算是不幸之至。”

四

送走靳孝之后，杨继宗见天色不早，索性先不回县衙，在厅堂里与净观有一搭没一搭地闲聊，等着云瑛回来。又过了一刻，青儿才来报说，云姑娘回来了。

杨继宗连忙来到东跨院，就见云瑛才刚把大衣服脱了，还不及清洗风尘，仍是愁容满面，眼中透着焦虑不安。

杨继宗道：“今日一早过来，听说姑娘病了，怎么又出去走动？”

“还不是为了宝儿的事。我和老麦去找包掌柜，因他在京中认识的人多，想让他和手下也去多方查问。谁知他们前日已经离开同福客栈，一时竟也没有找到。”

杨继宗一面让云瑛不要过于着急，一面把头午再审那吴良的事又说了一遍，“看来拐走宝姑娘的并非普通拍花之辈，虽然一时还猜不透到底是什么人，要在宝姑娘身上施展什么手段，我却觉得宝姑娘一时应该不会有危险。我们一起努力，还有袁兄和方捕头的人共同勘查，这两天一定可以找回宝姑娘。姑娘还要保重身体，别思虑过度了。”

云瑛听了虽然也在点头，却有些心不在焉，似是对杨继宗所说的事并不甚关心，也并不发话。杨继宗一时也不知说什么好，只呆呆地与云瑛对坐。

尴尬片刻，杨继宗才小心问道："云姑娘，你可还记得，当初太上皇是几时离开的你们部落？"

云瑛见他突然问起太上皇的事，不觉有些奇怪道："怎么又问起了这事？我那时虽然年幼，却记得清楚，皇上是庚午年，就是景泰元年七月初离开的我部。当时正值草茂羊肥，我们部落为送别皇上，杀羊置酒，好不热闹了一番。"

"我看当时有人记载，也说太上皇是景泰元年七月初离开的瓦剌，与姑娘所记不差。"杨继宗又迟疑了一下，才又低声问道："那敢问姑娘，宝姑娘是何时落生？"

云瑛听他问起这个，大为不解，"昨日在宫里我也曾对太后说过，难道你没有听见？宝儿生在景泰二年，辛未年三月二十八日，可有什么疑问？"

杨继宗既然把这事问了，到此也不退缩，"我听人言，说宝姑娘是那年五月二十八的生日，看来当是误传了。"说话时眼睛却盯着云瑛。

云瑛是何等聪明，转念一想已经明白杨继宗这样问的道理，不由一股无名火起，冷笑道："杨公子倒是眼观六路，耳听八方，消息来得便利，怎么宝丫头的生辰凭空就晚了两个月？若是别人，早俩月晚俩月也还罢了，偏是这宝丫头要是晚了俩月，哪里还对得上皇上和我姐姐的那个榫？听公子的意思，是说我们家里拿个野种小丫头要到你们大明朝冒认皇亲。我可要问问杨公子，我费尽千辛万苦，给朝廷送进来个假公主，且不说眼前这位皇上圈禁在南宫里头并无丝毫实权，即算是正经坐着龙庭的万岁爷，莫非就能为这么个小丫头给我云瑛一世的荣华富贵？莫非就能为此对我瓦剌大开方便之门？杨公子若真是这么想，可也忒小瞧我们瓦剌贵胄之家了！"

杨继宗虽然能言善辩，此时却也无话答对，只能嗫嚅道："姑娘说哪里话。我也是听了些闲言，想要对证一下，一时糊涂才在此时问到姑娘。都是小生的不是。"

云瑛见他赔罪，转怒为悲，流下泪来，"昨日把个宝丫头丢了，我急火攻心，吃不下，睡不宁。本想靠着公子大才大智能够一时三刻把宝丫头找回来，谁知道你不但不急，反倒寻些个不着四六的瞎话来琢磨……"越说越是悲痛，竟哭出声来，一面还在一声声叫着，“宝丫头，你在哪儿呀？”

杨继宗面对此情景已是毫无办法，更不敢现在就把那生辰帖子拿出来对质，只能起身不住赔礼，劝道：“刚才都是我的错，姑娘不要起急。这几天我再认真查找，一定能找回个毫发无损的宝姑娘。”

云瑛一面用汗巾擦拭眼泪，一面赌气道：“我一个番邦女子，本来也不该劳驾您举人老爷。我与杨公子本来不过是萍水相逢，也没有过命的交情，也没有利益往来，这些日子公子仗义相助，我们已经感激不尽了。从今往后，宝丫头找着了自会进宫与父兄团聚，我们过了年也该远走天山，公子自然还要考试等着高中，咱们各走各的阳关道。公子也不必再为宝丫头的事操劳了，明日我还是找袁大叔，或是报官立案，或是由锦衣卫密查，我就不信，大明朝廷连个自己的公主都找不回来！”

杨继宗见云瑛一时有些不可理喻，正不知如何应付，此时知客的小道姑青儿却快步进来说：“门外来了几个宫里的太监，让云姑娘去接礼物呢。”

杨继宗与云瑛来不及争吵，赶忙来到玉皇阁前面，见一个中年宦官带着几个小火者，抬着一个礼匣，正在阁前等候。杨继宗上前见礼，报了身份。

那宦官道：“原来杨公子在这里。还有一份给公子的礼物，刚才已经到宛平县里，由太爷接了。这些是给云姑娘的，除太后所赐的一副头面、一匹宫缎外，还有曹总管送的一匹云绒，请姑娘查收。”

云瑛先向来人致谢，让菊儿领小火者把礼匣抬到自己房内，又给了来人十两银子赏钱。那中年宦官又道：“传曹总管的话：那边房屋已经安排好了，初十就让宝姑娘搬过去住。说是太后那边也有懿旨，初十日一早先让云姑娘领着宝姑娘再到宫里觐见太后，杨公子就不用去了。”

第二十一章

勾栏

一

昨晚听传话的太监说，上圣皇太后要云瑛带着宝儿初十日一早再次进宫，杨继宗心里增加了无穷的压力。初十清晨必须领宝儿再次进宫面圣，也就是说留给他们寻找宝儿的时间只有两天了！

也正是在那一刻，杨继宗似乎突然领悟到对方施行拖延诡计的意义：如果这两日还是找不回宝儿，不但在孙太后那里一时无法交代，自己和云姑娘，以及参与此事的许彬大人、张軏都督，甚至总管曹吉祥太监，恐怕都会吃罪不起。到时候不论如何解释，这些人与孙太后之间种下的嫌隙大概一时无法弥合，甚至因此要生成大狱也未可知。

但这个“对方”究竟是些什么人，用了如此繁杂的诡计究竟有什么用意，杨继宗却还是弄不明白。以此来陷害云瑛或自己？杨继宗自忖，以自己这点微末地位，在京城里还不至于如此引人注目；云瑛身份虽然较为复杂，但在京城里势单力薄，也想不出要用这样麻烦手段来加害她的理由。至于宝儿到底是不是三月生日，云瑛会不会真有间谍的使命，杨继宗虽然也有些疑惑，但在内心深处却不愿意怀疑云瑛，更不愿意把这些疑点与宝儿失踪联系起来。

眼下能够想到的，还有一种可能：那些不明身份的对手拐走宝儿，不让宝儿如期进宫，目的是为了离间许彬、曹吉祥等人与孙太后的关系！但离间他们的关系又是为了什么呢？杨继宗将这些天遇到的事情和听到的消息仔细梳理了一番，似是略有所悟，却终究还有一些解不开的环节。

因此正月初八日辰时已过，杨继宗在自己住的小院里竟有些不知所措。正想再找方天保拆解一下案情，就见杨二匆匆进来，递上了一纸帖子：“刚才县衙门房收的，来人不要回帖就走了。”

杨继宗打开帖子，见里面只有三行字，上写：

孝廉公承芳杨老先生台下：风闻教坊司粉子巷董菲儿家，近得青玉凤簪一支，来路殊属可疑，老先生或可一察。

下面并没有署名。

杨继宗见了这帖，也不问杨二，直接跑到县衙门口去问门子：“送这帖子的是个什么样的人？”

“是个小厮模样，来了递上这帖子，说是请交贵府杨承芳老爷。我正说稍等了回帖，他却一句话没说，扭头骑着牲口走了。”

杨继宗知道这是写帖的人故意要不留痕迹，追也追不上了。才吩咐杨二说：“你一会儿到玉喜庵对云姑娘说，我昨日不该误信谗言，胡乱猜疑，有辱姑娘和宝姑娘的清名，现在后悔莫及。还请姑娘大人大量，原谅小生。再有，你告诉云姑娘，说我今日又得了线索，现在就去查访了，定能早早找回宝姑娘，让云姑娘一定放心。”

杨二答应了，又复述了一遍，才问：“爷要去哪里？等我回来再走吧。”

杨继宗道：“这个地方不能带你去。你就在家里守着，看看方爷、袁爷他们可有什么消息。”杨二只好自己去玉喜庵。

杨继宗回房换了一件天青色油缎深衣，戴了幅巾，又到县衙马棚里挑了一匹形色漂亮的马，独自去了粉子巷。

对于那无名帖子的来历，杨继宗一时也难推测，但大致无非有是敌是友两种可能。若是有人与拐走宝儿的一伙人通同一气，传来这个消息当然还是要给他指示更多的歧路，迷惑他的心智，以达到进一步拖延时间的目的；如果是友，则不论这送信的是什么人，总之是要帮助他尽快找回宝儿，提供的则是一个极为重要的线索。因为一时无法分辨，杨继宗才不愿惊动别人，宁可自己一人先去碰碰运气。

杨继宗对东西牌楼东南的教坊司一带并不算陌生，来京城数月，曾多次与同来赴试的举子们交往，其中有几次就是到教坊司这边打茶围、吃花酒，偶尔也会在娼家留宿。但每次到勾栏中来，杨继宗都不会带着杨二，以免他将来把话传到老太太和妻子耳朵里说不清楚。

顺着皇城往东先到了东四北大街，向南过了四牌楼，再往南从演乐胡同进去向东，走不多远就到了粉子巷。这一带全都是教坊司所属的娼家，一个个小院收拾得整洁花俏，门口都挂着大红的双灯笼，大门上贴着“喜”字，门框上贴着春联，张灯结彩，比城里别的地方更有过年的气象。

这粉子巷是一条南北向的小胡同，娼家不多。杨继宗正要打听哪里是董菲儿家，却见对面不远处来了一骑白马，马上那人外披一件豆青羊绒鹤氅，原来却是徐贯。

在这样地方遇到徐贯本来也不算奇怪，怪的是他也是独自一人。杨继宗连忙下了马，上前见礼道：“元一兄别来无恙？前日在白云观中多承援手，还没来得及拜谢，不想在这里却得巧遇。”

徐贯也早下了马，一面还礼道：“承芳兄不必客气。兄台今日独自来逛教坊，可是雅兴颇高啊。”

杨继宗被他说得有些不好意思，忙道：“哪里是什么雅兴，只因有件事想要打问此间一位粉头，才一人前来。”

徐贯道：“我也非这边的孤老常客，本来还不知要去哪家。既然承芳兄有事要问，不如一起走走，也免得一人无趣。”

杨继宗一时摸不清徐贯的意图，却也不好推托，只得与他一起寻了董菲儿的住处进去。

二

这董菲儿家是一个寻常小院，因顺着巷子走向，朝东开着一个如意门，门口也是红灯彩挂。早有小丫鬟请进大门，二门却仍是朝南开的，门两边贴着一副对联：

不信红颜终薄命，从来名士自风流。

想是来这里的文人所写，倒是有趣。

正在观看，一个四十多岁的虔婆迎出了二门，“两位大爷倒也眼生，敢是头一次来我们小门小户。”

徐贯抢先答道：“我们均是来京赴试的举子，久闻董菲儿的芳名冠绝京城，今日来此，但求一睹芳容。”

那虔婆明知这是过誉之词，却也乐得眉开眼笑，说道：“两位爷过奖了。可是实在不巧，菲儿今日一早被王御史家叫去唱曲儿，说是早呢要过午之后回来，要是晚可就没点儿了。我家还有小闺女芳儿，色艺都不在菲儿以下。还有我的外甥女儿周红蝶，那更是这本司一片一等一的角色。”说到这时，还故作神秘凑近了两人低声道，“她可是进宫伺候过皇上的。”

杨继宗掏出五两的一锭银子递给虔婆，“就请略备馔饮，我们先在此与两位姐儿清谈，还望叫人催菲儿早些回来。”

那虔婆见这两位客人都是年轻潇洒，衣着华贵，且又出手大方，哪能不喜。急忙又是叫后厨置备酒菜，又是让人去王御史家催：“就说家里有要紧的事，让菲儿过午就快快回来。”一面张罗让红蝶、芳儿赶紧地装扮迎客——一番忙活不停。

杨继宗和徐贯被引进正房客厅里，厅里正中央放着好大一个黄铜炭盆，里面满满放着水磨细炭，火势才刚起来，房中却也温暖，两人脱了大衣裳坐下喝茶。不一时小丫鬟掀起暖帘，让两个粉头进来。先前的一个高挑个，瓜子脸，眉目清爽，身穿月白绸衫，银红比甲。随后的一个身量稍矮而纤细，生得十分俊俏，也是月白的绸衫，却是翠色的比甲。

两个粉头先见了礼，穿红比甲的才问：“请问两位爷的尊姓大名啊？”

徐贯道：“这位是杨承芳公子，是山西的举子，才干非凡。在下叫徐贯，是南京的举子。咱们都是来京里应试的，因听说几位姐儿的芳名响亮，才在年下来求一面之缘。”

杨继宗忙谦让了两句。那穿红比甲的周红蝶笑道："两位公子若不开口，我们一眼瞧着，还以为就是一母同胞的一对亲兄弟。难为二位公子一南一北两处的举人，倒如此连相，全都如此俊朗。"

说话间小丫鬟放好桌案，又用食盒提来了菜肴，在桌上摆放开来。都是小碟小碗，分外精细，最难得的是有几样初春难见到的蔬菜，青青绿绿，极是可人。杨继宗知道，这京城勾栏中的菜品人称"教坊菜"，专求一个精字，不要说街市上的酒楼食肆，即便是官府大宅里的伙食常常也难以比肩。酒也并非官场中最热衷的金华酒，而是一坛色泽鲜红的葡萄酿，酸甜可口。

周红蝶与董芳儿安席已毕，分别坐在杨继宗和徐贯身旁，斟酒布菜。吃了几杯酒，徐贯说道："我看这屋里摆放着又是筝又是琵琶，想来两位姑娘音律甚妙，何不让我们一赏佳音？"

那董芳儿也不扭捏，起身拿了琵琶道："我就为两位公子唱一曲《双调》。"先用拨子调了几声琴弦，正了音，才低声弹唱起来：

她生得柳似眉莲似腮，樱桃口芙蓉额。不将朱粉施，自有天然态。半折慢弓鞋，一搦俏形骸。粉腕黄金钏，乌云白玉钗。欢谐，笑解香罗带。疑猜，莫不是阳台梦里来？[1]

歌声玉润珠圆，余音袅袅。徐贯不由得鼓起掌来，"真是好曲，词写得好，唱得也好。"

董芳儿却脸色微红，说道："红蝶姐姐唱得比我强了百倍，我是怕姐姐先唱了，过会子我再唱公子们就不听了，才抢先来唱。"

周红蝶道："你这小蹄子倒会说巧嘴，这么一说，让我也没法唱了。公子们要听，只有罚她来唱。"

杨继宗趁机问道："听说红蝶姐还进宫里承奉过，那可是常人难遇的恩典呀。"

[1] 此曲为元代杜仁杰所作，见齐豫生、夏于全主编《全元散曲》。

周红蝶撇了撇嘴道："我们一些勾鬟中的姐儿，进宫面圣这样的恩典，那是老婆当军——不过是充数的事儿，又有什么可显摆的。"

杨继宗道："原来真有此事。"

"可不是。那还是景泰四年年底，教坊司主事的官儿挑了我们几个，说是要入宫承奉。公子们想想，从南京到北京，我们教坊司承奉从来都是男爷们的事，一应姐妹不过是年轻的时候当婊子，老了做虔婆，哪有还去伺候皇上的？可既然是上头派下来的差事，我们哪敢不遵，只好硬着头皮去了。"

徐贯插言道："能去宫中承奉，万一得到圣上青眼，岂不是人生一次大好的机会？"

周红蝶轻轻哼了一声："有些人可不就是这样想的嘛。只不过，就算是真让万岁爷亲眼看上了，是福是祸我瞧还得两说着呢。"

三

杨继宗见这周红蝶虽然只是个教坊司中的妓女，倒也有些见识，正想借机了解些与李惜儿有关的情况，就问她道："几位到了宫里，不知是如何承奉？"

周红蝶见这两位客人对此事兴趣盎然，倒也不避讳，说道：

"我们这些教坊中的娘们，自小只学些琴筝度曲，低吟小唱，并不会杂剧排场，也不会大曲雅乐。我们教坊司的长官晋荣大人倒是有办法，叫了我们十几个姐妹，先在一起排练了两日，大家各持笙管笛箫，琴筝鼓板，合在一起演奏了几套大曲，无非是《朝天子》《永遇乐》之类，听着也还像是那么回事。就带着我们进了宫。"

据周红蝶说，她们每次都是从玄武门入宫，由钟鼓司的太监领着，也不知是什么宫什么殿，就在里面奏乐演唱。最初一两次除了皇上以外，还有宫中的嫔妃在座，再往后，就只有皇上一人听曲。自景泰四年底到景泰五年，大约一年的光景，这些教坊司的女乐进宫承奉了有七八次，每次唱毕就会留下三四个姑娘继续伺候皇上，其余的赐食领赏，各自回家。

徐贯凑趣问道："不知红蝶姐姐可曾一承万岁宠幸？"

周红蝶却笑了，"我们这种庸脂俗粉哪能入得了万岁爷的眼哪。其实留过宫里的前后总共也就是四五个人，最初都是过个两三日就放归回家了。姐妹们有问起的，都说钟鼓司的陈太监嘱咐了，不让对外边瞎说八道。可我们在勾栏做粉头的什么没有吃过见过，想来左不过就是那点子事罢了。私底下也有拿这事当笑谈的，说是谁谁家生意大发了，把窑子直接开到紫禁城里边去了。"

杨继宗道："想来坊间所传的李惜儿有些与众不同。"

周红蝶微微撇了撇嘴道："那位李大姐与我们本来也是极熟的，那压根儿就是个有心气、攀高枝儿的主儿。当初刚入宫的时候，姐妹们有的是害怕，有的是有心回避，都是愣愣磕磕的不大可人儿。不瞒公子们说，我们勾栏里有个妆容的秘法儿，叫'回客妆'，描眉画眼的时候只要稍稍勾画一点，十成颜色能减个三四成，是专为那些不愿意接待的客人备着的。那年初次入宫，我一瞧，十几个人中倒有六七个是化的'回客妆'。李惜儿可就不一样了，那天妆化得是又娇又媚，唱的时候也是处处顶尖儿，骚情得不行。我们私底下都笑说，惜儿这是想要把万岁爷当孤老啊。谁知道，她竟也真就办成了。"

徐贯有些不解道："难道别的姐儿就不愿长久伺候皇上？"

"若要真能够进到宫里当个有名分的主儿，哪怕是最下等的嫔妃，怎么也比在这教坊司里背着一辈子的贱籍当婊子强呀。可是公子你想，我们一些倡优之辈就算真得了万岁爷宠爱，能换来一个正经名分吗？李惜儿从前年春天搬进宫去，也快两年了，听说是专房专宠，特别得着万岁爷的待见，她哥也脱了乐籍当了锦衣卫的官儿。可就这样，我们听说她其实连正经的内宫也没住进去，到现在还是住在御花园旁边的'花房'里头，更别说主子名分了。"

周红蝶说得高兴，也是觉得眼前这两位公子说话投缘，又故意压低了声音道："年前还听说，因为总是得不到正经名分，这位李大姐又耍了个大花头。"

杨继宗听了一惊，忙问："什么花头？"

周红蝶态度更加神秘道："李惜儿说她怀了身孕，其实都是我们教坊司的长官晋荣和钟鼓司的太监陈义出的主意，还买通了御医，其实都是假造的。"

杨继宗真是闻所未闻，"这样也行？这可不是欺君的大罪！"

"要搁在朝廷里，这也许就是欺君之罪。可在我们勾栏行里，这却也是抓孤老的常用手段，自有一套法子，就不跟二位细说了。"

徐贯显然也觉此事匪夷所思，问道："这事瞒得一时，将来可怎么收场？"

"不是说了，我们行里自有办法收场。可这一次，也是惜儿姐姐流年不利，也不知道是宫里哪边的势力，想是不愿意让个教坊司里唱曲的怀上龙胎，就在年前给她使了手段。"

杨继宗与徐贯几乎同时问道："什么手段？"

周红蝶面色虽然严峻，却不由透出几分幸灾乐祸，"听说是有人给她下了毒。但毒得不重，难受了两天就好了，后来找行家问了才知道，那毒是只为堕胎的，并不要命——这么说，又算她有点运气了。"

杨继宗联想到吕大相的案子，暗想道：虽然不知那用毒堕胎与要毒死李惜儿的是不是一伙人，但这个李惜儿能在阴毒的宫廷倾轧中保住性命，还真是有些运气。

董芳儿刚才一直瞪着眼听周红蝶讲这些宫中秘闻，也是感到十分新奇，此时见两位公子都突然沉思不语，才对周红蝶说："红蝶姐，你看你净说些不着调的事，没的扫了两位公子的兴。"忙把琵琶递过去，"快快唱个成套的，给公子们赔罪。"

周红蝶也知不宜再说，便道："我来抓筝吧。"才走到一边放筝的案前坐了，引商刻羽，一面拨弦一面唱起来：

春闺梦好，奈觉来心情，向人难学。锦屏斜靠，尚离魂脉脉难招。游丝万丈天外飞，落絮千团风里飘。似恁这般愁，着甚相熬。

自春来到春衰老，帘垂白昼，门掩清宵。闲庭杳杳，空堂悄悄，此情除是春知道。寂寥，唾窗纱缕两三条。

无心绣作，空闲却金剪刀。眉蹙吴山翠，眼横秋水娇。正心焦，梅香低报，报道晚妆楼外月儿高。[1]

果然声情并茂，技艺又非董芳儿可比。

四

看看过了未正时刻[2]，几人已有些倦意，正要收拾了残席，门外却来报说："菲儿回来了。"

又过了片刻，董菲儿才从外面进到屋里，先拜见了杨继宗二人："王御史家里一时脱不开身，让两位公子久等了，告罪告罪。"

于是又有丫鬟重新收拾桌案，布置酒菜，几人重又坐下喝酒。

徐贯道："我有一位做首饰生意的朋友，前些日子送了我几支簪子，今日带过来想要送给几位姐姐。虽然是薄礼不成敬意，姐姐们一定要收下。"说着从袖中拿出几支簪子，杨继宗从旁一看，那三支簪子都是一模一样，由青玉雕成，头上是一只镂空的凤凰。

杨继宗见徐贯还带着这样的礼物，心中不由又是一惊：这三支玉簪的雕花款式与宝儿的那支并不相像，可如果一个工匠只听人口中描述并没见过实物或是图样，宝儿那支玉簪的副本很可能就会被做成这样。徐贯以这样的玉簪送礼，一定是为了钓出董菲儿收到的那支，令其现身。如此说来他则对此事早有准备，甚至早上的匿名帖都可能是出自其手。他此时不避行迹说明他不想对自己不利，应该也是想要帮自己尽快找回宝儿，至于他的消息来源和这么做的背后目的，一时也没有工夫细想了。

三个姑娘各自拿了一支玉簪细看，董芳儿果然入套说："姐姐你看，这

[1] 这套仙吕套曲，为元代王修甫所作，见齐豫生、夏于全主编《全元散曲》。
[2] 未正，是指下午两点。

簪儿与你前天得的那支倒有些挂相儿。”

董菲儿却沉得住气，只把那玉簪拿在手里翻来覆去看，并不搭妹妹的茬儿。

倒是周红蝶只把那玉簪看了几眼就放在桌上，冷笑道：“我还当两位公子真是慕着我妹子的艳名儿来的，也说笑了一晌午了，没承想竟又是为了那支簪子来的！”

徐贯见想法被人戳穿，不免有些尴尬，“慕三位芳名是真，这簪子只是……”

杨继宗却觉得事已至此不如明说，就起身向三个姑娘郑重施礼道：“此事与元一兄无关。实是在下一位极好的朋友家里走失了一个女孩，大家十分着急，听人说菲儿姑娘这里近日得到一支玉簪，与那女孩身上的东西有些相像，故而才来到这里探问。此事烦渎几位姑娘，还望恕罪。”

周红蝶听杨继宗这样说，又道：“也不是我们多心，为了这个簪子，昨日已经碰到过一起子来看的人了。倒要问问杨公子，你们走失的那女孩的簪子是个什么模样？”

“也是一支青玉凤头簪，样式却与这三支不同。因她年纪小不能簪头发，那簪子是用金链系了挂在胸前，与通常玉簪不同。”

董菲儿这才发话：“这么说倒是有几分像了。”又看看周红蝶，见她微微颔首，才说，“既然两位公子大老远来到这里，又是人命关天，我就拿出来给公子们看看。”说罢出门去取玉簪。

周红蝶道：“那簪子是前天菲儿一位相好送给她的，只说是随手得的物件，看着好玩才送了她。也是该着，那天晚上到一家府里唱曲，教坊中去的有好几个，不知怎么说起来，因都没见过拿簪子当挂件的，菲儿就拿出来让几个姐妹看，一时间座上喝酒的爷们也见到了。不想昨日就来了两个市井的混混，吃了酒就问起簪子的事。问他们那簪子的来历，却又说不出个所以然。我们自然不会让他们看，闹得不欢而散。也不知两位公子是从哪里得到消息的。”

杨继宗看看徐贯，徐贯却假作懵懂没有反应，只得说：“此事瓜葛甚多，一时也说不清楚，过几日这件事了了，我一定再来赔礼说明一切情况。”

董菲儿已经拿来了玉簪，杨继宗一看，果然就是宝儿所戴，急忙道：

“正是这个簪子。请问姑娘，这簪子是何人送的？”见董菲儿面红耳赤不愿回答，又说道，“在下也知道这是个不情之请，但此事关系那女孩的性命，还望指教！”

董菲儿脸憋得通红，低头磨蹭半晌，才喃喃道：“是那白玉堂给我的。”

周红蝶在一旁倒笑了，“我倒是头一回知道，那白玉堂还有这么个响亮名字。”又转向杨继宗道，“也不怪我这妹子害臊，那白玉堂是菲儿的恩客，却既非官宦又非士子，是在京中开店的商客。因他一向对妹子极好，人也生得堂堂正正，菲儿对他反倒比那些官宦子弟更加亲近，就连那股子羊膻气也不在乎了。”

杨继宗听了却是一怔，“这么说，白玉堂在京城开的店铺却是羊肉床子？”

周红蝶听说也是一愣，“不承想杨公子对京城的事倒也知道得甚多！白玉堂确实开了几家羊肉铺，因此从来不缺少钱财，要说他参与拍花的拐人子弟，那是打死我也不信。这里面一定还有许多隐情。”

杨继宗道：“实不相瞒，那位走失的女孩身份十分尊贵，内情也极为复杂，我也不相信是一般拍花的所为。请问菲儿姑娘：你可知那位白玉堂在京的下处或是他开的店铺在什么地方？”

董菲儿面色已然恢复，低声说道：“我们教坊中的规矩，除非叫局去人家，从来不打问客人的住处。白相公从来只到院中吃酒，没有叫过局去他那里，我们并不知道他住在哪里。”

董芳儿却在一旁插话：“我听他平日话头，铺子似是在西单牌楼那一带。”说完却被她姐姐剜了一眼，不敢再说。

杨继宗知道勾栏中姑娘忌讳说出恩客行踪，也不再追问，正色说道：“那女孩之事，关系重大，这个玉簪也算个重要物证，放在姑娘这里却颇有不妥之处。我想将它拿走，可又十分无礼了。”又拿出两锭五两的银子，“这点银两算是在下赔礼的一点心意，不成敬意。”

又转身对徐贯说：“小弟虽然还弄不清元一兄所为的内幕，却还是要诚心感谢年兄和年兄背后之人，此事容后再谢。兄也不妨在此多盘桓些时候，与三位姑娘清谈雅谑。小弟可要先走一步了。”

第二十二章

线索

一

杨继宗匆匆赶回宛平县衙，找到方天保要查那白玉堂的店铺。因为白玉堂的羊肉铺很可能就在宛平县的辖区里面，通过户房去查铺行的征银簿册应该并不困难。

方天保带杨继宗找到户房的刘典吏，果然很快查到：有个叫白玉堂的手里共开了两间店铺，都是卖牛羊肉的生意，一间在西单牌楼以西路南，以中上户征银；一间在阜成门内大街路南，以中中户征银。因这个白玉堂家就住在西单牌楼那家店的后院，杨继宗决定先到他西单牌楼那铺店去查看。

因顺子请假，方天保带了另一个手下王庆，与杨继宗和杨二四人骑马直奔西单牌楼。

快到西单牌楼的时候，杨继宗对方天保说："君定，这家姓白的羊肉床子若真与那养荣堂有瓜葛，恐怕会依仗后台强硬，不好讲话。不如你和王兄弟先去试他一下，我在一旁再见机行事。"

方天保也觉有理，领着王庆先过去了。杨继宗就在牌楼一边下马，让杨二先去找地方拴马，并嘱咐他一会儿要如此这般，这才缓步向西。走了几步，忽然想起前两天在这儿见到双塔的幻象，不由又回头看了一下，见那一高一矮两座宝塔齐齐地坐落在路北，丝毫看不出一南一北的样子。不由心中一笑：幻象毕竟不真，只能一时晃一下眼神，坐实长在地基上的东西却不会轻易变幻。

没走多远就看见一间挺大的羊肉铺，三间对街的门面，只在侧面开了一个小门，并没有窗户，正面直接对着街的是半截矮墙，墙后面就是肉案子，左手卖牛肉，右手卖羊肉，后面木架铁钩子上挂着整头的牛羊。铺子尽西头却不卖肉，大灶上是码得老高的笼屉，大火蒸着羊肉包子。这也是羊肉床子经常兼营的业务，一来为处理下脚碎肉，二来因为包子便宜好卖，积少成多也是一项不小的生意。

杨继宗到这边买了十个包子，让伙计用荷叶包了，并不走，先拿了一个冒着热气的包子来吃。包子很小，几乎一口就可以吃下去，但因为太烫，他只敢小口咬了一点尝尝，味道确实不错。斜着眼睛看看那边，方天保果然正在和一个大伙计模样的人掰扯不清，两人翻来覆去在说这么几句话。

方天保："找你们东家白玉堂出来，有事找他。"

大伙计："东家不在。"

方天保："他上哪了？"

大伙计："小人不知。"

方天保："他这几天可在店中？"

大伙计："这些天都不在店里。"

方天保："那我们要到他的宅中看看。"

大伙计："这可有些不便。差爷您若是拿着县太爷的拘票，别说进去瞧，就是把我们几个都拿进衙门也没的可说。您若没有拘票，这天子脚下却也不能随便就进我们家里搜检。"

方天保已经看到杨继宗在旁边吃包子，不知他有什么主意，倒也不急，就把这几句话问了一遍又一遍。

杨继宗颇为不屑地哼了一声，对卖包子的伙计说道："这大年正月，灯节还没过呢，这帮狗差人就来打抽丰，真是下作。"

小伙计不知道对面这位是什么身份，也不敢应答，只能跟着呵呵冷笑两声。

此时杨二从东边匆匆来了，见到杨继宗就"扑通"跪地，带着哭腔说道："爷，就是这家店里的白大爷！"

杨继宗见到杨二，勃然大怒，顺手扇了他一个脖拐，骂道："你个畜生，怎么才到，还不快叫他出来和我说话。"

杨二仍然跪着，因为个高，却也不碍和里面卖包子的小伙计说话："这位小哥，快去请你们东家白大爷出来和我们家爷说话，不然小人就没命了！"

小伙计一时不知出了什么事，一脸茫然道："我们东家不在，没法见你家爷。"

杨二听说姓白的不在，更加急了，边哭边叫，满口乡音地说了一番，小伙计更是莫名其妙。

杨继宗更气，又打了杨二一掌，让他住口，才对小伙计道："我年下好意放这个畜生几日假，他却不做好事，偏要去耍钱。耍钱也罢了，就算把他自己输了我也自认倒霉，可他偏偏把我家大娘子的一支金钗输给了你们东家。那金钗因为掉了个珠子，我家大娘子让我拿去修理，才放在这畜生那里。如今没了，我怎么向娘子交代。我们上京不久，我家娘子就三番五次说我在外面不老实、扎粉头，这要没了金钗，可真是跳进黄河也洗不清了，如何向娘子交代？因此还烦小哥，无论如何把白爷请出来，不论多少钱，让我们赎回金钗，回复娘子。救人一命，胜造七级浮屠。多谢，多谢！"说罢作揖不止。

那小伙计听明白了个大概，却无办法，"大爷的事虽急，怎奈我们东家实在不在家里，我也没法。"

杨继宗道："无论在哪里，我定要找到他，不然也没法回家了。"

"我们真是不知道东家的去向。"

杨继宗似是真急了，一面说："既然找不到白爷，如今只能就地打死这个奴才，来证我的清白了。"一面就顺手抄过了面案上的一根二尺来长的擀面杖，举起来就要狠打杨二。

这时旁边已经聚了几个看热闹的，眼见要出人命，才有人上来用力抱住杨继宗。

小伙计怕在自己家门口出官司，也连忙说："这位爷，先别急。我们东家实在出门太远，您一时找不着，过两日自有办法。"

杨继宗仍急道：“就是眼下他到了南京，也要找他赎回金钗。”

那边的大伙计早见到这边热闹起来，此时突然觉得事情不对，正要过来阻止小伙计说话，那小伙计却已经说出：“倒没有南京那么远，敝东家听说是去了香山，您今日无论如何是赶不过去了。”

二

离开西单牌楼的路上，方天保边笑边夸奖杨二：“这傻小子装起相来还真有一套。”

杨二只是呵呵傻笑着，并不答复。

方天保又问杨继宗：“那养荣堂一伙向来阴险狡诈，这次说出白玉堂的去向，会不会又是一个圈套？”

杨继宗道：“这几日我看他们的行径，小节上诡诈细密，大节上却往往进退失据，章法混乱。今日这个小伙计看来不像是局中之人，未必又是圈套。当然也不可不防，还需要再细细考查，才能确定贼人的方位。”

“那白玉堂若真是去了香山，他一个在教的人，应该不会是为了玉皇大帝的生日去上春香，大冷天的更不会是为了游览景色。他此行必有他图，说不定就与宝姑娘的事有关。我在这西城一带还有些市井中的线人，这就找人排查，看看能否确定白玉堂的行踪。”

“如此就请君定兄再去查访。我还有些疑惑，要再与云姑娘商议。”两人遂分手，杨继宗带着杨二去了玉喜庵。

进庵之后，杨继宗却并没有直接去见云瑛，而是到了西院净观的庵堂。

净观正在堂中和那肥猫一起念经，听说杨继宗来了，忙起身迎接，“杨公子怎么又来找我？”

“因有一事不明，想要向姑姑请教。”

净观听说有事问她，略有些不安，却哈哈笑道：“杨公子恁大学问，有甚要请教道姑的，莫不是又为了云姑娘的事？”

“也算是吧，”杨继宗一面从袖中掏出昨日从净观这里拿到的生辰庚帖，

“就想问问这庚帖之事。”

净观强作镇定道：“这帖子怎样？”

“我昨日在这里来不及细看，回去在灯下仔细查看了一番，才发现这帖上的字是改动过的。”

“如何改动的？”

杨继守将生辰帖递到净观眼前：“你看这个五月的‘五’字，竖着的两笔虽然笔法也看不出偏差，墨迹却要比那横着的三笔稍稍淡一些，应该原本是个‘三’字，后来被人改作了‘五’。”

净观脸色有些涨红，“真有此事？却是何人改动的呢？”

“这个就要问问姑姑了！”

净观还要搪塞，说是全然不知。杨继宗冷笑道：“昨日你报那宝姑娘的生辰，只说到辛未年甲午月子时，却未提日子的干支。我当时也只当是姑姑一时疏忽，后来细想，算生辰批八字乃是姑姑的看家伎俩，怎么会有此疏忽？才知道前两天姑姑为宝姑娘批八字的时候，查对的是三月二十八日的干支，自然也记得清楚，但突然要说五月二十八，一时不查历书又不记得那年三月、四月是大尽小尽，因怕说错了干支才故意漏掉不提。我猜得可对？”

净观见杨继宗如此心细如丝，哪里还扛得住，低着头喃喃道：“都是姑子一时贪那香油钱，听了他的指使，哄骗了公子。公子千万要恕罪！”

“你说的可是靳孝？”

“这个公子也猜到了，”净观低垂着眼皮只看自己脚面，身形稍微扭捏，虽已是徐娘半老，竟然有一些媚态，“那个靳孝不但在年前来过，前天立春头午他又来了，而且来了就送了五十两香油钱！”说到五十两，不由抬头看了杨继宗一眼，眼光也明亮了许多。

“我自然要陪着施主说话，他就问起云姑娘这几天来的状况。我想本来没什么可瞒人之处，也就细细对他说了。因说到了宝姑娘的庚帖，他要我拿出来看，看了之后又说有一处需改，却没有说是什么原因。我又不好驳施主的面子，只得让他改了两笔。后来他又说，这宝姑娘的生辰关系重大，让我一定要找机会让公子知道。”说到这里又有些犹豫。

杨继宗道："让我知道了便怎样？"

"他说将来还要再送小庵五十两银子。"

"既然如此，你下回一定记着跟他要。"

净观泫然欲哭，一副可怜相道："道姑再也不敢了。"

"宝姑娘的庚帖你确实让我见了，信不信那是我的事，银子当然不能便宜他。"

净观见杨继宗并不十分恼怒，才又怯怯地说："我想那八字命数本来是先天注定的，嘴里说早两个月晚两个月对命数并无妨碍，才欺骗了公子。也是我见钱眼开，犯下大错，公子一定要饶了我。"

杨继宗先不提饶是不饶，又问："那靳孝可说到他近日的行踪打算？"

"我们只顾说云姑娘和宝姑娘的事，哪里会提他的日程——对了，他倒是问了我些西山万寿宫上香的情形，似乎对那里的事有些兴趣。"

"哪个西山万寿宫？"

"正经名号应该叫个灵应万寿宫，就在香山顶上。我头几日也跟公子说起过，明日正月初九是玉皇大帝的生日，那里打醮香火极旺，四面八方都赶着去烧春香。只是那里离城有三四十里，京中人去的反而不多。"

杨继宗才微微点了点头："此事到这儿就算了了，你不要再向任何人说起，我自然也不会对舅母讲。但持一守正也是道家宗旨，姑姑今后还请好自为之。"

净观听见这话，心里才算一块石头落地，连忙合十行礼不迭。

三

杨继宗把庚帖的事落实了，才到东跨院去找云瑛。

云瑛听说杨继宗来了，又过了半晌才从里屋出来，显然是稍整了妆容，却仍是柳眉微蹙，凤眼含悲，平添了几分憔悴。她一见杨继宗，想要说什么却又不知该从何说起，两眼泪水再也止不住，径直流了下来。

杨继宗知道她这两日为宝姑娘的事已经殚心竭力，连忙劝解道："姑娘别急，我这里已经找到宝姑娘的线索了。”

云瑛一面拭泪一面急着问道：“什么线索，秀才你快说。”

杨继宗就把在勾栏找到玉簪，并由此查出白玉堂与靳孝等人动向的经过简要说了一番，“由此可以推测，拐走宝姑娘的必是那养荣堂的一伙，如果他们这两天真的都要去香山会齐，则宝姑娘也很可能是被拐到了那里。”

“那养荣堂和你秀才算是有过节，与我们宝丫头却无冤无仇，他们为何要做这样伤天害理的事？”

“这个中缘由我一时也想不明白。但眼下解救宝姑娘是第一要紧的事，我想找上袁彬兄和方天保，再仔细分辨这些线索，方可一起下手，前去营救。”

“就听秀才安排，”听说有了些头绪，云瑛的心情比刚才好了许多，又顿了顿才说，“难为你这两天为了宝丫头跑遍了四城，比我还操心费力。我昨日还和你闹小性子，实在不该。”

“姑娘一时急火攻心，也不算闹小性子。何况……”

杨继宗正想把那庚帖的事也解释清楚，云瑛却先插话道：“都因为昨天早上我接到了一个信儿，却没有告诉你，现在想起这一定也是那伙贼人所施的伎俩。”

“是什么信儿？”

云瑛让菊儿从里屋取出一封书信，递给杨继宗道：“就是这个。”

杨继宗打开一看，一纸钩钩刺刺如鱼骨一般，竟半个字也识不得，“这是什么？”

云瑛将那书信拿回来，说道：“这是我们部落用的畏兀儿字[1]，你自然不识，却实实在在是老包的手笔。”

“信中说的什么？”

“我也只能说个大意，信中大概说：

‘吉祥公主妆次：因不可言状之情事，迫不得已将宝姑娘保护至某处。

[1]畏兀儿字，属蒙古文字。

现在宝姑娘一切安好无恙，再过几日即可与公主见面团聚。此事切不可告知杨公子等人。奴才擅自主张，死无可恕，来日当面领罪。京师非安居之地，公主宜速西行，以求平安。’”

“这么看来，包掌柜也已落入靳孝那伙人手中，如果他们用宝姑娘的安危来威胁老包，他大概也只好写这封书信给你了。”

云瑛连连点头道：“昨日这信也不知是谁送到庙门口的，我见之后虽稍觉安心，毕竟有些不踏实，午后就和老麦去寻包掌柜。谁知能找的地方都找遍了，却没有半点踪影，这才又急起来。”

杨继宗又要过那书信来看了半晌，虽然仍是一字不识，却略有警悟：“我倒有几分明白了。”

“明白什么？”

“你该记得，昨日我惹你气恼，起因是为了我问宝姑娘的生辰。”

云瑛才忽然想起那事，“对呀，你怎么就忽然怀疑起宝丫头的生日来了？”

杨继宗才把昨日净观如何给自己看宝姑娘的庚帖，刚才与她对质又如何追查出是靳孝篡改指使，一五一十说了一遍。并道：“我见着这庚帖也未细查，就怀疑姑娘，实在是犹有小人之心，姑娘昨日发火并不为过。还要给姑娘赔礼。”

说得云瑛倒不好意思起来，“秀才何必再说这些闲话！可靳孝那小子如此这般，到底是要干什么？”

“就因为这个伎俩实在不算高明，以净观那点资质，根本不需拷问就招供了，我才推断他也并不是真想要让我相信那庚帖。假造宝姑娘庚帖也好，胁迫包掌柜写信也好，其实就是一个目的：要让我们一时方寸大乱。”

“一时方寸乱了，过些时日终究可以安稳，他们要这一时何用？”

“看来养荣堂这次行动，用的就是一个‘拖’字诀。这边靳孝让我们相疑相猜，那边拍花团伙故意延迟办案，都是想让宝姑娘的事尽量往后拖。看来宝姑娘的安危还真不是大问题。”

云瑛仍然不敢相信，“那多拖了几日又能怎样？”

“姑娘可还记得，后天初十，要做什么？”

云瑛一怔，才说：“应该一早带着宝丫头再去见太后。”

“如果直到那时还找不到宝姑娘又会怎样？”

云瑛这几天一直为走失了宝姑娘着急，对进宫的事反而没太在意，此时一想，还真是难办，“那我们可就有大麻烦了！”

“我们麻烦事小。还有几位，曹总管、许大人，还有张都督，他们的麻烦怕也不小。他们一麻烦起来，只怕就要关系这朝廷中的大事了。”

云瑛听得似懂非懂，两眼直瞪瞪地看着杨继宗说：“你是说，他们拐走咱们宝丫头，倒是为了什么劳什子的国家大事！”

四

杨继宗又把这几天的怪事稍作梳理，对云瑛说：“前日咱们在宫里，我听孙太后言谈话语之间，似是与许大人他们已经有过一些联络，却不单是为了宝姑娘的事。这些天朝廷里为了皇上圣躬不豫的事已经乱成了一锅粥，许大人他们与孙太后接洽，怕是另有一番打算。如若真有这事，那养荣堂一伙人拐走宝姑娘，可不是正好能够一时起到离间孙太后与许大人等人的作用？”

“养荣堂一些卖药的，为何却要掺和这些事？”

杨继宗道：“我看这养荣堂所行之事，虽貌似诡异，背后却总是牵连着宫中、朝中的大人物、大事件，其背后谋主更是深不可测。嗐——不论他们想要怎样，我们赶快找回宝姑娘才是正理。”稍一思忖又问，“你刚才说包掌柜的信里说到，公主宜速西行，可有这话？”

云瑛愣了一下，才恍然道：“你是说，他在信中暗示让咱们到西边去找宝丫头？——我当时看到这信，只说他是让我们尽快回部落，去天山牧场。现在想来，这句话在信中还真有些突兀。”

“看来包掌柜也是在被胁迫之下，别无办法，却在信中故意透露出一点消息，让咱们多少有一点方向。”又道，“那养荣堂里，连懂你们畏兀尔字的人都有，实在有些恐怖。他们既然为了拐宝姑娘布下天罗地网，不知事先做过手脚没有，还要问问菊儿、莲儿，前些天宝姑娘身边可有什么可疑迹象。”

云瑛忙把菊儿、莲儿叫来询问。一直照料宝儿的莲儿道：“自打那日从庙会回来，并没有人到庵里打搅，只有县衙里的顺子来过几回教宝姑娘抖空竹，宝姑娘与顺子玩得甚好。”

杨继宗听说是顺子，不由皱起了眉头道：“顺子最后一次来看宝姑娘是什么时候？”

“是初五那天后晌，与宝姑娘玩了一会儿，他说抖空竹的绳杆坏了，拿走了去修理，此后宝姑娘进宫走丢了，他也再没来过。”

云瑛听说是顺子，还是不解，“难道顺子也与此事关联？”

杨继宗也来不及细究此事，让云瑛少安毋躁，准备好明日一早出城去寻宝姑娘。自己先回县衙去找方天保。

方天保听说顺子可能也搅在里边，觉得不可思议：“他跟我两年多了，一向老实本分，怎么会交结那些匪类？”

杨继宗道：“这个我也想不通。咱们先看看他的住处再说吧。”

顺子住在县衙东跨院马棚旁边的一间小屋，屋里干干净净，并没有什么家具什物。炕上一副铺盖，炕尾两个包袱皮包着几件衣服，就是全部家当。杨继宗和方天保把屋里细细搜检了一番，并没有任何可疑之物，却也没找到那个红漆空竹。又问了其他几个捕快，都说没见过那个空竹。

杨继宗对方天保说：“虽不能断言，看来这个顺子还真是有些可疑呀。”

方天保虽不情愿，也只能点头道：“他不赶前不赶后，偏巧在宝姑娘被拐的时候请假探亲，还随身带着宝姑娘近来最喜欢的玩物，真是有些可疑。可我还是想不明白，他怎么会和养荣堂的那起子人混到一起去了。”

杨继宗为保方天保的颜面，先不问顺子过去的经历，“顺子跟你请假的时候，是怎样说起？”

“初六那天一早，他找我说是七舅姥爷病了，让人带信叫他回去看看。那七舅姥爷是他唯一的亲人，住在西山……”

说到这里，方天保与杨继宗几乎同时击掌道：“他去的也是西山！”

杨继宗忙问：“他当时还说了什么？”

“现在细想起来，当时还真有些古怪。他说是过几天就回，临走时却又似心情沉重，又是让我注意腿上的老伤，又说衙门里的大事小事繁杂，不必事事刻意。临别时还给我磕了四个响头，”方天保又皱着眉仔细回忆了一下那里的情景，缓缓说道，“他还说，要是有事特别紧急，可以到西山黄叶村找他。”

“黄叶村！”

方天保赶紧找来几个衙中捕快，问他们可知道西山有个黄叶村在哪里。

王庆道：“小人倒是去过一次，不知是不是这个黄叶村。那村子在香山脚下，离永安寺和万寿宫都不远，因此过路客人甚多。”

几条线索归在一起，虽然仍是疑点重重，但宝姑娘所在的方位大体可以确认了。杨继宗道：“看来贼人们也知道宝姑娘身份不同寻常，为了防止她哭闹出事，把顺子这个深藏的卧底也使用了。让与她熟识的顺子带着玩物去与她做伴，以为安抚。好在顺子似还良心未泯，临走还给我们留下了一点线索。”

方天保也知道杨继宗说得有理，却还是为自己的徒弟出了这样的事恼恨不已，“常年打雁，倒被雁啄了眼，我的徒弟里怎么会有匪人的卧底？”

杨继宗道：“此事真相，明日若能见到顺子，自然明白。我今晚就去找袁彬大哥，请他多带锦衣，你带上王庆，再加上云姑娘和老麦，我们明日一早出城，去探一探那黄叶村，看看那里有什么龙潭虎穴！”

第二十三章

黄叶村

一

初九日一大早，天还不亮，杨继宗一行二十几人已经骑马出发，到西直门口等着开门出城。

杨继宗与袁彬、方天保商议，为了避免打草惊蛇，人马在路上要分拨骑行，进村后仍要分头行动，袁彬的人分成四五队在四下过细查访，杨继宗等人先去寻找顺子的七舅姥爷，看看有何线索。为防万一，袁彬递给老麦三支鸣镝短箭道：“只要用力向天上抛出，就有哨声响起报告紧急情况。”并叮嘱方天保和老麦无论如何都要保护好杨公子和云姑娘的安全。

今冬雪多，城外不论田地还是坟场都是白茫茫一片，途经的村落也因为时辰尚早，少有人迹。袁彬带的二十个锦衣全都换了便装，前后分成几起，只远远地相互照应。杨继宗、杨二则与云瑛、老麦和方天保及王庆自成一伙走在最前面。

过了安河桥，地势渐渐升高，四外也是野山多，人户少，白杨悲风，孤鸟哀鸣，分外凄凉。前后走了大约一个时辰，眼前已是一座高山，王庆指着前面有炊烟升起的地方说道：“这个就是黄叶村了。”

那村子正在山怀里，背后和南北两方都有山峰，因附近有众多庙宇，春秋两季又是郊游胜景，比一般山区村落显得兴旺了许多，一条不长的大街两边有好几家食肆茶坊，还有专供香客、游客住宿的客栈。今日正好是玉皇大帝生日，已经有不少打醮的香客来到这里，有从京城来的，也有从附近乡下甚至四方州县赶来的。虽然时候尚早，街上已人来人往，因而杨继宗一伙人倒也还不太打眼。

路边有一个卖早点的小铺，三间土坯房，屋里有几张破桌烂椅，门口却摆放着炉火，一大锅粳米粥，一笼屉包子，一口油锅里现炸着麻花和炸油鬼[1]。杨继宗招呼几人先在这里用些早点，一面与那炸油鬼的搭讪："掌柜的，你这村中可有一位老汉，有个孙外甥现在宛平县当差？"

那人一面熟练地做剂子炸油鬼，一面顺口答道："大爷问的可是叶七老爹，他倒是有个远房的孙外甥，当年却在他家长大，后来听说在县里做了捕快。"

"他那孙外甥可是叫个顺子？"

"可不是。七八年前还常在我这里瞎捣鼓，偷吃我的麻花，后来听说升发了，就很少回来了。"

杨继宗也不再多问，几人匆匆吃过早点，按炸油鬼的指点径直去找那位叶七老爹。

叶七老爹的小院就靠着山根儿，土墙草屋甚是残破。方天保在院门外高声问讯："叶老爹可在屋里？我是宛平县顺子的师父，有事寻他。"

屋里面应了一声，又过了半晌才有一位老汉出来开门。那老汉六七十岁样子，苍颜皓首，精神却还饱满，见门外竟有男男女女好几个人，不由有些吃惊。老汉将杨继宗、方天保等人让到里屋，说道："只有这两间破房，列位上差凑合着炕上坐吧。"说完又张罗要烧水泡茶。

方天保忙先劝止住，才问："这么说老爹就是顺子的七舅姥爷了，多听顺子念叨。"

老汉道："顺子自小没爹没娘，就跟着我过，我也是当孙子来养的。可这不成器的小子心野，后来跟上北庙的客人，非要到京城里当差，幸有上差提携，我替他先人谢谢各位。"

方天保道："顺子初六那天请假，说是你老病了，要回来看望。他现在哪里？"

[1] 炸油鬼，油条。

老汉有些茫然道："哪里就咒我生病！我这些日并没有病痛，倒是顺子前几天回来过一次，也记不清是初六初七，只在这屋里待了半日就说有事回去了。"

杨继宗本来猜测也是这样情形，并不惊奇，又耐心问道："老人家，这香山一带你可熟悉？"

"我在这里住了一辈子，怎么不熟？从南庙到北庙，万寿宫到玉皇阁，这一片山林哪里有狐狸、兔子，老汉也是知道的。"

杨继宗道："我们正想在这里转转，就请老伯为我们说说。"

"这香山又叫个香炉山，有人说是因为山顶上那块巨石长得像个香炉，我却看不出来。这里风水好，林木多，庙宇也多，南庙、北庙那都是和尚庙，中路里的万寿宫却是老道住着。眼下香会，这村里住的上春香的，就都是去万寿宫的。这三座大庙中，也以万寿宫最得气势，从半山腰山门进去，一直爬到山顶的玉皇阁，都是它的地盘，里面道士总一两百人。"

"那南庙、北庙又怎样？"

"南庙实叫永安寺，才是这香山里最大的寺庙，等到三月天气和暖了，那一边满山都是杏花，那时香火才最旺。北庙叫作弘法寺，却是座私庙，闲人是进不得的。"

杨继宗闻言大感兴趣，"不知它是哪一家的私庙？"

"当初我年轻的时候，从北路上山的半腰处，弘法寺还只剩一片破砖乱瓦。后来听说是京里的定国公徐家买下了这片山地，重修庙宇，建得好不精致，就成了徐家的私庙，让他家人在这里烧香拜佛。里面养着不多几个和尚，并不让闲人进入。"

"老伯刚才说，顺子当初是跟着北庙的客人进京的，是怎么回事？"

"我当年为北庙运送粮食杂物，也常带着顺子进庙。那时庙里正好有几个客人，不知是徐家的家人还是部属，看顺子机灵又老成，就喜欢逗着他玩，后来就跟我说，要带他进京当差。顺子自己愿意，我也想让他见见世面，或许还有个前程，就答应了。"

杨继宗与方天保相互看了一眼，都点了点头道："看来就是这里！"

二

问明道路出来，杨继宗让王庆先同云瑛去找袁彬，告诉他宝姑娘可能就在弘法寺中，叫他带人接应：“让锦衣卫的人先在弘法寺庙门和庙宇四周等待，见里面发出响箭再进去接应，以免里面的人受惊又逃了。”

云瑛却执意不愿随王庆去，杨继宗也只好同意。几人把马匹交给了王庆，按照叶老爹的指点，出了村北头就寻着一条石阶小路，沿阶而上，才转过一个山头，透过冬日萧疏的山林就能看到高处隐隐有一座庙宇。

看着虽不远，那山路却极陡，几人也不敢走得太急，好一会儿才到庙前。杨继宗已是喘气不迭，好在一路并没有人阻挡，至此才算松了一口气。但见山门紧闭，从门缝里看去，黑咕隆咚什么也看不清。方天保向周围看看，见西侧虎皮墙内有一处长着许多树木，估计是庙里的一处园林，正好逾墙而入。好在墙也不算高，由杨二打底做人梯，几人轻松进入庙内。

里面果然是一处小花园，冬日里十分萧条。几人摸到园门，探头看看，左手就是正殿，右手和对面是东西厢房，正殿后面应该还有院落，正殿前的大院里冷冷清清，阒无一人。

杨继宗悄声对方天保说：“若宝姑娘在此，多半是藏在后院里，我先进去探一探，君定兄就和云姑娘先暂在这小园中等候，以为接应。”

方天保知道他是不愿让云瑛担风险，遂道：“这里有麦兄和云姑娘一起接应也够了，我还是跟在公子后边，应援护持。”

此时云瑛也不好再任性争执，也点头同意了，让老麦把那鸣镝响箭分给方天保和杨二各自一支，“要是有事急了，就用这响箭，估摸着袁叔叔的人也差不多到了。”

杨继宗与杨二贴着墙根从正殿一侧的夹道进了后院，就听见后院的西偏房里有人大声说话。杨继宗赶快上了石基，贴着窗沿，用手指蘸了唾沫，把窗户纸轻轻捅开一个小洞，向里面偷看。

就见屋里两人正坐在炕上喝酒。一人坐在炕桌左手，面黄肌瘦，穿一身酱色深衣，戴着瓦楞帽；另一人坐在右手，却是方巾直裰，因为斜背对着窗户，一时看不清模样。那戴方巾的显是喝多了酒，声音很大道："当年我在老公爷手下，哪件事不是利利落落，怎么他做主之后，就事事不顺，还都道是我的错！"

戴瓦楞帽的却似怕他这样嚷嚷让别人听见，一面朝门口看了一眼，一面用手拍拍戴方巾的肩膀说："文休兄喝多了，小心隔墙有耳。"

戴方巾的突然觉悟，也向四外张了张，才压低声音道："超人兄你不知道，我这心里实在是憋屈呀！"

因他这四下一张，杨继宗却看清了他的脸，原来竟是当初养荣堂的掌柜胡昌世，难怪听声音有些耳熟。

那个叫超人的低声道："这也是咱们会里近来时运不佳，不能全怪少公爷调度。"

胡昌世也故意压低声音，实际上声音却还是不小："还说不怪！头年要弄死李惜儿，依我的办法，就找几个弟兄趁晚上进玄武门，到了花房直接勒死就完了。这法子看似凶险，其实反倒安稳，咱宫里有内应，出入腰牌也容易弄，出了事要乱无非是宫里面反乱，咱们还不是远远地看热闹。他却不听，非要用毒药，还要限时就办。咱跟李安家又没关系，急了才找了那个牲口牙子，谁知那货更不济。"

超人迎合道："心急吃不了热豆腐，一时三刻就要弄死个得宠的妃子，本也难办。可是文休兄那善后，做得实在漂亮呀。"

胡昌世也有些得意道："那善后才是咱赤龙会的看家手艺。我为此筹划了半夜，实施万全，别说锦衣卫几个番子，恐怕神仙也难摸清里面的奥妙。"吹完了，想想后来的结果有些不对，才又说，"谁知又碰上了一个姓杨的，把好好一盘棋全搅和了。再加上靳孝那小子吃里爬外，不知怎么说的，让会里几位老大也想护着那姓杨的，这事才越来越坏。"

那超人道："我看靳孝无非是想夺你的职位，才借着那姓杨的事发难。眼下他做了天字门的佥事，这几手露得可也不怎么样。"

胡昌世有些不屑道："他头一回领衔办事，也忒小心了一点。不就掳了个小丫头片子嘛，又要设重重疑兵，又要大拨人马全都转移到这深山老林里，还要警醒严防，吃饭的时候不许喝酒！我不吃饭的时候喝行了吧？早饭已过，午饭未到，他管得着？”

超人见他的声音又有些大了，连忙又向他摆手，口中却仍在迎合：“可不是。听说那个叫顺子的，是黄字门在宛平县布了多年的卧底，这下也愣是让他给亮了牌。就算这次会里的招数灵了，咱们也损失不小。”

杨继宗听这两人所说的关系内情甚多，原想再听一听，背后杨二却轻轻拍了一下他的胳膊。他回头看时，见方天保不知何时已经来到后院上房右手的小耳房门前，正向他招手。

杨继宗和杨二也悄悄走过去，方天保附在杨继宗耳边道：“我听着，顺子和宝姑娘应该就在这里面。”

杨继宗没想到如此容易就找到了宝儿，一时也没有想好下一步该如何行事，眼前既然宝儿就在里面，不如先见了再说。因此对方天保说：“那我们就进去看看。”

方天保并无异议，双手抚门，用力一推。门本来是虚掩着的，方天保和杨继宗、杨二飞速进了门，见里面两人面对面坐着，正是顺子和宝儿。

三

那耳房里没有炕，临时用门板靠墙搭的一个床铺，此时宝儿坐在床上，顺子坐在对面的杌子上，两人正在叉手翻着一条红绳。突然见到杨继宗等人进来，两人都是一愣，顺子不由起身缩到了墙角，宝儿却立刻哭着扑到杨继宗怀里，连声叫：“叔叔，叔叔。”

杨继宗见宝儿安然无关恙，心中先宽了许多。一旁方天保却对顺子冷笑道：“相与了两三年，如今才知道赵国顺先生一直深藏不露，佩服，佩服。”

杨继宗才知道顺子的大号叫个赵国顺。

顺子一脸羞色，急忙跪下给方天保磕了两个头，匆匆说道：“徒儿万死！其中缘故一时也说不清楚，这里陪宝姑娘的丫鬟刚才出去取东西，立刻就会回来，还请师父和杨公子放下宝姑娘速速退去，再过几日宝姑娘定可安然送归。要不然惊动了庙里的众人，怕要于师父和公子不利。”

杨继宗也知此时危机重重，却哪还管什么有利不利，把宝儿交给杨二抱了，吩咐道：“你抱着姑娘快跑，到花园与云姑娘他们会合。君定兄护持，我来断后。”

杨二听了，二话不说，抱起宝儿扭身就跑，方天保稍稍迟疑了一下也跟了出去。

顺子见杨继宗态度决绝，无奈道：“为了国家社稷大事，那就对不住公子了。”说罢他伸手用力一拉屋角的一根绳索，也不知是什么机关，就听见庙里四处都响起了钟声，分外急促。

杨继宗听到寺中已经报警，也不再管顺子，转身出门。就见杨二抱着宝儿已经快到了正殿与后院的夹道，却正好被闻警出来的胡昌世二人拦住，两人都拿着钢刀，样子很是凶狠。

杨二抱着孩子，不便打斗，只能一面躲闪，一面用脚乱踢。幸亏方天保从腰间取出一把铁尺，帮杨二抵挡，胡昌世二人又似是怕伤着宝儿，出刀有所顾忌，杨二才没有被伤着，勉强过了夹道。

夹道那边却又有几人冲了过来，一面喊着：“贼人哪里走？”一面围了上来。

正乱着，就见旁边花园里“噌”的飞起一支短箭，随着响起一声凄厉哨音，老麦已经从花园的小门里跳了出来。他手持着一根皮鞭，伸开了倒有六七尺长，那皮鞭在他手中挥舞翻腾，击打自如，专门对着来人手中的兵器下手，转瞬之间对方三四个人的刀剑已被打落，其他人见这皮鞭厉害，都不敢向前。

杨继宗见论起武艺功夫，养荣堂的这些人全不是老麦的对手，心中大喜，高叫道：“快把宝姑娘带进园子！”那边杨二、方天保也已乘机与老麦合为一处，再有几步就要到花园门口。杨继宗心想只要宝儿进了花园，有老麦守在园门口，几人翻墙出去易如反掌，庙外边估计袁彬的人马也快要到了。

眼看就要大功告成，杨继宗却听到耳边一声高喊：“列位且慢走！”一柄锋利的匕首已经架在了自己的脖颈上。

杨继宗侧脸一看，站在身后用匕首指着自己的是一个三十来岁的精干汉子，高鼻梁，大眼睛，脸上有不太浓密的络腮胡须。他沉了沉心思，故作镇定道："这位想来就是白玉堂白掌柜了。你这样架势，在下无法施礼，得罪。"

那白玉堂却不愿与他啰唆，手中的匕首微微用力，紧贴着他的脖子，向着方天保等人厉声道："请各位先放下那小姑娘，有话慢慢再说。若要动硬的，我们这里十几号人也不是吃干饭的，实在不行，在下也只好先结果了这姓杨的，省得日后麻烦！"

此时云瑛也出了园子，见杨继宗被执，不免惊惶失色。方天保和老麦也一时不知如何是好。

杨继宗生怕夜长梦多，把心一横，呵呵干笑了两声道："我姓杨的一条命若能换得大明公主平安，也是值了！君定兄、云姑娘，你们护送宝公主先走，谅他们也不敢就这样公然伤害我。"

云瑛和方天保还在犹豫，白玉堂却把那匕首又用力压了一压，杨继宗的脖颈已然被割破了一点皮，渗出微微的血迹。白玉堂冷冷说道："兔子急了也会咬人，今天之事非比寻常，我们为国家办大事不拘小节，偶尔杀个秀才、举人也是有的。"

养荣堂的人见方天保等人顾忌杨继宗的性命不敢妄动，已经又拾起了地上的兵刃。旁边佛堂里、僧房里突然又蹿出了十来个后生和尚，手中都拿着棍棒，跃跃欲试要上来抢人。杨继宗情急之下，忽然想起还有一样东西，忙叫道："你们先慢动手。在下还有一个物件，想让诸位见识见识。"

说着从袖中取出年前靳孝送他的那张令符来，"听说这是贵会的令符，有它可保全性命，不知还作不作数？"

天光正亮，那令符上的画押印迹都清晰可见，白玉堂见了，手中的匕首不由松了松，却没有离开杨继宗的脖子。

正不知该如何是好，却听有人在后院正房那边接应道："令符是敝会至尊之物，有主上的亲笔画押，怎么会不作数！"众人从夹道看去，却是靳孝笑嘻嘻地站在那里。

四

靳孝缓步走过来，一面对杨继宗等人作揖道："杨公子、云姑娘，这位当是方捕头了，久仰久仰。诸位既然找到这里，也看到宝姑娘好好的没伤没绽儿，应该就放下心了，大家何必还要舞刀弄棒的，伤了和气。"

云瑛怒道："姓靳的你说得倒是轻巧！你们设下毒计，三不知拐走了宝丫头，掳到这深山老林里头关着。要不是杨公子连日查访看出了你们的破绽，谁知道你们还要干出什么伤天害理的事来。我们好容易找到了宝丫头，还不是你们出来又打又杀，险些就伤了杨公子。"

说着走到杨继宗跟前，见他脖颈上还有一线血痕，忙上前细看，见伤口极浅，才放下心来，掏出一方手帕帮他擦拭。白玉堂见自己一边的人已经聚齐，又占据了要津位置，不用再以杨继宗的性命来威胁，才收了匕首，悄悄站到一边。

杨继宗也知此时再要硬闯已经无益，也笑着说道："靳爷的计谋实在厉害。不过靳爷你可知道，按《大明律》，拐卖人口罪，不论主从都要杖一百，流三千里。我看今日你们一庙的僧人、俗人加起来总有三十来个，将来编队充军倒也蔚为壮观呀。何况这位胡兄——"说着用手一指不远处的胡昌世，"涉嫌毒杀吕大相的事儿也还没结呢。"

靳孝倒是不急不恼，"杨公子谙熟刑名，在下早已领教。只是这依法判刑处分，自有有司衙门来管，杨公子大可不必操心。"

方天保在一旁接口道："靳爷这里偏巧是在我们宛平县的地界，纠察奸宄正是我们捕快的职责。"一面说，手中那把铁尺却一直执在胸前，紧贴着杨二，不敢有一丝放松。

靳孝道："方三爷自是当管。我只怕方爷手里既没有访单又没有拘票，立时要拿人只怕也不能够。"又转对杨继宗说："不如这样，杨公子、云姑娘你们几位既然来了，对宝姑娘大概也不能放心，何不就在这寺里带着宝姑娘小住几日。我们这里山色甚好，吃的用的也都方便，等过了灯节，我们再用大轿送几位回京。到那时方爷再去办理那些访单、拘票，靳某一定静候。”

杨继宗听靳孝话头，今日不但不会放走宝儿，连他们几人也要强行留下，却也不急，心中暗算着袁彬的人应该就快到了，只想着如何留神不要再让对方劫持了拼命。

于是他一面敷衍道：“看来靳爷是一定要让我们几人也在这里观几天山景了。只是不知京城中的几位大人可是愿意。”一面和云瑛慢慢向方天保和杨二身边蹭。老麦似乎看明白了杨继宗的心思，也向杨继宗这边稍微挪了两步。

一旁的白玉堂突然有所察觉，执着匕首一步赶到杨继宗身边，正要再用匕首指向他，那边老麦却已有准备，长鞭扬起，“啪”的一声把那匕首卷起来，打落到地上。这一下，旁边的和尚、打手全把手中的刀杖指向了杨继宗等人，情势霎时又急迫起来。

靳孝让大家先别动手，才刚要再说什么，就听得那边山门外有人大声“啪啪”敲门，并高声叫道：“寺中的禅师听了，在下锦衣卫百户袁彬，因事到宝刹访查，请快快开门！”虽然还隔着一座天王殿，因山中寂静，倒也听得清清楚楚。

靳孝听到有人叫门，满脸不高兴地对杨继宗说：“好好的，杨公子怎么又让锦衣卫的人掺和进来了？”然后对山门那边叫道：“你们先让锦衣卫的军爷们稍等片刻，就来开门。”又对白玉堂道：“都不要动手。”说着他急忙回后院上房去了。

只一会儿工夫，靳孝小跑着从上房出来，绕过正殿和天王殿，到山门处让小和尚开了庙门，将袁彬等人迎了进来。

袁彬身后跟着二十来条大汉，看来身上又都带着家伙，进庙后稍一巡视就直接来到西厢的夹道附近，将杨继宗等人与庙里的人分隔开——这一来，庙里那些人立刻落了下风。

靳孝跟着袁彬过来站定了，才恭恭敬敬深施一礼道：“袁军爷，敝主想请各位先到后院，有话要说。”

袁彬也知道这里是定国公家的私庙，不敢放肆，和杨继宗对了一下眼神，就同他们几人一同到了后院的正房门前。靳孝也跟了过来，锦衣卫的众校尉与庙中其他人则仍在原处对峙。

那正房的门已开了，但挂着厚厚的暖帘，见不到里面。就听里面一个颇为清脆的声音道："好好的一个事儿，再过一天半天的眼看成了，怎么就冒出来个杨孝廉，闹得鸡猫子狗跳的，把爷的事全给搅和黄了！"

杨继宗听他言语粗鄙，声音却很像是那天在于少保府中遇到过的定国公徐永宁，见他不愿露出头脸，也不便说破，只是深深一躬到地，向那门中说道：

"晚生杨继宗，今日来到贵宝刹，实在是为了寻找这位走失多日的小姑娘——她的身份老先生想必也知道一二。因为这宝姑娘走失，晚生与她的姨母等人心急如焚，费尽千辛万苦方才找到这里，渎扰了老先生清修，实实得罪。但晚生既然能找到这里，却也不是靠着误打误撞，这里的事京城中自有人已经知晓。此时若还不放宝姑娘和我等回去，恐怕袁军爷不能从命，将来也对老先生有所不利。"

里面那声音道："他娘的老子是吓大的吗？"又停了一下才说，"可眼下看来打也打不过了，为这事拼命更没意思。都是他娘的你们这起子笨蛋，前者还吹，说是如何如何周全，周全还让杨孝廉给查出来了？"

后面这句显是说给靳孝听的，靳孝只好跪在地上，磕头不止。

里面又说："得了，老子愿赌服输，看来你杨孝廉是真真的厉害，一会儿就让他们娘们下山去吧，你就先别走了，正好陪着我聊聊。"

第二十四章

赤龙会

一

听屋里的人说要把杨继宗留下，袁彬和云瑛等人自然不情愿。云瑛道：“屋里这位不露身形的大爷，我也不知道您是哪一位高人。可你们拐走我外甥女犯了王法在前，如今被我们识破找着了，先不与你们计较官司的事也就罢了，怎么还要扣下杨公子，还要以为人质吗？”

屋里那人听了，却连声叹气，“嗐——你这个妞儿怎么说话这么狠呢？先前的事咱们说好先不提了。可我也知道你们杨公子是个人才，有心要下贤礼士，要跟他讨教讨教，也不行吗？”又转对靳孝道，“老靳呀，你还说跟这个妞儿混过多日，也算有几分情分，我看你这人缘可真不怎么样。”

靳孝刚才一直跪着没人扶起，此时只得自己站起来，再向杨继宗施礼道：“杨公子，敝主实在是仰慕公子大才，要与公子一叙，绝无恶意。”又对云瑛说：“姑娘也请放心，明日一早，在下一定给姑娘送回一个囫囵个的杨公子，如有缺须断尾，靳孝任凭姑娘处置，蒸炸煮拌都行。”

云瑛啐了他一口，见杨继宗满脸轻松，也知让他留下应该并没有什么凶险，才又对靳孝道：“还有一事问你，我姑丈他们被你弄到哪里去了？”

靳孝道：“在我们这里小住了几日，都好着呢。立马就到，自然要同姑娘一起回京。”

于是众人暂别杨继宗，一起下山先回京城，只留杨二在下房候着。临走时云瑛仍对杨继宗叮嘱再三。

见人都散去了，屋里那人才对靳孝说："你先陪着杨孝廉吃些茶点，我还有事，等晚上与杨孝廉一起喝酒。"

靳孝于是带杨继宗来到东厢房，让人拿了茄子皮馅包子、枣糕、椒盐饼等点心，与他同坐。杨继宗因宝儿已经安然返回，心情大好，这时才觉饿了，也就毫不客气地大嚼起来。

靳孝待他吃了一阵，才说道："杨公子还真是神人，我为宝姑娘这事，可说是布了七十二番疑冢，处处设防，心说无论如何也可以拖延到十一、十二，谁想才三天就被公子查到了。"

杨继宗听他这样说，不由有些得意道："你那些疑冢实在简陋，怪不得我。"就将连审吴良如何发现漏洞，并破解出对方实是有意拖延的事述说了一遍。靳孝听到他假意要参与分赃，才赚得那吴良说了实话，不由哈哈大笑，拍手称奇道："也就是你杨公子，竟能想出这样的诡计！败在你手里也不算冤枉。"

杨继宗见靳孝对他的谋划全被识破并不太介意，倒叹服他心宽量大，因又说道："其实那时虽然知道对手在有意拖延时日，却猜不出谁是对手。若不是贵属下随意在教坊中留下痕迹，恐怕我们也不大容易找到宝姑娘的下落。"

靳孝连忙问教坊中是怎么回事，杨继宗又把白玉堂将宝儿的玉簪送给相好的董菲儿的事说了。这一下倒是让靳孝十分恼火，切齿道："这个白回回，我说他怎么先让手下弟兄送宝姑娘上山，自己初七才来，原来是先去教坊中看相好的，还把这么重要的物证孝敬情人，真是油蒙了心了！"再一细想，若不是白玉堂这玉簪露馅，杨继宗再聪明又怎能这么快就找上门来？不由顿足捶胸，十分气恼。

杨继宗见他气急败坏，有些幸灾乐祸，"我看靳爷在贵帮中也是个重要角色，谋事甚是细密，只可惜手下这些从事人员怕是有些离心离德，有些事情做得真是乱七八糟，一塌糊涂。"

靳孝无奈道："可就说呢。在下接掌门中之事不过几日，属下多有不服，再加上天下承平日久，本会中的人也是散漫嬉戏惯了，队伍实在难带，让公子见笑了。"

“还有一事我也不大明白。你与那净观道姑勾结改了宝姑娘的庚帖，应该是想让我对宝姑娘的身份生疑，甚至与云姑娘发生龃龉。但你可想到，这点伎俩能瞒我几时，没得白费些银子，还让净观姑姑落了个污名。”

靳孝却又恢复了嬉皮笑脸，“正所谓兵者，诡道也。我这么做自然是想扰乱公子和云姑娘的心神，能够有一两日的效果足矣。却不知公子为此可与云姑娘闹过些口角不曾？”

杨继宗正色道：“我一时情急以此事问过云姑娘，她确实为此与我哭闹一番，阁下妙计大约有过半日成效。可阁下可曾想过，即使没有董菲儿那支玉簪，仅凭这篡改过的庚帖，在下当也能发现掳走宝儿的就是贵帮！”

听了这话，靳孝脸上青一阵白一阵，垂着头道：“公子一句话点醒在下，这事做得实在是画蛇添足了。”

“岂止此事画蛇添足！这些天我见贵帮行事，细节上精雕细镂，诡异无常，反倒是大节上疏阔无章，逆道悖理。如此行事，则处处碰壁，事事无成，要想谋大事业，难矣！”

靳孝也满脸严肃道：“杨公子此言真是切中要害。这半个多月来，本会策划所行之事可以说是处处不顺，确实是过于刻意小节，于大局上却不得要领。敝主上也深深有憾于此，不然又怎么会对公子求贤若渴呢？”

杨继宗呵呵笑道：“靳爷你一口一个我会、我主，求贤若渴，在下却至今不知你们是个什么会，有个什么主，让我这‘贤才’可是如何决断？”

“这个不急，今晚敝主自然会告诉公子。公子一路辛苦，这里甚是安静，你不妨就先在这里休息几刻，今晚就都知道了。”

二

杨继宗连日操劳，就在东厢里屋炕上睡了。一觉醒来，见天已擦黑。有个小沙弥送过洗脸水来，说道：“杨公子收拾一下，一会儿随我到东边偏院，我家主人在那里恭候。”

杨继宗暗道惭愧，连忙洗了把脸，整整衣冠，随着小沙弥出屋，来到东边一座偏院。

那小院建在山坡上，高低错落有致，若是春秋季节定有极好的山景，可惜是在冬日，只见冷落疏林，漫山积雪，几只昏鸦“哇哇”不止。

进了院子角落里的一间花厅，暖帘里面非常暖和，主座上坐着一个便服少年，正是那日在于少保家见过的定国公徐永宁。

那日新正贺年人多，又隔得远，杨继宗并没有太看清徐永宁的模样，此时细看，见他顶多二十岁年纪，苍白的一张脸，一双眼睛却如漆描的一样又黑又亮，只是嘴里一口烂牙，大煞风景。

杨继宗倒地拜道：“晚生杨继宗拜见老爵爷，此前多有得罪，还请爵爷恕罪。”

徐永宁一面将杨继宗扶起，一面却说：“我见过你吗？你杨孝廉的大名我真真是久仰了，可好像并没见过呀。”

杨继宗道：“初一那天，晚生在于少保家中得瞻老爵爷一面，众人之中，爵爷自然不会注意到晚生。”

徐永宁不理杨继宗，却对一边站着的靳孝说：“你个蠢材不是年前就认识杨孝廉了吗，怎么不早点知会我，若当时就把他接进府里，好好叙谈，哪会让咱们的事儿就他娘的一败涂地了呢？你小子还吹牛，说是与他相交甚欢。”

靳孝被骂得不敢回嘴，只低声嘟囔：“我是初四才说与他相交甚欢。”

徐永宁倒也不再纠缠，又对杨继宗道：“过往的事咱就不再提了，今天能与孝廉一叙，徐某也是三生有幸。”一面招呼上菜上酒，一面说，“咱们边喝边聊。”

当下杨继宗坐到客位，靳孝打横，下面递上菜来。无非是烧鸭、腊肉、鲜鱼、肘子，既不稀奇也不精致，只有银壶里滚烫的金华酒极为醇厚，与平常喝到的大不相同。

吃喝了一气之后，徐永宁才问杨继宗：“杨孝廉来京城也有一程子了，不知对当下的朝局有什么见解？”

杨继宗道：“晚生不过一个赴试的举人，对朝局能有什么见解。不过那日在于大人府上，听得众多官员都在关心圣上的安康，后来也曾听人说起，说皇上是得了肺痈之症。若真是如此，为防圣上或有不豫，早立国本当是目下最急之务。”

徐永宁听了，又对着靳孝说道：“你看看人家杨孝廉的见识，和你们这些狗才比较起来，真是天壤之别。你们成天就知道捣鼓点没用的阴谋伎俩，哪里懂得朝廷大局！”又问杨继宗：“皇上大病显形也有半个多月了，你可知为何到如今仍不提国本之事？”

“晚生大胆臆测，或许是因皇上没有亲生的儿子，对再立太子的事才有许多犹豫。”

“若只是这样也就罢了。可据我们所知，皇上不立太子，却是因为他知道宫眷中有人怀了身孕，想要拖到后宫产子，仍然要立自己的儿子。”

“这可是说的李惜儿怀孕之事？晚生可听说，那李惜儿怀孕其实是假装的，是为了固皇上之心。”

“这个你都知道了！”徐永宁语气虽然惊讶，眼中表情却也平淡，从个小银盒中取出一根白色的牙签，咧着嘴剔牙。杨继宗见这牙签温润洁白，心想莫非这就是传说中库奇坊特制的象牙牙签，那可是十根一小把就要值一两银子的！

徐永宁从牙缝里剔了些肉渣菜茎出来，顺手把牙签丢在地上，才说：“牲口牙子那个案子，听说你查得甚是仔细，知道李惜儿的事也不奇怪。可这个婊子耍花活固宠，却坏了我们的大局。皇上非要等那没影儿的儿子生下来再立太子，可他的病等得起吗？”

“爵爷的意思，除掉那李惜儿就是为让皇上再无牵挂，早立太子了？”

“怎么不是？我们小帮会在宫中也算有些强援，最初还有些妇人之仁，只给她下了堕胎的药，谁知她肚里本来没货的，自然是全无功效。后来才决心除了她——这也是她自己作死，真怪不得我们。”

杨继宗这才明白了那冰蜂案的全部真相：徐永宁的人为了促使皇上早立太子，先暗中用药想堕下李惜儿的胎儿。此举不成，却让李惜儿提高了警惕，从此不再用宫中的一食一饮。于是才有令吕大相买通李安家仆投毒之事。

徐永宁叹了口气，颇为沮丧地说道：“也是时运不济，这么大的事，胡昌世这个王八蛋竟然交给了一个卖牲口的混混去干，平常的阴谋诡计全不会用了，就要直不隆咚给人家一万两银子，让人家下毒。这事要是不露馅，不是他娘的天理难容吗！”

杨继宗却暗想道：如此大事自然都是由你定国公做主，派这么不靠谱的人，用这么不靠谱的法子，只怕第一个要担责的正是你爵爷自己吧。

又听徐永宁道：“好在后来听说李惜儿怀孕的事也是假的，皇上对此事似乎也得了一点消息，不再一心等着她养儿子，这事也就罢了。可没想到中间又蹿出你一个杨孝廉来，把我们弄得真是灰头土脸呀。”

杨继宗连忙起身道：“晚生实是出于好奇，无意中给老爵爷添了麻烦。死罪死罪！”

徐永宁正要再说什么，忽然外面有人来报说：“智性禅师来了。”

三

智性仍然是一身浅红色的袈裟，一进屋就说道：“徐爵爷，这年还没过完呢，你急急忙忙飞鸽传书把我招到这里来做什么？”这才定睛看到杨继宗，“原来杨公子也在此处，幸会。”杨继宗连忙见礼。

徐永宁笑道：“咱们千算万算，还是算不过杨孝廉，那宝姑娘今日已经被他找到接走了。面对如此高人，有些事我也说不清楚，只好把你和尚请过来一同吃酒。”

智性道：“你这滥俗的荤菜我也吃不惯，酒倒可以喝几口。”靳孝忙叫在屋中又备了一席素斋，让智性坐下饮酒。

坐稳了，智性才道：“爵爷和杨公子一定还不知道，今日一早，皇上亲自御临奉天殿，这可是自去岁腊月二十八日以来，十多天里皇上头一次面见群臣。”

徐永宁也没想到皇上今日会出面，忙问：“皇上气色如何？”

“我听人说，今日朝会专为十三日的孟春郊祀，皇上誓戒，要文武群臣斋戒三日。”智性一面说，一面看看徐永宁，再看看那一席酒肉。

徐永宁道："你看我做什么？我这个月一直请着病假，郊祀也不会参加，自然用不着斋戒。"

智性也不理他，自说道："听说皇上的圣体实在堪忧，御殿时是两个内侍扶着出来的，面色也不好，且一直咳喘不停。"

徐永宁又问："那么朝臣们又是如何反应？"

智性道："依我所见所闻，朝臣们对于圣上的病都极为忧虑，深恐圣躬难以再熬过一月两月，可对于如何处置当下危局却有不同的打算。"

杨继宗见这智性和尚与定国公坦然相处，几乎没有什么尊卑的界限，知道他也一定是这帮会中的重要人物，他对于朝局的见解自然是十分重要，于是问道："以禅师所见，朝臣们都有何种不同打算？"

智性道："除了许多部属小臣其实是事不关己高高挂起，并不愿参与其中的，可以忽略不计之外，其他人大体可以分为两派。一派占着绝大多数，以兵部于大司马为首，无非是要敦促皇上尽快复立沂王为太子，听说近几天朝臣们还要联名上疏，无论如何也要让皇上改变思路，立刻确立元良。"

"那另一派人呢？"

"另一派人至今都在暗处，人数虽然不多，暗含的力道却也不小。据我们的眼线探得的密报，自今年正旦之前，在内外文武官员中，杨善、许彬、张軏、曹吉祥等人一直在秘密联络，沟通宫中上圣太后，恐怕要有非常之举。据我推测，这些人后面还有一个总括布局之人，就是都察院的副都御史徐有贞！"

智性所说的几个人，除了杨善之外，杨继宗近日里都有过接触。虽然他也对这几人的行为有所怀疑，但以亲身直感，他们也都算得上是堂堂正正之人，难道他们正在密谋一起极大的阴谋？

却听智性又说道："我说极有可能是徐有贞主谋并非无因。且不说这位徐大人倾险阴鸷、多谋善断，在景泰朝的宦途也并不顺畅，由他主谋可谓正得其人。就由其行踪上看，腊月二十八日皇上不豫之态大显，徐有贞二十九日即去了许彬家商谈半日，此后不久就有了许太常丢失金符令牌册页的案子。再后面的事都是杨公子亲历的了，以公子之见，难道都是巧合？"

徐永宁听了插言道："还他娘的什么极有可能，主谋的定是那徐有贞无疑。"

杨继宗隐约记得，初二那晚许彬确实说过，徐有贞曾在二十九日到他家见过那册页——没想到智性对这些细节都已经掌握了，才道："禅师是说，徐副宪与许太常在前一日定好计谋，故意让人到许太常家里偷走金符拓片，然后再让晚生顺藤摸瓜，到那白云观人赃俱获，造成有人要请襄世子进京的舆论？"

徐永宁倒在一旁笑了，"我说杨孝廉是个不世之才嘛！只一点就透。"又对杨继宗道："如果不是这样一番设计，你说那金符案可又如何解释得通？"

杨继宗对于此事早已反复思虑，对这样一番因果并非没有想到，只是不太愿意相信许彬等人竟是如此阴险。此时由智性一点，倒也不觉惊奇。又问道："晚生还有几件事不大明白。头一项，我那日才与许大人初次见面，与徐副宪更只有半面之缘。他们如何便未卜先知，把晚生放在这个局里？若晚生不是那般自作聪明，或是再稍有几分愚钝，他们的局岂不就白做了？"

智性笑道："杨公子还是小看了那徐有贞的机心呀！何况为了冰蜂的案子，袁彬不知在许太常面前怎样称赞公子呢。他们要借公子的智慧，虽是一步险棋，却收效甚丰。"

杨继宗道："这正是我想问的第二件事，难道袁彬兄他们也都加入了阴谋一伙？若真如此，贵帮会的事岂不是已经泄露？"

"以我们所知，袁彬，还有汤胤绩这几位，虽然与太上皇关系密切，却都是忠正耿直之人。徐有贞那个圈子是要越小越好，应该并未向他们讲明。何况即便讲明了，袁、汤等人却也未必会认同。至于我们这个所谓'帮会'——"徐永宁却插言道，"都火烧屁股了，咱们这'会'看着早晚是要揭锅，揭了也就揭了。再说此前他们锦衣卫也未必对我们一无所知。"

"我再有一问，他们散布襄世子进京的谣言，最终又是想要做什么呢？"

智性放下酒杯站起身来，却不看杨继宗等人，面对着前面的窗棂说道：

“据我们推测，他们先利用褒世子的舆论激怒上圣孙太后，又利用宝公主的事与太后取得密切联络，是想要一朝政变，让太上皇复辟！”

四

杨继宗那日在宫中从孙太后和曹吉祥那里听到的言语中，已经感觉到有要太上皇复辟之意，如今智性言之凿凿，却也不能不信，遂又问道：“这个晚生倒也曾想到过。不过晚生还有一事不明，若是当今圣上万一不幸，由沂王为太子继位，或是由太上皇复辟皇位，又有什么重大不同吗？”

徐永宁此时又拿了根牙签剔牙，听杨继宗所问却又放下，瞪着他说道：“所以嘛，你个省里的举人毕竟还是不能参悟朝中的大局。表面看来不过是他们亲父子，谁当皇上还不是一样，况且沂王才几岁呀，登基以后恐怕也要由太上皇摄政。可由太子继位还是太上复辟，那对朝局来说可是有天壤之别。”

见杨继宗仍有些不解，智性又把话接过来：“若是复立沂王为太子，一旦当今皇上龙驭上宾，则依祖宗成法即位，兼祧正统、景泰二帝，这乃是光明正大之道、江山社稷之局。如此行事，则当今皇上的帝位名正言顺，无愧于天地祖宗，景泰以来的用人行政均合于法理，日后不论何人掌握实权也无法改易，这才是社稷安稳、天下太平之局。但若是徐有贞等人的阴谋得逞，先阻止复立太子之议，再趁今上病体不豫之际劫持太上皇而阴谋复辟，那时将置今上于何种地位？置景泰以来朝中重臣于何种地位？置多年来的军国大政于何种地位？何况那几人多是宵小之辈，为着一己私利，以纵横家之劫局，行鬼蜮之伎俩，他们一旦得势，朝中纷乱又岂止是一朝天子一朝臣而已，恐怕会人心涣散，朝局大乱，我朱明天下或有不可言者呀！”

杨继宗见他说得慷慨激昂，却也入情入理，不由点头称是，才道：“如此说来，贵帮拐走宝姑娘，也是为了离间许彬、杨善等人与上圣皇太后的关系，倒成了利天下的义举！”

徐永宁笑道："这几天见许彬等人与孙太后关系过密，我们才出此下策。可要不是杨孝廉你太过机灵，让那宝公主在我这小庙里再多待上几天，许彬那一张老脸在太后面前可就丢尽了。宫里的人自会向老太后那里说几句闲话，只要太后有那么几天不待见许彬他们，朝中复立太子的事大概也就成了。"

听他一说，杨继宗一时竟对这几天自己的所为稍觉歉意，转念一思才说道："老爵爷与禅师为了国家社稷呕心沥血，晚生实在佩服。可晚生也有一句话不吐不快：二位责备那徐有贞等人施行鬼蜮伎俩，是宵小之辈，可以晚生十几天来所见所闻，贵帮的那些手段，可也未见有多么光明正大。"

徐永宁笑道："你可听说过，谋大事者不拘小节。何况我们所行之事乃是天大之事，就算有点子偷鸡摸狗，就算杀人放火，也是一时无奈，管不了那么多了。"

杨继宗心中并不认同，才想再说，智性却在一旁说道："杨公子也不必再贵帮贵帮地称呼，我等不如到下面看看，便知我们的身份。"

徐永宁也称是，于是靳孝带路，几人出了花厅。顺着石阶往下走了一段路，才见山壁上开了一个宽敞的门洞，又转了几转才进入一个大厅，里面先有人点上了几十支巨烛，明亮如昼。就见大厅正中放着一张九龙金漆宝座，宝座上方挂着一张硕大的横幅，上书三个大字：

赤龙会

下面落款却写着：

永乐壬寅岁五日御笔[1]

杨继宗见是太宗御笔，连忙俯身在地，恭恭敬敬拜了四拜。一旁徐永宁等人也都拜过了，才都起身。徐永宁道："这便是本会的真名。"

[1] 壬寅岁五日，是指永乐二十年（1422年）五月初五。

杨继宗也知徐永宁等人的帮会来头甚大，却没想到竟是太宗皇帝所立，一时有些悚然。就听智性在旁说道：

“太宗皇帝晚年，有憾于当年建文为奸臣所惑，几乎断送了大明江山，多亏太宗靖难才得保全，决意建立一个秘密帮会，由朝野中实力人物执事，专在国家兴亡的关键时刻暗中出力，以期永保大明朱姓江山。因我朝朱姓，又是运属火德，故命名为‘赤龙会’。建会以来，历经汉王高煦之乱和土木之变后的景泰新朝之立。”

杨继宗突然得知如此重大的机密，头脑有些蒙了，“难道说汉王之乱和今上立国都有赤龙会在暗中操作？”

“杨公子，你道那些动乱得以安然度过，真是都如史书上所载的那样吗？其实，若无我赤龙会在暗中操作，宣宗皇帝未必就能逃过高煦的毒手，今上也未必就能安稳坐上皇位，瓦剌之乱也未必就能一朝消弭。若无我赤龙会插手，大明天下恐怕早非今日之状了。”

杨继宗努力压下心中惊愕，又沉了沉心思，才道：“不承想贵会有过如此丰功伟业，失敬失敬。不过，以晚生近日的切身之感，贵会中人物的所作所为可不像有什么经天纬地之才。我见到的倒多是些金玉其外的奇技淫巧，且见会中人心散漫，各存心机。以此等一众人要谋大事，怕也难成！”

听杨继宗这样一说，徐永宁倒显出几分惭愧沮丧，一反平常的浮浪之态道：“杨孝廉还真是说到了我们的痛处。只因这几年正赶上新老交替，因承平日久，人心浮散，本爵又是刚刚接手天字门的事务，才疏学浅，门中确实是纲纪不修。至于这些天做的事情，简直都是胡闹，倒让杨孝廉笑话了。”

他又笑道：“不过仰承太祖、太宗的福佑，目前虽然时世艰难，却也不至于出什么大乱子。徐有贞这起子人一定翻不起什么大浪头。”

“爵爷怎么如此自信？”

“因为我们手里还有一张大牌。只要能把他抓在手里，就不怕有人兴风作浪。”

“此人是谁？”

“就是那提督团营总兵官，武清侯石亨！”

卷四

血印

第二十五章

海子

一

杨继宗在弘法寺中歇了一宿，初十早上才与杨二回城。徐永宁命靳孝带人去送，“一定要送到宛平县衙。”

昨夜刮了一宿的风，此时倒是风和日丽。杨继宗与靳孝并羁走在前面，一路闲话，杨二等人在后面远远跟着。

眼看过了玉泉山，靳孝说道：“昨日我们会里两大执事一同会见公子，又把我们的海底都透露出来，至诚邀约杨公子之情，实为前所未有。公子还有什么顾虑，为什么不愿意爽快接受呢？”

杨继宗道：“这我昨晚也对徐爵爷说了。一来呢，眼见离春闱会试不过一月光景，科举毕竟是我等士子的正途，不论在下科场是否顺利，今后的前程总要在水落石出之后再行安排。”

“这个爵爷和禅师都是体谅公子的。只是这些日子正好遇到了大事，因此无论如何都要请公子打理出一些心神，来帮我们参谋筹划。”

“贵会既然有太宗的诏敕，肩负着天大的责任，若遇到天崩地坼，需要贵会只手撑天的时候，书生岂敢在一旁袖手，自当尽一点绵薄之力。只是，君子或有所不为。贵会有些手段，譬如杀人放火，投毒诱拐，在下却还真是筹划不出来。”

靳孝知他对此前的几件事仍是耿耿于怀，不由要分辩两句：“杨公子熟读经史，见识远远高出我们这些野人。俗话说是脏唐烂汉，您想想，历朝历代宫里宫外那些歹毒狠辣的手段，哪个不是超过我们百倍！这些个事，我就不在公子这里圣人面前背三字经了。”

杨继宗却仍然不能认同，只是呵呵冷笑。

“再者说，我会近来正赶上人事变迁。徐爵爷本来年轻，又是刚刚接手会中执事，一时还难入正轨。我们天字门更是几年无事，已经养成了散漫习气，再碰上我这么个不济事的惫懒货主事，难免有些乌烟瘴气。要不然怎么会急着要请您这大高明出山呢。”

杨继宗才又问道：“贵会执事，当不只徐爵爷与智性禅师两位，不知还有哪几位高人？”

“这个昨日他们两位执事不曾告诉公子，在下也不便明说。我只想让公子知道，会中还有几位执事，不论在宫里、朝里的地位还是人才能力，都远高于他们两位，公子日后当可结识。”

杨继宗心想，听他口气，莫非赤龙会的执事中还有朝中重臣或是宫内大珰，甚至皇亲国戚？一时却也不好猜度。才又问：

“靳兄说你所掌的乃是天字门，昨日我正巧听那胡昌世还提到了顺子却是属于黄字门。如果我猜得不错，贵会属下当有天、地、玄、黄四门，却不知还有没有宇、宙、洪、荒几门？”

“要不说杨公子的精细让人佩服，也让人头疼呢。这么两句闲言碎语就让您把我们的规制部署都给摸得门儿清了。本会确实下属四门，各有佥事统领，上面又有执事专管。但各门之间互不往来，连认也不认得。那位顺子兄也是事急从权才从黄字门特别调遣过来的，我估计应该是智性和尚的属下。”

杨继宗微微点头，心想那日顺子用言语引着我去西单牌楼市场，以便“巧遇”智性，自然也是由智性安排的。他急于见我当面了解那金符令牌一案的详情，又想看看我对此事的态度，却做得山水不露，行事作为可比养荣堂这帮天字门的莽夫们含蓄稳妥多了。又道：

“我也是太过好奇，一不留意竟陷入这事关朝廷统序的大局之中，现在想要脱身怕也难了。只望贵会能够运筹周密，以菩萨心肠，行霹雳手段，将那些泼天的阴谋全都消弭于无形，才是朝廷之福，苍生之福。”

说到当下大局，靳孝反倒不大乐观，“虽说昨日徐爵爷也说，只要能够把握住武清侯石大都督，终不怕徐有贞等人生事。但从这几天那些人的所作所为来看，这个徐有贞还真不是个善茬儿。听两位执事说，灯节前后这几天就是确立太子的紧要时刻，为防意外，还要请杨公子格外操心，多帮着我们留点神。”

杨继宗其实也有同感，“我也隐约觉得那些人不会轻易放弃他们的图谋。昨日徐爵爷说到石亨都督不但手握京城团营兵权，可以轻易弹压动乱，而且他也是当今皇上最为信用之人。我听徐爵爷那话头，石都督似乎对于力促皇上早立太子以安天下，也做出过保证，因此才会觉得石都督必定站在贵会一派这边，万无一失。”

“此事爵爷自有他的道理，只盼天佑我大明，莫要让那些贼党再生是非。”

又走了一程，一行人进了西直门。再向前没多远，见前面街角处站立着许多人，似在讲说什么。再细看，这些人应是两伙，一伙是几个锦衣卫的校尉，个个趾高气扬；另一拨人更多，衣着却有些褴褛，虽然看着也像是公服，但颜色是蓝不蓝紫不紫，且又灰土甚多。

靳孝在一旁说：“这一边的当是西城兵马司的弓兵和铺甲，那边就是一处兵马司管的冷铺，不知道出了什么事。”

杨继宗有了前几天的教训，倒也不想凑热闹近前去看，忙拨马从一边绕着过去。路过的时候就听一个声音沙哑刺耳：“这可是十几条人命的大事，你们小小的兵马指挥司想瞒就能瞒得过去吗？”

再看那人，应该是锦衣卫中领头的一个校尉。与他对话的当是兵马司的一个吏目，却是压低了声音：“这事卑职哪里敢瞒，只因事情正好发生在本司所辖的冷铺内，卑职也才刚刚得信，正要先回禀了本司的指挥，再由上官恭请锦衣大人们来查案。不想军爷耳目灵通，先就得知了消息。”

听说是个关系十几条人命的大案，杨继宗不觉心痒，但看看靳孝正朝着自己诡异而笑，只好心里一横：管他多少人的命案，与我何干？

二

靳孝一直将杨继宗送到了宛平县衙大门口，才告别去了。

杨继宗见时已过午，急忙在自己房里吃了几口东西，就带上杨二到玉喜庵，要看看云瑛送宝姑娘的事情办得怎么样了。

正好云瑛也已经回来，大约刚换上家居的衣装，一身玉色衣裙分外素净，脸上的妆容也是才打理过的，面白唇红，靡颜腻理，只有一双眼睛红红的，想是刚才哭过。

云瑛将杨继宗接进屋里，一时忘情，把手牵着他道："秀才，你可是回来了，让我好生挂念！"说着才觉不妥，连忙松了手，脸也红了。

杨继宗赶紧立直了身子，"倒叫姑娘担忧了。其实昨日我在弘法寺里只是吃喝睡觉，过得十分自在。今天一早是靳孝送我一直到家，没有半点风险。"又把昨日在香山上与靳孝及徐永宁等人喝酒谈论的经过大略说了一遍，只是不提赤龙会和相关的朝廷阴谋。

云瑛对昨天的事自有成见，此时也不想深问，听说他平安无事也就放心，又问他昨日脖子上的刀伤可还有碍。

杨继宗道："你若不提我都忘了，本来不算什么伤，哪里还有事。"就把领子往下拉了拉，让她看那伤痕。云瑛见他脖子上只能见到一线细痂，这才放下心来。

杨继宗更关心的是宝儿的安置，问道："宝姑娘的事今日安排得怎么样了？"

"今日一早是曹公公亲自带人来接的，直接先进了宫。"

据云瑛说，曹吉祥一早亲自来到玉喜庵，接了云瑛和宝儿，用的仍是四抬官轿，直接从玄武门进宫。与上次不同，这次在玄武门前换了宫里的小轿，一直抬到仁寿宫前，才进去参拜上圣太后。太后问了几句日常的话，又与宝儿亲热了一会儿，就吩咐按照当初的安排，把宝公主先送到曹吉祥外宅奉养。而后照例赐茶点，但云瑛也无心用茶，不多一时就又出了宫。

杨继宗问道："太后对这两天宝儿的事可曾有所察觉，或有什么疑问？"

“当时太后把宝丫头抱在怀里，似是细细察看，又问我这几天可还平安。我说一直安好，也就过去了。倒是曹公公一早见了我，先道了辛苦，又说进宫见了太后老娘娘，不论怎么问，都尽量不要细说这几天的经历。听他的口气，倒像对这几天咱们心急火燎四处找人的事知道不少。”

“曹公公知道此事也不奇怪。只怕他也是直到昨天傍晚你们进了城，才放下一颗心来。”

云瑛虽然对其中一些隐秘仍然不太明白，却也大概知道宝儿这次被劫与朝廷中的大事关联，也不再问。继续说道：“曹公公的外宅就在东安门外不远，是好轩敞的一处院子，一眼看去，大大小小总有上百间的房屋。宝丫头就先安置在后边一座小花园里，又安静又敞亮，里面已经安排了奶妈、嬷嬷、丫头、火者，十多个人，照应自然周全。一应陈设也都是极富贵的，远远强似我们的毡房大帐。”话虽如此说，那神情却没有半点欣喜。

“只是宝丫头前几天刚受了一番惊吓，此刻又要分别，毕竟还是个小丫头，抱着我大哭不放。唉，其实当初带她来到京城，就想到了总有一天离别，可真到了要离别的时候，我还真是难受。最后也只好狠狠心独自离开，这一分别，竟不知道还能不能再见我的宝丫头了。”说到这里，眼圈又红了。

杨继宗回想宝儿当初一派天真烂漫，这些天却又是被人诱拐，又是让人夺来抢去，而今又要与唯一的亲人生离死别，实在可怜。她虽是皇家的金枝玉叶，但生不逢时，还真是远不如普通百姓家的小姑娘活得安生。虽然这么想，却只能先用好话安慰云瑛：

“不论如何，宝姑娘能够恢复皇家身份，总算了却了姑娘一桩大心愿，也不枉我们这几日的操劳，姑娘不可太过伤心。却不知曹公公对日后还有些什么安排？”

“他让我还要在京中再住些日子，说是公主的正式身份也许过不了多少天就可以确定，甚至颁册封号也未可知。”

杨继宗对此话颇为上心，忙问：“他是怎样说的？”

“他说是不出正月，宫中局势当有重大变故，到时候宝丫头的名分自然就清楚了。还说等一切停当之后，皇家对我定有封赏。我哪里要他什么封赏？只是宝丫头的事若不能最后水落石出，我心中终究不踏实。”

杨继宗暗想：这曹吉祥等人倒是对今后的局面颇为自信呀！过了一会儿才又说：“这几日姑娘为了宝儿的事又是担惊受怕又是奔忙操劳，实在也辛苦了。眼下总算一块石头落了地，今天难得大好的天气，我们不如到外面走走，且散散心情。”

云瑛倒也愿意出去走走，就问：“哪里有好去处？”

“这京城里除了皇家禁苑，普通的官员百姓无缘一游，在民间的第一个好景致就是积水潭，京师人又叫海子，四季皆有佳景。此时天气虽尚寒冷，积水潭倒也还有可看之处，何况那海子离我们这里极近，不过一里多的路程，姑娘要是愿意，不妨到那里看看。”

云瑛并无异议，于是杨继宗让杨二去叫了老麦，也不带别人，也不用车马，几人出庵步行，去了海子。

三

京城中的所谓海子比较正式的名称叫作积水潭，乃是元朝修建。大都时利用低洼地势，聚西北凤凰山等处的泉水而成，下接通惠河，直连大运河，是当时运河漕运的终点码头，周围一带曾经热闹非凡。元代状元宋本是大都人，曾有诗云：

> 渡桥西望似江乡，隔岸楼台罨画妆。
> 十顷玻璃秋影碧，照人骑马过宫墙。[1]

明太宗修建北京城，将元大都的北城墙向南移了五里，原来海子的一部分被隔在城外，又因安全等方面的原因切断了通惠河的航路，海子不再是漕运码头，周围的繁华也就此凋零，再经多年淤塞，湖面比元代小了许

[1] 宋本诗，见《日下旧闻考》卷五十三。

多。水上茭荷繁茂，岸旁杨柳成荫，却也增加了许多野趣，成为京城中四季宴游之处。

此时虽已立春，天气依然严寒，杨继宗和云瑛等人走到海子边上，就见宽阔的湖面上一片冰封，冰上还覆着前几日下的雪，平整洁白。云瑛见了欢喜，忙不迭地踏上冰面，急走两步，要向前滑行。

杨继宗怕她摔了，一面说“小心”，一面急忙上前。云瑛笑道：“这有什么。我们塞外的大淖尔水面比这里不知大多少倍，冬日结冰我们也会去滑着玩，若是一只鞋上加个铁底，能滑几丈远呢。”

因天气好，冰面上和湖边也有不少游人，有看冰雪湖景的，也有玩冰床的。那冰床就是在一块木板下面镶了铁条，小的一两个人坐上去，用手中两柄冰钻扎着冰向前走。大的可乘四五个人，有人在前面用绳索牵引，是专为游客准备的。杨继宗他们才走了几步，就有拉冰床的上来打招呼说：“可要坐冰床去观音庵，又快又稳！”

这个冰床真有一张小床那么大，上面还安着两条长凳，杨继宗等四人坐上去也不觉过于拥挤。因那拉冰床的后生穿的鞋底上有铁钉防滑，他拉起冰床并不觉费力，一声“走”，冰床已经稳稳地滑行在冰面上。

冰床大约沿着海子南岸蜿蜒而行，就见近岸的地方多是一片片枯黄苇塘，岸边则有枝条萧疏的杨、柳、榆、槐各样树木，再远一点就是砖墙灰瓦，许多的民宅，因冰上、地上、房顶、枝头或多或少都有积雪，太阳一照更觉轮廓鲜明。

前行二里许，见前面的一座庄园甚是宏大，里面不但屋宇众多，又有些山子楼台，从墙外面就能够看见。杨继宗问那拉冰床的后生：“这里是哪家的府邸？”

“这里叫定园，其实是定国公府。咱们这里是从后身看，南边大门那边更是气派。”

杨继宗见那镇水观音庵已经不远，想在海子边上走走，就让停了冰床。几人登岸，那后生道：“沿着这条海边小路，北边那小山顶上就是观音庵了。”

一面前行，杨继宗笑对云瑛道：“你可知那大宅子里的定国公他是何人？”

“我怎么会知道什么定国公动国公的？”

“他还真不是外人。昨日在弘法寺里隔着帘子和咱们说话的那位，就是这个定国公。”

云瑛才有些吃惊，“倒想起来了，年前袁叔叔也说过他是养荣堂的后台。可他一个堂堂的公爵，怎么也加入了匪伙呢？”

“有些时候，是官是匪又哪能分得清楚。”见云瑛仍是不解，杨继宗就把赤龙会的来历和近日所为的缘由大略讲述了一番，“说起来，他们倒是个奉旨钦差的匪伙了。”

云瑛听了，撇撇嘴不以为然道：“你们大明朝的设置也太过奇特。我见你们京师多么冠冕堂皇，朝里又有五府六部，宫里又有几十号衙门，听人说，每年上传下达的公文奏疏用的纸张就要值上万两银子。这么大一摊子还怕稳不住一个天子的位子，却要弄这么个土匪不像土匪、混混不像混混的什么会出来，净干些偷鸡摸狗的下作勾当。要说你们那位老皇爷，可也忒没有点自信了。”

杨继宗听云瑛快嘴利舌一番言辞，心中倒真是颇有同感，嘴上却说：“先皇的安排，自有玄机，我们臣子不好评说。此事至关机密，只因姑娘这些日子窥见了太多真相，若引起胡乱猜疑反而不美，徐爵爷才让我不妨对你讲明，还请姑娘今后莫对他人提起。”

云瑛冷笑道：“宝丫头的事一了结，我自会远走万里，这京城中的奇遇我就是对人说了，怕也无人能够懂得。何况，我又对谁去说呢？”又道，“难怪昨日回城路上，袁叔叔就告诉我——”

“袁大哥他说什么？”

“袁叔叔说——秀才，你怎么总是要占我便宜？”

杨继宗不解。云瑛故意冷着脸道：“我一口一个袁叔叔，你却口口声声叫袁大哥，不是占我便宜？”

杨继宗哈哈笑了，“好，好，以后在你面前，我只叫他文质。”

云瑛才笑道：“袁叔叔说，这次劫走宝丫头，一定是为了宫里极大的一个密谋。还说弘法寺里边的这伙人深不可测，他一时也摸不着头脑。”

“看来文质确实还不太了解赤龙会的事，但对近日的事件缘由大概也能猜出几分了。”

云瑛对这些阴谋诡计的事终究不感兴趣，嗔道：“我们说好了出来散心，怎么又提这些事？你看前面，那可就是镇水观音庵？”

四

镇水观音庵坐落在海子西北尽头的一座小山上，因四面环水，实为一座小岛。山不过十几丈高，过一座小石桥，顺着石阶行不多远，已经到了小小的山门，山门匾额上写的却是“法华寺”三个大字。

杨继宗道：“看来这寺庙的正名倒应该叫个法华寺了。或许庙中主供着镇水观音，大家反而叫它镇水观音庵。”这庙甚小，不过小小的两进院子，主殿里供奉的果然是座白衣大士，杨继宗与云瑛不免也要上香拜上一拜。

冬日里也没有什么游人香客，观音殿中的一位老僧合十道：“几位施主好像是初次来到敝寺，应该也不是京中人士。”杨继宗答道：“我们都是头一回进京。”老僧道：“那倒要到后面的观水轩上随喜随喜。那里正临着水关，若是开冻之后，水流直下，冲击着迎面的镇水神兽，水沫腾起一丈多高，煞是好看。眼下虽未开冻，那里高处却也能见到城里城外不同景色。”

杨继宗和云瑛听了，就从大殿一侧绕到后面，更高处果然还有一所轩堂，回廊环绕。到了回廊上，朝东面看，就是刚才过来的海子，平整如镜；朝西面看，远处可见西山，山上积雪皑皑；北面隔得不远就是城墙，脚下却正是那水关。水闸上下都还冰封着，中间形成一道冰瀑，虽寂然不动，却作飞流而下之势，银光流转。

正看着，一个年轻僧人一手提着个果盒，一手提着把暖壶，从石阶走上来，施礼道：“师父说来了几位施主，让小僧拿些茶果给施主们用。”说完就打开了南北两面的轩门，在桌上布了果碟，倒了茶水。

杨继宗指着脚下河道中一半露在冰面上的石兽问道：“这是个什么神兽？”

僧人道：“这是镇水的石犀。有水的时候城外的水流正好从犀头两边分为两股，再绕着山流入海子里面。听师父说，因有了这神兽镇着，多少年来外水进城从没有出过灾患。”

云瑛却问：“那石犀边上为何会有那许多铜钱？”

“据传说，这神犀不但能够镇水，还能祈福。若是能把铜钱掷到犀角上，求功名的可以科场得志，取独占鳌头之意；求姻缘的自会心想事成，取心有灵犀之意。这些铜钱都是香客们所投，若是开春以后那就更多了。”

杨继宗和云瑛坐下喝茶观景，老麦说要到旁处再看看，拉着杨二走了，小和尚也不知去了哪里。

云瑛道：“秀才，你何不扔个铜钱看看，图个科考的吉利？”

杨继宗笑道：“这些都是庙里和尚哄人的把戏，哪能当真？我们家乡有个龙泉寺，池中有个石龟，也说是打着了能够升官发财。其实庙里和尚在水下放了铁篦子，每过一些时日就打捞一回。别人未必发财，但庙里和尚却是一定要发的。”

云瑛啐道：“哪有你这样作践神灵的？信则有，信则灵，你可是在乎几文铜钱的。”

杨继宗无奈，只得出门去抛铜钱，宽袍大袖颇有不便，只得左手捉着袖子，右手来投，却一连两个都不能投中犀角：“看来我运气不佳，还是姑娘来吧。”

云瑛多年骑马游猎，手眼明快，把 枚铜钱甩手一掷，正好打在石犀的角上，“叮”的一声蹦飞出去。

杨继宗在一旁喝彩道：“姑娘好手法，看来定能心想事成了。”

云瑛盈盈笑道：“这次来到京城，我的运气本来不差，又有袁大叔、方三爷还有秀才你们相助，又有宫中太后着意安排，宝丫头的事终有了个了局。”又抬眼看看杨继宗说，“不过要说好运，一大半倒是因为遇上了公子。不然开了年，我们不知道还得在关王庙再跑多少场马解，才能寻到明路呢。”

杨继宗此时本不该居功，却又一时不知应如何作答，只是回望着她笑而不言。

云瑛将目光望向对面不远处的城垣，低声道："昨日从香山回城我就想，秀才你可真是我今世的贵人。此生有此一番际遇，也算是大幸了。"

杨继宗就觉云瑛的身子微微依着自己，细微的呼吸声清晰可闻，再看对面，城垣上阒无一人，只有一抹斜阳照着半城残雪，却显得又是安静又是温暖。

两人静静站立了好一会儿，杨继宗才又问："我看姑娘对中原风俗并不陌生，难道一定要回到你们部落的草原大漠，去过逐水草而居的游牧生活？"

突然提到这个话题，云瑛脸色稍变，顿了顿才说："我岂不知道你们中原是富足之地、文明之邦？只是这里终非我的故土，我的家人、血脉毕竟都在大草原上。"

杨继宗还想再深谈两句，却见老麦、杨二领着两个人从石阶走上来，原来是县衙里的王庆和一个锦衣校尉。

王庆道："杨公子，这位军爷到衙门里来找您。听说公子来海子了，我们一路寻来，到这里才找着。"

那锦衣上前施礼道："杨公子，敝长官是锦衣卫汤指挥，因接到了一件人命大案，想要请杨公子去帮着看看。"

"汤公找我看什么案子？"

"是冷铺里，昨夜死了十几个花子。"

杨继宗眼珠一转道："莫非是朝天宫后面那个冷铺里出的事？"

"杨公子果然神了！正是那里。请公子这就随我前去。"

第二十六章

冷铺

一

杨继宗让云瑛等人先回，自己只带杨二，同那锦衣骑着预备好的马匹赶去西直门内。一路上先听那锦衣校尉简要说明了案子概况。

所谓冷铺其实是官家为防丁、驿卒、巡夜更夫人等修建的驻扎休憩之所，虽然名叫冷铺，冬日里因有锅台热炕，倒是兵丁们取暖的地方。五城兵马指挥司专责京城的日常治安警戒，因此在各自的管辖区域中都设有若干冷铺，西城兵马司的大小冷铺就有十几处，每处或由一两名军丁驻防，或由地方总甲掌管锁钥，以便夜间打梆巡夜的更夫在寒夜中落脚休息。但因承平日久，制度败坏，驻防军丁大多被长官吃了空额，里巷中也不愿凑钱专门雇人打更，各处冷铺慢慢却都成了要饭的乞丐们聚集的场所。乞丐们以各处冷铺为据点，白天出门乞讨，晚上回来有热水热炕，只需要每天夜里派人去敲着梆子在所辖路段巡夜打更，已被官府和市民视为当然。

此种民俗沿袭久了，京城里的乞丐也就以冷铺为核心聚成帮伙，或是三五成群，或是十几人一伙，各自都以某某冷铺的名义相称，各有头目分派打更巡夜，遇事也与有司、保甲周旋。兵马司等衙门对冷铺的这种状况都心里清楚，但一来可以减省军丁的开支，二来能够减少严寒时节街边的倒卧，三来有时还能利用乞丐做眼线侦查案件，正所谓官民两便，从来都是睁一只眼闭一只眼。因此，京城中的官民，听说冷铺，就只把它当作一个要饭花子的聚集之地，早忘了这是官府设置的巡防机构。

西城兵马指挥司所辖，在西直门和阜成门（京中人都叫和义门和平则门）内有两处冷铺，相隔不远，当地人称“双冷铺”，都在朝天宫的西墙外面。南边的冷铺较小，平常只有六七个乞丐；北边的那处冷铺却要大许多，里面一伙乞丐有近二十人。本来一直安然无事，谁知昨天夜里，不知为了什么，那一伙乞丐竟全都被人杀了！

“我们队中有个校尉叫逯杲的，平日眼线最多，也是今日午前才接到报信，说和义门内北双冷铺里死了多人，才一起去看。因案情重大，又报到卫里，由指挥佥事汤长官主理。”

从镇水观音庵到西直门里并没有多远，杨继宗又心急，催马加鞭，不多时就到了，果然就是午前从香山回来时见到的那处地方。

这处北冷铺就在西直门内大街和朝天宫西街的拐角处，没有院子，是孤零零的两间东房。门口有两个锦衣校尉，见杨继宗来了，忙上前见礼，其中一人道：“在下逯杲[1]，汤长官现在那边歇息，杨公子要愿意，可以先进屋里看看——里面实在有点太惨，我就去请汤长官过来。”

杨继宗正想要看看，就随另一人进了屋里。才一进门，就觉一股血腥之气扑面而来。

这冷铺两间房没有间隔，从南墙到北墙是一铺大炕，北边贴墙根有个灶台。此时地上、炕上、灶台上，横躺竖卧到处都是死尸，而且明显都是刀伤所致，鲜血横流。杨继宗算是见过一些命案场面的，见此情景也不由得头皮发紧，肚腹翻腾，险些要吐了出来。

他定了定神，问那跟进来的锦衣校尉：“被杀的一共有多少人？”

“一共十七人。”

杨继宗才又细看那些死者。看衣服打扮，显然都是些乞丐，因此炕上并没有几床铺盖。这些人大都穿着衣服睡觉，有几个还是睡在炕上的姿势，应该还在梦中就被人一刀结果了性命。也有几人大约是惊醒之后爬起来想要逃走或是反抗，因此不但脖颈上有致命刀口，身上也有几处刀伤。躺在地上和灶台上的几个显然更为警觉，却还是寡不敌众，身前背后都中了数

[1]逯杲，北京安平人，明代著名的锦衣卫爪牙，后官至锦衣卫指挥佥事，《明史》卷三〇七有传。

刀。杨继宗认真察看尸身上的每一处伤口，发现差不多每个人的衣服都被人翻检过，就问：

“你们的人搜查过这些尸身的衣服吗？”

“汤长官让我们先不要动，因此只查了数，画了草图，并没有动过现场。”

杨继宗从炕上查看到地下，又见灶边一个精壮大汉的尸体旁边有一把灰耙，木杆铁头，耙齿上也沾着血迹。他又向四周看了看，对那校尉道：“这位仁兄，此铁耙乃是一件重要物证，请你们的人要好好收了。”

灶台边地下还发现了一个香座和几截摔断的更香，杨继宗将那些断香拼在一起，用手先比了比，大约还有七八寸长，也让作为物证认真保管。

屋里的十几具死尸，不论是一刀毙命的还是身被数刃而亡的，大多是在房子里被害，唯有门口附近的三人有些不同。那三人也都是前后中了数刀，衣服上却有被拖拽过的痕迹，可能是在门外被杀后又拖进屋里的。杨继宗又到门外看了看，果然有几处血迹，墙边角落里还有一个梆子掉在杂草残雪之中。

那三个可能是在门外被害的人里面，有两个甚是年轻，杨继宗估计大概是轮值打更的，在外打更巡夜回来却正遇上屋里的惨案，才仓促间被杀害。另一个却是个四十几岁的汉子，死时的面目十分狰狞，整个身子都伸直了，双手也向前伸向屋门旁的墙边，尸身下边有一道拖出来的血迹，像是他在死前曾努力爬向墙边。再看那墙上，赫然印着两个血手印，一个五指手掌俱全，另一个却只印上了一小半，只有拇指、食指和小半边手掌的痕迹，在那手印下面，却贴墙放着一个外面沾着血的葫芦。再细看，在他右手手中竟还抓着一条秋香色的缎子衣料，像是从什么人衣服上扯下来的。

二

杨继宗在冷铺里仔细查看了一遍，才走出房门，正见到汤胤绩跟着几个随从自不远处走来。

汤胤绩见了杨继宗就招呼道："杨贤侄，尚在年节之中就劳动大驾来看这些尸身腥血，真是不好意思。"

"汤老伯见外了。前几天在白云观中还多承老伯及时援救，要是能效微劳，才正好聊表一点谢意。"

"也就是那天我见你世事洞明，心思绵密，破解那些悬疑竟然丝丝入扣，不由得真有几分佩服。因此今日遇到这起重大命案，才想起请贤侄过来襄助。你刚才也进屋看了，可有什么高见？"

杨继宗先不急着说自己的见解，却问一边的逯杲道："听说是这位逯兄弟最先得知此案，不知是何人报案？"

那逯杲先向杨继宗施了一礼，又向后退了一步，低头向着汤胤绩说道："敝弁在朝天宫这片有个眼线，今日午前他找我报信，说是昨夜双冷铺的北铺杀了人。我带人赶来，见西城兵马司的史吏目已经到了，但现场似乎并没有被搅乱。听那史吏目说，他们也是刚刚听到这边总甲报案才赶过来的。"

杨继宗又问："那最早发现此处死人的是哪个？"

逯杲仍然向着汤胤绩回话，却都是说给杨继宗听的："听那总甲说，今日已经过了巳正时刻，这冷铺门里门外还十分清静，有个居住在这一带的闲人感觉有异，才扒着门缝看了看。因见死尸遍地，才报告了总甲，他自己却因受了惊吓，不知藏匿到哪里去了。"

"逯兄自然也已勘查过现场，不知对此案有些什么看法？"

"敝弁看过那些杀人的伤口，显然是由许多不同的刀刃所致，我以为杀人者当不在十人以下。因此最有可能是不同乞丐帮派之间为什么恩仇利益所行的火并。因见许多尸体穿的衣服都有被翻检过的痕迹，冷铺里一些犄角旮旯也似有人翻过，敝弁以为，极有可能杀人一方是要抢夺一件什么重要的东西，却不知道这次得手还是没得手。"

听他这一说，杨继宗对眼前这位锦衣校尉不能不刮目相看，"逯兄不知还看出了什么？"

"这次杀人的行动，十四个人都是在屋里面被害的，有六七个还在梦中就被一刀杀了，另外几个人虽然惊醒，却来不及反抗，估计杀人者几乎是丝毫无损。大概只有一人被反击的灰耙打了一下，大约是在头上会留下伤痕。另外三人在门外被杀，却是在不同的时刻。那两个年轻的当是在外巡街打更刚回来，就在门口被杀。另一个死在门口的汉子，敝弁已经问过总甲，名叫魏大虎，正是这个冷铺的花子头目。他该是先被叫出屋外才被结果的，但他死前扯下了行凶者的一片衣裳，将来或可成为破案关键。再有，他临死前在门旁墙上印上了两个血手印，定有所指，只是敝弁一时还猜不透是什么意思。"

杨继宗一面听他说话，一面再仔细打量：就见这位锦衣校尉不过二十几岁年纪，中等身材，虽然说话声音沙哑刺耳，面目却长得端正，两道漆黑的浓眉几乎连成一体，一双眼睛明亮冷酷。才道：

"逯兄勘查得极是精细，与学生的一点愚见不谋而合，佩服。"

汤胤绩听他夸奖自己的部属，也有几分得意，"正所谓强将手下无弱兵，小逯这两下子也好让杨贤侄看看咱们锦衣卫的实力。"得意过后才又道，"这里不是说话的地方，贤侄若是已经查看明白了，我们到近处说话。"

杨继宗跟着汤胤绩众人，拐弯抹角走了没多远，就进了一座貌似民宅的院子，显然又是一处锦衣卫的档口。

汤胤绩道："贤侄一会儿就在这里用饭。你先说说，这个案子倒要如何解破？"

杨继宗却还想听听逯杲的想法。逯杲见汤胤绩点头同意，才道："既是花子们内部仇杀，又留下了一些痕迹，敝弁以为不如就将附近各冷铺的乞丐头目一起抓了，严刑拷问，必能供出凶手并案发起因。这些要饭的多死几个少死几个本来无关紧要，趁此机会问罪一批花子，再吓走一批，倒可让京师多清净几日。"

杨继宗听他这样说，却有些不以为然道："我看杀人者不但心狠手辣，极为歹毒，而且刀法大多老到，应该是些多少练过武功，也见过杀人场面的人。冷铺里的乞丐就算有一两个掺入的歹徒，哪能就一下子凑足十几名凶手呢？"

"杨公子有所不知，这京城里的乞丐与外埠的乞丐还大有些不同。"

汤胤绩也对京城里乞丐的情况颇为好奇，就让逯杲细细说来。

逯杲道："敝弁听说，京城里的乞丐分为两类。一类叫作团头花子，这些人籍贯就在京师，通常也有固定住处，或是荒屋或是破庙，甚至有在关厢合租居住的。团头花子平时服装较为干净，乞讨时也比较文静，他们上面都有团头管着，按月要给团头交份子钱。当团头的坐地收钱，日子甚是好过，也与保甲关系密切。

"另一类则是冷铺花子。这些人来自天南海北，人员混杂，有无籍的惰民、破落的士民子弟，甚至逃亡的江洋大盗，以及净身后却进不了宫当不成宦官的'无名白'，最是藏污纳垢之处。冷铺中从来就是狠毒者为王，分成无数的大小帮派，虽然像如今这样一气杀了十几人的事还是头一次见，但此前冷铺中杀人伤人的事已经出过多起。因此敝弁以为，此案最大可能还是冷铺花子互相仇杀。"

杨继宗问："这些冷铺花子平日穿着如何？"

"他们不论真穷假穷，一律破衣烂衫，已成规矩，乞讨的时候也常常用强动狠，直如抢劫。"

"那逯兄可曾注意，魏大虎手中扯下的一片衣衫是什么质地？"

这一问，逯杲竟然脸红了，嗫嚅道："这个敝弁倒是疏忽了。"

三

汤胤绩听说还有扯下的衣衫，忙问现场的物证可都收藏了，就有属下校尉将冷铺杀人现场所绘的图录和收集的物证全都拿到了眼前。

汤胤绩拣出那条秋香色缎片看看，说道："这却是上好的杭缎，虽然上面有些血污，质地却也是簇新的。杨贤侄，你对此物是怎个看法？"

杨继宗才说："刚才逯兄剖析精到，处处中的，只有此案是冷铺花子之间仇杀这一点上似有疑问。其一是这伙人杀心太重，来之前就似已经下了决心，一定要将这冷铺里的人全部杀死。到了这里也是毫不迟疑，动作迅捷，以这点来看，不像是乞丐积恨成仇的火并，倒像是一伙作恶多端的匪徒。其二就在这一片衣衫，可知这伙人中至少有一人身着华贵外衣，按逯兄所言，冷铺中的乞丐应当不会穿这样的衣装。”

逯呆连忙点头道：“杨公子想得比小人深入。惭愧。”

“但目前案中最难索解的，却还是印在墙上的那两个手印。逯兄说猜不透其中含义，在下也同样不解。另外，那手印下有一葫芦，我闻了一下，当是盛酒用的，也不像是混乱中掉到那里，却似那魏大虎在临死前有意放到那里的。若真是如此，他放下葫芦，摁上手印，想要告诉我们什么呢？除此之外，还有一个疑点更叫人想不通。”

汤胤绩忙问什么疑点。

“从现场来看，那魏大虎在门外下腹、后背各中一刀，却死死抓住杀人者的衣袖，并扯下一条缎片。杀人者以为他已经死了，将他拖进屋里，一时紧急并没有注意到自己的衣袖被扯破，也没注意魏大虎其实还有一气未绝。”

汤胤绩和逯呆都点头同意杨继宗的分析。

“那伙恶徒走后，魏大虎拼着最后一口气力，爬到墙边，摁上血手印，放置葫芦，肯定是想给我们留下一个重要消息，以利于破案。”

“正该如此。”

“可当时他右手抓着这条衣片，又要往墙上摁那手印，是不是会十分别扭？”

汤胤绩与逯呆听了，都似忽然醒悟。

“逯兄可愿意试着模仿一下那魏大虎当时的动作，看看可还顺手？”

逯呆倒也不觉有什么不便，当即一手拿了那条残缎，就俯在离屋门不远的地上。

杨继宗道：“此时杀人者已去，你要努力爬向墙边去摁那血印。”

逯呆就假作濒死之状，向前爬行了两步，再伸出手去向墙上摁那手印。但因右手中有那衣片，想要摁上手印，只能先把衣片放下。

“逯兄再试试，可有别的什么办法，能一面拿着这片缎子，一面把手印摁上。”

逯呆趴在地上又试了几次，若仍拿着衣片，就算把手印摁上了，也一定会有那片衣袖的明显痕迹。

“现在墙上并没有一丝残袖的印迹，那就只能是魏大虎先放下衣片，摁了血手印，然后再重新把衣片抓到手里。”

逯杲就随着杨继宗所说将这些动作做了一遍。

“逯兄请起。老伯，你看这魏大虎临死之前的一番作为可是有些怪异？”

汤胤绩看着逯杲在地上的举动几乎要被逗乐了，却收住笑容道：“贤侄这套断案的法子，老夫倒也是头一次见识，不过如此效演一番，还真是如见现场，入情入理。虽然不能断定魏大虎临死之前必然不会如此行动，但看起来确实十分别扭。不知贤侄对此作何解释？”

“依小侄之见，这有两种可能。一种是魏大虎认为摁上手印、地下葫芦与手抓衣片，合在一起是一个完整的哑谜，如果我们猜中了就可以大大有助于破案。他为了早报被杀之仇，才用最后一口力气先摁了手印，再抓起布片——但这个哑谜实在难猜。”

“除此之外，难道还有另一种可能？”

“还有一种可能，就是这片残袖并非是魏大虎扯下来的，而是有人后来故意放到他手里的。”

此话一说，不但汤胤绩极为吃惊，连逯杲也不禁又把杨继宗重新上下打量了一番。

汤胤绩皱着眉头想了想，才道：“若真如贤侄所说，这个案子可就更不简单了。此案被害者有十七人之多，虽然都是冷铺里的乞丐，恐怕连喊冤的苦主都没有，但毕竟是人命关天，十七个冤魂的恶怨集中起来，京城哪得安宁！何况，那些凶徒在天子脚下竟敢如此猖狂作乱，我大明朝的法度何在！贤侄不知有什么思路，可以尽快解破案情，拿住凶手，报死难者之仇，申青天公道之理。”

“小侄对这案子一时还摸不着头脑，需要再对相关人事深入访查才能看看是否有所突破。我看这位逯兄精明细密，又眼线广布，对这一带乞丐状况极为熟悉。不如我们就分头行事，逯兄在这里刑讯相关疑犯，小侄再去秘密勘查。分进合击，或可更有成效。”

汤胤绩点头道：“这样也甚好。逯杲你就在这里设下刑堂，审问相关人员，却不可滥刑过多无辜。每日审得汇总报与我知。”又问杨继宗：“你可有什么需求？”

“我只要一个校尉，以便联络之用，如日后临时再有需求再向老伯要吧。”

当下杨继宗在这个锦衣档口里匆匆吃了晚饭，就要再去问问当地铺头相关情况。汤胤绩让一个叫张山的校尉跟了，“这几天你就听杨公子支使，每天都要送他回到家里才可收工。”

四

朝天宫以西，自阜成门大街往北直到北城墙角都属一坊，居民依街巷共分为三排十五铺，双冷铺南北两处都属十一铺。那十一铺的铺头姓孙，自打今晨北冷铺发生重大命案，西城兵马司和锦衣卫的官人不断把他叫去讯问，又是奔忙又是惊怕，待天黑回到家里，已经是筋疲力尽。谁知道进家还没坐稳，门外又有人叫：“锦衣卫的，有话要问。”

把杨继宗迎进屋里，那孙铺头先跪下磕了几个头，才道：“两位大人有话尽可叫我去问，何必亲临到小人这破宅。”

杨继宗道：“有关北铺杀人一案，我有些事还要问你。你且起来，坐下说话。”

铺头站起来，却不敢坐，只立在一边等着问话。

“那北冷铺在你的管界，你听说过没有，魏大虎一伙手中可有什么值钱要紧的东西？”

孙铺头对这一问几乎有些不屑，却依然认真答道：“他们一伙要饭的花子，既无换洗之衣，又无隔夜之粮，能在冷铺里睡上热炕就算祖上积德了，哪里会有什么值钱之物？小人从来没有听说过。”

杨继宗并不在乎那铺头的想法，继续问道：“这北冷铺的乞丐，与其他冷铺或是街巷中别的什么帮派，有没有过纠纷争斗？”

“那些花子净是些无知无德之人，为了一星半点的利益互相争吵乃至动手的事情也时有发生。但据小人所知，不论是这北冷铺的花子伙内还是他们与其他各伙，都没有什么大仇大恨，更到不了杀人的地步。这次的案件如此血腥，小人实在吃惊，却想不出有什么缘由。”

杨继宗见这铺头回话得体，头脑清楚，又问：“北铺的乞丐打更要走哪条路线，通常需要多少时候？”

“这条打更的路线照规矩是由北冷铺出来朝南，一直到弓弦胡同朝西拐到城墙根上，朝北到和义门，再顺着和义门大街回来。慢慢走着，通常要用将近两个点的时光。不过若是像昨夜风大又冷，打更的不觉就会走得快些，只要一点多一些就能够绕一圈。”[1]

“你可记得，昨夜到了几更就再没有听到梆子声了？”

“我怕自己听得不清，还专门问过几户邻舍，大家都说是二更的梆子都还听到，但三更以后就再没有人打更了。”

杨继宗点头，又问：“你可知道，那北冷铺里平时住着有多少乞丐？”

“回官爷，冷铺里的花子人数时常有变，去年入冬以来那北铺的花子有二十来人。”

“杀人那屋里你自然也去看了，尸身当中可有什么生人？”

“那些花子，小人虽也不算熟悉，却因时常见到，脸还是熟的，死者中并没有外人，都是那冷铺中搭铺的花子。”

“那么，有没有什么人平常都住在冷铺里，昨夜却并没有死在那屋里呀？”

孙铺头听了一愣，低下头努力想了半晌才道：“自去年十月，因着天冷，魏大虎一伙的花子全都住进了冷铺。魏大虎还跟我说过，今年人太多，一铺大炕挤不开了。我问他到底有多少人马，他说是还差一人就满了二十的整数了。”

“这么说，还有两个人并没有在那铺里遇害？”

“北铺里有个小花子，小名叫车子，只有十三四岁，虽然是要饭的，

[1] 明代每晚约 8 时起更，至次日清晨 4 时五更结束，每更相当于现代两个小时。每更又均分为五点，每点约 24 分钟。

却生得伶俐，也白净。过年前，听说叫一个什么员外家收了去当小厮。他应当不在其中。”

“那么还有一人是谁，你可知道？”

“要是别人小人未必能想得起来，但这北铺花子里有一人有些特别，偏是他没有在昨日被害。”

“有什么特别？”

“那人姓高，好像是从南边过来的，大伙都叫他高蛮子，也就二十来岁。别的倒也罢了，这个高蛮子却还识得几个字，有时捡到些破书字纸也喜欢收起来读，若是有意思就讲读给众花子听。因此这个高蛮子在魏大虎一伙中很有些脸面，大家都当他是念书人，诸事让着他三分。”

“那姓高的乞丐平常也会离开冷铺到别处去住吗？”

“这个小人倒不曾在意，”因见杨继宗问讯远比别的官人和气，因又多说了两句，“但前些时候听人传说，这高蛮子竟然与朝天宫对面一家绣花庄里的绣娘有些纠缠。”

“这是怎么说？”

“朝天宫对面那个绣花庄是苏州人开的，里面的绣娘也以江南人为多。小人听冷铺里花子们传说，去年冬至前后，那高蛮子不知怎的在那里认了一个同乡，后来就经常往那边走动。那帮花子就在一旁风言风语，说是小哥要有花烛之喜了。这情景小人也眼见过一次，那高蛮子也不答应，只是红着脸似笑非笑的，让人也摸不着头脑。”

“依你来看，那高某会不会隐藏在那家绣花庄里？”

“小人也不敢臆断。只是依常理而言，不论那高蛮子与绣娘是何种关系，绣庄里毕竟不是安身之地，男女大防更不方便就待在一处。”

“那绣花庄现在是否已经过完年开业了，地处什么地方？”

“绣花行业通常过了破五就营业，地方更是好寻。在朝天宫大门正对面，影壁以西是个天禄轩茶馆，那里写字的先生最多。茶馆西边隔一个门脸就是那家绣花庄，并无特别名号，就叫个苏州绣花庄。”

杨二在旁听得明白，知道明日又要去那绣花庄逛一逛了。

第二十七章

朝天宫

一

正月十一清晨，杨继宗并没有立即就去朝天宫对面的绣花庄，却先到玉喜庵转了一圈，到了云瑛居住的小院才见到，净观道姑也已在那里。

净观见到杨继宗，脸上还有几分不自然，杨继宗却浑似早忘了前几天的庚帖之事，照常见礼，先对她说道："姑姑恰好也在这里，倒省得我再去请。我正有一事相求。"

净观打着哈哈道："看公子说的，有什么事倒要求我？"

"昨日锦衣卫指挥佥事汤公找我看一件案子，是朝天宫北边冷铺里死了一伙乞丐。我讯问了才知，那冷铺中大概只有一人幸免。"他就把昨日所见的情状大概说了一遍，却故意略过了十七人一起被杀的惨状，免得两位妇人太过震惊。

"冷铺里有一个姓高的后生，听说是从江南来的，不知何故前天晚上并没有在冷铺里居住，可能躲过了一劫。我还听说，那高某与朝天宫对面一个苏州绣花庄中的绣娘相识，现在就只有这一点线索，因此想请姑姑去到那里帮忙打探打探，或可找到那位姓高的后生。"

净观听说要她查案，还有些犹豫，云瑛却在一旁说道："听说苏州的刺绣是极好的，我还正想绣几件衣裙带回去。这不正好到那里看看，捎带就把杨公子的事情办了。"

净观却道："云姑娘要买刺绣衣裳，哪用大老远地跑到朝天宫。道姑也不是不愿帮公子办事，只是我这拙舌笨嘴的，万一坏了公子大事，岂不糟糕！”

杨继宗本来没打算让云瑛也参与此事，眼下见她对此事好奇，想想两人互相帮衬或许更为便利，才对净观说：“小甥就是见姑姑长于世故，又手眼便捷，才想起来请姑姑帮忙。云姑娘既然也想看看热闹，一同前去更好。姑姑不必推辞。”

净观终究欠着杨继宗一份人情，也只好应承下来。杨继宗又与净观、云瑛把到时候要如何应对商量了一番：“我带杨二就在旁边的天禄轩茶馆候着，有事即刻就可联系。”

安排已定，杨继宗回到住处换了一件棉布袍，外罩半旧的皂色深衣，和杨二以及一早过来点卯的锦衣校尉张山骑着牲口过了西四牌楼往西，先把马匹寄存在白塔寺门前，让那校尉先在那里等候，才步行去了朝天宫。

那朝天宫是京城中一座极大的道教宫观，前后有十三重宫殿，加上周围院落，号称重檐巨栋三千间，崇深宏敞，金碧辉煌。大殿后面又有大片的菜园果园，占地从阜成门大街直到西直门大街，形成西城一座巨大的建筑群体。再加上朝廷主管全国道教的道箓司就在朝天宫中，因而其地位之崇无处可比。

过了白塔寺不远，就能看到路北边一座宏伟的琉璃牌坊，上书“蓬莱真境”四个大字。从牌坊到棂星门却还有几十步的距离，十分宽敞。牌坊正南面则是一座极宽大的红墙照壁，上书“盛世威灵”。相比之下，照壁东西两边的低矮房舍就更显得寒怆，都是些茶馆饭馆、店面商铺，倒也十分热闹。

杨继宗和杨二走过大影壁以西的天禄轩茶馆，先去察看了一下那家绣花庄。就见那是一家不太大的门脸，门口挂着棉布暖帘，与别的店铺不同的是在暖帘外面还衬着一块蓝绸门帘，门帘中间有用红线刺绣出的一个“绣”字，绣字下方又有“苏州”两个小字，四周则是五色花鸟图案。

杨继宗看好了正是这家绣花庄，才回头又到了天禄轩茶馆。他却先不进去，在茶馆门口站立了一刻，见到从东边来了辆骡子拉的轿车，就停在茶馆门前。车上下来的正是净观和云瑛，还有侍女菊儿。云瑛见杨继宗一身打扮甚是朴素，不由想笑，强忍着不去看他，与净观一直朝绣花庄过去。杨继宗看着她们都进了绣花庄，才和杨二进入茶馆。

这间茶馆比起西四的福安茶坊要窄小许多，只有三间两进一个大厅，摆了十来张茶桌，也没有说书讲唱的专席。只是靠门口的两张桌子却与其他茶桌有所不同，桌上虽然也有茶壶茶碗，正中放的却是笔墨纸砚，两张桌上都只有一位客人，面朝门口方向坐着，都是方巾直裰，斯文打扮。杨继宗知道，这两位应该是在茶馆中营业的写字先生，专职为人写春联、斗方、条幅、扇面，也代写书信乃至文契、状纸，但因时候尚早，都还没有生意。

杨继宗就在写字先生旁边的茶桌坐下，让小二上了茶，且等着那边绣花庄的消息，也希望在茶馆里能够听到与冷铺杀人案有关的一些传言。

说来也巧，杨继宗刚坐定了，就见对面一人端着自己的茶杯走到两个写字先生的桌子中间，小声道："两位王先生可听说了北边冷铺里死了十几个花子？"声音虽不大，整个茶馆里却都能听到。

左边一位年纪较长的王先生听言抬头略拱了拱手道："这么大的事怎会没有听说。只是不知道，一伙要饭的花子如何会与人结了仇，就被斩尽杀绝了？"

右边的王先生却故意向左边两人探了探身子说："死的那些花子平日就常在这朝天宫门前讨要，或是在棂星门旁边的墙根晒太阳。前天我这里收摊时还见着他们。"又压低了声音道，"我听说，杀人的并非是为了寻仇。他们是为了要抢夺一张藏宝图！"

再抬头看时，茶馆里本来不多的几个客人已经全都聚集过来了，眼巴巴地等着他说下文。

二

那年纪较轻的王先生见众人都要听他讲话，不免有些得意，故意卖个关子说："其实我也是听后街孙瞎子说的，不知是不是实情。"

“是不是实情有什么打紧，又不是上报官府！”众人七嘴八舌催他快讲。

那王先生才压低声音，故作神秘道：“你们可曾注意，那群花子里面有一个江南来的后生，比别的花子生得白净？”

这一带的住户都知道朝天宫前常有一群乞丐，专门找来这里上香打醮的人乞讨，或是扎堆在墙根底下晒太阳，却哪里注意过里面的人年轻年老，面黑面白，此时听他一问，都是一脸茫然。王先生却更加得意，才缓缓说道：

“听说那个江南来的花子，身份却有些不平常。有人说，他的祖辈做过大官——却并非我大明朝的官员。”

年长些的王先生忙问：“那必定是胜朝前元的官员了？”

年轻的王先生却摇摇头，微微笑道：“却也不是。世伯想想，他来自江南苏州，那祖上还可以是哪朝的官？”

年长的王先生想了想，也不答话，却从茶碗里倒了一点水在桌上，又用手指蘸着水在桌面上写了一个字。杨继宗从旁看去，虽是用手指写的，字体肩架倒也工工整整，却是个“张”字。

旁边看热闹的众人中也有知道一点历史的，连忙点头，也有昏头昏脑完全不知所谓的，都殷切等待两位王先生赶快解释清楚。

年轻的王先生才道：“谁人不知，当初元末十几路反王之中，最富的就是苏州的吴王张士诚。他后来被我太祖所灭，传说却还有几处宝藏并未被查获，听说每一处都有数百万两的积存。”

众人听说财富如此之巨，不由都伸舌瞪眼，神情呆滞，恨不得立即知道那些宝藏的消息。

“听孙瞎子说，那个江南后生的祖上就是掌管这些宝藏的官员，却因故百年来未能开启。他这次来京并非是无奈乞讨，而是故意以花子身份隐藏，其实是要找到实力人物相助，才能开启那些宝藏。孙瞎子还说，为了活动运作需要银钱，近几日金诚坊、安富坊这一带已经有人在秘密招股，说是现在出资一两，领到凭据，将来宝藏开了可得千两回报。”

听说有如此暴利，众人大为激动，纷纷询问现在可还在招股，在哪里可以联络。

小王先生满脸不屑道："现在人都被杀了，藏宝图不知去向，还招什么股？那后生也是树大招风，就是因了这个藏宝图，不知被哪个帮伙盯上了。可怜一冷铺的花子都跟着陪了绑。"

旁边的人听了这话，才觉自己没有参股真是万幸之极，大松了一口气，"如此那些参了股的可不是瞎子梦见妈，有苦说不出！"言下颇为幸灾乐祸。

有人却想得更远，"难道那夺了藏宝图的就不要钱来运作，将来还要在民间招股也未可知。"大家听他说得有理，才又开始算计，自己若是参股，可以投入若干，将来能赚多少银子，不由全都心花怒放。

杨继宗听那王先生所说虽然十分离谱，有些消息却也值得注意，才要上前问话，却见茶馆门口的暖帘被人掀起一角，原来是菊儿，正向里面张望。杨继宗让杨二坐着别动，自己悄悄离座出门。

见杨继宗一出门，菊儿便急匆匆说道："杨公子，我们姑娘让奴婢赶快来告诉公子，一切都按照公子的事先谋划，进展顺利。"

杨继宗让她不要急，慢慢说。菊儿才又说道：

"净观师太和我们姑娘进了绣花庄里，说是要绣多少多少裙袄、比甲，还说一定要苏州绣工的活计，要到后堂去看看绣娘。那接待堂客的婆子就引我们进了后堂，说是苏州的绣娘共有三人。那三人中有两个年纪老大，只有一个才十七八岁。净观师太就按公子早上的布置，看她做了一会儿活，就拿腔作势说她面有煞气，或至亲或好友必有眼前之灾。我们姑娘也在旁边帮腔，说是有个袁大叔——就是袁大爷——在锦衣卫当官，说是今日头晌就要带队到这朝天宫一带搜寻，为了要抓获前天冷铺里杀人的凶犯。净观师太又添油加醋，说抓了人立马就要送到镇抚司，里面三十八套刑具，进去的人不论有事没事，都要先过一遍，九死一生。"

"那年轻绣娘可有什么反响？"

"奴婢在旁边看着，她当时就脸色不好，吓得煞白，手里的活计也有些乱了。我们姑娘才悄悄让我先来告诉公子，姑娘和净观师太在那边再耗她一会儿，等她沉不住气了，自会露出破绽为公子指路。"

杨继宗见事情办得顺利，极是欢喜，顺便也夸菊儿道："不想你这小丫头倒也口舌伶俐，说得明白又不啰唆，等今天的事成了，定有赏赐。”

菊儿听了倒红了脸，先道了谢，然后美滋滋地转身回那绣花庄去了。

杨继宗正要再回茶馆，却见一个道士从朝天宫里摇摇摆摆走了出来。那道士四五十岁年纪，中等身材，身穿青布棉袍，头戴浩然巾，看着却有几分面熟，仔细一想才想起，他不正是初四那天在白云观中为自己指引道路的那个人吗！

杨继宗不想让他看见自己，忙把脸别过一边，好在那道士并不曾注意大街对面，过了牌坊径直向东去了。

三

天禄轩里，众人还在为张士诚宝藏的事絮絮不休。有人说，上百万两银子，不知要堆多大一堆，要多大的山洞或地窖才能装下。也有人说，宝藏哪能只是银子，自然是珍珠宝玉、古物珍玩，虽然价值连城，却并不需要太大的地方盛放。又有人说，此案杀人无数，已经惊动了官府，那边苏州地方上也定然会严加防备，估计那些杀人得图的一时也不敢轻举妄动，怕是两三年内再不会听到有关消息了。大家说得津津有味。

此时，大厅角落里一张茶桌上却突然有人冷笑了一声，冷冷说道：“可笑啊可笑。”立时把两个写字先生桌子旁边众人的注意力吸引了过去。

就见那人大约五十出头年纪，穿一件青不青黄不黄的棉披袄，头上包着扎巾，却又戴着一副貂鼠护耳，桌上除了茶壶茶碗，还有几碟吃食，显是刚才正在这里吃早点。

小王先生见这位老人家表示不屑，连忙起身拱手道：“原来金老爹也在这里喝茶，刚才未曾注意，失敬失敬。”

茶馆里的人似多是认识这个金老爹的，也都施礼，要听他说些什么。也有不认识的，急着问是哪路神仙。有人就说，这位正是平则门一带的团头，专门管着花子的。虽然冷铺花子不归他管辖，可要说花子中的事情，乃至这方地面上乱七八糟各种事项，还只有他的消息最为灵通。

那金老爹见众人都敬他，起身还了一礼，说道：“刚才小王先生所说苏州张士诚宝藏之事，倒也不全是白扯。新年前后确是有人在金成坊、安富坊这边招股寻宝，说得活灵活现。可前几日那几个招股的已经被西城兵马司抓了，审出来本是局诈，是一伙无赖设了局骗钱的勾当，哪有冷铺里的花子什么事？”

小王先生忙道：“可我听孙瞎子说得有鼻子有眼的……”

“那孙瞎子不过认识几个铺头、总甲，偶尔一起喝几杯酒，就把听来的荒信四处谣传，有什么准头。”

就有人问：“那北冷铺里杀了那么多人到底是为了什么？”

金老爹重又坐下，倒了杯茶，才故作深沉道：“这件事却另有原因——”先不往下说，却用眼睛四下张了张。听到这里，茶馆里除了两位写字先生和杨继宗都还在自己座位上，其他人全都围了过去。

金老爹放低了嗓音，说得倒还清楚：“那北冷铺里要饭的头儿叫魏大虎，我问过他，是从京东永平府那边过来的，他铺里的花子也多是京东人氏，内中还有一个小孩，生得十分俊俏。”

杨继宗听他说的与昨晚那铺头所言对得上榫，不觉也站起来走到一众人身后。

“那孩子长得好，人也明白，不知怎么就被一家富户看上了，给了魏大虎几吊钱，把那孩子收到家里当了小厮。”

听者中就有“嘿嘿”奸笑的，“怕也不只是当个小厮那么便宜。”

金老爹瞟了那人一眼，继续说道：“那魏大虎不知为什么，对此事有些反悔，听说几次找到那富户门上，那家又给了他几两银子，才算完事。”

又有人问：“既然完了事，为何又会杀人？”

“我门下有个丐户与北冷铺的人甚是熟络，听他说，也不知内中又有什么缘故，前几天，魏大虎领着一伙花子到那富户家里，又把那孩子给要回来了。”

听到这里，众人七嘴八舌道：“难道是那家富户为此记恨，前天夜里去把那一众花子全都杀了？”“有钱人家虽然为富不仁，可要一气杀死十多个人，怕也无此胆量。”“莫非那个大户原本就是个暗藏的强盗，一夜连杀十几条人命可是容易的？”

那金老爹等众人说了一气，才道：“杀人命案与那孩子的事有没有关系，本来也说不清楚。可是各位知不知道，前天夜里冷铺里被杀的人中，到底有没有那个男孩？”

众人哪里会知道那案中的细节，全都摇头。

“我却听说，那天夜里被杀的一共有十七人，却并没有那个孩童！”

听说那孩子并不在被杀之列，众人才都点头道：“若是如此，这件案子倒也不难破获，只要抓到那富户审问不就明白了。”

“可我听兵马司的一个弓兵说，至今并不知道收养那孩子当小厮的到底是哪一家，因人全死了，连个线索都没有留下。”

大家正在议论，要如何才能找到线索，又该如何重处凶手，说得义愤填膺。茶馆门口的暖帘却又被掀开了，这回是云瑛急匆匆地直接走了进来。

云瑛也不顾茶馆里众人的目光诧异，一直来到杨继宗面前，说道：“秀才快和我出去，那小姑娘沉不住气，已经出门了。”

杨继宗忙叫杨二付账，自己同云瑛来到门外，又听云瑛说：“那绣花的姑娘叫净观姑姑和我说得心慌，在那里犹豫了半日，才借故离开绣室。我带着菊儿也急忙出来，见她往对面朝天宫里去了。我让菊儿在后面跟着她，才赶忙来叫你。秀才你看要如何行事？”

杨继宗见朝天宫门前已经看不到菊儿，知她已经跟进庙里，遂道：“我先跟上看看。你等杨二出来一同进庙里找我。”

四

朝天宫的棂星门里面也极为敞大，左右两侧有高大的钟楼、鼓楼，对面则是巍峨的三清殿。杨继宗正一时不知往哪里寻找，却见菊儿远远站在三清殿东边的过道上，正向自己招手。

杨继宗急忙过去，问道：“你可见那绣娘到哪儿去了？”

菊儿道：“我刚才在后面悄悄跟着，见她进了东头一个小院，又进屋里去了。我怕公子和姑娘找不着，才回来接应。”

杨继宗问明路径，让菊儿到大门迎接云瑛，自己先去探查。绕过三清殿，后面一进乃是通明殿，右手有一座大门，进去却是仪礼亭，正是年前百官演习朝仪之所。杨继宗也来不及细看，按照菊儿说的路线，从仪礼亭北边一个小门出去，顺着一条巷道过了两个门口，才到所说的小院。见院门开着，就悄悄踅了进去。

那小院当是道士们的住处，非常狭小，眼下院中空无一人，只是南屋里似有轻微声响传出。杨继宗来到南屋门前，只能听到里面有人低声对话，又有女人啼泣之声，却听不清说的什么。他心知那个姓高的乞丐大概就在这里，也不急了，静静站在门口等云瑛和杨二过来。

不多时云瑛等三人来了，杨继宗打手势让几人不要出声，让杨二守住门口，自己也不敲门招呼，直接推门进到屋里。

那南屋是一明一暗两个小间，一对男女此时都在里间，听到有人开门，男的慌忙问道：“是哪个？”

杨继宗也不言语，直接进了里间屋，见一男一女都坐在炕沿上，突然见到进来个陌生人，显得十分惊慌。

杨继宗问那男的：“这位小哥敢问是姓高吗？”

那后生慌忙站起来，脸色吓得惨白道：“小的，小的是姓高，不知大爷有什么事？”一口青蓝官话，带着江南腔。

杨继宗倒不想吓着他，尽量和气说道：“你不必担惊，我并非官府之人，只是有些事要问你。”

说话间，云瑛带着菊儿也进到屋里。那绣娘见她们进来，大约才知刚才上了当，早已忘了啼哭，更是惊诧异常。

云瑛见状，笑着对那绣娘说：“刚才是为了激你，什么锦衣卫、袁叔要来这边抓人的事都是我瞎说的，不要当真。这位杨公子就是想问问冷铺里的事，小哥你也别怕。”

那后生还是不解，“大爷既然不是官府的人，为什么要问冷铺的事？”

“我虽不是官府中人，这次却是为官府做事。有些情状我在此打问清楚就走，决不会再打扰小哥。”

后生虽然还是将信将疑，毕竟平静了许多，才道："不知大爷想要知道些什么？"

"我还不知道小哥名叫什么，来自何处。"

"小人姓高名超，家乡在苏州，去年夏天来到京师，就投到北边冷铺里乞讨为生。"

"你这次来京，可是带着什么要紧的物件呀？"

高超听他问到所带之物，又有些慌乱，"小人乞讨为生，哪里有什么要紧之物。"却不由向着炕角上的一个小包袱瞟了一眼，早被杨继宗看见。

杨继宗微微一笑道："可这街坊上却都在传言，说是你带着一张当年吴王张士诚的藏宝图，内中有数百万两的财宝。"

高超此时倒是一脸凄然，"大爷你看小人这样子，可像是暗藏着百万家私的？我近日也听有人对我风言风语，说什么藏宝图的事，却实在不知怎么引起来的。"

"那么，这里面是什么东西？"杨继宗一面喝问，一面手指着炕角上那个小包袱。

高超见已被识破，虽不情愿，却也无可奈何，让那绣娘把包袱拿过来，打开让杨继宗看。原来里面除了一件半新的纺绸深衣以外，只有一册书籍。那册书纸色颇旧，封面上贴着一个题签，上写"青丘子诗草"五字。

杨继宗见了此书倒有些吃惊，问道："这莫不是前辈高启先生[1]的诗集？那阁下是——"

高超见他懂眼，反而满面羞惭道："说来实在惭愧，青丘子正是小人的先祖，这本诗集是先祖手书的诗稿，是我家的传家之物，对别人却也算不得要紧。"

杨继宗正待要继续问，就听门外杨二突然大声喝道："你不要走，过来说话！"

杨继宗忙问怎么了。杨二站在门口回答："刚才有个老道进了院，好像

[1] 高启，字季迪，自号青丘子，南京长洲人，明初著名诗人，曾于明初入史馆参与修撰《元史》，擢户部侍郎，力辞不受，后以谋逆罪被腰斩。《明史》卷二八五有传。

是要来这屋，但他见我在门口，看了一眼，扭头就出了院子。我看他却有些面熟。”

“怎么面熟？”

“我看他有些像那日在白云观为爷指路的那人。”

杨继宗略沉了沉，才问高超：“是谁让你离开冷铺住进这朝天宫的？”

“是小人乞讨时认识的一位道长，叫作施全。”

“他可是四五十岁，中等身材，黑脸短须，戴着顶浩然巾？”

高超听得愣愣的，只点头称是。

“如此看来，此地并不安稳。高兄请先跟我到一处妥当地方避一避，将来的一切安排，我杨继宗自有担当，还请高兄放心。”

高超见杨继宗态度诚恳，十分动心。又用眼看那绣娘，绣娘把杨继宗和云瑛又反复盯着看，才慢慢点头。

杨继宗才又问：“不知这位姑娘是高兄的什么人？”

“她乃是舍妹贞娘，这事体说来话长，我们兄妹分离已经有五六年了。”

第二十八章

青丘集

一

杨继宗带高超来到汤胤绩家的时候，已经是过午时分了。

此前杨继宗让云瑛先带着贞娘回绣花庄，叫她不要声张此事，等着来人安排接应，又在路上大略问明了高家之事。

高启本是元明之际吴下一位有名的才子，与杨基、张羽、徐贲合称“明初四杰”，诗文并茂。在明朝初年也曾进入翰林院参与编纂《元史》，后来却辞官不做，还因此遭到太祖朱元璋的嫉恨。到了洪武七年，高启因为一点文字上的失误，竟以参与谋反的罪名，被施以腰斩。高启的家人也受此案牵连，不但家产全部籍没，全家还都被籍入丐户，永生永世沦为贱民。所谓丐户，不能置产业从事农耕，更不能读书参加科举，男人头戴狗头帽，身穿横布裙；女人梳老嫚头，穿黑裙黑背心，只能从事收破烂、抬轿子、弹棉花的一些所谓贱业。

高启后人虽沦为丐户，却一直暗中教家中子弟读书识字，还将一部查抄时幸存的高启手稿作为传家之宝，希望有朝一日可以让祖先冤狱平反，家族得以脱离贱籍。但由于明初法网极严，朝政又纷乱不止，近百年来高家并没有看到希望。

直到一年前，高超在苏州街市上偶然见到一部书，名叫《高太史大全集》，托人打听才知，那正是祖上高启的诗文集，乃是当代文人徐庸所辑。高家人商议，既然现在已有高启的诗文集刊行，当是朝廷已然不再将他当作谋反要犯，或许平反有望，全家也就可以成为正常的民籍百姓。因此决定让高超进京来打探情况，若有机会，更可找有司申诉。至于高超的小妹贞娘，却是早在几年前就被卖给了一个富户作为奴婢，那富户正好以刺绣为业，贞娘才学会了上乘的刺绣手艺，又随那家人来到北京绣庄。

高超到了北京，一时无着，只得在冷铺里住下成了乞丐。小妹贞娘因一直有信息相通，却很快就找到了，只是碍于自己叫花子的身份，却不能直接相认，只能暗中联络。至于为高祖平反之事，更是摸门不着，根本不知从何说起。

汤胤绩的宅邸在崇教坊，离国子监不远，是个五进的大院子。若不是有那锦衣张山引路，以杨继宗一行的衣装，守门的家仆怕是根本不会为之通报。汤胤绩听说杨继宗来了，倒是亲自迎到门口，一见面就说："我说是杨贤侄身手快捷，还果然是雷厉风行。"又见几人打扮寒伧，怪道："贤侄怎么这样装束？这位后生又是哪个？"

杨继宗忙道："这位仁兄与冷铺一案有些瓜葛，小侄再慢慢向老伯细说。"

说话间进了院子，来到正房厅堂，见那厅堂门上贴了一副春联：

东坡居士休题杖

南郭先生且滥竽

杨继宗暗想，早知道这位锦衣汤公让十分自负，没想到还有这样满腹的牢骚。只是他在这厅堂门前张贴如此的春联，难道不怕有人借题发挥，引来麻烦！

进到厅中，杨继宗才向汤胤绩介绍道："这位高兄或许就是冷铺命案中唯一的幸存之人，他却也出身不凡，乃是前辈高启高青丘的后人。"当下又把高启后代之事对汤胤绩大致说了一遍。

汤胤绩听说是高启的后代，立时一脸肃然，又重新认真见礼道："原来是高季迪的子孙，失敬！"坚持让他坐在客位，上茶。

坐定了，杨继宗才问道："高兄，初九日那晚，你因何不在冷铺，出去做什么勾当？”

那高超虽然没见过什么世面，却也知眼下是在一个大官家中，分外拘谨，只跐着椅子边半坐着，低着头，也不喝茶，道：“那天后晌，小人在朝天宫棂星门外与北铺的乞丐们晒太阳，宫中一位道士，就是那施全，叫我进到朝天宫里他的下处，说是有话要说。”

“他对你说了什么？”

高超抬头看了看杨继宗和汤胤绩，又低下头叹道：“小人来到北京，本想打探祖上平反消息，可身为乞丐，又哪能见到有力之人？因此——因此小人就故意放出一些风去，说小人前辈原是做官之人，家中还小有资财，却一时无法取出，来京要寻找得力之人取出财物。谁知这些话传出后，不知怎的就与老吴王张士诚的宝藏关联在一起，后来竟有传说，是小人携带了吴王的藏宝图，还有人为此招股行骗——这些事确实与小人并无半点关联。此后就常有人来与小人搭话，却多是些地痞无赖之辈。”

“这么说那个施全也是为了藏宝图的事与你相识的？”

“也算与此相关。那施道士前几日才在朝天宫门前寻到小人，开始只问了些不相干的事。初九那天，他却找我说，因藏宝的事，小人怕是要遭受些无妄之灾，要我先到他那里暂避一时。因他为人老到，说得又恳切，小人才随他去了。当夜冷铺里就出了那事，现在想起，不论那施道士有什么企图，他毕竟救了小人一命，不能不感其大恩。”

“那施全可也相信你是有藏宝图的？”

“初九那晚在他屋里，他与小人喝酒，问了许多小人的家世。我也没有瞒他，把自家这些事尽都对他说了，告诉他不但没有什么藏宝图，其实连祖上留下的财产的事也都是胡说。依小人看，他倒是信了，当时让我不必着急，将来若有机会，还要为小人关说。”

“那么依高兄看来，那日夜晚去冷铺里杀人的，果然是为了抢夺所谓的藏宝图吗？”

“这两天小人也认真想过此事。我想若真是有恶贼想要夺宝，也应当把小人绑了去严刑逼供，来找宝图，哪里会不见小人，就把一铺的乞丐全都杀了呢？以小人之见，他们如此凶残杀人，只怕是另有缘故。”

“你可知是为了什么？”

“以小人猜度，杀人的极有可能是为了车子那事！”

二

汤胤绩一时听不明白，“怎么又有个擦子？”

杨继宗在旁边告诉：“是车子，乃是那冷铺中的一个小乞丐，却不在前夜被杀的之列。”

高超见杨继宗也知道车子之事，连连点头道：“那个车子也不知他姓什么，跟着魏大虎也有好几年了。人嘛生得又乖，几多白净，魏大虎就疼他疼得不得了，极力呵护，轻易不许别人碰他。”

听那高超讲，自打去年入冬以后，不知怎的那车子却被一家员外看上了，先是多方设法接近，送衣送食，后来索性讲明，要收到府里去做小厮。那魏大虎本来不愿意，却又惧怕那家势力，那人又送了魏大虎十两银子，因此到冬至前车子就被那家接走了。

杨继宗急于想知道那家员外是谁，问道：“接走车子那家人你可见过？”

“初时听他们讲谈这事，因事涉下流，小人也无心思过问，从来没有参与。只是偶尔听说，那家是什么都督府的西席先生，每次来找车子都要带着两三个兵丁，气势嚣张得不行。前几日车子又回到冷铺里，我问过他一向生活可好。才听他说，那家也只是个小门小院，并不在都督府里，只是吃喝甚是丰盛。”

“那车子为何又回到冷铺里了？”

高超才又说了其中缘由：车子走后，魏大虎不知是因为思念车子还是嫌得钱太少，过了几日就有些反悔。带着几个乞丐去那家找了几次，却全都碰了钉子，被赶了出来。后来魏大虎不知从哪里找了一个老汉，说是车子的亲爹，年前又去那家闹，说是不要银子，非要把车子要回来不可。闹了几场，并无结果。一直到初七那天，大约那家过年防范不严，魏大虎一伙人竟把那车子抢了回来。

“小人初七晚上回到冷铺，才见车子哭哭啼啼的又在冷铺里，样子是极不情愿，一面还说：我哪里又来了个亲爹，你们非要让我当花子，住冷铺。又听魏大虎劝他不要哭，过几日还会送他回去。”

“以你所言，案发那日夜里，那个车子应该也在冷铺里面了？”

“我也听说那日遇难的只有十七人，并没有个小孩子在里面。但这几日他确实是住在冷铺。”

汤胤绩听说此事颇为曲折，便问：“你可知那家做西席的住在何处？”

“这个小人不大清楚，只是听说离我们冷铺甚远，在东南城哈德门内，好像是叫个黄华坊的方位。”

“那家主人大约什么年纪？”

“小人从未见过，只是听见魏大虎曾在私下咒骂，说他六七十岁了还老不正经，想来年纪不小。”

杨继宗知道此事至为关键，又问：“你再仔细想想，可曾听说过，那家人是姓什么？”

高超又思索了片刻，才道：“小人倒想起来了。我们冷铺里有一个乞丐姓佟，都叫他佟二呆子。那一日不知为什么惹得魏大虎生气，魏大虎就骂他，你们姓佟的没有一个好东西，男盗女娼，老不正经。佟二呆子不敢回嘴，却在下面嘟囔，说他那个童又不是我们家的佟。佟二呆子姓的是单立人加个冬天的冬字的佟，我猜测那家人或许是姓童年之童也未可知。”

听到这里，汤胤绩微微点头，似是心中已有了主张，转而问道：“刚才杨贤侄说你带着先祖一册诗稿进京，可否让我也见识见识？”

高超忙从怀里掏出那本《青丘子诗草》，双手递给汤胤绩。

汤胤绩拿在手里一页一页慢慢翻看，看着看着竟两眼泫泪，只得转过头去，怕被杨继宗和高超见到。

看了好一会儿，汤胤绩才把那册诗稿放在旁边几上，对高超道：“令高祖的大才老夫早就知道，他的诗文读过的却不多，刚才读了颇多感慨。青丘先生当年被杀自是冤枉的，现今天下读书人大约无人对此异议，因此徐用理先生前些年编辑了《高太史大全集》，刊行于世，也并没有引起什么风波。但阁下要想找有司为令高祖翻案平反，只怕是千难万难。”

高超本来对为高祖平反之事全无成算，见汤胤绩说起，只是一路跟着点头，听说实在困难，才问：“不知可还有一线希望？”

“青丘子之案虽冤，却是当年太祖爷钦定，先皇的成案如何翻得？不要说你们高家一户含冤，当初所谓的‘明初四杰’，杨基、张羽、徐贲，哪一个又得了好下场的？若都要翻案，朝廷如何彰显前朝的圣恩硕德？更何况，当年开国的功臣中，有多少家都被灭门，被杀的岂止几十万人，又待如何说辞？”

高超对前朝之事本是一片茫然，听汤胤绩说得严重，两眼直呆呆的，不知如何回应。杨继宗对前朝的事倒也知道一些，却也不知说什么好，此时也是默不作声。

汤胤绩又道：“为你家人今后生计，我劝你们今后再莫提起祖上之事，安安稳稳地做个小民，可以让青丘先生一脉相传，延续香烟。这册诗稿对你家也是不祥之物，不必保存，以免将来因它生出灾祸。”

想了想，他又对高超说：“不如这样。你就将此诗稿出售给老夫，老夫付你百两银子。你先在我宅中住上些时日，冷铺杀人一案或还要你为干证，等到案子结了，你也不必回苏州老家，只在京城里做个小生意，安定了再将家人接来。你妹子的事也由我做主，先将她赎身出来，将来找合适人家再行婚聘——老夫也算学诗之人，这就算为前辈诗人略致一点敬意吧。”

杨继宗知道，那一册遗稿怎么会值那么许多银钱，无非是汤胤绩有心周济高家，也觉得这样安排最为稳妥，遂道：“老伯安排得最好。小侄虽穷，也愿出二十两资助高兄。”

三

汤胤绩让人先安排高超在府中住了，才对杨继宗道：“贤侄可猜出那争夺车子的是哪家人家？”

“小侄初到京师，能识得几个人？还请老伯指点。”

汤胤绩才有些扬扬得意地说道："我若猜得不错，那个和冷铺叫花子抢人的，当是武清侯家的清客，仝家。"

杨继宗倒有些吃惊："老伯如何知道是那仝家？"

"刚才高超说那家可能姓孩童之童，只是听音猜测，若是人工之仝，却也能对上。何况那家在哈德门内黄华坊，那里有条街巷，百姓们都叫它石大人胡同，你知道那石大人是指哪个？"

"莫非就是武清侯石亨？"

"正是他家。武清侯家有个姓仝的清客，在京中却是大大有名。"

"老伯说的应该是那瞽者仝寅，小侄在年前碰巧还见过此人。只是仝寅看起来不过四十几岁年纪，却与高超所言六七十岁对不上。"

"你是只知其一不知其二。瞽者仝寅早在正统年间就在大同投奔了石亨，带他进石家的却是其父，叫作仝清。此后石亨进京，仝家父子也一同跟来，只是仝寅因神算扬名于朝野，知道仝清的人却不多。但以我们锦衣卫掌握的材料，要说是老不正经，那仝清倒真是当得。"

杨继宗暗想，这锦衣卫倒真是无所不知，却又问："怎么说他老不正经？"

"那老儿素有龙阳之癖，且又专喜娈童，这些年依仗他儿深得武清侯信用，在京中收小厮，包戏子，闹过许多乌烟瘴气的事情。"

"我见那仝寅，为人貌似方正，难道就不劝说约束其父？"

"仝寅虽然深通易算，几近于神，在家却是个大孝子，对其父几乎是言听计从。听说也曾婉言规劝过，但那老儿一旦发作，他就不敢再作声。好在那仝清这些年倒也没听说有什么犯法干禁之事，但这次的冷铺杀人一案，如果真是由仝清所起，干系可就大了。"

杨继宗听到这里，猛然想到前天晚上在香山弘法寺中，徐永宁还颇为自信地说是手中有石亨这张大牌，不怕有人兴风作浪。如今这冷铺乞丐的一场血案，却偏巧不巧又与石亨家连带在一起，难道此案又与朝廷中的阴谋相关？

这些背景又暂时不便就对汤胤绩讲，因说道："这案子现在连上了武清侯家，只怕更要十分谨慎。小侄想要明日到仝寅家访他一访，得了些消息再请老伯定夺。”想想又说，“我还想借用一下那冷铺现场所绘的图册和那片被扯下来的衣料。”

汤胤绩点头同意，说是今晚让人送到他的住处。

杨继宗却还分外关心朝廷中的近况，又问：“今日早朝，老伯可听到圣上病体有什么消息？”

汤胤绩听他问到此事，眉头又紧皱起来道：“看来有些不妙。因圣上病重，今日早朝又免了。因此左都御史萧维祯和副都御史徐有贞带领众科、道以及一众文武官员都去左顺门外问圣安，老夫也在其列。出来回话的却是司礼监的掌印太监兴安。大家问他圣躬可有好转，他却用手比画个十字说，还能怎么好转，怕是也只能维持这些时日了。众人听了都是又惊又悲，那兴安太监却愠道：尔等都是朝廷大臣，值此危急时刻却不能为社稷有所举动，就知道日日到这里来问安，又有何用？”

“这位太监倒是派头十足，对大臣们毫不客气。”

“宫中大珰从来如此，朝臣们也不见怪。倒是听他一说，大家都觉得应当有所作为，当下萧总宪与徐副宪就对众御史们说，各位可是听明白兴安太监的意思了。众人都说，无非是要早立皇储，一旦立储，即无他患。于是一群都察院的官员就要回去起草奏疏，乞请皇上正位东宫，疏稿怕是今日就可完成。”

杨继宗听说朝臣们终于决定要上疏敦请皇上早立太子了，心中倒为赤龙会舒了一口气，想来这也是他们这些天努力活动的结果，又问：“却不知众臣所谓正位东宫，要立的却是哪一位？”

“这个在当时却没有人提起。不过据我所知，朝臣中对此事意见并不一致，也有说应该由沂王复位的，也有说应再择近支的，也有说应该听凭圣裁的，纷纷扬扬，各怀鬼胎。”

“百官既然要上疏请立太子，总应有个说法吧，不然如何触动皇上？”

“可就是在这样关键时刻，大佬们的态度才更是暧昧。听说昨日已经有御史起草过一本，里面只说‘伏望皇上早建元良，正位东宫，以镇人心’。那萧总宪看了，却提笔改了一字，将‘早建元良’改作‘早择元良’。当时还得意说，我只是更改了一个字，今后玉带也要为此更新了。只此一事，便知这些朝廷重臣们的心意。无非要趁着朝局不稳，阿附上意，还不是为了自己的高官厚禄，哪有自己真正的主见！”

“徐副宪也在提倡疏奏的人当中，他应该是有主见的吧。”

“这位徐元玉倒是一向都有主见，但此次深藏不露，不知有什么想法。此老惯用诡计伎俩，谁知他有什么主张？”

“我倒是听说，那徐元玉大人并不主张早立太子，而且还自有一番道理。”

汤胤绩对此事倒像是第一次听说，诧异道：“他竟不想早立太子？又作何想呀？”

四

杨继宗从容言道：“小侄听他的族侄徐贯对我说，徐元玉副宪认为目前急立太子，非但不可，而且不能，又不必。”

“什么又是不可、不能、不必？”

杨继宗于是把前几日徐贯在他寓所里说所的一番道理又叙述了一遍，却没有提徐有贞与许彬、杨善等人正在谋划直接让太上皇复辟之事。

汤胤绩却边听边摇头，等杨继宗说完才道：“这个徐有贞机谋干练，却非老成谋国之臣。他这一套道理，看似无懈可击，却有一点不明，若是说要等到当今皇上龙驭上宾之后再传诏由太上皇继位，这于礼大是不合。太上，太上，其位自在当今之上，太上皇为兄，今上为弟，何况今上的帝位也是得自太上皇，怎能是再由皇上下诏让太上皇继位的？”

杨继宗见汤胤绩对复辟的事真似毫无听闻，又试探道：“我却听了些风言风语，朝中宫中有些人也许想要不等遗诏，就直接拥立太上皇复辟！”

汤胤绩似是头一次听到此说，两眼瞪得溜圆，惊道：“若真是如此，那不是形同政变，朝中难道不会大乱了？”

杨继宗有意要考校一下这位自视极高的锦衣才子：“虽然如此，以老伯当年曾为副使迎接回太上皇的这点经历，那时仕途岂不是大有可为？”

汤胤绩却满脸憋得通红，喝道：“我岂是徐有贞那等只知以权谋徇私利的小人！自己巳之变[1]以来，太平之世才不过数年，难道又要自己从内里反叛起来，让朝中无宁日，天下无宁日吗？我想即便此老真使出什么阴谋诡计，朝中真正应和的只怕也不会有几人。”

杨继宗见汤胤绩一脸正色，连忙施礼道：“老伯不以物喜，真是高风亮节，小侄唐突了。”

汤胤绩才和缓下来：“我看局面也未必就有那般紧急。后天是正月郊祀大典，听说明日皇上还要勉力出宫去天坛斋戒，皇上若能出宫来，病体当不会如传说那样沉重。”

杨继宗从赤龙会那里知道，树欲静而风不止，有人要阴谋鼓动太上皇复辟之事，也并不是全要看皇上的身体状况。但皇上若能以强健之身公示于群臣，倒也是当下能够弹压住朝中阴邪之风的有效之法。因而不住点头，希望明日皇上能够如期去天坛斋戒。

两人说来说去，又把话头重新拉回到高启的诗集上。汤胤绩又从几上拿起那册诗稿，一面轻轻翻阅一面说道：

“青丘先生天才高逸，诗歌一扫元末纤秾缛丽之习，模拟历代古人格调，无不神形兼备，只可惜损折太早，还未及铸成自己独立之格就离世去了，岂不可惜！”

杨继宗对高启的事知道得不多，请教道：“听说他只为文中‘龙盘虎踞’四个字而罹难，可真是如此？”

“那高季迪是何等孤高自喜之人，生于乱世，却出淤泥而不染，其诗自称：‘青丘子，癯而清，本是五云阁下之仙卿。何年降谪在世间，向人不道姓和名。’又怎能合于世俗？当初他入国初翰林院修史，已是不得已而为之，后来太祖授他户部侍郎，他却坚辞不就，已经埋下了祸根。太祖皇帝对于士人，是凡不为我用者必有异心，他不愿为朝廷所用，诗文中对当世又常有讥讽，即使没有那篇《上梁文》，恐怕也难得善终。”

“听说那时苏州知府在张士诚的宫殿旧址上修建府治，被人举告谋反，

[1] 己巳之变即指土木之变，因事变发生在正统十四年己巳（1449年）而得名。

青丘子正好为修建时写过《上梁文》，才牵连遇害。”

“青丘子为苏州知府写《上梁文》，本来不过文墨应酬，文中‘龙盘虎踞’之词也不过是应景之笔，谁知却被太祖责以大逆不道，竟被腰斩了。据说他被腰斩后气还未绝，蘸着自己的血在地上大书三个‘惨’字，观者无不失色。太祖皇帝却是少有地亲自监刑，看他身死了才离开。唉！人生本无常，只是这位高老先生死得却太过惨烈。”

说到这里，汤胤绩又有些激动，见那诗稿后面尚有余页，就让书童拿了笔墨过来，在那册诗稿后面奋笔疾书，不多时写下一首诗来。

杨继宗看时，见上面写着：

鼓罢瑶琴遂解形，萧萧日影下寒城。
薄田供祭遗妻子，新冢题名望友生。
地下未应消侠气，人间谁肯没诗名。
旧庐重过悲闻笛，欲赋招魂竟不成。
——录浦长源挽季迪诗，丁丑岁孟春[1]

汤胤绩投了笔，叹道：“当年浦长源写这首挽诗，还说是薄田供祭遗妻子，怎么知道高家的子孙却都已沦为奴婢、乞丐，几世几代都不敢说自己是谁家后人啊。”

两人为古人唏嘘慨叹了一番，一时反而不知该说些什么。杨继宗见天色不早，起身告辞道：“小侄明日就去那仝寅家看看，如有什么进展就速来报与老伯。”又看了看那册诗稿说，“小侄于诗所知甚少，这册诗稿还想带回去看看，过几日定归完璧。不情之请，实在冒昧。”

汤胤绩却并不小气，摆摆手让他拿去，“学诗本来不是你们科举的正业，但有空读些古代诗文，自可陶冶性情，也是好事。”

[1] 浦长源诗，见钱谦益选编《列朝诗集》甲集二十。

第二十九章

全宅

一

杨继宗回到宛平县衙时，天色已经不早，到后衙看过舅父舅母，一起刚用过晚饭，门房的衙役急着来报，说是锦衣卫袁爷来了。

杨继宗连忙到大门去迎，就见袁彬与逯杲正在一处，见了杨继宗就拱手道："前日送宝姑娘回京后，就有些俗务在身，穷忙两日，但早已知道你安然回到京城，我也就放心了。不想那边冷铺里杀人的案子又要有劳承芳你了，公让公叫我今后管辖这个案件，才与这位逯兄来了。"

逯杲也在一旁道："汤长官刚才让敝弁把冷铺里杀人现场的绘图和这条衣片给杨公子送来，顺便也将审讯所得消息告知公子。"

杨继宗接了绘图等物，把袁彬和逯杲让进自己的房内，才听逯杲述说：

"昨天晚上敝弁就连夜把南冷铺的花子，当地附近几个总甲、铺头，以及周围的住户，还有几个在这边转的团头花子，全都抓了审问，有形迹可疑不老实的也用了刑具。"

据逯杲说，综众人供述，所得无非几点：

一是众乞丐都说绝不可能是乞丐内部纷争火并。北冷铺魏大虎一向仗着人多势众，确实引得周围许多乞丐帮伙不满，但并没有什么深仇大恨。况且从阜成门到西直门一带的冷铺，人手都比不过魏大虎一伙。再听周围邻里们说，杀人当晚并没有听到一些响动，若是乞丐们争斗也不会如此安静。

“杨公子昨晚就推断不会是花子们仇杀，真是神算，敝弁佩服。”

二是冷铺中的乞丐并不止十七人，至少还有一人并不在杀人现场。

“敝弁让几个南铺的花子分别辨认尸首，都说一个叫高蛮子的不在其中。这个高蛮子身份极是可疑，传说他祖上曾在伪吴王手下做过官，身上还有一张藏宝图，敝弁已经让人影画了图形，就要通缉抓捕。若是能捉到此人，或许就可侦破全案。只是目前尚不知道这个高蛮子跑到哪里去了，还是也已被杀却藏尸别处。依敝弁拙见，这一条线索最为重要。因那高蛮子身份诡异，又与前朝叛逆有关，将来牵扯出来或许并不是一件杀人命案那般简单。”

三是还有一个小叫花子叫车子的，却是众说不一。有人说他年前已经被一家人收为小厮，早已不在冷铺。也有人说前几日魏大虎又把那个车子接回来了。至于是哪家人家收了车子做小厮，受审的各方人等俱都不知。

四是听南冷铺那日巡夜的花子说，接近三更的时候，见有西城兵马司的人经过，似乎是拿了什么人。

“巡夜的花子自然不敢盘问，但从当时路径来看，倒正好是从北冷铺去兵马司衙门所经之处，时间上也大概可以对得上。但此事涉及西城兵马指挥司，敝弁不敢直接就去讯问，还要请袁长官定夺。”

杨继宗唯独对这一条最感兴趣，追问道：“南铺打更的乞丐是什么时候，在哪里见到兵马司的人？”

“那个乞丐供称，当夜眼看就要三更天了，他们两人正打算出门去打三更，就在南冷铺的门前遇到了兵马司的几个人。大约有四五个人，其中一人年纪不小了，看样子倒像是个人犯。另外三四个都是官衣。那些人先问打更的花子是什么人，又说了一声自己是兵马司的，流水带人走了。想那西城兵马司衙门在白塔寺南边，若要从出事的北冷铺到兵马司，正好要从南冷铺经过。”

杨继宗微微点头沉思了一会，才道：“逯兄果然是干才，不到一日工夫已经搜集到这么多消息。只是那个高蛮子的事，逯兄可以不必再去追究。那人叫作高超，他先人并非是张士诚的属下，他也没有什么藏宝图。这些俱是一些棍徒造言行骗的无稽之谈。”

又指着桌上放的那册《青丘集》诗稿对袁彬说："此人我已见了，这是他祖上高启手书的诗稿。文质兄或许不知，这位高启乃是国初一位有名的大才子，后来因文字犯了事被杀，他的子孙才被籍为惰民丐户，流离失所，实在可怜。但冷铺杀人的案子却与他无关。"

逯杲听杨继宗这样说，示意想要看一看那册诗稿，杨继宗便递给他看。逯杲就将那册诗稿仔仔细细翻阅了一遍，看到最后，还不住地点头。

杨继宗见他看得仔细，笑道："不曾想逯兄也对诗歌颇感兴趣，将来有机会还要请教。"逯杲连称"不敢"，才把那册《青丘集》放下，目光中却露出一丝诡异。

杨继宗接着说道："至于车子那事，还多亏公让老伯指点，现在已经有了一些眉目。"

袁彬道："你是说冷铺杀人，却是因那个小叫花子引起？"

"现在还不敢断定。但诸多迹象，却都指向那个车子引出的事端。不过听刚才逯兄所言，仍有个极大的疑点，还需要小心求证。"

袁彬笑道："承芳你就不要再卖关子了。你可是已经知道是哪家收了车子做小厮的？"

"要说这家人家，袁兄与我恰巧都还认识。"

袁彬一怔道："哪一家？"

杨继宗道："就是那瞽者仝寅。"于是又把汤胤绩的分析简要述说了一遍，又道，"就请逯兄明日再对车子一事多方盘问。文质兄若得空，不妨明日和我一起到那仝家访他一访，必能得到此案线索。"

二

正月十二一早，杨继宗带着杨二收拾出发，骑马来到东四牌楼处与袁彬会合。

因灯节将近，东四牌楼附近的居家、门市都开始在大门口悬挂彩灯，有些大户人家，还在彩灯四周扎上了红绸紫绡，单等明日开灯，要点起彩灯来各自比个高下。

杨继宗正在观看街边的各式彩灯，袁彬带着几个校尉已经赶到了。两人也不再下马，各在马上见礼，就顺着东大市街向南，奔石大人胡同去了。

袁彬在路上说道："昨晚我又找了几人打问，才知道这位瞽者仝寅还真是个大孝子。他是你们山西安邑人，在十二岁上害病盲了双目，一直是跟着父亲到处行走，学习京房之术也是他父亲为他寻师父，找秘籍，多方栽培。你想当初他们父子二人在江湖上行走，不知要遇到多少艰辛，所以发达之后，他刻刻不忘父亲的养育教诲之恩，事父至孝至顺，倒是个道德高尚之人。听说前几年他父亲患了急症，这位仝寅不但在旁边侍奉汤药十多日衣不解带，还真的割股疗亲，用自己的股肉做药引子，才治愈了父亲。"

杨继宗道："如此还真是纯孝之人。不知他们父子是什么时候投入武清侯门下？"

"不瞒承芳你说，我们卫中有他的专门秘档。据其中记载，他是十年之前，正统十二年的时候随其父到的石亨营中。那时石都督还在大同任着参将，因他打卦测算甚为准确，石都督每遇大事必请他来问休咎，从此不离左右。到正统十四年才随着石都督进京，从此声名日隆，更被传说成神仙般的人物。"

"所谓医者不自医，仝寅虽是神仙人物，却似未能料到此次之厄。只是以他的孝顺，自然要竭力为尊者讳，我们想要得知真情怕是不易。"

袁彬也颇为无奈道："何况此人城府之深，心思之密，都大大出于常人。到时候就要看承芳你的智谋了。"

说话间已经来到石大人胡同，袁彬已经事先查明了仝家住处，也不用打听，就到了仝寅家门前。仝家果然只是个寻常院落，入口是座朱漆蛮子门，却并没有悬挂应节的彩灯之类。袁彬递上名刺，让几个校尉先在门外等候，才与杨继宗随家人进去。

仝寅在厅堂中接待杨、袁二人，身上仍然穿着那身铁灰贡缎褶子，听他们进了屋，才起身施礼道："在下行动不便，未能远迎，请二位见谅。"

袁彬也客套了两句，便直截了当说道："年前有机缘得见先生神术，一直想着再听教诲。可今日冒昧打扰，却是为了一件案子，实在有些惶恐。"

全寅听了，微微皱了皱眉头，面色依然平静道：“却不知是为了什么案子？”

“是初九那天夜里，和义门里的一个冷铺里有十七个乞丐被杀，至今还未查出凶手。据查，那冷铺里的乞丐却与府上令尊大人略有些瓜葛，因此才想到要问一问令尊大人。得罪，得罪。”

全寅仍然不动声色，“这却怪了，家严怎么会与那些冷铺里的乞丐有什么瓜葛？”

杨继宗接言道：“是我们查访时听说，那个冷铺里有一个小乞丐叫作车子的，年前被令尊大人收为小厮，在府上厮役。我们此次来，一是想要见一见那车子，问他可知道一些相关的蛛丝马迹。二来若是方便，更想见一下令尊大人，他老人家既然曾与那冷铺中的乞丐有过交往，或许也能提供些消息，有利于破案。”

全寅冷冷道：“二位办案，乃是公事，在下本当鼎力相助。只可惜家父前几天因有件私事，出城到涿州去了，二位如有话要问，需要再等几日，怕是要到灯节过后才能见到。至于那个什么车子，因在下与家严分别住在前后院里，平时并不知道他老人家那边状况，还需问问后院下人。”说完就命身边童子：“到后院问问老刘，老太爷身边可曾收过一个叫车子的小厮。”

那童子不多时就回来报道：“刘管家说这些日子老太爷并没有收过小厮，也不知道有什么车子轮子的。”

全寅听了，便道：“看来在下实在帮不上二位什么忙。”

杨继宗连忙道：“学生倒还想再当面问问那位刘管家，比对一下那边的供词可有失误。还请先生海涵。”

全寅虽有些不悦，却还是让童子将那管家叫了过来。

刘管家三十几岁年纪，人倒也显得精明。杨继宗问他：“这位管家，你可知道去年冬至之前，你家老太爷在外面收了一个小厮？”

“回这位公子，小人管着这家中大小仆役，进来出去没有不清楚的，去年以来并没有变动，老太爷也没有收过小厮。”

杨继宗见他绝口不认，也就不再追问，却从袖中拿出在冷铺魏大虎手中发现的那条杭缎残片来，“你可认得此物？”

刘管家低头看了一眼那缎片，脸上有些变颜变色，却急忙抬头去看仝寅。仝寅不知杨继宗拿出了什么物件，示意小童，那小童忙附在他耳边说了些什么。

杨继宗才道：“这个是冷铺里从死者手中得到的一片衣袖破片，衣料却是簇新的秋香色杭缎。不过以学生猜测，它却极有可能是有人故意放在死者手里的。”

三

仝寅听了杨继宗这话，身形不由一震，似是有所触动，却依然并不开口。

杨继宗继续说道：“那夜恶贼连伤十七条人命，此案非同小可，必定会严查一切相关线索。学生听冷铺里幸存乞丐的口供，贵府老太爷曾经收纳那冷铺里一个小乞丐作为小厮，但冷铺乞丐头目魏大虎后来反悔，带了人来讨要吵闹，直到本月初七日，趁着贵府疏忽，将那小厮抢回到冷铺。这些口供都是记录在案的，先生请想，不论令尊大人是否涉及此案，这瓜葛能够逃得脱吗？”

因高超并不知道收纳小厮的是哪家人家，杨继宗本来也不敢十分确定，但见那管家和仝寅神色都不自然，故而说得斩钉截铁。见仝寅仍不答话，又道：“新正前后，那魏大虎带人来贵府吵闹过三四回，仝先生即便不理家事，难道竟没有听到一丝动静？至于这位刘管家，要说全然不知此事，恐怕无人能信。”

刘管家额头冒出汗来，却只是看着仝寅，闭嘴不言。

又过了片刻，仝寅才低声道：“依杨公子之言，家父一时兴起，在外面收养个小厮容或有之。但他老人家已近古稀之年，难道就会为了一个小厮去连杀十几条人命？即便真有此心，又岂有能力去连杀十几条人命？”

“先生说的，也正是学生心中所想。学生曾到过那冷铺的杀人现场，真是血腥冲天，尸横遍野，其惨烈之状实难言说。作案之人必定是穷凶极恶之徒，且人数甚伙。若说是令尊大人所为，实在不合情理。但眼前这片残袖，我猜测或许正是从令尊大人衣服上扯下来，又被故意放在被害人手中。若真是如此，岂不是有人故意嫁祸，要陷害令尊大人？”

话说到这里，仝寅才真为之所动，“杨公子怎知那残袖是被人故意放置的？”

杨继宗就把魏大虎死前在墙上按了手印，同时又手握残袖，动作颇不合理的事说了一遍，又道：“虽然此案目前有诸多不合情理之处，但若不能查到真凶，恐怕令尊大人嫌疑仍然最大，一时怕是难以解脱。如若不幸又被有司衙门在当时当地拿获，则更是百舌莫辩。为了查清凶案，捉到真凶，还请先生和贵管家告知实情。”

仝寅又思量再三，才问：“我记得杨公子本是进京会试的举人，虽然是袁兄的朋友，怎么会涉足此案如此之深？”

袁彬在旁答道：“仝先生真是好记性。我这位兄弟确实是来赴试的举子，但一向喜欢侦查疑难案件，极有心得。前些日子震动京师的伪造襄府金牌令符一案，就是这位杨承芳兄弟所破。因此敝长官汤指挥特意邀请他来协助办案，在下虽然名为主管，其实倒是为承芳打下手的。”

杨继宗忙说“岂敢”，又问：“刘管家可知道贵府老太爷在初九那天晚上都做了什么？”

刘管家仍然不敢回答，仝寅道：“你说吧，连那小厮的事都告诉杨公子。”

刘管家才说：“老太爷在去年冬至前确实收过一个小厮，本名实叫车子，因嫌它不好听，老太爷给改名鸿安。初来也无事，但过了不久就有一伙花子来这里吵闹，说是那鸿安的亲爹来了，不愿让他为奴，老太爷就让又给了几两银子，连哄带吓唬，把他们赶走了。谁知过些天却又来闹，老太爷火了，只叫帅府的兵丁过来弹压，不再给钱了。”

“那鸿安后来可是仍旧让那些乞丐抢回去了？”

“因过年前后这几天那些花子没有再来闹，都以为没事了，不太防备。初七那天，鸿安一个人出门办点事，就没再回来，听人说是被那伙花子抢走了。老太爷听说十分怒恼，却也没太当回事，说是要过了灯节之后再带人前去，一定要给那些花子点厉害。”

“那么初九晚上可有什么事？”

“那晚老太爷出门与人喝酒，也不知听了什么话，回来之后就怒气冲天，后来带了三个帅府的兵丁，就出门去了。他老人家虽然没说，但看样子还是为那鸿安的事而去的。”

“你可记得，他们是几时出门？”

“小人记得清楚，老太爷喝酒回来已经起更甚久，等吆喝了人出门的时候，外面正打二更。”

“你看这片衣片，可是你家老太爷所穿的？”

刘管家仔细看了，才道：“小人不敢确定，但材料、颜色确实与老太爷所穿的衣服相近。”

“我还有一问，令尊大人那晚是何时回府的？”这次却是问的仝寅。

仝寅紧闭着双目，微微摇头道：“家父自那晚出门，至今还没有回来。”又起身向着杨继宗和袁彬郑重深施一礼，说道：

“仝某幼年，萱堂见背，自小靠着老父抚养教训，经了多少艰辛才到今日。如今遭逢横祸，在下决不信家父会做出那样丧心病狂之事，但既涉案中，却难免要被连累。一想到老父要为此受苦，在下真是五内俱焚。今日二位既然说是案情有可疑之处，愿为家父辨冤，在下感激之情无从言表。若老父亲能够平安解脱，在下永世不忘恩德，将生死以报。”

杨继宗见他说得诚恳，也早站起来回礼道：“先生纯孝，可感天地，学生自当竭尽全力，定要找出此案真凶，以还令尊一个清白。”

四

离了仝宅，袁彬才问杨继宗：“你看那仝寅到底知道不知道他父亲现在哪里？”

“从他的态度来看，我猜他八成是知道其父现在在什么地方。”

“那他为何不明白告诉我们，也好见那仝清，以便当面取证？”

“这也正是小弟的疑心之处。那仝寅一面极希望我们尽快查清全案，解脱其父；一面却又不愿说出他父亲目前的所在，或者说不想让咱们见他。以常理推断，只有两种可能。”

“哪两种可能？”

“一种可能是他内心深处仍不能排除对于其父杀人的怀疑，那老仝清在江湖混迹多年，若是在京城中还结识了些枭獍之徒，一旦起了恶念，乘夜杀人并非全无可能。只是以我们现在所知的情报，若说是仝清领人在冷铺中滥杀无辜，疑点实在太多。还有一种可能，就是仝寅虽然明知冷铺中杀人的事并非其父所为，却因为他父亲目前被他人掌握，投鼠忌器，一时不能同我们讲明。”

“以仝寅在京中的身份地位，难道还怕什么人要挟？”

“他虽然声名显赫，背后又有极大的势力支撑，但如有人手中掌握着许多杀人‘证据’，面对一个十多人的重大命案，他又焉能不是顾虑重重？昨晚逯杲说有人见到兵马司的人抓了一个老年人，我看很可能就是那仝清。我们不如先去盘问那些南冷铺的乞丐，看看消息是否确定。若仝清真是被西城兵马司的人拿了，今日说不得还要去兵马司看上一番。”

因方天保平日与西城兵马司的人打交道甚多，杨继宗和袁彬在去朝天宫的路上，又到宛平县衙招呼上方天保一起同行，再过西四牌楼、帝王庙、白塔寺，来到朝天宫门前。就见朝天宫棂星门以西的红墙根上，正有六七个乞丐或蹲或坐，在那里晒太阳。

方天保这几日与袁彬交道打得甚多，已经不再像当初那般拘谨，此时悄悄对袁彬说：“袁爷，我带自己的弟兄先到西头把住路口，你们几位锦衣军爷在这边把住路口与那庙门，免得那伙花子见了我们一哄而散。不知可是使得？”边说边看了杨继宗一眼。

袁彬并无异议，杨继宗也点头道：“这样正好，两位兄台且不要惊动这些乞丐，待小弟先上前问问。”

那几个乞丐远远见来了几个官差与锦衣校尉，已自有些紧张，又见官差们立时就将几个路口都把守住了，更不知是为何事。正在疑惑之间，却见两个便装的，似是一主一仆，走了过来，急忙都站立起来，一时不知该如何是好。

杨继宗走到几个乞丐面前，微微点了点头说道："在下为锦衣卫办案，有事要问问几位，此外并无别意。"

几个乞丐眼见已经难以逃跑，只得愣愣地看着杨继宗，看他要问什么。

"几位可都是住在南冷铺里的？"

乞丐们点头说正是。这时袁彬和方天保也从东西两边走了过来，悄悄站在杨继宗身边。

杨继宗又问："不知初九那晚打更巡夜的可在？"

乞丐们初时犹豫，互相看着并不回答。过了一会儿才有一个年长的乞丐道："那晚巡夜的是赵四、赵六他们哥俩。"并指着站在一旁的两个年轻乞丐："就是他们。"

杨继宗于是问那两人："你们可还记得，那晚在什么时候遇到兵马司的差役？"

其中一人答道："那晚小的兄弟轮值打更，起更、二更都已打过，原在铺里休息，因见更香已经烧尽了，才出到门外，单等听得那边鼓楼的三更鼓打响了，就去巡夜打三更。就在这时见的那几位差官。"他说话虽然紧张，却也周全流利。

"这个时刻至关重要，你们能够确定是在刚要到三更的时候吗？"

"确是在那时，后来几位差官刚从我们冷铺门口经过，那边三更鼓就响了。"

"那几个人经过时是什么状况，你们可曾盘问？"

"小的们不过是代差打更的叫花子，哪里敢去盘问官差。当时我俩就在那边街角冷铺门口，因提着角灯，应该远远就能看见我们。那伙人有四五个，走近了先对我们喝问。小的回答说是冷铺打更的，那伙人就说了一声我们是兵马司的，急匆匆就从我们身边过去了。"

"你们可知他们真是兵马司的人吗？"

一直答话的那乞丐摇头说不清楚，那个一直没说话的却答道："他——他们从小的身边走过时，小的仔细看了一眼，其中有两个应该确实是西城兵马司的弓兵。他——他们平时也常在朝天宫这边活动，小的因此认得。”

杨继宗见他眼力不错，又问：“你可曾注意，那几人中除了差役之外，可还有别人？”

“小的见他——他们之中，有一个年纪甚大，黑暗中看不清面目，却也觉得有六七十岁样子，穿得像是裘皮袍子，并非官衣。”

“你看那老者与兵马司差役是一路的呢，还是被差役们拿了办案的呢？”

“这个小的实难确知。但看那时情状，他——他倒更像是被拿的人犯，佝身弯背的，似是很不情愿与那几个差官同行。”

杨继宗甚是满意，又问：“他们后来往哪里去了？”

先前回话的那人才道：“他们从冷铺经过，上了平则门大街就朝东去了。小的们猜想，定是回兵马司了。”

第三十章

酒肆

一

离开朝天宫，杨继宗才对袁彬和方天保说：“听那打更的乞丐言说，那晚被抓的八成就是仝清，但有几点疑问，却还难以弄清。”

袁彬道：“可说得是。若是那西城兵马司抓了仝清，乃是此案的重要疑犯。他们明知我们锦衣卫已经接手此案，为什么不与我们通报，却要暗中拘押？”

杨继宗道：“这正是最大疑点。此外，二位可曾注意，与此案关系极为密切之人，就是那个车子，现在倒是活不见人，死不见尸，并无一人提到这孩子的下落。”

方天保是在一路上听杨继宗介绍案情，对于事件的过程反而清晰明白，此时说道：“我也一直在想，以情理推断，车子不应在被杀之列，又至今未见有抛尸痕迹。他若存活，一个小孩子独自逃出，这边街面上不会没人见到。除非已经被什么人暗中藏匿了。”

杨继宗道：“君定兄所言极是。还有更可疑的，就是时间上难以吻合。”

袁彬和方天保都没有想到过时间上的事，此时都望着杨继宗，让他快说。

“那晚杀人的确切时间，我断定当在二更二点前后。一是因为现场发现了已经在地上洇灭的更香，还有七八寸长。我专门问询过，这些冷铺里夜间值更，都是以更香计时，香长一尺，正好要烧一个更次。一更五点，那更香烧了五分之一，说明事发时正在某一更一点过完、二点初起时刻。当地铺头供述则说初九那晚，街巷里都听过报起更和二更，三更之后便无人报点。这正好证明那两个北冷铺的打更人是在二更过后，三更之前被杀的。北冷铺巡夜的路线，平常走一圈大概要用将近两点的时间，但那晚天寒，巡夜走路比平时要快许多，一点多点就可以巡过一圈。可以推测，那两个巡夜的乞丐回到冷铺的时间大概在二更二点过不多久，冷铺里的屠杀却已经完成，两人才在门口被杀。”

两人听他说得并无漏洞，都点头称是。杨继宗又说：

“今日仝府那位刘管家说，仝清出门的时候正好二更打响，若他不是故意欺瞒，不到一顿饭的工夫哪能就从东城的石大人胡同到了西城的和义门内？再者说，即便那刘管家所言不实，仝清带人是初更离门，二更杀人，为何犯事后并不立即潜逃，却要等到近三更天了才让那些兵马司的差役擒拿？何况被擒的又只有仝清一人，既不见车子，也未见到他出门时带来的兵丁。若以杀人时的状况而论，仝清一伙如真是凶手，那三四个兵马司的差役恐怕不是他们的对手，甚至连上前拿人的胆子也未必有。”

袁彬也道：“兵马司虽说本有巡夜职责，但多年以来他们把打更巡夜的事都交给了冷铺的花子，哪里还在半夜出动过。这次却三更前后专程跑到和义门内，也是极不寻常。”

杨继宗道：“从这许多疑点来看，仝清一伙杀人基本不能成立，行凶的当是另一伙强人，至于为什么要做出如此残忍之事，小弟思来想去，似只有一种可能。”

袁彬与方天保几乎同时道：“难道是为栽赃陷害？”

杨继宗“哈哈”笑道：“小弟虽然不才，看来倒与二位兄长英雄所见略同了。”

方天保却脸色越发阴沉，“为了栽赃陷害一个为老不尊的仝清，竟要伤害十七条性命，那设计之人与他要有什么样的深仇大恨啊！”

杨继宗也忙肃容道：“若只是为了私人的血海深仇，他们能杀十几个乞丐，难道不能直接结果了那仝清的性命？这次在冷铺杀人，陷害仝清，只怕还有更深的意图。”

袁彬、方天保一时想不出会有什么更深的意图，都望着杨继宗。

杨继宗道：“小弟此时才隐约有些想法，却还未能成形。看来西城兵马司也有人参与了这一阴谋，要想将此案查得水落石出，现在只能先到兵马司去碰碰运气了。”

袁彬道：“既然是阴谋，一来兵马司的主官未必知情，二来即便知情大概也会有意瞒哄，咱们以公对公怕是不会有什么结果。”

方天保才说：“在下倒是认得西城兵马司的几个人，不妨先私下打问一下。”又寻思了一下道，“有一人与我颇为熟识，姓王，是吏目辖下的一个牢头，平时管着一座牢狱，几个狱卒。此人在西兵马司混迹甚久，人头熟悉，消息灵通，又最爱戴高帽子。我们不如先去找他看看，说不定就能得知些内幕。”

杨继宗和袁彬都觉可行，几人就骑马过了白塔寺，在马市桥边向南一拐，不远就到了西城兵马司。

明代京城中设东、西、南、北、中五城兵马指挥司，不过是个正六品的衙门，分片执掌着京师的治安和一部分公共事业，负责维持治安、缉捕盗贼、巡防查夜、防火救灾，以及疏理街道沟渠、救济残疾老幼等各项事宜。但因衙门又小，人手又少，又与大兴、宛平两县的职责不甚分明，各兵马指挥司这些年来实事做得很少，甚至连冷铺巡夜这些职责分内的事都推给了要饭的乞丐。

若说有什么长年不断的差事，那就要属各兵马司中的牢狱。平时有些在街巷中作奸犯科被当地拿获的，或是偶尔碰到兵马司手上的不法之徒，在结案前大都关在兵马司狱里。因关押着人犯可以对其家属不时需索，牢房其实是个小聚宝盆，兵马司的长官们对此都十分重视。只是限于制度，兵马司正式捕人囚禁需要五城巡城御史发单批准，初审后又需转送法司定罪发落，兵马司自己的处置权极小，油水自然也小。因此在其牢狱中，倒有一多半是未经报批抓来的“私犯”，这些人一般犯事不大，在榨出油水后通常就会被放出去，从来不会知会大兴、宛平两个京县，以及顺天府和刑部衙门，当然更不会告诉锦衣卫。

正因为有这一层原因，去找西城兵马司的牢头来打探仝清是否被抓获的消息，可算正得其路。

二

西城兵马指挥司衙门坐北朝南，大门也还轩敞，其牢房则在衙门西边，门朝东开。几人不便直接到牢狱里寻人，见对面不远处有一座酒肆，时候已经不早，就让手下人等先到附近一个饭铺里打尖，杨继宗和袁彬则进了酒肆，只方天保独自一人去请那位王牢头过来喝酒。

那酒肆三间门面，门口挂着两个红绸宫灯，门楣上斜插一面青布酒旗，上写“家酿仙醪”四个大字，门上挂着棉布暖帘。掀帘进去，见里面正对着大门是一个柜台，柜台上下放置着一些大大小小的酒坛，坛子上贴着红纸，各写“烧刀”“黄米”“状元红”“莲花白”等字样，以及大小不等的酒提子。东西两边有四五张小桌，则是为在酒肆里吃喝的客人准备，因已是午时，两张桌子上已有客人。

杨继宗与袁彬在屋角的桌边坐了，叫过酒保来，先要了馒头和熟肉、菜蔬。酒保说有刚从平则门外凿冰打上来的鲤鱼，袁彬就让收拾了烧上一条，又要了一坛说是家酿的黄米酒，要等客人来了再上。

两人吃着馒头，不一时方天保就引着一人进来了。见那人四十来岁，生得白白胖胖，倒像个富家员外。柜台后面掌柜的显然与他颇熟，见他进来连忙拱手，“王头儿今天有空到小店来！”

那牢头只随意抬抬手算是回礼，见方天保引他到屋角一桌，却抢上一步，对着袁彬纳头便拜，一面道：“小人王甫仁，给袁大人叩头。”

袁彬不知他是什么路数，赶忙也跪下一膝，用力将他扶起，“王兄客气，岂敢，岂敢！”杨继宗也只得站起来深深施礼。又谦让了半晌，大家才算坐下，杨继宗让酒保把鱼和酒全都上来。

方天保道：“这位王兄是西城兵马司的主牢，在京城中小有名气，为人仗义，我们捕行的弟兄可谓是无人不晓。”又对那王甫仁说：“这位就是我刚才说到的袁长官，这位是杨公子。我们正好在这边闲游，到了阁下地面，他们两位都想要结交王兄。”说完就把酒都满上，“新春佳日，能与王兄共饮几杯，也是一大乐事。”

王甫仁道：“几位实在客气了。想袁大人当年曾在瓦剌为太上皇保驾，出生入死，天下谁人不晓？我王某人今日能够识荆不说，还能与袁大人一桌喝酒，真是三生有幸，也要谢谢方大哥栽培。”

杨继宗见他对袁彬的尊重超乎寻常，感觉有些怪异，就试着插话道：“袁兄的孤忠大节，确是无人不赞，只可惜天道不公，至今未能得到应有嘉赏，倒是有些叫人寒心。”

王甫仁道：“天道总是至公至正的，以小人之见，袁大人现在不过是一时坎坷，用不了多久，定会贵不可言，到那时小人免不了也要沾一点袁大人的光。”说着又起身向袁彬敬酒，一副媚态。

袁彬被他说得颇不自在，杨继宗倒似有所领会，说道：“想不到这位王兄倒是胸中有乾坤之人。王兄你看袁长官何时可以转运？我们都好附骥。”

王甫仁已经喝了几碗酒，又见几人都对他甚是客气，不觉有些飘飘然，“我一个看牢房的，哪有什么肚里乾坤。但我听人说，古人传下来有个《推背图》，上面就有预测。”

“这《推背图》学生倒也见过，不知是怎么预测的？”

“《推背图》的第三十象，公子可还记得？那谶中所说的是：

半圭半林，合则生变，石亦有灵，生荣死贱。

颂中所言则是：

缺一不成也占先，六龙亲御到胡边。
天心复见人心顺，相克相生马不前。”

听他这样说，连袁彬和方天保都有些愣了，都问：“这些有什么解说？”

王甫仁把身子几乎趴在桌子上，凑到袁彬脸前，神神秘秘地说道：“半个圭半个林相合，不正是土木两字，说的岂不正是土木之变？‘缺一不成也占先，六龙亲御到胡边’可不说的是太上皇御驾亲征，被那也先得了手？”

这样一说，连杨继宗也觉有几分道理，不由点头。

“这说的还都是前面已经发生过的事，最后这两句最为要紧：‘天心复见人心顺’，说是要天心复见……”又向四下张了一下，才说，“何为天心复见？难道不是说太上皇他老人家就要重登大宝吗？”

杨继宗摇头道：“这却有些牵强。”

“怎么牵强？近来街坊上都已经传遍了，说是皇上御体欠安，还不是一般的欠安，天心复见可不就在眼前？再说那最后一句，‘相克相生马不前’，当今景泰皇上改元正好是在庚午马年，可不是说当今皇上与太上皇虽然本来相生，到头却又相克，而当今这个马年皇上却难向前行走了。”

“想不到阁下对于数术推演还有如此精深造诣，学生实在佩服得紧。”

“我哪里有什么造诣，不过跟人学舌。只是在下以为这《推背图》上说的，可算千真万确，不能不信呀。”

“那么王兄是听什么人所讲？”

王甫仁有些犹豫，但见袁彬对着他微笑点头，身上有些酥麻，低声道：“是本司的一位上差，姓史，是我们西城兵马司的吏目。他是贡生出身，甚有学问，为了司中一些特殊事宜才告诉我这些。我想太上皇一旦归位，袁大人不是立时就要飞黄腾达了吗！”

三

王甫仁的这一句话倒让袁彬满脸通红，不知如何回答才好，只是低声嘟囔道：“上皇之事，需要宫中朝中细心安排，岂是我等议论的。何况当年侍候上皇，本为臣下的分内之事，本不图后来回报，些微小力，哪里就会飞黄腾达？”

王甫仁自然不信这话，仍然是一意阿谀，又端起酒来要敬袁彬。杨继宗得空才在旁插言道："以王兄的推断，袁大哥将来定会大展宏图。但不知那位史吏目是从何处得来的这些消息？"

王甫仁仍然神神秘秘，"依在下猜测，史吏目虽然有些学问，却也未必就能解开《推背图》里面的谶语。听他的话茬儿，倒是从朝中一位大佬那里听得的这些。他还跟我说，大佬们正在着意安排，以上应天命，因此才——"说着又朝四下里张望了一番，"才让在下也要参与其中。说是过些天大事成了，在下也有拥戴之功，总要混一顶纱帽戴戴。"

"阁下大才，声望又是京城里皆知的，前途必是不可限量。只是这样大事，却不知阁下如何参与？"杨继宗轻轻摇头，似乎有些不信。

王甫仁不觉间已经喝下了大半坛酒，白脸变作了红脸，颇不服气地说："我虽不能参与机务，这兵马司的大牢可是掌握在咱们手里。史长官前日拿了一个老头子，说是极为要紧，放在我那里，又不能走漏风声，又不能刑讯逼供，只好先关在后院里，每日好吃好喝伺候着，说是此人就关系着大事一件。"

三人听到这里，眼睛不由都闪亮起来，却又装作无所谓。杨继宗道："这倒奇了。一个老头子能有什么要紧，莫非他是皇亲国戚？可皇亲国戚又如何会让你们兵马司的人逮了呢？"

"皇亲国戚看来倒也不是。这两天我也和和气气问过他，他却并不说自己的身份，只说叫人陷害了，要找长官说话。我们司的指挥、副指挥只怕根本不知此事，吏目又不出面，哪有长官和他说话。倒是不知从哪里来了个书生，也不知是个秀才还是举人，和他说了半日，又要纸墨，好像是写了书子拿去了。"说到这里忽然想起什么，对着杨继宗看了看才道，"不怕得罪，那个书生身形相貌倒是与杨公子有几分相似，只是他说的江南口音，与公子不同。"

杨继宗急忙追问："你可知他的姓名？"

"这个并不知道。他前天初十一早来过，今日头晌又来了一次，两次都像是取了书信。今日临走时他还让在下好生照看那老者，说是不过一两日就不用麻烦我了，让我只等着领功受赏就是。几位爷你们说，我这不是时来运转，从天上掉下来个金元宝吗？"

王甫仁越说越是得意，又喝了些酒，不觉有些颓然，却忽然道："不好意思，在下还有些公务，只好告退。过些时日若真是受到升赏，自然要请袁大人几位再痛快畅叙。"一面又叫掌柜的，"今日酒饭都记在我的账上。"这才拜别而去。

见他走了，杨继宗才摇头道："此人虽俗，今日所言却是至为重要的。"

袁彬道："这几天也听到过一些流言蜚语，难道真的有人在暗中操作，要拥立太上重新登基？"

杨继宗先不回答，反而问道："你们二位可想知道，那天在香山弘法寺里，我见到了什么？"

袁彬道："怎么不想知道？但那天的事何等诡秘，不用想也知道上面连着朝中大局，你杨公子不说，我们怎好便问。"

杨继宗道："本来回来就当对两位兄长说明，谁知立刻又遇到了这冷铺的案子，忙乱间就未得空。但今日听那姓王的所说，却与弘法寺中的事有些关联。"

"这两件事怎么会有关联？"

"那日在后院屋里之人，正是家庙主人，定国公徐永宁。他们劫持宝姑娘上山，却是为了一个大局。"

杨继宗于是简略讲述了徐永宁掌握着一个组织，专为匡扶朝纲，如今却遇到了一个巨大政治阴谋，已有一伙人暗中勾结，用了种种手段，要趁着皇上病危拥立太上皇复辟。

"刚才那牢头说到的书生，我猜想很有可能是个熟人，就是徐有贞的族侄徐贯。定国公说在背后主持此局的定是徐有贞，如果此人真是徐贯，看来真是一丝不差。"因为碍于袁彬与许彬等人关系密切，杨继宗并没有提起许彬等人与参与此局。

袁彬却道："我猜许太常养浩公、杨鸿胪思敬公，以及张軏等人怕都在积极谋划此局吧。"

杨继宗知道他行事正派，不是急功近利之人，也不作解释，点头认同，"养荣堂一伙劫持宝姑娘，就是为了要破徐有贞等人之局，谁知却被咱们搅了。"他又把劫持宝姑娘的前因后果大概分析了一遍，顺便将以前的冰蜂、金符两案的内情也都说了，袁、方二人才算解开了近日的各种谜团。

袁彬道："听你承芳一说，这些个事情倒是明白了，那定国公一伙所作所为也算是为了政局稳定，天下安宁，可他们干事的路子实在不怎么正经，此前一再出差错，甚至一败涂地，也算是罪有应得吧。"

"文质兄说得一点不错。那天我也对定国公说过此意，他虽说了些无可奈何的话，看来心中对于属下所为也是极为不满。只是当时他对于把控局势还是信心满满，只因为手中还有一张大牌。"

袁彬和方天保都看着他，等他说出这大牌是何物。

"大牌就是他们还控制着一个大人物——武清侯石亨。"

方天保刚才一直听着没有作声，此时突然惊道："难道如今这案子，陷害仝清，牵扯仝寅，最后倒是对着石亨来的？"

四

袁彬对朝中局势了解较多，此时说道："若说武清侯石亨是张大牌，那倒是千真万确。当初瓦剌也先来犯京畿，武清侯正待罪锦衣卫狱中，是于少保保举他出狱领兵，在德胜门外和西直门外接连大捷，京师保卫之战军功第一，这才晋升侯爵。后来少保公组建京城团营，又由石亨提督团营任总兵官，十万雄兵都由他掌握。说起京畿地方的实力，确实无人可与武清侯相比。"

杨继宗接道："我还听说，当今皇上最信任的重臣，非石亨莫属。初六那日祭享太庙，皇上因病不能亲自祭祀，就是让武清侯代为行礼。以他与皇上、与于少保的关系，定国公说可以确保他支持早立太子，免生动乱，也是有道理的。"

袁彬道："可又听说，那石都督行伍出身，粗傲不学，恃宠骄狂，根底却非忠义之人。"

杨继宗道："武清侯的人品如何，不便臆测，但他常在皇上身边，对于眼前危局最是清楚，此时若有人向他说明太上复辟乃是天命所归，就如刚才那牢头所说的《推背图》之类，他又会作何想？”

方天保一直在倾听，此时才道：“就怕那说明之人的力道要强似《推背图》中谶语百倍。”

袁彬连连点头，“一直听说那仝寅在石亨跟前一言九鼎，再加上他的神算是天下闻名的，若他也在石亨面前讲说天命，只怕武清侯就不能不信了。”

说到这里，三人相互看了看，对于冷铺杀人案背后的阴谋大体明晰。袁彬道：“看来那背后操作之人，利用仝清收养小厮与冷铺一伙乞丐争斗，一面怂恿仝清带人来寻事，一面先找歹徒到冷铺里杀人，然后又将仝清秘密捉拿，制造许多证据，让他百口难辩。再用此事来威胁仝寅，让他去游说石亨。仝寅是纯孝之人，如果没有别的法子解救其父，恐怕也只能就范。这计谋环环相扣，实在高明，只是为此竟要屠杀十多个无辜性命，也实在太过毒辣。”

杨继宗道：“文质兄拆解得合情合理，只是现在却一时无法找到那些杀人的真凶。”

方天保道：“虽无凭证，我却以为作案的很可能是那景七一伙。”

杨继宗早觉得景七与徐有贞一派颇有关联，却不知方天保有什么根据，忙问他此说是什么道理。

方天保道：“那日为宝姑娘走失一案，杨公子让我关心景七的事，我就找京城各衙门巡捕行的朋友打问过，也查阅过一些案卷，才知这个景七真是非常之人。”

据方天保说，景七本为京师游民，凶悍却有才干，多年来就是京中棍徒的头目。景泰四年，他因械斗伤人致死被顺天府拿获，案子未结却被人解救出来。据说解救景七的就是与顺天府尹关系亲密的徐有贞。后来徐有贞去山东治河，景七曾在他身边效力，但治河成功之后徐有贞却没有保举他任职，反让他仍回城中与棍徒厮混。

杨继宗听说这些，才道：“看来这位徐副宪真是机心了得，早在数年前就为后来准备下人手。而那景七的势力也非同小可，不但在白云观中有死士为他卖命，后来宝姑娘失踪，他的棍徒也曾暗中帮助寻找，后来知道勾栏里董菲儿拿了宝姑娘的玉簪，怕也是他们先探得的消息。现在想来，这些事无不是为了徐有贞的大阴谋而为。”

方天保道：“景七本来主要在东城一带活动，但随徐有贞回京后，实力似又有提升，在京城棍徒中颇有威望。去年又在帝王庙对面开了一个演武场，招了许多京中狂放少年在那里摔跤练武，打出的名号是习武以应武举，将来保家卫国，实际上搜罗了不少的亡命之徒。在冷铺里滥杀无辜这样的事情，恐怕也只有他那一伙人才做得出来。”

杨继宗已经起身，“若真是景七所为，或许还能找到别的蛛丝马迹。目前也只有坐实了真凶，才能解脱仝清，解脱了仝清，才可安稳仝寅，以免石亨那里生变。事不宜迟，说不得我们又要到那个演武场走一走了。”

袁彬与方天保自无异议，一起出了酒肆去招呼自己的手下。

此时就见街上来了一队儿童，全都穿得红红绿绿，头上扎着抓髻或是朝天小辫，每人手中都拿着一面太平鼓，边走边打边唱：

平则门，拉大弓，前边就是朝天宫；
朝天宫，写大字，前边就是白塔寺；
白塔寺，挂红袍，前边就是马市桥；
马市桥，跳三跳，前边就是帝王庙；
帝王庙，摇葫芦，前边就是四牌楼；
四牌楼东，四牌楼西，四牌楼底下卖估衣；
要问估衣什么价，桃红裙子二两一。[1]

杨继宗无意中听到这个，忽有所悟，忙问方天保：“这些小孩唱的是什么？”

“这是京中童谣，并没什么意义，不过合辙押韵，说的却是这平则门大街上的地名。”

“那‘帝工庙，摇葫芦’又怎么讲？”

[1] 此童谣应发生于明中后期，帝王庙实建于嘉靖年间，此处为虚构。

“这个本来说不清楚。有人说是因为帝王庙前面有个卖药的老道，常背个大葫芦；也有人说其实是‘绕葫芦’，是说帝王庙对面的行人道上要绕过一个葫芦形的小弯儿。儿童之言，也不可细究。”

杨继宗又想了想，才颇为自得道：“我倒明白那魏大虎在凶杀现场打的哑谜了。他并非慌乱中只按上了一个半手印，实则是故意按上了七个手指的印迹，旁边又故意放置了葫芦，他在临死前定是要告诉办案的人：杀人者，帝王庙景七也！”

第三十一章

帝王庙

一

一行从马市桥上了平则门大街，朝东没几步路就到了帝王庙大门，大门对面的影壁后面是一条深巷，进了胡同没走多远，路东朝西有一座院门，站在门口就能听到里面轰轰嚷嚷，忽然又有一片喝彩之声。方天保道："应该就是这里了。"

众人下了马，正要商议如何进去查看，就见那院门被人从里面打开，从中走出一个后生来。那人一身练家子的短打扮，披着一件棉披袄，头上并没戴巾帽，却用蓝布包缠了几圈。杨继宗目光一闪，急道："抓住他！"

那后生抬眼见门口竟有一伙官差，不及细想，扭头就想钻回院里。但他哪里有对面的锦衣校尉快捷，身子还没转过来，已经被两个校尉上前扭住，用力按倒在地下。他原想大声喊叫，怎奈脸已经被死死按到泥地上，嘴也张不开，却没有叫出声来。

杨继宗示意把那后生拉到离院门稍远处盘问，因有两把利刃架在脖子上，那后生此时也不敢再喊叫了，被拉到一边强按着跪在地上。

袁彬已经明白杨继宗的用意，站立在那后生身前厉声喝问："初九日夜里，你参与在冷铺杀人，还想逃吗？"

后生却使劲儿向上挺着身子，尽力仰起头直视袁彬，"小人是老实良民，并未杀人！"

杨继宗不想与他纠缠，上前一把揪下他头上的蓝布缠头，那人却疼得打了个冷战，因他额头上本有一块伤疤，结痂未愈，被杨继宗一把扯下，却粘连着揭开了伤疤上的血痂，鲜血也洇了出来。

杨继宗仔细看了看他的伤疤，才冷笑道：“你这伤疤怎么回事？”

“小人习练武艺，不小心碰伤的。”

“碰到什么地方？”

那人愣了一愣才道：“是碰到墙角上了。”

“你这墙角倒是生得蹊跷，怎么还有些枝枝杈杈，一会儿我倒要看看。”说罢也不再审，对袁、方两人道：“此人必是凶手之一。君定兄先找个僻静之处审审他，文质兄咱们和各位锦衣到院里看看。”

袁彬对手下稍作布置，与杨继宗等人一起再到院子门前，因那大门并没有从里面插上，随手一推就开了。锦衣校尉们鱼贯而入，趁里面的人还未曾惊醒过来，已经占据了各处要路。杨继宗和袁彬跟着进了院子。

那院子二门里面并没有南房和东西厢房，只有一座北屋正房，因而院子极为宽敞。院中有十几个后生正在演练刀棍，天气虽然还很寒冷，却都只穿着单衣单裤，仍是汗气腾腾。突然见到五六个锦衣校尉进了院子，这些练武的后生都是一愣，然后又迅速围成一个圆圈，长短兵器相间，俨然一个战阵，与几个锦衣校尉对峙。

杨继宗不愿两方发生冲突，高声叫道：“我们是锦衣卫办案，不关旁人的事，要找景七问话！”

这时才见从北屋里走出一个紫脸大汉，朗声道：“几位官爷要找小人查问何事呀？”来人正是景七。

杨继宗却先向前拱手道：“景七爷别来无恙，前几日承蒙相助，学生还没来得及道谢呢。”

景七也认出了杨继宗，笑道：“原来是京中闻名的杨公子驾到。那日在白云观咱们算是不打不相识，我一个大混混儿，哪里有机缘帮得了您这位贵公子呀？”

杨继宗见对方人多，又是有兵器在身的练家子，很难用强，因道：“这个事咱们慢慢再讲，可贵属下总是这么绷着也太过疲劳。”又大声对众人道：“我们找景七爷要问些事情，问清楚了自会离去，诸位不必惊恐。”才又看着袁彬说："袁爷，我们进屋讲谈可好？"

袁彬点头，与杨继宗先进了屋。景七让练武的后生们且先放松，却也没有让他们离开。

景七进屋后还要上茶，袁彬说不必，却不问话，等着杨继宗开口。

杨继宗也先不提冷铺杀人的事，却道："刚才说承蒙相助，是说前几日我有一个侄女不小心走丢了，让我们好生烦恼，还多亏阁下帮着打探消息，才找到了那闺女。此等大恩，岂能不谢？"

景七听他这样说，只是笑笑，却不置可否，等着他说正题。

杨继宗才道："可是一码说一码，我们今日来到贵处，却不是专为了来道谢的。这位锦衣卫百户袁爷今日要查的是一件案子，就是初九夜里和义门里冷铺杀死十七条人命的泼天大案！"

景七面色沉静道："那边冷铺里杀人，在下也听说了——此事眼下京城里怕是无人不晓了吧。只是不知，袁爷有什么事要问我，此案与敝人有何干系？"

杨继宗用眼睛盯着景七，一字一句说道："据我们这两日侦讯，你景七与此案岂止是有干系，恐怕就是凶手主犯！"

景七哈哈大笑道："人都传说杨公子断案精细缜密，原来只是虚夸浮浪之言。我虽是京中混混，杀人的胆色、力气都有，却唯独不会去杀几个又脏又臭的叫花子。我倒要请问杨公子，我景七放着年节不过，三更半夜天寒地冻地跑到冷铺里去宰杀十多个花子，我图的是什么呢，可是吃饱了撑的？"

杨继宗见他有些虚张声势，反倒平静下来，"你杀那些乞丐，自有缘由，这些事要全都说出原委还真是要费些力气。"讲罢看看袁彬说："不如就让他们把茶上来，咱们慢慢道来。"

二

喝了一口茶，杨继宗才继续说道："我来讲这个故事，你且不要分辩，等我说完了你再说是也不是。"

景七冷笑点头，示意让他来说。

杨继宗道："阁下带人行凶，自然不是一般的报复杀人或是图财害命，真正的目的却是要栽赃陷害。"

景七听他这么说，脸上不由一冷，却遵约并不答话，微眯着双眼听他继续说。

"那和义门内北冷铺中原有一个小叫花子名叫车子，因生得齐整，在去年冬至前被一家富户收作了小厮。这家富户却也非泛泛之辈，收小厮的名叫仝清，他儿子在京中却是大大有名，就是神算瞽者仝寅！"

听他说到仝寅，景七的眼睛才略睁开一些，微有惊异之色。

"这一层关系在此案中至为重要，咱们却先按下不表。且说那北冷铺的头领魏大虎最初为车子的事得了十两银子，后来又觉后悔，在年前就曾几次带人到仝清家中吵闹，仝家又给了些银钱，事情却一直未了。到初七那日，魏大虎等人趁仝家不备，竟然把车子从仝家抢回了冷铺。

"那仝清虽然气恼，本来也打算过了灯节之后再去与那些乞丐计较。谁知初九那日晚上，阁下的人却趁着与仝清喝酒，一番挑拨，让那仝清怒上心头，领了几个人当夜就要去冷铺中夺回车子。

"你见事情已经安排妥当，才带领手下一干强人，趁夜来到北冷铺。你与那魏大虎本来也该认识，当夜把他叫到冷铺门外，以刀相胁，让人先领走了车子，一面就叫人将冷铺里一众十四人全部杀害。同时又在冷铺门口杀了魏大虎，将他的尸身拖进屋内。此时正好有两个在外打更的乞丐巡夜回来，也一并被你们杀死。"

此时景七两眼已经睁圆，怒道："如此细致的图画，怕不是你姓杨的做梦想出来的吧，何人见着了？"

杨继宗冷笑道："正所谓人的声，树的影，你自以为案子做得干净利落，其实留下的蛛丝马迹又岂止一处两处，要复原作案当时情形何其容易！只是阁下为此案故意设下重重疑障，倒也确实费了我们一番心思。"

景七不愧是京中大豪，听说此话，反而笑了，颇感兴趣地说道："这个在下倒是愿闻其详。"

"阁下想必也听说了那北冷铺中有个姓高的乞丐，号称知道南方一处宝藏，因此街面上广为传言，说是他有一张藏宝图，关系上百万的财富。因此你事先让一个叫施全的道士，把那高蛮子在初九当日叫出来藏在朝天宫里，又在杀人现场故意做出搜索物件的痕迹。无非是想让办案者以为杀人者是为了抢夺巨额财产——为百万巨资而滥杀无辜虽也是天理难容，却并非绝无可能。若我们真按这条线索找下去，因一时找不到那高蛮子，藏宝图的事本来就似是而非，岂不是要用上许多时日也难以接近真相吗？”

景七见他说得明白，不觉也跟着点了点头。

“那个施全倒也不是外人，前日在白云观中，还亏了他的指点，我才找到丁诚伪造金符令牌之所，过两日，学生怕还要去朝天宫里当面致谢呢。那天施全在魁星楼帮我，阁下却在花园中搅乱，一时还真猜不透二位本是一伙的。现在才明白了，原来施道士是为引我入戏，阁下搅闹却并不是为了帮那丁诚，而是为了增添热闹，才便于此事在京城大肆传扬。以此来看，二位的背景深不可测，才会在这冷铺杀人案中联袂行事。”

“看来杨公子还真是精细。但你说是我带手下杀人来栽赃陷害那个什么仝清，却不知这个赃是怎么栽的，陷害那么个老头子又有何用啊？”

“这件阴谋，你只管杀人布置疑团，栽赃的另有旁人。那晚你们杀人去后，仝清才带人赶来，见满屋尸体自然大惊，却‘正好’被西城兵马司巡夜的人撞见。那仝清已经被关在西城兵马司牢中多日，却未曾正式报官。至于陷害仝清是为了什么，我想以阁下在你背后大佬心目中的地位，应当也知道个大概，难道还要我再来解说吗？”

景七听杨继宗都说完了，才哈哈笑道：“杨公子凭着一点蛛丝马迹，就能复原杀人作案的现场，活灵活现，在下实在佩服。只可惜，你说得虽然圆满，却并无干证，恐怕成不了官司。”

杨继宗双目炯炯，直视景七，“怎么没有干证？那魏大虎就是证人！”

景七一惊道：“难道他的鬼魂前来告状？”

“哪有鬼魂告状的道理。但你们离开之时，那魏大虎却还一气未绝，用尽最后力气在冷铺墙上按下七个指头的手印，并在墙根放下他原本挂在腰间的酒葫芦。”

“那又怎样？”

“那是魏大虎在告诉我们：杀人者就是你帝王庙前的景七！”

景七虽然震惊，却仍不屑摇头道：“你这猜测之辞，到了官府怕也作不得数。”

此时方天保却从门外进来，手拿着几页纸张，直接对杨继宗和袁彬道：“那小子招了。”

杨继宗拿着供状与袁彬一起看了几眼，才笑对景七说：“真是不巧，你手下有一个叫邱八的，因那晚杀人时被一乞丐用灰耙子打了一下，刚才被我们逮住，头上的伤痕却正好与冷铺里留下的灰耙对上了号。宛平县的方捕头在外面审他，他已经全都招了！”

三

景七听说那邱八竟会招了，皱了皱眉道：“这小子忒菜，这么就招了！”人倒也沉着镇定，又对杨继宗道：“恐怕就凭着这小子的一纸招供，也难定我的罪吧？”

袁彬在一边冷冷道：“十七条人命的大案，就是稍有牵连也要拿你去盘问，何况那邱八已经招认参与杀人，领头的就是你景七。”

景七也不慌张，“看来在下难免要和袁军爷到锦衣卫走一遭了。这些年来，我景七顺天府、大兴县、东城兵马司的大牢都见识过了，还就是没去过锦衣卫镇抚司的诏狱，今天正好认认门。”说完又对着门外的手下人等大声说道：“你们全都先回家里待着，不要妄动，等我的消息，过几天还有大事要做。”

袁彬也不在乎景七张狂，让校尉先给他戴上械具，押着出了院子。

才出院门，杨继宗见北边胡同口有一匹白马款段而来，马上的却是徐贯。杨继宗正有话想问徐贯，遂急步向前，在马前施礼道：“元一兄，可巧不巧，今日又在这里碰到年兄了。”

徐贯见杨继宗身后又是锦衣又是皂吏，还押着个景七，不由有些慌乱。却立刻定住心神，下马拉住杨继宗的手道：“还真是天涯何处不逢君呀，承芳兄怎么有闲心到这边玩耍？”

杨继宗冷笑道：“我哪里有什么闲心，这几日被年兄的连环妙计支应得东奔西跑，今天正好与年兄算算总账。”也不与他引见袁彬和方天保，径向袁、方二人道：“文质兄、君定兄请先带人回去，我还要与这位元一兄略作盘桓。”

见不远处有一个小杂货铺，也不征得徐贯的同意，拉了他的袖子就钻了进去，让杨二在外面看着马。

小铺本来生意清淡，掌柜的忽然见到两位华服公子闯了进来，有些吃惊。杨继宗从袖中掏出一把铜钱放在柜台上，说道：“我们有事要占贵店一点地方，打搅！”掌柜的连忙搬了两个凳子放在柜台前面，自己悄悄溜进柜台后面的小门，只隔着门帘看着柜台里的货物。

坐定了，徐贯才勉强笑道：“承芳兄这样心急火燎的，还要与我算账，却是为了什么？”

“年兄刚才也看见了，景七已经被锦衣卫拿问，难道元一兄就不想问问是出了什么事情？”

徐贯也知杨继宗大概已经探明了冷铺杀人的案情，就不再隐瞒：“我正想问，不知那景七犯了什么事？”

“他在初九夜晚，带人到和义门内冷铺杀了十七条人命，现已有随同招供了。只是，他们杀人，一不是为了寻仇报复，二不是为了图财害命，这样做，都是为了栽赃陷害一个人。”

“要陷害哪个？”

“这倒要问一问你元一兄了。年兄这几日两次到兵马司牢房，见的却是何人？”

徐贯见他连这事都知道了，不再装糊涂，拱手道：“承芳兄办案，真是不世之才，看来对此事已经是一清二楚，小弟佩服，佩服！”

杨继宗仍旧冷着脸道：“此案情形，有些已有真凭实证，有些地方还是靠依情理推演。你们得知仝清为小厮的事与冷铺的乞丐生隙，就设计让他入彀，一面挑拨他带人趁夜来冷铺抢人，一面让景七这些恶徒抢先一步把人杀了。仝清来到冷铺，你们又布置了西城兵马司的吏目在附近蹲守，故意把几个石府的兵丁放跑了，却单单拿住了仝清，还撕下仝清的一片衣袖放在死者手中，作为他参与杀人的证据。”

徐贯见他说得明白，只得点头称是，又问：“杨兄可知，费这么大周折，要陷害那仝清何用啊？”

“你们抓到仝清，却并不报官，而是私自押在兵马司的狱中，实是要用这件泼天血案来要挟一个人，就是仝清之子仝寅。仝寅是出了名的孝子，自然不会不救其父。阁下两番见那仝清，索取书信，大概就是要找仝寅来胁迫他为你们做事吧？”

“承芳你猜得果然不差。你可知我们想要仝寅去做什么？”

“以仝寅的身份，这也不难猜。你们无非是要仝寅以天命为由，去说服武清侯石亨，要他参与你们的复辟之谋！”

两人这些话说得声音极小，因而几乎是脸贴着脸，徐贯此时才将身子向后挪了挪，用平常声音说道：“既然承芳兄如此明白，何必再瞒！那日在宛平县衙，小弟也曾对你说过家伯父的所见，都是为了安邦定国，才出此奇谋，承芳你何必来蹚这浑水呢？”

杨继宗却依然将身体凑过去用极低的声音说道：“徐大人的大策是正是邪暂且不言，贵府叔侄为了所谓大计，利用一帮穷凶棍徒，平白杀死十几条无辜性命，难道说不怕离地三尺有神灵，要遭报应！”

徐贯颇不以为然，翻了翻眼道：“自古道一将功成万骨枯，哪朝哪代的大政局中没有成千上万的屈死鬼？为了江山社稷，天下安危，死几个连苦主都没有的花子又能怎样？家伯曾道：左边堆积黄金十万两，右边杀人血流成河，还能目不转睛，全然不顾，那才是真宰相。要成大事，怎能拘于小节。待大事成后，我们自然要多找些僧道来念经超度那些冤死的魂灵，也算他们死得其所了。”

杨继宗见他如此说话，知道是话不投机，已经辩无可辩，只是用力摇头道：“天地之性，以人为贵。为了你们的伎俩就滥杀无辜，即便是平民百姓，即便是无名乞丐，终是人命关天。岂能如此，岂能如此！”

徐贯才道：“承芳兄一片恻隐之心，固然可敬，但大势所趋，天命难违，得放手时且放手吧，何必再争这一日之短长？”

杨继宗冷笑道："说什么大势所趋，在下所见的可净是些鬼蜮魍魉。何况，元一兄的所谓大势恐怕也未必就会一帆风顺！"

四

徐贯见杨继宗如此执拗，也只得叹道："也是近来大事需要人手，又因这案子已经布置了重重疑团，一时大意了，没让他们全都暂时撤离京城，竟让承芳兄只两三天就把这案子几乎破了。以兄台这样的精明缜密，若能与我等共谋大业，参赞谋划，将来何愁不会宏图大展，有无限的前程！"

杨继宗本想一口回绝，话到嘴边却又硬生生吞了回去，心想将来或许还需要留有余地，因只摇头道："弟此次是受锦衣汤公之邀前来破案，大明的律法俱在，我也只知遵法而行。至于你所说的大业，一来在下人微力薄，难孚众望；二来我对老兄的手法实难认同，只好忍看无限的前程付之东流了，可叹，可叹！"

徐贯道："人各有志，不能强求，承芳兄何时心情有变，尽可来找小弟攀谈，不论来谈大事还是小事，俱都无妨。"

杨继宗见全案已明，一心想要赶到仝寅处说明案情，或许还能说服他，不要帮徐有贞一伙去到石亨面前陈说。因此不再与徐贯纠缠，说声告辞，出门与杨二骑马走了。徐贯仍在后面摇头遗憾不止。

行走不远，却见云瑛和老麦正站在四牌楼西边张望。云瑛见了杨继宗就连忙赶过来，也不等杨继宗下马，拉着马头急道："刚才一伙东厂的番子来到宛平县衙里，说要拿你！让老麦说吧。"

老麦才道："今日过午不久，县衙里来了几个锦衣番子，却说是东厂的人，称是有人报了谋逆大案，要逮杨公子去问话。因公子不在，就把县里黄太爷也惊动了，又到公子的住处搜检，取走了一些书册之类。那些人没有见到公子，就在县衙前后布下，专等着公子回来。我住在县衙里，听见乱纷纷的，问明了才悄悄到玉喜庵告知了姑娘。"

杨继宗听到此讯倒十分惊异：难道是徐贯一伙已经预知我会弄清他们

的海底，才又提前设计陷害我，让我不能阻挡他们的“大事”？这动作也实在太快！因问老麦：“你可听说，东厂的人到底为了什么事要抓我？”

“我听县里衙役们说，那些番子只说是公子犯了谋逆大事，却并没有说清是什么事，只见其来势汹汹，听说黄太爷也甚是惊怕。”

杨继宗道：“我也想不出来这到底是为了何事。可我自思从来并无过犯，倒也不怕它什么东厂还是锦衣卫。只是今日还有一极为紧急的事，若是被耽误了，倒要遗恨终生了。”想了想又对云瑛说：“咱们不妨也来个疑兵之计，却又要劳动姑娘了。”

云瑛哪里还需客气，忙问：“怎么办？”

“我只怕那些番子总是等不到我，又要四处盘查，误了我的事。因此请姑娘骑上我的这匹劣马，披上我的这件氅衣，与杨二一起到宛平县衙附近走一走。最好是让番子们看见却一时捉不到你们，耽搁它一个来时辰，我却要借姑娘的宝马一用，尽快办完了事，自会去镇抚司投案。”

云瑛却担心杨继宗的安危，“你去自首，不是要吃许多苦处？”

“我本来没有过失，他们能把我怎样？倒是姑娘若被他们捉了，一定不要逞强，紧急时也可说出曹吉祥来搪一搪，只等我去自首了，你们自然无事。”

安排已定，杨继宗又到路边一家纸店里写了一封书信，交给老麦，“你把这封书子送到养荣堂，要亲手交给靳孝。”

云瑛把自己的枣红马牵过来，稍稍整理了一下鞍镫，让杨继宗骑稳了，又轻抚着马颈道：“讴很，你要乖乖听秀才的话，不许调皮。”轻轻一拍马臀，那枣红马扬蹄而去。

杨继宗仗着马快，故意从西四牌楼往南，一直到了宣武门里才沿着顺城街往东，在崇文门大街再往北拐，绕了一圈才到石大人胡同。他让马慢下来，才进胡同口，忽见前面几个人迎头挡在马前，却又是几个锦衣校尉。此时再想拨马回头，已经迟了。杨继宗只得在马上坐稳了，喝道：“诸位要做什么？”

身前的人还未答话，身后却有一个嘶哑刺耳的声音道：“杨公子这头口好俊呀！”不用看也知道，正是锦衣卫的逯杲。

杨继宗扭身在马上揖了揖道："原来是逯兄还在这里巡值，学生还要到前面有些私事，以后见面再和逯兄攀谈。"

逯杲却走到跟前用手拽住马缰，得意道："兄弟并非巡值，倒是在这里专门候着杨公子的。我听卫里弟兄说，杨公子头午在那仝宅里似未得到什么切实的消息，心想说不准今天公子还会再来。可想不到公子是单身一人前来，又换了骏马，脱了大衣裳。今格虽然不算冷，公子穿得这么单薄，要是着了凉可也不好。"

"逯兄在这里单等我作甚？"

"因有人刺探到你杨公子与一件谋逆之案有关，把事件打到了东厂。东厂并没有多少干事，办差还不都得是我们锦衣卫的人吗？等着公子是要一同到官。"

"我杨继宗向来并无过犯，东厂怎么会要抓我？"

"这个我也不知，公子所为自然自己清楚。现在就是想要杨公子跟我到我们卫里北镇抚司走一趟，到时候有事没事，有多大事，就全都明白了。"

"这本也没什么。可学生眼下有一件十万火急之事，要去与那仝寅一谈。还请逯兄担待一二，你们跟在我身边也行，等我把话说完了，再与逯兄回卫里交差可好？"

"杨公子说哪里话。东厂交的案子，就是皇上的案子，诏狱大案又事涉谋逆，在下怎敢有半点疏忽？公子与那仝寅有什么话说，等您自己的案子清了，自可来说，今天只怕是来不及了！"

第三十二章

都督府

一

锦衣卫衙门就在长安右门外，西长安街的南侧，坐西朝东，是一个很大的院落。在锦衣卫衙门南北两侧，各有一座刑狱，分别叫作南北镇抚司。南镇抚司主管卫内人员的各种过犯。北镇抚司要大得多，负责审理关押由锦衣卫经办的其他官民人等大小案件，东厂缉办的案子和皇帝亲自交办的案件也在这里审讯，因而北镇抚司又被叫作诏狱，最是阴森恐怖，京中人士听说锦衣卫的北镇抚司，无不心惊胆战。

杨继宗被押解到北镇抚司的时候，天色已晚，又在佥事房门前等了好一会儿，才被带进镇抚司的大堂。说是大堂，其实不过是三间两进的一座敞厅，并不十分宽大，里面只点着三四盏灯，黑影幢幢，寒气逼人。又见大堂两侧站着几个锦衣校尉，正中公案后面坐着一人，黑脸短髯，五十多岁年纪，穿的却是四品的公服。

杨继宗知道他必是这北镇抚司主事的官员，上前躬身深施一礼道："晚生杨继宗参见老大人。"

那官员见他站着施礼，颇为不满，喝道："你个贼囚，见了本官胆敢不跪！"一旁的校尉上来抓住杨继宗，就要把他强行按倒。

杨继宗一面挣扎一面大声道："晚生虽然不才，却有个微末的功名在身，本是山西举人。为了朝廷体面，故而不跪。"

那官员冷笑道："别说你是个举人，在本官这镇抚司堂上，多少朝廷命官也要跪服参拜，该用什么刑具用什么刑具。等明日我开具一纸文书，先去了你的功名，不怕你不老实。”说着却又想起了什么，问道，“你说你是山西举人，叫个杨什么来着？”

“晚生杨继宗。”

“前些日子在白云观破获金牌令符一案的可是你？”

“正是晚生侥幸。”

“听说你还与一个瓦刺郡主相熟，又把一位太上皇的公主送回到宫里了？”

“确有此事。”

堂上官员脸色立时和气了许多，示意校尉们放开杨继宗，才道：“杨举人的大名这几天我倒不时有所耳闻。但今天的案子却是东厂那边掌刑的周百户交过来的，他本来应该自己来审，临时却不知为何又不能来，才由我来代管。杨举人后台虽然够硬，可案子归案子，恐怕还是要盘查一下。”

“老大人辛劳为公，晚生怎敢烦怨？只是晚生实在不知有何过犯，还请老大人明示。”

那官员让人把一册图书拿到公案上，“有人告你，私藏钦犯违禁书册，还在书上题诗，诽谤朝廷。若是属实，你这可是谋大逆的罪过！”

杨继宗抬头看见那本图书，心中才知此事缘由，却故意说道：“晚生举业未成，哪里作过什么诗？更不曾私藏违禁书册。”

“既然杨举人不认，只好让首告之人和你对质了。”又对下边说：“让那逯杲过来说话。”

逯杲进来的时候甚是趾高气扬，回堂上官的话道：“敝弁与这个杨继宗并无过节，是大前天为了侦破冷铺杀人一案才认识的。因昨天晚上在他所住宛平县衙里，他亲口所说，那本诗册乃是前朝钦犯高启的诗稿。我后来专门查对，那高启当年是因谋反大罪被太祖爷钦判的腰斩之刑，人神共愤。杨某这本诗稿却是从高启的后人手中得来，那高启之后现在行踪不明，也要从杨某这里寻找。”

杨继宗听他这么说，冷笑道：“我没想到逯兄倒是如此深刻精细之人。前朝之案我们无从评说，但当年太祖爷已经处罚了当事之人，其后代如无新罪，怕不该在追查之列。至于那高启的诗，逯兄大概并不知晓，前几年早已有人将其编辑版刻，现在京城书肆里也不难寻见。”说完又对堂上官员道：“此书名叫《高太史大全集》，请老大人明鉴。”

逯杲听了，不免有些狼狈，却又道：“此书算不算违禁，你说了也不算。但你在那诗稿后面题写的诗，说什么‘地下未应消侠气’‘欲赋招魂竟不成’，怨气冲天，难道不是诽谤朝廷，对太祖爷不敬？”

“逯兄的记性果然了得！可你当时难道没见后面落款处写着，是录浦长源诗吗？老大人请看，是不是这样写着？”

那官员翻看了下诗稿，点头称是。杨继宗道：“这位浦长源先生也是百十年前的人了，当年写下此诗未闻得罪，如今录过一遍难道却成了大逆不道了？”

逯杲还想分辩，杨继宗继续道：“何况，录写这诗的也并非晚生，倒是贵衙门一位长官题写的。”

“是谁？”

“就是锦衣卫指挥佥事，汤公让汤大人。”

那堂上官员原来名叫门达[1]，同样官居锦衣卫指挥佥事，却临时负责掌管卫事，因此消息才特别灵通。他与汤胤绩同僚同级，平时关系尚可，现在见东厂的一个案子原由卫中校尉首告，案情却是十分模棱两可，最后竟然还落到了本卫同僚身上，不免有些气恼，虎着脸对逯杲说：“你放着十几条人命的大案不办，却抓些个鸡毛蒜皮的事来，还动不动就直接往东厂那边捅。这回把娄子捅到汤长官头上了，我看你怎么收场。”

逯杲脸上也有些惭色，却又硬挺着说：“敝弁察事不清，实实鲁莽。可冷铺杀人，不过民间械斗，此事极小；怨谤朝廷，事关人心向背，此事极大。敝弁身为朝廷爪牙，于这些大节上不敢有丝毫疏忽，还请长官明鉴。”

[1] 门达，明代著名的锦衣卫爪牙，天顺间官至锦衣卫指挥使，《明史》卷三〇七有传。

二

逯杲走后，门达叫校尉们全都退下，让杨继宗到大堂旁边的厢房里坐了，才从容说道："这个逯杲虽然眼下只是个校尉，却是与宫里东厂的人极熟的。况他眼线又多，人又极阴狠，我们卫里上下，都要让他三分。"

杨继宗道："我见他综理案件，心思也算细密，今日这事，却怎么全不会用心思量一下？"

门达道："我们厂卫干事，本来就是朝廷爪牙，做爪牙的只需尖锋锐利就是好货，哪要心去思量！"

杨继宗颇不以为然，却也不愿再提逯杲之事，恳切言道："门大人，晚生今晚还有一件极为紧迫之事，却被这册诗稿耽误了。门大人可否通融一二，让晚生先出去把事情办了，再来找大人报到，等待销案？"

门达却打着哈哈道："杨举人有事焦急，本当让你先去办理。可杨举人眼下所涉毕竟是宫里钦办的要案，案件不结实在难让你出这北镇抚司之门，这是自古以来的制度，本官实在爱莫能助。杨举人不必心焦，此案现在已经明白，本官明日就找东厂的人去关说通融，快则明天当日，慢则再过两三日，就可安然无事。杨举人怕是还要委屈一下，先在这厢房里临时住一住，那边大牢里潮湿阴冷，你就不必去那里吃苦了。"

杨继宗知道这里不好说话，请求、争辩都是无益，才又说："还有个敝仆叫杨二的，同着一位姑娘，不知是否也被请到贵衙中来了？"

门达笑道："傍黑的时候，还真听说是'请'来过一男一女。"

"那位姑娘就是大人提到过的瓦剌郡主，叫作云瑛。他二人与此案并无瓜葛，还请大人施恩让他们先出去。"

门达听说所抓的竟是瓦剌郡主，忙点头道："这个自然，我立刻就叫放人。"

"还有我来时骑的那匹红马，也是云姑娘的，也请一并发还。"

门达倒也没嫌他絮烦，一并答应了："杨举人才情、胆识过人，前程不可限量，将来或有机缘，再向阁下讨教。今晚就先在我们小衙门里委屈一下吧。"

杨继宗只好先在北镇抚司里歇了，但心中想着劝说仝寅之事，一夜不能安宁。

第二天清晨以后，并没有一点消息，杨继宗几次问房门口看守的校尉，只说是长官没有吩咐。杨继宗虽急，却无可奈何。直到快近午时了，镇抚司院内忽然一阵喧哗，门达领人推门进来，一面说："爵爷您看，人不是好好的在这儿吗？"和他一起进来的却是定国公徐永宁。

徐永宁见杨继宗在屋里果然安然无事，才松了口气道："我就说你杨孝廉的事麻烦，果然麻烦，怎么又让老门他们给弄到这里来了？"

"此事一言难尽，倒让爵爷费心了。"

"费什么心费心，眼看事情都他娘的要火烧着眉毛了，都快急死我了，你倒在这镇抚司里躲着清闲。老门呀，你就该把你们那三十八套刑具都让他试试，怎么倒让他住在厢房里享清福呀？"

门达连忙赔笑道："下官哪敢？此案既已查清，又有老爵爷担保，杨举人此刻就可去了。都是误会。"

杨继宗听说案子结了，不再啰唆，谢了谢门达，就与徐永宁走出北镇抚司大门。出门才见云瑛与杨二、老麦，还有袁彬、方天保等众人都在门外等候。

云瑛眼圈微青，显是一夜没有安眠，见了杨继宗急忙上前道："你在里边没吃苦吧？"

杨继宗张开两手，"你看这不是好好的。"又问："昨晚是你们告知徐爵爷的？"

"我们哪里认得这位爵爷。昨晚我们出来后，就分头去把你被逮之事告诉了袁叔叔和靳孝，今日清晨就来这里等着消息，总算把你给等出来了。"

徐永宁在一旁道："你俩有什么贴心话回头再说。杨孝廉已然没事了，可眼下还有急事要办，你们各自该干吗干吗，我可先得把他带走了。"说着他也不理众人，拉着杨继宗直接进了自己的大轿。

徐永宁乘的是一乘十六抬大轿，轿内十分宽敞，主座可坐可卧，前边还有两个侧座。杨继宗才坐在侧座上，大轿已经离地起身，平稳移动。徐永宁才道:“昨天先是见到你给靳孝的书信，大略知道了他们一伙人的意图，我们都心急火燎的，等着看你劝说仝寅可有结果。谁知都快半夜了，才听说你竟被东厂的番子拿了。这可又是徐有贞那老王八羔子的诡计？”

杨继宗只得把诗稿与“反诗”的案子大致说了一遍:“我感觉这都是那个叫逯杲的校尉自行生事，似并非徐有贞等人有意为之——他们也不会动作这么迅捷。”

“不管是谁的主意，你这次被抓可正赶在节骨眼上。昨天皇上亲自到天坛准备今日祭天，谁知在斋宫里又咯血不止，情况不妙！不得已皇上只好还宫休憩，还是让石亨代行祭礼。一早行礼毕，那石亨已经回府。那仝瞎子比这更早，天刚亮就到石亨的都督府里去了。咱们现在就到那都督府里瞅瞅，只怕是——那瞎子有什么屁早就都放完了，咱们也就是闻个臭味儿！如果石亨真被他说动，就没戏唱了。”

杨继宗知道大事有些不妙，又问:“徐有贞等人可有什么别的动静？”

徐永宁脸色阴沉道:“已有密报，昨晚曹吉祥与张軏那老贼悄悄去了南宫，怕是已经把行事方略都向太上皇说了。”

三

石亨的府邸比起杨继宗曾经到过的丁谦府、许彬府，乃至李安府都要气派得多，一座广梁大门宽敞高大，距离对面的八字影壁足有二十几丈，在门前形成一个阔大的空场。

听说是定国公来了，石亨亲自出门迎接，就见他生得十分高大，如半截铁塔一般，古铜色的四方大脸，一部灰白相间的长髯已经长过了腰间的玉带，却是目光炯炯，神气十足。

见了徐永宁，石亨热情上前，拉着他的手朗声笑道:“小公爷怎么有空来到寒舍？也不早打招呼，害老夫不能远迎。”

徐永宁也是满面春风，“前几天虽然也来府上拜望过，一算也有好几天了。这些日子小爵偶染小恙，好些日子没有上朝，实在惦记着宫中、朝中大事。可要说起宫中、朝中的事，又有哪一位能比得上老将军亲近密勿，深得皇上宠信。因此冒昧前来，实在是想打听打听近日的大局消息。”

一面说着，他已与石亨携手进了院子，来到前厅，才又介绍杨继宗道：“这位兄台是山西举子杨承芳，才识过人，前途无量，是我近日新交的朋友。”杨继宗赶忙重新施礼。石亨略作客套，并未在意。

坐定了，奉上茶来，徐永宁才又故意压低了声音开口道：“小爵听说，皇上昨日在天坛又咯了许多血，未能成礼就回宫了，老将军一直在皇上身边侍奉，不知龙体到底要紧不要紧呀？”

听说问皇上的病情，石亨脸色阴沉下来，也压低了声音道：“从年前皇上生病到昨日，我也曾多次蒙诏拜见万岁，不瞒小公爷，状况实在不可乐观。可以说，皇上的御体是一日不如一日了。”

“既已如此，你们诸位亲近大臣一定早有以防万一的准备了。”

石亨叹气道：“要说准备，一等一的大事无非是要早立太子。可立哪位王爷来当太子，如何立法，部阁大臣们纷说不一，尤其是皇上至今决不吐口。因此直到今日，京中还是一片纷乱。我也为此事多次向皇上陈说，皇上只说自己心中有数，不愿就立太子，奈何？”

“那要是真出了不可言之事，岂不要糟糕？我虽没念过什么书，近日却听一个书生说过，老辈子就有话，说是‘君终，无嫡子，其国可破也’[1]。咱们这个国要是破了，大家伙岂不都得完蛋！”

石亨略作沉吟，才道：“我大明近百年的根基，要破也没那么容易。当今虽无太子，好在上天佑护，咱们不是还有一个皇上在那边吗？”说话间随手向西边一指，却正是太上皇居住的崇质宫方向。

徐永宁故作震惊道：“老将军难道是说，万一皇上龙驭上宾，就要请出太上皇来复辟！”

“太上皇正统朝在位十四年，文治武功自不必说，重登大宝本来没什么不可。至于何时复辟最妥，还需计议。”

[1] 此语见于《史记》卷四一。

“小爵以为，此事若是由皇上传诏，归位太上，并无不可。若是以阴谋险策而为，恐非社稷之福！”

“皇上若是听劝，自然皆大欢喜。可是小公爷想想，皇上连复立沂王为太子都决不同意，能够归还大政给太上皇吗？”

“老将军可曾想到，如若真用阴谋策动复辟，顺利了朝廷也难免要经历一番大换血；要是中间再起点褶子，可是要杀人遍地，血流成河呀！”

石亨却哈哈大笑，一手捋着长髯站起身来，“石某身经百战，杀人遍地、血流成河也见得多了，为了国家大业，哪顾得了那么许多？何况，归政太上也是天命所归，既然是天命，我等哪能不遵？”

“这天命所归是怎么讲？”

“这个里面的字眼繁杂，我也说不清楚，不如请一位高人来解说解说。”遂叫道：“请仝先生来说话。”

仝寅立时就到了，听说在座的还有杨继宗，面色略有些尴尬，却马上沉住气道：“不知东翁有什么吩咐？”

石亨道：“这位小公爷想听听天命所指，你请坐下，就把刚才对我解说的那番话再对小公爷说说。”

仝寅并不坐，恭敬拱手道：“公爷、杨公子，当初太上皇北狩，落入瓦剌手中，我们东翁石都督万分悬念，曾让在下为太上皇打过一卦。在下筮得个乾之姤，当时即对东翁说道，此卦大吉。乾之初九，四为初之应，初九爻辞‘潜龙勿用’，四却是腾跃之家，当时第二年是庚午年，午乃跃候也，庚谓更新之意。龙岁一跃，秋潜秋跃，明年仲秋太上驾必返国。”

徐永宁听他说的全似鬼话，接口道：“你这些卦理我是一字也听不懂，你是说，当日你就算出来，太上皇第二年八月就能回到京城？”

石亨在旁道：“确是如此。记得当时我初掌五军大营，不知今后大局如何进展，让仝先生算了一卦，才定下心来。”

“仝先生那时就能算出，太上皇第二年八月必定归国，确实神奇。却不知先生对当下时局又有何推算？”

仝寅仍稳稳站定在那里，眯着眼说道：“我当时所得那一卦，其实还有些下文，只是以当日的时局，未可公示，此为天机不可泄也。”

杨继宗也分外好奇，问道："仝先生当日所得的那个乾之姤，难道还有更多的预示？"

"确实还有预示。"

"不知预示了什么？"

"那卦中还显示说，太上皇当在今年正月，重登大宝，复辟帝位！"

四

杨继宗与徐永宁已然知晓仝寅被徐有贞一伙挟持，对他此言倒也不甚惊讶。杨继宗道："却不知那卦中是如何预示的？"

仝寅仍徐徐说道："既称'潜龙勿用'，则上皇回复亦必失其位。这个在下当时也对东翁说过的。"石亨只在一旁点头称是。

"然乾又是龙之象，龙在丑位。杨公子饱读诗书，一定知道丑年太岁如何称呼。"

"应是赤奋若。"

仝寅微微一笑表示赞赏，"正是。赤为午之色，是说午奋于丑；若者，顺也，是说有天顺之命。龙之奋跃近于飞腾，有天顺之命则必复位也。至于其时，大明之德为火，位在南方，正是丁位，以丁配丑，各位请想，该是哪年？"

石亨此时在旁应了一声，"可不就是今年丁丑！"

"丁位生寅，在下以卦理来测度，上皇复位应当就在寅月，也就是今年正月。"说了这一套话，仝寅才缓缓坐下，轻轻喘息着，似是做了多么沉重的劳动。

杨继宗明知已经无益，却还是禁不住问道："仝先生这番解卦，不知是当初就已明了在心，还是近日才又悟出来的？"

"在下自然是当年得了这乾之姤一卦后就已经知道其含义，只是当年未可轻泄天机，只对东翁说了上半段。这后半段的意思，一是因为时日迫近，二是近来朝局纷乱，在下怕东翁一时未能识破天意，才刚刚对东翁解说的。”

杨继宗摇头道：“晚生听说令尊大人近日遇着些小厄，仝先生这一悟只怕是与令尊大人的麻烦有些关联。”

仝寅此时已是面目萧然，毫无表情，冷冷说道：“多谢公子一直惦念家严。但家父近来身子健旺，事事顺心，并无半点坎坷，公子若不放心，一会儿就可与在下到寒舍见见家父，正好倾谈。”

石亨听他两人说得有些怪异，却也不关心，只道：“想不到杨公子与仝先生父子都有交情。杨公子既是小公爷的亲信，就可与小公爷一起参与到此事中来，日后太上复辟功成，仝先生父子与公子自然都是有功之人，那时候再把酒庆功，好不痛快！”

徐永宁听他就要拉自己入伙，难得一脸严肃说：“听老将军这话茬儿，是已经有人与老将军联络，要来促成复辟之事了？”

石亨此时似忽然有所警觉，支吾道：“那倒不曾。只是老夫以为，既然是天命所归，自当有人经营。不论何人，一旦因此事有拥戴之功，那可是天大的功劳，只怕是疆场杀敌百万也难比拟。”

徐永宁苦笑道：“事儿还没到那一步呢，老将军倒是连记多大的功劳都想到了。小爵记得，那日与于少保一起来到府上，说起皇上生病的事，老将军也说是一定要力劝皇上早日确立太子。我还记得老将军当时说，为报皇上知遇之恩，为了保大明江山安稳，宁可惹得皇上恼了，也要当面犯颜直谏，劝皇上把国本大事即刻定下来。这还没有几天工夫呢，老将军当初的话看来都不算数了。”

石亨一张老脸上却并无丝毫惭色，“话不能这么讲。一来老夫这几日已经向皇上劝说过多次，怎奈皇上不知怎么想的，绝对不能提沂王、太子的事。一提就急，急了就咯血不止。你说我们做臣子的还能怎样？”见徐永宁也无法回答，才又道，“二来我近日已经听人说起天命之事，还有人提起《推背图》中也有明示，说是太上皇复辟乃是大势所趋。我虽不懂天道命理，这位仝先生的算法却是天下闻名的，今日小公爷你也听他说了，早在七八年前仝先生就已算出，上皇返国后必然一度不能复位，但今年却又必然重登大宝，此乃天意。既然是天意，我们一众凡人哪里能违抗，又何必去违抗？”

“即便是天意难违，以老将军眼前的权位，雌伏顺受也就罢了，何必还要急流勇进，再去争什么不世的功劳呢？”

“嘿嘿，你小子刚才跟我转古文，说什么‘其国可破’，老夫近日也听那些文士说过一句古文，碰巧我还记住了，叫作‘天与弗取，反受其咎；时到不行，反受其殃’[1]。不知道小公爷可是明白其中之意呀？”

这两句话虽出自《史记》，却也不算艰深，徐永宁听得明白，却一时无可答复。想了想，似是忽然转了念头，有些觉悟，因向着石亨探身道：“听老将军这么一说，眼前倒像是遇上了一个千载难逢的大好机会？徐某要是再不识时务，反倒要遭殃受难了。我还真要好好思量思量。”

石亨得意道：“就是这个道理。你小公爷年纪轻轻，承祖上福荫才有此高位，难道不想自己也挣些个功业，大展宏图？”

徐永宁似又反复思量了一番，才道：“老将军说得也是有理。我一个小孩子，哪里懂那些朝中大事，因见皇上病重，实在不安，就一根直肠子总要顺着前几日的思路走。今日听老将军和仝先生一番教诲，才真是茅塞顿开，既然天命难违，机不可失，小爵干吗不顺应大势呢？今后少不得还要老将军提携，若有什么能够建功立业的事，老将军可不要忘了小爵。”

石亨听他改了心思，想要告诉他些什么，谁知话到嘴边却又硬生生吞了回去，只说道：“小公爷能够知天命，顺天意，自会有无量之福。老夫现在也只是初识天命，等有了筹划打算，一定不会忘了叫上小公爷一起共成大业。”

几人又闲话几句，因各自怀着鬼胎，也难深谈，徐永宁与杨继宗只得告辞。

出了都督府，徐永宁望着杨继宗干笑了两声，面色怪异地叹道：“奶奶的，这回，看来大事——要完！”

[1] 这句话见于《史记》卷九二。

卷五

河闸

第三十三章

执事堂

一

正月十三日当晚，杨继宗随着徐永宁又到了大慈恩寺，心里明白，这大慈恩寺必是赤龙会在京城中的另一处据点。

果然在智性和尚的方丈居处后面，又有一个极幽深的小院，只能从一条窄窄的甬道中进入。甬道入口处有两个膀大腰圆的僧人把守，俱都手持铁杖，杀气腾腾。小院里面只有一座厅堂，堂中别无陈设，只突兀兀地摆了五张楠木圈椅，摆了一个半圆形。杨继宗与徐永宁进到厅堂的时候，智性已经在里面，中间偏右那把椅子上还坐着一人，苍鬓无须，面色红润，显然是位宦官。

见徐永宁进来，那位宦官起身施礼，却并未离开座位："定国公今日辛苦。"又对杨继宗道："这位想必就是杨继宗杨公子了？"

在来大慈恩寺的路上，徐永宁已经向杨继宗大略说过，今晚到寺中要见赤龙会中几位执事，其中一人就是统掌宫中大权的司礼监掌印太监兴安[1]。杨继宗知道必是此人，忙深躬行礼道："晚生正是杨继宗，拜见内相老太监。"那兴安只是微微点了点头，算是回礼。

智性也与徐永宁和杨继宗见过礼，又叫人在上手最边上摆了一个杌子，让杨继宗也坐，那位置就在徐永宁身边。大家还没坐定，一个小和尚进来

[1] 兴安，明景泰间任司礼监掌印太监。《明史》卷三〇四有传。

轻声报道："于大人来了。"

进来的正是于谦。杨继宗见他今日穿着便装，比起正旦那天全身蟒袍玉带略显消瘦了些，眉宇间更有几分焦灼之色。

于谦与几人见过礼，又特意对杨继宗说："新正贺岁，杨贤侄与你舅父黄县尊到寒舍，我就说贤侄将来必成大器。谁知才过了几日，贤侄就名扬京师，还把定国公的手下弄得灰头土脸啊。"

杨继宗忙道："晚生愚钝，却自作聪明，误被奸人利用，虽经智性禅师和徐爵爷数次指点，仍不能洞悉奸谋，又给贵会和老先生添了许多麻烦，实在是惭愧之至。"

于谦却笑道："这些事倒不能全怪贤侄。也是我会中人过于相信奇计淫巧，凡事先想着以奇谋取胜。天下间若是只靠着阴谋诡计就能成大事，那么天地之理、圣人之道将置于何处？忠孝节义还有何用？我们行事，总要先以忠义二字为根本，才可再讲谋略算计。"

最后这句话，倒像是说给徐永宁听的，徐永宁也只得不住点头称是。

大家依次坐下，于谦、徐永宁坐在东侧两位，兴安、智性坐在西侧两位，正中一座却空着。杨继宗心想，必定还有一位更重要的角色，当是这赤龙会五大执事之首，却不知是哪一位，也不知今晚会不会来到此处会议。

众人不再寒暄，于谦直接问徐永宁："定国公今日到武清侯那里，可有什么情况？"

"我今日与杨孝廉一同去的他家，我看石亨那老东西，怕是王八吃秤砣，铁了心了，已经决心参与上皇复辟。这内中缘由，倒要让杨孝廉来说，才说得明白。"

杨继宗于是将前几天冷铺杀人一案的案情及内幕大略解说了一番，并说明徐有贞指使景七一伙作案，目的就是为了陷害仝清，以此逼迫仝寅向石亨解说天命。因仝寅在石亨心目中是半仙一般人物，他的一番话才最终让石亨坚定了参与复辟的决心。

"晚生昨日才查明此案原委，本想赶到仝寅家再劝他一劝，谁知却因东厂的事在北镇抚司被关了一夜，今日再赶到石府，已经来不及了。"

兴安听杨继宗一番讲述，不由长叹一声道："难道这竟真是天意！以杨公子之才干，能在两三天内将这么繁复曲折的案件剖理得清清楚楚，若是昨晚能与仝寅见面，未必不可说服他另用别策来解救其父。可偏遇到姓逯的那狗才，要来凭空生事，才把大事耽误了。现在要再找仝寅反口，恐怕是办不到了。”

于谦道：“那仝寅是何等人，让他收回已经出口的话，确实绝无可能。何况，武清侯一旦陷身事中，如箭离弦，想要反转也办不到了。我已接到密报，就在刚才不久，石亨与张軏、曹吉祥先后聚到了徐有贞家里。他们商议些什么可想而知。”

徐永宁也接口道：“昨晚上张軏和曹吉祥才偷摸着进了南宫，显是与太上皇通了消息。今天就到徐有贞家聚会，不是图谋复辟还能做什么？既然这谋反的行踪已明，咱们何不乘机先把他们一锅端了，斩草除根，不怕他们再出什么幺蛾子。”

于谦听了却摇头道：“此事关乎太上皇的声誉安危，岂可随意莽撞行事。再者说，他们那几位，一位侯爵、一位都督、一位副宪、一位太监，都是朝中宫中的重臣，不要说目前证据不足，即便有十足的谋反证据，为国家社稷不得不抓他们，也要先奏明圣上，再领旨行事。若要真如定国公所说，眼下就去徐家拿人，只怕倒先要被人说成是咱们要谋反了。何况我手中并无可以差遣的兵丁，难道还要用你们天字门的那些草莽弟兄去做此事？”

听了于谦这些话，徐永宁倒有些不好意思，哼了两声没有答话。

于谦也不与他计较，转向杨继宗道：“杨贤侄参与此事甚深，不知对眼前时局有什么见解？”

杨继宗因这是赤龙会几大执事的会议，说的又是关乎朝廷大计的极重大之事，本不想说话，但见于谦问自己，只好说道：“如此大事，晚生本不应插嘴，但既然各位老先生要听晚生愚见，晚生只好先惶恐妄议几句了。”

二

杨继宗昨日在北镇抚司中已经对当下的情势做过一番通盘的考虑，因此不再推辞，就在赤龙会四大执事面前把自己的设想说了一遍。

他以为，从种种迹象看，徐有贞等人已经做好了各方面的充分准备，很可能就在最近几日起事，起事的手法大概是要以石亨掌握的团营十万精兵为后盾，强行拥立太上皇复辟。若徐、石等人的阴谋得逞，则朝局必生大变，六部、五府、内阁等权要机构恐怕都会遭到清洗，不但导致政治变乱，还可能会有流血惨剧出现。

为防止徐、石等人的政变成功，只能由于谦等重臣立即密奏圣上，说明已知各项阴谋活动；请圣上先解除石亨的兵权，改派得当将领暂掌团营；并严密监视南宫，封锁朝中、宫中与南宫的一切联络；同时说明危局，请圣上即刻复立沂王为太子，以备万一。

“晚生以为，以少保公和兴老内相在朝中宫中的实力，迅速行动，以迅雷不及掩耳之势，剿灭复辟一党阴谋于萌芽之中，为时未晚。若再拖上一日两日，恐将有不可言者。”

听了杨继宗的一番议论，执事堂中四大执事一时竟都无话，厅堂中是死一般的沉寂，只有几人不同声调的喘息声清晰可闻。过了好一会儿，兴安才先轻轻咳了两声，说道：

“复立沂王为太子的事，本监早在年前就在皇上面前不知说过多少次，也是将各种利弊一一剖析，唾沫也要说干了。可皇上自有他的想法，却是决不吐口。那时还想着，皇上是因李惜儿那妖妇有了身孕，仍有将来再立自己亲生血脉来做太子的念想，因此咱们才要下毒铲除那妖妇。可后来皇上明知李惜儿怀孕的事是她为固宠做的局，再诞龙子那是全然没影儿的事，却还是决不愿再立太子，更别说是复立沂王了。”

徐永宁半日没说话了，憋得有些难受，此时插空说道：“可不是，听说今日又有圣旨，说是不准再立元良之事。”

兴安道：“那是因为前天，十一日，由左都御史萧维祯等人牵头，拟了一份疏稿，说是‘圣躬不宁，五日未朝，内外忧惧，京民震恐，盖为皇储未立，以至如此。伏望皇上早择元良，正位东宫，以镇人心’。说的还是‘早择元良’，并没有提到沂王。那日这封疏稿就在左掖门交群臣公议，一应重臣都是点头签署过的，徐有贞、石亨、张軏等人都在其列。少保公好似也是签了名的。”

于谦点头道：“这也是众臣的一番态度，说‘早择元良’，无非是还要给皇上留些地步。可现在近支亲贵当中，除却沂王殿下之外，哪里还有可择之人？”

兴安道：“此疏非内阁敢于票拟，阁臣们只做了登录就直接送到宫内。皇上自然也知道储君除沂王之外，再无可择之人，在病榻上反复翻看，心中甚苦。昨日皇上到天坛郊祀又大口吐血，未能成礼。今日皇上情况也不太妙，却在床上挣扎着批旨，是皇上口述，由本监手写的，说是‘朕这几日偶染疾，是以不曾视朝，待正月十七早朝。请择元良一节难准’。只说这几句话，皇上已是虚汗不止，咳喘难平。诸位请想，皇上圣躬已是这般模样，尚且连个‘请择元良’的本都不能准，哪里就会再把沂王重新立为太子？”

徐永宁道：“皇上并不知道眼下就有奸贼图谋上皇复辟，才在立太子的事上固执己见，若是我们将此事奏明了，皇上当会回心转意。”

于谦却用力摇了摇头，才道：“皇上若知有复辟图谋，沂王怕是更成不了太子了。”

杨继宗也知于谦所说有理，再看兴安和智性两位，都是默默点头，却不回话。

于谦先看看右手边的兴安与智性，又转过头来直视徐永宁，一字一句说道：“以皇上性情，得知徐、石等人阴谋，难免会迁怒于太上，乃至沂王。各位请想，若是因我等的一番密奏而致使两宫失和，甚至陷南宫太上皇于危境，我等岂不成了千古罪人！我赤龙会的宗旨，就在于‘昌隆朱氏，永固火德’八个字，所作所为哪里能够让太上再受磨难？太上皇可是我大明的一朝天子，正统皇帝！太上皇与沂王若是因我等密奏复辟图谋，哪怕有半点不测，我等还有何面目见列祖列宗于九原？”

于谦说这些话时心思激奋，脸色涨红，一双凤眼似乎有些湿润。几人因他所说无可反驳，一时又都无语。

徐永宁毕竟年轻，安静了一刻忍不住说道：“少保公忠心赤胆，可昭日月。可咱们总不能就在这儿等着，看那徐、石奸贼成事吧？”

于谦道：“自然不能坐等。今日得旨之后，朝中大小臣工已经商定，皇上既然说要在十七日早朝，我等众臣就在早朝时公同切谏，一定要让皇上下旨立储。皇上一时不能同意，众臣就打算在奉天殿前长跪不起，定要等皇上降旨恩准才能罢休。只要皇上拗不过群臣，立了太子，不论是沂王也好，其他近支亲贵也好，储君一定，徐元玉的那盘棋怕是就下不出来了。若再为乱，即可天诛地灭。”

杨继宗却仍存疑虑道：“于大人所言极是。但以晚生近日所见，就怕徐副宪、武清侯几人等不到十七日早朝就要发难。”

兴安颔首道：“杨公子说得有理，其实今日聚会，就是为了要防他们提前发难。诸位可有什么良策？”

徐永宁道：“既然不能奏知皇上，咱们能不能先把徐有贞那老家伙着人绑架了，弄出京城，找个地方关他三五日。我看这伙贼子的头子就是那徐有贞，那伙人找不到他，必是群龙无首，一时半会兴不起事来。等到皇上立了太子，再放他回来就是。”

智性今晚几乎一直没有发话，此时却笑了：“小公爷是打算让你那天字门的人去做此事吗？要绑架一位副都御史，可比拐带个小丫头难得多了。”

三

徐永宁被智性一说，难得地有些脸红，“你个和尚怎么哪壶不开提哪壶？宝公主的事说好了算是过去不提了，怎么又要当着和尚说秃驴。我天字门办事不力，自然不敢再来挑此重担，我不过想出这么个主意，如何执行还要请各位执事商议，到时候说不得要看你们黄字门的手段。”

于谦正色道：“绑架徐元玉，哪里使得？但定国公所言未尝不是一种思路。若有什么办法能够将徐有贞羁绊数日，让他暂时无法与石、张、曹等人合谋，倒正可为朝廷谋划再立太子之事腾出时日。那图谋复辟的数人之中，徐有贞是其首脑，没有此人筹划，老夫看他们一时也难成大事。”

兴安眉头紧皱道：“那徐有贞激进倾险，最是刁横狡诈，若无非常手段，哪里就能羁绊得住他？”

却见智性此时郑重说道：“少保公与徐副宪最是熟悉，可知他平生最为得意、最为看重之功绩是什么？”

于谦道：“这个朝中尽人皆知，那徐元玉释褐至今二十余载，唯有河工一事，功在千秋，名标史册，自然也是他最为矜夸自得的功业。”说到这里，又盯着智性问道，“莫非从这河工之事上，能够找到他的弱点？”

智性道：“贫僧也是听说，这位徐副宪平日大言炎炎，号称天下杂学无所不晓，却常被人暗中嗤笑，以为不过是虚空无益之术。但数年前黄河自沙湾、张秋一带决口，淹泛之地千余里，漕河也为之阻断，朝廷几番派干员治理，均无成效。还是那徐副宪请缨自任，几年间疏堵并举，才让黄河归道，漕运重新畅通。这一番功业，我朝近百年治河臣工中怕是无人能比。”

于谦道：“禅师所言不差。当初徐元玉欣然受命之时，老夫还曾在朝房中对他语带讥讽，以为他定不能成事。后来我为此事深为愧悔，也曾当面向他致歉，实在是既无识人之明，又无敬事之意，太过轻浮，不是老成谋国之态。他对此却也似不甚在意。想那河、漕工程，乃是关系着天下生民的大事，繁难艰苦，变幻万千，非常人所能担当，老夫对其功绩也是由衷钦佩。”

智性道：“既然如此，若是河、漕工程上出现事端险情，那徐副宪可会关心备至？”

“徐元玉虽然回京就任都察院本衔，却仍然担当着漕河、黄河工程的责任，若是那里出事，他岂止关心，恐怕还需要亲临现场指挥排查。只是，河工工地离京城甚远，一来一往传递消息也要数日，即便目下真有事端，怕也难阻止他的复辟图谋了。”于谦一面说，眼光却不离智性的面目，极是期待他能有什么特别之策。

智性见众人都在注视自己，从椅中缓缓站起身道：“这些天贫僧也特别注意留心了漕、河工程之事，才知徐副宪这几年不但封堵了沙湾决口，让黄河重回了淮河故道，还在张秋开凿广济渠，引河济漕，恢复了漕河的畅通。他为保漕河牢固，不淤不泛，又在漕河上下修建了上百座水闸，那最上游的一座水闸却离京师不远，就在六十里外的张家湾。”

众人对漕河的事全不知晓，听智性所言都有些茫然。兴安忙问：“那张家湾远离沙湾河工，即便出事，至多算是肢体之患，在这裉节儿上难道就能调得动徐有贞？”

智性道：“对此我也向内行之人打听过。因水性流动，同一水系各处律动相连，就如脉搏虽在腕侧，却连着心腹五脏，通身血脉。张家湾虽在漕河一端，但边缘的变故却可能影响到整个漕河的畅通。徐副宪精通治水之理，他一定能够掂量出张家湾大闸的轻重。”

于谦听到此处，突然虎着脸站立起来道：“既然这张家湾大闸如此重要，禅师的人要是在那里造出险象，真个导致漕河再阻，甚至黄河复决，我们不是成了千古罪人，又何以对皇上，何以对苍生？”

智性双手合十念了一声佛号：“阿弥陀佛。小僧纵有熊心豹胆，又怎敢擅自做这样触动国家命脉之事！”

兴安此时也已站起，用手势招呼左右两边的于谦和智性道：“两位先坐下，慢慢说话。节庵公且听禅师说完，再作理论。”

智性才又平稳言道：“贫僧近日因关注徐副宪身边的事，也注意到河工、漕运，才知道这些天张家湾那边有些是非。那并非我们有意为之，现在看来，却可以为我所用。”

于谦也恢复了平静之态，问道：“张家湾出了什么事？”

“因为此事，贫僧还专程去那边看过。那张家湾的水闸并不是建在漕河正流，却是建在正流上游的白河之上。我观察那水闸，主旨在于调控漕河上游水位。平时开闸，如若白河、浑河等诸流涨水泛滥，则半开甚至临时关闭水闸，保持漕河水势平稳。谁知去岁水闸建成之后不久，就遇到了多年不遇的大水，水闸限流之后，却因白河原来的岸坝来不及加高加固，河水从东面漫出，淹了大片田地。”

于谦才道：“因修建水利致使淹漫田亩，历来也是有的。依制度应由地方官府题奏，减免淹漫田亩科税，并对受灾极重的民户予以赔补赈济。这倒也算不得天大的事情。”

智性道：“这本来也并非什么大事。但我有属下近日探得，因当地劣绅勾结官府，截流赈济，引得乡民大为不满，有些人就将愤恨集中到白河的水闸上，扬言要拆毁大闸。这两天正闹得有些不可开交呢。”

四

几位执事听说张家湾大闸怕要出事，全都兴奋起来，忙着追问：现在状况如何？

智性道：“据报，这两日张家湾被淹了田的农户有数百人围在水闸四周，声言要官府补偿损失，救济贫苦，说是若不能得到满足，就要群起捣毁水闸。因有巡检司的官兵把守，那些农户们还未曾动手，但群情汹汹，说不好就要出事。”

于谦问道：“这些情形，那徐元玉可是知道了？”

智性道：“他专责此事，怎能不知？只是因事态尚未到万分紧急之处，想来那徐有贞大概仍希望在京中遥控局面，以期缓和。以贫僧之见，若是情势再紧一步，大闸危如累卵，这位副宪老先生恐怕只能亲赴现场弹压了。”

兴安仍有疑虑：“目前那徐有贞正在谋划上皇复辟，如此大事，张家湾一个水闸的事情，难道真能够调他出京？”

于谦又沉思了片刻方道：“徐元玉虽然躁进，又喜用诡计奇谋，却也不是不顾民生社稷之人。何况这漕河水利乃是他平生最为得意之作，若有损毁，哪能不痛彻心扉。我看能不能调他离京，关键在于时机、火候两项：张家湾的情势必至有所不能掌控，才可能使他亲自前往。在时机上，他既然已经知道众臣要在十七日早朝时向皇上请愿，不立太子决不罢休，则其复辟行动当定在十七日之前，很可能就在十六日夜晚。若张家湾的动乱正赶在迫近之时，我想他也只好先不顾水闸，当以复辟大局为最要之务。

但如那边动乱稍早，以徐元玉之自负，必以为能够一朝平定，就极可能出动。”

徐永宁此时又来了精神，“如此看来，咱们需要帮他烧一把火，让那张家湾大闸上明日就闹得不可开交，才能逼迫那老贼挪窝。”

智性道：“我黄字门的人虽然还未敢贸然插手，这些天却也一直在那边扎根串联，广为联络。若各位执事决议，贫僧今夜就着人安排，明日就可以在那边闹它个天翻地覆。”

兴安与徐永宁都无异议，于谦却道：“因事关朝廷大政的走向，危急在即，这也算个不是办法的办法。但具体执行起来，却还有许多讲究。一是此事必须要做得有度，不论如何虚张声势都无不可，却唯独不能真损毁了张家湾的水闸，不然我等都是国家罪人，要留下千古骂名。二是那徐元玉机警干练，谋事老成，就算明日把他逼出了京城，张家湾乱局若被他轻易解破，则无碍他仍旧回来生事，我等却徒然成为笑柄。这却要有人在当场随机应变，指挥支应，才可能拖住徐有贞，瓦解其图谋。”

智性道：“三位有官职在身，自然不便前往，贫僧到张家湾见机行事，自是责无旁贷，我明日一早就出城去那边。另外黄字门人手有限，还需要小公爷让天字门的人相助，我看那靳孝还算靠谱。”

徐永宁道：“我让他明日一早就带人来和尚处报到，一应人等全凭你指挥。”

杨继宗一直在旁边听众人议论，此时才起身拱手道：“晚生只是一个赴试的书生，因机缘巧合才掺入了赤龙会的大业，今晚又得聆听各位老先生议论机要大事，实在感愧难当。晚生虽然不才，也愿意去张家湾那里，或有可以效力之处。”

兴安略作沉吟，才道：“外边有智性禅师牵头，大约也够了。咱们现在实在是缺少一个能在徐有贞那边的人。听说杨公子与许彬、张轨等人也还熟悉，不知和徐有贞的人可有交往？”

杨继宗道：“晚生元旦那日在少保公府中，见过徐副宪，还结识了他的族侄徐贯，后来颇有交往。他也曾邀我去拜会徐副宪，只是因一时见解不合，晚生当时并没有答应。我想那徐副宪耳目甚众，大概也知道我近来的一些行止，若是此时又去找他，恐怕会引起他的疑心，多有不便。”

于谦却道：“贤侄近日在京城中风生水起，好不知名，行止态度知道的人不少，徐元玉怀疑你的动机自是必然。但以他的性格，正因疑着你是我方之人，才更要留你在身边，以了解我们的动作，甚至行反间之计。到时候，杨贤侄倒要被他当成蒋干来用用，也未可知。”

几人看杨继宗风神轩举，哪里有半点杂剧中蒋干的丑角模样，不由都笑了，堂中的气氛才稍稍活跃起来。于谦又道：“不论是用间，是反间，还是反反之间，杨贤侄毕竟是身赴险地，除非有极其重要之事，不必与禅师的人联系，勿要轻举妄动才是。”

几人又将具体事项安排了一番，才各自散去。临别时，智性悄悄对杨继宗说：“你到徐有贞那里，有一人可以在要紧之时接洽，他是徐有贞的书童，叫调墨，与他接洽的方法是如此这般。”

杨继宗回到宛平县衙时，已是二更天气，连忙先到后衙看望舅舅、舅母。

黄知县夫妇因外甥昨日被东厂缉拿，着实起急，昨夜几乎彻夜未眠。今日虽有杨二来报说他已经出了镇抚司，随定国公去了，却一直不见他回来，仍是十分焦虑，因而直到二更天也没有安寝。现在见他回来了，不免一番询问，又是关心，又有些责怪。

杨继宗先说明了东厂办案的事乃是有人误报，现在已经清楚无事了。又说与徐永宁有些私交，才在他那定园中多耽误了些时候。舅母听说外甥与定国公这样的权贵有交情，自是十分欣喜。

黄知县却并不相信杨继宗的鬼话，明知他近日已经掺和到朝中几大势力的角逐之中，却既不好责备，又不能深问，只道：“目前朝廷，云谲波诡，危机四伏，我儿切切小心，不要误入险道。还是在家认真读书，以备科场才是。”

第三十四章

张家湾

一

正月十四清晨，杨继宗先到玉喜庵里同云瑛说了几句话，就与杨二骑马去了东城明照坊徐有贞的宅邸。

徐有贞家也是一座颇为陈旧的大院落，倒与于谦家有些相似。杨继宗在大门递了名帖，不多时徐贯就迎了出来，一面见礼一面道："前日仓促而别，还有许多话来不及对年兄讲，不承想承芳兄竟亲临敝所。"

徐贯就住在前院的东厢房里，外间书案上放着许多书籍，不免有些杂乱。他先让杨继宗坐了，又叫人上茶，才道："小弟散漫惯了，屋中太过杂乱，不似年兄那里井井有条。"

杨继宗道："哪里哪里，年兄这才是读书种子模样，我这些天忙忙碌碌，真是把功课荒废了不少。"

"承芳兄大才，哪里要像小弟这般死记硬背。眼看不多日就要会试，承芳兄定是已有成竹在胸。"

杨继宗道："元一兄你也知道，小弟自新年以来，接连遇到几起不寻常之事，终日忙乱，会试的事实在一点都没有准备。何况，目下朝局中有诸多变数，我听同乡举人说，若生出大的变故，今年的会试推迟延期也未可知。因此才来找元一兄领教。"

"承芳兄又来取笑了，朝中的大局我一介书生哪里知晓许多，即便偶尔得悉一点消息，不过片鳞只甲，哪比得上年兄常出入公卿之门呀？"

杨继宗见他对自己的行藏知道得甚多，才正色道："元一兄虽是一介书生，可年兄所居之处，却是当今政局的要冲。想来尊伯父副宪大人对于今春大比的前景定有高见。"

徐贯对这话也不觉吃惊，从容道："承芳兄若要想见家伯，此次来得倒是正好。伯父正在家中，不妨就去见过。"就让书童先进里面禀报。不多时书童出来说，老爷在花园里，让杨公子进去见。

杨继宗随着徐贯经过前院的西角门，就进了花园。一进园先吃了一惊，就见徐有贞竟是一身短衣劲装，手持着一柄钢鞭在与人对打。对面那人用的宝剑，也是身着劲装，却是大红颜色，身形纤小，显然是位女子。

两人见客人来了，才收了架势。徐有贞还在微微喘息，朗声道："这位应当就是杨承芳贤侄了。听说你与徐贯相交甚好，自然就同老夫的子侄一般，刚才这样不拘俗礼，见笑了。"又指着那女子道，"这是小女，不喜女红针凿，却偏偏喜欢舞文弄墨，拿刀动剑，若是个男儿，说不定倒能有一番大作为呢。"

那女孩也不扭捏，向杨继宗道了个万福，一双黑亮的大眼睛只将他上下打量。

徐有贞道："我们就到楼里说话。"杨继宗才注意这园子，见它的格局有些与众不同。园子不算大，四周有些花木，却并没有假山池塘之类，只在正北面有一座二层的楼阁，门匾上是"观天"二字，楼阁前却是一片空场，就是刚才徐有贞父女两人练武之地。

徐有贞领了几人进到楼中，并不就座，却指着一侧的楼梯对杨继宗道："这小楼是我夜晚观星之地，国运之兴衰，必现于天象，不可不察。可朝中一些无知俗士，却说老夫出身词林，本是一介文官，偏要弄些天官地势、军谋阵形的杂学，不但无用，而且有失大臣风范。杨贤侄不知是何看法？"

杨继宗知道他在考校自己，乃道："小侄愚见，为臣子者事君报国，天下之事莫不综理，理事则需要有学术在身，多一分学术即多一分才能，不然难道事到临头，再临时去抱佛脚！说来让老伯见笑，其实小侄也是对所谓杂学颇感兴趣，只是涉猎虽广，却未能如老伯之深入。至于这拳脚武功，小侄更是从来不曾练过。"

徐有贞笑道："近日来听说杨贤侄在京中颇有所为，就觉得与老夫近似同道。今日一见，果然如此。说到习武练功，我倒也不想真去驰骋疆场，一来为了健体强身，二来为了健胆强气。贤侄你想，那些《史》《汉》中的人物，可分得清哪个是文臣，哪个是武将？'上马击狂胡，下马草军书'本是古时文士常态，只是有宋以来，特重文臣，可文臣专而为文，气质上不免又特弱了。"

徐贯插言道："承芳此来，想要探问今春会试是否会因朝局动荡而生延宕。"

徐有贞却看着杨继宗道："朝局能有什么动荡？即便有些风吹草动，怎能影响到科举大事？我大明自洪武年间定科举之式，除永乐初年因兵革仓促，于癸未年乡试，甲申年会试，均推迟一年之外，从来是三年为一期，未有中断延迟。如今朝局虽有些波动，难道比得过己巳之变！"说着又对杨继宗狡黠一笑，"杨贤侄也未必真是怕赶不上今年的会试吧？"

杨继宗正有些支吾，忽然有一个家人快步来到门前，报道："张家湾巡检司有信急报。"

徐有贞接了信打开来看，面色有些沉重，又仔细看了一遍才道："偏偏此时出这事，难道真是凑巧了？"却又看着杨继宗说道："刚才张家湾那边来信说，张家湾水闸上出了点事，却有几分紧急，老夫不免要亲自走上一遭。杨贤侄若是不嫌麻烦，不妨跟去看看，那河渠之事可是天下至大之事，将来或有大用。"

杨继宗自不推托。徐贯道："小侄也随伯父大人前往。我这就让调墨去收拾行装，让人备轿。"

"还备什么轿。事急，我们骑马前去。你告诉调墨，让他在家里书房登记好文移书札，就不必跟我去了。"

二

张家湾在京城以东六十里，徐有贞只带了十几个随从，一路快马加鞭，不用两个时辰就赶到了。杨继宗骑术不佳，勉强跟上队伍，到张家湾的时候已经觉得快要散架了。

那张家湾本来不过是个无名小村落，因元代万户张瑄组织漕粮海运，自渤海经海河、白河逆航至此上岸，这里就成了当时重要的漕运码头，并以张瑄故命名为张家湾。明初，大运河的最后一段自张家湾至京城的大通河，淤塞无法通航大船，张家湾就成为明代大运河的北方终点，东南各省漕粮以及官私各宗货物、人客，大都在此地上岸，再由陆路进城，因此这里就更为繁盛，不但客栈、脚行云集，各地商贾杂凑，茶楼、酒肆、戏班、妓院也密布街巷，再加上南来北往的客商络绎不绝，这个小镇远比十五里外的通州要热闹得多。

虽然地处要冲，朝廷在这里设置的主管衙门却仅是一个从九品的巡检司。徐有贞一行来到张家湾，就直奔巡检司衙门。巡检司的门子却说，大佬爷年前因丁忧回乡了，至今还没有新官委任，二老爷头午就带人到大闸上去了，那边有人闹事。

他说的二老爷，是指张家湾副巡检周子琦。徐有贞往来治河，认识此人，知他办事也还得力，才稍稍放心，说道："我们这就去水闸那边看看。"

出了张家湾镇顺着白河往北，可见此处河道修缮得甚是齐整，两岸堤坝坚固，坝上还栽了树木。河面不宽，此时仍是冰封，有些孩童就在冰面上玩耍，一派祥和景象。但行不过一里左右，就见前面人众拥挤，吵嚷嘈杂，倒比赶集庙会还要热闹。

在这里，白河的河堤突然从两边往里一收，只留出五丈多宽的一个河口，河口上却是用青石砌成的崖岸，两侧各有一个巨大的木槽镶嵌石岸当中，木槽又高出堤坝有一丈多，在上方形成一个龙门，用木架支撑，木槽之间则是铁皮包裹着的一座大闸，此时被铁链吊起，刚刚离开下方的冰面。离铁闸不远的堤岸上还有一座小小的砖房，应是供看闸人使用的。

徐有贞一行来到时，这里的气氛极为紧张。一位穿绿圆领戴纱帽的官员正被许多人围在铁闸旁边，他外面是十几个衣着破旧的官兵，全都手持着长枪短刀，身上背着弓箭，却是一点没有威风，被周围的百姓推推搡搡，眼看圈子越来越小，也不敢使用兵器。那官员则在拼命叫喊，但因人声嘈杂，在远处听不出他说的什么。

徐有贞等人在人群外下了马，由随从开路，直接挤到了河闸边。周围众人见又来了官员，才稍微向后退了半步，看看来的是什么人。堤上的官员正是副巡检周子琦，见竟是副都御史亲自来了，真是又惊又喜，急忙双膝跪地拜了两拜，几乎带着哭腔禀道：“副宪老先生驾临，真是救敝职于水火！敝职无能，有失职守，几乎要酿成这里大乱。幸亏老先生赶来处置，敝职死罪！”

周围百姓见巡检长官都在跪拜，知道这是有大官来了，站在前面的一些人膝头一软，也跟着跪了下来。因人群有跪有站，涌动之势却也立时减弱。

徐有贞扶起周子琦，先不同他说话，却对四周百姓高声叫道：“各位乡亲父老，本官是都察院副都御史徐有贞，奉钦差督修河工，也有三四年了，在这漕河、黄河沿岸与众位乡亲同甘共苦，上承皇上天恩，下仗乡民奋力，去年这河工才算初见成效。此河是朝廷的命脉，也是诸位的性命所系，大家有什么不平烦恼，尽可诉说，却唯独不能动这河工、河闸。大家有话可以慢慢讲。”

有些距离稍近的百姓听这位大官说话和气，不由大为感动，“扑通扑通”又跪下了许多，纷纷叫着“青天大佬爷给我们做主呀”。另有一些人却不信官府的甜言蜜语，仍站在那里喊嚷：“若不是这水闸，怎会淹了我们那些田地！”“你们官府只管漕运方便，哪里管我们漕河边上百姓的死活？”哄哄嚷嚷，一时也听不清都说的什么。

正乱着，突然传出一声大吼：“大家先都安生一点！”杨继宗才见人丛中有一个大汉，竟比周围的人高出多半个头来，紫红色脸膛，披着一件光板老羊皮袄，里面穿的却是件闪缎道袍。这人向前走了几步，来到徐有贞身前，先伏在地上拜了四拜。四围的百姓见他跪拜，才都跟着跪了下来，黑压压一片。

那大汉道：“启禀大佬爷，草民等今日聚在这里，并非为了闹事。实是因为去年大水淹了许多田地，官府却既没有救济、补偿，又不减免科税，乡亲们生存无望，呈状申诉到通州衙门，又迟迟不见批复。草民等眼见年节已过，就要到春荒时候，许多人家已无隔夜之粮，这才聚集到此，请巡检老爷代为申诉。”

徐有贞让他和四周百姓先站起来说话，才问道：“你家可是已无隔夜之粮了？”

那人倒也并不退缩，朗声道：“小人家境也算富裕，但家中几十顷田地，去年因大水淹没，有一多半颗粒无收。佃户也要吃饭活命，朝廷还要催收科税，若是再有这样年成一次两次，小人家里怕也难免要沦落为赤贫了。”

徐有贞却似对他家世颇感兴趣，又问：“你家有如此多产业，是你祖上传袭，还是你自己置买的？”

“小人爷爷一辈从山东逃荒过来，因当时这里人烟稀少，荒地甚多，朝廷许下，民户各自开荒，将来永不开科。我爷爷兄弟几人因此勤劳开垦，再加上地价便宜，后来又收买了许多。谁知十几年前，朝廷忽又改了主意，说是几十年来所开垦田地全部都要按例征税。我们小民哪里争得过朝廷？好在这些年算是风调雨顺，收成不错，我们年年都是按时交足钱粮。只是去年因修建河工，让小民家的田地都成了水洼，明年还不知会如何，我家这些田地怕也算不得家产了。”

徐有贞突然有些恼怒，大声喝问：“因此你就要蛊惑乡民，聚众谋事，想要毁坏漕河国家命脉吗？”

三

那大汉听徐有贞喝问，反倒梗着脖子毫不示弱，“小人不过一介草民，哪敢蛊惑聚众？漕河既是国家命脉，我们岸边百姓为了国家命脉田地受损，朝廷免除些租税，给些补偿，不算过分请求。只是几个月来，州府衙门一再推诿，我等求告无门，才在这里与巡检司的长官争辩。”

见他敢与大官争辩，大汉身边一些人也都大了胆子，跟着呐喊起来，纷纷道：“地都淹了，人都要饿死了，还拿什么交租交税？”“我们这里几十年没见过洪水，要不是这个水闸，哪里会淹那么许多田地？”一个衣衫褴褛的年轻后生更是举着一把锄头叫道：“当官的再不管俺们死活，就拆了你这鸟闸又能怎样？”大家一边说着，不由又都向前移动了一步半步。

大汉身后一直站着一个小老头，五十多岁年纪，身穿一件灰不灰蓝不蓝的棉袍，头上却戴着一顶头巾。他见众人火气太大，忙在后面拉拉大汉的衣襟道：“四爷，这上面可是朝中的大员，不可造次，不可造次呀！”大汉这才举起左手大声喝道：“大家有话一个一个讲，不要乱来。”

徐有贞看在眼里，等众人声浪歇了，才高声道：“本官今日到此，就是要听诸位讲述实情，以兹处置。可大家这样众口吵闹如何说得清楚？”又问那老者道：“这位仁兄也是个读书人吧？”

那人见问到自己，赶紧跪在地上，说道：“小人樊力耕，自幼读书，只是学无所成，至今还未曾进学，只在这乡里教塾为生。”

徐有贞听说他是个老童生，心知他必是为这伙闹事者主文墨的，对此次事件的情由也一定清楚，于是请他起来说话：“你既读过孔孟之书，可知道孔子曾道：乡愿者，德之贼也！”

此时天已近晚，河堤上凉风吹过甚是寒冷，那樊力耕头上却冒出汗来，磕磕巴巴说道：“小的知道，小的知道。小的怎敢做什么乡愿，只是因为在这陆四爷……陆学智家中教塾，上次给州里呈的禀帖，是小的写的。别的事情未敢参与。”

周围的百姓虽然不明白什么是“乡愿”，却也大概知道徐有贞与樊力耕对话的意思，都在旁道：“樊先生，你最清楚这事的来龙去脉，怎么就要做缩头王八！”

樊力耕十分尴尬，只得硬着头皮说道：“启禀大佬爷，这白河东岸地势偏低，但历来夏秋水大时候河水都直接泄入南边漕河里，白河水位并不太高，所以堤防虽然低矮破旧，却从来没有成灾。自去年修建了白河水闸，依流量开合，又值去年六七月中洪水凶猛，这边水闸却关闭大半以保漕河平稳，因此东岸溃坝，漫淹了东边土地一万三千八百余亩，致使秋粮颗粒无收。小民们听说，朝廷体恤受灾乡民，已经核减了受灾田亩的科征，并有赈济、赔补钱粮。但因免科及赈灾事均由本地缙绅张如绣等执掌，去年夏税及各项杂税已经征收，说是可以核查补退，但至今并无动静，秋粮如何交法，至今没有定论，让百姓惶惶不安。至于赈济，更是不见一升粮食发放，更不要说补偿损失之事。眼下年节已过，河东百姓生计无着，故而请求上宪大佬爷勘明实情，解救百姓于水火。”

杨继宗听他一番话，知道乃是复述上呈通州禀帖的内容，倒也层次清楚。再看徐有贞，听过禀报脸色平和了许多，又问道：“这位樊先生所言，可是实情？”

那陆学智回答：“樊先生说的，就是前几日百姓所呈通州事项，所言都是实情。”

徐有贞见水闸龙门边有用青石砌成的台基，高出堤坝有一尺多，就一步跨了上去，对着河两岸以及河道冰面上的众多百姓高声说道：“本官奉钦差监修河道，也曾考察过这白河水势，知道此地及上游一带，旱多涝少，如去年那样的洪水，十年或仅一见。以历来水情推算，今后若干年里，当不致再有大水漫田。这期间，正好疏浚河道，修葺堤岸，即便数年后再有洪水，也可保定河东田地不受灾害。”

百姓们听了，也有点头称是的，也有不以为然的，陆学智却道：“我们这里虽说旱多涝少，但老天爷的脾气谁能知道，万一今年又有大水，我们的庄稼不是又要白种？”

徐有贞这时倒也不恼，微微笑道：“若是今年仍然有洪泛淹了田亩，我徐有贞一定上奏朝廷，免征赈济，其余各位田中应当产出的各项损失，就由我徐某一人担保赔偿！”

众人听这位京城大佬爷已经把话说到这般地步，大多唏嘘点头，不知说什么好。那拿着锄头的后生却道：“秋收的事现在说它有什么用？俺家这两天就要揭不开锅了，大佬爷可能救我们一救？”

徐有贞仍是不急，“赈济灾民及赔补之事，本官今晚就找通州知州和本地绅士询问。若果有截流顶冒、贪污违法之事，本官管的就是纠察风纪，定要查处严办，决不留情。若是因故耽搁延误，本官也要督催他们从速办理，务在近日给还百姓，让大家无春荒之虞。百姓都是朝廷赤子，哪有做父母的让子孙饥饿冻馁却置之不问的道理呢？”

听了这一番话，众人大多十分感动，又纷纷匍匐地上，叩头不止，大呼“青天大老爷”。

“诸位暂且退去，明日本官就给大家回话。但我还有一言相告，这水闸连着漕河要冲，干系国家大计，不得有半点损坏。大家万万不可冒失行事。”

四

周巡检带着手下的弓兵连吆喝带劝，又费了好大工夫才把聚在大闸周围的百姓们驱散了。徐有贞在堤坝上并不急着回镇里，先是把水闸又仔细察看了一番，才对杨继宗说：

“贤侄一定不解，这里不过是漕河上游一座水闸，乡民闹事，老夫为何就要慌慌张张赶到此地，还要费上如此一番口舌。”

杨继宗道：“晚生正要听老伯指点。”

“正统末年，黄河在豫东沙湾决口，夺济水、汶水入海之路，致使堤溃渠淤，水大时洪泛遍于豫鲁，天旱时河道阻塞，不但豫鲁两省百万人众产业尽失，漕河运输也几乎完全阻断。但因治理大臣方略乖张，数年来用工用饷无数，却没有半点成效。”

“想必是他们所用方法不当。”

“其实这个道理古人早已说明，水之性可顺而疏导，却不可逆而堙堵，当初大禹治水就是用的疏导之法。但此前河工却只知筑坝堵决，水无出处，自然是屡堵屡溃。老夫从景泰四年起奉旨督理河工，先开广济渠数百里以分水势，又在沙湾筑万丈长堰，让黄河重回淮水旧路，前后三年才算完成大工。老夫一生碌碌，只此一件功业，却也足慰平生了。”

“解除了黄河之患，漕河淤塞就能迎刃而解吗？”

“倒也没有那般容易。在治理黄灾同时，老夫即让沿运河的伕丁将这漕河水道除淤疏浚了一遍，并沿河修葺、重建、新建水闸数百座。你可知这些水闸何用？”

“晚生今日才头一回见到这漕河。但也曾从书中看到，说这大运河由北而南，纵贯了由西向东的无数水系，那些河流水位高低不同，水流急缓不同、清浊不同，又有四时旱涝之别，故而需要建立水闸以均水势，便于航行。”

徐有贞微笑点头，对这位年轻人的见识十分满意，“贤侄说得不错。若无这些水闸调节，千里运河根本无法行舟楫之便，就只是个摆设了。”

徐有贞仍站立在石基上，身子站得笔直，用手指着南方的河道说：“从这里往南到河西务有一百四十多里，河狭水急，路曲沙渟，共有五十九处浅滩。因建了此闸，可调节白河之水，去岁以来才略为通畅，东南漕粮货物得以源源进入京师，途中极少损耗，功效长了四五成。贤侄倒是算一算，这一闸所关，可以值多少钱粮？”

杨继宗虽然不通户部钱粮的事，却也知必是极大的一个数目，不由对眼前这位能臣多了几分敬佩，感叹道：“老伯这一番话，晚生才知道这小小的水闸竟如此重要，也更能体会老伯忠心体国的拳拳之志。”

徐有贞哈哈大笑道：“事关国家大业，哪能马虎！但今日之事，我看也算了结了，我们今晚与魏知州、张主政等人商讨好赈济灾民之事，明日就可回京了。”

杨继宗见他说得如此轻松，疑问道：“老伯难道不怕这些乡民再来生事？”

徐有贞似是胸有成竹道：“我今日见这些乡民，无非是为饥寒所迫，聚在此地争些权益，并不是蓄意闹事。何况他们中间也无枭雄之徒，可以胆大妄为，呼啸谋乱。只要赈济能够及时到位，民情自然平复。明日就是上元佳节，老夫还要与家人团圆庆贺，这里无须再滞留了。贤侄也该去与你舅父一家聚聚吧。”

杨继宗仍然觉得有些疑惑，却也只能说道：“谢谢老伯关心，小侄自是要同老伯一起回京。”

徐有贞让周巡检多派弓兵把守大闸，若遇情况火速来报。想了想，又凑到周子琦耳边悄声吩咐了几句，才招呼众人离了水闸，回到张家湾镇上。

此时已是正月十四，灯节在即，张家湾镇上十分热闹。徐有贞一行人回来的时候，天已大黑，镇上却是灯火一片，家家户户稍有能力的都在门前挂上彩灯，一些商铺更是搭起了几丈高的灯架，架上挂满各色灯笼，又有旋转不停的走马灯，又有挂彩头的字谜灯虎。因这几日天气晴暖，大街上游走看灯的行人甚多，女眷们也披红戴绿，头上插着闹嚷嚷，到处溜达。离巡检司衙门不远处有座龙王庙，庙里搭了灯楼，供游人观赏。庙门对面则临时搭建的一处戏台，此时已是角灯通明，锣鼓喧阗，正要准备着开戏。

徐有贞骑马从龙王庙前经过，显得非常高兴，对身边的杨继宗和徐贯说："这才是天下太平万民安乐的光景。你们今夜无事，倒可以看看这小镇上的节日风光。只可惜我有官职在身，反倒不能与民同乐了。"

此前刚到张家湾的时候，徐有贞已经做了安排，今晚一行人就住在巡检司衙门。副巡检周子琦为此十分惶恐，一面在前面带路，一面不住解释："敝职的小衙实在窄仄简陋，住在里面恐怕要让老先生受委屈了。"

徐有贞却全不在意，"老夫还没有那么娇贵。我们十几个人在你这里暂挤一挤，明天就不再打扰。住你巡检司衙门，为的是免生议论，此外研讨事件也较为方便。"想了想才又道，"今晚就由我做东，请周巡检与魏州牧、张如绣主事来巡检司衙中小酌，一来呢，是为共贺上元佳节；二来也要同你们谈一谈那退征赈灾之事。这个酒宴还要请巡检安排。"

第三十五章

灯会

一

当天晚上的酒宴就安排在巡检司的二堂里，摆了一张长桌。

通州知州魏凤举是刚从十五里以外的通州赶来的，他知道徐有贞匆匆来到张家湾是为了水闸上乡民闹事，心中很是惶恐，一进门就急着解释道："敝职一早听说这边闸上有事，本想急速赶来处置，无奈衙门里正好有两起重大官司，一时未能脱身，却劳老先生亲自驾临，敝职守土有失，实实有负朝廷，有负老先生！"

徐有贞倒是一脸和气，"魏兄是一州的父母，通管全局，未必能够处处留心。这漕河上的事原本自成系统，本宪虽然已经回衙任职，这河、漕两事却还没有交差，河闸有事自当前来。"一面就让魏凤举坐在了客位。前任刑部主事张如绣、副巡检周子琦分坐左右两侧，杨继宗与徐贯打横。

菜肴是巡检司让镇上酒楼备办的，相当精细。徐有贞尝了几口，大为赞赏，对徐贯说："去年回京时经过这里吃饭，菜虽不错，却还是北方口味。今日这桌酒席，竟全是我们家乡味道，实在难得。"

周子琦忙道："自从去岁老先生治理的这漕河通畅，张家湾的客商不断增加，大酒楼也多了几家。这家苏州菜叫姑苏楼，也是去年秋里才开张的，老板、厨子却都是从苏州过来的。今值上元佳节，能让老先生吃到一些家乡口味，也算敝职等一点心意。"

徐有贞且与大家吃酒，谈一些乡俗民情之类的闲话，酒过三巡之后才像是突然想起了什么，问魏凤举道："今日我到闸上，听乡民们说前几天曾有禀帖呈送贵州，不知可有此事？"

魏凤举连忙放下筷子："敝职是正月初十见到此帖，已经随身带来，请老先生过目。"说着从袖中掏出薄薄一册禀帖，恭恭敬敬递了过去。

徐有贞大概看了一下，内容与方才在河闸上那老童生樊力耕所说无异，才道："这帖上说，因去年洪水淹田甚多，朝廷已经核减了受灾田亩赋税，并对灾民有钱粮赈济、补偿，可有此事？"

魏凤举此时已经坐得笔直，郑重答道："去年七月白河以东洪涝，共核淹田一万三千八百四十二亩有奇。敝职及时呈报顺天府，请朝廷减免田税并赈济灾民。十月得旨：着免去当年被灾田亩秋粮，并由顺天府等衙门酌情赈济。敝职为此会同相关衙门核算挪挤，共筹赈济粮米三百七十余石、银一百五十五两，可保数百户灾民无饥饿之虞。"

徐有贞见这个知州倒也干练，点头道："那为何至今并无钱粮分到灾户，秋征之事也是含混不明？"

"老先生明鉴，虽有明旨免科，也有钱粮备赈，但实际减免发放却甚为繁难。这河东田地，种粟、秫、豆等秋粮的固然是颗粒无收，但种麦的收在汛期之前，却并无实际损失，所免秋税如何分配需要核查计算。何况秋税之外，每年徭役杂征，数量远多于正项，这些钱粮如何处分也需商量。至于赈济，哪家真贫，哪家哭穷，也要一一审核。这类事项敝衙门无力执行，向来都是由本乡缙绅委员处理，这一次综理此事的正是张老先生。"

那张如绣是进士出身，在朝中做过几年刑部主事，在这张家湾一带自是响当当的人物，此时却不免有些紧张，站起身来拱手道："学生在徐老先生和老公祖面前，实感惭愧。桑梓遭此不幸，本当奋力支撑，可正如老公祖所言，此事错综纠缠，实是繁难，学生又拙于经济，至今还不能核查清楚，以致拖延，实有负于老公祖之信托，更给老先生的执事添了许多烦恼。"

杨继宗多年与地方官吏士绅交往，知道这些贪官劣绅一遇钱粮变动，必要上下其手，从中渔利，说出话来却又似有百般道理。此时只在一旁冷眼旁观，看徐有贞如何对付。

徐有贞却仍是安安稳稳，一面让张如绣坐了吃酒，一面从容说道：“本官也知道此事繁难，但漕河关系国家命脉，非比寻常地方。若因这些免征赈济的事引起事端，乃至损毁河运，兹事体大，张主政曾任事刑曹，其中利害自然清楚，不用我多说。”

魏、张二人面面相觑，似乎还有多少难处，却一时说不出来。

徐有贞接着说道：“此次乡民请愿，难处无非在一个钱字上。本官想过，维护水闸乃是要务中的要务，此次即便有所姑息也只能从权。老夫愿出一百两白银，请魏州牧从通州户房中也想办法腾出白银百两，张主政再集合本地缙绅富民筹措一百两，总共三百两银子再加上已落实之一百五十五两和三百七十石粮食，应付此次灾民当甚是宽裕。”

魏知州和张主事听说竟要自己出钱，心中老大不情愿，但见徐有贞已经出钱在先，又不敢反对，只是在心中暗骂，却都点头答应。

“此外还有佃户的租子，凡种秋粮的也应一概免去，让佃户们享受免征之惠。这却要让田主们答应。河东田地中，有哪些大户田亩较多？”

张如绣答道：“大的田主有严慕陵太史家、陆老四陆学智家，再有就是学生家了。”

“那陆学智只是平民，此次带头闹事，我们且不算他。严太史与我同年，又同在翰林院共事，从来最识大体。今晚我正好要去拜望他一下，请他把去年受灾佃户的租子免了。张主政的田租自然更是好讲。我也不管你们要如何具体区处，只请二位以十日为限，务必在正月二十四日之前，将免科事项宣谕乡民，并将赈济钱粮发放到户，以舒民心，以解民困，务保大闸平安。二位可还有什么难处吗？”

话已说到这里，魏知州和张主事哪里还敢再有托词，都赶忙起立说道：“请老先生放心，不论有什么难处，学生一定努力办好此事，绝不让漕河生出半点纰漏。”

二

又吃了一阵酒，徐有贞似是觉得大事已经确定，才又和颜悦色道："有二位先生在此主持，我也就放心了，河闸当可无虞。明日老夫就要回京城，朝中尚有许多要事，这里就拜托二位了。"

魏凤举却还有些不放心："老先生国事繁忙，自然不敢再加渎扰，只是怕有些刁民得寸进尺，万一更有非分要求，再来生事。敝职手下只有几个祗候、禁子和几十名缉盗弓兵，只恐一时难以弹压。老先生既然仍兼着保障漕河之责，还望能调集附近兵丁协防警戒，以防患于未然。"

徐有贞却好像早有成竹在胸，"这个不妨事。我今日已在大闸上和乡民们讲明，只要二位妥善办理减征与赈济之事，定然再无变乱。"一边说着，却似无意间看了杨继宗一眼。

魏知州心中未必认同，却也只能如此。

眼看这一顿饭吃得差不多了，忽然有一个书吏模样的人在门口悄悄招呼周子琦。周子琦出门一会儿又再进来，直接到徐有贞身边耳语了几句。徐有贞听了，起身对众人道："老夫还有些冗务，就先告退，叨扰各位了。"说罢与周子琦一起匆匆出了门。

徐有贞一走，魏凤举与张如绣也连忙告辞，说是要连夜筹算今晚副宪大人所嘱之事。

送走了客人，徐贯才对杨继宗道："听说这张家湾的灯会也是别具一格。时候还不算太晚，承芳兄先稍事休憩，待我收拾一下，咱们一起去看花灯。"

杨继宗与徐贯都被安排住在二堂后院的西厢房里，那厢房一明两暗，两人南北各住一头。杨继宗进了自己房中坐在炕上，琢磨今日之事，对于徐有贞的处置方略大概有了一个头绪。

看来徐有贞为了近日漕河水闸不生事端，以免分心他在朝中的大事，是决心用重金安抚此地百姓。刚才在酒宴上他已经说过重话，恐怕那魏凤举与张如绣之辈也不敢再行克扣，至多自己少出一些补赈的银钱罢了。以常理而论，有了四百多两银子和百石粮食的赈济，再加上免征秋粮和佃户免租，平抚此次民乱应当并不困难。但难道徐有贞真的丝毫不知，此次乡民动乱，背后有赤龙会在推波助澜吗？如果他对这次闹事的背景有所察觉，为什么又这般胸有成竹，以为事件可以立时平定，明日就要赶回京城呢？

正在疑惑间，听到院中有人走动。杨继宗以为是徐贯回来了，想要迎出门去，才推开半扇门，见一个徐府的家人就守在门口，见他推门连忙道："杨公子且在房里稍等片刻，六少爷一会儿就来。"

六少爷是徐贯在族中的大排行，杨继宗这才知道，自己其实一直被严格防守，并不能随便走动。才随口道："我不着急，先去下茅厕。"边说边朝西南角的茅厕走，却也看清了，那从后院往外走的是周子琦和一个小个子，正是白天在河闸上的老童生樊力耕。

杨继宗暗想：这徐有贞果然行事周密，刚才找来樊力耕问话，一定是已经察觉到这位老童生正是闹事乡民中的薄弱之点，可以利用，通过他可以了解乡民骨干的情况，甚至让他配合官府行动。现在看他对周子琦那一副奴颜婢膝之态，大约可以想见他刚刚受过的一番威逼利诱。

见到樊力耕，杨继宗心里更加明白，徐有贞对此事的处置绝非表面上那样疏阔，大而化之。他必有极精密的打算，只是不想在酒宴上对众人说明而已。因想要再寻些蛛丝马迹，杨继宗并不急着回屋，故意在院中磨磨蹭蹭，对那家人道："听这外面又是锣鼓又是鞭炮，好不热闹，你们也不出去看看热闹？"

那家人道："我们当下人的，哪有看热闹的命。公子没穿大衣裳，看冻着了，请您赶紧回屋里吧。"显然是不愿让他在院中久耽。

杨继宗只得慢慢向房门走，却用余光看到，徐贯与一人从对面东厢房的屋檐下往外走，因在黑影里，看不清那人是什么样。杨继宗故意在门口伸了两下懒腰，偷眼看他两人走到二堂的后门，才借着灯光大概看清了那人的背影。穿得像是件棉布长袍，头上戴顶厚毡瓦楞帽，看身影似乎有点熟悉，却一时想不出是哪个。看来这个徐贯此时也没有闲着。

杨继宗进了西厢房不过片刻，徐贯也推门进来了，进门就对着里屋高声道："让承芳兄久等了。家伯明日午后就要回京，才有些事情吩咐。此刻他老人家又要去严太史家拜望，说是不用我随着，让我们二人趁机到镇上看看花灯。因去年漕河畅通，这次灯节更比以往热闹得多。”

杨继宗正愁无法与赤龙会的人联络，出门走走或能遇到机会，因此带上杨二，徐贯也带着一个书童，一起出门上了街市。

今日是灯会开市的第二天，镇里果然热闹非凡，一条南北大街上，家家都张灯结彩，有些大商铺、大宅门还在门前铺排焰火，扎成了各式吉祥图案，点燃之后更是五彩缤纷，引了许多人围观。路旁的茶楼酒肆尽都连夜开张，伙计在门口大声招呼客人。因这张家湾并无城垣，周围住在村里的也多来看热闹，街上士农工商四民杂凑，男女老幼摩肩接踵。

因这几日观灯的女眷甚多，又有一帮浮浪子弟专门上街来看女子，或是评头论足，或是风言风语，不时也会引出一些小小骚动。此时就会有身穿号补、手持刀枪的弓兵过来维持秩序，这些弓兵都是周子琦的手下，本是些服徭役的乡民，并没有受过什么训练，但因是官差，在百姓面前倒也威风凛凛。

三

杨继宗与徐贯沿街看了一会儿灯，见前面人更拥挤，上前几步才知道，这是一个富户的临街房舍，因有一座二层的小楼，一家女眷都在楼上看灯。那楼上轩窗都开，帘笼未设，楼中人物在满街灯火照耀下显得格外清楚，是五六个妇人，都身着貂鼠皮袄，头上插珠戴翠，个个浓妆艳抹，在那里一面吃酒一面看灯。楼下的行人走过这里，多要停下来朝上面看几眼，甚至就在街对面驻足而立，把那楼上的女眷当作一处风景，一面观看一面议论。

有人道：“这是谁家的妻妾，生得如此整齐？”

有知道些内情的就主动答道：“这家是山西泽州来的商人杨大户，镇里几家当铺、杂货铺、生药铺、绸缎行，都是他家开的，去年才把家室也搬过来了。”

徐贯听说，对杨继宗打趣道：“原来却是贵同乡，又是同姓，敢么还是同宗亲族？”

杨继宗讪讪地有些不快，“我哪里会有这么阔气的亲族？这些商民暴富，却不知守雌之道，在这里炫耀，恐非长久之计。”

正要穿过看热闹的人群，忽听有人用极大的声音说道：“你说是左边那个俊呢还是当间那个俊？要我看还是左手那个小娘子更可人。”却是一口京腔。

另一个京腔就说：“自然是当间那个更俊。你这眼神不好，哪里看得清？”原来是四五个浮浪子弟在街对面看楼上的美人，自顾高声议论，旁若无人。

杨继宗不由向那几人看了一眼，却觉得有些眼熟，刚要再上前仔细瞧瞧，却被徐贯拉了袖子快步而过，“这些必是本地无赖，我们不必理他。”

杨继宗虽跟着徐贯走了，心中却有想法：那些人明明都是京城里的腔调，他为什么偏偏要说是本地无赖？又一琢磨，那几个人似乎是前些日在白云观里或是帝王庙对面的演武场中见过的，莫非是景七手下棍徒也赶到这张家湾来了？

徐贯见杨继宗似有疑惑，故作兴致勃勃地说：“前面龙王庙的灯楼才是这里最盛之景，那边又有杂剧，我们何不去那里看看。”

龙王庙前面果然更是人头攒动，拥挤不堪。对面的戏台上“咿咿呀呀”正唱着什么戏，却因台下围的人太多，根本近不到跟前，也不知上面是什么戏文。庙门外又有许多拉小场子的杂耍百戏，到处挤着人围观，庙里因有架灯楼，要进去观看的人也极多，在庙门口乱作一团。

杨继宗本想借着看灯的机会找一找可有赤龙会的人，却因徐贯一直在身边很不方便，见此时人多拥挤倒是个机会，故意慢了几步，立时就被人流冲着与徐贯分开了。他连忙对杨二说：“你就在这旗杆底下等着不要动，我去那边看看。若是徐公子来了，只说是不小心走散了。”

顺着大街再往北走，彩灯稍弱，人也渐渐少了，杨继宗刚要返身回去，见前面一座颇为精致的院落，门口写着“严宅”。因想起徐有贞说是到这里来拜望，为了免佃户田租之事，倒不知他此时离开了没有。正不知该如何打问，就见严宅对面立着一个弓兵，手里拄着一杆长枪，在那里寂寞无聊。

杨继宗故意从那弓兵身旁走过，忽然看看他问道："这位兵哥，可是今日在河闸上守卫的？"

弓兵见有人与他搭话，倒也高兴，"正是。这位公子……"

"我是徐大人的门生，今日随着来这边查办河闸事件。事已完毕，才来看看灯会，真是好不热闹。兵哥你没有去看看热闹？"

弓兵叹口气道："我们当小兵的哪有那般自由，这个岗位已经站了两个时辰，要过了子时才能收队，听说明天还要去闸上，过个元宵也不能回家团圆。"

杨继宗又问："我老师徐大人刚才来这严太史家拜会，不知走了没有？"

"大半个时辰前有七八个骑马的进这严府，其中一人好像就是徐大人。但他们只在里面待了一杯茶的工夫就出来，又往北去了。"

杨继宗有些吃惊，"再往北边可还有什么官宦大户人家？"

弓兵想了想才道："这一带是没有了，再往北十几里就是通州，那边倒还有些大户。"

杨继宗心中不由一凛：徐有贞难道去了通州？魏知州刚才已经见过，若说要访什么故旧好友，现在实在不是时候。他连夜匆匆赶去通州，难道是为了去找通州分守将军？

为了张家湾之行，杨继宗昨日也曾稍做准备，了解了些这里的地理、官职、兵备等方面的情况。他知道，通州知州衙门和张家湾等几个巡检司总共只有不足一百弓兵，而且这些弓兵都是服徭役的乡民，每年一更，毫无军事素养，平时吓唬一下百姓尚能胜任，真遇到大事就全无用处。驻扎通州的正规军队是通州分守，领兵的是位参将，下辖一千多兵丁。

徐有贞虽然在酒席上安排是重金主抚，息事宁人，而且显得那般胸有成竹，但实际上——他难道是想要找通州分守调集官兵！那他下一步又有什么样的谋算呢？

杨继宗越想越觉得事态复杂，而且自以为逐渐摸出了徐有贞的思路。

若真是如此，还要赶快告诉智性他们，万万不可上了这个老狐狸的圈套。可此时又如何能找到赤龙会的人呢？

正在为难之际，却听到南边不远处响起了唢呐声，音调别致，如歌如吟，如泣如诉。

四

顺着唢呐之声，杨继宗很快就找到了目标。在龙王庙北边的一个岔路口里，有一个小空场，灯火阑珊，却有个小班在那里跑马卖解，周围稀稀拉拉有十几个人围观。

杨继宗走到近前，见场子里只有莲儿、菊儿两人骑着马交叉打圈，做些拿顶、翻腾之类的动作，老麦则在一旁吹着唢呐，并不见云瑛，暗想道：就这三个人，也难为他们还能够撑起一个场子。不多时马解告一段落，观者报以零零落落的掌声，老麦还是拿着那顶旧毡帽开始收打赏钱。

见到要收钱了，围观的人又走了几个，老麦一副没精打采之态，倒也不慌不忙，从离自己最近的看客收起，没走几步就来到杨继宗跟前。杨继宗掏了一把铜钱扔到老麦的毡帽里，老麦一面躬身道谢，一面把那帽檐翻起，露出一张小纸条来。杨继宗顺手将那纸条捏在掌心里，说声“不客气”，摇摇摆摆地转身又向南北大街走去。

走到灯光明亮处，看看周围并没有人注意自己，杨继宗才把手中的纸条打开来看。纸条上只有四个字：聚香茶楼。

一打听，聚香茶楼却在龙王庙南边小十字街以东。杨继宗尽量从不显眼的地方行走，经过龙王庙门口的时候，远远看见杨二仍稳稳站在旗杆底下，一点也不着急，身边并无徐贯等人。

张家湾虽然离京城不远，房宅建筑样式却是南北杂凑，样式各不相同。聚香茶楼就是南边气派，是一座“回”字形二层小楼，中间是天井，一楼前厅是散座，二楼沿着回廊都是雅间。此时虽然已经甚晚，因是佳节灯会，茶楼里客人也还颇多。

杨继宗进了茶楼，四下里看了看，见右手一桌有三四个人像是那日在弘法寺见过的，正要上前询问，就见云瑛站在不远处的楼梯口正向他招手，连忙走了过去。云瑛轻轻扯着他的袖口道：“秀才你让我好等。我趴在窗户上望了有一个时辰，才算把你给等来了，让人好不担心！”

杨继宗却嗔道：“我昨日不是说了，我不过到这边来看看热闹。不知那靳孝又用什么花言巧语，还是把你也拉过来了。”

云瑛道：“靳二爷他们也是怕一时联系你不到，才想了个让老麦吹喇叭的法子。老麦与莲儿他们来了，我能不来？今晚靳孝和一个和尚都在这儿急着见你。”

智性与靳孝果然都在楼上一间临街的雅座里，见面也无暇寒暄，直接就问徐有贞有什么动静。杨继宗就把今日在河闸上和今晚在酒宴上徐有贞的一番举动和安排说了一遍。

智性道：“这么看来，徐有贞似是要以安抚为策，以便他能够即刻就脱身回京。难道他就不怕有人在下面挑事，让他安抚不成吗？”

“我本来也对此有些疑惑，谁知晚宴之后，却又发现了一些蛛丝马迹，看来这位徐老先生还有更深的诡计。”

杨继宗稍顿了一顿，又道：“他本来说今晚要去严太史府中商谈免佃户田租的事，可刚才听严宅门口的弓兵说，他只在严家待了一刻就又向北边通州方向去了。依我计算，他十成有七八成是去了通州分守的大营。”

靳孝有些吃惊道：“难道他是要调那里的兵丁？”

“徐有贞虽然还兼着漕职，但护漕兵丁的总兵远在山东临清，远水难解近渴。要用京城之兵，需要请旨由兵部调配，麻烦费时不说，于少保那一关恐怕也不好过。因此他只有靠着情面，就近借通州分守之兵。这张家湾本属通州分守的防区，调兵来此并不算违制。”

智性点头道：“看来他是觉得地方上缉盗的弓兵无能。可调来官军又想如何使用呢？以理推断，虽不知他会调多少兵丁前来，但意图必是重剿，那可就与他先前所说的安抚为主大相径庭了。”

“我也是思索许久才大概理出个头绪。徐有贞此行，一定知道这次乡民闹事后面有赤龙会主使，也不会猜不到学生就是赤龙会所派之间谍。初时我还以为徐贯对我防范不严，才让我独自溜了。现在想来，他其实是故意要放我与你们联络。”

靳孝有些不解：“这是为什么？”

“禅师和靳兄请想，如若我们相信了他明日重金安抚，事成之后立即回京的安排，咱们会如何举动？”

靳孝道：“自然要把事情再闹大些，拖住这老贼。”

“若是真闹大了，可不正好给了官军镇压的口实。我猜测徐有贞明日可能会在河闸附近埋伏下官兵，然后单等事情越闹越大，群情激愤，一旦河闸稍有损伤，就立刻出兵弹压，杀人、捕人以立威。真要如此，徐有贞在法理上毫无过错，乡民们却已群龙无首，还敢再来请愿闹事吗？今晚徐有贞还传见了为乡民写禀帖的一个老童生，此人胆子甚小，估计几两银子，一顿吓唬，已经把乡民中骨干全部交代出来。到时候官军清场，捕快照单抓人，即便不杀人流血，只怕这河闸上也能保住几年的平安了。我以为，徐有贞摆出的菩萨心肠是假，要行霹雳手段才是真，他是想以雷霆之势一举扑灭这河闸上的星星之火，才好安稳回京去谋他的复辟之变。刚才在大街上还见到景七的手下也来到这里，这些人心狠手辣，来此估计是为故意挑起事端，以备不时之用。”

听了这一番话，靳孝不禁倒吸了一口凉气道：“想不到这个老杂毛，竟有如此厉害！”

只有云瑛在一旁从容道：“厉害便怎样？都说知己知彼百战百胜，杨公子既然已经猜透了那个徐什么的心思，难道就想不出对付他的办法？我看公子走了半日，进屋又说了半晌，一定口渴了，还是先喝杯茶再说吧。”

第三十六章

风波

一

正月十五早上，徐有贞好像并不急着去河闸上安抚乡民，也不着急回京过节，从容用过早点，就在巡检司后衙的正房里喝茶读书，甚是悠闲。不多时魏知州和张主事也来了，都被请到房中闲谈，只有周巡检早早领兵走了，不在衙内。

杨继宗大约摸清了徐有贞的思路，倒也不急躁，只在屋里与徐贯闲扯。倒是徐贯有些沉不住气，坐立不安地过一会儿就要出门看看。随着他的进出，杨继宗也隔门见到好几次有弓兵匆匆跑进来，过一会儿又匆匆离去，知道那必是从河闸那边来报信的。

直到接近午时，徐家的一个家人才过来通报，说是老爷即刻要再去那边河堤上看看，让两位少爷一起前去。杨继宗与徐贯连忙带着自己的人出了巡检司衙门，才见衙门外面还有魏知州带过来的二十多个衙役和弓兵，还有张主事的几个家人，有骑马的，有步行的，乱哄哄地正等待出发。

徐有贞出门的时候，脸色似很是不悦，也不与杨继宗打招呼就上马出发。这四十来号人马的队伍虽然不算整齐，却也浩浩荡荡，一路沿着白河岸向北款款而行。路上才发现，镇里镇外的许多百姓也都朝着河闸方向而去，全都面露兴奋之色，见有一队官差来了，才纷纷到路边避让。

来到白河大闸附近，就见今日状况与昨天又有所不同。在水闸周围的百姓足有千人以上，却大都集中在西岸一边。这几日天气和暖，河里冰封已经不实，大家或是怕人多了压塌冰面，因此河面上只有稀稀拉拉不多的人。对面东岸一边的人更少，在老远地隔河相望。再仔细分辨，河西的这些百姓大约也可以分为两部分，一拨在贴近河闸的里圈，约有三四百人，情绪较为激愤，不少人手中还拿着锄头、铁锨之类的家什。但与昨日不同，这些人并没有拥到大闸跟前，而是离着铁闸还有二十来步距离，围成了一个半圆圈，看起来也还秩序井然。另一部分人应该是来看热闹的，都在请愿的乡民后面，有近有远，也有三五成群在一起议论的，也有些小孩子爬到附近树上看光景的，似乎唯恐耽误了一场精彩大戏。还有镇里村里的一些小贩也不误商机，卖茶水的、卖点心小吃的，甚至卖孩子玩的空竹、毽子、纸灯笼的，都在更边缘的地方摆起了摊位，居然也有不少顾客。

徐有贞见此情状很不高兴，对迎上来的周巡检道："这是什么吉祥景象，大家放着元宵不过，跑到此处来看热闹？你让弓兵先把这些小贩全都赶走，无关百姓也让他们回家过节，或是到镇里，那边才是正经热闹。"

河闸周围的乡民见官府的人来了，自动让开一条路让他们进到圈中。徐有贞站在水闸边对众乡民大声道："本官昨日许诺，要为赈济诸事给众位乡亲一个交代。昨晚本官与魏知州等人商量过了，一切安排就请魏公宣示尔等。"

乡民们霎时安静了许多，都要听魏凤举说些什么。偏偏魏凤举嗓音喑哑低沉，只得努力高声道："昨晚本官并巡检司周巡检、乡绅张主政奉都察院副都御史徐大人之招，商议赈济灾民等事……为舒乡民灾后无粮之困，徐大人特地捐出百两白银，本官与众乡绅也愿各筹集百两……与之前朝廷已准赈济钱粮，共计银四百七十五两，粮三百七十石……不日就可分别发给灾民……"

因他声音小，四周的百姓听不清他说的什么，故而每讲几句，就有人在旁帮他大声向众人复述。这一来却打乱了他说话的节奏，话音不住被打断，中间又被插进许多人的大声议论。说到徐有贞亲自捐银一百两赈灾，就有乡民议论，说这个徐大人倒真是好官，肯拿自己的银子救济百姓。却也有人道，未必就真是他自己家的银两，哪有用自己的钱为朝廷补窟窿的。更有人说，副都御史比顺天府还要大好几级，这么大的官还不有的是钱，哪在乎这百十两银钱。这些议论全都清楚洪亮，听得徐有贞脸上变颜变色，极不痛快。

说到不日就可发放赈济，又有人在下面大声问道："不日是哪一日？这话年前就对我们说过，再过几天有些人家早已饿死了，再发赈济还有什么用？"也有人说："这些钱粮要如何分配？可不要都给了那些饿不着的大户，无粮的小户反没有指望。"

魏凤举见这些乱民不可理喻，十分恼怒，虽想大声呵斥，无奈嗓音不济，根本压不住众人。徐有贞此时反倒面色从容，并不讲话，似是要看情势发展再作道理。

杨继宗自来到河闸，一直站立在徐有贞旁边，冷眼看他的行动，一面暗自揣摩他的想法。此时才开言道："老伯，我看这些乡民的疑虑也不是全无道理。地方上劣绅污吏用种种方法克扣钱粮中饱私囊的事从来甚多，灾民们若无眼前实惠，恐怕一时难以平复散去。以晚生之见，不如直接将那些赈济钱粮发放给百姓，由他们自选人手主持分配。那样分得均与不均都与官府无关。"

徐有贞却微微摇头道："贤侄你哪知这些刁民的厉害！让他们自己分配赈济钱粮，谁知会不会最后都落入一些豪强大猾之手。今日散了，谁知明日会不会又有人挑拨聚集。不用些雷霆手段，哪里止得住刁民闹事！何况，此番事件背后还有人阴谋挑唆，可谓树欲静而风不止呀！"边说还边向杨继宗意味深长地看了一眼。

杨继宗还未及答话，就听下面人丛中忽有一个响亮声音道："这些当官的只拿些好话填乎我们，只等再饿几日大家更无力来这河闸，就可平安无事。咱们不如趁着还有些力气，先拆了这座乌闸，看官府再敢不顾我等死活？"

二

杨继宗循着那声音望去，喊话的正是昨日就叫喊着要拆河闸的后生，仍然手执着一把锄头。在他身边有几个人，虽然也穿着庄户衣服，举止气质却全然不像当地乡民，看着倒似是昨晚在张家湾镇上调笑人家女眷的那几个京城棍徒。杨继宗此时更加明白：徐有贞的意图就是要有意激怒乡民，而一旦乡民有过激之举，他必有埋伏在附近的官兵，立刻前来弹压。

拿锄头的后生这一声喊，确实引起了周围许多人的愤恨，纷纷嚷道："既有钱粮，为什么不早日发放了，还要再等？我们已经等了半年，哪里见到一粒粮食！""今天我们在这里等了大半天了，饿得前心贴后心了，当官的才过来，来了就说这些空话！"连在外围看热闹的百姓，虽然与己无关，也有人跟着高呼："当官的说话什么时候算过数，这次大伙要是散了，只怕一个钱毛也得不着。"

乡民们越说越有气，不由身子都向前拥了几步，那些手里拿着锄头、铁锨的更是拥在前面，"就把这害人的铁闸砸了，看他们敢把我们怎样？"

杨继宗刚才到这河闸的时候，就注意到有一个把守的弓兵手中抱着一个车轴粗、一尺多长的巨大烟火，样子显得十分诡异。此时再偷眼看他，已经把那烟火放在地上，并用火镰火绒点着了一支杆香。看来这烟火就是信号，只要乡民上到闸上，铁闸稍有毁损，他就要点放烟火。

正在不可开交之时，一个大汉从人丛中挤进圈内，转身对着众乡民喝道："大家不要吵闹，听我来说！"正是那陆学智。

乡民们听陆学智一吼，暂时安静了下来，才听他说道："我们这几日聚集到这河闸上，是为让官府体恤民情，发放赈济钱粮，赔补淹田损失，免除秋粮杂征。官府故意拖延，至今不给我们一个实在消息，我们自然不能轻易散去。但我今天一早也向大家说过，这个铁闸乃是漕河第一道咽喉，关系国家命脉，不到万不得已，绝不能有所损害。"

乡民中有人说："官府就是不给我们实信儿，怎么办？"

"我们且再看它一日半日，若还没有消息，再砸它的铁闸不迟。大家先往后退几步。"

乡民中大多数人并不想把事闹大，听了陆学智的话，果然向后退了几步。但人丛中却有人怪声道："陆四爷是大财主，家里不缺吃的，自然不怕多等几日。我们早饭都没吃，眼看要到未时了，难道还能再饿上十天半月！"

经此话提醒，许多人才又觉得还真是饥饿难挨，自己与那陆四爷毕竟不是同一类人。也不知是什么人先行，紧靠河边的乡民中已有几个后生从人群中蹿出来，手执农具到了铁闸跟前，与把守的弓兵面面相对，眼看就要撕扯起来。乡民们见此情景，也一起拥到了铁闸近前。陆学智此时虽然还在高声呼喊制止，却哪里还止得住。

正在万分紧急时刻，却有一队人马从北边飞奔过来，缨铃响处，只见有十几个人，俱是鲜衣怒马，原来是一批锦衣卫的校尉。

堤上的乡民这几天与守闸的弓兵接触多了，已经全无敬畏之心，但忽然见到这些衣装齐整的校尉，还是有几分畏惧，又有些见过些世面的人在一旁指点，说是锦衣卫的官差，大家更是不由得要向后躲一躲。霎时之间，乡民们与守闸弓兵之间又拉开了一些距离。

徐有贞眼看功败垂成，恨得暗自咬牙，却不知这一队锦衣番子是什么来头。杨继宗此时却已经看清了，来的正是汤胤绩和袁彬。

就见那些锦衣校尉一直骑马冲到河堤上才下了马，下马后立即分作几组，来到乡民当中。乡民们还未及反应，这些锦衣校尉势如闪电，已经在人丛中一面察看，一面抓到了四五个人，还有一两个见势不妙要悄悄溜走的，也都被外围的校尉拿下。

见捉到的人都被提架到河闸一边的小屋附近，汤胤绩才向周围的百姓高声道："本官是锦衣卫指挥佥事，到此捉拿京城命案要犯，这些人并非此处居民，与尔等并无关联。你们该干吗干吗，地方的事就非本官所管了。"

话虽这样说，乡民们亲眼看到锦衣们身手不凡，气势更是狠毒，一时竟忘了刚才的激愤，只是好奇怎么会有京城的要犯跑到此处参与河闸上讨要补偿、赈济之事，大家议论纷纷。

汤胤绩见民众也还安稳，才与徐有贞见礼道："想不到元玉公竟也在这里。下官到此处办差，不会打扰了元玉公的公事吧？"

徐有贞心中极是不满，却也不便发作，只冷冷道："公让兄老远亲自跑到此地，可不知是什么要案？"

"元玉公或许不知，前几日在京里有一案连杀十七条人命，我们大前天才捉拿到案犯。"说着顺手一指。杨继宗这才注意到，前几天在帝王庙附近捉到的邱八也被押在这队锦衣中，哆哆嗦嗦戴着械具，看样子受刑不轻。

汤胤绩继续说道："这小子在镇抚司中已经招了，一同作案的还有十余人，正好在这里抓到几个。"

徐有贞冷笑道："都说锦衣卫精明干练，法网严密，老夫还有些不信。今日看来，他们逃到如此遥远偏僻之地，贵衙门还能得到消息，一网打尽，实在佩服！"一边说着，却狠狠地剜了杨继宗一眼。

汤胤绩却打着哈哈道："哪里，哪里。元玉公与下官都是食君之禄，忠君之事。老先生放着元宵佳节不过，跑到这遥远偏僻之地来处理民情，才真是让下官钦佩得紧呀！"

三

锦衣卫突然来到河边拿人，如同给刚刚鼎沸的民情泼了一盆冷水，好不容易激动起来的乡民似乎火气消了不少。更有许多人奇怪，怎么会有京城的杀人歹徒混到此处，于是又忙看看周围人等，见都是熟悉的乡亲，才算放下心来。陆学智趁机赶快收拾局面，大声道："众乡亲先莫急，慢慢和他们说话。"

汤胤绩和袁彬拿了人，并不与杨继宗见礼，只与徐有贞再道声"辛苦"就带上人走了，留下河堤上一片冷场。杨继宗见刚才的危局立时被化解了，心中不免有几分得意。再看稍远处，靳孝、白玉堂等赤龙会天字门的人都三人一群、两人一伙站在看热闹的人里面，并没有显露身份，却也显然掌控着局面。暗想：此时倒要看看这位诡计多端的徐大人还有什么招法。

徐有贞毕竟是见过大场面的，此时也没显出气急败坏，只把副巡检周子琦叫到身边，似是向他布置了些什么，并用手朝人群中一个方向一指。

杨继宗在一旁看得明白，也朝那个方向看去，见有几个虽不认识却有些脸熟，应该是天字门的人。其中一人却是认得的，那人身穿一件灰布棉袍，头戴厚毡瓦楞帽，正是胡昌世。杨继宗才忽然想到，昨晚在巡检衙门见到的那个背影，正是这副穿戴，难道胡昌世已经与徐有贞勾结在一起了？

就见周子琦先对手下差役吩咐了几句，才站上了大闸旁边的石基，向着乡民说道："乡亲们要官府赈济灾民，赔补损毁，本来也是正当要求，可各位刚才也看见了，却有一帮京中棍徒前来浑水摸鱼。这些人心怀叵测，到底要做什么本官一时还难以逆料，倒要当着大家的面审他一审。"说着大喝一声："将这奸徒带上来！"

就见那边三四个差役、弓兵猛然蹿出，一把按住了胡昌世，把他连拖带拽拉到河闸一边。因为事起突然，赤龙会的人来不及反应，只能眼睁睁看着胡昌世被抓走。乡民们见此番巡检司也抓了人，都挤上来看，纷纷议论道："此人这两日一直在这边村里走动，看着就不像好人。""原来今天这事，都是这些京城里的光棍指使的，倒让咱们跟着着凉受饿。"

周子琦道："我问你话，你要大声回答。"

胡昌世跪在地上，并不显得慌张，大声回道："小人明白。"

"你是哪里人世，什么营生？今日到此处要做什么勾当？"

"小人胡昌世，是京中人氏，在丽正门外养荣堂药铺掌柜。昨日到张家湾来收取一批药材，因听说这边热闹才不合前来观看，并无其他勾当。"

周子琦喝道："你个无赖刁民，哪有放着元宵不过，大佬远跑六十几里来看热闹的？看来不动大刑你是不招。来，打他二十棍子。"四周乡民听说要打人，无不兴奋，更凑近了些。

一旁差役有带着军棍的，上来将那胡昌世按在地上，也不分臀背，噼噼啪啪打了十几棍。胡昌世被打得"哇哇"乱叫，一面喊："小人愿招，小人愿招！"

周子琦挥手让停了刑，"你从实招来。"

"小人实是受人指使，来到此处挑唆乡民，要与官府作对。"

"此处可还有你的同伙？"

"还有十几人与小人同来，都在人群之中。"他趴在地上，抬起胳膊顺手向后一指。那身后方向看热闹的人群却都跟着流水后撤，生怕被当成了贼人同伙。杨继宗细看时，靳孝、白玉堂等人此时早已淹没在人群之中，难寻踪迹。

此时徐有贞才接过来问话，声音虽不如周子琦响亮，却也字字清楚：“你们挑动民众与官府对抗，就是谋反之罪，你可知道？”

“小人不敢。”

“你可知谋反之罪按我大明律要如何处置？”

“小人不知。”

“依律，谋反不分首从皆凌迟处死，祖父、父、子、孙、兄弟及伯父、叔父、兄弟之子，十六以上皆斩，十五以下及母、女、妻妾、姐妹等给付功臣之家为奴，财产入官。”又向跟前乡民道：“你们可听得明白？”

乡民们倒也听明白了，这不就是常说的“灭门九族”吗！忽然感到异常危险，不由倒吸着凉气，悄悄都后退了好几步。

杨继宗见徐有贞要用重罪吓唬乡民，此时再也不能顾全面子，在旁大声说道：“老伯，晚生向来热衷刑律，却听说‘谋反’之罪，是指意图危及社稷者。今日乡民因这河闸而致秋粮受损，要求一些补偿赈济，恐怕说不上是危及社稷。就算是这个胡掌柜在下面挑拨，虽不知他是何企图，却也难以戴上谋反的罪名吧。”

徐有贞冷笑道：“贤侄倒还真是懂些律令。但今日这贼人亲口承认，说是有人指使他们来此挑唆，要乡民与官府对抗。这不是谋反还是什么？”

杨继宗笑道：“此事却还要问一问这位胡掌柜了。”说着走到胡昌世跟前，“胡掌柜可还认得在下？”

胡昌世这半个多月来一直记着杨继宗的仇恨，此时趴在地上，只狠狠瞪了他两眼，并不回答。

“胡掌柜既然说是有人指使，不妨让大家明白，指使你的是什么人？”

胡昌世此时自然不便细说赤龙会的事，只含糊道：“此事极为复杂，在此难以一时说清。”

“依我看倒也不算复杂。昨晚阁下去了一趟巡检司，应该与徐大人相谈甚欢呀！”

四

杨继宗此言一出，乡民们还有些转不过弯来，那边陆学智却立刻接过话来："什么，这个奸贼竟然是官府派到这里来卧底的！还要害我等一起吃罪，灭门九族！"

陆学智在乡民中颇有威望，此话一出难免引起一番骚动。徐有贞却没想到杨继宗竟认识这个胡昌世，而且还发现了他昨晚曾与自己接触的事实，板着脸喝道："你一个书生怎敢胡言乱语，这姓胡的怎会与老夫相谈！"

杨继宗昨晚并没有认清到巡检司的那人就是胡昌世，也没有对靳孝等人说起，但见到今日徐有贞与胡昌世所施的一番苦肉计，对胡昌世叛变投靠徐有贞已有十足把握，也正好趁此机会让赤龙会的人弄清胡昌世的嘴脸，大声道：

"徐老伯大概不知道，这位胡掌柜与晚生颇有一些渊源。晚生昨日在巡检司里见到他，还有些奇怪，不想今日却在这里又见了。他刚才亲口说此行是受人指使，昨晚却又刚刚得到老伯接见，晚生难道不该对此略有疑惑？"

那边赤龙会天字门的人最初见到胡昌世被擒，都有些措手不及，此时却已经悄悄聚拢在一处，站成一圈以备不测。听杨继宗说出胡昌世曾与徐有贞联络，已经大约明白了局面，在远处喊道："既然姓胡的那厮身份不明，官府审他哪里让人信服？就应将他交与乡民来动刑审问，自然就知他的底细。"

乡民们听了都觉有理，又拥挤向前要去拉扯趴在地上的胡昌世，周围的弓兵急忙阻拦，一时又有些混乱。周子琦在一边高声断喝了几次却毫无效果，只得拔出佩剑来一挥，大叫："排阵执兵器！"他手下的二十名弓兵乱哄哄地忙活了一阵，倒也围着胡昌世摆成了一个弧形战阵，前排的执刀，后排的握着长枪，却也显出了一些杀气。魏知州带来的二十来个弓兵仍守在几位官员周围，却也都搭了弓箭，做出临战之态。乡民们毕竟没见过这样的场面，顿时安静下来，但因自己的人数甚多，并没有后退。

双方对峙不过片刻，又见南边路上过来了三匹快马，马上三人都是战袍戎装，径直来到河闸旁的堤坝下面下马。乡民们见是正经官军，自动让出一条路来。

那为首的军人向徐有贞深躬施礼：“敝弁是通州分守阎将军标下千总左大虎，甲胄在身，不能大礼参拜，大人恕罪。”

徐有贞却面露尴尬，“你怎么到这里来了？”

“敝弁领的军令，辰时带三百军卒来附近仓场埋伏，见到信号过这边河闸听大人指令，申正时刻准时收队回营。因一直未见有信号，此时已过了申正时候，敝弁只能遵令带队回营了，请大人见谅。”

徐有贞似还想说些什么，想了想，作罢道：“既有军令，你们就撤了吧，但要绕道回营，不可经过这里。”

徐有贞与那千总的对话声音虽然不大，杨继宗在不远处却也听得清楚。暗想，这官军一撤，你徐有贞的这盘棋也就再无可下之处，让乡民们在这里再热热闹闹待上两三天，你们在京师复辟的阴谋只怕也要破败！

正有些暗自得意，就见徐有贞稍整衣冠，和颜悦色对乡民们说道：“今日这里的事颇有些繁杂，恐一时也纠缠不清。但乡亲们所求，无非是赔偿、赈济、免租、免税等项。早些时候魏知州已然说过，赔偿、赈济钱粮已经落实，一应佃租、秋税也可全部豁免，那里魏知州说不日即可发放，乡亲们尚怕并无定日。现在本官在此做个担保，三日之内，定将那四百多两银两和三百多石谷米全部发给大家，可保安度春荒。”

乡民们经这一日折腾，已经十分疲惫，听他说三日之内要发放钱粮，也觉是个办法，多数人都有些喜色，也有当时跪下磕头感谢青天大佬爷的。

徐有贞接着说道：“既然诸位所求已经满足，何必再天寒地冻聚集此处？今日正是元宵佳节，各位不如先回到家中，全家团聚，过两天自有钱粮发放。”

那姓樊的老童生一直隐在人丛中不大显眼，此时见众人情绪已经平复，才大声附和道：“既然徐大人担保，我等还有什么不信？我看大家回去暖和暖和，穷节也还是要过的。不如就先散了吧。”

乡民们正要散去，却听有人阴阳怪气道：“樊先生，你拿了官府的银子，回去怕不是要过穷节，好酒好肉自然是少不了的。”杨继宗循着声音一看，原来靳孝一伙人早又悄悄凑到请愿乡民这一边，说话的正是天字门的一人。

樊力耕听了这话，登时面红耳赤，一面寻找刚才说话的人一面叫道：“什么人在这里胡扯，我哪里得过官府银子！”

他正要过去找那说话之人，却不防备身后有人一把抓住他的脖领，猛地把他揪了回来。回头一看，揪他的竟是陆学智。

陆学智黑着脸道：“正要问你，昨晚上你去了哪里？”

“在下一直在家，并未出门。”他嘴上虽硬，身子却明明有些颤抖。

陆学智朝不远处一个后生道：“二子，你说。”

“我昨晚见到有个巡检司的差官来到村里，隐隐藏藏的，后来就同着樊先生走了。”

“你血口喷人！”

陆学智却一把将他拽倒在地上，用脚踩着他的胸口说：“你还不说实话。昨晚有人在巡检司衙门里看见你了！”

第三十七章

险境

一

眼看太阳就要西沉，河堤上时时有北风吹过，一下子又冷了起来。但水闸周围的乡民们忽然听说还有内奸，早忘了寒冷，都吵吵着要让樊力耕供出实情。谁知那樊力耕在河堤上站了大半天，本来已经筋疲力竭，突然被抓受到惊吓，又被陆学智一脚踏得太猛，竟然一下子背过气，晕了过去。

陆学智接连喝问两声，见他翻着眼睛并不答话，又扇了他两个嘴巴，仍无反响，才道:“这厮却要装死！”一面让人去取冷水，一面在他的怀中、袖中翻检，却在他袖子里找到一张纸片。陆学智是识得几个字的，把那纸片看了看，更是勃然大怒，大声道:“他把咱们全都卖了！”

徐有贞本来距离乡民甚近，刚才突发的事件全都看得清楚，却一时不知该如何处置，见众人都在关注躺在地上的樊力耕，才忙把魏知州和周巡检叫到身边低声吩咐了几句，随后又带着京城来的众人向后退了几步，紧贴着看闸人的小屋站定了。州里和巡检司的四十来个弓兵则排成两排，将徐有贞等人环绕保护起来。

刚才趴在地上挨打的胡昌世早已爬起来，也悄悄跟上徐有贞一伙，却是满眼恨毒，不住地打量杨继宗。杨继宗虽然已经与徐有贞撕破了脸面，此时却也不知该如何行事，赧赧地也随着几人退到看闸小屋旁边，却有意避开众人的目光。

这时有人提来了半桶凉水，搂头盖脸泼到樊力耕身上，那老童生猛然一抖，睁开眼睛。陆学智将那纸片送到他眼前，狠声道：“你来念，大点声！”

樊力耕衣服湿透，在冷风中瑟瑟打战，半晌说不出个整句来。陆学智拉他半坐了，又缓了半日，才又问：“这个可是你写的？”

“是……是……我所写。”

“我识字不全，你给大家念念上面都写的什么。”

樊力耕无奈，只得哆哆嗦嗦嘟囔了半句，却什么也听不清楚。

陆学智见他实在不济，才对附近一个穿青衣的年轻人道：“柱子，你的字好，你来念。”

那青年忙过来高声念道：“陆学智，三十七岁，身长六尺，面赤短须。曾四喜，二十岁，身长五尺三寸，面白无须……”一共是五个人名，都注明了年龄、身长与面相。

乡民们听了还有些不解，纷纷疑问：“这是什么意思？”

陆学智才低头对樊力耕厉声道：“你来说，写这些到底要做什么，是何人指使？”

樊力耕哼唧了几下，见不说不行，才道：“这是……这是徐大人让我写的。”

“写它做什么用？”

樊力耕朝徐有贞这边看了看，见徐有贞身旁虽然有不少兵丁，离自己也不过咫尺之遥，却并没有过来搭救他的意思，又见陆学智揪住他的脖子不住催促，才咬了咬牙说道：

“昨日徐大人叫我过去，问有哪些人领着闹事。是我当时慌乱，半天也说不清楚，徐大人才让我回来把几位的姓名相貌写下来。”

“那你把它揣在袖里准备怎样？”

樊力耕又看看徐有贞这边，才低声说了些什么。陆学智听了，揪住他的衣襟用力一提，把他拽了起来，两脚几乎离地，“你对乡亲们再说一遍！”

“巡检周大人对我说，今日在堤上只等官兵来了，就把这名录悄悄递给带兵的军爷。”

刚才带头要拆河闸的那个拿锄头的后生应该就是黑名单里的曾四喜，

此时来到樊力耕身边，狠狠踹了他一脚，骂道：“你个老棺材瓤子，我又与你无冤无仇，为什么要害我？”还要动手再打，却被陆学智拉开了。

乡民们听了樊力耕一番话，先安静了片刻，似是在琢磨此话的含义，然后才突然爆发出来，高声议论道：“他把陆四爷几个卖给官军，难道是要让那官军按名逮人？”“这半天了，官军却为何不曾动手？”也有人道：“就这三四十个歪刺弓兵，能是俺们的对手，怕还是要过后再来算账。”

陆学智毕竟先得了一些消息，因大声道：“这些弓兵虽不顶事，只怕后面还有埋伏的官军！”

那个叫柱子的青年也在旁说道：“难怪刚才来了几个官军，我隐隐听他们说是过了时辰，要回营交差了。这些官军今日一定就在附近埋伏，却不知为何没有过来。”

曾四喜却也一下子想明白了，极怒道：“刚刚那姓徐的大官说我们是要聚众谋反，要灭我们九族。他暗中不知布置下多少官兵，只怕是就要在这河堤上杀人。我们几个上了名册的都要全家问斩，你们在场的也躲不过死罪！”

听他一说，乡民们才忽然发现事情竟然如此凶险，不由得火气都有些上来了。有人喊道：“我们不过为了要些粮食免得饿死，如何就是谋反！这些狗官太欺负人！”

曾四喜一张白脸已然涨得通红，扬起锄头叫道：“狗官不让我们活命，我们就跟他们拼了吧！”一面喊着一面带头向弓兵围成的战阵冲过去，身后果然跟上了一众乡民。

二

乡民们这一次挥着各种农具向前，却是直接冲着弓兵的战阵而来。那些没有经过什么训练，更没见过这种阵势的弓兵被乡民们的气势吓得慌了手脚，有的还用刀枪勉强支应两下，有些扔下手中的兵器，转身奔下河堤，趁冰面上人少，踏着冰河四散而逃，周子琦虽在后面大声呵斥，哪里还约束得住。

混乱时，忽听“轰”的一声巨响，在看闸小屋旁边蹿起了几丈高的金红色烟火，紧接着又有黄的、蓝的、红的无数烟火带着啸音飞起，又在天上炸开，迸出朵朵彩色菊花，因天色已暗，显得分外耀眼。原来负责点烟花报信的那个弓兵并没有得到新的指示，眼见情势甚急，急忙遵令把那个巨型烟火点燃了。

众乡民被这突然的动静惊得一怔，有人已经想到，这必是通知埋伏兵丁的信号，不由都彼此靠得更为紧密，脚步却也停了下来。

趁着乡民停下来这一瞬间，徐有贞迅速布置，带魏知州、周巡检、张乡绅，以及自己的师爷和徐贯、杨继宗等人钻进了旁边的看闸小屋，同时让自己的几个家丁、差役带领剩下的二十来个弓兵把守在小屋门前，下令道：“守住门口，有敢向前的格杀勿论！”

那看闸的小屋本来只为守闸人临时遮风避雨，四墙全是用青砖砌成，倒还厚实，顶上却是苫的谷草。小屋没有窗户，只朝东面对着白河开了一个门洞，也没有门框，原来挂了个草帘子，被周巡检一把扯了下来。里面除了一领破苇席，并无任何家什。

那小屋不过一丈多见方，十分狭窄，一下子进了十来个人，大家只能挤作一团。徐有贞此时倒十分镇定，干脆面对着门洞，盘腿坐在那张苇席上，叹道：“毕竟老了，站了这大半日，实在有些劳累。”才又抬眼看着杨继宗说：“这应当就是你们赤龙会想要的结果。只是乡民并无头脑，眼下被引得暴怒，如山洪野火，看来也没有人能够约束得住了，一会儿恐怕要玉石俱焚。老夫的残躯本不足惜，但这大闸一毁，必致漕河阻塞，若是今岁再有凶险水情，只怕老夫前几年的心血就会毁于一旦了。即便是杨贤侄你，身处此地，也未必就能全身而退呀。”

杨继宗也没想到今天的事情竟会发展成如此田地，只能深躬施礼道：“晚生并非赤龙会之人，此行却实在是为赤龙会做事。今日之事，实是我们筹划不周。但摧毁河闸，伤害老先生，绝非我等原意。现在事已至此，晚生情愿拼着性命，保护老先生和诸位平安，护卫这河闸无损。”

徐有贞道：“杨贤侄虽然说话硬气，只怕也是有心无力了。你看外面。”

原来这小屋东墙离河堤的堤沿不过二尺宽的距离，河堤朝河的一面是个陡坡，乡民们要从这个方向进攻到小屋的门口自然不易。因此这一面只有一些乡民站在河面的冰上，防止小屋里的人从这个方向逃跑，更多的人则围在小屋的西边和南北两面，用锄头之类的农具击打砖墙。不想这砖墙造得甚是坚实，一时不能砸破。此时不知什么人想出了主意，说是不如放火烧了这些狗官，也有的说既然放火不如连这个大闸一起烧了，于是众人又是找秫秸、抱柴火，又是寻找油脂助燃，一时倒忘了再用力拆墙。

杨继宗等人从这边门洞中正好看到前面的河闸，只见已经在下面已经放了些柴草，有人吆喝着如何摆放，也有人似在尽力劝阻，却起不了半点作用。

眼看情势万分危急，忽见有几匹快马自南往北从河道里飞奔而来，又顺着堤坡斜插着上了河堤，眨眼间到了小屋门前。杨继宗已经看清了前面一匹红马上正是云瑛，后面跟着老麦和莲儿，连忙喊道："让他们过来！"守门的弓兵才没有阻拦。

云瑛进到屋里，并不理他人，上前道："杨公子快随我来！"拉了杨继宗的衣袖就往外走。

杨继宗赶忙摆脱了，"姑娘且慢！"

云瑛才急道："再慢就点着了。"又指指头上的谷草屋顶，"这草顶哪里经烧！"

徐有贞却在一旁微微笑道："这位想必就是云瑛郡主了。"又对杨继宗道："所谓患难见真情，既然郡主来救，你就随她去吧。以她这骑术身手，冲出去应该不难。"

杨继宗道："老先生临危不惮，真大臣之风。但晚生参与造成今日乱局，哪能觍颜自己逃命？"又转身对云瑛道："姑娘深恩，秀才我没齿难忘，但今日情势实难先自逃脱。今晚若真毁了河闸，伤了元玉老及各位大人，不但国家漕运大计受损，这附近村庄的乡民们因此落下聚众杀官毁漕的罪名，恐怕也要被屠戮殆尽。此时民情汹汹，那陆学智和靳孝之辈已难把控，也许唯有智性和尚出面尚有一些挽回局面的机会。我请姑娘念这数百上千百姓的身家性命，再冲出去找智性，就把我刚才这两句话告诉他，让他想办法努力收拾民心，或许还能挽救危局。”

徐有贞听说智性也在此地，也觉有望，对云瑛道：“你让智性告诉乡民，只要停止攻击大闸，今晚就可将赈济钱粮发给百姓，由他们自行分配。”又对杨继宗说：“你也不必执拗，与这姑娘一起出去找智性，不是更说得明白。”

杨继宗却执意不肯先走。云瑛无奈，只好先让老麦留在小屋门口，“你无论如何都要保住公子平安。若是公子有什么闪失，你也不必再来见我了。”又留下一匹快马，才含泪别过杨继宗，与莲儿重又从河堤东坡斜刺里冲了出去。

三

徐有贞见云瑛已经安然冲出，却并未因此安心，问杨继宗：“你说那智性或有救急之法，却不知有何安排？”

杨继宗苦笑道：“昨晚晚生曾与智性禅师相见，他说过为防万一，也做了些应急的准备，却不知要用什么办法。晚生只道约束了乡民，不给老先生构衅之机，就可以拖住老先生一行不得立即回京。谁知道今日之事竟至如此地步。”

徐有贞摇头道：“你们后生小子，哪知刁民厉害，最在乌合之众，群龙无首。老夫也是一时心慈手软，又顾及着你们赤龙会一伙在后面掣肘，才想着要等那些乡民稍有过激之举再行剿灭，杀几个为首的立威，有理有力，以绝后患。想不到当断不断，立时就要自受其乱了。难道真是天命不佑，上皇本来没有复辟之机？”

杨继宗这两日与徐有贞相处，一直有意不谈太上皇复辟的事，但此时听他说起，却不由反驳道：“晚生这两日受教，对老先生的胆魄气度极为敬佩，但说到上皇复辟之事，却不敢苟同！”

徐有贞见到此光景杨继宗仍然如此执拗，反倒笑了，“天命如何，过不了几日便可知晓。可若是运气不好，只怕你我都看不见结果了！”说完才又对屋中众人和门口的护卫高声喊道："刚才我已令亲丁徐福趁乱与逃散的弓兵一起跑出去，让他火速到通州分守营中求援。大家不要慌张，再坚守数刻，即可脱险。"声音虽然响亮，却显得有些底气不足。

谁知这话刚说完，屋内房顶上突然冒起烟来，原来已有乡民找来了火种，从屋后点着了苫房的谷草。

刚才众人挤进看闸小屋避难，杨二一直守在门口，既要看着外面情势，又要看着屋内情景，格外紧张，此时见屋顶火起，大叫道："屋里危险！"一步蹿进来拉了杨继宗就往外走。众人也赶忙从小屋中跑出来，离开那小屋十几步远才在堤岸上站定了，护卫的弓兵人等也忙围上。好在此时乡民们兴趣都在放火，这边河堤上下围困官员的人并不太多，一时没有发生冲突。

那屋顶上的谷草上虽还有些残雪，毕竟是易燃之物，又有小风吹着，冒了一会儿浓烟就腾地燃烧起来，竟如一个巨大的火把一般，火苗冲起了一丈来高。此时天已大暗，火光更觉耀眼，照得四下里通明，周围专来看热闹的人则报以一片喝彩之声。

这火虽大，却不禁烧，那火苗只片刻工夫就落了下来，瞬间又没了明火，只剩下一些余烬还泛着星星点点的红光。那一边河闸上放火的工程却不顺利，虽然已经在大闸边上和大闸下的冰面上堆了些柴草，但要烧毁这边上包了铁皮的厚实闸门绝非容易，于是有人又喊着要找油脂。乡民们穷困，哪里有食油放火？于是又想到了大户人家。有人道："只有陆老四家有许多油脂，让他拿来！"陆学智此时却早不知躲到哪里去了，如何找得到。

就见那曾四喜此时已俨然成了临时指挥，高声喝道："这鸟闸怕一时烧它不成，大家不如去寻来铁锤、大斧、锛子这些趁手的家什，连夜就把它拆个干净！"又借小屋那边灰烬的余光指着徐有贞等一众官员道，"也不要让这伙狗官跑了！"

乡民们听他一说，才又都把眼光投向徐有贞等人，不多时就从四面围上来，或执农具，或拿着刚才逃跑弓兵丢下的刀枪，把弓兵和官员等人死死围成一小团。双方屏住呼吸，眼看就要动手。

这时不知谁喊了一声："你看那是什么？"

人们顺着他的手势看向北方，就见远处天上飘来一朵金色莲花，莲花上又有一巨大佛幡，全都金光闪闪，在夜色中分外鲜明。那金莲花顺着白河河道缓缓而来，直到河闸近前才又慢慢降落下来，稳稳落在冰面上。此时大家才看清，金莲花心中还端坐着一个僧人，身披大红袈裟，双手合十，分外庄严。

乡民们见到忽然有圣僧从天而降，都道是如来下降凡间，顾不上眼前与官兵的冲突，呼啦啦跪倒了一片，口中念佛不止。刚才紧张至极的弓兵衙役见到佛祖到此，更是感动流泪，一个个伏在地上大呼“阿弥陀佛”。远处看热闹的人们自然也没见过这样的神迹，也都跪下念佛。刚才一触即发的修罗场，瞬间竟变成了礼佛之境。

杨继宗到这时才算松了一口气，再看徐有贞，也在偷偷擦拭着鬓边的冷汗。

那僧人自然就是智性。只见他趺坐在莲花座中，朗声道：“阿弥陀佛！吾乃大慈恩寺住持禅师，因得我佛启示，说你们张家湾白河左岸的居民一向积善向佛，如今却遇有血光之劫，命我乘风前来解救。佛法有道，放下屠刀，立地成佛。你们在这里打打杀杀，又放火焚屋，就生无穷罪孽。不如放下，放下。”

众百姓早被他自天而降的神迹震得头昏脑胀，听他说得也算明白，哪里还敢再行争斗，都把手中的兵器、农具扔到一边，念着“阿弥陀佛”叩头不止。连弓兵人多也放下了手中的刀枪。

智性又道：“你们几百人在这里争斗，可有带头之人，让他近前来说话。”

乡民们互相看看，都推曾四喜上前。曾四喜却扭着身子不愿意，“我哪里是带头的！要找带头人，还是得陆四爷说了算。”

好在陆学智不知何时又已混杂在人群之中，此时从地上爬起又趴下，恭恭敬敬向着智性拜了四拜，才对乡民们道：“大家请靠边上一些，在下听了圣僧指点，再向大家说。”

四

就见那陆学智先跪在地上给智性磕了几个头，又伏在地上与他对话，说了好一会儿才起身对众人道："圣僧说：我佛慈悲，不忍看村民饥馁，却也怕大家一时激愤，伤官毁坝，有干天和。大家且都起来耐心等待，圣僧还要和官家人说话。"

杨继宗见有了对话之机，忙对徐有贞道："老伯出面有所不便，不如就让晚生与元一兄前去商量。"

徐有贞斟酌片刻，才点头道："这样也好。你去告诉村民，先前所说的银两粮食，不论有何困难，今夜就全部兑付，交由乡民自行分配处置。此外，去岁秋粮已有旨免征，地方上的一应杂征魏州君也同意全部免除；已征的夏税，由乡民在赈济银中自行酌情调配补退吧。"

杨继宗道："这样甚好，但只是怕还要请几位大人共同具结写个文书，保证今后永不追究此次乡民聚集之举，如此才能让这些乡民放心回家。此外，今年春暖后即行修筑这边白河两岸堤坝一事，也应对乡民有个交代。"

徐有贞虽然很不情愿，却也知道非如此不能打消乱民的顾虑，才说道："杨贤侄想得却是周到。但这些乡民得到钱粮后必须散去，今后不可再以毁闸相胁，聚众闹事。若再来生事，朝廷王法俱在，绝不宽恕！"

杨继宗也知徐有贞虽然急于要平安赶回京城，对于河间的事却也有自己的底线，事已至此，再想要出难题留住他已经办不到了，因道："晚生明白。一为漕河通畅，二为此地数百户百姓身家安危，晚生一定与智性禅师陈说利害，将此事了结清楚，不生后患。"这才同了徐贯向着那金色莲花走过去。

莲花宝座四周放置着好几盏羊角灯，把端坐在上面的智性照得分外明亮。他见杨继宗从堤上走来，面露一丝自嘲的微笑，架子却做得十足，坐在那里纹丝不动。杨继宗也只能一起做戏，来到莲花座前俯身下拜。徐贯虽有些不情愿，见杨继宗已经跪下了，也只好跟着一起拜了几拜。

智性把陆学智和杨继宗、徐贯都叫到跟前，问道："不知徐大人对了结今日之事有什么打算？”

杨继宗就把刚才商定的几条说了。

陆学智听了甚觉满足。智性却道：“这钱粮之数听起来确实不少，但其中既有赈济灾民的钱粮，又有赔补漫堤淹田的银两，还要调剂补贴一部分夏税，分摊开来可就数目有限了。何况，哪些农户需要赈济，谁家淹田需要赔补，已征夏税如何核算，佃户之家怎样安排，都是极繁复、极纷乱的事，万一分配不均，难保乡民不会又聚集此处，有所寻求。”

徐贯虽然对智性刚才从天而降也颇为震惊，但也知他是赤龙会中的要员，毕竟也是个凡人，见他又说这些不着调的话，道：“禅师说话倒是轻巧。徐副宪等几位大人本来说是调配繁难，因此要再等一两日发放钱粮，乡民才被人挑拨，险些生出大事。禅师既然来此救苦救难，何不救人救到底，送人到西天，就在此帮乡民们分派清楚。以禅师法力，处理此事又有何难！”

杨继宗知道赤龙堂此行目的全在拖住徐有贞，智性此时尚存一线希望，要利用乡民之势，再让徐有贞在此处拖延一两天。但经过刚才的险情，他已知若再闹下去，恐怕就真再难收拾了，因此郑重说道：

“乡民激愤之下，势如决堤之水，刚才若不是禅师及时赶到，已经难言其结果。如果再次生出事来，一旦闸毁漕断，这聚会的村民都难脱大罪，到时候受害的恐怕不止一家两家。我佛大慈大悲，岂能置这几百户两三千口人家的生死存亡于不顾？何况，徐大人前些时候已经派人去通州分守大营中求援，算着大军不用多时也要过来了。如果我们这里不能赶快协商定策，等官兵来了哄乱起来，恐怕要玉石俱焚也未可知！”

杨继宗这一番话，既是表明自己现在的立场，也是为智性分析当下的形势，智性自然听得明白。眼看赤龙会这最后一着棋又要以失败告终，智性心中十分不甘。但刚才这里险些要出大事的情形，他已听到看到，自己冒着极大的风险来到这里才算平息了乡民们的情绪，若要再来一次，还真不知道该如何收拾局面。

杨继宗见智性已被说动，又对陆学智说：“这位陆四爷，乡民生计固然重要，但若为了求生计反而丢了身家性命，那才真是不智！”

陆学智听了连连点头，忙对智性道：“这两位爷说得极是。小人这次出头找官府索要赈济赔偿，实也有一些私心，谁知会闹到这般田地！若真是伤了官人，毁了漕运，我这死罪万难逃脱。就请禅师帮我们调配分派。我家在河东淹地最多，这一次我不要一文钱赔补，佃户们种秋粮的租子也全免了。只要大户肯吃些亏，贫困小户分配起来也不会有太多阻碍。”他是被刚才的情形吓着了，宁可自家有些损失，不愿担上带头聚众谋反的罪名。

杨继宗又把前面所讲的几条约定帮陆学智清理了一番，才由陆学智起身向乡民们宣布：徐大人等长官慷慨解囊以助灾民，决定今晚就在这河边大堤上发放。钱粮如何分配由圣僧亲自调和，陆某不要其中一文钱一粒米。

乡民听说立时就要分粮分钱，欢呼四起，又都跪下来感恩圣僧。

陆学智又说了去年受灾之田，秋粮杂征一律免除；官府保证永不追究此次聚集的乡民，等等。乡民更是欢喜，连在一旁看了一整日热闹的闲人们也觉得甚是圆满。

这边徐有贞也早已让魏风举写好了具结文书，又让他带自己的书子到附近粮仓先支借三百多石粮食，让周子琦同张如绣到镇里张家挪借四百多两银子，并叫亲信去北边官道上迎着分守营的官军，令其暂驻以观动静。一切安排好了，才真的松了一口气。

此时一轮圆月已经升到当空，不远处镇子里不断有鼓乐声传来，大家这才想起，现在正是正月十五闹元宵的时候。

第三十八章

铁券

一

直到正月十六天将亮的时候，白河大堤上聚集的乡民才全都领到了钱粮，渐渐散去。

看看这边事情已了，智性同他黄字门的手下，靳孝同天字门的弟兄，各自离开。杨继宗不好意思再与徐有贞等人同行，也辞别了徐有贞和徐贯，带杨二和老麦与云瑛会合了。因眼看就要到卯初时刻，几人也不再投宿，索性直接骑马回京。

虽然是一夜未眠，云瑛精神仍然十分亢奋，与杨继宗并骑前行，又说起昨晚之事："我那时一直在河面上看着你们，见村民们要对你们动手，正想再冲上去抢你出来，就见到大和尚从天而降。那智性禅师的法术真是了得，竟然有腾空驾云之术。"

杨继宗笑道："我当时见他从天上飘飞过来，也吃了一惊。后来得空问他，他却说并非什么法术，其实是用的一种天竺幻术，说起来倒是和你们马解班的那位变戏法的老爹大约一路。"

云瑛眨着眼睛不解道："我们班里老何的戏法虽然巧妙，那些变出来的东西却都是藏在他那件宽大袍子里，不过有些伸缩机关，手法熟练罢了。可那大和尚实实在在从天上飞过来，真看不出有什么障眼的法子。"

"听智性说，天竺幻术中有些上天偷仙果、平地枯枝成树的手段，虽然精巧繁难，却也并非什么法术，有些门派的禅师为弘扬佛法，也会学习一些幻术，偶一为之。但这莲座飞天之术却极是凶险，听他说道理与我们放孔明灯也差不多，只是载人上天，稍一有失就会座毁人亡，因此极少有人一试。这一次智性禅师也是情急无奈才冒奇险，幸亏没有出什么纰漏。”

云瑛还是想不明白，却也懒得再去深究，又道：“昨晚有凶险的又岂止是智性禅师，若不是他来得及时，我看你们几个，连同那位徐大人，都有性命之忧。”稍停片刻才又郑重说道，“秀才，我看智性与靳孝一伙虽不像什么坏人，所作所为却实在有些离谱。你这些日子与他们越搅越深，麻烦也是越来越大，秀才你今后就不要再掺和那些莫名其妙的勾当了，安生读书应试，免得让旁人跟着操心惦念。”说着不觉脸却有些红了。

杨继宗道：“我想他们的事，到昨天晚上也就算是告一段落了，我便是再想掺和也没的可掺和。就如姑娘所言，从今而后，安心读书应试。”又道，“这赤龙会的事总算有一了断，今日正月十六，是京城女眷逛街市走百病的日子。姑娘今晚若是还有些闲情逸致，我就陪姑娘去大街上看看热闹，散散晦气，也算对姑娘这些天操心费力的一点报答。”

云瑛啐道：“哪个要你来报答？”却也欣然同意。

几人紧一阵慢一阵，经过朝阳门回到宛平县衙的时候，已经过了巳正时刻，各自回住处休息。

杨继宗睡得正香，忽然被人叫醒，原来是靳孝来找，杨二直接就把他引到屋里。

靳孝满脸歉意道：“实在不好意思，公子昨日折腾了一宿，现在又要来麻烦。我们会里最大的执事昨日才进到京中，虽然事已有些不济，今日却还要再会议会议，务请杨公子受累跟我再去一回。”

杨继宗对赤龙会最大的执事是谁本来好奇，何况如何应付太上皇复辟的事总需有个结局，忙说：“不妨，不妨。”让杨二先去睡觉，不必跟着，就随靳孝走了——去的果然还是双塔寺。

靳孝把杨继宗送到执事堂小院门前就退去了，里面有人再引他进入厅堂，一进门徐永宁就招呼道：“杨孝廉可算到了，快来参见郑亲王殿下。”

杨继宗这才知道，赤龙会的第一位执事竟然就是当今皇上和太上皇的亲叔叔郑亲王[1]。忙俯身地下，行大礼参拜。

就听那位王爷道："得了，得了，这他娘的都什么时候了，咱们会里也不必讲那些个虚礼儿，你起来说话。"

杨继宗心想，原来徐永宁的师父在这里，说话口气倒是一模一样。起身来才见这位王爷五十多岁年纪，肥头大耳，满面红光，威风凛凛地端坐在正中一把椅子上。

杨继宗又和另外几位执事见过礼，才在一旁杌子上坐了。郑亲王对他说道："刚才和尚已经把张家湾的事说过一遍，现在徐有贞那老东西已然回到京城，看来咱们这事，还真是他娘的无药可救了！不知杨孝廉还有何高见呀？"

杨继宗恭敬回道："晚生这两日一直在徐有贞左右，虽然识破了他欲擒故纵，要在现场杀人立威的阴谋，却不想一时失控，若不是禅师用了险招，几乎要酿成大祸。晚生无能，实有负殿下和各位老先生的一番苦心。"

郑亲王却哼道："什么酿成大祸。若是那时就让乡民们把徐有贞那老贼宰了，哪怕是打他个半死不活，岂不省了我们大事！"

杨继宗却不同意，"话虽如此，但以当时情形，如不能控制，白河大闸必毁，乡民们伤害大臣，几百户人家只怕要背负杀官谋反的罪名。"

郑亲王道："河闸毁了可以再建，至于几百户百姓的性命，哪有朝中皇上的安危重要？你们这些人呀，还是过于心慈手软，哪里是那徐有贞老贼的对手！"

于谦等人对此都似颇不以为然，却也并不反驳。

二

郑王爷见大家都有些不服，才道："现在说什么都晚了，昨日的事不必再提。不知还有什么法子可以补救一二？"

[1] 郑亲王朱瞻埈，明洪熙帝第二子，正统帝与景泰帝的叔父。《明史》卷一一九有传。

此问一出，堂中竟是一片寂然。过了好一会儿，于谦才道：“今日几位阁老和众多卿贰、科道聚于礼部，由大学士商辂主笔奏疏，劈头即言：‘天下者，太祖、太宗之天下，传之于宣宗、陛下、宣宗之子、宣宗之孙，以祖父之天下传之于孙，此万古不易之常法。’”

郑亲王点头道：“按此说法，大臣们的意思甚是明了，不是说一定要立宣宗之孙为太子，按序唯有沂王吗？”

“正是这个意思。我离开时，众臣子还在那里签署姓名，都说明日一早要据理切谏，必要让陛下同意，即刻复立沂王为太子。若无回复，将在宫门之前日夜恳请，请不到圣旨誓不离去。”

徐永宁道：“这一招要是能行，早已成了。如今只怕就是皇上回心转意，也已经来不及了。”

兴安皱着眉头问道：“这怎么讲？”

徐永宁道：“据臣手下侦知，那徐老贼——妈的，偏偏他竟也姓徐——那老贼今日午前从通州回到京城，不多时就去了石亨家中，一直没有出来。听说石亨以边防有警为名，通令京城团营戒严京师内外，虽然现在还没有什么动静，一有风波他可是占着手握大军的便宜呢。”

于谦此时也苦着脸对郑亲王说：“前天臣等在这里会议，也料到那徐有贞、石亨等人若要起事，很可能就在今天夜里。因虑着若用非常手段，请旨将这伙奸贼拿下，必将危害到太上皇及太上皇的后妃子女，甚至上圣皇太后怕也要受到牵连。此为投鼠忌器，我们做臣子的，哪能眼看两位陛下势若仇雠，相杀相斫！到如今木已成舟，竟然束手无策。臣等真是愧对朝廷，愧对殿下。”

郑王爷因心中烦躁，也顾不得威仪，把双腿盘坐在圈椅上：“这么一说，难道咱们就只能在这里看着这帮兔崽子反叛不成？”

徐永宁见大家都不说话，才吞吞吐吐地说道：“臣倒还有一个主意，不知道成不成，不成各位也不要笑话。”

郑王爷很不耐烦，“小宁子你有话说，有屁放，啰唆什么！”

“我年轻，入会晚，却也听说当年太宗爷建立赤龙会时，曾有一密诏，以金书镌刻在铁券之上，以示永存。我虽不知那密诏上写的什么，但想来必是要用在紧急之时，或告皇上，或告权臣，要听咱们安排。咱们若是拿着这铁券金书进宫去见皇上，不必说太上皇要复辟的事，只说是事急，必要现在就立沂王为太子，让皇上即刻就发明诏。复立太子的诏书一发，太上皇再要复辟可谓师出无名，他总不好和自己的亲儿子相争，徐有贞之辈也自没有了借口。”

郑王爷道：“这铁券我倒是见过，上边写的什么却是全不记得了。于公、兴公，二位可还有印象？”

于谦与兴安都茫然摇头。智性却道：“铁券就存放在这厅堂下面的地窖里，何不拿出来看看再议。”于是忙让心腹僧人去取。

不多时，两个僧人抬着个硕大的紫檀宝盒进来放在堂前，五位执事各拿着一把钥匙，从五个锁眼里一起旋转，才把宝盒打开。智性和徐永宁从宝盒中捧出那铁券。

杨继宗对此物十分好奇，从旁细看，就见那所谓铁券状如一块巨大的铁瓦，一尺来高，宽也有一尺左右，卷曲成半个圆桶形，看似熟铁打成，却精光锃亮，毫无锈蚀。文字都镌刻在正面，字都镏了金，密密麻麻，全都是正体楷书，极容易辨认。

于谦与兴安似乎也都是头一次见到此铁券，都忙过来细看，又因是圣物，要奉到上位叩拜。

郑王爷道：“事急从权，今日先不必拜了。于公你来念念，这密诏说些什么。”

于谦半蹲半跪，看着铁券上的文辞朗读道：

朕惟：太祖高皇帝顺天应人，奋扬圣武，扫平祸乱，混一六合。创业垂统，制礼作乐，配功德于乾坤，焕光华于日月，帝王之盛，无以复加。不期建文昏聩，任奸回以残骨肉，行弊政而害苍生。朕于其时，迫于危祸，起靖难之兵；克平内难，继皇考之业。冀行三代之政，以成万世之基。

其继世为人君者，故当深体天心，恪循成宪，务使宗社奠安，万民乐业。然天下虽安，不可忘危，史鉴不远，诚以为诫。或有不肖子孙，侈靡乱生于劣政；或遇贼臣奸党，阴谋祸起于萧墙；或值苍天不仁，灾变有加；或逢夷狄反侧，外寇临境；则需栋梁竖立，干城护持，洞察剥复之机，遂成否泰之变。

故以此诏，密建护国赤龙会，以亲藩、勋戚、能臣、义士主之，与黄金万两，以为干事之资。静不露机，沉寂缜密，务藏于九地之下，尽隐于无形之中。而于社稷摇动，统绪纷乱之时，则能维持纲纪，摒除宵小，成扶大厦于将倾之功，收挽狂澜于即倒之效。俾使朱氏昌隆，火德永固。

此诏半在赤龙之会，半藏石室金匮，嗣后各代天子若遇危急，见此金书，合符后应亟行纳谏，永保大明太平万代。

钦此，大明永乐二十年五月。

后面还有太宗皇帝的画押。

于谦精神饱满宣读过后，额头有些微汗，才回到座位上问大家："殿下和诸位听清楚没有？"

三

又是一阵冷场，才听郑王爷慢慢说道："这诏书不知是太宗爷身边哪个学士所写，未见文采不说，前边一大篇多是套话，最后却只说是要'亟行纳谏'，纳与不纳，如何纳法，全没有说明。我们拿着这铁券去找皇上，谁知陛下听是不听？"

徐永宁也道："那铁券的另一半藏于石室金匮，应该就在文渊阁中，但要开金匮，需先请旨，再经礼部与印绶监共同用印，司礼监开启锁钥，没有三日五日哪里办得下来？"

兴安道："话虽如此，但今日事急，若由郑王殿下出面，说明势态危急，或可免去合符一节。"

郑王道："本王哪里能够出面。祖宗家法，藩王无旨不能离开封地半步，我这偷偷摸摸来到京城，已经是杀头的罪过了，我还到皇上面前去自找无趣！这可真是耗子舔猫鼻子——作死不等天黑。”

徐永宁嘟囔道：“殿下若是不去，只由少保公、老内相和小臣前去，怕是这铁券也作不得数。皇上即便信了，也未必会听劝。”

郑王爷不免长叹一声，“就因为这铁券未必管用，我会自成立以来，从来是藏于九地之下，为保皇家便宜行事。当初会中前辈以那一万两黄金为本钱，开设当铺、药铺，贩运食盐、布料，生意兴旺，财力充足。下属天、地、玄、黄四门，分管着南北两京十三省的事务，黄字门又在要害处安排了许多卧底，办事真是雷厉风行，无往不胜。

“本王虽然年纪不如于公和兴公，却是早几年入会，听得长辈传言，当年实在干过几桩漂亮勾当。那时赤龙会刚刚设立不久，就遇到汉王谋反。英国公张辅就是我赤龙会的执事，本会为维护宣宗爷，揭穿汉王谋反，可说是立下不世奇功。只是世人不知，史书不载罢了。”

杨继宗此前就怀疑平定汉王之乱，另有背后力量行动，不禁好奇问道：“不知当年赤龙会曾有何作为？”

兴安瞪了杨继宗一眼，觉得此时情势如此紧迫，他还要问这些没用的事，颇不识大体。但兴安也没听说过当年之事，自也有几分好奇，见别人都不说什么，也不便打断，仍听郑王讲述。

“听说因那高煦在军中威望极高，我会前辈当初还不想揭发他的谋反之意，得知他要对宣宗爷，就是当时的太子，在归途中下手，就派人故意引太子一行走错了路，绕远跑到河南转回北京。没想到那汉王并不收手，竟然写密信给英国公，要里应外合反了天下。还是我会运筹帷幄，一面稳住高煦，一面帮宣宗爷准备兵马，后来才一举击溃了汉王的叛军。若无我会暗中操作，只怕又会生出一个靖难之变，要大动干戈了。”

杨继宗这才明白，当年英国公府中的清客被冰蜂毒死，必是因为他知道了什么不该知道的重大机密。只可惜，赤龙会前后两次使用冰蜂，手段虽然一样，效果却是大不相同。

郑王接着道：“至于己巳之变，当时于公已经入会成为执事，兴公当时虽未入会，其中的事情应该也都知道。当时可谓是天崩地裂，皇上北狩，瓦剌兵临城下，上上下下都乱成一锅粥了。若不是我赤龙会在宫中朝中用尽气力，哪里就能安稳度过。谁知眼前不过皇上病重这么个不大的事，就叫我们搿爪儿没招儿了。难道真是我会的气数尽了不成！”

徐永宁哭丧着脸道：“都是小臣年轻见浅，不知进退，才接手天字门就赶上这样大事，把事情都弄砸了。有负殿下一片苦心栽培。”

郑亲王“呸”了他一声，本想再骂他几句，但毕竟是自己的爱徒，张了张嘴却没有骂出来。

于谦一直没有说话，此时才道：“定国公入会执事不久，殿下远在怀庆，在京中主持我赤龙会事的当属为臣，这次着着败局，责任自在于谦。但当务之急不在责臣之罪，而在决定当下方略。”

郑王道：“那兴公你说此时应以何为方略？”

兴安道：“老奴此时方寸都乱了，哪还有什么方略！”

“小宁子你呢？”

徐永宁连忙摇头。郑亲王见智性和杨继宗也都无话，就不再问，直接对于谦说：“于公是管、乐之才，还是你来说吧，咱们当如何应对那徐有贞一伙的行动？”

于谦肃然起立道：“臣思想了这几日，对其复辟之谋，上策自然是扼杀于无形之中，但目前既然已经难以和平制止其谋，就只能行一下策。”

厅中几人都盯着于谦，不知他所谓的下策是什么。

于谦从容说道：“这下策就是对其复辟之谋置之不理，甚至要稍加护持，让徐有贞等人能够拥戴太上皇安然复辟，稳坐龙庭！”

徐永宁首先反对：“这样一来，不但要让一些宵小得志，朝廷可不是要大乱一番。到时候，恐怕连少保公和兴老太监的地位都难保，我们赤龙会大概也要在劫难逃！”

于谦道：“我赤龙会之建原本为的是永保大明天下昌隆。兴内相和我于谦的地位与两宫皇上的安危和睦相比，更不足论。现在若揭破复辟之谋，不能不伤到太上皇一家和上圣皇太后，一旦有不可言状之事发生，势必引起朝廷极大混乱。若是皇上病体近期再生变故，不但天下无君，且一时无可以继位之主，那不是要比己巳之时更为危险吗？”

郑王爷听了有些会意，却道："于公说得确实有些道理。但于公可曾想过，若是让徐有贞那伙人的阴谋得逞，当今朝廷内阁、六部，宫中二十四衙门，都要大换班，你于公的处境则更是危如累卵呀！"

四

杨继宗迅速梳理了一下于谦所言，大体明白了他的思路。在于谦看来，如果强行揭露出复辟阴谋，则皇上一定会迁怒于太上，甚至很可能会置太上皇和上皇的后妃子女于死地。想起宝儿也可能因此而无端被祸，他还真是不愿意看到这一步。依于谦之意，如果皇上在制裁了太上皇一家之后不久，又病重崩逝，那情况就会更糟，因为没有近支子侄可以继承，甚至可能出现国无君主、天下大乱的局面。正是为了防止出现这样不堪的结果，这位于少保才主张要为复辟保驾，让太上皇不出意外，安稳重新登上皇位。这主张乍一听虽然有些惊人，细想之下却也自有其道理。只是，郑亲王所说的那些顾虑也是实实在在，又当如何处理呢？

于谦又坐回座位，心平气和说道："若是太上皇复辟成功，我赤龙会确实命途堪忧。当今皇上虽然不知有赤龙会存在，那徐有贞耳目众多，却未必不知。"说着一边用眼看杨继宗。

杨继宗忙道："我昨日与徐有贞相处，听他口气，对赤龙会的状况的确了解颇深。"

"复辟之后，徐有贞为邀其功，更为不再让赤龙会掣肘，定会向上皇奏明赤龙会之事。以我们在己巳之变中所起的作用和近来的举动，上皇恐怕难以接受这样一个秘密组织。碍于我会乃太宗皇帝亲自建立，又有铁券密诏，上皇未必明旨解散禁止，却一定会暗示相关人员和各位执事。赤龙会若今后停止一切行动，消失于无形，上皇也只当它不曾有过。若将来再有半点行动，怕是难免要遭毒手。诸位耳闻目睹的朝中政事都不少，若是皇上有了打算，能用什么手段，当不用我再细讲。"

徐永宁有些不服，"难道太宗爷的一番苦心，我们几辈人数十年的心血，让徐有贞那老贼一番搅和，就要全都付诸东流！”

“太宗皇帝创建赤龙会，原为保大明朱氏江山昌隆永固，我们几辈人努力而为，也算尽职尽责。但此前与徐有贞的一番较量，我会步步支绌，看来真是气数尽了。想今日国之大局，两宫和睦是为根本，宫中和则天下和、社稷安，我赤龙会为安社稷而牺牲，恐怕也是无可奈何之事。”

兴安更是忧心忡忡，“兴安以刑余之身，伺候当今皇上，能到司礼掌印之位，也算到了极处，而今老朽，今后的事也就罢了。可少保公在已巳危难之时，只手撑天，挽救将倾之局，功在社稷，不逊于古代名臣良将。一旦徐有贞等人复辟成功，以他和石亨的品性，或将大不利于少保公，却是如何区处？”

“当年瓦剌围城，石亨尚在狱中，是我保举他出来领兵迎敌，才因此立功封侯。于谦虽不敢说对他有恩，却绝无仇隙。石亨近年来因极得皇上恩宠，睥睨天下，眼高于顶，对我却还算十分礼敬。我想他虽然不愿让我留在朝中分其权势，却未必会想要我的性命。”

智性一直很少说话，此时幽幽道：“只怕徐有贞就不会那样心慈手软了。”

“徐有贞与我少年时曾在一起读书，可谓多年相知。前几年为朝廷南迁之议，他几成众矢之的，多年不得升迁，为此也曾怪我不与他周旋。但后来事过境迁，徐有贞与我虽有些间隙，却并无刺骨之恨。他虽深刻狠毒，却也不必定要杀我以泄愤固宠。”

郑亲王道：“如此说来，复辟之后，于公并无性命之忧了？”

于谦却哈哈大笑道：“殿下此言差矣。臣不但有性命之忧，若是算得不错，就在三五日后，臣恐怕就要与殿下和诸位永诀！”

厅中众人听了此话，都望着于谦不作声。

于谦才缓缓说道：“徐、石之辈虽无必杀我之心，太上复辟之后，却不能不拨乱反正，寻几个‘乱臣贼子’下手，以证复辟之应天命、从人愿，为大道之行。景泰一朝大臣，在复辟后恐怕多数不能再安其位，而上皇心中最为芥蒂之人，应该就是我于谦。一来土木之变后拥戴今上登基，虽是我们赤龙会共同推动，出面的却是我于谦。二来近年来朝野传言，都说皇上以臣为心腹，诸事依臣之议，这虽非事实，却已成‘公论’。三来太上皇要拆掉赤龙会的台，从谦下手最为便捷，杀我以立威之后，赤龙会方不敢再有所作为。徐有贞、石亨，乃至许彬、杨善、张轨诸人，虽无必杀谦之心，却也绝不会忤太上皇之意为我回护。因此以我估算，上皇复辟之后，第一大政就是更换内阁六部重臣，斩杀谦以诏告天下。”

杨继宗见于谦对自己的前景推算得如此清楚，却又全然不动声色，景仰之情油然而生，竟然一时忘记此处情境，起身向于谦拜道：“老先生一片忠心，可昭日月……”后面却一时不知说什么好。

郑亲王等人却也都随之而起。郑王爷颤声道：“少保公一生忠于国事，功垂千古，此时却又要为我皇家天下忍辱杀身。都是本王无能，竟让我赤龙会在此事上一败涂地，实实有愧于于公！”说着竟流下泪来。

于谦依然从容平静，“臣刚才也说过，保全两宫则社稷安，天下安。以我于谦一人一家之性命，能换来皇朝巩固，社稷安宁，天下太平，此谓正得其所。臣当年有一拙句《石灰吟》，实为自况。”

遂吟道：

千锤万凿出深山，烈火焚烧若等闲，
粉身碎骨浑不怕，要留清白在人间。

“如今真要粉身碎骨，可谓正当其时！”

郑王爷仍肃然道：“少保公高风亮节，将来定会永彪青史。于公请上座，受我朱家子孙一拜！”

于谦听了竟也不推辞，稳稳端坐在中间一把圈椅上。郑亲王躬身拱手，深深鞠了三躬。其他众人则跪在地上，一起行了叩首大礼。

第三十九章

走百病

一

离开双塔寺的时候，已经过了申初，杨继宗被凉风一吹，才从刚才的激动兴奋中冷静下来。在执事堂中，他对于谦深明大义、无私无畏的高风亮节真是感佩之至，现在冷静下来细想，却又觉得其中什么地方似乎有些别扭。难道赤龙会对于眼前的复辟阴谋被动全盘接受真是正确的？于少保面临的牺牲难道真的值得吗？

回宛平县衙的路上仍是由靳孝陪同，靳孝似也已知道了一些赤龙会行将走到尽头的消息，闷闷的，毫无兴致。两人一路默默无语，直到宛平县门口下了马，杨继宗才施礼道："烦启忠兄一路相送。咱们无意中相识不过二十来日，却也算一起经历了许多风霜雪雨，今日一别，或许难再相见。望启忠兄今后岁月平安，福寿双全吧。"

靳孝这才又恢复了平常之态，说道："这些日子与杨公子过从，受教甚多。小弟只盼着公子不久后科场得意，有无限的前程。"

说罢两人再次郑重施礼告别。临走时靳孝又笑道："不知小弟还有没有再见到云姑娘的缘分。还请公子转告，她若要购买大宗药材，不妨还是到我养荣堂来，我当初在白云观庙会上说的话都还算数，定会给云姑娘极好的折扣。"

杨继宗回到自己屋里，本来想要先小睡一会儿，天黑了再去找云瑛一起去逛灯市，走百病。但不知是因这两天太过疲惫还是因对刚才的赤龙会执事会议耿耿于怀，躺在炕上翻了几次身，却睡不着。索性起身，梳洗了一遍，又换了一身衣裳，才对杨二说："今晚我出去看灯，不要你陪。你愿意出去逛逛也行，愿意在家歇着也行。自明日起，咱们只怕真要踏踏实实在家里读书准备进场了。"说罢就独自去了玉喜庵。

玉喜庵东跨院里甚是安静，莲儿见杨继宗来了，急忙将他引进上房。上房里云瑛一身白衣白裙，正与净观说话，见了杨继宗，起身见礼道："公子这两日劳累，可歇好了？"

杨继宗含混说歇得甚好，净观却在一旁道："我看杨公子一脸疲劳之态，怎么比前几日又瘦了？"

云瑛也觉杨继宗精神不好，说道："公子太过疲惫，今日就不必陪我去逛灯市了，若是积劳落下病来就麻烦了。"

杨继宗连说无妨："说好的要陪姑娘逛灯走百病，哪能随意爽约。今日是京城里灯市最后一天，却也最是热闹，我也是初次进京，这两日穷忙却没见到京师灯市是什么模样，岂不可惜？"

净观道："杨公子说得也是。正月十六才是京中灯市最热火的一天，再加上各家女眷不论贵贱都要在今晚出门走走，五城之中处处都是人群，还真是平时没有的景象。"

云瑛问："都说走百病，走百病，不知是个什么讲究？"

净观道："这走百病是个俗论，道藏里像是并没有这个说法。风俗上说是正月十六这一晚病魔空穴，百病都伏于尘路，大家出门践踏则百病无从登堂入室，一年都不会有什么病症。其实人们不过是讨个吉利，也不见得真信，但特别热闹倒是真的。"

杨继宗道："这京中的说法，与我们山西乡下也是一样。"

净观道："除了走百病之外，今晚上还有一项科目叫作摸钉，要摸着黑到庙门、城门上去摸门钉，说是摸得到就可得子。自然也要媳妇们摸了才有用，若是道姑我去摸，摸到多少也是没有用的。姑娘今年自然也先不必去摸。"

云瑛脸却红了，"姑姑又要拿我取笑！"

杨继宗此时不便插话，又过了片刻，才问净观："以姑姑之见，我们今晚去哪个方向最好？"

“京城元宵灯会，向来以东安门外最盛，四方商贾辐辏，灯也多，烟火也多，杂耍百戏，说书唱戏，一直要闹到半夜。可那东安门外离咱们这边稍远。再者，走百病最讲究要过桥，桥过得越多越能驱灾避病，最少也要过三座桥才算有效，俗话说叫‘走三桥’。若是从这里直接去东安门，一路上好像并没有几座桥要过。所以我劝姑娘和公子，不如出门先往东走，过了西压桥，再从北安门往南边走，一直到鼓楼前边，这一路的灯也是极多的，富户们又要放各式烟火，最是好看。在那路上先过后门桥，到鼓楼前边穿斜街到海子北沿，鼓楼斜街的商铺云集，就算平日也很热闹。到了海子那边又有甘水桥、银锭桥、金锭桥等许多的桥梁，就因着那边的桥多，十六晚上走百病的人最多，卖东西卖吃食的、唱曲耍把戏的也多聚在那里，虽比不上东安门外，却也是分外火爆，离这里又近便。我看姑娘与公子不如就去那海子北沿，逛累了，就沿着海子边走回来，也最是方便。”

云瑛道：“姑姑对这一带如此熟悉，何不与我们一同耍耍？”

净观道：“我这老胳膊老腿的还走什么百病，何况今晚也会有来我这庵中上香还愿的，也离不开。你们后生子自去玩耍吧。”

莲儿、菊儿听说今晚要去看灯会，走百病，都跃跃欲试，又是商量穿什么衣装，如何打扮，又是琢磨还需要带哪些东西，又是问要不要找老麦过来。云瑛见杨继宗并没有带上杨二，想了想才道：“不必叫老麦过来了。你们两个今晚也不用跟着我，尽可自己去撒野玩耍，只不许回来太晚。”

莲儿笑着看了看菊儿，才对杨继宗说：“那就拜托杨公子了，好生看护我们姑娘。”

净观道：“时候也不早了，公子若不嫌弃，今晚就在小庵用些斋饭，天一黑就可出发。若是太晚了，还真要人挤人呢。”

二

杨继宗与云瑛出门的时候，天才擦黑，过了西压桥就到了北安门大街，果然已经人满街巷。大道两旁的商铺、住户门前，全都张放着花式繁多的彩灯，此时均已点燃，比起张家湾的灯却又繁华富丽了许多。一些大户人家还在门口架起一两丈高的灯架，溢彩流光，摆设成各种图案，更有用丝绸彩纸扎成的人形灯，分组成队，各有故事。杨继宗也有认识的，就为云瑛讲解，这边是嫦娥奔月，那边是钟馗打鬼……云瑛毕竟不熟悉中原掌故，见这些花灯制作精美，里面却还有那么些故事，心中欢喜，一路上笑语盈盈。

过后门桥不远，就见前方鼓楼对面放置了一座极大的鳌山，两人连忙走近了观看。那座鳌山应该是这附近商铺联合搭建，有两三丈高，四五丈宽，山上层峦叠嶂，又有宫室亭台、泉石飞瀑，仔细一看，竟还包含着一套八仙故事，却不是常见的八仙过海，而是八位仙人各处一方，或是吕洞宾飞剑斩妖，或是韩湘子雪拥蓝关，尽皆精妙。最有趣的却是鳌山前面设了一架彩灯葡萄，枝叶繁茂，紫粒垂垂，在灯火中如同真的一般，更妙的是葡萄架上还有两只松鼠，如同活物，在架上四处窜动不息。

云瑛看了叹道：“看这一街灯火，才知道你们京师繁盛如此！”

杨继宗道：“别说姑娘没见过，我这号称不出门便知天下事的秀才，却也是头一次见了世面。”

看罢鳌山，往回走了几步就到鼓楼斜街，街道虽窄，两边商铺门前却也都挂满彩灯，只是没有空处搭设灯架。因今日已经是元宵灯会最后一日，斜街上许多店铺都挂出了“买一赠一”“先尝后买”“削价酬宾”等字样，引得游客纷纷光顾。杨继宗见街边有一家首饰铺也还清静，遂对云瑛说：“走了一会儿也累了，我们不如到这家铺子里面歇息歇息。”

那店家见两人气宇不俗，赶紧让座上茶，又拿出店里的头面首饰让云瑛看，云瑛本不想买东西，也就有一搭没一搭地摸摸这件，看看那件，却见有一副精光碧绿的玉镯，甚是漂亮，不由就拿了一只戴在手腕上试试。店家见了，不住说这镯子与云瑛的皮肤极为搭配，戴上真是特显精神。

云瑛也喜欢，问价。店家道：“平日都是开价二十两，今日盛会只要姑娘十五两。”

云瑛道：“我们出来逛灯，哪里带着这么许多银子。以后有空再说吧。”说罢就要把镯子摘了。

杨继宗却拦住她，对那店家说：“你看我这里有一块玉佩，虽不见得多好，却也是个古物。我先把它押在你这里，明日再让人拿了银子给你取它回来，可好？”

店家仔细看了看杨继宗的玉佩，欢喜收下道：“公子这些日子得空让人来取就是，我们小店每日都开着的。”

云瑛于是把另一只镯子也戴在腕上，伸出两手来比对了半天，才对杨继宗说：“明日你叫杨二到我那里取银子。”

杨继宗却道：“与姑娘结识这些日子，姑娘也多次对我有恩，这些微之物，就算学生送姑娘的一点过节之礼吧。哪能再要姑娘的银子？”

云瑛本想不允，抬眼看了看杨继宗，却又改了主意，才道：“那倒要谢谢秀才了。”说罢又把手腕上的一对镯子左看右看，才欢欢喜喜与杨继宗出了店铺，朝海子边上去了。

海子边上人却更多。出了斜街不远就是银锭桥，桥下窄窄的河湾连着前海和后海，桥不宽，也不长，却因沟通着这边海子的南北两岸，人来人往极为拥挤。再加上今日是女眷们走百病的正日子，也有不少姑娘媳妇成群结队专门赶过来走桥，熙熙攘攘，笑语喧阗。

云瑛受那些女眷们感染，呵呵笑着就要快步上桥。杨继宗见人多怕她有个闪失，忙在后面拉住她的衣袖，“姑娘莫急，小心挤倒了！”

云瑛哪里听，倒是反握了杨继宗的手，拉他上桥，免得被人流挤得分开了。才过小桥，就听到不远处鼓楼上起更的鼓声。紧接着，海子岸边和冰面上无数烟花先后腾空而起，在夜色中如阵阵花雨，与地上的灯火相和相映。

云瑛看着满天的繁花，一面赞叹好看，一面又想起上次同杨继宗一起看到烟火却还是在鲜鱼巷那晚，因道：“秀才，你可还记得那晚在鲜鱼巷，烟火可比这里急切得多。”

杨继宗笑道：“那晚我们只想着逃命，烟火怎能不急。说起来不过才二十多天，竟像是多久以前的事了。”说完才觉出，云瑛拉着自己并没放手，他虽有些不自在，却也只好小心翼翼，一条胳膊僵僵地不敢用力。

海子沿岸凡有宽敞之处，都是灯火通明，更有几座庙宇门前搭着台唱戏的，或是在空地围出场子杂耍卖艺的，锣鼓管弦之声此起彼伏。杨继宗与云瑛走走停停，也不认真看戏，但见前面有一座半在岸边半在湖上的水榭，水榭朝岸边的一面架着一个木制的长方形框架，架上蒙着一层白布幕帘，幕帘后面灯光明亮，有人正操作着影子人物，照在白幕上色彩分明——原来是一台皮影戏。

杨继宗见台前观看者甚众，本想离开，却忽听水榭里面有人道白，口音中竟有几分家乡泽州的味道，才不觉就停下脚步。

就见这台皮影人物雕琢得极是生动细腻，又有亭台屋室、桌椅床帐各式砌末也都巧妙。后台只有一人又说又唱，音调甚是古朴，只有板鼓相随，并无弦索管乐，词语则是雅俗并存，却极有味道。杨继宗居然不知这唱的是哪一门曲调。但听了一会儿，再看剧中的人物，此戏的本事倒是知道了：原来演的是一本《会真记》故事。就听内中唱道：

珰珰的听一声萧寺击疏钟，玉人又不见方知是梦。愁浓，楚台云雨去无踪。[1]

三

云瑛从来没有见过皮影戏，甚觉新鲜："这个好玩，它讲的是什么事？"

杨继宗就在她耳边悄悄把《会真记》前半的故事简要说了一番，并告诉她，现在正是张生苦等莺莺不来，梦中相遇，醒来无限愁闷。后面的一些文辞也按大意讲给她听，只是到后来戏中多言男女情事，稍涉狎媟，杨继宗才含混不言，云瑛却也大约能够领会其意，一时羞红了双颊。

那张生与莺莺几经波折，终成燕好，老夫人无奈将莺莺许配张生，不久后，张生却要为科考离去，前往长安。戏中又唱：

[1] 此处皮影所唱，为金代董解元《西厢记诸宫调》。

雨儿乍歇，向晚风如漂洌，那闻得衰柳蝉鸣凄切！未知今日别后，何时重见也。衫袖上盈盈，揾泪不绝。幽恨眉峰暗结。好难割舍，纵有千种风情，何处说？莫道男儿心如铁，君不见满川红叶，尽是离人眼中血！

真个酸楚催人泪下。

两人在这里看得入神，不觉站了将近一个更次，忽听得那边二更鼓响了，杨继宗才对云瑛说：“时候不早，这戏怕是一时还完不了，我们不如就慢慢回转吧。”谁知云瑛已看得入戏，见张生与莺莺别离甚苦，竟泫然泪下，脸上的妆也哭花了。杨继宗连忙掏出手帕让她擦拭，云瑛倒有些不好意思，用自己的手帕拍了拍脸，才随杨继宗缓步离去。

两人沿着海子又到西压桥边，云瑛仍在惦记着戏中故事，问道：“不知后来那张生与莺莺是怎样结果？”

杨继宗道：“若按《会真记》中所言，那张生后来滞留长安，与莺莺终生再未相见。但前朝有一部杂剧《西厢记》，说的也是这个故事，最终却是有情人终成眷属。”

云瑛叹道：“有情人终成眷属！不过是后来人一种念想吧。人生世上，又几曾有遂了心愿的。”

不觉已经来到宛平县衙门前，云瑛道：“咱们近处为邻已有半个多月，还不曾见过你的兰舍。不如先到你屋里洗把脸，免得这样花脸猫似的，让莲儿她们偷偷笑话。”

杨继宗哪会不肯，悄悄带着云瑛穿过前院，从节爱堂旁边的小门进了西跨院，先把云瑛让到左手一间的书房里，一面把灯点上，一面说：“我这里实在简陋，姑娘且先坐，我来打水给姑娘洗脸。”

灶里还有温水，云瑛把脸洗了，也无胭脂补妆，素面无尘，在灯下却更显得妩媚，笑盈盈地坐在那里不说话。

杨继宗在旁看了，有些心慌耳热，定了定神才说道：“这元宵佳节一过，朝中的局面立刻就会天翻地覆，以我估算，宝姑娘用不了多久就能正式确认身份，或许还会得到封号。姑娘来京的一件大事总算得了正果，不枉这一番辛苦。"

云瑛却轻轻摇头道："这次来北京之前，一心想着把宝丫头交还给皇上，还她一个金枝玉叶富贵之身。可待到事情办成了，又见你们大明的宫中那般森严拘谨，还真不知那宝丫头是在草原上疯长野长着好呢，还是到这紫禁城里头做金枝玉叶好。何况为了宝丫头的事，又连累秀才你搅进了多少麻烦。昨日一早我赶回来送你给袁叔叔的书子，袁叔叔还说，怕你在官场阴谋中陷得太深，要影响你的前程。"

"我搅到这些阴谋诡计之中，多是因为自作聪明，不关姑娘的事。倒是这些日子能够结识姑娘这样一位巾帼豪杰，让我见识了什么是朔漠草原的英雄儿女之态，才是三生有幸。"又指着墙上那幅木兰从军的年画道："这木兰从军的故事出自古乐府，却只是传说。这回见了姑娘，不但风姿绰约，月貌花容，且又潇洒决断，爽朗豪放。姑娘与这画中人相比，实在是不遑多让。"

云瑛听他夸赞自己，又是高兴，又是羞涩，"秀才你可知道，我此次南行京师，最欢喜的一件事就是遇见了你个秀才，虽只是有限的一点光阴，那点点滴滴的甜蜜却已深入骨髓。"

说着说着却又转喜为悲，"只是过不了几日，我就要离开京师回自己的部落去了，若无意外，今年夏天就会随堂兄逐水草西去天山。到那时真是相隔万里，今生怕是再难相见了。秀才，秀才，可叫我如何不再想你呢！"

杨继宗听她说这话，也觉悲痛，不由眼睛也湿了，连忙掩饰，拿了刚才云瑛洗脸的手巾让她擦脸。云瑛起身，却不接手巾，顺势扑到杨继宗怀中，呜呜大哭起来。

杨继宗也明知若是一别就将成永诀，竟不知该如何安慰她，只好轻轻拍着她的肩背，任她哭泣，却也觉得怀中软玉温香，娇媚彻骨，令人窒息。

云瑛哭了一会儿，渐渐平息，双手却将杨继宗搂得更紧，又微微抬起头来，凤眼迷离。

杨继宗方寸已经大乱，不由去吻她的灼热香唇，只觉得意夺神迷，不知怎的，就与云姑娘相拥着去了对面的屋中。

四

三更鼓响时，杨继宗的小屋里仍是春意氤氲。云瑛头枕着杨继宗的臂膀，媚眼如丝，颊飞红云，喃喃道:“刚才看那影戏，莺莺与张生亲密之时，说得好不露骨，才知道你们中原的书生，心里不知道有多么坏呢。”

杨继宗讪讪道:“那影戏中歌词，不知是哪一位先贤所作，辞藻新奇典雅，精工巧丽，确属佳篇。只是闺房之乐又岂是文辞所能尽言，他虽然描摹细致，却还是写不出今晚与姑娘鱼水和谐之情。倒是还记得有两句:‘并头儿眠，低头儿说，夜静也无人窥窃，有幽窗花影西楼月。’真是此时写照。”

云瑛又问:“你在路上说，在那本古时的《会真记》中，张生与莺莺别离后再未相见，到了前朝《西厢记》杂剧中才改成了有情人终成眷属，可惜这影戏咱们没有看完，不知是怎样的结局，你说那张生与莺莺的亲事可能成？”

“虽然没有看完，我猜这部影戏中也必是个团圆的结果。有情人终成眷属乃是人心所向，戏文中自然是如此书写。”

云瑛却叹道:“可惜好事只在戏文里面才有，世间多少有情人，却有几个能成眷属的。”

杨继宗轻抚云瑛秀发道:“那倒也不尽然。”忽又问道:“你可听说过我们中原上古有过两个圣君，叫作唐尧、虞舜的？平时也常以尧舜合称。”

“当年在塞外陪伴皇上的时候，倒也常听说这两位，你们中原自古就是特多圣君，但这尧与舜到底有过什么事迹，没有听他们说起，就不知道了。”

“尧、舜的事迹也甚多，单说他们的家事。那尧帝有两个女儿，长名娥皇，次女名字却与你有些相似，叫作女英。尧帝因大舜贤德，不但将帝位禅让给大舜，还把两个女儿都许配给他，是为皇英二妃。两女和睦，内助舜帝终身，其德亦非浅。”

云瑛听了此话，微微冷笑道:“看来无论古今，无论愚贤，也无论中原、瓦剌，你们男人有了钱有了势，都是想娶多少女人就娶多少女人的。”

杨继宗颇觉尴尬，“哪里是这个意思！我与姑娘虽是邂逅相逢，不足一月，这些日子却多次蒙姑娘舍身救护，能无感恩之心？何况姑娘英姿灵秀，意气飞扬，又怎能不让人生出爱慕之意？今日良宵，独对佳人，也是情难自抑，玷辱了姑娘的清白之躯，但我杨继宗对姑娘实是至诚相爱，其心可对苍天。只是我家中已有妻子，也算是举案齐眉。因她十分贤良淑德，姑娘若愿屈尊下嫁，荆妻一定也愿意与姑娘共效皇英。只是……”

云瑛用柔荑触碰了一下杨继宗的脸颊，曼声道：“秀才呀，你可知我们瓦剌的女孩，并没有你们中原那么多的礼教规矩。我今日以身相许，自是爱你至深，却原没打算要做你的妻子。秀才你也不必心中存着什么愧疚，今晚一夕缠绵，自是你情我愿，所谓有情人不正该如此吗？”

话虽这样说，却不免有些悲切，才长叹一声道：“说什么有情人终成眷属，其实，哪里能够！”

杨继宗对于云瑛的心思仍不能全然理会，问道：“这么说姑娘过些日子仍要回到边外，难道不能再作别样考虑？”

“前几日在海子那边镇水观音庵里我也说过，中原终非我的故土，我的根基本不在这里。更何况，我父母兄长虽然都在战乱中亡故，我们部落却尚有数千之众聚合未散，要等我回去安排行止。一部之人，不能无长，我虽然没有本领，却也只能勉为其难。”

她顿了顿才又说道：“今日虽然仓促，但能够与心爱的人儿有此一夕，我也算知足了。”说着眼圈却又红了。

杨继宗将云瑛款款搂在怀中，不知该如何安慰，想想今夕欢会，也许竟成诀别，不由也是悲从中来，几乎跟着掉下泪来。

两人相依相偎，沉默良久，云瑛才把心情平复下来，忽然扬起脸看着杨继宗道：“你若真是舍不得我，何不与我同回草原？我就招你这个驸马，咱们一起执掌部落，以你秀才的学问才干，说不定将来就能够混同瓦剌各部，再次雄霸一方。再说，待到天气暖和了，草原上处处是野花盛开，牛羊遍地，一眼都看不到尽头。咱们骑上快马，纵情驰骋，那又是何等痛快！秀才你说可好？”

杨继宗听她一时发此奇想，竟不知如何作答，嗫嚅半晌，说不出话来。

云瑛见他窘迫，才嘻嘻笑起来，“我不过和你开个玩笑，看看把你急的。你一个大明朝的举人，也许今科就能金榜题名，将来定会步步高升，光宗耀祖，那是何等的荣耀，哪里就会随了我到那朔漠荒原去过野人日子？”

云瑛幽幽叹道：“看来人生各有定分，也是强求不得的。将来秀才不论何时闲了，偶尔或能想到万里之外还有一位苏布达姑娘，曾经对你用情至深，我也就心满意足了。”

两人这样私语移时，杨继宗因近来连日操劳，昨夜更是一宿未眠，毕竟困乏，不觉竟昏昏睡去。

第四十章

崇质宫

一

杨继宗正在黑甜乡中，忽然似听得有人呼唤自己："杨公子，杨公子！"蒙眬中睁眼一看，屋里只有孤灯如豆；身边的被褥尚有余温，云瑛却已不在那里。

杨继宗猛然惊醒，才听清有人在外面轻轻敲着窗棂，一面小声叫："杨公子，有事要找您。"声音倒似也熟悉，想了想才识得，却是多日不见的顺子。

杨继宗忙穿了衣裳，让顺子进屋来。就见顺子穿了一身黑衣，外面也是黑布披袄，身边却还有一个后生，穿着家人服色。

顺子先向杨继宗介绍："这是调墨，也是我们黄字门中的弟兄，却一直是在徐有贞大人身边做个书童。"

杨继宗道："前两日智性禅师还让我在徐家与调墨联络，谁知却未能见面。"

调墨道："想是我家老爷已经对小人的身份有所怀疑，才故意不带我去张家湾。从今往后，也只好不辞而别了。"

顺子又说："徐有贞与石亨等人今夜就要行动，现在已经带人去到东长安门聚合。禅师让我告诉公子，若公子不嫌，还请公子亲自去那里看看，也算为这段国事做一个见证。不然今夜之变岂不都要由那些人自说自话，异口同声了吗？"

杨继宗想想也觉有理，披了狐裘，戴了眼纱，就同顺子、调墨出门，县衙门外已经有三匹马备在那里。

此时已经接近四更，灯会早已游人散尽，大道上阒无一人，三人骑马绕着皇城奔东长安门方向急驰。调墨的马傍在杨继宗一侧，说了说今晚徐家的情况：

话说徐有贞今日一早从张家湾赶回来，也不休息，直接就去了石亨的府邸，一直到天将黑的时候才回到家中。才过了不到一个时辰，张軏和石亨又先后来到徐府。

“我趁着上茶的时候听到一言半语，似乎是说‘老君’已经当面同意，就在今夜行动。他们所说‘老君’，实是指代太上皇的密语。我们老爷——就是徐有贞——又带着那二位到花园观天阁上去看天象。小人当时就服侍在侧，可老爷所说的却一句也没听懂，我看那两位兵主也未必听懂了。但老爷最后说的却是人人明白：天象正好，动手只在今夜，机会万不可失！”

几人又密议了一番，石亨和张軏都离开徐家走了，徐有贞才与家人一同酒饭，席间言语却略有些诀别之意。直到三更了，徐有贞换了平时练武的劲装，领了一众彪悍家人出门，临行前又对夫人和女儿道：“今夜事成，将是社稷之利；若不成，就有门户之祸。明日我若归来，仍旧为人；若明日不归，则已成鬼矣！”说罢慷慨而去。

调墨道：“老爷此行又没有带上小人，正好顺子来找我，说是禅师有令，不论今夜的事情如何，要我都不要在徐府上再待了，才与他一起来请公子。”

一边说着，三骑已经出了南夹道的南口，能够望见东长安门那边乌压压人马甚多。调墨道：“我到那里多有不便，就不陪公子了。”顺子也与杨继宗辞别。杨继宗于是下了马，朝着东长门走过去。好在那里正是一片混乱，并没有人警戒防卫，他径直走进人堆里面，无人过问。

杨继宗稍稍辨认，大约看明白了这伙人的组成：有千把人的官军，看来应是京城团营的队伍，是这伙人的主体，由一位将领带队，因他穿着铠甲，也看不出是什么品级。这些官军自然是由石亨和张軏调遣来的，但兵丁们显然并不知今夜所为何事，行伍中还有人轻声问询：“不是说要防瓦剌来袭，怎么倒要进到皇城里面？”

军伍以外的，就是徐有贞、石亨与张軏各自带的私人。其中又以徐有贞带的人最多，有二十多个，都围拢在徐有贞身边，奇怪的是逯杲竟然也在其中！

此时四更鼓响起，刚才一直紧闭着的东长安门大门却“咿呀”一声缓缓开启。那将领指挥着军卒鱼贯而入，部队进完了，三家的私人才跟着进门，全都弃马步行。杨继宗也就尾随着进去，一时没有人怀疑，就站在门后的黑影处观望。

里面开门的另有一伙，二十来人，看着全部都是宦官。为首的那人与徐有贞等人见礼，杨继宗才认出来，正是宫中大珰曹吉祥。

徐有贞道：“太监辛苦！”

曹吉祥却也相当恭敬，“哪里哪里。因我这手里已有上圣皇太后的手诏，要开这皇城之门也无难处。只是这几位守门的卫士，过后还要请徐老先生和石侯爷记其功劳，有所升赏。”这后面的话自然是说给东长安门的门卫们听的。

徐有贞却正好接着这话高声道：“今日之事，是为了社稷安危，凡参与人员，都有大功于朝廷。大家认真任事，朝廷自然不吝封赏。”又对门卫说，“你们先把这大门再锁上，继续把守，不得有误。锁上门把钥匙给我。”

几个卫士又重新关闭大门，上了门闩，锁了大锁，又把钥匙交给徐有贞。徐有贞拿了钥匙，却走到不远处的金水河边，把那钥匙直接投入河中。

石亨等人都不明其意，徐有贞道：“今夜事关重大，不可不谨防万一。万一有人掣肘此事，从皇城内外夹攻，不是会危险之极吗？”也不再细说，却扬起左手大声招呼众人道：“大家随我来，改天换地在此一时！”

他虽然身材短小，比旁边的石亨、张軏都矮了一截，此时手持一柄钢鞭昂扬而立，却有调动千军万马的威风。

二

徐有贞和石亨、曹吉祥在前面带领，张軏在后面压阵，大队人马浩浩荡荡过了金水桥，沿着河北沿向崇质宫方向而去。路上还遇到了两拨巡更的宦官，因从来没有见过这种场面，巡更宦官全都驻足而视，惊得忘了摇铃报平安，却也不敢声张一句。

到一个路口刚要拐弯向北，天气却骤然大变。本来一直是月明风轻，虽是深夜也不觉太过黑暗，这时却忽地刮起了一阵狂风，天上的月光也霎时被乌云掩住，天色晦暗，皇城里狭窄的街巷顿时显得有些阴森恐怖。

石亨本来十分紧张，忽然见到变了天，一把拉住徐有贞道："徐公，这天色忽然变化，难道是示警我等不可轻举妄动！"因他声音洪亮，这句话身后几十步远的队伍都听得见，一时都停了下来。

徐有贞铁青了脸，也高声说道："大都督说哪里话。我在今晚也曾观看天象，眼见紫微垣有青气升腾，又有景星行于轩辕之侧，明明是帝王复兴之象。现在忽然有乌云蔽月，却正如《占经》所言：夜不见月星，此为君臣俱有阴谋，两敌相当，无不吉。现在不论是天象、星象，全都有利于我等。此千载一刻之时，大都督还有什么可以疑虑的呢？"

石亨也明知徐有贞是在为大家壮胆，也知事已至此，断无后退之路，才哈哈大笑道："有徐公这话，我也就放心了。"又对后面的军士高声道："儿郎们今后大好的前程，都在此一时了！"

那些团营的军士对于今夜的行动本来全无所知，见到大队人马进了皇城，不免有些惶恐，刚才听到徐有贞与石亨的一番对话，有明白些的已经暗中猜测，今夜怕是被带进了一场以身家性命为赌注的狂赌，又是心惊，又是亢奋，不由随着石亨之言欢呼起来。

谁知就在此刻，旁边的一个胡同里却突然蹿出一队官军，也是盔甲在身，兵刃在手，因为行得急切，倒像是冲向徐有贞等人。

石亨毕竟久经沙场，见有情况，连忙传令，团营的官兵也是训练有素，立刻在石亨前面布成战阵。徐有贞虽然紧张，倒也处乱不惊，手执着钢鞭作自卫之势。反倒是曹吉祥带来的几个太监，见事不好，撒腿就跑，跑出老远之后见双方并没有厮杀，才慢慢停下脚步，看看到底出了什么事。

那支突然出现的队伍，领头的大概是个把总，见到前面就是大都督石亨，连忙止住队伍，跪下给石亨磕头道："敝弁这一队在后面没跟上大队，又走岔了道，才急忙赶过来，不想冲撞兵主大人，死罪死罪！"

石亨见是自己人，怒道："今夜如此大事，不容半点纰漏，这次过失先给你记下，若再有失，当场就要你的狗命！"才让军伍重新成为行军队形。

徐有贞见是一场虚惊，才用衣袖擦了擦已经汗湿的额头。一抬眼，却看到了离自己不远的杨继宗。徐有贞见他也来了，本想对他说些什么，想了想却又作罢，只微笑着朝他扬了扬手，似是说：你随意吧。那些这两天在张家湾认识杨继宗的家人这才发现了他也在这里，都有些吃惊，却也不便追问。

这边刚才稳定下来，又见张軏大步从后队赶过来，一面问："出了什么事，为何停止不行？"

徐有贞道："不相干。这里离崇质宫没有几步路了，张都督也不必再去殿后，我们一起到南宫吧。"

果然，又拐了一个弯就来到一道坐东朝西的宫门前。杨继宗心想，这应该是就人们常说的南宫了。

徐有贞也是头一回来这里，因问曹吉祥："这里可是上皇的寝宫？"

"正是。这就是崇质宫，大家平常又叫它南城或是南宫，太上皇自打瓦剌那边回来就一直没出过这大门。"

徐有贞让石亨先派步卒把这南宫团团围住，不能让半个人走脱，才问曹吉祥："如何叫开这里的大门？"

曹吉祥道："这里有专门的守护宦官，我来叫叫试试。"遂大声拍门呼叫："我是司设监太监曹吉祥，现有上圣皇太后手诏，要见上皇，里面快快开门！"叫了许多遍，却并无回音。

徐有贞见这样拖下去不成事，又叫了石亨商量，要动手破门而入。石亨对此倒早有准备，忙呼唤后队一组工兵拖着几辆小车过来。只见他们把车上物件快速搭配组装了一番，立刻变成了一架专门破门用的冲车：架子上悬着一根巨木，十几个人把那巨木悠起来，用力去撞大门。

谁知那宫门却与各处的宫门一样，门上有九九八十一颗金色门钉，门板则是用极厚的原木拼合，十分坚固，里面又有两道结实的门闩，兵丁们连撞了二十几下，响声震天，大门却纹丝不动。石亨急了，叫过身边的一小队亲兵道：“你们翻墙过去，在里面把门栓取了才好开门。”又在多处搭了云梯，在宫墙头上设了几处弓弩手，才招呼亲兵翻墙。

好在大门里面并没有人守卫，石亨的亲兵小队进入之后，又忙活了一番才取下门闩，对外面叫道：“再来撞门！”工兵们才又用冲车撞门。这次没有里面的门闩阻挡，只靠锁具难以抵挡，只几下，宫门已被冲开。

徐有贞见大门开了，对石亨道：“让一把总带人守住二门，我们几个只带亲信去见上皇。”

三

崇质宫的第二道门却是大敞着，门里面异常寂静，刚才门外那巨大的动静似乎也没有影响到这边宫中人等的安眠。徐有贞等人也不敢放肆，轻手轻脚走到正殿前面，正不知该如何唤起太上皇，正殿的大门却“咿呀”的一声开了。

门里边是一个三十来岁的中年男子，微微发福却面色苍白，身上穿的却是一身明黄盘龙常服，手中执着烛台。他见宫中一下子来了这许多人，惊问道：“你们是什么人，要做什么？”声音威严中却又带着几分惊恐，拿烛台的手也有些颤抖，因烛台倾斜，一些蜡油滴在了袍襟上，也毫无知觉。

众人知道这必是太上皇，连忙都匍匐地上，拜了几拜，才由徐有贞奏道：“臣等请陛下今日回归大位！”其他众人也随道：“请陛下今日回归大位！”声音虽不太整齐，却也相当嘹亮。

太上皇受这声音鼓舞，脸色稍安，又问：“那么，可是都安排停当了？”

徐有贞却显然不愿意在此地耽误时间，一面答道：“安排已定，请陛下乘辇。”一面就让军士快把皇上的辇舆抬过来。

所谓辇舆，其实不过是一抬四人抬的官轿，几个抬轿的兵丁没想到备了这轿竟是要抬太上皇的，全都紧张得哆哆嗦嗦。太上皇心中还有许多疑问，本不想这就上轿。无奈徐有贞心急，此时已经站起身走到太上皇跟前，大声道："陛下，事态紧急，请速至奉天殿登大位，不能延误！"说着一手接过太上皇手中的烛台，一手搀扶着太上皇直接来到轿前，不由分说就把太上皇装进轿中。

几个兵丁本来不是轿夫，此时又双股战栗，轿帘也忘了放下，抬了几抬总是东扭西歪，无法把轿子平稳抬起来。徐有贞急了，也不好斥责，只得亲自上前帮助把持，石亨与张軏也都上前帮着扶轿子，连逯杲也到轿子的右前方扶了一把。四抬轿立时变成八抬，虽有些乱，毕竟起了身。

有曹吉祥的人带路，从崇质宫到紫禁城的东华门不过一箭之遥。太上皇稍得喘息，才问轿旁的徐有贞等人都是什么身份。徐有贞率先报了名，其他人此时才想起，让这位即将复辟的皇上知道自己官职、姓名实在是重中之重的大事，于是都拥到轿前，一面跪拜一面自报家门，整个队伍都停了下来。

就在这时，刚才一直晦暗的天气突然转晴，不知哪阵风吹散了乌云，西边天上一轮满月照得四下通明。众人见此吉兆，大为振奋，都趴在地上大呼万岁。

徐有贞见东华门就在眼前，不能如此耽搁，急忙高声道："此时让陛下进宫最为紧要，各位拥戴之功待陛下登位之后，再由各位带队臣工登记花名，一个也不会落了。"这才勉强收拾好队形，直接来到东华门前。

东华门的警卫大概也已经听说了一些今晚的异常动静，见眼前这队不成样的人马过来，倒也没有太过吃惊，只是大声问道："尔等何人，敢在皇城中喧哗！"

太上皇被刚才一番跪拜，已经找回了不少当年唯我独尊的感觉，在轿中答道："朕是太上皇，身边皆是从驾之人。"

守卫们听说是太上皇，虽然都不认识，也未见任何凭据，却都悄然肃立两旁，看着这个太上皇和身后的上千军士浩浩荡荡开进了紫禁城中。

经左顺门和弘政门来到奉天殿前的丹陛，抬轿的兵丁听了徐有贞的指令，直接把这辇舆抬上了丹陛，旁边又有徐有贞、石亨、张軏以及逯杲等人搭手，轿子左摇右晃，总算没把太上皇甩下轿来，曹吉祥见有些危险，连忙也上前护驾，却让这乘小轿更显忙乱。

因五更将至，不久就要早朝，这时丹陛上已经有大汉将军列队，个个头戴红缨凤翅盔，身着黄金锁子甲，手执金瓜，威风凛凛。但不知为什么，这些大汉将军对于突然闯过来的这乘身份不明的小轿和其后的随人，都似熟视无睹，眼看着轿子直奔奉天殿而去，却无一人阻拦。

一直到了奉天殿大门前，徐有贞等搀扶太上皇下辇，守门的大汉将军才喝道："什么人敢来大殿搅扰！"拿起金瓜直挡在徐有贞胸前。正巧逯杲却认识这位锦衣卫的大汉兄弟，忙上前呵斥道："这是太上皇，你休得无礼！"

那位金瓜卫士定眼看了看眼前这几位，来历确实有些不一般，才默默让到一旁。

奉天殿毕竟是非常之地，除徐有贞、石亨、曹吉祥、张軏随同太上皇进入，其他人等都止于门外。就见徐有贞和石亨搀着太上皇坐在龙椅上，曹吉祥吩咐："鸣钟鼓，启诸门！"直到此时，端坐在宝座之上的太上皇脸上才有了几分得意之色。

当百官从左右两侧来到奉天殿前的时候，杨继宗与各家的亲随已经悄悄退到丹陛下面的一个角落里。就见丹陛上站满了大小官员，正要依礼朝拜的时候，殿中却传来徐有贞的声音："奉上圣皇太后之诏，太上皇已于今日复辟！"

朝臣中先是一片纷乱，但只过了片刻，就听到整齐划一的恭贺之声：

"恭贺上皇复辟，吾皇万岁，万岁，万万岁！"

声震远近，甚至惊起了不远处太庙里的乌鸦，成千上万腾空而起，"哇哇"叫个不停。

尾声

捷报

天顺元年[1]（也就是景泰八年）二月二十六日早上，风和日丽，宛平县后衙院里的几棵玉兰已是满树繁花。杨继宗在后堂里同舅舅、舅母聊天，几个人却都有些心不在焉。因为今天正是礼部发榜之日，杨继宗此前参加会试的一番辛苦到底有何结果，就要看今日了。

按道理，此次春闱的中试榜会第一时间张贴在礼部门外，如果心急应该到那里去看。但因多年来的陋习，在榜单确定之后贴出之前，早已有人得到准信，立刻飞马去报，以图打赏——虽然京城每三年才有春闱、秋闱两次重大科考，却已经俨然形成了一个专门行业，就叫作“报录的”。

因这些报录的速度极快，又很少出差错，因此杨继宗虽然一早就让杨二去礼部等着发榜，自己却乐得在家里等消息。舅舅和舅母虽然面上平静，心中却也颇为紧张，只有一搭没一搭扯些闲话。

正等着，消息就来了。就听前衙那边忽然炸响了一个巨大的爆竹，紧接着又响起了一挂鞭，方天保三步并作两步跑进后衙，一面叫着：“中了，杨公子中了！”

跟在方天保后面的是三个报录的，背上都插着一面小旗，上面写着“捷报”二字。三个人知道正主就在这里，连忙跪在堂前大声报：“捷报！杨大佬爷讳继宗，高中会试第三十五名。老爷今日高中，将来必是宰相根苗。”

[1] 天顺元年，即公元 1457 年。

黄知县心中这才一块石头落地，高兴得合不拢嘴，亲自拿出十两银子犒赏报录的三人。因这第一报是安人心的，因此领赏最多。三人还要去接新生意，在这里也不啰唆，磕头谢赏流水去了。

不多时又来了第二拨，他们比不上前一拨人的速度，只能以热闹见长。这次来的有十几个人，身上带着锣鼓响器，全套吹打，也是先跪地报了喜，而后就叮叮咚咚奏起乐来，又在院里放花放炮，又是扭着秧歌唱喜词。黄知县见闹得差不多了，也赏了他们十两银子。

这伙报录的却似意犹未尽，那个领头的似原本认得方天保，凑到他身边嘀咕了几句。方天保笑着点了点头，才到黄知县和杨继宗面前说："启禀太爷，这伙报录的说，京城里还有个乡规，但凡会试得中，他们都得去到得中老爷的住所拆门下窗，砸桌毁凳，这名堂叫作'改换门庭'，为图一个吉利。可今日贡士出在咱们县衙门里，他们不知道当不当砸，不敢造次。"

黄知县问："平常不论住在哪里都要砸吗？"

"听说是都得砸，即便是住旅店的，也要先砸了，以后再包赔，店家更高兴。"

黄知县笑道："既然是乡规，我做官的岂能不遵。就让他们砸吧。但只可到西院去砸继宗的住处，别的地方不能动。"

因会试中试是科考中最难的，三年才有一次机会，这次参加会试的各地举子共有三千多人，最后取中的却只有三百人。这会试又是最为重要的，依大明旧制，中榜者过几日去参加殿试不会再有人落第，最差的也是个三甲进士，并从此进入宦途。因此，一中会试，便如鲤鱼跃龙门，说是改换门庭并不为过。

一伙报录的高高兴兴随着杨继宗来到西跨院，方天保也跟了过来，一面说："意思意思就行了，更不许私自往外顺东西走！"

那些人虽不敢十分放肆，却也轻车熟路，进得屋来嘁里喀嚓，把门窗桌椅全都打得稀烂，只没有损坏杨继宗的私人物件。风卷残云之后，杨继宗又赏了三两银子，那些报录的才自去了。

杨继宗望着屋里的一片狼藉，对方天保苦笑道："这里可真是没法住了。"又见有一册书落在地上，上前捡了起来。

书中却还夹着一样东西，是个巴掌大的乌金纸紫蝴蝶，才想起，这还是上月初四在白云观逛庙会的时候，云瑛买了让他戴的闹嚷嚷。看着手中这个紫蝴蝶，杨继宗心中突然有些黯然。

自从那天亲眼见到太上皇复辟之后，虽然只过了一个多月，杨继宗所识众人却大都经历了一番天翻地覆的变迁。

太上皇复辟的当日，就宣布废景泰帝为郕王，改元景泰八年为天顺元年。年号变了，朝廷格局更是大变，内阁六部的主官在旬月之间几乎都被撤换。正如于谦所料想的，于谦本人及大学士王文在政变当日即被逮捕，只过了五天就以莫须有的罪名被杀害。

正月二十二日天顺帝旨：

> 于谦、王文结同内贼王诚、舒良、张永、王勤等构成邪谋，逢迎景泰，纂位易储，依阿从谀，废黜正后，内外朋奸，紊乱朝政，擅夺兵权，将军国大事都弄坏了。近因祁钰有疾，不能临朝视政，这厮每（们）自知罪恶深重，恐朕不容，因共谋为不轨，纠合心腹都督范广等，要将总兵官等擒杀，迎立外藩，以树私恩，动摇宗社。其一般奸臣党陈循、萧镃、项文曜、江渊、俞士悦、王伟、古镛、丁澄、商辂，亦各密知前谋，不行发举。及朕复位，这厮每奸谋节次败露。已将于谦、王文、王诚、舒良、张永、王勤处以极刑，籍没家产，成丁男子俱发充军。仍将其余奸党陈循等发口外永远军役及原籍为民了。论这厮每图危宗社的情理，穷凶极恶，本当灭族。如今上天好生之德，都从轻处治了。今后内外的官，务要竭力尽忠，奉公守法，以保身家，不许似这厮每朋奸乱政。违了，必诛不饶。恁都察院便出榜，晓谕多人知道。钦此。[1]

[1] 此旨见（明）宋端仪《立斋闲录》卷四。其中提到之人，除于谦、王文外，祁钰即景泰帝；王诚、舒良、张永、王勤均为景泰帝亲近太监；陈循、萧镃、商辂为内阁大学士；项文曜，吏部侍郎；江渊，工部尚书；王伟，兵部侍郎。

至于景泰皇帝的病体，倒是又拖了一个月，直到二月十八日才死去，也有传说他死得不明不白的。

徐有贞、石亨等一伙算是遂了心愿，天顺皇帝对他们大加封赏。徐有贞在复辟第二天就晋升兵部尚书，入阁为大学士，不久成为首辅。他还罕见地以文臣而封为武功伯，被赐了一副金书铁券，文曰："徐有贞，才堪华国，道足经邦，资弘毅而秉忠纯，贯天人而通今古……迺者奸臣谋变，社稷几危，赖尔忠诚，以定大策。遂能拥戴朕躬，光复天位。"又是加爵，又是免死，不一而足。

石亨则由侯爵晋封为忠国公，成为新皇帝的亲信之臣。张軏封太平侯。许彬入值文渊阁，与徐有贞共掌国事。曹吉祥的嗣子曹钦加官为左都督，封昭武伯，他自己则任司礼监掌印太监，成为宫中内监的第一人。

倒是本来与天顺帝渊源甚深的袁彬和汤胤绩，由于没有积极参与复辟活动，并没有得到特别的重用。袁彬被召见了几次，被破格提升为锦衣卫指挥佥事，却没有掌握实权。汤胤绩命运更差些，天顺皇帝也曾向徐有贞打听过，那个汤胤绩是否可以信用。徐有贞却还在记恨张家湾大闸上被他搅扰之事，对皇帝说："他就是个酒疯子！"汤胤绩在天顺时期因而再无发展。

赤龙会似乎真的就从此消失了。郑亲王仍回他的怀庆王府做平安王爷。兴安也算是安然退出政治舞台，不再抛头露面。徐永宁正好恢复本来纨绔面貌，当一个百事不问的定国公。智性已经不再主持大慈恩寺，听说是云游天下去了。原本活动于底层的靳孝、白玉堂几人都各安其命，继续做自己的生意，只有顺子不知去向。

还有几个人的状况引起杨继宗的关心。一是仝清、仝寅父子，据说石亨对天顺帝说起过仝寅的神卦，皇帝很想给仝寅一个官职，仝寅却以目盲坚辞不受，反倒是他那位七十来岁的老爹仝清，因为拥戴之功被授了个徐州指挥佥事的实职。再就是李安、李惜儿兄妹，当时勾栏中都以为上皇复辟后这对兄妹要倒大霉了，谁知新皇帝并没有太为难他们，只是让李惜儿立即出宫，李安削去官职，两人仍回教坊司重操旧业。而当初安排女乐进宫的教坊司左司乐晋荣和钟鼓司太监陈义，却都在复辟之后不久就被处决了——其中的道理让人难以推测。

还有一个彻底改变命运的人就是宝姑娘。有孙太后做主，她的身份立刻得到认定，不久就被正式封为淳和公主[1]，只是恐怕再也见不到一直呵护她的苏布达阿姨了。

而云瑛在那晚离开之后就搬出了玉喜庵，其后去向不明。想是已经回到本部，不久以后就要和族人一起迁移到天山以北的牧场。那里与京师相隔真是有万里之遥。

[1]明淳和公主，生母不详，成化二年（1466年）下嫁蔡震，至嘉靖时卒。《明史》卷一二一有传。

附录

关于《赤龙》

明朝的天顺年间接连出了几件大事。天顺元年（景泰八年，1457年）的夺门之变让一直被囚禁的太上皇咸鱼翻身，复辟重新做了皇帝。天顺三年（1459年），不可一世的权臣石亨失势，不久家破人亡。天顺四年（1460年），大太监曹吉祥公开起兵造反，最后被灭门。几年中接连发生震惊朝野令政治局势发生大转折的政变，在明代历史上并不多见。

对这些政治上的大事件，史书上都有比较详细的记载，但越是细读，就越会觉得在那些堂皇的文字记载后面，不知道隐藏了多少不为人知的秘密。细读历史，有时候就是一个利用大量资料再加上合理的想象和推断，来补充这些缝隙和空缺的过程。如果再文艺一点，加强想象的功能，就可以讲一个半是历史半是传奇的故事了。

从这个角度讲，我要写的历史传奇小说《天顺三部曲》也可以说是另一种面貌的读书笔记。现在呈现给大家的，是这三部曲中的第一部《赤龙》，单讲明英宗复辟的“夺门之变”。但既然是故事，就要好看，书中传奇，甚至悬疑、推理的部分不免要多一些。

小说的叙事元素主要是情节、人物与环境。在《赤龙》这个故事中，表层的内容大多是出于虚构，但其背后的大形势、大背景却尽可能要符合历史的真实。在人物方面，书中的于谦、石亨、孙太后、徐有贞等大人物均非主角，我都尽可能按照其历史的本来面貌来描画。而主角杨继宗，以及不那么重要的袁彬、徐贯，甚至仝寅这些人，却也都是《明史》上有传的，大家如果有兴趣，不妨查一查，看看这些人物在正史与小说中的异同。

至于环境，是我最想写出历史感却又最难表现的。要再现五百多年前的一段故事相对容易，再现几百年前的社会生活画面却万分艰难。那时候的人如何生活起居，如何说话交流，有什么样的风俗习惯，会有什么样的思想情感，这些东西，如果能接近于真正的历史状态于万一，能给读者一点可以直接体验到的温度，已经是我最大的奢望了。

近来火遍全国的电视剧《人民的名义》里面有一个让人哭笑不得的情节：为了诱惑腐蚀高育良，赵瑞龙安排对高小凤进行突击培训，要求一个月将其培养成“明史专家”！看到这里，我只能呵呵了。

明朝近三百年，留下了众多的史料文献，让我们可以深入探索更多的历史细节，同时也让每一个想要学习明史的人感受到了巨大的压力。我读明史还不到五十年，不敢妄称专家，只能以一个传奇故事的方式与大家共享对那段历史的感受。若还能得到几个知音，足矣！

FONGHONG
凤凰联动出品